Durch die Enteignungen nach dem Zweiten Weltkrieg hat die als »bourgeois« verfemte Familie des jungen Fabrikantensohns Clemens aus Schäßburg in Siebenbürgen alles verloren: Die herrschaftliche Villa mußte die Familie räumen, der Vater ist im Gefängnis, die Mutter verschollen. Der junge Mann arbeitet als Schichtarbeiter in der Ziegelei und in der Porzellanfabrik, schlägt sich als Schäfer durch. Es gilt, in den absurden neuen Verhältnissen seinen Platz zu finden. Als Clemens der Rumänin Rodica begegnet, sprengt die Liebe alle Grenzen. Gemeinsam mit Rodica macht er sich auf eine Reise von Siebenbürgen bis ins Banat. Eine Reise, die zum Höhepunkt ihres Zusammenseins werden sollte, aber ganz anders verläuft als erwartet.

Mit seinem vielschichtigen Roman – nach ›Der geköpfte Hahn‹ und ›Rote Handschuhe‹ das dritte epische Panorama aus einem Land abseits der europäischen Wahrnehmung – ist dem siebenbürgischen Pfarrer und Schriftsteller erneut ein Sprachkunstwerk von Rang gelungen, in dem er das Schicksal der nach Rumänien ausgewanderten Sachsen und Schwaben aufleben läßt.

Eginald Schlattner, 1933 in Arad geboren, aufgewachsen in Fogarasch am Fuße der Karpaten. Studierte evangelische Theologie, Mathematik und Hydrologie. 1957 wurde er verhaftet und wegen »Nichtanzeige zum Hochverrat« verurteilt. Nach seiner Entlassung arbeitete er als Tagelöhner in einer Ziegelbrennerei, später als Ingenieur. 1973 nahm er sein theologisches Studium noch einmal auf und ist seit 1978 Pfarrer in Rosia (Rothberg) bei Hermannstadt.

Eginald Schlattner

Das Klavier im Nebel

Roman

dtv

Von Eginald Schlattner
sind bei dtv außerdem erschienen:
Der geköpfte Hahn (12882)
Rote Handschuhe (13045)

**Ausführliche Informationen über
unsere Autoren und Bücher
www.dtv.de**

4. Auflage 2017
2007 dtv Verlagsgesellschaft mbH & Co. KG, München
Lizenzausgabe mit Genehmigung des Paul Zsolnay Verlags Wien
© 2005 Paul Zsolnay Verlag Wien
Umschlagkonzept: Balk & Brumshagen
Umschlaggestaltung: Stephanie Weischer unter Verwendung
eines Fotos von gettyimages/Geoffrey Clifford
Gesamtherstellung: Druckerei C.H.Beck, Nördlingen
Gedruckt auf säurefreiem, chlorfrei gebleichtem Papier
Printed in Germany · ISBN 978-3-423-13617-4

Für Cristina,
die Liebe eines Sommers,
die Trauer eines Lebens.

Pentru C. R.
Iubirea dintr-o vară,
durerea de o viață.

I

Die Austreibung

1

»Diemrich«, rief Herr Kuno Konrad Rescher in das Coupé Zweiter Klasse, in dem eine blaue Lampe brannte. »Hier ist Siebenbürgen zu Ende. Aber noch beginnt das Banat nicht. Schlimm, wenn etwas zu Ende ist und nichts hat begonnen. Seht, die berühmte Burg von Diemrich!« Der kleine Mann winkte vom Fenster her. Draußen tobte die Nacht. Es war stockfinster.

Clemens mimte Neugier. Mit Nachdruck riß er die Augen auf und trat zum Onkel. Und erkannte mit Grausen, wie sich die verwachsene Gestalt in der Glasscheibe als Vexierbild spiegelte, wie die Konturen ins Groteske wechselten.

Die Stimme des Onkels überschlug sich: »Konradine, Kunigunde, Kunolf, meine heißgeliebten Kinder, und du, Clemens, seht! Die Burg dort oben, eine königliche Grenzfestung, jetzt eine Ruine.«

Die jungen Leute schreckten auf, wischten sich schlaftrunken die Augen, während sich der Rufer in der Nacht auf die Fußspitzen erhob und das Schiebefenster herabzerrte. Im Zugwind begann der Vorhang zu knattern, die Luft wühlte die Haare der Mädchen auf. Alle fröstelten. Der Vater schüttelte die Mädchen, die engumschlungen gedöst hatten. »Konradine, Kunigunde!« Versuchte es beim Buben: »Kunolf, mein einzig geliebter Sohn!« Er zog ihm das Plaid weg. Der Sohn setzte sich auf.

Das eine Mädchen knurrte: »Laß uns in Ruh, Vatter, stoß das Fenster zu.«

Die andere murmelte: »Er weiß doch, daß wir diese verdrehten Vornamen nicht ausstehen können.« Sie selbst nannten sich Kuny und Kony. Beide kehrten sich ab, sanken zurück in die gepolsterte Ecke der Sitzbank.

Der Vater schaltete die Deckenleuchte an, gelbes Licht rieselte ins Abteil. »Nun also, ihr Buben! Leibhaftige Geschichte!« Doch Kunolf, der eine Bank allein besetzt hielt, legte sich zurück, zog das Plaid bis zur Nasenspitze und drehte sich zur Wand.

»Wie«, rief der Vater fast verzweifelt, »keinen interessiert Diemrich mit der sagenträchtigen Burg? Die eigenen Kinder wollen meine Geschichten nicht hören?«

Die Mädchen schlugen die Schürzen ihrer Dirndlkleider über die Köpfe. Konradine zischte: »Kein normaler Mensch sagt Diemrich, weder bei uns im Banat noch bei der Großmama in Schäßburg. Alle Welt sagt Deva.« Und steckte die Finger in die Ohren.

»Gewiß, ihr habt recht. Wie immer«, sprach der Vater zu den verhüllten Köpfen seiner Töchter. »Doch kühn durchs Weltall steuern die Gedanken, und die Bande kann niemand erfinden, damit man möchte die Gedanken binden. Bis 1876 hatte hierzulande jede Ortschaft einen deutschen Namen. Kaisertum Österreich!« Kummervoll winkte er ins tosende Dunkel hinaus. »Dort, ihr Buben, ihr Mädel, die Burg. Übriggeblieben ist allein der Kerker, ein Kellerloch, in dem der hochgelobte Reformator Franz Davidis seine fromme, aber zerrissene Seele ausgehaucht hat. Zu allen Zeiten hat man schuldlose Menschen hinter Gitter gesteckt. Dieser große Mann, er bleibt die Verkörperung eines echten Siebenbürgers, *homo transsilvanicus*: eine Mischung von Ungar und Sachse. Dazu hat er lateinisch und sogar rumänisch gesprochen, die Sprache der Jobagyen, und hat sich in allen Konfessionen versucht, die damals in Mode waren, katholisch, lutherisch, calvinisch und unitarisch. Allein bei uns in Siebenbürgen hat man die Unitarier nicht auf dem Scheiterhaufen gebraten!«

Clemens war zum Umfallen müde. Doch stand er zuvorkommend neben dem Onkel am Fenster zur Finsternis.

In letzter Zeit war er darauf bedacht, Konflikte zu vermeiden. Vieles, was ihm seit Jahr und Tag zugestoßen war, hatte den Ruch des Doppelsinnigen, der Zweideutigkeit, war verquickt mit fatalen Ereignissen. Während dieser endlosen Fahrt vom siebenbürgischen Städtchen Schäßburg ins Banater Dorf Gnadenflor ließ er seinen Gedanken keineswegs freien Lauf, zwang sie zu Bocksprüngen. Versuchte zum Beispiel herauszufinden, welcher Gattung die Staude angehörte, die Gott der Herr hatte über Jona wachsen lassen, daß sie Schatten gebe seinem Haupt. Er wog ab, ob man Brennessel nicht besser mit drei n schreiben sollte wie zur Zeit der Großmütter; es sah zwar unästhetisch aus, bot sich aber von der Logik her an. Kniffligen Fragen des täglichen Lebens setzte er sich aus, nur um leidige Gedanken abzuwehren. Gelungen war es ihm, die mysteriöse Frage zu lösen, warum das Butterbrot immer auf die gebutterte Seite fiel.

»Hörst du überhaupt zu?« fragte der Onkel.

»Gewiß«, versicherte der Junge. Und sagte eifrig: »Die Unitarier, das ist so eine zweideutige Sache. Wenn ich recht weiß, stehen sie den Mohammedanern näher als den Christen.«

»Wieso?« fragte der Onkel verblüfft.

»Für den Islam wie auch für die Unitarier ist Jesus von Nazareth kein Sohn Gottes.«

»Was du nicht sagst. Stehen den Mohammedanern näher ... Kurios, man könnte die Sache auch so sehen. Ja, ja«, schloß der Onkel, »alles hat ein Ende, nur die Wurst hat zwei. Aber merk dir eins fürs Leben: Mit einem Arsch kann man nicht auf zwei Hochzeiten tanzen.«

Onkel und Neffe nahmen neben den Mädchen Platz. Drüben auf der Polsterbank schlief Kunolf, der Kronprinz, wie sich die Schwestern Kunigunde und Konradine mokierten;

frischgebackene Friseuse die eine, Kosmetikerin die andere. Vater Rescher kauerte in der Fensterecke, saß etwas schräg, um seinen Buckel bequem unterzubringen. Er schloß die Augen, lüpfte aber manchmal das rechte Lid, damit er die nächste Burg nicht verpaßte. Das wirkte so, als schlafe er bloß mit einem Auge. Einmal öffnete er wie aus Versehen den linken Augendeckel, erspähte den Neffen neben sich und sagte mit belegter Stimme: »Prima Idee, die Sache mit den roten Socken. Wie gut wir uns mit ihnen behelfen konnten.« Und seufzte: »Drei Jahre, seit dein Vater in seinem Loch schmort. 48, ein fatales Jahr ... Wie schwer es war, diesmal vorzudringen ...« Das Abteil versank im schummrigen Licht der Nachtlampe, während der Schnellzug im Stakkato der Schienenstöße auf Arad zustürmte.

Die roten Socken hatte Clemens seinem Vater Otto Rescher im letzten Augenblick zugesteckt, als den die Milizionäre aus seiner Villa Heliodor in Schäßburg abgeführt hatten. Eine Stunde zuvor hatte man den *domnule* Otto in der Direktionskanzlei seiner Fabrik festgenommen. Das war vor drei Jahren gewesen, am 11. Juni 1948, als man in der eben erst ausgerufenen Volksrepublik Rumänien die wichtigsten kapitalistischen Produktionsmittel mit einem Schlag verstaatlichte.

Die Idee mit den Socken stammte von der Großmutter. »Rot, wenngleich vulgär, ist heute eine beliebte Farbe. Niemand wird es dir verargen, mein lieber Otto, wenn du rote Socken zum Trocknen an das Gitter deines Zellenfensters hängst. Dann wissen wir wenigstens, wo wir dich in Kronstadt zu suchen haben.« Einer der Milizionäre hatte der alten Dame zugeflüstert: »*Se duce la Oraşul Stalin.*« Es geht nach Stalinstadt, für die Siebenbürger Sachsen nach wie vor Kronstadt. »Halt dich tapfer, mein Sohn. Wir werden anfangen müssen zu beten, das Vaterunser kann ich noch. Aber Gott wird sich deinetwegen keinen Fuß ausreißen. Er hat Wichtigeres zu tun, heute, wo ein Sechstel der Welt unter die Knute der

Bolschewiken geraten ist. Bleiben die Amerikaner ... Die kommen gewiß, die überlassen uns nicht diesem gottlosen Gesindel!«

Frau Ottilie hatte ihrem Sohn die Hand gereicht, ohne ihm übers Haar zu streichen, das sich lichtete. Otto hatte die Hand der Mutter mit den gefesselten Händen ergriffen und klirrend an die Lippen geführt.

Der Fabrikant Otto Rescher wurde zu vier Jahren Zuchthaus verurteilt. »Schon der Name genügt, um diesen kapitalistischen Blutsauger einzulochen«, hatte der *procuror militar,* der Militärstaatsanwalt im Rang eines Majors, beim Prozeß gesagt. Und das Gericht hatte es geglaubt.

Nun schmückten die roten Socken ein Gitterfenster im obersten Stockwerk des Gefängnisses in Kronstadt. Das unappetitliche Gebäude erhob sich mitten in der Stadt auf einem Geländezwickel hinter dem Justizpalast, dort wo die Schwarzgasse in die Brunnengasse mündet, die *Strada Armata Roșie* in den *Bulevard Lenin*. Auf schwammigem Grund stand das Gefängnis, doch ohne zu schwanken. Hier, vor der östlichen Stadtmauer, hatte sich vorzeiten der Galgweiher erstreckt, wo die sächsischen Hexen geschwemmt worden waren.

Otto, der ältere der beiden Brüder Rescher, hatte Anfang der dreißiger Jahre die Fabrik übernommen. Die Sonnenblume wurde ihm zum Schicksal, nichts anderes beschäftigte ihn. Es gelang ihm, eine Sorte zu züchten, *Helianthus asexualis,* Warenname Heliodor, mit der er Rekorderträge einfuhr. Kuno dagegen war ein Tausendkünstler geworden. Er schob sein Schicksal auf den Anfang: »Wie an dem Tag, der dich der Welt verliehen, die Sonne stand zum Gruße der Planeten, bist alsobald und fort und fort gediehen, nach dem Gesetz, wonach du angetreten ...« Als er angetreten war, hatte sich der Stand der Sonne zum Gruße der Planeten keineswegs als gedeihlich entpuppt. Das Kind versteifte sich im Mutterleib auf die Steißlage; es wurde eine Zangengeburt. Dabei hatte die Hebamme den Steiß mit dem Kopf verwechselt; ein Buckel war die Folge.

Nun, im Sommer 1951, war der Onkel Kuno Konrad undurchsichtiger Geschäfte wegen aus dem Banat nach Siebenbürgen gekommen. Seine drei erwachsenen Kinder verbrachten diese Ferienzeit in Schäßburg bei der Großmutter Ottilie Konstanze Rescher. Clemens hatte sich kurzerhand entschlossen, mit ihnen zurückzufahren; als Schwerarbeiter standen ihm drei Wochen Urlaub zu.

Schon bei der Begrüßung hatte Kuno Konrad verkündet, daß er diesmal zu seinem Bruder ins Gefängnis vordringen werde, »koste es, was es wolle«.

»Du wirst ja nicht das Gefängnis in die Luft sprengen?« fragte Frau Ottilie.

Zwei Tage darauf trafen sich der Onkel und Clemens zu früher Morgenstunde in Kronstadt. Die Sonne hatte sich noch nicht über den steilen Kamm des Zinnenberges geschwungen, aus dessen Tannenbestand man den Namen »Stalin« herausgehauen hatte. Clemens war am Vorabend in Schäßburg aufgebrochen und mit dem Fahrrad herbeigekommen, gute hundert Kilometer mit rasendem Dynamo, zuletzt durch den Geisterwald. Der Onkel dagegen war mit dem Frühzug von Fogarasch hergereist, wo er geschäftlich zu tun gehabt hatte, und nicht nur das.

Die beiden erkannten das bewußte Fenster schon aus der Ferne. Die roten Socken leuchteten in die rotbeflaggte Stadt Stalins. Doch beim Gefängnistor verweigerte man ihnen jede Auskunft, ja sogar das Lebensmittelpaket wies man zurück; von Besuchsstunde keine Rede. Und daß Kuno Rescher einen Buckel hatte, den er im Profil darbot, oder daß er in Gnadenflor/Miloștiveşti/Dragoslave im Banat den dreistimmigen schwäbisch-rumänisch-serbischen Chor dirigierte, es machte dem Offizier vom Dienst keinen Eindruck; ebensowenig, daß er als Genosse auftrumpfte, die Nase hoch erhoben am vergitterten Türfenster beim Einlaß: »*Eu sunt un tovarăş!*« Er sei die rechte Hand des Kulturheimdirektors Ferdinand Sofronie Buta, gewissermaßen verantwortlich für die sozialistische Umerziehung der reaktionären Landbewohner durch Kunst und Kultur. Und daß er im Dorf Kinovorstellungen gab – es war die letzte Karte, die er ausspielte –, veranlaßte den Offizier bloß zu einer lauernden Frage: »Gibt es bei euch überhaupt elektrisches Licht?«

Ein hastiges: »Nein, keineswegs. Aber es geht auch ohne, ich habe eine sozialistische Erfindung gemacht.« Selbst das interessierte nicht. Der Offizier verzog sich. Kuno Rescher konnte gerade noch an den Mann bringen, es sei ihm gelungen, Bienen als Haustiere abzurichten, so daß sie nach seiner Pfeife tanzten, ehe der Wachsoldat dem Bittsteller die Klappe vor der Nase zuschlug.

»So ekelhaft waren die noch nie«, flüsterte der Onkel, als er sich mit Clemens davonmachte. »Es braut sich etwas zusammen. Aber wir lassen uns nicht ins Bockshorn jagen. Merk dir: Schlägt man dir die Tür vor der Nase zu, so schlüpf durchs Schlüsselloch.«

In der Drogerie »Zur Rebellion der roten Möwen« am Ende der Portengasse, *Strada Republica Populară*, erstanden sie zwei Rasierspiegel mit schwenkbarer Scheibe. Nunmehr würde es für Kuno Rescher ein leichtes sein, dem inhaftierten Bruder die Neuigkeiten mit dem Morsealphabet in die Zelle zu funken. Mittels Spiegelfunk hatten sich die Brüder als Schüler verständigt, an den Nasen der Eltern und Lehrer vorbei.

Onkel und Neffe warteten, daß die Sonne höher stieg. Nach reiflichem Überlegen wählten sie als Ausgangspunkt für die drahtlose Telegraphie ein Dachfenster der Apotheke »Zum Eichhorn«, nunmehr *Farmacia Tableta Roşie*. »Fragt uns jemand, was wir hier suchen, dann sind wir vom volksdemokratischen Zivilschutz: Entrümpelung der Böden, wegen der Bedrohung durch anglo-amerikanische Flugobjekte. Nur forsch auftreten. Die Leute sind so durcheinander, seit der König weg ist, die glauben alles.«

Der eine Spiegel diente dazu, mit reflektierten Sonnenstrahlen die Nachrichten im Morsealphabet durchzugeben, der zweite war zur Irreführung der Leute auf der Straße gedacht: Unten auf dem Gehsteig hockte ein Zigeunerknabe, fuchtelte mit seinem Spiegel und überrannte mit Zickzackblitzen die naheliegenden Gebäude. Die Köpfe der Passanten fuhren herum, manche suchten den Himmel ab, einige riefen verzückt: »*Vin Americanii!*« Die Amerikaner kommen!

Oben wiederum ließ der Onkel den Rasierspiegel hin und her wippen. Geschickt lenkte er die Sonnenstrahlen in Stößen von ungleicher Dauer an den knallroten Socken vorbei in die Zelle, die sie als schwarzes Loch verschluckte.

Der Zug sauste die Mieresch-Au hinab gegen Arad zu. Die Trasse der Bahn folgte in leichten Schwüngen den Windungen des Flusses. Schwarz ist keine Farbe, sinnierte Clemens und blickte in die Schwärze der Nacht, die manchmal durchflirrt war von Funken aus der Lokomotive. Vielmehr ein Loch, das Licht schluckt. So haben wir es in der Schule gelernt bei unserem Physiklehrer »Husch-husch ins Grab«. Die Nacht somit ein Loch, das alles Sichtbare verschlingt. Und schwarze Löcher im Weltall die Menge. Sie wirkten wie Staubsauger, vermutete man. Nicht nur Lichtstrahlen würden aufgesogen, selbst Himmelskörper und Sonnensysteme verschwänden darin. Daß das eine unbewiesene Theorie war, wenngleich dem alten Laplace bereits vor zweihundert Jahren bekannt, störte ihn wenig. Er spürte sie, die schwarzen Löcher, sie knisterten unter der Haut. Unsere Erde rast in die ewige Finsternis, wie dieser Zug in die Nacht. Und alle Farben werden erlöschen. Keine Schamröte mehr, kein blutendes Herz.

Mit flatternden Händen funkten der Onkel und Clemens ihre Informationen in das schwarze Loch, das den ehemaligen Fabrikbesitzer verschlungen hatte. So konnte der gefangene

Otto Rescher hinter Gittern in Stichworten die Familienneuigkeiten erfahren, zum Beispiel, daß bei seiner Mutter, der Frau Ottilie, die Banater Enkelkinder Ferien machten. Doch noch wichtiger: »Mutter = WC!«

Das hieß im Klartext: In dem umgebauten Pferdestall, den die Partei Frau Ottilie zugewiesen hatte, nachdem die Reschers aus ihrer Villa hinausgeflogen waren, war es gelungen, ein Wasserklo zu installieren.

»Kolossal!« freuten sich die Strümpfe im Gittergeviert. Und fragten: »Wo WC?«

»In der Speisekammer.«

»Auch gut!« So mußte die Mutter nicht mehr in Reih und Glied mit den Arbeitern ihrer ehemaligen Fabrik ihre Notdurft verrichten, mangelhaft getarnt im nahen Sonnenblumenfeld. Zu hoffen war, daß die Genossen der Fabrikleitung Frau Rescher, obwohl eine notorische Klassenfeindin, auf Dauer im Stall wohnen lassen würden, vielleicht bis an das Ende ihrer Tage.

Der ehemalige Kutscher und Hausmeister Arpád Keleti, ein Ungar aus Keresztur, nunmehr Aktivist der Partei, der bei der alten Dame in ihrer neuen Behausung ein und aus ging, ja selbst zum Tee erschien, hatte zustimmend gepoltert: »Wasserklosett! Wird erlaubt von die Partei. Partei is Mutter von alle guten Dinge.« Ein WC sei eine Investition auf die glorreiche Zukunft des Sozialismus, ein Segen für Kinder und Kindeskinder. Den Proletariern sei ehedem in kalten Wintern das Arschloch zugefroren. Auch diese würden mit der Zeit ein Wasserklosett bekommen, wiewohl es eine Erfindung englischer Plutokraten sei.

Daß die Mutter noch immer ihre Zigarillos rauchte, hatte der Vater offenbar verstanden; der rechte Socken wechselte seinen Platz.

Und daß der Sohn Clemens Urlaub im Banat machen würde, war eine weitere freudige Nachricht. Der rote Socken hüpfte ein Eisenquadrat weiter. Die beiden erblickten die Fingerspitzen des Arrestanten am hochgelegenen Fenster, ein abgehacktes Stück seiner Leiblichkeit.

Bei den ersten Worten des nächsten Satzes: »Von deiner lieben Frau Alma Antonia, armer Otto, leider wie gehabt ...«, fielen die Strümpfe ins schwarze Loch, was die Funkamateure als Absage deuteten. Der Onkel senkte sofort den Rasierspiegel wie eine Fahne auf Halbmast. Während er aus der Dachluke nach unten lugte – er balancierte auf einem Reisekoffer, seinen Höcker hatte er zur Sicherheit an den Fensterrahmen der Dachgaube gestemmt –, forderte er den Neffen auf: »Sag auch du ein paar Worte.«

Clemens überlegte. Von der Mutter wünschte der Vater nichts zu hören. Die Sache mit Petra und Isabella, auch das war nichts für ihn, eine langwierige und unentwirrbare Geschichte, und von dem Mädchen am Meer mit den Blumen wie Schwerter wußte niemand, vielleicht nicht einmal Gott selbst ... Ferner: daß er als Sohn eines enteigneten Kapitalisten und verurteilten politischen Hooligans, nachdem er als Ziegelbrenner begonnen hatte, in der noblen Porzellanfabrik *Aurora Purpurie* Arbeit gefunden hatte und langsam aufstieg, ja, und daß er sich mit Müh und Not ins rumänische Abendlyzeum hatte einschreiben können, wußte der Vater von früheren Unternehmungen. Da Clemens von den Morsezeichen nur eines gut beherrschte und ohnehin eine lecke Seele in seiner Brust wohnte, funkte er SOS. Mit dem Handteller zerhackte er die Sonnenstrahlen, dreimal rasch und dreimal langsamer und wieder dreimal rasch: »Rettet unsere Seelen!« Ob die Botschaft den Vater erreicht hatte? Die roten Socken zeigten sich nicht.

Zum Abschied vermeldete der Onkel: »Adieu, adieu, lieber Otto, Kopf hoch, Johannes, tröste dich: Reichtum ist der Güter höchstes nicht. Auf Wiedersehen, wenn nicht hier, dann anderswo. Bei Gott ist kein Ding unmöglich.«

Beruhigend war, daß die Strümpfe aufzuckten, um in rasendem Tempo kundzutun: »Capisto! Bin wunschlos glücklich!«

Wunschlos glücklich, das war doch leeres Gerede. Ist man glücklich, hängt einem der Himmel voller Wünsche. Clemens spürte Kunys Körper. Sie war von ihrer Schwester weggerutscht und suchte seine Nähe. Das Mädchen fröstelte, bibberte. Er nahm seine Windjacke, in die er sich eingewickelt hatte, und breitete sie über ihren Unterleib. Darauf zog er seine Beine in die Höhe, umschlang sie mit den Armen und spannte den Wollpullover über die nackten Knie. Er kauerte steif auf der Bank, ganz für sich. Der Himmel hängt dir voller Geigen, nicht voller Wünsche, verbesserte er sich. Doch es ist dasselbe in Grün: Geigen, Wünsche ...

Auf Zehenspitzen waren die beiden Verschwörer die Treppen hinabgeschlichen. Unten im Flur knipsten sie jedes Stäubchen von ihren Kleidern. Den Zigeunerknaben schickten sie weg, nachdem der Onkel ihm eine Silbermünze in die Hand gedrückt hatte, mit dem Bildnis des Königs, der seit gut drei Jahren außer Landes war. Zum Schein traten sie in die Apotheke und verlangten Koprol, das Abführmittel mit der beliebten Werbegraphik: Ein Mann mit Zipfelmütze und Kerze schleicht bei Nacht zum Klo.

»Die letzte Packung«, flüsterte Magister Eichhorn, der in seiner ehemaligen Apotheke, seit einem Jahr verstaatlicht, als Ladenschwengel Dienst tun mußte, notgedrungen: Die Partei tat sich vorerst schwer mit dem Lateinischen. »Die prima Pillen aus dem Reich, sie gehen zu Ende. Und die Deutschen kommen nicht wieder, und die Amerikaner lassen auf sich warten. Dauert es noch lang, hilft kein Koprol mehr.«

Worauf der Onkel ihm über den Mund fuhr: »Was reden Sie hier für reaktionären Stuß zusammen, Genosse Apotheker. Schämen Sie sich nicht, unser volksdemokratisches Regime zu verunglimpfen? Sie werden am Galgen enden, Herr Magister, hier am Galgweiher vor Ihrer Nase, wenn Sie die imperialistischen Abführmittel so in den Himmel heben.« Sagte es, trat zum Tischchen beim Ausgang, goß glucksend Wasser in einen Becher, hob ihn an die Lippen, führte die Pille an den Mund und schluckte sie nicht. Ohnehin bullerte es in den Därmen nach soviel Aufregung. Er stolzierte hinaus, Clemens benommen hinterdrein. »Kuno-Onkel, was war das, was soll das?«

Der Onkel sah sich unauffällig um: »Denk an eure russische Prinzessin Quastowa-Oberth aus Schäßburg. Die hat der roten Soldateska in Berlin auf dem Klavier höchstpersönlich zum Tanz aufgespielt. Wir müssen lernen, mit den Wölfen zu heulen.«

»Aber der Herr Eichhorn ist doch kein Wolf!«
»Ich heule ja gegen ihn.«

Die Kinder fuhren auf, als Kuno Rescher mit einem Knall die Türe zum Seitengang zurückschob, sich dort ans Fenster hängte und seinen Zeigefinger hinausstreckte, diesmal gegen Norden. Die aufgeregte Luft zerzauste seine buschigen Augenbrauen. »Seht die Burg von Lipova, dort auf der Bergnase, auf den letzten Ausläufern der Westkarpaten. Die Burg der Königin Isabella Zapolya. Nun beginnt die pannonische Tiefebene, gräßlich und endlos, bis Wien nichts als Horizonte, kein Berg, kein Hügel, nur kreischende Ödnis und hie und da ein Ziehbrunnen. Fangt euer Leben beizeiten an!«

Beim Namen Isabella war Clemens zusammengezuckt. Isabella ... Doch er zwang sich, nicht daran zu denken, sich allein und ausschließlich an das Wort zu klammern, an das Wort als leeren Klang.

»Hier auf der Burg Lipova hat die verwitwete Königin Isabella mit ihrem Söhnchen Johann Sigismund geharrt, daß man sie nach Siebenbürgen einhole. Denn letztendlich war vom Apostolischen Königreich Ungarn bloß ein Drittel Thrönchen übriggeblieben. Und darauf ein König auf dem Nachttopf. Wie selten kommt ein König zu Verstand. Im Endeffekt war das alles die Folge welcher verlorenen Schlacht, ihr Kinder?«

»Der Schlacht auf dem Amselfeld?« sagte Clemens zögernd.

»Falsch, ganz falsch! Dort haben hundertvierzig Jahre zuvor die Serben ins Gras gebissen. Nein, dies war die Schlacht bei Mohács, 1526.«

Clemens schlug sich an die Stirn: »Darum tröstet ein Ungar denjenigen, der einen Verlust zu beklagen hat, mit den Worten: ›Schweig, Bruder, bei Mohács ist mehr verlorengegangen.‹«

Der Onkel fiel ihm ins Wort: »Eben. Damals ging das ganze ungarische Königreich verloren, mit dem zwanzigjährigen König Ludwig II. an der Spitze. Der König ersoff im Sumpf samt Pferd und Schwert und Krone. Und am Abend tanzten die Türken auf ihren Kriegselefanten Malagamba-Conga. Christliche Kaiser und Könige jedoch zankten sich jahrelang um ein Ungarn, von dem kaum mehr als Siebenbürgen übriggeblieben war.

Endlich holten die Boten der siebenbürgischen Stände die Königin Isabella ein, dazu das Königsbaby mit seinem goldenen Nachttopf. Neunundneunzig Pferde allein für die zwei Majestäten; seht dort, blickt dorthin«, lockte der Onkel, wo nichts zu sehen war. »Und was denkt ihr, warum nicht hundert?« Doch keine neunundneunzig oder hundert Pferde konnten die Kinder aus den Gefilden des Schlafes wegholen, zum Nachdenken anregen. Nur Clemens überlegte kurz und sagte: »Neunundneunzig ist durch drei teilbar.«

»Genau! Du bist ein heller Kopf. Und warum durch drei? Und nicht durch vier?« Clemens schwieg.

»Wegen der drei Landstände. Wie haben die bei uns in Siebenbürgen geheißen?«

»*Unio trium nationes.*«

»Die drei Nationen, Nation jedoch als Landstand. Das waren die ungarischen und die Szekler Adeligen und die sächsischen Bürger, Handwerker und Bauern. Dreiunddreißig Pferde für jede Nation.«

»Und was war mit den Rumänen? Das waren doch die vielen.«

»Die Rumänen? Die gab es unter diesem Namen nicht. Und soweit es sie gab, hat man sie übersehen, einfach nicht zur Kenntnis genommen.« Der Onkel blies Luft durch die Nüstern, als hätte er eine Pusteblume vor sich. »Ihr Adel, *nobilitas valachorum,* ist im Magyarentum aufgegangen. Und das Volk blieb verwaist, ein Volk von Leibeigenen, wie die Blumen auf dem Felde, ohne Geschichte, dafür wildwuchernde Mythen und Legenden. Aber lassen wir die Botanik.«

»Mach die Tür zu, es zieht ordinär«, maulte Konradine.

Doch der Vater ließ sich nicht beirren: »Siebenbürgen, das wir nun, Gott sei's geklagt, verlassen, dies Land des Segens, Land der Fülle und der Kraft, mit seinen kristallklaren Quellen und ozonhaltigen Triften, mit den stolzen Gipfeln der Karpaten und den kühlen Kirchenburgen ... Wir verlassen es, um im Hochofen des Banats an Leib und Seele dahinzuschmelzen, zu vergehen in Staub und infernalischen Hitzen. Das haben sich die guten Schwaben vor zweihundert Jahren eingebrockt, als sie sich zwischen Heide und Hecke niederließen, um versumpftes Land fruchtbar zu machen. Gewiß, tüchtig diese Schwaben und hitzebeständig wie Jenaglas. Aber ohne nennenswerte Geschichte, Agronomie ist geschichtslos. Dagegen wir Sachsen in Siebenbürgen: fast keine Agronomie, zuviel Lehmboden, aber hochschwanger vor Geschichte. Doch alles für die Katz: Sie liegen verstummt im Feld umher.«

Als die beiden Historiebeflissenen sich zurück ins Abteil setzen wollten, hatte Kuny sich ausgestreckt. Sie ruhte auf dem Rücken, lehnte den Hinterkopf an ihre sitzende Schwester und belegte die ganze Polsterbank. Die Hände hatte sie über dem Bauch zu Fäusten geballt, als wolle sie die Wärme zurückhalten.

Der Onkel kauerte sich gegenüber in die Ecke zu Füßen seines Sohnes Kunolf, Clemens aber hob Kunys Beine auf seine Handteller, schlüpfte unter die Beuge ihrer Knie und setzte sich mit steifem Rücken hin. Seine Windjacke, die auf den Boden gefallen war, breitete er über sich und das Mädchen. Er spürte die Wärme ihrer Kniekehlen und das Kitzeln der Beinhärchen an seinen Oberschenkeln. Schwarze Härchen in eigenwilliger Musterung, das wußte er. »Mollig und rassig, dieses Banater Weibsstück«, hatte jemand im Strandbad von Schäßburg ausgerufen, als die Mädchen dort vor einigen Wochen aufgetaucht waren und Aufsehen erregt hatten, auch weil sie nicht schwimmen konnten. »Aber Nasenlöcher wie eine Steckdose!«

2

Clemens' Augen brannten. Unter den heißen Lidern erschien die Porzellanfabrik *Aurora Purpurie*. Nach einigen Monaten als Schichtarbeiter in der Ziegelei an der Kokel war er dorthin versetzt worden. Jemand Hochgestelltes mußte die Hand im Spiel gehabt haben. Bei der Kaderabteilung hatte man ihm mit glitzernden Augen gesagt, er komme nunmehr in den Vorhof des Paradieses.

Vor seinem inneren Auge gewahrte er die vielfältig geformten Artikel, wie sie den Trockentunnel verließen und im Verglühofen von höllischen Feuern verschluckt wurden, doch ohne zu verglühen. Noch jetzt wunderte es ihn, daß die Formlinge wieder zum Vorschein kamen, dazu gefestigt in Ausdruck und Charakter. In besonderen Stuben wurden sie von kunstfertigen Händen geschmückt und glasiert, um dann als dekorierte Gebilde in den Gutbrennraum verfrachtet zu werden, begierig nach dem Fertigbrand im Scharffeuer.

Seine Arbeit war es zu Anfang, die Erzeugnisse aus dem Verglühofen herauszuholen und in die Glasurstube zu befördern. Die Arbeit teilte er sich mit zwei Burschen, vermummt wie Eskimos. Hinein in den Ofen verfrachtete man die drei, ehe die Wände abgekühlt waren, denn es dauerte bis zu achtzig Stunden, bis erträgliche Temperaturen herrschten. »*Repede, mai repede!* Rascher!« feuerte der griesgrämige Obermeister Antonie sie an, während er an seinen hohlen Zähnen zuzelte. »Sputet euch! Die Partei wünscht, daß der *plan de producţie* überboten wird und durch Einsparungen die Arbeiterklasse billigere Waren kaufen kann.« Später beauftragte man Clemens, die Brennkammern mit Schamottziegeln und hitzebeständigem Mörtel auszubessern und die Düsen der Gasbrenner zu säubern. Während er in den Öfen herumturnte, brach ihm aus allen Poren der Schweiß, seine Hände bedeckten sich mit Brandmalen. Kam er nach Hause, schabte die Großmutter das Salz von seinem Körper. Beim Fünf-Uhr-Tee vor dem Reitstall, ihrer beider neuer Wohnung, entglitten die Tassen um ein Haar seinen Händen, so zitterten sie vor Hitze. Auch wußte er nunmehr, was für Gefährdungen diese Wunderwerke aus Kaolin und Flußsand ausgesetzt waren, bevor sie sich zu edler Zartheit läuterten.

Doch siehe, innerhalb der Feueröfen machte er Karriere, stand dem Obermeister bald zur Seite, brachte es zum Vorarbeiter. Und führte Neuerungen ein. »Auch als Arbeiter muß man Köpfchen haben, nicht nur Hände und Arsch«, lobte Keleti. Und er hatte recht. Clemens hatte das »Rascher!« und »Billiger!« der Obrigkeit ernstgenommen, doch nicht so sehr wegen der Kauflust der Arbeiterklasse, sondern wegen seiner Erziehung zu Pflicht und Schuldigkeit.

In der Porzellanfabrik »Roter Purpur« war ein lästiges Problem aufgetaucht: Im Trockentunnel ließen sich einige der latschigen Formlinge rascher von der Heißluft zur Wasserabgabe bewegen, andere setzten sich zur Wehr. Zuwarten aber mußte man, bis die letzte dieser Gießformen ausgetrocknet war. Erst dann konnte man sie allesamt dem nächsten Produktionsgang in der Glasurstube anvertrauen. Damit ging kostbare Zeit für den Sozialismus verloren. Nun gelang es Clemens, die einzelnen Formlinge so zu gruppieren, daß die Abstände zwischen ihnen verschieden breit waren, nach einem spitzfindigen geometrischen Schema. Minimale Raumvergrößerung führte zu meßbarer Zeitverkürzung. Alle Gebilde waren nunmehr zu gleicher Zeit bereit, weiterzuwandern von einer Hitzestation zur anderen und gleichmäßig geschmort die Trockenkammer zu verlassen. Was Wunder, daß ihm sogar der Parteisekretär über den Schreibtisch hinweg die Hand reichte und den Hintern eine Spanne hoch über den Drehstuhl lüpfte, auf dem noch vor kurzem der Nazi-Ortsgruppenleiter Dr. Baumann amtiert hatte.

Aber es setzte diesen Bemühungen die Krone auf, als Clemens vorschlug, die Abwärme aus dem Porzellanofen nicht verpuffen zu lassen, sondern durch eine wattierte Rohrleitung in den Verglühofen zu lenken. Das ergab Einsparungen von Hunderten Kubikmetern Erdgas. Diesmal erhob sich der Parteiobere zu seiner vollen Größe, schritt um den Eichenschreibtisch herum und schüttelte Clemens mit beiden Händen beide Hände. Keleti, der den Jungen zur Parteizentrale begleitet hatte, hüpfte vor Stolz von einem Fuß auf den anderen.

Arbeit unter dem Diktat von Ziel und Zeit war Clemens zum ersten Mal am 23. August 1944 bewußt geworden. An diesem Tag hatte Rumänien die Fronten gewechselt. Drei Jahre waren rumänische Soldaten mit der deutschen Wehrmacht mitmarschiert, bis nach Stalingrad und zurück. Als die Sowjets sich Bukarest näherten, hatte Rumänien die Waffen umgekehrt. Der junge König Michael I. hatte dem Deutschen Reich den Krieg erklärt, damit den Weltkrieg um fünf, sogar sechs Monate verkürzt und Millionen das Leben bewahrt. Ein Datum mit Folgen: nicht nur für die Siebenbürger Sachsen, die groß Deutsche hatten sein wollen, ja Großdeutsche, sondern für ganz Rumänien.

Noch in der Nacht vom 23. zum 24. August 1944 hatte Rosa, die Haushälterin in der Villa Heliodor, auf Geheiß der Herrschaft körbeweise Bücher in den gemauerten Ofen der Waschküche räumen müssen. Und Clemens war angehalten worden, ihr zur Hand zu gehen. Eine schwierige Arbeit: Die

Papierklötze sperrten sich dagegen, verbrannt zu werden, fingen kaum Feuer, obschon man ihnen gewaltig einheizte, sie mit dem Schürhaken aufstachelte. Doch gegen Morgen war das Werk vollbracht. Der junge Clemens fiel auf den Wäschetrockner, die Hände erhitzt, das Gesicht verrußt, belagert im Kopf von Büchern, die sich bäumten und krümmten und aus denen glühende Lettern rieselten, und schlief.

Es waren Bücher, von denen der Vater meinte, daß sie den herbeiflutenden Russen mißfallen könnten. Daran glauben mußten alle Bücher mit pompösem Lederrücken, und folglich nicht nur Bücher von Hans Grimm, Hans Friedrich Blunck, Edwin Erich Dwinger und Konsorten in der Deutschen Buchgemeinschaft oder Hamburger Verlagsanstalt, Schließfach 233, sondern auch von Jakob Wassermann, Heinrich Mann, Stefan Zweig und ihresgleichen, die in Verlagen wie Paul Zsolnay, Kurt Wolff und anderen mit Gewähr für Qualität erschienen waren.

Die Mutter, die vorher nie den Kopf in die Waschküche gesteckt hatte, gab zu bedenken, daß niemand Bescheid wisse, was nun in punkto Lektüre und Ästhetik tatsächlich den Geschmack der asiatischen Eroberer treffen könnte. Ja, vielleicht war es umgekehrt: Bücher in Leder oder Leinen flößten eher Respekt ein und böten dem Hause besser Schutz.

Rosa, die Perle, aber muckte auf: »Schad um die unschuldigen Bücher in unserer heiligen deutschen Muttersprache. Alles von wegen diese Tatarenherden aus den Steppen von Asien ohne Kultur, die mehrwie nicht können lesen und die unseren germanischen Menschen wollen auffressen mit seiner weißen Haut und mit dem blonden Haar und den blauen Augen, und den Fenriswolf dazu.« Hinterrücks gelang es der Haushälterin, ›Mein Kampf‹ vor dem Feuertod zu bewahren. Sie versteckte das Buch in ihrem Strohsack. Bei den Hausdurchsuchungen in den Jahren danach pflanzte sie sich jedes Mal vor der Tür ihrer Kammer auf und betonte: »Ich gehöre zur Herrschaft, aber ich bin keine Herrschaft nicht.« Sie sei nur eine Hausangestellte. Oder sie ließ sich erschöpft auf das Bett fallen, zeigte ihre Krampfadern, die häßliche Frucht bourgeoiser Leuteschinderei, lamentierte laut über Gelenkschmerzen. So wagte niemand von den Genossen, nicht einmal der Oinz Schuffert, frischgebackener Parteiagitator, vormals Volksgenosse, ihr unter den erschöpften Hintern zu greifen und dort nach Hitlers ›Mein Kampf‹ zu suchen.

An jenem 23. August aber ging nicht nur ein Stück Lese- und Bücherkultur verloren, nein, Schäßburg verlor weit mehr: eine Persönlichkeit, eine exotische Zierde der Stadt. Die Fürstin Quastowa-Oberth kehrte der Stadt für immer den Rücken.

Natalja Felixowna Quastowa, Tochter eines russischen Fürsten und zaristischen Ministers, war 1919 mit einem Ochsenwagen von der Krim nach Schäßburg gereist, geschützt von einem seidenen Sonnenschirm. Neben ihr waltete ein Kutscher in Livree mit dem rituellen Ernst eines Hohepriesters seines Amtes. Hinten schwankte und klirrte das Pianino mit dem kleinen Familienwappen, den Beschluß bildete ein Schrankkoffer, stehend. Schrankkoffer, das hatte man in der kleinen Stadt noch nicht gesehen. »Das Allernötigste, *le strict necessaire*«, erläuterte die Prinzessin bei der Ankunft. Ein Onkel der Fürstin war mit einem Springbrunnen durch Europa gereist, der jeden Abend vor dem Hotel seine Wasserkünste spielen ließ.

Fünfundzwanzig Jahre später, als sie über Rundfunk aus dem Mund des Königs vernommen hatte, daß Rumänien die Rote Armee als Freund und Befreier im Land begrüße, brach sie noch in der Nacht auf. Mit dem verfeinerten Spürsinn der großen Dame für Gefahr im Anzug entfernte sie sich auf leise und elegante Weise, Richtung Westen. Per Ochsenwagen wie einst rollte sie davon, neben sich den Kutscher Anatol Iwanowitsch mit graumeliertem Backenbart und erblindeten Silbertressen, diesmal ohne den Schrankkoffer, wenn auch mit Pianino.

Zurück ließ sie einen Ehemann, den Stadtarzt Dr. Eugen Oberth, Spezialist für Unterleibskrankheiten. »Noch einmal die Bolschewiken, das ist zuviel für ein Menschenleben, lieber Evgenij. Das geht auf keine Kuhhaut, wie man hier bei euch zu sagen pflegt.« Solches hatte sie ihrem Gatten ins Ohr geschrieen, der sich taub stellte. »Du aber bleibe. *Bogdaproste, mon cher!*«

Auf dem Weg, hieß es, habe sich die Front vor der Reiselustigen auf mirakulöse Weise geöffnet, ja einen Bogen um sie geschlagen. Wegen eines Zauberworts hatte man Ochsen, Wagen, Klavier und Fahrende überall durchgelassen. Dieses Wort lautete: Berlin! Doch als die fahrende Fürstentochter in Potsdam angelangt war, in der Russenkolonie aus der Zeit der Befreiungskriege mit ihren rot-weißen Holzhäuschen und Birken, war die Rote Armee schon zur Stelle. Die hungrigen Krieger spannten die Ochsen aus, spießten sie auf ihre Kanonenrohre und feuerten los, bis das Fleisch zu schmoren begann. Die Schlacht um Berlin konnte beginnen. Während die Soldaten das kochende Fleisch verschlangen, mußte die russische Prinzessin ihnen aufspielen. Sie spielte ›Die Petersburger Schlittenfahrt‹, dazwischen Notturnos von Chopin und zuletzt, als Berlin gefallen war, die Ouvertüre zu ›Tristan und Isolde‹.

Clemens zog andere Konsequenzen aus dem 23. August. Er entwich in höhere Regionen. In der Mansarde des Hauses hatte er sich schon nach Pfingsten 1944 eine Kammer eingerichtet, die er sporadisch bewohnte; das geschah nach seiner Konfirmation, als es Rosa einfiel, ihn »junger Herr« zu nennen, und das Stubenmädchen ihn mit einem Knicks begrüßte. Nun aber, da es auf der Erde so wüst zuging, die Russen ins Haus standen, die Deutschen sang- und klanglos von der Bildfläche verschwunden waren, griff er nach den Sternen. In seiner Dachkammer hatte er eine primitive Sternwarte aufgebaut, von der aus er in klaren Nächten die Himmelsmechanik studierte: Arbeit mit einem bestimmten Ziel, doch zeitlos. Die schwarzen Löcher mit ihrer Melancholie hatten es ihm angetan. Er blieb unter dem Dach vier Jahre lang, bis zum Tag der Austreibung.

Seine Mutter, Alma Antonia Rescher, eine geborene Schuler von Rosenthal aus alter Schäßburger Familie, hatte schon früher das halbe Dach der Villa mit Glaswänden verkleiden lassen, sehr zum Ärger ihres Mannes. Der mußte einen Arbeiter aus der Fabrik abkommandieren, um die Glasvertäfelung wasserdicht zu halten, und einen zweiten Gärtner einstellen. Im Gewächshaus auf dem Dachboden zelebrierte die Dame des Hauses den Ablauf der Jahreszeiten. Schneite es, wurde daraus ein Wintergarten mit allen anachronistischen Auswüchsen. Im Frühling bildete die Dachstube für die Hausherrin einen Ort unnatürlicher Bräunung und somit die Quelle von Lustgefühlen und einem solitären Standesdünkel: Während die anderen Damen von Schäßburg ihre Glieder mit Hypermangan einreiben oder sich im Studio der Frau Wokruletzky unter der elektrischen Höhensonne verrenkten, um rassig braun zu erscheinen, promenierte Frau Alma Antonia nackt im Glashaus zwischen exotischen Blumen, vertieft in Lektüre über fremde Länder und Kulturen. Die Abenteuerromane von Karl May und Friedrich Gerstäcker kampierten unter gelbblütigen Baumwollstauden vom Ufer des Mississippi. Reiseberichte von Kasimir Edschmid, zum Beispiel ›Afrika – nackt und angezogen‹, lagen aufgeschlagen zwischen nacktsamigen Ginkgogewächsen und sogen sich voll mit dem ranzigen Geruch der Samenknoten. Und des Grafen Hermann Keyserling ›Südamerikanische Meditationen‹ schaukelten auf dem Affenbrotbaum. In den Sommermonaten versetzten die tropischen Temperaturen im Treibhaus die Vegetation in Ekstase. Trat man ein, verschlug es einem den Atem, schwindlig tastete man sich vorwärts. Es schien, als hörte man die Pflanzen vor Wollust stöhnen. Diese abenteuerlichen Gewächse ließ die Dame des Hauses im Oktober beseitigen und durch Blumen des sommerlichen Gartens ersetzen, um dem Herbst einen Streich zu spielen.

Dort, hoch oben, am Rande dieser luxuriösen Scheinwelt, hatte Clemens sich in seine Dachkammer zurückgezogen. Mit Hilfe des Kutschers und Hausmeister Arpád Keleti, der Clemens weiterhin duzte, und des Hausknechts Will Badestein, der ihn schon als Kind mit Ihr und Euer angeredet hatte, wurde in die Lukarne ein Schiebefenster eingebaut. Um mehr Tageslicht einzulassen, ersetzten sie einige Dachziegel durch Glasscheiben. Die schrägen Wände der Kammer wurden mit Schilfmatten verkleidet. »Dahinter nisten sich die Wanzen ein«, warnte Rosa. Im Sommer dämpfte Clemens die überhöhte Temperatur in seinem Kabuff, indem er durch die gußeisernen Heizkörper der Zentralheizung kaltes Wasser fließen ließ. Ein Holzgestell mit Strohsack diente als Bett, ein Spiegelschrank enthielt Bücher und Kleider. Der zierliche Maria-Theresia-Sekretär, den die Großmutter ihm zur Konfirmation geschenkt hatte, paßte zu diesem Ort der schrägen Flächen.

Nach dem fatalen August 1944 war dann das schlichte Observatorium dazugekommen. Ziemlich in der Mitte seiner Dachkammer reckte sich auf einem Stativ das transportable Fernrohr, so daß jeder Besucher darauf Rücksicht nehmen mußte. Als Beobachtungsspalt diente die Lukarne, hierzulande Ochsenauge genannt. Es war Clemens recht, daß er nur ein Segment des gestirnten Himmels zu Gesicht bekam. Angestrahlt vom irisierenden Himmelsgewölbe, das erträglich war, weil in sphärische Abschnitte zerlegt, erholte er sich hier von dem geballten Sonnenlicht, das die Mutter in das Dachgeschoß genötigt hatte und das ihm auch sonst treppauf, treppab im strapaziösen Gelb der Sonnenblumen aufstieß. Und erhoben fühlte er sich über die schwierigen Verhältnisse unten im Haus und auf der Erde.

Später zerrten Fabrikarbeiter seines Vaters an Seilen ein Pianino hinauf, nicht ohne klassenkämpferische Parolen: »Bald ist es soweit, daß Ihr, junger Herr, Eure Finger verbrennen werdet an dem, was wir Arbeit nennen. Dann wird Euch der Appetit auf das Klavier vergehen. Und wir schmeißen das Teufelsinstrument vom Dach hinunter.«

In den Regennächten aber las er Bücher nach Herzenslust.

Rosa bestand resolut auf einer Klingel zum Dachboden, damit sie Mutter und Kind kommode herabbestellen könne, »zu uns normale Leute«. So steile Treppen, das vertrage ihr Herz nicht. Und unterm Dach sei es heiß wie in einem Heuhaufen. »Es trifft mich der Schlag wie unlängst die Frau Stadtpfarrer im Dampfbad.«

Ja, der Tod im Dampfbad, das war eine wahre Sensation gewesen, ungeheuerlich und einzigartig wie das Kommen der Russen. Und die tragische Folge dessen, daß Badezimmer in Schäßburg eine Rarität waren oder unbenutzbar, weil die Wasserleitung der Stadt leck war. »Das wollen Sie ja nu nicht, gnä' Frau, daß mich der Schlag tut treffen auf der Treppen!« Nein, das wollte niemand im Haus. Eine elektrische Klingelleitung wurde gelegt.

Otto Rescher blickte einmal kurz zum Sohn herein. Er lobte die genügsame Einrichtung: »So muß man beginnen, wenn man es zu etwas bringen will. Wer hoch hinauswill, muß unten anheben.« Durch den Urwald seiner Frau hatte er sich den Weg gebahnt, indem er mit den Armen um sich schlug, als benütze er eine Machete; aus all dem Gewabere quollen klebrige Säfte. Geknickte Äste, verstümmelte Stengel, aufgeschlitzte Blätter bezeichneten seine Spur.

»Ein Elefant im Porzellanladen!« schalt Frau Alma Antonia und versorgte ihre Lieblinge wie wunde Tiere.

Sie befand, daß Clemens' Kammer eine aparte Gegenwelt sei. »Es ist so, daß der Mensch meistens mit seinem Stand und Zustand unzufrieden ist und nach Alternativen sucht.«

»Das erinnert an Spitzweg«, sagte die Großmutter, die heftig atmend eingetreten war und die beschlagenen Augengläser blank rieb. »Mein Gott, bei deiner Mutter hier oben, das programmierte Malheur! Die vergewaltigte Botanik wird explodieren, und der Dachstuhl wird Feuer fangen. Oder alle im Haus werden wir eines Nachts ersticken, diese gierigen Gewächse verschlingen den ganzen Sauerstoff. Der arme Otto.« Die Großmutter ließ sich auf dem Boden nieder. Clemens brühte Kaffee auf, ganz Gastgeber.

»Apropos Spitzweg, der Maler bürgerlicher Gemütlichkeit von einst ...« Die Großmutter in Pluderhosen, im Türkensitz an den kühlen Heizkörper gelehnt, mit Zigarillo und Kaffeetasse, beschwor die gute alte Zeit: »Selbst Otto meint, daß die Amerikaner es nicht zulassen werden.«

»Was denn?«

»Daß diese Taugenichtse die gute alte Zeit, die wir erfunden haben, sich einverleiben, indem sie uns mir nichts, dir nichts daraus vertreiben. Die gute alte Zeit – so etwas zu schaffen und zu bewahren, dafür braucht es Emsigkeit und Fleiß von Generation zu Generation, bedarf es der Arbeitslust und des Erfindungsgeistes und des Sinnes für Gemütlichkeit. Und das fehlt diesen Tagedieben.«

»Du irrst, Oma, die wollen gar nicht die gute alte Zeit. Denn die alte Zeit war für sie eine schlechte Zeit«, erwiderte Clemens. »Die wollen etwas ganz anderes. Die arbeiten verbissen und ruhelos an einer neuen Zeit.«

»Arbeiten? Vielleicht später einmal, wenn es nichts mehr zum Stehlen gibt. Aber meinetwegen«, sagte die Großmutter. Sie erhob sich mühelos, ja mit einer gewissen Eleganz, und sagte: »Ihre alte Zeit wollen sie wohl nicht, aber unsere gute Zeit schon; leben wie wir, das möchten sie alle. Und dafür keinen Finger rühren, sondern mit beiden Händen grapschen nach dem, was wir und unsere Vorfahren geschaffen haben im Schweiße unseres Angesichts. Das lassen die Amerikaner nicht zu! Tüchtige, unternehmungslustige Menschen, wenn auch ohne Kultur und Geschichte. Und überhaupt, noch ist der König im Land.« Clemens schwieg artig, zumal er sich nicht erinnerte, jemals im Angesicht seiner Großmutter Schweiß gesehen zu haben.

Kurz währte die Zeit, die Clemens unbehelligt in seiner Dachstube hausen konnte. Zu den Ausschweifungen der Freiheit dort oben gehörte, daß er ein Buch oft in ein, zwei Nächten zu Ende las, Bücher, die damals unter seinesgleichen im geheimen zirkulierten. An dem Roman ›Zwischen Weiß und Rot‹ von Edwin Erich Dwinger ging ihm auf, daß man in eine Zwickmühle geraten konnte zwischen den politischen Couleurs: Einerseits war da die zwangsläufige Zugehörigkeit zu einer Klasse, andererseits das Bestrickende einer universalen sozialen Gerechtigkeit, die auch die Untersten erreicht. Etwas störte, aber er war zu unerfahren im Zu-Ende-Denken von Widersprüchen. Die Gerechtigkeit ist auf der Seite der Revolutionäre, bestätigte sein Verstand. Aber nicht das Recht, sagte ihm sein Gewissen.

›Winnetou‹ las er rumänisch und ›Onkel Toms Hütte‹ in französischer Übersetzung. Er befragte jedes der fremdartigen Wörter, bis er Sinn und Zusammenhänge begriffen hatte. Doch erfüllte ihn nicht nur das Entzücken des Entdeckers, sondern es war ihm, als ob er sich in das Dickicht dieser fremden Sprachen würde flüchten können, darin Schutz finden. Einen Schutz, den seine Welt mit den vertrauten Chiffren in der Muttersprache nicht mehr bot.

Winnetou, die Rothaut, und Old Shatterhand, das Bleichgesicht – es mußte etwas geben, das die Verschiedenartigkeit der Geschöpfe überhöhte, das Trennende zwischen den Menschen überbrückte, etwas, das stärker war als der krasse Widerspruch in der Färbung der Haut, in der Tönung der Seele, in der Schwarzweißmalerei der Klassengegensätze. War es die Freundschaft? Das war doch nur die äußere Form dieser innigen Verbundenheit, die das Gegensätzliche vereint.

So grübelte er in den Nächten in seiner Dachkammer, während er die Milchstraße entlangspazierte und sich in die schwarzen Löcher des Weltalls fallen ließ. Was aber ist der Antrieb, der dir das Fremdartige nahebringt? Er erschrak bei dem Gedanken, daß ihm Petra aus der Untern Baiergasse näherstehen könnte als die fesche, gebildete, temperamentvolle Isabella Reinhardt, die Enkeltochter des Konditors Albertini, die in einem Eckhaus am Marktplatz wohnte. Und die ihren Geburtstag nach der gleichen Etikette ausrichtete wie er in der Villa Heliodor, mit einem kleinen Unterschied: Statt Rescher-Edelhalva gab es dort Albertinische Cremeschnitten.

»›Onkel Toms Hütte‹, aha, dazu französisch, schön«, sagte die Mutter, die manchmal bei ihm anklopfte und zu ihm hereinsah im gelbseidenen Hosenanzug, es wurde hell in seiner Kammer. »Das sind alles Schwarze mit weißen Seelen. Heißt dort der Hauptheld nicht Candide?«

»Nein«, sagte Clemens, lachte und sah zu seiner Mutter auf. »Nein, die Hauptfigur heißt Onkel Tom.«

»Eben, eben«, sagte sie. »Aber vielleicht gibt es dort doch einen Jüngling namens Candide. Du weißt ja, was *candide* heißt. Denk an Kandiszucker, an Kandidat: das Weiße, Unbefleckte, Reine. Meinst du nicht, die Unschuld dieses schwarzen Naturburschen werde zu stark herausgestrichen, stilisiert? Oder überhaupt das Edle all der Neger? Der Mensch ist radikal böse, ob schwarz, ob weiß. Oder nicht?« Sie schloß lautlos die Tür.

Und öffnete sie von neuem: »Hast du bemerkt? Alle Damen aus unserm Kränzchen promenieren nur noch mit Bulldoggen durch die Stadt.«

Er hatte es nicht bemerkt, aber davon gehört. »Weißt du warum? Es war meine Idee. Unlängst im Kränzchen ließ ich fallen, daß es sinnvoll wäre, einen häßlichen Hund spazierenzuführen. Du kannst dir vorstellen, wie neugierig die Damen waren. Warum? Wieso? Wozu ist das gut?« Auch Clemens wurde neugierig.

»Die Leute sehen zum Hund hinunter, verstört von dessen monströsem Kopf weichen sie mit den Blicken aus und bekommen automatisch die feschen Waden der Damen in den Blick.«

»Ja, und?«

»Candide«, sagte sie und strich ihm übers Haar.

Er verstand und fragte: »Aber du, du hast keinen Hund?«

»Candide«, sagte sie noch einmal und strich ihm nicht mehr übers Haar. Und nach einer Pause: »Ich brauch das nicht.« Und schloß, ehe sie hinausschwebte: »*C'est la vie!*« Sie konnte Französisch. Und Englisch auch. Als Alma Antonia Cathérine Marie Roswitha Schuler von Rosenthal hatte sie vier Jahre im Konvent der Englischen Fräulein in Bukarest zugebracht. »Zu nichts nütze, die Sprachen«, meinte sie. »Mit den Dienstmägden spricht man sächsisch oder ungarisch, mit Damen deutsch, mit dem Postträger rumänisch. Und Reisen? Otto reist nur bis an das Ende seiner Sonnenblumenplantagen, nach Eppeschdorf, nach Keresztur. *C'est tout. All right.*«

In der Woche darauf steckte sie wieder den Kopf in die Dachstube, ein Schwall von Düften erfüllte das Gelaß, gelbe Reflexe irrlichterten über die Schilfwände. »Ah, Karl May, rumänisch. Vorwort vom orthodoxen Patriarchen Miron Cristea. Ja, ja, man lernt bei Karl May gut und böse auseinanderzuhalten. Aber«, sie rümpfte die Nase, »an das Gute glauben? Welche Illusion. Nein, nimmermehr. Das Gute: ein Hirngespinst weltfremder Denker, eine Erfindung der Philosophen. Oder?« Sie zog sich zurück, ehe Clemens einen Gedanken fassen konnte, geschweige denn eine Antwort bereit hatte. Die Mutter ließ ihn allein.

Wen er manchmal hier oben einließ, das war Petra Schuffert aus der Unterstadt. Mit ihrem Vater hatte Clemens in dessen Küche gescheite Gespräche geführt, ehe der brave Mann zum Parteiagitator avanciert war. Unter Freunden wurde sie Flora gerufen, ein Name, der ihr von der Schulzeit geblieben war.

»Flora ... Recht so. Denn Petra paßt nicht zu ihr«, bemerkte Isabella Reinhardt zu Clemens. Die beiden bummelten durch die Alte Stadt, gingen spazieren im Bannschatten der neun Wehrtürme. »Das mit Petra war eine ideologische Marotte ihres Vaters, der hat es ja mit der Geologie und der Partei. Aber Flora, das ja. Sie hat etwas Vegetabiles an sich.«

Isabella war die andere Freundin seit den Tagen der Kindheit. Nach der Quarta, der vierten Gymnasialklasse, hatte sie sich für das Evangelische Lehrerinnenseminar entschieden. Mit neunzehn bereits würde sie Lehrerin sein, auf dem Lande, in einer der kirchlichen Volksschulen, freilich um den Preis, nicht zu heiraten. Entweder Schule oder Familie, so die Regel. Doch nach 1944 enthielt man sich jeder Zukunftsmusik.

Sie traten durch das Burgtor auf den Platz um die Klosterkirche. »Unser Schäßburg ist eigentlich eine Stadt für Verliebte.«

»Warum?« fragte er und blieb stehen.

»Das sag ich dir ein andermal. Übrigens, weißt du, daß unser Schäßburger Ägrisch nur bei uns vorkommt, als eine kernlose Abart des gemeinen Sauerdorns? Die Österreicher sagen Agrassel, die Deutschen Stachelbeere, wir gut sächsisch Ägrisch.« So belehrte sie den Freund.

»Stell dir vor, statt: Geh in Ägrisch! hieße es: Geh in die Stachelbeeren! Wie gravitätisch. Das Deutsche ist zu ernst, als daß man richtig schimpfen oder lachen könnte. Diese Schäßburger Beeren sind sehr gesund, reich an Vitamin C. Aber sie haben seltsamerweise keine Samen, etwas stimmt mit der Fortpflanzung nicht ... Apropos Petra-Flora: Pflanzen sind zu bewundern und zu bedauern. Wo sie stehen und gehen ...«

»Gehen wohl nicht.«

»Laß die Wortklauberei. Wo sie stehen und gehen, müssen sie überleben. Sie können nicht wie die Tiere davonrennen, der Gefahr entfliehen, andere Futterplätze aufsuchen oder Freudensprünge vollführen. Sonderbar scheint mir: Ob Pflanze oder Tier, entscheidet sich im Frühstadium der Phylogenese mal so, mal anders. Ist genügend Nahrung im Meerwasser vorhanden, kann das primitive Lebewesen Wurzeln schlagen und sich seines Lebens freuen, ohne sich viel anzustrengen. Wenn nicht, erhält es Füße und muß laufen, um leben zu können. Das weißt du ja.« Er erinnerte sich nicht, daß er das wußte.

»Und was hat das mit Petra zu tun?«

Isabella hängte sich bei ihm ein. Er behielt die Hände in den Taschen seines Lodenmantels. »Beklemmend, wenn ich mir vorstelle, wie wenig Spielraum oder Bewegungsfreiheit ein Mensch hat, der in so kleinen Verhältnissen aufgewachsen ist wie diese Flora.«

»Das wird sich bald ändern.«

»Die Verhältnisse wahrscheinlich. Aber der Mensch nicht. Was für Begierden sich in so einem Wesen stauen müssen. Sie erinnert mich an den Sonnentau. Diese furchtbare Pflanze plagt sich nicht damit ab, aus Mineralien organische Stoffe zu bereiten, sondern sie zerstört organisches Leben, indem sie die Insekten verschluckt, die sie begatten.« So redete Isabella, und Clemens dachte sich das Seine.

3

Clemens ließ sich einlullen von der Wärme unter der Windjacke, die er über seine Cousine Kunigunde und sich gebreitet hatte. Er saß aufrecht, sie lag ausgestreckt. Er trug eine kurze Lederhose. Ihr Rock war hinaufgerutscht. Die Beine bildeten eine Brücke über seine nackten Oberschenkel. Mit den Füßen stieß sie an ihren Vater, der in der Fensterecke schlief.

Clemens glaubte zu wissen, was seine Cousine bedrückte. Einige Male hatte sie im Schlaf Klagelaute von sich gegeben, aus denen hie und da ein Wort zu erkennen war: »Niemand.« Mitleid überkam ihn. Doch dämmte er es zurück. Unlängst hatte er einen Satz gelesen: Mitleid ist der Anfang einer unglücklichen Liebe.

Clemens verkehrte im Hause Schuffert seit der Volksschule. Und lachte, wenn Rosa ihn wegen Petra schalt: »Alles in der einen Kuchel. Wie riechst du, Bub. Nach Fisch und Katzendreck. Das ist kein Umgang für einen Buben mit Mutter und Vatter wie du. Daß die Katz sie fressen sollt!«

Besucht hatten Petra und Clemens sich schon als Kinder. Die Freundschaft hatte zu Ende der dreißiger Jahre in der Volksschule begonnen und sich über alle Brüche der Zeiten erhalten, nahezu bis zu dieser Reise ins Banat. Den Eingruß zu dieser Kinderfreundschaft bildete eine Ohrfeige im Schulhof. Clemens hatte brennende Streichhölzer auf die Mädchenköpfe abgefeuert, und zwar so: Mit dem Zeigefinger der einen Hand drückte er das Streichholz senkrecht auf die Reibfläche der Schachtel, mit dem Zeigefinger der anderen katapultierte er das Hölzchen in die gewünschte Richtung. Im Davonfliegen entzündete sich die Kuppe. Wie eine flammende Mini-Rakete suchte das Zündholz sein Ziel, meist war es der Haarschopf einer Schülerin. Diese lief mit Zeter und Mordio in das Sprechzimmer, verklagte den Täter und weinte einige Krokodilstränen. Normalerweise fingen die Haare nicht Feuer, es sei denn, sie waren mit Petroleum eingelassen, gegen Läuse. Petra nun rannte nicht davon, sondern trat auf Clemens zu, schlug ihm die Wurfgeschosse aus der Hand und gab ihm eine Watsche, daß es knallte. Er blieb ruhig, wich auch nicht vom Fleck, als sie zum zweiten Mal ausholte und es dann sein ließ. Er setzte sich nicht zur Wehr, erklärte bloß voll Ernst: »Eine Frau schlägt man nicht und nie eine Dame.«

Sonderbar angerührt war Clemens schon als Knabe von dem Leben in dem ärmlichen Haus in der Untern Baiergasse. Die Gerüche in der Küche hatten es ihm angetan. Er weitete die Nasenlöcher halb ängstlich, halb genüßlich, ja er schnupperte manchmal hörbar, so daß die Mutter des Hauses an ihren Händen roch; beunruhigt fragte sie: »Möchte der junge Herr, daß ich die Türe aufmach, vielleicht riecht es ihm bei uns nicht gut in die Nase. Wir können auch die stinketen Lieseln

wegschaffen. Und vielleicht stört der spinnerte Papagei?«
Im Käfig vor dem Fensterkreuz trieb der Kanarienvogel Coco sein närrisches Wesen. Auf der Fensterbank wucherten in rostigen Blechtöpfen die »stinketen Lieseln«, die in der Oberstadt »Fleißige Lieschen« hießen oder gar *Impatiens*. Eilfertig wurde die Tür geöffnet, die in den Hof ging.

Vater Oinz am Küchentisch meinte: »Es gelüstet unsern Gast nach einem Schnaps. Darum schnüffelt er herum.«

»Oinz, wie redst du, der junge Herr ist doch erst ein Kind, elf Jahre alt.«

»Elf? Mit zehn hab ich schon mit meinem Vatter Bäume gefällt im Wald, im Schnee bis zum Bauch, und das geht ohne Schnaps nicht.«

Auch nach Schnaps roch es. Und nach vielem. Und jedes Mal ein wenig anders. Es roch zum Beispiel nach selbstgekochter Seife aus Unschlitt. Es roch betörend nach Schweiß und Patschuli. Es roch nach dem speckigen Schmutzkübel, nach verbranntem Öl und Fisch, nach Petroleum und Katzendreck. Es roch nach Menschen, die sich mit Küchendünsten vollgesogen hatten, weil sie von der Früh bis zum Abend in der Küche steckten, und die sich einmal am Tag das Gesicht wuschen und den Hals und Samstag die Achselhöhlen und die Brustwarzen, alles in ein und derselben Waschschüssel neben dem Sparherd hinter einem Vorhang. Schon wie die gescheuerte Tischplatte roch, wo er Petra die Aufgaben nachsah, die Mutter das Geschirr spülte, der Vater mit den dickbauchigen Stamperln hantierte! Es waren Gerüche von Reibsand bis Knoblauch, von Schweiß bis Zuika, ein tolles Bukett. Das nannte Frau Alma Antonia, seine Mutter, naserümpfend den Arme-Leute-Geruch, ohne die Nase je in eine »Kuchel« gesteckt zu haben.

Und der berauschende Radau in der Küche! Alle Klänge brodelten durcheinander, und brühwarm kamen die Nachrichten ins Haus geflattert: Während am Ofen die Äpfel im Schlafrock brutzelten, der Vater die ganze Zeit quasselte, der

Kater die Fischgräten knackte, der Kanarienvogel tirilierte, die Mutter lautstark die Geschwister verscheuchte, die alle zugleich dem Gast das Einmaleins herunterleierten, steckte Frau Soos, die Nachbarin, den Kopf herein und schrie über alles Gelärme ihre Neuigkeiten in den Raum: »Ham's Ihnen schon gehört?«

Was da zu hören war: Daß der Marschall Antonescu mitten im Hochsommer die Mistwalachen in Bukarest zwingen tut, daß sie im Anzug mit Krawatten auf die Straßen gehen, wo es doch so heiß ist dorten, daß man den armen Gäulen von der Pferdetram Strohhüte auf den Kopf draufsetzt, daß der Schlag sie nicht treffen tut, und gerade jetzt mit die Krawatten, wo der Kreuzzug vor der Tür ist gegen die gottlosen Bolschewiken.

Daß man hinter dem weibstollen König Carol geschossen hat wie bei einer Sauhatz, als der mit seiner rothaarigen Konkubine, der Lupeasca, weggerannt ist aus seinem Palast bis zu die Troglodyten in Patagonien, Hand in Hand; und daß sie sich haben in den Straßengraben gelegt, die hohen Herrschaften, auf den Bauch, daß keine Kugel sie soll nicht treffen.

Daß die deutschen Herren Offiziere die Frau Beatrix Margarethe Wokruletzky gelernt haben, sie soll ihren Hutladen zumachen und soll aufmachen einen Salon für höchere Sonne künstlich, wo die Damens der Gesellschaft nehmen Sonnenbad mitten im Winter nackend und werden braun überall, auch wo man nicht sagen darf, so daß die Herren Gemahlen am Abend im Bett sie nicht tun kennen, denn ihre Damens sehen nicht mehr aus wie gescheckte Kühe im Sommer im Strandbad mit die Badeanzüge.

Daß die Ortsleiter in unseren Dörfern und Städten ihre eigene Buben nicht haben zu die SS gehen lassen vom Führer in Berlin. Gerade soviel haben diese feinen Herren sich angestrengt, daß ihre Frauen mußten dem Herrn Heilhitler husch, husch ein Kind schenken, das Führerkind; nur die Buben von den gemeinen Volksgenossen habens hingeschickt. Aber unser

Deutscher Leiter hier, der Dr. Baumann, er hat seinen Buben mit seine achtzehn Jahre geschickt nach Stalingrad, wo die Russen haben ihn verkocht in einem Kessel, daß die Frau Doktor ist so verschreckt, daß sie kann keine Kinder mehr nicht schenken niemandem.

»Habens Wörter, Frau Nachbarin?«

Niemand hatte welche.

Daß der Hitler sich in einer Schanze eingegraben habe voll von Wölfen, so viele, daß sie den Russen an die Kehle springen würden, und das sei der Endsieg gegen die asiatischen Horden. Daß der verrückte Raketen-Oberth einen Zeppelin erfunden habe, voll mit Schießpulver, und diese Wunderwaffe, genannt V2, nach London abgeschossen habe, so daß der englische König und seine Frau Königin aus der goldenen Badewanne in die unterirdischen Kanäle gespült worden seien, wo der Sherlock Holmes und der Jack Ripper ihnen die Gurgeln aufschneiden würden.

Am 23. August 1944 war sie die erste, die es wußte, weil sie als letzte es gesehen hatte: daß die Fürstin Quastowa geflohen war, nicht mit den Deutschen, sondern auf eigene Faust mit dem Ochsenwagen, ja, und daß sie ihren Mann, den beliebten Unterleibsarzt Dr. Oberth, zu Haus gelassen hatte, »wie einen räudigen Kater«. Daß es mit der Ehe ein schlimmes Ende nehmen werde, habe man schon bei der Hochzeit vor zwanzig Jahren gewußt. Damals hatte die Prinzessin von der Krim die scharfen roten Paprika für seltene Blumen aus Siebenbürgen gehalten, ja, und hatte mit der verätzten Hand über die Augen gewischt. Tränen waren herausgeschossen wie die Klosterquelle, »und seit damals fließen die Tränen und hören nimmer auf, mal bei ihr, mal beim Herrn Doktor und jetzt bei beiden«. Später war dann von Stalin die Rede, der fünf gleiche Doppelgänger habe und in fünf ganz gleichen Autos in den Kreml fahre und aus dem Kreml heraus, damit die Volksfeinde, wenn sie ihn totschössen, den falschen Stalin treffen sollten, »der aber schon längst tot ist, toter man nicht sein kann«.

Und zuletzt vom König Michael: Den hatten sie zu Neujahr 48 verjagt »wie einen unnützen Papagei«. Eine arme Königstochter wollte er heiraten, so arm, daß sie schlicht und einfach Ana hieß, für zwei n hatte es nicht gereicht. Und darum war der König auf Freiersfüßen weggelaufen, nachdem ihm die Bolschewiken den Thron umgestoßen hatten.

Das alles hatte die Frau Soos von dieser oder von jenem gehört: »Tun die lügen, so lüg auch ich! So wahr mir Gott helfe.«

Und dann die Fetzenteppiche bei den Schufferts in Küche und Stube, deren Muster und Farben sich aus einer Kette von Zufällen ergaben. Sie erschienen Clemens gefälliger als die raffiniert gewirkten Teppiche in der Villa Heliodor. Überhaupt: Der Hausrat dort unten war von einer Dürftigkeit in Auswahl und Anzahl bis zum Gehtnichtmehr. Ja, das ganze Hauswesen der Schufferts war ökonomisch und trotzdem funktional, daß es ihn nahezu mit Neid erfüllte. Bei ihnen oben dagegen drängten die Dinge und die Sachen den Menschen aus dem Haus. Und trotzdem verlor man sich in den vielen sinnlosen Räumen.

Petra wiederum mußte sich in den frühen Jahren der Freundschaft jedes Mal am Freund festhalten, wenn die beiden Kinder durch den Vorgarten zum pompösen Eingang der Villa hinaufgingen, ja er mußte sie oft hinter sich herziehen. Mit elf trafen sie sich zum letzten Mal in seinem Spielzimmer im ersten Stock, ehe ihre Schulwege sich trennten. Am liebsten saß sie auf dem Schaukelpferd, groß wie ein Pony und aus einem einzigen Stück Holz geschnitzt, und ließ sich hochschleudern, daß der weiße Schweif aufrauschte und es sie kitzelte, wo das Kleidchen zwischen den Schenkeln eingeklemmt war, wie sie stotternd zugab. Ja, vor Schwung rutschte sie einmal rücklings vom Holzpferd und lag hingestreckt auf dem Teppich. Verschämt zog sie den Rock über den Kopf. Doch fiel sie rasch in ihre Art zurück, frank und frei herauszusagen, was ihr durch den Kopf schwirrte; fast stolz bemerkte sie, indem sie auf ihr spitzenbesetztes Höschen zeigte: »Das da darf ich anziehen nur, wenn ich zu euch komm!«

Kam Rosa mit dem Quittenkompott und dem firmeneigenen Edelhalva »Helianthus«, dann wurde das Mädchen aus der Untern Baiergasse bockig. Er mußte sie anhalten zu grüßen. Meist verkroch sie sich hinter der Bühnenwand des Kasperletheaters.

Einmal, beim Weggehen Hand in Hand in der Dämmerung, als er sie zum Tor begleitete, war es ihr entrutscht, das Wort, das ihn Jahre später, nach allem, was geschehen würde, ernstlich beschäftigen sollte, eine drollige Entgleisung von einem halben Kind. Geflüstert hatte sie unter den Bogengängen der Kletterrosen: »Wie ein Brautpaar!« Und er hatte ihre Hand nicht fahren lassen, wiewohl sein Herz heftig klopfte.

Bis zur vierten Klasse der Volksschule hatten sie die gleichen Schulkappen getragen, eine rote Tellermütze, wie sie bis 1948 für Mädchen und Buben in den Evangelischen Volksschulen in Siebenbürgen üblich war. Nach der vierten Klasse hatte Clemens die Aufnahmeprüfung für das Knabengymnasium Bischof Georg Daniel Teutsch bestanden und keuchte nun jeden Morgen die fast hundertachtzig überdachten Stufen zur Bergschule hinauf. Petra hatte, wie es damals für Kinder aus der Untern Baiergasse gang und gäbe war, nach der Vierten noch drei Jahre die Schulbank gedrückt, um nachher irgend etwas Handfestes zu lernen. An den Fingernägeln kauend, schlug sie sich bis zur siebten Klasse mit Arithmetik und deutscher Grammatik herum, büffelte sächsische Heimatkunde und vaterländische Geschichte und erlernte recht und schlecht das Rumänische als Fremdsprache. Nach einigen Jahren Hin und Her meldete sie sich zu einem dreijährigen Kurs als Schneiderin. Frau Beatrix Margarethe Wokruletzky hatte diesen Lehrgang angeboten, als die *Cooperativa Tehnica Noua* an sie herangetreten war. Auch hatte die Obrigkeit ihr nahegelegt, das Solarstudio zu schließen. Warum um Gottes willen das Studio schließen? Es sei wider die menschliche

Natur; noch schlimmer: Es verstoße gegen die proletarische Moral.

Was denn, fragte die Inhaberin entgeistert, sie sei eine einfache Frau aus dem Volk, von Haus aus gelernte Schneiderin in Wien, zweiter Bezirk, und habe nur Gutes im Sinn gehabt. Die Haut brauche Höhenstrahlung und ultraviolette Vitamine. Die liefere sie zu konvenablen Preisen. Sie zahle regelmäßig Steuern, und es gehe durchaus züchtig zu, Männern sei der Eintritt verboten, die Herren Genossen könnten sich selbst überzeugen. Wo also liege der Hase im Pfeffer begraben?

Daß sich Frauen splitternackt am hellichten Tag bescheinen ließen von unnatürlichen Strahlen, dazu noch an den intimsten Stellen, wo nie ein Sonnenstrahl hinfalle und wohin nicht einmal der Ehemann sich getraue, einen Blick hinzuwerfen, das alles kränke den unverdorbenen Geschmack des Proletariats. Wenn schon Höhenstrahlung und Vitamine für die Haut, dann sollten die Frauen Kukuruz hacken gehen bei den neugegründeten Staatsfarmen.

Also Schneiderinnenkurs! Neben den theoretischen Fächern, zu denen nach dem Ende des Königreichs auch Parteigeschichte und Politökonomie gehörten – diese auf rumänisch –, mutete man den Kursteilnehmerinnen auch Kenntnisse in elementarer Mathematik zu. Das führte Petra und Clemens wieder zusammen. Sie waren um die siebzehn.

Es war für Clemens nicht einfach, Petras gradsinnigem Verstand klarzumachen, daß Minus multipliziert mit Minus sich in Plus verwandelt.

»Red keinen Stuß zusammen. Du hast Schulden, ich hab Schulden. Wie? Wenn wir malnehmen, was uns fehlt, haben wir plötzlich massig viel Geld? Geh, fang Fische im Schaasbach!« Sie war empört. »Und was du wieder behauptest! Das ist doch eine Schnapsidee: Du teilst etwas, und es kommt mehr heraus, als vorher da war!«

»Gewiß. Eine ganze Zahl, geteilt durch einen Bruch.«

»Das ist direkt unanständig.«

»Keineswegs, sondern logisch: Ist der Divisor kleiner als eins, dann ist der Quotient größer als der Dividend.«

»Grauslich, schon diese verhedderten Namen. Wenn ich etwas aufteile, ist jedes Stück kleiner als das Ganze. So gehört es sich. Das hat schon der Lenin gesagt: Die Wirklichkeit ist stärker als die Theorie.«

Oder was sei das für ein Stumpfsinn, daß sich die Parallelen träfen, wenn auch nur im ewigen Leben. »Mein Lieber, wenn wir beide, du und ich, manierlich nebeneinander gehen, Hand in Hand, dann stolpere ich doch nicht über dich, oder noch besser, du über mich, nicht einmal in alle Ewigkeit. Amen.« Und sie lachte hell heraus.

»So soll es sein.«

Besuchte Petra ihn nun, war ihr das Reschersche Haus immer noch unheimlich, wie zu der Zeit, als sie ein kleines Mädchen war. Heimisch fühlte sie sich bloß in der Dachkammer von Clemens. Ohne weiteres streckte sie sich auf dem harten Bett mit dem Strohsack aus, den der Hausknecht Will Badestein regelmäßig nachfüllte. Sie atmete den trockenen Geruch des frischen Strohs und sagte: »Ein wenig wie zu Hause.«

Auch trösten mußte er sie, wenn sie wegen einer mißlungenen Hausarbeit weinend und wütend bei ihm anklopfte. »Merk dir, Petra«, sagte er schulmeisterhaft, »Grammatik ist nicht nur, um Schüler zu sekkieren; sie lehrt denken. Man könnte sie eine Mathematik der Sprache nennen.«

»Einen Hundsdreck!« Auf dem Bett liegend, verschränkte sie die Hände unter dem Kopf und schloß die Augen. Und schlief ein, ein vages Lächeln auf den Lippen. Manchmal verirrte sich ein Tropfen Speichel in die Mundwinkel, so war sie an den Schlaf hingegeben. Clemens setzte sich neben das Mädchen, nahm ihre Hände und küßte ihre Fingerspitzen. Erwachte sie, drehte sie sich ihm zu, umhegte mit ihrem Körper seine sitzende Gestalt. Während sie ihn warm hielt, stutzte er ihre zerfressenen Fingernägel mit Schere und Raspel zurecht. »Du bist bald ein Fräulein und eine angesehene Schneiderin.« Ja, sie waren der Volksschule entwachsen. Sie küßte ihn auf den Mund und rollte sich zur Dachschräge hin, fiel für einige Augenblicke in Schlaf, aus dem sie aufschreckte. Im geheimen wischte er mit dem Handrücken den Kuß weg.

Der bestirnte Himmel im Fernrohr ließ sie kalt. »Das ist langweilig!« Den Kompaß aber bestaunte sie nach wie vor. Er war ein Geschenk von Clemens' Vater zur Konfirmation. Die Windrose, eine stilisierte Sonnenblume, wirbelte sie um die Pinne wie ein Roulette. Und mochte nicht kapieren, daß Norden immer Norden bleibt. »Sieh her, die Nadel ist zwischen O und SO stehengeblieben, das heißt doch Ost und Südost. Oder?«

Zum Abschied tupfte er ihr Kölnischwasser hinter die Ohrläppchen. Unter den Pflanzen des Dachbodens wurde ihr schwindlig. »Die armen Blumen, daß sie so büßen müssen. Was haben sie euch angetan, daß ihr sie gefangenhaltet? Sie werden sich rächen. Halt mich fest, sonst fall ich um!« Von ihm umfangen und mit zugedrückten Nasenlöchern verließ sie den Irrgarten, der von geilen Duftwogen geschwängert war. Scheu sich umblickend in den vielfältigen Räumlichkeiten, in denen kein Laut zu vernehmen war, schlich sie aus dem Haus, einen kleinen Schritt hinter ihm, selbst jetzt, wo sie erwachsen waren.

Einmal war sie auf der gebohnerten Treppe vor Schreck ausgeglitten und hatte sich hingesetzt. »Herrje, schau dort, das kann doch nicht wahr sein!«

Ein breitflächiges Gemälde hing an der Wand. Zu sehen war ein Jüngling, der splitternackt auf dem Bauch ruhte, hingelagert in ein hochlehniges Biedermeier-Sofa. Der linke Fuß bedeckte die rechte Wade, als schäme sich der Liegende ein wenig. Das Kinn stützte er auf die Armlehne, die Hände baumelten über den Seitenrand. Hinter schwarzen Locken war das Gesicht kaum zu erkennen. Am Fußende ragte eine mannsgroße Vase mit Sonnenblumen, als habe man sie für einen

Augenblick abgestellt. Was aber das Mädchen aus der Untern Baiergasse aus der Fassung brachte, war das Bild im Bild. Kaum daß sie fragen konnte: »Wie hat das dein Vater erlaubt?«

Denn über der Szene mit dem entblößten Knaben hing ein zweites Bild: Das zeigte auf demselben antiken Sofa eine nackte Frau. Diesmal nicht verschämt auf dem Bauch liegend, sondern mit der Vorderseite dem Beschauer zugekehrt: Die prallen Brüste wichen nach unten aus, der Venushügel, schwarzhaarig inmitten des ausschweifend gewölbten Beckens, sprang ins Auge. Langes schwarzes Haar umkränzte das Gesicht, das unbeteiligt in den Raum blickte. Es ähnelte dem Knaben aufs Haar.

»Das bist doch du? Und das andere ist deine Mutter? Schämt ihr euch nicht, alle beide? Dein Vater, der ist zu bedauern.«

Clemens zog sie von den Stufen hoch. »Ein in Bukarest preisgekröntes Gemälde von der Hermannstädter Malerin Kath Hüter. Es erhielt den zweiten Preis von der *Fundaţia Regală Carol II.* Die Prinzessin Ileana, eine Tante des Königs Michael, überreichte die Auszeichnung zu Weihnachten 1945. Freilich, du hast recht, mein Vater kaufte das Bild erst, als die Künstlerin die Sonnenblumen dazugemalt hat.«

»Die Prinzessin Ileana? Dann hat mein Vater recht: Den König muß man wegjagen mit seiner ganzen Mischpoche!«

Vor einem Porträt hielt sie manchmal inne, nachdenklich. Es zeigte einen bärtigen Mann in Schäßburger Patriziertracht. In der oberen Ecke waren in grellen Farben drei Rosen gemalt, die über dem Gemäuer einer orientalischen Stadt schwebten. Der Mann hielt die rechte Hand zum Schwur erhoben, die andere berührte das Bibelbuch. Der Blick war zum Himmel gerichtet. Das Unheimliche an diesem Bild war, daß drei Fingerspitzen der Schwurhand als Stummel durch die Luft wirbelten. Blut spritzte.

»Ein Vorfahre meiner Mutter«, sagte Clemens kühl.

»Ich weiß«, flüsterte sie, »wir haben von ihm gelernt. Der Lehrer Großhienz hat uns von diesem schrecklichen Mann erzählt. Das ist der Schuler von Rosenthal. Der war vor zweihundert Jahren der Bürgermeister von Schäßburg. Ein Falschmünzer, so heißt das ja. Wie der Mephisto vom Goethe, der hat auch falsches Geld gemacht.« Und sie sah Clemens triumphierend an. Der schwieg.

In der Totenstille hörte man aus dem Souterrain das gedämpfte Klirren von Besteck und Geschirr. »Gott sei Dank, daß sich in diesem verhexten Haus etwas regt«, bemerkte Petra. »Er hat falsch geschworen. Als man ihm den Kopf abgeschlagen hat, da sind die Finger mitgeflogen. Das war die Probe, daß er ein Räuber war. Je größer ein Herr, um so mehr lügt und betrügt er, sagt mein Vater.« Und wie erleuchtet: »Dem Rosenthal sein Haus, steht das nicht am Marktplatz? Über dem Tor sieht man drei Rosen aus Gips.« Und erschrocken: »Wie getraut sich ein so großer Betrüger, diese edlen Blumen auf sein Haus zu picken?«

»Er hat die Rosen aus Jerusalem mitgebracht, vom Heiligen Grab«, sagte Clemens und kehrte ihr den Rücken. »Der Kaiser in Wien hat es gestattet, daß mein Vorfahre die Rosen vom Heiligen Grab in sein Wappen aufnimmt, und der Kaiser hat ihm das Prädikat ›von Rosenthal‹ verliehen. Übrigens ist es ein bürgerliches Wappen.« Er stellte sich an die Fensterwand und blickte in den abendlichen Garten hinunter, wo die Tulpen ihre Kelchblätter schlossen.

»Und unter dem Wappen ist ein Verschikelchen, das kein ordentlicher Mensch versteht und wo eure Rosa vorkommt.«

»Das ist die Devise unserer Familie: *Per spinos ad rosas.*«

»Und das heißt was?« Petra wartete. Doch Clemens hüllte sich in Schweigen.

Niemand in der Villa hielt sich mit diesen Besuchen aus der Untern Baiergasse auf. Bekam man das überhaupt mit? Einmal fragte die Mutter im Vorbeigehen: »Hast du eigentlich keinen besten Freund?«

»Nein.« Clemens hatte keinen besten Freund.

Rosa, die Haushälterin, rümpfte die Nase: »Trotz Patschuli, es riecht nach Fisch und Katzendreck, wenn diese aus der Untern Gassen kommt.« Und bemerkte maliziös: »Ein jeder Jüngling hat nun mal 'nen Hang zum Küchenpersonal.«

Belohnt für seine Nachhilfestunden wurde Clemens im Hause Schuffert reichlich, schon durch die brühwarmen Neuigkeiten der Nachbarin Soos. Die war so in Eile, daß sie von innen anklopfte, die offene Tür in der Hand: »Ham S' Ihnen schon gehört?« Einen Augenblick hielt sie inne, ungeduldig. »Ah, der junge Herr sind auch hier, wieder zu Gast, ja, Not lehrt beten, nach so vielen Jahren, wo wir Deutsche haben verloren einen ganzen Weltkrieg. Und zum Techtelmechtel bei einer so schönen Topfblume wie Ihnere Petra, Frau Nachbarin, das läßt tief blicken.« Faßte sich, wischte mit der grauen Schürze alle störenden Gedanken weg und legte los. Die Hiobsbotschaften überstürzten sich, daß es einem die Schauer über den Rücken jagte. Das mit der Frau Stadtpfarrer Malwine Rosamunde Seraphin, das war himmelschreiend. Wie konnte Gott so was zulassen. Nicht einmal der Prediger Buzi Bimmel wußte es.

Vage hatte Clemens davon gehört. Im türkischen Dampfbad war die erste Dame der Stadt einer Apoplexie zum Opfer gefallen. Man hatte es zu Hause bei Tisch erwähnt, doch allein in bezug auf das Sachliche: die Beerdigung zu welcher Stunde? Und von wo aus der Kondukt? Aus der Bergkirche oder schlicht aus der Friedhofskapelle? Kein Wort wurde nachher über die Beisetzung verloren, der Vater und Mutter in dunkler Eintracht beigewohnt hatten. Obschon es straßauf, straßab Stadtgespräch war.

Der Prediger Buzi Bimmel hatte sich nicht gescheut, selbst die intimsten Dinge beim Namen zu nennen. Er hatte das Begräbnis bestellen müssen, war doch der Stadtpfarrer diesmal selbst der Leidtragende in Person. Geschult an Karl May, hatte der forsche Geistliche in kräftigen Farben ein Bild vom Leben der Verblichenen entworfen, »dieser kernigen Person von bester Rasse, die sich allen Keulenschlägen des Schicksals entgegengereckt hat wie Old Shatterhand« – alle wußten um diese Keulenschläge, hatte die Verstorbene doch zwei Söhne im Krieg verloren – »und die jedes Mal aufgeblüht ist wie eine Malve, unsere allseits geliebte Malwine. Nun hat auch sie den Zoll der Sünde zahlen müssen.« Kunstpause. »Der Zoll der Sünde aber, das ist der bittere Tod.«

Und wie im Kino, so handgreiflich, ja blutvoll und quellend frisch, hatte er die grausige Szene im Dampfbad geschildert: wie die nackten Damen und Frauen grausam herausgerissen wurden aus den orientalischen Genüssen von Wasser und Dampf. »Das, weil der Tod mit einem Blitzschlag dazwischengefahren ist und eine der unschuldig Badenden mit seiner Sense aus ihrer Mitte entführt hat.«

Und wie die verewigte Frau Stadtpfarrer den Geist aufgegeben hatte, das Zeitliche gesegnet, zu Staub und Asche zerfallen war unter dem heißen Strahl der Dusche. Ja, und wie die Damen und Frauen im Adamskostüm davongespritzt waren, »denn im Garten Eden sind alle nackt und darum gleich«.

Den Leidtragenden brach der Schweiß aus den Poren. Die Männer lockerten vor innerer Bewegung die Krawattenknoten, die Frauen knöpften die Blusen auf, während allen das Wasser in die Augen stieg. Doch als der Prediger im Altargebet an die Stelle kam, wo es heißt: »Herr, wir befehlen deiner Gnade den nächsten, den du zu dir rufen wirst«, da dachte niemand mehr an die Verblichene und keineswegs an sich selbst, nein, es dachte jeder allein an seinen Nächsten.

Ein wenig anders war die Optik der Nachbarin Soos im Hause Schuffert. »Eine schöne Leich, hinten und vorn. Ewig sollt es Ihnen leid tun, Frau Schuffert, ein solches Spektakel haben S' verloren. Alle haben geweint, auch der Mann. Trotzdem er ein Pfarrer ist, hat er geweint echte Tränen. Und am meisten die Bulldoggen von die Damens bei denen ihre Waden, die haben direkt geheult, von wegen der Blasmusik vorne. Und hinten das einfache Volk und die Dienstmägde, daß die Sacktücher naß waren wie Abwaschfetzen, und wir Sachsen in Reih und Glied wie zur Zeit vom Dolfi in Berlin; ja, und ganz hinten die Rumäner und Zigeuner noch und noch, wie ein Haufen von Wildschweinen, denn die kennen keine deutsche Disziplin. Es ist ein Elend! Und daß die Milli, die Kusinin von der Rosa von der Villa Heliodor vom jungen Herrn, die Milli Dipold ...« Die aufgeregte Frau Soos verlor den Faden, aber man wußte Bescheid. Die Milli Dipold war zu Tode erschrocken aus dem Dampfbad schnurstracks nach Hause gerannt. »Ganz nackend, die Kinder sollen mir entschuldigen, aber das ist die Wahrheit, ohne gar nichts auf dem bloßen Körper, nur ein Hut am Kopf. Und alle, die sie gesehen haben, die Milli, haben sich verwundert, daß sie sich nicht verkühlt hat, so pudelnackend, ganz ohne Schnupfen. Gott ist groß!«

Petras Vater machte kein Hehl daraus, daß ihn der Knabe aus der Villa Heliodor an den jungen Engels erinnere, »nicht mehrwie, aber irgendwie«. Einen verschossenen Jägerhut hatte Herr Schuffert bislang getragen und billige *Nationale* geraucht. Doch in letzter Zeit leistete er sich rote Virginia und trug eine Arbeitermütze. Er hatte in seinem bisherigen Leben viel gelesen und wenig geredet. Gelesen die Nächte hindurch in den Lagerhallen des Kaufhauses Mistelbacher, die er zu bewachen hatte. Jetzt aber brach es aus ihm heraus. Er stürzte sich geradewegs auf Clemens, der meistens schwieg und trotzdem bewies, daß er zuhörte und nachdachte über das, was er zu hören bekam. Und der manchmal etwas Gescheites sagte, etwas Hochnäsiges, gerade weil er wußte, daß sein Lehrmeister es nicht verstand, zum Beispiel »Entropie«. Dieser wiederum stellte treuherzig fest: »Je bleeder sie ist, die Trullala, unsere Petra, um so öfter hab ich die Ehr mit dem jungen Herrn Genossen.«

Während sich Clemens mit Petra am Küchentisch in Algebra und Arithmetik abmühte oder geometrische Figuren auf die Wichsleinwand zeichnete, entwarf der Vater einfache Formeln von einer sozialen Mechanik über die Jahrhunderte; dieser finalen Bewegung müsse bloß zum rechten Zeitpunkt von unten nachgeholfen werden. »Das heißt sich Revolution. Und dann die Balantze, die Balantze ist alles. Wer viel hat, kann alles verlieren, wer nichts hat, viel gewinnen. Die Zeit sorgt sich um die richtige Balantze. Sie hält mit uns armen Kirchenmäusen, die wir sind ausgebeutet, denn sie marschiert vorwärts und nie zurück.« Und er zeigte auf die Weckeruhr Marke Junckers, die auf dem Küchentisch tickte und deren phosphoreszierende Zeiger sich gemächlich drehten. »Auch jetzt, die Zeit, immer vorwärts!« Nur im Kreis, dachte Clemens, doch er schwieg. »Darum will der Kapitalist festhalten die Vergangenheit mit seinen Krallen und Zähnen. Was aber bleibt dann für das Proletariat, junger Mann?« Clemens antwortete nicht. »Die Zukunft!« sagte der Oinz Schuffert triumphierend. »Einfache Rechnung. Wenn die Vergangenheit ist ein Monopol vom Kapitalistenmensch, dann die Zukunft gehört uns.«

Clemens widersprach selten, stimmte schon aus Höflichkeit zu: »Balance, gewiß, auf Ausgeglichenheit tendiert alles hin. In der Philosophie heißt das die ausgleichende Gerechtigkeit. In der Physik Entropie. Im Grunde gibt es allein den Drang zur Zerstörung, die Tendenz zum Chaos.«

»Hören S' auf, ich bitt Ihnen schön. Kaum hat unsereiner was kapiert, schon kommen S' mit einer Deklamation aus der Philosophie: ausgleichende Gerechtigkeit! Und dann sagen S' gleich das Gegenteil. Und dann kommen S' mir mit der hohen Physik ... Mich aber erschrecken S' nicht. Es gibt nur die Gerechtigkeit von uns arme Leut. Und das heißt sich nicht Chaos, sondern Revolution. Denken S' an den Spartakus, denken S' an den Thomas Müntzer, denken S' an die Hugenotten in der Französischen Revolution, die armen Hugenotten-Weiber, nicht einmal eine Gatjen hatten's an ihren Weichteilen, aber rote Kappen schon damals.«

Clemens, der sich zu Hause der Bücher kaum erwehren konnte, selbst nach der überstürzten Bücherverbrennung, quittierte es mit Respekt, wenn Petras Vater fast entschuldigend meinte, es gefalle ihm zu lesen. Besonders in der Nacht beim Mistelbacher habe er lesen müssen, aus beruflichen Gründen. »Daß ich möcht besser wachbleiben, wenn ich sollt aufpassen auf die Ratten und die Rauber.« Am liebsten habe er den Engels studiert. »Von wegen der schönen Zukunft für uns kleine Leut, was jeder von uns kann verstehen auch mit wenig Verstand, bei diesem großen deutschen Geist.« Und dann Bücher zur Geologie, zur Erdgeschichte, von wegen der guten alten Zeiten. »Stellen S' Ihnen vor, junger Herr, lieber Genosse, daß die Kokel ist geflossen über den Turm von der Klosterkirchen, aber das war noch, bevor die Plutokraten auf die Welt gekommen sind.«

Clemens verstand immer besser, was dieser bildungsbeflissene Mann meinte, wenn er verbissen wiederholte, seinesgleichen falle nichts in den Schoß, »nicht einmal ein silberner Löffel voll Kristallzucker«. Er fragte behutsam: »Und die Gegenwart, wem gehört die?«

Petras Vater stutzte, schwieg. Clemens kam ihm entgegen. Versöhnlich schlug er vor: »Beiden. Auch den einen, auch den anderen.«

»Beiden? Techtelmechteln mit dem Klassenfeind? Möcht Ihnen so passen! Bei uns aber ist Klassenkampf, junger Herr! Und wo Kampf ist, da muß ein Feind sein, logisch?«

»Dann müssen Sie uns liquidieren, uns, die Bessergestellten, müssen uns allen den Garaus machen. Denn nur der Tod kann einen aus der Gegenwart vertreiben.«

Petra fuhr dazwischen: »Hört auf mit den Hirngespenstern!«

»Misch dich nicht ein, du Depp. Sowieso fallst durch in der Mathematik, und die ganze Schneiderlehr ist für die Katz! Bring zwei Stamperl und den Schnaps. Und lauf zum Albertini und kauf eine Ischler für deinen Engels, und mir holst eine

Savarine mit gut viel Saft. Und schau, daß dich nicht vergaffst in der Konditorei bei so viel bessere Leut und Marmor und Stukkatur. Aber keine Angst: Das tut sich erledigen mit Knall und Fall, wenn der König endlich sein Sackerl gepackt hat.« Eins wußten alle, vom König auf seinem Thron bis zu seiner kommunistischen Regierung, die auf die Krone den Treueid abgelegt hatte: Hammer und Sichel machen jeder Krone den Garaus, selbst wenn sie aus einem erbeuteten türkischen Kanonenrohr geschmiedet ist wie die rumänische. Der »Streik des Königs«, der sich weigerte, die kommunistischen Gesetze zu sanktionieren, blieb eine paradoxe Geste der Vergeblichkeit.

Die beiden Klassenkämpfer stießen auf die Gegenwart an, weil nichts andres übrigblieb. Der Fabrikantensohn hatte sich standhaft geweigert, auf die Zukunft seiner Feinde zu trinken. Und die Vergangenheit war nur insoweit ein Prosit wert, als sie sehr lange zurücklag, in Zeiten, da es noch keine Ausbeuter gegeben hatte und die Kokel über die Kirchtürme von Schäßburg geflossen war. Der Doktrinär Schuffert aber schloß mit liturgischem Ernst: »So wie das fließende Wasser die Gebirge wegputzt, so putzen wir die Reichen herunter von ihren hohen Rössern, es tut mir leid, junger Herr. Doch tun wir keinen massakrieren. Ja, und als erster muß der König weg von seinem Podest. Jetzt stiehlt er uns Arbeitern auch noch den Streik, der Nimmersatt. Recht wär's gewesen, wenn die Fürstin Quastowa, dem Dr. Oberth seine russische Frau, ihn gleich hätt' mitgenommen, am 23. August, mit dem Ochsenwagen, den König ... Prosit!«

Diese dialektischen Zwiegespräche über die Klassenschranken hinweg hörten schlagartig auf, als am 30. Dezember 1947 der König abdankte, die Rumänische Volksrepublik ausgerufen wurde und im Jahr darauf der Klassenkampf mit unerbittlicher Härte zu toben begann. Für Clemens, den von Amts wegen beglaubigten Klassenfeind, fiel die Tür in der Untern Baiergasse für immer ins Schloß.

4

Clemens schlug die Augen auf und blickte in die vorübersausende Nacht. Am Firmament waren die Sternbilder erstarrt. Erwische ich den Schwan? fragte er fast ängstlich, als könnte er sich am Himmel festhalten. Aber auch dort die schwarzen Löcher.

Szenen setzten ihm zu, Geschehnisse verfolgten ihn: Petra in einem bekleckerten Malerkittel, wie sie am Boden hockte, belagert von Schäferhunden, und er hatte zugeschaut und keinen Finger gerührt, einen Steinwurf weit von dem hilflosen Mädchen.

Isabella Reinhardt, bitter gekränkt in Kaltbrunn hinter dem Akazienwald. Das war im März des vergangenen Jahres gewesen. Clemens hatte sich in Fogarasch auf der Burgpromenade mit ihr getroffen. Zwei Schwäne waren herangesegelt. Der eine hatte Isabella in den Finger gebissen. Am Nachmittag hatten sie bei der Familie seines Cousins Norbert Felix Visite gemacht. Gegen Abend waren sie zu Fuß nach Kaltbrunn gewandert. In dieses sächsische Dorf nördlich der Aluta hatte es sie als Lehrerin verschlagen. Die Zusammenkunft mit Isabella entpuppte sich als eine Nacht der Täuschung und der Gefahren. Mit einem gespenstischen Ende, das er nicht einordnen konnte.

Und das rumänische Mädchen am Meer, dessen Namen auszusprechen er sich nicht getraute, nicht einmal vor sich … Einen Strauß Gladiolen hatte er ihr bei der Trennung am Schwarzen Meer in die Hand gedrückt, unter dessen Bürde sie eingeknickt war. Seit Jahr und Tag suchte er nach dem rettenden Wort für sein Schweigen danach, bemühte er sich um ein deutendes Zeichen von irgendwo.

Allein ein Bild war immer wieder zur Stelle wie ein Stigma, erschreckte und bannte zugleich. Es war die Schildfigur im Wappen einer ungarischen Familie: Zwei Schwäne stehen sich gegenüber, schmerzhaft vereint durch einen Pfeil, der ihre Hälse durchbohrt.

Er suchte den Himmel ab hinter dem Fenster der Nacht. *Cygnus,* er fand es nicht, das Sternbild des Schwans. Während er den Schlaf seiner Cousine behütete, verhaspelten sich seine Blicke im geschwungenen Schweif des Drachens, *Draco,* zwischen dem Kleinen und dem Großen Bären, *Ursa minor, Ursa major.* Er schloß die übermüdeten Augen, die zu tränen begannen.

Im Unterschied zu Petra hatte Isabella bei der würdevollen Rosa einen Stein im Brett. Nicht genug tun konnte sie sich an Lob und Billigung: »Die ja, die Isabella vom Torten-Albertini. Schon mit zehn Jahren ein fertiges Fräulein, daß man sich die Finger lecken tut, mit Lackschuhen und im geblümten Kleid, wie aus der Schachtel, und mit einer Handtasche aus Krokodilleder und darin eine echte Goldmünze aus Schokolade. Ein Mädel aus unseren Kreisen.« Sagte die Rosa.

Isabellas Familie bewohnte das eigene Haus am Marktplatz, wo im Erdgeschoß die Konditorei Albertini weiterbestand, noch im Besitz des Großvaters. Doch als Warnschuß hatte die Partei den Reinhardt-Albertinis im Herbst 1947 eine vielköpfige Familie aus der Moldau in die Wohnung gesetzt. Ein Zimmer wurde requiriert.

Diese genügsamen Geschöpfe fühlten sich in dem einen Zimmer wohl. So schien es. Eltern und sieben Kinder schliefen zuhauf in zwei Betten. In der Küche baten sie um ein »Eckchen« vom Ofen für einen Topf, in dem etwas brodelte und in den jeder hineinlangte, um stehenden Fußes seinen Hunger zu stillen. So brauchten sie keinen Tisch. Das Badezimmer und Wasserklo mieden sie: So etwas sei unmoralisch. Hinten im Garten hoben sie eine Grube aus und zimmerten einen Verschlag, vorne offen. Zum ersten Mal konnten die Bürger der Stadt beobachten, wie jemand aussieht, wenn er auf dem Klo sitzt: nicht ganz von dieser Welt. Sich selbst sieht man ja nie. Zwei Waschschüsseln statt der Nachttöpfe, immerfort voll zum Überfließen, ersparten meist den beschwerlichen Gang nach hinten zum Windklo. Der blasige, scharf riechende Inhalt wurde aus dem Fenster auf den Marktplatz hinausgeschüttet; ein wohldosierter Schwung beförderte das Gebräu über die Köpfe der Passanten hinweg in die Gosse. Den guten Bürgern blieb der Mund offen, was diesen neuen Nachbarn an abenteuerlichen Einfällen durch den Kopf schoß. Es hieß sogar, daß sie in die Kachelöfen kackten.

Doch bald drängte es die Familie weiter, sie wollte höher hinaus. Kurz entschlossen besetzte sie das nächste Zimmer samt allem Inventar. Isabella berichtete: »Eines Morgens war unser Speisezimmer von innen abgesperrt.«

Clemens und sie saßen gedrängt in Isabellas neuer Unterkunft, der Mägdekammer. Das war ein enger Raum: kein Fenster, dafür oben eine Luke, und zwar bei allen Mägdekammern der Welt immer gegen Norden. Die Kammer war bemessen für ein Bett, einen Spind und einen Hocker. Der Hocker für den Soldaten, der Sonntag abend eine Stunde darauf Platz nehmen durfte, bei offener Türe zur Küche hin. Von alters her hatten in Siebenbürgen Dienstmägde und Soldaten zu gleicher Zeit Ausgang, am Donnerstag und am Sonntag nachmittag. Die ungarische Dienstmagd Erzsi schlief neuerdings im Klappbett auf dem Flur.

Es war Advent 1947. Der König weilte außer Landes. Er war mit Königin-Mutter Elena zur Hochzeit seiner Cousine Elisabeth nach London gereist. Die englische Kronprinzessin hatte einen Prinzen Battenberg geheiratet, der sich neuerdings Mountbatten nannte und von dem es hieß, er habe am Tag der Hochzeit auf seinem Konto bloß zehn Pfund Sterling gehabt.

Fünfundzwanzig war der rumänische König Michael und Junggeselle. Auf jener Hochzeit war er einer Prinzessin Ana von Bourbon-Parma begegnet, im Krieg Rotkreuz-Fahrerin. Er hatte sich verlobt und bei seiner kommunistischen Regierung in Bukarest um die Einwilligung für seine Heirat angesucht, wie es das Hausgesetz der rumänischen Königsfamilie festschrieb. Der Regierungschef, Dr. Petru Groza, hatte ausweichend geantwortet: Die schweren Nachkriegszeiten eigneten sich nicht für Königshochzeiten.

»Sonderbar«, sagte Isabella, »der König und seine Familie haben in diesem Land weniger Rechte als der letzte Ziegenhirte. So dürfen sie keine Einheimischen heiraten.«

»Wie das?«

»Das könntest du dir denken: Das Königshaus verschwägert mit halb Rumänien? Das wäre der Ausverkauf des Landes. Dafür ist jedwede Ausländerin recht, selbst die Blumenverkäuferin von Pont d'Art. Doch muß die Erwählte zur orthodoxen Kirche übertreten. Heiraten die Prinzen und Prinzessinnen, brauchen sie das Einverständnis der Regierung.«

»Die Kommunisten in Bukarest rechnen damit«, sagte Clemens, »daß der König für immer wegbleibt und sie ihn auf diese elegante Art und Weise loswerden. Meinem Vater ist aufgefallen, daß die letzten Fünftausend-Lei-Scheine ohne das Bildnis des Königs gedruckt worden sind.«

Isabella kauerte auf dem Bett, die Knie angezogen, Clemens saß steif auf dem Hocker des Soldaten. Sie sagte: »Die meisten Ehepaare haben sich auf Hochzeiten kennengelernt. Könnte man den Schluß ziehen: Gutes zeugt Gutes?«

»Vorausgesetzt, daß die Ehe etwas Gutes ist.«

Damit war das Thema Hochzeit erschöpft. Schneeflocken scheuerten an der Scheibe des Oberlichts.

Isabella erzählte weiter von ihren neuen Hausgenossen. »Lächelnd verkündete Frau Amariei: ›Wir brauchen auch das nächste Zimmer. *Extraordinar,* mein Ehegatte, der Genosse Amariei, ist der Chef vom Wohnungsamt, und trotzdem hocken wir alle neun zusammengepfercht in zwei Stuben. Ich weiß, ihr gebt nicht zwei Groschen auf uns. Aber ihr macht einen großen Fehler. Denn mein Gemahl, der hat vier Klassen, und rechnen kann er auch. Ausgerechnet hat er, daß wir auch in zwei Stuben immer noch viel zu viele sind, *prea mulţi in raport cu familia Albertin.* Es ist so, wie der Genosse Engels gesagt hat‹, sie sprach den Namen rumänisch aus, *Endschels:* ›Wenn wenige viel haben, dann haben viele wenig.‹«

Clemens sagte: »Bis auf einige Hausdurchsuchungen hatten wir Ruhe. Solange wir noch einen König haben, meint mein Vater, müssen sich die Kommunisten zusammennehmen. Und der Stadtpfarrer behauptet, ein König sei mehr als ein gewählter Staatschef. Heißt es nicht: von Gottes Gnaden? Und dann erst: durch den Willen des Volkes.«

»Eher glaube ich, daß sie Ruhe geben, weil sie deinen Vater als Fachmann brauchen, samt eurer Fabrik. Sowieso herrscht Hunger im Land. Doch nun etwas anderes, eine interessante Beobachtung: Der Raumtrieb scheint der mächtigste zu sein, stärker als der Selbsterhaltungstrieb oder der Trieb, sich fortzupflanzen.«

Clemens hob den Blick und starrte auf die Uta von Naumburg. Die hing hochmütig über dem Bett, neben der Photographie des Bamberger Reiters, beide im Großformat.

»Und es stimmt: Eher esse und schlafe ich nicht und heirate auch nicht, als daß ich auf meine eigenen vier Wände verzichte.« Sie machte eine weitläufige Bewegung, stieß mit der Hand an die Kante des Kastens, schrie »Au!« und sagte: »Klein, aber mein.« An der Tür war zu lesen: Bitte nicht stören!

»Auf, mein Kakadu, wir gehen hinüber und klimpern auf dem Klavier, damit alle hören, wer der Herr im Haus ist.«

Der Salon war ihnen geblieben. Die neuen Hausgenossen fürchteten sich vor dem dreibeinigen Ungetüm des Flügels, das bedrohliche und fremde Töne von sich gab. Isabella und Clemens spielten manchmal vierhändig, wie einst in der Kindheit, wobei er darauf bedacht war, daß sich ihre Glieder nicht berührten. Auch sie zuckte zurück, wenn er versehentlich ihre Finger betupfte. Sie waren keine Kinder mehr.

Eine Ecke des Salons war von Schränken verstellt. Dahinter war ein Zimmerchen entstanden, etwas größer als die Mägdekammer. Dort hatte sich Isabellas Mutter eingerichtet, mit Bett und einem Nachttischchen und dem Toilettenspiegel. Eine Tür führte ins Schlafzimmer der Großeltern.

Isabella drehte sich auf dem Klaviersessel mit so viel Schwung zu Clemens, daß ihre Knie seine Schenkel streiften. »Pardon!« sagte sie und ließ sich in den Schaukelstuhl fallen.

»Übrigens, hast auch du beim Lehrer Großhienz Klavierstunden genommen?«

»Hab ich.«

»Hat er dir auch mit dem Kochlöffel über die Finger gehaut, wenn du danebengegriffen hast?«

»Nicht nur mir, sondern allen.«

»Und was hast du unternommen?«

»Nichts. Das heißt, ich hab den Rat meiner Großmutter befolgt: Übe mehr! Je besser du spielst, desto weniger wird er dreinschlagen. Und du?«

»Als es mir zu dumm geworden ist, hab ich diesem Scheusal den Kochlöffel aus der Hand gerissen und ihn windelweich geklopft. Zuerst hab ich ihm die Brille zerdeppert, und als er nichts mehr sehen konnte, ihm über die Hände gehaut, daß er gejault hat wie ein Kater. Es war direkt amüsant. Seine Frau kam hereingestürzt und rief: ›Was hat denn unser armer Puffi wieder angestellt, daß er so gotterbärmlich jault, Fritzchen?‹ Ich bin vor Lachen vom Stuhl gefallen. Meinen Eltern hab ich erklärt, daß ich zu dem Folterknecht nicht mehr hingeh.«

Fünfzehn war sie gewesen.

Als die Eltern sie zwingen wollten, den Stockmeister um Verzeihung zu bitten, hatte sich das Mädchen ans Klavier gesetzt und vor offenen Fenstern so laut »Deutschland, Deutschland über alles« geschmettert, daß es über den Marktplatz schallte bis zum Platzkommando der Roten Armee. Der sowjetische Offizier vom Dienst ließ sich schwer überzeugen, daß es sich um ein serbisches Volkslied handle, wiewohl der rumänische Dolmetscher sein Bestes tat.

Clemens sagte: »Aber Klavierspielen kannst du trotzdem.«

»Das verdanke ich meiner Großmutter.«

»Ist sie noch immer krank?«

»Dort liegt sie mit völlig steifem Rückgrat, ohne sich rühren zu können«, Isabella zeigte mit dem Daumen hinter sich, »und sterben kann sie auch nicht.«

»Wie meinst du das?«

»Sie wartet auf ihn. Ein Leben lang mußte sie von früh bis abends in der Konditorei stehen, bis ihre Wirbel zusammengewachsen sind. Und nun hat er nicht Zeit, sich an ihr Bett zu setzen und ihr vor dem Schlafengehen ein Kapitel aus der Bibel vorzulesen. Darauf wartet sie. Er aber verkriecht sich in seine Backstube zu den Torten.« Sie schwiegen. Der Schaukelstuhl stand still. »Hörst du, sie verbeißt sich das Stöhnen. Sie will mich schonen. Auch in der Nacht läßt sie uns durchschlafen.«

Isabella schlüpfte hinüber. Clemens fragte sich beinahe gequält: Womit hat meine Großmutter eigentlich ihre Tage zugebracht, außer mit Rauchen und Kaffeetrinken? Er wußte es nicht. Immerhin: Romane hatte sie gelesen. Also sich gebildet.

Als Isabella zurückkam, erschien sie ihm fremd, als kehre sie von einer Reise heim. Es roch nach Franzbranntwein und gewaschenen Händen. Clemens erhob sich: »Soll ich gehen?«

»Nein.«

Um die lastende Stille zu verscheuchen, fragte er: »Hat deine Oma dir dann Klavierstunden gegeben?«

»Nein, sie hat nur gesagt: ›Hast du mich lieb, Isabellchen, so bitte ich dich, weiter zu üben. Ich möchte, daß du mich bald begleitest, wenn ich Geige spiele. Du weißt, das ist meine einzige Freude nach des Tages Müh und Not.‹ So bin ich im letzten Jahr mit dem Bus einmal in der Woche nach Neumarkt gefahren und hab bei der Gräfin Bonis Stunden genommen. Und viel geübt.«

Sie schwiegen, blickten durch die hohen Fenster in das Getümmel der Schneeflocken auf den Marktplatz, der in Terrassen anstieg, überragt vom Stundturm. Isabella sagte: »Die Bonis, ungarischer Uradel ... Eine noble Familie. Von ihnen kann man lernen: Gelassenheit, über den Dingen stehen,

Schicksalsergebenheit, Contenance. Vornehm, im Sinne von Nietzsche: Distanz bewahren.«

»Kann man dann noch ein Christ sein?«

»Vornehm, ohne hochmütig zu werden. Ein Balanceakt.«

Redete sie nicht wie Petras Vater? »Die Balantze ist alles im Leben.«

Isabella fuhr fort: »Wir Sachsen, die wir keinen Adel gekannt haben ...«

»Keinen mit Privilegien, allein Verdienstadel.«

»Wir haben immer ein wenig auf sie herabgeschaut.«

»Eher allein auf uns geschaut«, ergänzte Clemens.

»Doch mittlerweile weiß ich, was es heißt: Noblesse oblige.«

Isabella fuhr fort: »Alles hat man den Bonis genommen. Das Schloß ausgeraubt, Kornspeicher draus gemacht. Die Gruft im Park verwüstet. Den Grafen ins Gefängnis gesteckt. In einer Nacht hat man den Rest der Familie unter Bedeckung in die Stadt gebracht: die Gräfin, ihren Sohn, die Schwiegermutter. Nun hausen sie in einem Keller, der eigentlich ein Depot für Gemüse, Obst und Getränke ist. Es riecht faulig und nach Schnaps. Aber nie wird darüber ein Wort verloren. Auf den Apfelbetten, niedrigen Holzpritschen, haben sie ihr Nachtlager aufgeschlagen. Umgeben von Bütten und Körben steht mitten im Keller das Klavier, das sie gemietet haben und mit dem die Gräfin für das tägliche Brot sorgt.«

»Wie haben sie wohl das Klavier die Kellertreppe hinunterbekommen?« murmelte Clemens nachdenklich.

»Ein Esel bist du. Immer nur das Nebensächliche interessiert dich. Steht es dort, ist es auch hinuntergekommen. Auf aparte Art haben sie eine Sitzgarnitur improvisiert. Statt der Polsterung Säcke mit Sägemehl gefüllt. Als Lehne eine Reihe von Holzfässern. In die Nischen zwischen zwei Fässern kann man sich bequem zurücklehnen.«

»Bequem auf keinen Fall. Die Lehne besteht aus zwei konvexen Segmenten.«

»Hör auf mit der Wortklauberei. Außerdem hab ich es ausprobiert. Bequem!«
»Schau her!« Er stellte zwei Blumentöpfe nebeneinander. »Nicht einmal ein Eselsrücken entsteht. Vorhangbogen nennt man das.«
Doch sie ließ sich nicht irremachen. »Ganz ungewöhnlich alles dort, und auf makabre Manier sogar gemütlich. Die Gräfin meint, man brauche für diese Zeiten viel Phantasie und Erfindungsgeist. Dauernd muß man auf dem *qui vive* sein.« Und sagte nachdenklich, die junge Isabella: »*Noblesse oblige.* Das bedeutet mehr als gute Manieren.«
»Und zwar?« fragte er.
»Ich glaube: Stil im Handeln. Souveränität auch in Grenzsituationen. Diese innere Freiheit haben wir Bürgerlichen nicht. Wir brauchen Stand und Rang als Stütze, als Geländer. Dagegen sie: Ihr Status gehört zu ihnen wie die Glocke zum Turm. Sie sind unabhängig von den Wechselfällen des Lebens oder den Purzelbäumen der Geschichte. Bei uns kann man jeden Augenblick von Deklassierung sprechen, bei ihnen nie. Auch am Bettelstab ist ein Aristokrat ein Aristokrat.«
»Bettelstab«, sagte Clemens.
»Hör weiter, wie es im Keller der Edelleute zugeht.«
»Und der edlen Gemüse«, brummte er.
»Jedes Mal wartet mir die Dame des Hauses etwas auf. Denn das ist sie nach wie vor, die Gräfin Etelka Bonis von Vargyas. Keinen schwarzen Tee, aber Früchtetee, dargereicht in unbeschreiblichen Tassen, ohne Henkel, oft Scherben, zusammengeklebt mit Gummi arabicum. Allein diese Schalen hat die Gräfin in der Nacht der Vertreibung eingepackt. ›Weil dies Porzellan sehr alt ist. So bleiben wir mit unseren Ahnen verbunden.‹«
»Was nimmst du mit, wenn man dich von einer Stunde zur andern aus diesem Haus vertreibt?«
Sie blickte ihn mit erschrockenen Augen an, runzelte die

Stirn. Wie eine alte Frau sieht sie aus, ging es Clemens durch den Sinn. Er wandte sich ab, wartete.

»Mein Gott, nichts fällt mir ein, ich bin wie vor den Kopf gestoßen. Nichts.« Sie blickte sich um. »Vielleicht den Bamberger Reiter? Und dort, den ›Zarathustra‹. Und du?« Ohne zu überlegen, sagte er mit Würde: »Mein Fernrohr.«

Isabella nahm den verlorenen Faden auf: »Die Misere dort im Keller, sie mutet fast grotesk an. Und hat dennoch einen Hauch von Erlesenheit. Der Geist schafft die Form ... Hast du gewußt, daß man den ungarischen Aristokraten so übel mitgespielt hat?«

»Eigentlich nicht.«

»Jeder von uns ist gefangen in seinem Schicksal. Was jenseits davon vorgeht, davon weiß man wenig ... Wir Sachsen meinen ja überhaupt, daß nur wir verfolgt werden, nur wir unter dem Regime zu leiden haben.«

»Jeder ist eingeschlossen im Ghetto seines Gruppenschicksals.«

»Gut gesagt.« Isabella schaukelte im Stuhl aus Peddigrohr, der wehmütige Töne von sich gab. »Es heißt wieder einmal, daß die nach Rußland Verschleppten heimkehren. Vielleicht kommt mein Vater zurück. Einer, der aus dem Lager geflohen ist, erzählte uns, daß mein Vater nur noch Haut und Knochen sei, der arme Teufel. Wiewohl er für den Natschalnik Kuchen bäckt. Aus Hundsdreck und Büffelfürzen, wie mein Großvater meint. Die Russen hungern angeblich noch mehr als unsere Leute in den Arbeitslagern, behauptet der Mann. Übersteht es mein Vater, dann ist meine Mutter die leidige Plackerei in der Konditorei los, muß sich nicht mehr von meinem Großvater herumpudeln lassen. Wir könnten uns in der Nacht abwechselnd um meine Oma kümmern, und ich könnte öfters hier in meinem Kämmerlein schlafen. Das heißt, wer weiß, wie lange noch ...«

»Und euer Dienstmädchen, was macht die?«

»Die Erzsi, die ist für die Tagesgeschäfte da. Hat genug zu

tun. Wir beide führen den Haushalt. Manchmal hilft die Genossin Amariei aus. Eigentlich sind es gutmütige Geschöpfe, nur sehr anders als unsereiner. Und wenn sie der Rappel mit dem Klassenkampf packt, dann sind sie wie von einem fremden, bösen Geist besessen.«

»Wir sind zu verwöhnt. Verwöhnt durch ... Räume, durch zuviel Zwischenraum.«

Es klopfte. Das Dienstmädchen meldete, der alten Dame gehe es nicht so gut. Ob das gnädige Fräulein die Güte hätten und sich bemühen würden ... Sie sprach ungarisch, voll höflicher Wendungen. Noch ehe sie den Satz beendet hatte, flog Isabella davon. »Servus. Aber das mit der Heimkehr der Rußlandleute, das sind Latrinengerüchte. Komm bald wieder!«

Er kam bald wieder. Und ging. Und kam. Und dann war es das letzte Mal, ohne daß sie es wußten. Diesmal setzte Isabella sich mit ihm gleich ans Klavier. Sie versuchten ein Stück von Brahms, einen Ungarischen Tanz zu vier Händen. Doch die zwanzig Finger verstrickten sich, griffen dauernd daneben. Selbst »Heinrich Wohlfahrts Kinderfreund, melodische Klavierstücke zu vier Händen für Anfänger« schaffte es nicht, die vier Hände harmonisch über die Tasten gleiten zu lassen. Isabella rückte näher. Ging auf Distanz. Die Hände gingen ihren Weg. Endlich ließ sie sich in den Schaukelstuhl fallen. »Wir machen eine Pause.«

Es war nun spürbar Frühjahr geworden. Frühjahr 1948. Eben war die Vereinigung von rumänischer KP und SDP in Szene gesetzt worden, und die neue Rumänische Arbeiterpartei spie Feuer aus allen Nüstern.

Clemens war mit der Nachricht von der Bergschule gekommen, daß der Coetus der Chlamydaten, eine seit dem Mittelalter bestehende Schülerverbindung, zum 1. Mai nicht ausrücken dürfe, ja mit sofortiger Wirkung aufgelöst sei. Allein kommunistische Jugendorganisationen seien gestattet. »Auch die blauen Samtkappen sind verboten.«

Der traditionelle Aufzug der Chlamydaten mit wehenden Fahnen und dem Wahlspruch *Sursum corda,* alle in vollem Wichs, adrett anzusehen im schwarzen Flaus mit den geflochtenen Verschnürungen, war ein Fest für die ganze Stadt: Alle Bürger, Rumänen, Ungarn, Sachsen, Juden, Armenier und Zigeuner, ließen die Arbeit ruhen, wenn sie nicht schon von Haus aus ruhte, bedachten die Vorbeidefilierenden mit Hochrufen in vielerlei Sprachen und bewunderten die genaue Geometrie des Aufmarsches. Weißgekleidete Mädchen bildeten Spalier, begrüßten die Gymnasiasten mit stürmischem Klatschen und erstickten sie unter einer Sturzflut von Blumen. »Hoho, gemach, wir sind keine Pfingstochsen«, ertönte es aus den Reihen der Burschen. »Hier ist nicht der Karneval von Rio.« Und die Schüler schüttelten die zarten Angebinde ab, damit man die schmucke Tracht sehen konnte, die an mittelalterliche Scholaren gemahnte.

»Das Teutsch-Gymnasium wird aufgelöst. Dazu werden alle kirchlichen Lehranstalten verstaatlicht, meint der Rektor. In unserer Bergschule werden Hebammen ausgebildet oder Parteikader oder Polizeihunde, heißt es. Für ganz Siebenbürgen gibt es allein in Kronstadt, pardon Stalinstadt ...«

»Nie werde ich unser Kronstadt so nennen«, fuhr Isabella dazwischen.

»In Kronstadt ein einziges deutschsprachiges Lyzeum, und zwar Mädchen und Buben zusammen: *Liceul Teoretic mixt German.* Mit deutscher Unterrichtssprache. Wußtest du, daß seit eh und je in Rumänien die Fibel in zwölf Sprachen gedruckt wird? In Constanza am Schwarzen Meer gibt es ein türkisches und in Babadag in der Dobrudscha ein tatarisches Gymnasium. Mit Bakkalaureat.«

Isabella sagte ein wenig ratlos: »Man weiß nicht, was man denken soll: Einerseits werden wir als Kollaborateure Hitlers außerhalb des Gesetzes gestellt, andererseits verbietet man uns nicht die Muttersprache zu Hause und auf der Straße, man läßt uns die Schulen ...«

»Mit zwei Stunden Rumänisch als Fremdsprache ab der dritten Klasse.«

»Daß wir im September 44, Rumänien war mit dem Reich im Krieg, das muß man sich vorstellen, weiterhin in unsere Schulen gegangen sind, als ob nichts geschehen wäre, das grenzt an ein Wunder. In Polen sprechen sie nicht einmal mehr zu Hause deutsch.«

»Und euch, den Seminaristinnen, steckt man Buben in die Klasse.«

»Die rumänischen Elevinnen werden uns beneiden. Aber nett, daß jemand auch an uns Mädchen denkt.« Dabei wiegte sie sich im Schaukelstuhl. Kippte der Stuhl nach hinten, rutschte der Rock bis hoch über die Knie. Clemens sammelte sich: »Wir hier in Siebenbürgen bekommen eine Klasse mit deutscher Unterrichtssprache, fünfzig Plätze – in Kronstadt, meine ich.«

»Das wird eine Eliteschule werden. Stell dir vor, von zweihunderttausend Sachsen besuchen bloß fünfzig Kinder eine höhere Mittelschule, dazu Mädchen und Buben gemischt. Die Besten von den Guten. Daß man sich die Finger leckt. Andererseits, das mit der Grundschule für alle hebt die bisherige Klassentrennung auf: die Kinder der Reichen ab der vierten Klasse ins Gymnasium, die Armeleutekinder in die Volksschule und auf die Lehre.«

»Und euer Lehrerinnenseminar heißt Pädagogisches Lyzeum mit deutscher Unterrichtssprache ... Keine Religion mehr, statt dessen Russisch und Parteigeschichte.«

»Und hoffentlich weiterhin Literatur und Literatur ...«

»Dafür darfst du heiraten. Am besten einen Klassenkameraden. Dann seid ihr gleich zwei Lehrkräfte in der Familie.«

»Heiraten durfte ich auch vorher, als wir kirchlich waren. Nur hätte ich dann auf das Lehramt verzichten müssen.« Sie nahm aus der Vitrine zwei Gläser und schenkte Rotwein ein.

»Seit der König weg ist, geht es ihnen nicht rasch genug. Mit dem eisernen Besen räumen sie auf. Die Bessergestellten tun sie aus ihren Häusern hinaus, selbst Rumänen, sogar Juden. Klassenkampf heißt das. Keleti informiert uns. Er besucht Parteikurse. Nicht der einzelne wird aufs Korn genommen, sondern die ganze bourgeoise Klasse wird ausgelöscht.«

»Das klingt ja so, als ob dem einzelnen nichts passierte, wenngleich alle ausgerottet werden. Aber: Was mich nicht umbringt, macht mich stärker. *Sursum corda,* mein Kakadu. Erheben wir unsere Herzen!«

Nachdenklich fügte sie hinzu: »Du wirst sehen, uns werfen sie nicht hinaus. Die von der Partei brauchen meinen Opa. Sie sind unsere besten Kunden. So beginnt es. Die Verfeinerung des Gaumens ist der erste Schritt bei der Aufweichung des Klassenbewußtseins. Natürlich, zahlen tun sie nicht.«

Unten in der Konditorei, in Betrieb seit 1812, waltete immer noch Meister Albertini schöpferisch seines Amtes, mixte lukullische Erkenntnisse und Fertigkeiten, die er auf der Höheren Konditorschule in Wien gewonnen hatte, zu köstlichen Novitäten oder erging sich in Innovationen nach tradierten Rezepten. Es war Gaumenfreude und Götterspeise in einem, Konditorware, von der jeder Verwöhnte beim ersten Biß wußte: echt Albertini! Buk er, schrumpfte für Joseph Amadeus Albertini die ganze Welt auf den Durchmesser einer Torte. Am Abend schlief er über der zweiten Bitte des Vaterunsers ein: Dein Reich komme. Darauf freute er sich, wußte er doch, wie das auszuschauen hatte, das Reich Gottes, das kommen würde: wie eine gelungene Russische Elegante, ähnlich erhaben und schmackhaft, doch entrückt in elysäische Gefilde, wo blaue Engel und geläuterte Seelen sich daran gütlich taten, keine ungehobelten Proleten.

Sein Nachtlager hatte er in einer Nische der Backstube aufgeschlagen: »Um die arme Elsa nicht zu stören.« Er hatte es sich kommode gemacht in einer riesigen Backmulde, die wippte, wenn er sich hineinlegte, und ihn in einer Wolke von edlen Gerüchen in den Schlaf wiegte. Die Backrezepte in verblichener Tinte, lila und in eckiger gotischer Schrift, verwahrte er im Geheimfach der großväterlichen Schreibkommode. Eher würde er sich füsilieren lassen, als sie preiszugeben an die Hungerleider mit ihrem vulgären Geschmack und einem gemütlosen Gaumen. In den Sarg möge man sie ihm legen, die Backrezepte seiner Vorfahren; das war die einzige Anordnung in seinem Testament.

Clemens und Isabella versuchten sich noch einmal am Brahms. Und schoben die Noten weg. Isabella gab den Ton an: »Vierhändig, das riecht nach Naphthalin, ist Mehlspeis von vorgestern. Komm, wir dischkurieren. Was hast du gelesen?«

Sie hatten Bücher ausgetauscht. Dwinger hatte sie nach ein paar Seiten weggelegt. Sie sagte: »Ich kann nicht beurteilen, warum ein Buch gut ist, aber ich spüre sofort, wenn ein Buch schlecht ist. Dwinger? Nur falsche Töne.«

»Ja, aber es ist unsere Problematik: wie wir hin- und hergestoßen werden zwischen Weiß und Rot, so daß für unsereinen bald kein Platz mehr auf dieser Erde ist. Dwinger gibt klare Antworten. Lies das Buch zu Ende. Sogar der Stadtpfarrer Seraphin hat in einer Predigt daraus zitiert.«

»Unsere Problematik ist: was tun?« Es klang herausfordernd.

Er sagte leise: »Position beziehen, entweder – oder, rechts, links. Bei Dwinger eindeutig rechts, bürgerlich, national.«

»Larifari, Kirschparad', die Literatur ist nicht da, um klare Antworten zu geben. Das ist Aufgabe der Philosophen und der Propheten. Echte Literatur hat im besten Fall die Probleme anzutippen. Kapierst du?« Er bemühte sich. »Darstellen, schildern, lebendig machen, daß es einem unter die Haut geht, daß man heiße Ohren bekommt und von Emotionen gewiegt wird wie von des Meeres und der Liebe Wellen, und das von Bordeaux bis zu den Botokuden.« Isabella sprang auf, drückte ihn in den Schaukelstuhl, faßte nach seinen Ohrläppchen und schwang ihn hin und her, daß ihm vor Schmerz und Lust Tränen in die Augen traten. »Das ist gelebte Literatur!«

»Daß du mir die Ohren abreißt?« preßte er hervor.

»Auf, mein Kakadu, wir gehen in meine Kammer, dort ist es intimer. Schließ die Tür. Du bist kein Soldat und ich nicht die Erzsi.« Sie saßen auf ihrem schmalen Bett, das Bettzeug war an der Wand zusammengerollt und bildete dort eine Art Lehne.

»›Das Buch von San Michele‹, das hat dir doch gefallen. Ohne fertige Antworten, ohne triviale Mahnungen, ohne Lebensweisheiten.«

Ohne Triviales? Mein Gott ... Er hatte es zu Ende gelesen, ihretwegen, aus Höflichkeit, nachdem ihn schon auf den ersten Seiten eine Überheblichkeit angeflogen war, unerträglich. Er schlug die Augen nieder. Sie trug lila Samtpantoffeln mit Pompons.

Und weiter sprudelte es aus ihr heraus: »Und jetzt, wo es uns an den Kragen geht, ist ›Vom Winde verweht‹ im Schwange. Alle Damen reißen sich darum, haben das Buch verschlungen.«

»Meine Großmutter meint, weder ›Verweht‹ noch ›San Michele‹ sei große Literatur, gültige Prosa. Überhaupt höre die echte Literatur mit Gottfried Keller auf. Und zwar nicht mit dem ›Grünen Heinrich‹.«

»Dem Mammutschinken«, spottete Isabella.

»Sondern mit dem ›Sinngedicht‹.«

»Ich hab mein San Michele gefunden: Ich werde Lehrerin in Waldhütten oder in Wurmloch, verkriech mich in einer Kirchenburg, hinter Wehrmauern. Im Torturm zu Wurmloch gibt es eine reizende Burghüterwohnung, halb im Dorf, halb in der Ewigkeit. Das Ehepaar hat man nach Rußland verschleppt. Ein Mädchen, Regine, und ein Bübchen, der Mischi, sind übriggeblieben. Auf die freue ich mich. Stell dir vor, Clemens, du solltest in den Nächten bei dir im Bett ein lebendiges Wesen haben, das sich kuschelt, atmet, schwitzt, das strampelt, sich aufdeckt, ins Bett pischt. Das ist bei Kindern wie Rosenwasser. Und auch bei Erwachsenen ist es nichts Schreckliches, wenn man den Menschen liebhat. Hast du je eine Leibschüssel in der Hand gehabt?«

»In der Hand nicht, aber gesehen schon. Im Sprach-Brockhaus.«

»Na, dann bist du ja bestens im Bild.«

Schließlich fragte er: »Willst du mit beiden Kindern im selben Bett schlafen?« Sie legte sich seitlich hin, die eine Wange ruhte auf den gefalteten Händen, und zog die Knie an. Für ihn blieb kein Platz zum Sitzen. Er stand auf und setzte sich auf den Hocker des Soldaten.

»Aus Liebe zu meiner Großmutter hab ich Klavier spielen gelernt. Aus Liebe bringt man es über sich, mit zwei Kindern in einem Bett zu schlafen. Und vielleicht sogar mit einem Mann. Nicht der Glaube, meine ich, sondern die Liebe kann Berge versetzen.«

»Und von dort, von Wurmloch oder Waldhütten, vertreiben sie dich nicht? Glaubst du ernstlich, daß unsereiner sich irgendwo vor diesen verstecken kann, ihnen entrinnen?«

Sie schwieg, lange, und blickte ihn aus schmalen Augen an: »Nicht vertreiben können sie dich von einem einzigen Ort.«

»Und das wäre?« fragte er gespannt.

»Ein Ort, den du mitnimmst wie die Schnecke ihr Haus.«

»Was ist das?«

»Das bist du selbst. Von dort vertreibt dich niemand.«

»Vorausgesetzt, daß du in dir, bei dir zu Hause bist.«

Sie zündete sich eine Zigarette an. Und antwortete nicht.

»Was sagt deine Mutter, wenn du rauchst?«

»Sie sagt: Bella, liebes Kind, wenn das etwas Gutes wäre, das Rauchen, dann hätte ich als erste es dir empfohlen. Mehr sagt sie nicht.«

Und fuhr auf, ihre Stimme klang wild, fast böse: »Und dann Nietzsche! Hör zu:

Dort der Galgen, hier die Stricke
und des Henkers roter Bart,
Volk herum und gift'ge Blicke,
Nichts ist neu dran meiner Art!

Kenne dies aus hundert Gängen,
schrei's euch lachend ins Gesicht:
›Unnütz, unnütz, mich zu hängen!
Sterben? Sterben kann ich nicht!‹

So müßte man sein! Wenn man das nur könnte.« Unversehens hatte sie Tränen in den Augen. Sie machte eine wegwerfende Handbewegung, sagte dunkel: »Die eine Träne ...«

Und plötzlich keck: »Welchen Typ verkörperst du: den apollinischen oder den dionysischen? Was würdest du dir wünschen? Nein, du bist keiner von beiden. Du bist ein Drittes. Aus der Kombination der beiden entspringt die Tragödie. Das paßt zu dir.«

Er aber wünschte kein Drittes zu sein, geschweige ein Typ.

»Ein Klepsch bist du«, sagte sie und stand auf. Sie zog ihn an sich, ihre Wange berührte die seine, mädchenhaft weich, doch umweht vom Geruch der Zigaretten.

Zum letzten Mal besuchte er sie vor Schulschluß.

»Komm, wir gehen spazieren, hier erstickt man, die Wände meiner Kammer erdrücken mich.«

Sie führte ihn über Treppen und Stege unter Wehrtürmen hindurch in das Innere der Altstadt. »Weißt du, weshalb dies eine Stadt für Verliebte ist?« Er schwieg. »Wegen der Grabsteine mitten auf der Gasse, am Rand der Gehsteige.«

Wer kannte sie nicht, die Grabmale mitten in der Stadt? Man stolperte täglich über sie, lief an ihnen vorbei, hockte sich auf sie, denn manche waren bis zum Namenszug in der Erde versunken. Leichensteine nannte sie das Volk. An die Toten dachte niemand. Diese Stelen und Prismen aus Sandstein mit ihren unleserlichen Schriftzügen, einige fast zugewachsen von Erde, reckten sich schief und krumm am Rande des Bürgersteigs, hielten sich an alten Häusern fest, bildeten die Lehne einer Sitzbank, begleiteten die Klosterkirche. Einer dieser Steine erhob sich aus dem Kopfsteinpflaster im Fahrdamm, die Fahrzeuge schlugen einen Bogen darum.

»Allein die Liebenden erinnern sich an die Toten. Darum ist es eine Stadt für Verliebte.«

Er wiederholte ehrfürchtig: »Schön und sonderbar: An die Toten denken nur die Liebespaare.«

Isabella blieb vor einem Epitaph stehen. »Weißt du, wer hier begraben ist?«

»Das weiß niemand.«

Sie faßte seine Hand und führte sie über die Stirnseite des Steins. »Was spürst du?«

»Rillen und Erhebungen.«

»Genau. Und was ergeben die Konturen?« Einige Male lenkte sie seinen Zeigefinger die nahezu imaginären Linien entlang. »Es hat mit dir zu tun, mit euch, mit deiner Familie.«

»Es könnten Blätter sein.« Und dann blitzte es ihm. »Drei Rosen sind es.«

Sie standen Gesicht an Gesicht, ihre Gestalten bildeten ein Tor, ein Zitronenfalter flatterte zwischen ihnen hindurch. Sie ergriff seine Hände, die herunterhingen, und so standen sie und sahen sich in die Augen, während die Leute zwischen den Leichensteinen ihren Geschäften nachgingen.

»Und jetzt gehen wir in die Kondi meines Großvaters und lassen uns verwöhnen.«

5

Der Schnellzug raste haltlos dahin, lief vor der Sonne im Osten davon. Es verfolgte ihn. Selbst wenn Clemens die Augen aufriß und sein Blick vom Glanz der Kukuruzfelder geblendet wurde, er entkam den Bildern und Gedanken nicht. »Wer träumt, ist ein Gott, wer nachdenkt, ein Bettler«, hatte Onkel Kuno geknurrt, der über vieles nachdachte und trotzdem kein Bettler sein wollte.

Die anderen um Clemens fuhren nach Hause. Er aber ... Was

versprach er sich vom Banat? Daß dort Dinge geschahen, die die weißen Flecken seiner Vergangenheit wegwischten? Oder daß er etwas wiedergutmachen konnte, wie, an wem, warum?

Draußen verschlang die Banater Heide den Zug. Die war erst vor zweihundert Jahren besiedelt worden, somit störten keine Burgen.

Plötzlich bohrte wie Zahnweh die Vokabel »adäquat« in seinem Gedächtnis. Das Wort hatte ein weitläufiger Cousin in Fogarasch benutzt – aus der siebenten Suppenschüssel, wie das in Siebenbürgen heißt – und auch gleich erklärt. Diesen Menschen hatte Clemens nicht zu Gesicht bekommen, obwohl er ihm begegnet war.

»Nachschlagen, immer neu nachschlagen, bis du kapiert hast«, hatte der siebengescheite Cousin aus Fogarasch geraten, dessen Vornamen Clemens keine Lust verspürte, sich zu merken, obschon er sie kannte: Norbert Felix. »So wirst du ein gebildeter Mensch. Oder du löst Kreuzworträtsel.«

Adäquat. Es war wie verhext: Er hatte viermal im Sprach-Brockhaus nachgesehen und wußte im Augenblick erst recht nicht, was es hieß. Völlig ... völlig was? Der Zug ratterte dahin. Endlich: »völlig entsprechend, angemessen, passend«. Ein Lügengebilde, dies vermaledeite Wort. Wo paßt schon eines völlig zum andern? Und angemessen? Nicht einmal in der Geometrie ist eines dem andern angemessen, selbst wenn es deckungsgleich heißt. Er selbst hatte sich in heiklen Situationen unpassend und unangemessen benommen. Adäquat! In bezug worauf? In bezug auf eine bestimmte Vorstellung, wie man sich hätte verhalten sollen, müssen.

Und der Vetter aus Fogarasch, dieser verdrehte Mensch, hatte sich zu der Behauptung verstiegen, daß jeder Lebensäußerung eine ihr gemäße Ästhetik innewohne. »Denn jede menschliche Geste ist zugleich eine Schaustellung, selbst wenn man nur sich selbst als Gegenüber hat. Das beginnt im Kleinen. Wie man aus dem Bett steigt: zum Beispiel mit beiden

Füßen auf einmal, und dann als erstes mit dem Kamm durch die Haare gefahren, und als nächstes Kissen und Decke gelüftet und zuletzt die Trunkenheiten der Nacht aus der verworrenen Seele geschüttelt. Und es endet mit der letzten Stunde: der schöne Tod.«

Adäquat: am ehesten, daß eins dem andern entspricht. Wiewohl es auch hier haperte, denn keineswegs entsprach das Wort dem Ding, die Erinnerung dem Geschehenen, der Begriff dem, was er umschrieb, und keineswegs das Tun und Lassen der eigenen Vorstellung von gut und schön. Alles Mumpitz. Doch die Frage bohrte weiter: Wer hatte sich passend, angemessen, entsprechend verhalten? Sein Vater etwa? Der sich geweigert hatte, mit den Wölfen zu heulen? Hatte er sich nicht geradezu unpassend benommen, war aus dem Rahmen gefallen? Doch welches war der verbindliche Rahmen? Alles geriet durcheinander.

Am 11. Juni 1948 hatte man den Fabrikanten Otto Rescher abgeführt. Das war der Tag, da die Produktionsmittel in der eben gegründeten Rumänischen Volksrepublik verstaatlicht worden waren und man damit dem Kapitalismus den Todesstoß versetzt hatte.

So saß der Ausbeuter nunmehr hinter Schloß und Riegel. Der Betrieb zur Verarbeitung von geschlechtslosen Sonnenblumen, *Helianthus asexualis*, hieß neuerdings *Macul Rosu*, Roter Mohn, und spottete der drei Sonnenblumen, die als Markenzeichen weiterhin die Artikel und Produkte unter dem alten Warennamen Heliodor schmückten: Halva und Konfekt, Margarine und Speiseöl, alles aus Sonnenblumenkernen gepreßt und von immer schlechterem Geschmack. Was selbst die Arbeiter naserümpfend feststellten. Sogar das Vieh weigerte sich, den ranzigen Ölkuchen zu kauen, geschweige wiederzukäuen.

Oinz Schuffert stellte bedauernd fest: »Im Nu könnte der rabiate Herr Otto frei sein und ein nobler Genosse werden von unsereinem, bei seinem Kopf voll Sonnenblumenkernen.

Könnte Vorarbeiter werden in seiner eigenen Fabrik, wenn er nur nicht so dickschädig wäre. Die Arbeiterklasse ist zapplig, will Halva essen wie in der guten alten Zeit. Aber die Partei hat Geduld und tut warten, bis der Herr Otto tut ausspucken wie Sonnenblumenkerne seine geheimen Gedanken von der Fabrikation von Halva für die Arbeiterklasse und von Sonnenblumen mit drei, vier Köpfen wie ein Lindwurm. Nun, tut er den Mund halten, kann er nachsinnen über seine kapitalistische Reklame, wenn die Sonne ihn in seiner Zelle röstet: resch, rescher, am reschesten.«

Zeichen und Anzeichen hatten auf diesen desolaten Tag im Juni hingewiesen, dem noch schlimmere folgen sollten.

Daß das Haus zu groß geworden war, das war als erstes Frau Ottilie aufgefallen. Anfang 1948, gleich nachdem die rote Regierung unter dem Premier Petru Groza den König des Landes verwiesen hatte und seine Schlösser und Paläste versiegelt worden waren, fühlte sich eine gewisse Kategorie von Leuten in ihren Häusern nicht mehr wohl. »Solche Verschwendung an Raum, an Fenstern und Betten, an Treppen und Teppichen dulden diese Neidhammel nicht«, sinnierte Frau Ottilie. »Bei denen geht es wie im Hasenstall zu. Dem Konditor Albertini haben sie eine Familie Hergelaufener mit sieben Kindern in die Beletage gesteckt. Bald wird der soignierte Herr mit seinen Händen wie Marzipan die Mehlspeisen vor seiner Konditorei zusammenrühren müssen, am offenen Lagerfeuer wie die Schatterzigeuner.«

Dr. Oberth, den Freund des Hauses, hatte man aus seiner Villa hinausgetan und in eine der nobelsten Lehmhütten bei den Zigeunern einquartiert. Die verehrten und fürchteten ihn wie einen Heiligen. In feierlichem Tempo fuhr er mit seinem ehemaligen Auto, einem Zweisitzer Topolino, hinunter an den Bach. Das Autochen hatte die Partei requiriert, doch es ihm für diese Fahrt großmütig zur Verfügung gestellt. Mitgenommen hatte der Doktor außer einem Koffer mit dem *strict necesar* und seiner Arzttasche noch einen Wäschekorb mit Kaninchen. Eine Eskorte von Jungkommunisten war ihm beigegeben worden, die ihn im Laufschritt begleiteten. Diese mußten das Auto in die Stadt zurückschieben. Nun harrte es vor dem Parteigebäude eines Chauffeurs.

Für sich wünschte Frau Ottilie: »Nur an meinen Zigarillos möge es nicht hapern.« Und bemerkte nüchtern, man habe ohnehin nicht mehr das Personal, um ein großes Haus zu führen.

Der Hausknecht Will Badestein hatte bereits vor der Enteignung der Fabrik gekündigt. »Wer bezahlt mir, wenn die Fabrik vom gnädigen Herrn nicht mehr die Fabrik ist vom gnädigen Herrn?«

Das sächsische Küchenmädchen Jino, Jino von Regine, holte ihr Vater weg, ein Häusler aus Schaas. »*As Jino giht en de Fabrik*«, trumpfte er auf. Dort sei jeder ein Herr. Auch die Arbeiterinnen seien Herren, alle trügen Seidenstrümpfe, und nach acht Stunden sei Schluß. Keine großkopfete Herrschaft sekkiere das Mädchen von früh bis abends für einen Hungerlohn. Und wenn sie alt geworden sei, kriege sie eine Pension und könne ihre armen Eltern erhalten.

Der Kutscher Keleti war bereits in den ersten Wochen nach der Befreiung vom Joch des Faschismus zu den Kommunisten übergelaufen, samt Kutsche und Pferden. Das war die bequemste Lösung; so mußte man als Herrschaft keine unliebsamen Entscheidungen treffen.

Den Gärtner János Vándori entließ die Dame des Hauses: »Mit Blumen haben Revolutionäre nichts am Hut.« Überhaupt: Die Zeit der bombastischen Extravaganzen sei vorbei. Das echte Leben klopfe endlich an die Pforten.

Klopfte vorerst so an die Pforten am 11. Juni 1948, einem heiteren, friedlichen Sommertag.

Otto Rescher war der einzige von den Fabrikanten, der sich an diesem Tag an eine gemeinsame Abmachung hielt: Kommen diese Strauchdiebe und Wegelagerer, um im Namen des

Volkes unsere Betriebe einzustecken, dann weiche man nicht. Klassenkampf wollen die? Gut, wir werden kämpfen.

Er verschanzte sich hinter seinem Schreibtisch. Neben dem kolossalen Möbel stand ein Tonkrug mit künstlichen Sonnenblumen, gefüllt jedoch mit echtem Wasser. Die martialischen Kunstgebilde überragten alles im Büro und erinnerten an ein Bündel griffbereiter Streitkolben. Zum Fenster postierte er die Schreibkraft Clara Wollgemut mit gespitztem Bleistift und Stenoblock: »Sie protokollieren. Für die Nachwelt.«

Als drei Delegierte der Staatsmacht das Büro betraten, beugte er sich vor und ließ die Schlüssel vom Geldschrank vor ihrer Nase hin und her tanzen. Die Arbeiter standen steif da, die Mützen in der Hand. Noch ehe einer den Mund aufmachen konnte, lachte Otto Rescher sie aus: »An meinem Geld dürft ihr riechen und nicht mehr!« Damit zog er die drei Männer über den Tisch, zog sie zu sich herüber, indem er einen nach dem anderen am Nacken packte. Jedem flüsterte er etwas Persönliches zu: »Mihai, du undankbares Ferkel, trägst den Namen des Königs. Wer hat dich auf die höhere Gewerbeschule geschickt? Ich! Und du daneben, du vergeßlicher Esel, wie heißt du gleich, wer hat deinem Vater zu einem eigenen Häuschen verholfen? Ich! Und du Bernhard, oder heißt du Adalbert wie mein Schwiegerherr, wer hat dich deiner Mutter ...?« Dieser Satz blieb in der Luft hängen.

Als einer nach dem Schlüsselbund haschen wollte, schleuderte der Fabrikant Rescher ihn mit einer theatralischen Bewegung zum Fenster hinaus in den Fluß, in die Kokel. Die fließt seit alters her durch Schäßburg.

Die Abgesandten der Arbeiterklasse ermannten sich und suchten den störrischen Mann wegzuzerren. Das war zuviel. Brüllend wischte der Herr aller Sonnenblumen im Kokeltal die mageren Hände der Angreifer von seinem Jackett weg. Er öffnete die Tür und schaufelte die Eindringlinge hinaus mit einer Behendigkeit, die man dem korpulenten Mann kaum zugetraut hätte. Mit den Drahtschäften der riesigen Kunstblumen gerbte er ihnen den Rücken, daß Staub aus ihren verschlissenen Röcken aufwirbelte. »So lassen euch eure schlamperten Frauen herumlaufen, und ihr wollt Direktor spielen, Bagage!« Mit den Blütenköpfen von gelber Seide wischte er ihnen über die Schädel, daß sich die Haare sträubten. Sie duckten sich, sie verschränkten die Hände im Nacken, sie stolperten hinweg. Mit einem nachdrücklichen Fußtritt in den Hintern – »ihre Ärsche so spitz, daß ich fast danebengetreten hätte!« berichtete er im Gefängnis den Kumpanen – beförderte er jeden einzelnen die Treppe hinunter und schleuderte den Krug voll Wasser hinterher, daß es klatschte und knallte. Und schrie: »Vom Klassenkampf träumt ihr? Hier habt ihr ihn!«

Frau Clara stenographierte mit flatternden Lidern, selbst die Geräusche verwandelte sie in Krakelzeichen. Bald darauf mußte sie das ganze ins reine schreiben, nicht für die Nachwelt, sondern für das Militärtribunal in Stalinstadt: Auflehnung gegen die Staatsgewalt!

Wenig später führten die Milizionäre Otto Rescher ab. Den kleinen Zug begleitete ein Mann in Zivil, der dauernd an seinen Textilien zupfte. In seinem Kammgarnanzug und den Boxcalf-Schuhen erinnerte er an eine Modepuppe. Clara, die Schreibkraft, half den drei Genossen auf die Beine, staubte sie mit dem Flaumwedel ab, strich mit einer Kleiderbürste ihre zerknitterten Anzüge zurecht. Drei Stühle stellte sie hinter den Schreibtisch und rührte der kollektiven Führung, die sich seufzend an die Arbeit machte, einen Kaffee an: dem *tovarăş director*, dem *tovarăş secretar de Partid*, dem *tovarăş preşedente de sindicat*. Kaffeetrinken demonstriere Macht. »Freilich, ich bitte um Pardon, es ist bloß Frankh-Kaffee. Den echten haben die Kapitalisten vorher ausgetrunken.« Übrigens wisse sie in allem Bescheid, die Genossen müßten bloß fragen.

Am Abend jenes denkwürdigen Tages bemerkte Rosa die Perle elegisch: »Unser guter Herr Otto, wie ein Gras, das am Morgen noch sproßt und blüht und des Abends welkt und verdorrt. Und man wirft es in den Ofen, wo es brennete.«

Etliche Wochen nach der Verhaftung des Vaters mußte die Familie sich im Laufe eines Vormittags aus der Villa wegscheren. Eines Morgens drang ein Mann mit todernstem Gesicht in die Villa Heliodor vor. Eine knallrote geflochtene Krawatte baumelte ihm vom Hals, eine russische Ballonmütze bedeckte seinen Kopf, der schwarze, speckige Anzug hing an ihm herab, sichtlich auf einen anderen Leib zugeschnitten. Begleitet wurde er von vier Burschen in bester Laune. Beim Tor der Auffahrt postierte sich ein Milizionär und rief freundlich herauf: »*Precis probleme nu sunt.*«

Das ungarische Stubenmädchen Magdusch musterte die Abordnung und knickste nicht. Während sich drei der Burschen vor der Tür zur Eingangshalle aufstellten, als drohe von außen Gefahr, stieg der Mann im schlotternden Anzug zur ersten Etage hinauf. Er trat in den leeren Salon, ohne die Mütze abzunehmen. Das Stubenmädchen folgte auf dem Fuß und ebenso einer der jungen Männer. An seinem Hut steckte eine rote Rose, eine erloschene Kerze hielt er in der Hand. Der todernste Mann im Anzug umklammerte eine Stange Siegellack. Er wies das Mädchen an, die Bewohner des Hauses herbeizuholen. »Hierher!« Er bezeichnete den Saum des Teppichs. Dem Burschen mit der Rose erlaubte er nicht, einen der Polstersessel auszuprobieren.

Den zögernd Herbeigekommenen befahl der Mann, sich um den Teppich auf das Parkett zu stellen. »*Am ordin de evacuare.*« Stehenden Fußes hätten sie sich den Räumungsbefehl anzuhören. Die Konsonanten sprach er weich aus, so daß jeder heraushörte: Er ist ein Ortsfremder, vermutlich aus der Moldau jenseits der Ostkarpaten. War das nicht einer von denen, die man dem Konditor Albertini in die Beletage gesteckt hatte? Oder dem Dr. Oberth in die Ordination?

Mit belegter Stimme ließ der Mann in Schwarz verlauten, daß alles Eigentum der Familie Rescher, und zwar nicht nur Haus und Hof, sondern auch das bewegliche Hab und Gut, ab sofort in Staatsbesitz übergeführt werden müsse. Wie zum Trost sagte er: »Auch den Imperialisten in Amerika wird es nicht besser ergehen, demnächst. Und den Hitleristen in der Westzone noch schlimmer. *Legile obiective ale istoriei.*« Die ehernen Gesetze der Geschichte. Und erläuterte die Gesetze der Geschichte so: Seiner Familie Wohnung sei nicht größer als der Teppich zu seinen Füßen. Das müsse sich ändern!

Der Bursche zündete die Kerze an. Vorerst werde alles ordnungsgemäß versiegelt, später von einer Kommission eine Inventarliste angelegt. Im nächsten Satz sprach der Mann bereits in der dritten Person von den »*foștii proprietari*«, den ehemaligen Besitzern, als ob es sie nicht mehr gebe. Diese dürften das Notdürftigste, »*strictul necesar*«, in je einen Koffer packen. Darauf ließ er sich vorsichtig in einem Lehnstuhl nieder, nachdem er das Taschentuch unter den Hosenboden gelegt hatte, als müsse er den Anzug schonen. Er saß aufrecht und faltete die Hände im Schoß.

Clemens, den Rosa aus der Mansarde herbeigeklingelt hatte, sah allem zu, als betrachte er den gestirnten Himmel auf der Suche nach einem schwarzen Loch. Frau Ottilie ließ Rosa freie Hand: »Packen Sie meinen Koffer, liebe Rosa, und den vom Buben. Sie wissen am ehesten, was das ist: *strictul necesar.*« Sie klemmte sich die Schatulle mit dem Familienschmuck unter den Arm und ließ sich den Kaffee beim Springbrunnen servieren, am Fuße der Freitreppe.

Frau Alma Antonia, einen gelben Ullstein-Roman unter dem Arm, folgte dem Schauspiel regungslos, doch mit erwartungsvollen Augen. Die Lider waren überwölbt von grünen Schatten. Erst als der unruhig tänzelnde Bursche mit der brennenden Kerze über den Teppich stolperte – die Fransen gerieten durcheinander, Wachstropfen verunzierten die orientalischen Muster –, führte sie die Hand zur Schläfe; die Armbänder glitten mit leisem Klirren zum Ellbogen hin. Das war alles an Protest. In anderen Häusern – mit mehr Gefühl und weniger Geschmack – raufte man sich die Haare, schrie laut sein

Leid hinaus, wälzte sich auf dem Boden, fiel in Ohnmacht oder auf die Knie, und manche beteten.

Der Mann in Schwarz rügte seinen stümperhaften Gehilfen: »*Tovarăşe Nelu*, ein Esel, der du bist, lösch die Kerze!«

Rosa sorgte als erstes dafür, daß die ungebetenen Gäste im Parterre parierten. Mit dem Nudelwalker verlieh sie ihren Anweisungen Respekt: »Herunter mit euren schmuddeligen Kappen! Zigaretten auslöschen, hier der Aschbecher! *Atenţiune!* Für Gassenbuben und Rotzlöffel wie ihr sind Teppiche und Parketten gefährlich, *periculos.*« Rosas Rumänisch entsprach der Gemütsart der Eindringlinge. Sie gehorchten, ohne nach dem Chef in der Etage zu schielen. »Marsch, ihr Lümmel, über den Hintereingang in den Keller! Dort gehört ihr hin.«

Währenddessen hatte das ungarische Stubenmädchen Magdusch eruptionsartig sein Klassenbewußtsein entdeckt und machte Anstalten, mit der jungen Garde im Untergrund zu verschwinden. Doch Rosa nahm sie am Schlafittchen und schnauzte sie auf ungarisch an: »Noch bist du hier im Dienst, *te marha*, du Biest. Schaff drei große Koffer herbei!«

Als das Stubenmädchen den Koffer vor die ehemalige Hausherrin hinknallte, sagte es: »*A maga ideje léjart, nagysága*«, Eure Zeit ist vorüber, Gnädigste! Und knickste zum letzten Mal. Erhobenen Hauptes trippelte sie über die Freitreppe hinab in den Garten. Dort brach sie zum ersten Mal, seit sie dem Haus angehörte, eine Blume vom Stengel, eine Tuberose, und steckte sie in den Busenlatz. Lustvoll atmete sie den beißenden Geruch ein. Sie setzte sich auf eine der gelben Bänke unter Rosenarkaden, verschränkte die Arme, schlug die Beine übereinander und ruhte aus.

Ehe Frau Alma Antonia endgültig ihren Salon verließ, zog sie noch das Grammophon auf und wählte nach kurzem Zögern die Platte mit dem Kirchenlied ›Nun danket alle Gott‹. Zu den Männern, die sich in den Fauteuils niedergelassen hatten, sagte sie: »Damit ihr euch gut fühlen möget.« Sie beugte sich zum Burschen mit der Kerze, der die Nüstern blähte und zurückwich, berührt vom Odeur der Dame, und löste die rote Rose von seinem Revers. Höflich erklärte sie: »*Un suvenir pentru mine.*« Und mehr zu sich: »Jetzt gilt es, das Leben mit beiden Händen zu packen.« Bereits an der Türschwelle sagte sie, ohne den Kopf zu wenden: »Sie im Anzug, mein Herr, Sie haben mir einen großen Dienst erwiesen.«

Mit dem gelben Ullstein-Roman unter dem Arm ging Frau Alma Antonia weg aus dem Haus ihrer Ehe. Den linken Ringfinger hielt sie als Lesezeichen zwischen die Seiten des Buches geklemmt. Mit der andern Hand wirbelte sie die rote Rose, das Andenken, bis diese die Blütenblätter verlor. Von Zeigefinger und Daumen der Dame tropfte Blut. Ihre letzten Worte, ehe sie zwischen Bosketts und Spalieren den Blicken entschwand, lauteten: »Adieu, mein Sohn« und »*Poste restante!*«.

Kaum hatte die Mutter das Haus verlassen, schulterte Clemens seinen Koffer, den Rosa auf die Terrasse gestellt hatte, und machte einige Schritte zur Einfahrt hin.

»Wie? Weg auch du, mein Bub? Wohin? Wohin?« rief Rosa und war für einen Atemzug sprachlos.

»Irgendwohin in die Welt.«

Sie rang die Hände. »Bleibst da, bis diese Strauchdiebe weg sein. Und dann verfrachtest deine Großmutter!« Und klagte: »Schad, daß uns Evangelische der große Luther, unser Herr Reformator, nicht schlagen läßt das Kreuz über dem Busen. Es is ein Elend!« Und zu Clemens: »Tust warten!«

Dem Mann im Leichenbitteranzug, der sich anschickte, die Eingangstüre zu versiegeln, zischte sie zu: »Weh dir, du hergelaufener Strolch! All deine Pizziknochen zerschlag ich dir in deinem vermaledeiten Leib. Diese Tür bleibt offen, bis ich meine Sachen aus meiner Stube herausgeholt hab. Ich gehör zum Haus, aber mich könnt ihr nicht unter Kuratel stellen.« Und plötzlich packte sie ein unheiliger Zorn, und sie belegte den Mann mit einem ungeheuerlichen Fluch, in festlichem Hochdeutsch: »Deine Hände mögen verdorren, dein Auge ausrinnen und der Same in deinen Hoden versiegen, du elendiger Rauber, der du bist. Anständige Leute rupfst du wie Hühner bei lebendigem Leib und auf die Straße wirfst du sie wie krätzige Hunde!« Sie spuckte vor ihm aus, der ratlos innehielt in seinem Tun. Der Siegellack tropfte auf seine Hand wie geschmolzenes Feuer.

Frau Ottilie bemerkte: »Rosa, liebe, war das nicht zuviel des Guten, womit Sie gedroht haben? Eins hätte genügt.«

»Lieber mehr als weniger. Unser Herrgott ist eine knauserige Herrschaft. Nie erfüllt er unsere Wünsche alle miteinander. Außerdem kapiert der Strohkopf dorten kein Deutsch. Das ist ein waschechter Walach von drüben.«

»Meinen Sie nicht, Rosa, daß ein Fluch auch dann wirkt, wenn der andere ihn nicht versteht?«

Rosa machte eine wegwerfende Handbewegung. »Soll sein Pope ihm austreiben meine Flüche.«

Sie wandte sich zu Clemens und ordnete an: »Du schaffst die alte gnä' Frau zu meiner Kusinin Emilie in die Schaasbachgassen und sagst, sie soll sie legen in die gute Stuben auf die Ottomane. Nein, sagst nichts, sagst: Hier ist sie, meine Groß. Die Rosa kommt noch. Und nachher sagst grüß Gott und verdrückst dich meinetwegen in die weite Welt.«

Von irgendwo zauberte sie einen Brotbeutel mit Lebensmitteln herbei und hängte ihn an den nächsten Baum. »Wirst schon zurückkommen, denn jeden schießen sie tot an der Grenze von unserer *patria populară dragă și democratică republica română trăiască.*«

»Zurück«, fragte er, »wohin?«

Sie dachte nach, und weil sie das tat, hielt sie die Augen geschlossen, und weil sie die Augen geschlossen hielt, verlor sie die Gegenwart aus den Augen und sagte es schön und sagte es so: »Her, kommen Sie zurück, junger Herr.« Und machte dabei eine vage Handbewegung über Stadt und Berg und Tal. »Her, in unser geliebtes Schäßburg. Die Bolschewiken sind zwar Räuber und Diebe, aber Menschenfresser sind sie keine. Schauen Sie, dort auf der Rosenbank, wie der junge Bolschewik mit der Magdusch schäkert. Nicht anders als unsereiner von der Herrschaft.«

Und griff sich an die Stirne und sagte hastig, als sei das im Moment das Wichtigste, es klang fast bittend: »Als erstes schafft ihr meinen Strohsack weg, der Kerl dorten und du, Clemens, mein Bub, und werft ihn in die Kokel. Das Stroh ist geworden wie getrockneter Hundsdreck.« Sie winkte dem Burschen auf der Bank unter dem Rosenspalier und befahl ihm, Hand anzulegen. Der Mann mit dem Siegellack hatte nichts dagegen, daß das verschrumpelte Gebilde aus dem Haus kam. Als Clemens, der ehemalige Sohn des Hauses, und Nelu, der zukünftige Herr eines Hauses, das beide nicht gebaut hatten, von der Gartenmauer ganz unten zurückkamen, von wo aus sie mit einem gewaltigen Schwung ihre Last in den Fluß geschleudert hatten, bemerkte der Jungkommunist: Der Sack mit Stroh habe sich in eine Staubwolke verwandelt, und aus ihm herausgefallen und weggeschwommen sei ein großes Buch. Das war das unrühmliche Ende von ›Mein Kampf‹ im Hause Rescher.

Clemens ließ sich in der Nähe der Großmutter in einem der gelb gestrichenen Klappstühle nieder. Eben stellte jemand im Keller das Wasserspiel ab. Während er neuerlich Figuren und Abläufe in seiner Umgebung betrachtete, zuckte ihm durch den Sinn: Du mußt auch etwas tun. Man kann sich ja nicht aus dem eigenen Haus hinausschaufeln lassen, als sei man ein toter Maulwurf.

Die alte Dame rauchte ihren Zigarillo und genoß den Kaffee in kleinen Schlucken. Melancholisch bemerkte sie: »Nicht einmal unser Klavier geben sie heraus. Wo wirst du üben, mein Bub?«

In diesem Augenblick erinnerte sich Clemens, wie sein Vater die drei Arbeiter aus der Direktionskanzlei gejagt hatte. Er erhob sich wie im Traum. »Komm!« Den Burschen Nelu zerrte er von der Gartenbank weg, das Mädchen Magdusch blieb allein. »Wir müssen noch etwas regeln!« Ohne den Mann mit dem Siegellack zu beachten, der sich an Nebentüren zu schaffen machte, betraten sie die Vorhalle. Mit einer Stimme, die keinen Widerspruch duldete, befahl Clemens: »Pack an!« Von beiden Seiten traten sie heran, hoben den Wandspiegel, der bis ins Stockwerk reichte, aus der Halterung und schleppten ihn auf die Terrasse hinaus. »Tritt zurück!«

Der übermenschengroße Spiegel mit Goldrahmen, oben das verschnörkelte Wappen der Rosenthals, stand aufrecht, von Clemens gestützt. Die Pracht des sommerlichen Gartens spiegelte sich in der ovalen Fläche und im Scheitel ein Stück des Himmels. Clemens zog seine Hand zurück. Das elegante Ungetüm wiegte sich leise, die Gestalten des Gartens und die Farben des Himmels purzelten durcheinander. Langsam neigte sich der Spiegel nach vorne, kippte dem Garten zu, stürzte auf die Treppen von Stein. Die Spiegelfläche trennte sich mit schrillem Schrei von der Umfassung und zerschellte.

»So«, sagte Clemens, als der letzte Ton zerflattert war, »das bedeutet sieben Jahre Unglück.« Und wiederholte es rumänisch: »*Şapte ani nefaşti.*« Wem das galt, blieb ungewiß.

Der Mann in Schwarz hatte eingreifen wollen, doch als er seine Gestalt im hohen Spiegel hin und her zappeln sah wie einen tollgewordenen Gartenzwerg, wurde er schwindlig. Er mußte sich setzen und die Augen schließen.

Die Großmutter legte den Zigarillo beiseite und sagte: »Gut gemacht, mein Bub. Dein Vater wird vor Freude tanzen.« Doch Rosa schimpfte, während sie die Scherben mit Schwung in die Sträucher fegte: »Nur Arbeit könnt ihr einem machen!«

Ein Mann mit Arbeitermütze kam die Einfahrt heraufgegangen. Er war in Eile, der Kies prasselte unter seinen Schritten. Den Blick auf die Fassade der Villa geheftet, schritt er dahin, ohne zu grüßen, als wären die Anwesenden Luft. Vor der Freitreppe blieb er stehen. Seine Stimme klang barsch, als er den Mann an der Eingangstür fragte: »*Tovarăşe*, wieso bist du noch nicht fertig? Wenn du in diesem Tempo weiterwurstelst, können die Kapitalisten sich in ihren Villen vergnügen bis zu ihrem seligen Ende.«

Rosa, die oben im Eingang lehnte, bückte sich, um unter dem Kappenschild das Gesicht des Mannes zu erkunden. »Ah, du bist das! Der Schuffert Oinz. Bist untergekrochen bei den Bolschewiken! Gar ein Obermacher geworden? Wer sich unter die Kleie mischt, den fressen die Schweine. Du, der Bub von einem anständigen Sachsen, der ist gewesen Turmwächter auf unserer evangelischen Kirche. Und du machst dich gemein mit diesem Diebsgesindel. Pfui Teufel. Dein Vatter, der Ärmste, möcht sich umdrehen in seiner Grube in Rußland, dorten, wo deine schofeln Genossen ihn haben elendig verhungern lassen schon im Ersten Krieg, mit ihrer rauberischen Revolution. Und dein Bruder, der fesche Emil mit dem Totenkopf auf seinem Käppi, warum hat er sein junges Leben in Eis und Schnee ausgehaucht bei Stalingrad wegen der bolschewistischen Gefahr für Führer und Vaterland, daß man nur noch das Käppi hat gefunden mit einem Vergißmeinnicht drin von seiner Lieben aus der Untergassen, der Mali? Hast vergessen, daß der junge Herr Clemens deiner kraupeten Tochter, dem Waserl, hat gegeben Nachhilfestunden im Rechnen gratis, ja ist gekommen zu euch hinunter in eure stinkete Kuchel, mit dem Mädel lernen? Und plusterst dich auf, Oinz Schuffert, wie ein Pockerl. Paß auf, daß du nicht machst deine Rechnung ohne den Wirten.« Sie wies mit dem Nudelwalker zum Himmel, als könne sie jeden Moment einen Blitz zünden. »Und jetzt sag schön Küß die Hand zu der alten Dame dorten im Garten, du verdammichter Rotzlöffel, du!«

Petras Vater nahm einen Anlauf und sprang die letzten Stufen der Freitreppe in einem Satz hinauf. Verächtlich warf er die rote Virginia auf die glänzenden Fliesen der Terrasse. Er packte die Haushälterin an den Schultern, schüttelte sie, daß ihr Hören und Sehen verging, ja der Nudelwalker ihrer Hand entglitt, und fauchte: »Aha! Wes Brot ich iß, des Arsch ich leck! Ihr habt vergessen, Frau Rosa, daß Ihr aus der Schaasbachgassen kommt. Ihr denkt, wenn Ihr den Herrischen ein Leben lang das Goderl habt gekrault, seid Ihr selber eine Herrschaft. Nimmermehr nicht! Wehe, wer seine Arbeiterklasse verrät.« Und mit beschwörender Stimme: »Besinne dich, Genossin Rosa Dipold, wo du hingehörst! Es ist Klassenkampf, und der Fluß der Geschichte putzt dir hinweg wie eine krepierte Fledermaus! Wer nicht mit uns ist, der ist wider uns! Wie sollen deine Ketten fallen, wenn du nicht Hammer bist der Geschichte?«

Einige Augenblicke sah es aus, als würde die Genossin Rosa Dipold durch die Hammerschläge der Geschichte den Boden unter den Füßen verlieren, und die beiden müßten die Plätze tauschen, er oben, sie unten. Die Brille war ihr von der Nasenspitze gerutscht, dann von den Ohrwascheln; sie baumelte an der Gummihalterung über ihrem Busen. Doch Rosa faßte sich. »Du Lümmel, du, halt deine ungewaschene Goschen.« Sie bückte sich blitzschnell, ergriff den Nudelwalker und versetzte dem Angreifer einen Stoß vor die Brust, daß er ärschlings hinuntertänzelte, Stufe um Stufe. »Scher dich zum Teufel!« Die noch glühende Virginia schleuderte sie ihm mit dem Fuß nach. Dann brachte sie ihre Toilette in Ordnung.

Clemens sprang auf; gerade noch konnte er den Strauchelnden mit den Armen auffangen. Während Rosa die Brille zurechtrückte, sagte Ottilie Rescher: »Hört auf mit den Umarmungen. Es ist Klassenkampf. Kommen Sie, Genosse, nehmen Sie Platz, stärken Sie sich.« Die alte Dame reichte dem verwirrten Mann einen Zigarillo. »Ich rauche immer noch die bessere Sorte, wiewohl auch Virginia ein nobles Kraut ist.« Sie goß Kaffee in eine Tasse. Ratlos griff Genosse Schuffert nach der silbernen Zuckerdose mit Schloß. »Ah, Sie nehmen Zucker. Hier, das Schlüsselchen. Doch pur genossen spürt man unverfälscht das Aroma der Kaffeebohne.«

»Ja, mir schmeckt der Zucker. Der fällt unsereinem nie nicht in den Schoß.« Mit zusammengekniffenen Augen versuchte er das winzige Schloß aufzubekommen. Frau Ottilie kam zu Hilfe. Drei Löffelchen Kristallzucker streute Genosse Schuffert in das schwarze Gebräu und trank die Tasse in einem Zug leer. »So sind die Reichen: voller Geiz. Sie versperren die Zuckerdosen, von wegen den Mägden«, murmelte er.

»Eben. Und darum sind sie reich, die Reichen.«

»Beim Kaffeetrinken sind alle Menschen gleich. Aber sonst ist Klassenkampf! Für die bessere Zukunft müssen wir Opfer bringen. Und danke schön für den Zucker und den Kaffee.«

»Opfer, alle? Nein, nur wir, wie Figura zeigt«, sagte Frau Rescher und wies auf die gepackten Koffer.

»Das alles ist der eiserne Gang der Geschichte. Der Friedrich Engels hat sich das ausgedacht, und der Karl Marx hat extra Kapitalismus studiert, und der Lenin in Leningrad hat die Große Oktoberrevolution befohlen vom 7. November, und der Genosse Generalissimus Stalin in Moskau hat den Großen Vaterländischen Krieg gewonnen. Und darum ist heute die Familie Otto Rescher an der Reihe.« Die rote Krawatte steckte er in den Hosenbund.

Frau Ottilie sagte: »Es wimmelt von roten Krawatten. Die sind bestimmt schwer zu beschaffen. Früher trug niemand welche.«

»Es ist ein Gfrett«, gab Petras Vater zu. Mit einem »Grüß Gott!« stieg er die Freitreppe hinauf und sah dem Mann im schwarzen Anzug auf die Finger, die voll roter Flecken waren: *»Mai repede!«*

Frau Ottilie sagte zu Clemens: »Es ist das Nonplusultra an Komik. Gewalttäter vertreiben uns aus unserem Haus, berauben uns aller unserer Güter am hellichten Tag. Allein Rosa, die treue Seele, bietet dem Feind Paroli, bezieht eindeutig Position. Grandios, wie sie diesem Schubjak eins gelangt hat. Deine Mutter stolziert davon wie eine Diva aus Hollywood. Um das Leben zu packen, haha, sie, die nie eine Nähnadel angerührt hat. Sie wird noch ihr blaues Wunder erleben. Und du zerschlägst zwar den Barockspiegel, aber am Ende nimmst du den Räuberhauptmann in die Arme und ziehst ihn an deine

Brust, als ob er unser Wohltäter wäre. Daß man sich krummlacht.«

»Und du, Omama, lädst ihn zum Kaffee ein.«

»Das ist etwas anderes. Ich wollte ihn auf die Probe stellen. Als Revolutionär hätte er ablehnen müssen. Doch im Grunde seiner schlichten Seele ist er ein Biedermann, vielleicht sogar ein wahrer Sachse und ein anständiger Mensch.«

»Für mich ist er Petras Vater«, sagte der Junge trotzig.

Recht sonderbar war Clemens zumute, als er gegen Mittag sein Elternhaus für immer verließ und mit seiner Großmutter in die Schaasbachgasse trottete. Und von dort weiterwanderte, den Tornister mit Wegzehrung über die Schulter gehängt und in der rechten Hand den Koffer, unnötig schwer, weil von Schweinsleder und belastet mit Büchern, ›Faust‹ sowieso, aber auch Chateaubriands ›Mémoires d'outre tombe‹ und eine Broschüre von Stalin. Es überraschte ihn, daß die Großmutter ihn zum Abschied nicht auf die Wangen küßte, sondern ihm die Hand hinstreckte. »Adieu, Clemens!« Und nach einigem Zögern sagte: »Vielleicht überlegst du dir das mit der weiten Welt.« Und hinzufügte: »Wie seltsam, nun hat jeder von uns vieren ein anderes Dach über dem Kopf.«

Die Emilie Dipold, bei der die Großmutter untergekrochen war, hatte keineswegs die gute Stube freimachen wollen, wie Rosa es angemahnt hatte. »Die brauchen wir, wenn die arme Rosa tot ist. Und dann verhunzt Ihr mir die gehäkelten Deckchen auf dem Sofa. Und das Gestinkel von den Zigarren schadet den Vorhängen.« In einer Kammer mit Stockbetten logierten die beiden Frauen. Die Großmutter richtete sich auf ihrem Bett ein, in der unteren Etage: das war ihr neues Reich. Und verhielt sich adäquat. Schwierig, wo alle wußten, welch verdrehte Person diese Milli war, besonders verdreht, nachdem sie nackt und dampfend durch die Straßen der Stadt gelaufen war, bekleidet allein mit einem Hut. Das verwand sie nicht und redete viel darüber – auf offener Straße ebenso wie mit sich allein zu Haus und immerzu lauthals. Frau Ottilie verschaffte sich Respekt im Haus, ohne der Emilie den Rauch ins Gesicht blasen zu müssen: durch angemessenes Schweigen und indem sie sich bemühte, das Passende zu tun. Zum Beispiel half sie in der Küche aus, ja, sie lernte kochen.

Aber von ihren eingefleischten Gewohnheiten wich sie nicht ab. Jeden Nachmittag zu gegebener Stunde ließ sie sich von Rosa den Tee servieren, auf dem Platz vor der Klosterkirche. Drei Feldstühle vor je einen Grabstein gestellt, die dort aufragen mitten in der Stadt, bildeten das Mobiliar. Einer der Stühle war für Rosa gedacht, der dritte für einen Gast. An ihrem Zigarillo saugend, lehnte Frau Ottilie an einem der Steinkreuze und harrte der Dinge, die kommen würden.

Nicht kamen die Sachsen. Die machten einen großen Bogen um die Teerunde oder standen in der Ferne und rangen die Hände: Welch Leichtsinn! Wie diese exzentrische Törin uns alle in Gefahr bringt! Mit ihren Provokationen hetzt sie das Regime auf uns. Sind wir nicht Opfer genug? Und hat die Frau Stadtpfarrer selig nicht gemahnt, wie eine Kirchenmaus sich zu benehmen, grau oder, noch besser, ganz unsichtbar? Und der hochehrwürdige Herr Stadtpfarrer schweigt und überläßt wieder einmal alles dem lieben Gott. Und der Stadtprediger Buzi Bimmel zitiert Karl May, und damit basta.

Von den Landsleuten fand sich allein Dr. Oberth zum Tee ein, der bei den Zigeunern am Bach eine Bleibe gefunden hatte. Er trug einen Sack bei sich und rupfte, wo er ging und stand, Gras für seine Kaninchen, selbst aus den Steinfugen zwischen den Pflastersteinen.

Doch auch der Bulibascha der Zigeuner, Nicu Nicari, beehrte Frau Ottilie mit seiner Anwesenheit. Wie selbstverständlich ließ er sich auf dem freien Feldstuhl nieder. Aus seinem Fellranzen zog er einen kupfernen Samowar, stellte ihn auf eine Grabplatte und sagte strahlend, indem er in seinem Prophetenbart kristallweiße Zähne aufleuchten ließ: »Der gehört Euch, liebwerte Frau.« Und setzte die Teemaschine auf der

Stelle in Betrieb: Lange Tannenspäne räumte er in den Heizschacht, die er am oberen Ende mit seiner Pfeife anzündete. Bald summte das Wasser im Kessel, und der Zapfhahn gab heißes Wasser her. Eigenhändig brühte der Gast den Tee auf. Der schmeckte rauchig und schmeckte nach Rußland. Als er ging, ließ der Zigeunerfürst sich vor der Dame auf ein Knie nieder und küßte ihr ausgiebig die Hand. Und lud die *doamna Otilia* ein, bei ihnen am Bach Quartier zu beziehen; seine Leute würden sie nicht nur zu Tode pflegen, sondern ihr auch ein schönes Begräbnis bestellen: »Wie noch nie in Schäßburg für eine sächsische Dame, *doamnă săsoaică*, mit vielen Menschen und noch mehr Kindern und Hunden im Geleite.«

Es war die Stunde, da die Arbeiterinnen der ersten Schicht herbeischwirrten. Magda, das ehemalige Stubenmädchen, vergaß seinen Klassenhaß, blieb stehen, knickste sogar und grüßte mit dem verpönten *nagysága*. Darauf setzte sie sich bescheiden im Türkensitz auf das Kopfsteinpflaster zu Füßen ihrer ehemaligen Herrschaft, die Parteizeitung *Der Funke* unter dem Hintern, und lud diese oder jene Arbeitskollegin zum Plauderstündchen ein. Das Thema war immer das nämliche: was sie sich alles bereits angeschafft hatten. Als erstes wurden die Strümpfe vorgeführt. Magda lüpfte den Rock bis zum Schritt: »Seidenstrümpfe, mit Naht! Und Strumpfhalter, nicht mehr Gummibandel.«

»Und als Gatjen haben wir jetzt elegante Tetra-Höschen«, fiel Fio Armbruster ein, ehemals Dienstmädchen beim Dr. Oberth und somit einer gehobenen Sprache mächtig. »Eine prima Erfindung der Partei. Aus mit den Liebestötern oder mit den von Herrschaften abgelegten Fetzen.«

Die alte Dame brummte: »Na bitte! Ich habe immer gesagt: Gummistrumpfbandel schnüren die Blutzirkulation ab. Und sind auch noch vulgär. Hab ich nicht schon vorzeiten geraten: Nehmt Strumpfhalter? Das ist gesund und reizt dazu die Mannsbilder.«

»Von wo nehmen und nicht stehlen, damals, zu der Zeit,

wo Ihr Ausbeuter wart, gnä' Frau?« erwiderte die Fio schnippisch. »Aber jetzt haben wir Geld und können uns herrschaftliche Unterwäsche kaufen noch und noch. Und wenn es nicht reicht, Gatjen auf Raten.«

»Sogar ein eigenes Radio habe ich mir angeschafft«, ergänzte Magdusch.

»Und die Buben, sie laufen einem nach, so haben wir ihnen den Kopf verdreht«, triumphierte die Fio. Und wurde rot vor Stolz, daß die Sommersprossen glühten. »Aber wir brauchen keinen, auch wenn sie kopfstehen.«

Auch die Partei lief rot an und stand kopf. Ein öffentliches Ärgernis, diese Bojarin! Eine Provokation des Regimes durch den Klassenfeind. Hier geschah Verbrüderung von unten nach oben, das genaue Gegenteil dessen, was die objektiven Gesetze forderten: Statt daß sich die glorreiche Arbeiterklasse über den Globus hin die Hände reichte und gemeinsam Hand legte an die Ausbeuter, haschte alles Volk nach der Hand einer notorischen Kapitalistin, mitten am Tag und gut sichtbar mitten auf dem Marktplatz! Welche ausländischen Kräfte standen dahinter?

Oinz Schuffert stieg hinauf zum Stadtpfarrer ins Allerheiligste, mit dem Auftrag, der oberste Hirte der Stadt möge das verlorene Schaf, Frau Ottilie Rescher, wieder zurückbringen auf den Weg der Tugend; doch der Erfolg der Mission blieb aus. Auch Keleti, der ehemalige Kutscher, jetzt ein Oberer der Partei, vermochte nichts auszurichten, wieviel er sich die Zunge verrenkte. Zuletzt ließ er sich erschöpft auf den dritten Klappstuhl fallen, der unter ihm verschwand, lehnte sich an einen Grabstein und trank Tee. Zu allem, was er beredet oder drohend vorbrachte, hatte die Dame ein und dieselbe Antwort parat: »Hab ich ein eigenes Dach über dem Kopf, so sieht mich hier keiner mehr.«

Die Partei verfügte: Aus Teilen von Reitstall und Remise der Reschers sollte eine Einmann-Wohnung für Frau Ottilie werden. Ein Spucknapf, stellte sie fest, aber bequem, weil allein auf weiter Flur. »Hier muß ich nicht nach der Pfeife von anderen tanzen.«

»Und auch Platz für den Puben, den jungen Herrn, dorten im Keller«, dekretierte Keleti. Und als wolle er Einwänden zuvorkommen, fügte er hinzu: »Mit kleine Fenster und extra Eingang, kann machen *mulatság*, hört und sieht niemand nichts.«

Doch ehe die Schlüssel Frau Ottilie nicht in aller Form übergeben worden waren, wiederholte sich Nachmittag für Nachmittag das Ritual der öffentlichen Teestunde.

6

In Arad mußte man umsteigen. Die Hitze lauerte bereits am Rand der Schatten. Bis Mittag würden sie am Ziel sein: Gnadenflor. Die Mädchen schwärmten von schwäbischen Dorfnamen: Blumenthal, Liebling, Bethausen, Gottlob, Engelsbrunn, Josefsdorf, Marienfeld, die zum Teil auch rumänisch so hießen. Kunigunde vergaß nicht zu ergänzen: »Großscham und Hopsenitz und Gier.« Clemens hätte mit siebenbürgischen Namen dagegenhalten können, Kyrieleis, Mönchsdorf, Rosenau, Donnersmarkt, Blasendorf. Es war heiß.

Beim Trinkbrunnen erfrischten die Mädchen ihre Gesichter, träufelten Wasser in die Achselhöhlen; mit einem feuchten Lappen wischten sie die Beine entlang, die entblößten Schenkel glänzten im Naß. Die Buben rissen die Hemden vom Leib und wuschen den Oberkörper, daß es spritzte. Herr Rescher nahm den Filzhut, ließ ihn mit Wasser voll laufen und stülpte ihn über seinen Kopf.

Der Bummelzug kroch durch die Banater Ebene auf Temesvar zu. Sie saßen auf den Holzbänken, Abteil dritter Klasse, was Besseres gab es nicht. Hier war der Klassenkampf ans Ziel gelangt!

Mit Neugier und Schrecken hatte Clemens auf die sagenhafte Hitze des Banats gewartet, so wie er jeden Morgen zur Arbeit gegangen war, mit Neugier und Schrecken vor den Brennöfen, deren Glut er sich stellen mußte. Doch sie war anders, die Hitze des Banats, die aufflammte über den Sonnenblumenfeldern. Sie beschwor eher eine Empfindung von Lust und Pein, wie wenn man sich mit Brennesseln kasteite.

Brennesseln, Sonnenblumen ... Da waren sie, die Nächte und Tage nach der Vertreibung.

Am Abend nach der Vertreibung hatte sich Clemens zu den Feldern seiner Vorfahren geflüchtet. Um ihn der grenzenlose Raum. Er stand aufrecht und rührte sich nicht. Die Bilder des Tages fügten sich zu einem verrückten Reigen. Er murmelte: »Die Geburt der Tragödie aus dem Geist der Musik.« Die Geburt der Tragödie, die haben wir erlebt. Der schöne Schein ist zerstoben. Aber wo bleibt die Musik? Soll ich mein Haupt mit Sonnenblumen bekränzen und wilde Tänze aufführen? Am besten stünde mir der Veitstanz an. Oder soll ich Mohnkapseln schlucken, um in den Schlaf des Vergessens zu fallen?

Er ließ sich am Wiesenhang nieder. Auf dem Rücken liegend, den Leib an die warme Erde gepreßt, starrte er in den Himmel voller Sterne, deren Konstellationen sich unmerklich veränderten. Zuviel Himmel, schauerte es ihn, die kosmische Einsamkeit, sie erschlägt einen!

In dieser ersten Nacht am Rande der Sonnenblumen, die schlaftrunken die Köpfe hängen ließen, nahm sich Clemens vor, mutig, vielleicht auch listig den Mächten dieser Welt zu trotzen, mit dem guten Vorsatz: Ich beginne ein neues Leben. Flüchtig erinnerte er sich an Gott. Dazu fiel ihm nicht viel ein außer: Hilf dir selbst, so hilft dir Gott. Und daß Rosa von einem Schutzengel der Menschen gesprochen hatte zu einer Zeit, wo niemand einen solchen brauchte.

Doch nun wollte er schlafen, schlafen unter dem Sternenzelt. Er legte sich auf seine Pelerine. Der Schlaf kam nicht. Die kolossale Weite ... Wenn er die Arme ausbreitete, rührte er an keinen faßbaren Rand. So verkroch er sich in die Furche zwischen zwei Reihen Sonnenblumen. Das Gesicht, geschützt durch die Arme, hatte er der Erde zugekehrt.

Als er merkte, er könne der Nacht nicht entfliehen, begann er über ein Problem zu grübeln, das ihn seit langem beschäftigte: warum das Butterbrot stets auf die gebutterte Seite fällt? Er fand eine plausible Lösung.

Als physikalische und geometrische Annahme galt, daß die Butterschnitte

a) von einer Tischplatte herabfällt, das heißt aus einer Höhe zwischen siebzig und achtzig Zentimetern,

b) auf dem Tisch mit der gestrichenen Seite nach oben liegt,

c) über den Rand des Tisches geschubst wird, mit dem Effekt, daß sie über die Tischkante kippt und zu Fall kommt.

Da die Fallhöhe kaum einen Meter beträgt, kann sich die Schnitte bei einer mittleren Geschwindigkeit von immerhin achtunddreißig Zentimeter pro Sekunde maximal um einhundertachtzig Grad drehen. Folglich schlägt sie mit der gebutterten Seite auf. Und plötzlich traf es ihn wie ein Dolchstoß: Keinen Tisch hatte er, um das auszuprobieren.

Als nächstes galt es zu bestimmen, welches die minimale Höhe wäre, von wo aus man damit rechnen könnte, daß sich die Butterschnitte einmal um ihre Achse drehte, dreihundertsechzig Grad also ... Darüber schlief er ein.

Die ungewohnten Nachtgeräusche weckten ihn. Er stand auf, stellte sich neben eine der verstaatlichten Sonnenblumen und horchte. Die sommerliche Nacht erschien ihm dünn wie ein Schleier, verletzbar durch jeden Unkenruf. Als er gedankenlos einen Blütenkorb abbrach, um mit den Samen den Nachthunger zu stillen, überkam es ihn: Bin ich ein Dieb? Zweifel am Sinn seiner Erziehung überfielen ihn. Seit der Kindheit war er vollgestopft worden mit Weisheiten und Sprüchen fürs spätere Leben, die zu erproben er keine Gelegenheit gehabt hatte. Doch nun: die Probe aufs Exempel. Woran sich halten?

Er setzte sich an den Wiesenrain, wiederholte Hunderte Male frei nach Dr. Coué: Ich fühle mich sauwohl. Ich fühle mich sauwohl ... Schlaf erbarmte sich seiner, kurz vor dem Ende der Nacht, als die Nachtigall ihren Vortrag beschloß.

Als er erwachte, stand die Sonne hoch über dem Horizont. Die Gesichter aller Sonnenblumen waren gegen Osten gewendet. Er rieb sich die Augen. Von der Jacke und der Trainingshose tröpfelte Tau.

Benommen saß er im Gras am Wiesenrain und überlegte: Was war das Nächstliegende? Die Reihenfolge ist wichtig, die folgerichtige Reihung der Entschlüsse und Handlungen: sich ermannen, eine Wahl treffen. Endlich erhob er sich. Er zog sich aus. Ehe er seine Kleider zum Trocknen an eine Sonnenblume hängte, schüttelte er die Tautropfen ab. Mit Wehmut dachte er: Mein Gott, wie bequem hatte ich es zu Hause – gestern, vorgestern, als alles in Ordnung war. Die Ordnung ist eine Form der Bequemlichkeit.

Im Licht des Morgens empfand er seine Nacktheit als bestürzend. Er schämte sich und hatte es eilig, zum Wiesenbach zu gelangen. Im Bachbett ließ er sich auf die Knie nieder und erfrischte sich am kalten Wasser.

Am Vormittag probierte er die Kühle der Schatten aus. Man mußte eine Schattenskala der Bäume und Büsche entwerfen, eine Formel finden, wodurch die Kühle des Schattens bestimmt werden konnte als eine Funktion von Sonnenstand und Pflanzengattung. Zur Mittagsstunde war er wieder beim Bach und kühlte seine Glieder. Wenn er sich flach in den Stromstrich legte, rieselte das Wasser knapp über den Bauch. Saß er aufrecht, sammelten sich Sandkörner in der Beuge seiner Schenkel, verfingen sich tote Insekten im Gekräusel seiner Schamhaare. Am Nachmittag entdeckte er unweit von seinem Lagerplatz eine Quelle. Er stieß darauf, indem er sich vom gewundenen Gang gelber Schwertlilien verlocken ließ.

Den langen Abend über verweilte er weich hingelagert auf Rasenpolstern im Gras der Uferaue. Er grübelte: was nun?

Doch wie er es drehte und wendete, er kam auf keinen grünen Zweig.

Unter dem freien Himmel legte er sich zur Nachtruhe hin. Das Sonnenblumenfeld mied er. Er wickelte sich in seine Pelerine und zog die Kapuze über den Kopf. Den Kopf lehnte er an einen Wurzelstock, den er jetzt erst wahrnahm. Eine uralte Eiche mußte hier gefällt worden sein.

Der nächste Tag verging ähnlich, mit Baden und Fragen. Bevor er einschlief, bündelte er die Gedanken über das Weitermachen. Mit den Wölfen heulen? Das hatte der verdrehte Onkel Kuno als Losung ausgegeben, als am 30. Dezember 1947 die Volksrepublik ausgerufen worden war. Oder sollte er aufbrechen gegen Westen, versuchen, über die grüne Grenze zu robben, nach Ungarn, nach Serbien? Zu erwarten war, daß die Grenzsoldaten ihn mit Hunden aufspürten, ja ihm womöglich einen Schuß ins Bein verpaßten. Sicher war, daß sie ihn festnehmen und in Ketten abführen würden nach Temesvar oder Arad. Dort würde man ihn in den Kellern der Geheimpolizei verprügeln, bis ihm Hören und Sehen verging, und ihn auch noch für Jahre einsperren.

Oder sollte er wie die Mutter alle Brücken hinter sich abbrechen? Sich fallenlassen bis dorthin, wo einen niemand noch tiefer hinabstoßen konnte? Sich trollen bis in die Dobrudscha am Schwarzen Meer; dort gab es außer den Rumänen noch Türken, Tataren, Bulgaren, warum nicht auch einen Sachsen? Untertauchen im Donaudelta, wo nichts an zu Hause gemahnte, kein Laut, kein Zaun? Auf den Schilfinseln anklopfen bei den Fischerhütten der altgläubigen Lippowaner, die nicht einmal seinen Namen würden aussprechen können? Mit ihnen ausfahren zum Fischen und sich von ihnen im Gewirr der Kanäle und Flußarme die Fußspur Jesu weisen lassen als Weg auf dem Wasser?

Oder sollte er sich wie der Vater zur Wehr setzen, aber es klüger anstellen als dieser? Zum Beispiel sich durchschlagen zu den rumänischen Partisanen, die im Gebirge gegen das Regime Krieg führten, Männer, Burschen, selbst Frauen und Mädchen. Dorthin also flüchten, in der wahnwitzigen Hoffnung auf die Amerikaner? Mit der Waffe in der Hand gemeinsame Sache machen mit diesen Beherzten, sein Leben wagen, auch für den König und das Vaterland, wo es weder den einen noch das andere mehr gab?

Oder sollte er schlicht und einfach wie die Dienstmagd Magdusch in einer Fabrik Arbeit suchen? Das schien das Nächstliegende. Doch war er nicht der Sohn einer Dienstmagd, leider. Proletarier wird man nicht, Proletarier ist man.

Den dritten Tag über war er im Gras gelegen und hatte den Himmel angestarrt. Er mußte mit den Kräften haushalten. Seine Wegzehrung ging zu Ende. Gebläht von unreifen Sonnenblumenkernen und Sauerampfer, legte er sich früh nieder. Wer schläft, spürt den Hunger nicht.

In dieser Nacht warf jemand einen Kotzen über seinen Kopf. Aus dem ersten Schlaf gerissen, wußte er nicht, wo er sich befand. Sein Herz klopfte laut. Unter der stickigen Verpackung verging ihm der Atem. Er erwartete jeden Augenblick den tödlichen Schlag, dachte: Wie gut, dann ist alles aus. Nichts mehr müssen, nur tot sein! Nur einmal stirbt man und nachher nie wieder.

Als weiter nichts geschah, wurstelte er sich aus der Decke heraus, riß die Augen auf und blickte sich um. Weit und breit keine Menschenseele. Auf dem Baumstumpf aber, oberhalb seines Kopfes, brannte eine Kerze. Und der Tisch war gedeckt.

Er rieb sich die Augen, das Licht der Kerze zerstäubte an seinen Wimpern. Doch alles andere blieb sich gleich. Dann kniete er vor dem Wundertisch nieder und besah die Bescherung. Da leuchtete ein Teller aus Steingut, flankiert von angerostetem Besteck. Davor stand eine rosa Schale für Milchkaffee, die war schwer wie Stein, ihr oberer Rand war ausgefressen. Im schütteren Licht der Kerze wanderte sein Blick weiter durch die Schattentäler des Tisches. In der Mitte des Baumstrunks ragten eine Thermoskanne und ein dampfender

Essenträger. Eine Serviette lag daneben. Eingeschlagen in ein Tuch von Hauswebe, das er hastig aufrollte, fand er Brot, frisches Brot. Er riß einen Brocken ab und verschlang ihn auf einen Satz. Als er eine Aluminiumdose aufschraubte, tauchten seine Finger in Schweinefett, das er gierig aufleckte. In Butterpapier gewickelt schimmerte ein Ende Wurst.

Mit beiden Händen griff er zu, ohne Messer und Gabel zu benützen. Grüne Zwiebeln steckten in einem Becher, er zerhackte sie mit den Zähnen, daß es knatterte. Und füllte seine Mundhöhle wahllos, daß er kaum kauen konnte. Nachdem er den ärgsten Hunger gestillt hatte, umkreiste er verwirrt den Baumstumpf voller Gaben, als müsse er sich von allen Seiten vergewissern: Es ist kein Gaukelspiel.

Ein Packen Zündholzschachteln, ein Bündel Kerzen, ja sogar Zahnpasta und Seife waren da. Und Rasierzeug entdeckte er in einem Beutel. Das hatte Rosa vergessen, als sie ihm das *strict necesar* einpackte. Für sie blieb er ein Kind, wiewohl ihm der Bart sproß.

Noch weitere nützliche Sachen machte er im Sternenlicht aus. Auf einer Zeltplane ertastete er ein Kissen und eine zweite Wolldecke. Als er sie auseinanderfaltete, kollerte eine Taschenlampe heraus. Wie im Märchen, dachte er. Und seltsamerweise fiel ihm das Andersen-Märchen von den wilden Schwänen ein.

Er leerte seinen Reisekoffer, verstaute seine Habseligkeiten unter einem Holunderbusch. Jacke, Rock und Hemden hing er an die Sonnenblumen. Darauf räumte er die kostbaren Essensvorräte in den Koffer. Schließlich kniete er neben den Baumstumpf und machte sich an das warme Essen im Blechträger. Er genoß die Rindsuppe mit Knödeln, er ließ sich das Faschierte mit Spinat und Kartoffelpüree schmecken, er tat sich gütlich an den Palatschinken, die mit Hetschepetschmarmelade gefüllt waren. Und zermarterte sich den Kopf, wer es gewesen war.

Die Märchenküche mochte in diesem Teil der Stadt stehen, die Gerichte waren noch warm. Trotzdem mußte alles hurtig herbeigekarrt worden sein. Und lautlos. Vermutlich mit einem Fahrrad, denn zu Fuß war der Weg zu weit.

Gegen Morgen, als er zu frösteln begann, deckte er sich mit beiden Kotzen zu. Auf dem Rücken liegend, über sich das Geflimmer der Sterne, dachte er unvermittelt: Der Himmel mit Sternen ist überall, und der Tod fällt dich an jeder Stelle dieser Erde. Also kann ich hier bleiben. »Bleib im Land und nähre dich redlich.« Welch einfache Lehre. Im Grübeln über das Wie gelang ihm ein Wortspiel: sich bewähren, sich bewahren. Da war es wieder, das leidige Problem: Konnte man sich hier bewähren, ohne das Bewahrte aufgeben zu müssen? Nein. Dann hieß es Mut haben, alles Eigene zu opfern. Doch wenn man sich voll guten Willens aufgab und sich mit lauterer Absicht auf den neuen Menschen einließ, den die Kommunisten aus der Erde stampfen wollten: Etwas an Vorherigem bliebe, unaufhebbar, unaufgebbar. Wenn es auch nur eine infinitesimale Differenz war, ähnlich wie bei der Hyperbel, die sich zwar in ihren Zweigen unendlich der Asymptote nähert, sie jedoch nie erreicht. Ein Ihriger wird man nicht.

Vielleicht fürs erste bescheidener, auch klüger: sich bewähren, ohne sich zu wehren.

Es fiel ihm ein, während bereits Nebelstreifen sein Lager umwehten und der östliche Horizont sich verfärbte, daß er im letzten Augenblick neben Goethes ›Faust‹ und Chateaubriands Memoiren ein schmales Büchlein eingesteckt hatte mit dem langen Titel ›Die objektiven Gesetze des historischen Materialismus im Blick auf den Aufbau des Sozialismus in der Welt‹, verfaßt von I. V. Stalin. Das Buch war eben in deutscher Übersetzung im Politischen Verlag, Bukarest, erschienen und war ausgelegen in der Buchhandlung *Cartea Rusa,* vormals Fabritius und Söhne. Also bleiben. Und ausprobieren, wie sich das mit den objektiven Gesetzen anließ.

Das Recht auf Arbeit war verbürgt, unbeschadet der sozialen Herkunft. Plötzlich überkam ihn eine wahre Lust an der Zukunft. Er würde sich als Tagelöhner verdingen: in der Ziegelbrennerei, beim Torfstechen, als Handlanger beim Bau. Recht hatten sie mit der Losung, die neuerdings die Arbeiterkantinen zierte: Wer nicht arbeitet, soll nicht essen. Keleti hatte ihn in diesem Frühjahr, nach der Schaffung der Arbeiterpartei aus Kommunisten und Sozialdemokraten, in die Porzellanfabrik von Laetz und Schmidl mitnehmen wollen. Clemens hatte sich geweigert, ohne es zu begründen; eine innere Stimme riet ihm ab.

»Wirst noch küssen mir beide Hände, wenn tu findst Arbeit in der Fabrik als Handlanger, tu störrischer Esel, tu. Denn mit euch geht's zu Ende.« Clemens hatte sich dann doch an der Hand nehmen lassen.

Heute, nachdem Keletis Spruch vom Ende sich bewahrheitet hatte, erhielt diese Losung ein anderes Vorzeichen. Arbeiten, irgend etwas mit den Händen tun. Wenn nicht anders, aus Brennnesseln Hemden flechten wie die Schwester der sieben wilden Schwäne. Hemden aus Brennnesseln, mit denen sie die verhexten Brüder erlöst hatte: Das wäre ganz nach dem Geschmack von Isabella und ihrem Nietzsche. Und Petra würde sich bucklig lachen.

Der Morgen graute, im Osten rötete sich der Horizont. Clemens zog die Kapuze über das Gesicht: zuviel Himmel, zuviel Raum. Und nahm sich vor, eine Hütte zu bauen. Aus verdorrten Stengeln. Spitzgiebelig die Behausung, eigentlich nichts als ein Dach. Nicht vier, nur zwei Wände und Platz für einen Mann. Mit Ausblick nach Osten, von wegen neuer Orientierung und so ... Vielleicht bekam er des Nachts auf seinem Lager diese Sternbilder in den Blick, die Gutes verhießen, weil sie ihn an zu Hause erinnerten, an sein Observatorium. Er sagte die Namen her: Gemini mit Kastor und Pollux; Auriga mit Capella; vielleicht sogar Taurus mit Aldebaran. Aldebaran, ein bekannter Name in seiner Familie: So hatte der flügellahme Storch geheißen, der einen Winter lang im Gewächshaus logiert hatte. Das Wort Zaunkönig schoß ihm durch den Sinn. Und plötzlich schüttelte ihn ein Schluchzen. Obwohl er noch nie in seinem Leben einen Zaunkönig zu Gesicht bekommen hatte, weder im Buch noch auf dem Zaun. Aber er weinte.

Ohne sich zu waschen und ohne etwas in den Mund zu stecken, machte er sich wie besessen an seine Behausung. Er schleppte getrocknete Sonnenblumenstengel heran, stellte sie paarweise schräg gegeneinander und verband sie mit Ranken der Waldrebe. Darüber verging der Vormittag. Doch als er sich darunterlegte, kippte beim ersten Windhauch das locker verbundene Gestell um und deckte ihn mit höhnischem Geknister zu. Die Stengel lagen kreuz und quer über ihm wie Stäbe beim Mikadospiel.

Noch einfacher, nicht einmal ein Dach, allein eine Behausung ... Er befestigte die Zeltplane mit ihrer einen Seite an zwei aufrecht stehenden Stöcken, das andere Ende beschwerte er auf dem Boden mit Feldsteinen. Dann kroch er unter das Sonnensegel und studierte den Stalin, nicht ohne vorher die Reste von gestern aufgegessen zu haben. So verging die Zeit.

Petras Schopf glitt gleichmäßig am Sonnenblumenfeld entlang. Mehr war vorläufig nicht zu erspähen. Dort, wo der Weg anzusteigen begann, veränderte sich das Profil der Bewegung. Der Schopf glitt nicht mehr, er wippte. Sie ist abgestiegen, dachte er, geht zu Fuß, stößt das Bizykel neben sich her.

Das Damenrad seiner Mutter erkannte er auf den ersten Blick, wiewohl es mit Tragetaschen verhängt war: Marke Adler, in schwarz-gelb gehalten, selbst das Netz für den Kleiderschutz der Dame. Und ausgestattet mit allen Finessen, zum Beispiel Dreigangschaltung direkt an der Tretkurbel und Geschwindigkeitsmesser an der Lenkstange. Das Rad war im Keller geblieben, als man die Türen der Villa versiegelt hatte. Froh war er, daß er es dort sicher wußte. Und plötzlich traf es ihn, als habe der Blitz eingeschlagen. Eine namenlose Empörung packte ihn: Was karlizt sie mit dem Rad meiner Mutter hier herum?

Am Fuß des Wiesenhangs legte sie das Gefährt an den Wegrain. Während sie sich die Schweißperlen von der Stirne wischte, winkte sie fröhlich herauf: »Bist du noch nicht verhungert, du Schlawiner? Heiß und staubig, der Weg zu dir heraus. Ich hab ja nicht gewußt, wie verdammt schwer das Bizykelfahren ist. Man wird alt wie eine Kuh, lernt immer noch dazu!« Die Schlappen warf sie im hohen Bogen von den Füßen. Sie machte ein paar Tanzschritte, drehte sich um ihre Achse, indem sie den Rock mit den Fingerspitzen hob und ihn im Takt des Foxtrotts schwenkte, und trällerte: »Wenn die Elisabeth nicht so schöne Beine hätt' ...« Dann nahm sie die beiden Tragetaschen auf und kam heraufgestapft. Er erwartete sie mit eisiger Miene. Angekommen, pflanzte sie sich tief atmend vor ihm auf, so nahe, daß sie ihn fast berührte. Ihre beschwerten Hände hingen herunter, die Brüste streckten sich keck nach vorne. »Umarmst du mich nicht«, fragte sie, »du siehst, meine Hände sind besetzt.« Als er schwieg, fügte sie hinzu: »Alles für dich. Zwar keine Delikatessen, aber gute Hausmannskost.«

Er rührte sich nicht. »Was starrst du mich so an? Freust du dich kein bißchen, daß ich dich aufgestöbert habe?« Ohne sie zu warnen, hob er die Hand und schlug zu. Mit dem Stalin in der Hand verabreichte er ihr zwei Backenstreiche, daß es schallte. »Du gottverdammte Räuberbraut!«

Sie wich nicht aus. Aber die Gefäße mit Speise und Trank ließ sie fallen, sie plumpsten zu Boden und begannen den Hang hinunterzukollern. Suppe und Gulasch bekleckerten die Grasnarbe, versickerten im Erdboden. Am weitesten hopsten die Gurken davon.

»Umarmen? Ja, ich umarme dich.« Er umklammerte sie, daß sie nach Luft japste und die Rückenwirbel knackten. Dann stieß er sie weg, packte sie mit der linken Hand am Nacken wie ein Karnickel, drehte sie mit Bauch und Brust zur Stadt hin. Das Silberkettchen zerriß, der Anhänger aus Bernstein wurde zertrampelt. »Mein Konfirmationsgeschenk, ojemine!« klagte sie. Mit der flachen Hand verwalkte er sie, Rücken,

Hintern und bis zu den Kniekehlen hinunter und wieder zurück. Weh wollte er ihr tun.

Mit einem Ruck entwand sie sich seinem Griff, drehte sich blitzschnell um und biß ihn ins Kinn. Neuerlich schlang er die Arme um sie. Sie war gefangen wie in einer Zwangsjacke. Hoho, er fühlte, wie stark er war. Sie stemmte die Hände gegen seine Brust. Die spitzen Nägel krallte sie in sein Hemd, das zerriß. Sie kratzte ihm die Haut auf, blutige Muster entstanden. Eine Erinnerung für immer.

Beim Hin- und Hertanzen der vier Füße stolperten die beiden über einen Maulwurfshügel und fielen hin. Doch keiner ließ ab vom andern. So kollerten sie die Wiese hinab zum Bach, Brust an Brust, die Wangen beisammen, die Beine verschlungen, mal er unten, mal sie unten, unzertrennlich. Und trudelten hinein in das aufspritzende Wasser. Das Wasser staute sich an ihren Körpern, das Rinnsal trat über die Ufer, überschwemmte Vergißmeinnicht und Gänseblümchen. Clemens schüttelte sich wie ein nasser Hund und sagte: »Pfui Teufel!« Er spuckte aus und trollte sich zu seinem Zelt, wo er die Stalin-Lektüre wieder aufnahm.

Irgendwann stand Petra auf und strich abwesend Bluse und Rock zurecht, die sich an ihren Körper schmiegten, als stünde da eine nackte Frau. Ein Schüttelfrost beutelte sie, die Zähne klangen aneinander. Langsam kam sie herauf, barfuß. Eine Gänsehirtin, dachte er. Heulen und Zähneklappern ist auch dabei, ganz wie in der Bibel. Und Clemens hörte die Stimme seines Vaters: Es kommt die Zeit, mein Sohn, wo du nach Frauen greifen wirst. Aber vergreife dich nicht an ihnen. Ja, und greif richtig! Das war vor nicht allzu langer Zeit in der Direktorenkanzlei der Fabrik gewesen, hoch über der Kokel, von wo Herr Otto mit einem Blick die Heerscharen seiner Sonnenblumen mustern konnte, flußauf, flußab.

Und plötzlich befiel Clemens hier am Rande der Wildnis Sehnsucht nach Isabella. Im Salon vierhändig Klavier spielen, ohne sich zu berühren ...

Während Petra das Kochgeschirr auflas, sagte er: »Nicht genug, daß deine Bande uns aus dem Haus vertrieben und unser ganzes Hab und Gut geraubt hat«, und er zerrte an seinem zerrissenen Hemd, »jetzt stiehlst du noch das Bizykel meiner Mutter. Du, die du bei mir zum Geburtstag eingeladen warst und die ich auf meinem Schaukelpferd hab reiten lassen und der ich beigebracht hab, daß man nicht an den Fingernägeln nagt, du Hexe, du infamer Klassenfeind, der du bist!«

Petra räumte die triefenden Reindel und Töpfe in die Taschen. Tonlos sagte sie: »Gib den Essenträger heraus. Ich hab ihn gestern von der Frau Soos geborgt.« Und fügte hinzu: »Nicht einmal abgewaschen hast du die Schalen, du Schlamp.« Schließlich suchte sie ihre Schlappen im Gras, raffte die Tragtaschen und war fertig zum Abmarsch. Als sie sich mit dem Fahrrad auf den Weg machen wollte, knurrte er: »Das Bizykel meiner Mutter bleibt hier!«

Sie hielt im Gehen inne, aber wandte sich nicht um. »Es ist nicht mehr das Bizykel deiner Mutter. Es gehört dem Staat, es gehört dem Volk. Findet man es bei dir, wirst du eingesperrt. Wegen Diebstahl von Staatseigentum kommst du für viele Jahre ins dunkle Loch zu den Ratten mit ihren Teufelsschwänzen und zu den weißen Würmern mit roten Augen. Also mach lieber keine Fisimatenten.«

»Wie? Du beschuldigst mich des Diebstahls, wo ich mir zurücknehme, was mir immer schon gehört hat? Bist du wahnwitzig geworden? Seid ihr alle übergeschnappt? Und du? Wieso gondelst du mit diesem Vehikel herum, wenn es Staatseigentum ist, dem Volk gehört? Bist du das Volk?«

Unvermittelt sagte sie: »Hier sollst du Hungers sterben, und der Bär aus dem Wald soll dich bei lebendigem Leib skalpieren. Nicht denk, daß diese Zuckerpuppe, deine Isabella, auch nur einen Finger für dich rühren wird. Außer Klavierspielen und gescheit herumreden kann die gar nichts. Und als nächstes kommt ihre Mischpoche an die Reihe. Das garantier ich dir. Dann werden wir, die Werktätigen, in ihrer noblen Konditorei sitzen, und wir werden die allerbesten Mehlspeisen essen, gratis und umsonst. Und sie, die stolze Schwanenjungfrau, wird uns bedienen. Oder sie kann hier bei dir wohnen unterm Himmelszelt, und du kannst Robinson spielen mit deiner Frau Freitag. Auf den Hut sollst du sie dir stecken, die Isabella. Und überhaupt gehört die Zeltplane mir. Vom Keleti hab ich sie!«

Ohne sich zu verabschieden, nahm sie den Feldweg unter die Füße, in einer Hand die Schlappen, in der andern die beiden Taschen. So zornig trat sie auf, daß bei jedem Schritt Staub aufwölkte. Die Feuchtigkeit ihrer Kleider löste sich in Dunst auf.

Jäh war das Mädchen umzingelt von fünf Schäferhunden, die sie mit gebleckten Zähnen von allen Seiten bedrohten. Daß es Hunde eines Schäfers waren, erkannte man am Querholz, das vor der Brust baumelte, und am Halsband aus Stacheldraht. Vor Schreck erstarrt, blieb Petra stehen und warf einen hilflosen Blick zu Clemens hinauf. Als sie begriff, daß er ihr nicht beistehen würde, versuchte sie aus eigener Kraft, sich die Angreifer vom Leib zu halten. Mit den Taschen, in denen das Blechgeschirr klirrte, schlug sie um sich. Kaum jedoch hatte sie ein, zwei Hunde vorne abgeschreckt, da wurde sie schon von dreien hinterrücks angefallen. Nicht rasch genug konnte sie sich drehen und wenden, um den Bestien zu entkommen. Schon flogen Flocken von Schaum aus den Mäulern auf ihren Rock, der in Fetzen hing. Das Geheul der Meute ging einem durch Mark und Bein.

Diese Biester sind imstande und zerreißen sie, dachte Clemens unter seinem Zeltdach. Aber er rührte sich nicht vom Fleck. Nur den Stalin ließ er zu Boden fallen.

Petra setzte sich auf die Erde, verschränkte die Arme über den Knien, faltete die Hände und senkte demütig den Kopf, als ob sie beten wollte. So saß sie still und stumm inmitten der knurrenden Runde, die sie weiterhin belagerte. Aber siehe, die Bösewichter hielten Abstand. Schwerfällig ließen sie sich in den warmen Staub des Weges fallen, schnauften, schienen selbst erschöpft. Das Gebell erstarb. Einige legten den Kopf auf die Pfoten, andere schielten vor sich hin. Einer schnüffelte zu den Taschen hin. Es war ein Bild reinster Idylle wie auf den Farbdrucken in manch einer Küche: die Schäferin und ihre Beschützer. Die Zeit ruhte. Auf seiner hohen Warte fragte sich Clemens: Wie wird sie es anstellen, um sich aus dem Staub zu machen?

Die Hunde waren es, die dem Mädchen den Ausweg wiesen. Der eine, der zur Tasche hin gewittert hatte, rutschte auf dem Bauch hin. Noch ließ sie den Hund sich mit den Fleischdüften vollsaugen, ja, sie hielt ihm den Beutel hin: »Riech, bis es dir den Magen umdreht, ja, kehr ihn weg von mir, deinen Kopf, du Höllenhund! So, gut Hundi!«

Sie schälte den Suppentopf aus der Umhüllung und stellte ihn auf den Boden, eine Armlänge weit von sich, mit sparsamen, behutsamen Bewegungen. Die anderen Hunde hoben die Schnauzen. Einzeln schoben sie sich an das kärgliche Fressen heran, steckten die Köpfe zusammen. Auf einmal waren alle fünf um den Topf versammelt, knurrten sich an, stießen einander beiseite. Sie ließen die rosigen Zungen hervorschnellen und begannen zu schlecken. Die Eckzähne blitzten.

Petra erhob sich, holte dann weit aus und schleuderte das Reindel mit den Gulaschresten in die Richtung, wo der übrige Teil der Mahlzeit im Gras lag. Die Hunde fuhren auf, glotzten die Dastehende einen Augenblick lang an, keuchten bergan zu der Stelle hin, wo das Blechgeschirr in der Nähe der Gurken aufgeschlagen war, letzte Happen und Bissen verspritzend.

Petra aber schritt dahin, stolz wie eine Dorfkönigin, und würdigte Clemens keines Blickes. Auf ihrem Hinterteil prangte ein schlammiger Fleck, ein Gemisch von Staub und Nässe, in den zärtlichen Formen eines Frauenpopos.

Von weit her ertönte ein schriller Pfiff. Die Hunde spitzten die Ohren. Beim zweiten Pfiff ließen sie das Fressen sein und schossen davon.

II

Die Laubhütte

7

In der Nacht nach dem Auftritt mit Petra schlief Clemens erst gegen Morgen ein. Verfolgt von den bösen Bildern des Abends, hatte er mit einem Ruck die Zeltplane weggeschleudert. In seinen Fingern pulsierte das aufgebrachte Blut, und in den Händen verbargen sich schlimme Erinnerungen.

Er erwachte, als Schafe an seinen Händen schnupperten. Ein Hirte stand auf seinen Stock gestützt und blickte auf ihn nieder. Zu Füßen des Mannes kauerten die fünf Hunde von gestern und sahen den Jungen traurig an. Ein Feuer brannte beim Bach.

Clemens kroch aus seiner Umhüllung, die Glieder taten ihm weh. Der Hirte lehnte den Stock an einen Baum, nahm dem Jungen die Pelerine voll Tautropfen aus der Hand, schüttelte sie und hing sie über einen Haselbusch zum Trocknen. Clemens dankte wortlos.

Es verwirrte ihn, daß er nicht mehr allein war. Die mühsam zusammengestoppelte Reihenfolge bei der Morgenwäsche war gestört. Splitternackt zum Bach laufen fiel weg. Das Handtuch und den Kulturbeutel unter dem Arm, ging er hinunter. Im feuchten Gras sog sich die Trainingshose mit Nässe voll bis zu den Knien. Unter dem zerrissenen Hemd glühten die Kratzwunden. Die Hunde begleiteten ihn, als wollten sie ihn in Haft nehmen. Auch der Hirte folgte. Noch war kein Wort gefallen. Auch hier zog der Junge sich nicht aus. Beim Bach benetzte er sich nur das Gesicht. Katzenwäsche hieß das bei Rosa ... Dann, als wolle er alles abwaschen, was seinen Körper kränkte, legte er sich – bekleidet wie er war – auf den Rücken in das Rinnsal. Der Hirte und die Hunde sahen zu. So lag er lange, in der Hoffnung, die unerwünschten Zuschauer würden ihres Weges gehen. Als es ihm zu dumm wurde, stieg er aus dem Bach. Rücken und Hinterteil triefen vor Nässe, aber Brust und Bauch waren trocken. Wie gewohnt putzte er die Zähne.

Jetzt brach der Hirte das Schweigen: »Warum wühlst du dir mit einem behaarten Stock im Mund herum?«

»Wegen der Hygiene.«

»*Igiena?*«

»Gegen die Bazillen.«

»Aha, ich verstehe. Aber dafür hab ich etwas Besseres. Nimm hier, das tötet alle Bazillen bis zum Darmausgang hinunter.« Er nötigte den Widerstrebenden, einen Schluck aus der Feldflasche zu nehmen. Der Schnaps brannte. Der alte Mann schmunzelte, als er den Jungen feuerrot anlaufen sah und rülpsen hörte.

Sie setzten sich ans Feuer. Der Hirte legte zu. Die jähe Wärme an den nackten Beinen tat wohl. Die Sonne wärmte den Rücken. Hemd und Hose trockneten.

»*De unde eşti?*«

»*Din Sighişoara.*« Aus Schäßburg.

»*Cum te cheamă?*« Wie ruft man dich?

»Ich heiße Clemens.«

»*Eşti sas?*«

»Ja, ich bin ein Sachse.«

»Ja, ja, die Sachsen ...« Und sagte: »Das Wasser hat sich dir kaum über den Bauch ergossen. Du wirst einen Damm aufrichten müssen. Aus Lehm. Übrigens, auch ich entkleide mich nicht, wenn ich mich bade. Aber das ereignet sich einmal im Jahr. Zu Ende des Sommers, am ersten Morgen, wenn kein Tau mehr an den Gräsern funkelt.«

»Warum erst dann?«

»Weil dann die Luft, die Erde und das Wasser gleichmäßig durchwärmt sind. Dann wasche ich mich ganz und gar. Bei diesem Anlaß hänge ich mir eine Schürze vor den Nabel. Der Mensch ist ein Wesen, das um die Schamhaftigkeit weiß. So schreibt es in der Bibel. Eine blaue Schürze, blau muß sie sein. Blau tut gut gegen die Dämonen der Luft, der Erde, des Wassers. Denn sie sind gekränkt, wenn man sich wäscht.«

In einem gußeisernen Kessel summte Wasser, das jäh zu kochen begann. Der Hirte, *bade Timoftei,* Onkel Timotheus, saß auf einem Feldstein. Genüßlich ließ er das Palukesmehl in den Kessel rieseln; gleichzeitig rührte er das Gemisch mit einem Holzlöffel um, bis der im Brei aufrecht stand. »*Foarte bine!*« Mit einem Ruck zog er den Löffel heraus und stülpte den Brei auf ein Brett. Es bildete sich eine goldgelbe Halbkugel, die leise erzitterte. Mit einem Zwirnsfaden schnitt er Scheiben ab, wickelte jede Scheibe um einen Klumpen Schafskäse. »Jetzt schmilzt der Käse.« Inzwischen schneuzte er sich: Mit dem Zeigefinger drückte er das eine Nasenloch zu und blies den Rotz durch das andere heraus. Mit dem Handrücken trocknete er die Nase und atmete tief durch. Er erhob sich von seinem steinernen Schemel, indem er sich an seinem Stock emporzog. Stehend sprach er das Vaterunser: »*Tatăl nostru, care eşti în ceruri, sfiinţească-se numele tău* ...« Zum Abschluß bekreuzigte er sich. Dann ließ er sich ächzend auf seinen Pelz nieder, stützte den linken Ellenbogen auf und sagte: »*Poftă bună!*« Guten Appetit. Clemens setzte sich auf den freigewordenen Feldstein, dessen Mulde sich an seinen Hintern schmiegte. Sie aßen. Die Ziegenmilch aus dem Tonkrug tranken sie abwechselnd. Zwischendurch wurden die Hunde gefüttert. Der *bade* warf ihnen Brocken des Maiskuchens zu: »Was wir Menschen essen, kriegen auch sie.« Die Hunde hatten sich im Halbkreis um Clemens gelagert und ließen ihn nicht aus den Augen. Er fragte, ob sie dreimal am Tag zu essen bekämen wie die Menschen.

»Nur einmal, und zwar in der Früh.«

»Warum nicht am Abend?«

»Am Abend nicht, damit der Hunger sie zur Zeit der Nacht

wachhält.« Und das Kollier aus Stacheldraht? Clemens wurde belehrt, daß die Wölfe die Hunde am Nacken packten. Das komme die Angreifer teuer zu stehen: Mit blutigen Lefzen und winselnd suchten sie das Weite. Und das baumelnde Querholz, das den Hunden vom Hals vorne herabhing, ihnen beim Laufen zwischen die Füße geriet? »So vergeht ihnen der Appetit, sich davonzumachen.« Übrigens sei jetzt in den klaren Sommernächten eine friedliche Zeit. Man könne ungestört dösen. Die Wölfe fielen nur in Regennächten ein. »Hast du sie noch nicht heulen gehört?«

»Nein«, sagte Clemens. »Aber vieles Unheimliche hab ich in den Nächten trotzdem gehört.«

»Dann bist du noch nicht lange hier. Die meisten Stimmen der Nacht sind uns gut gesinnt. Man muß sich mit ihnen anfreunden.«

»Wie?«

»Singe! Sing ihnen deine Gesänge. Sing das Lied: *Bea, bea, fratele, bea,* das die deutschen Soldaten bei uns vergessen haben, als sie zu ihrem Hitler umgekehrt sind.« Trink, trink, Brüderlein trink ...

»Und dann das Getier, die Lebewesen, das Geflügel der Nacht«, gab Clemens kleinlaut zu bedenken, »rote Ameisen, die einen peinigen, fliegende Käfer mit leuchtenden Leibern und ähnliches. Die Nächte hier sind anders als bei uns zu Hause, wo sich gerade noch eine Gelse ins Schlafzimmer verirrt hat.«

»Sie müssen sich an dich gewöhnen, die Gesänge und Geister der Nacht. Laß ihnen Zeit.«

»Und wie ist es mit den vielen Geschichten vom Bären?«

»Mit dem *domnul ursu,* dem *frate Nicolae,* ist nicht zu spaßen. Dem kommen die Hunde schwer bei. Er hat ein dickes Fell. Mit Brandscheiten oder Fackeln muß man ihn vertreiben. Beim Menschen stellt er sich auf die Hintertatzen und kratzt einem die Kopfhaut vom Schädel.«

Ob er schon einem Bären begegnet sei?

»Gewiß.« Mitten im Himbeerfeld sei er vor ihm gestanden.
»Und was habt Ihr gemacht, *bade Timoftei?*«
»Nichts. Ich bin geradegestanden wie ein Wachsoldat vor dem Königspalast. Aber plötzlich habe ich gespürt, wie mein Hut sich hebt, in den Nacken rutscht und über den Rücken zu Boden fällt. Die Haare auf meinem Kopf, junger Mann, haben sich aufgerichtet wie eine Keule.«
»Und der Bär?«
»Der Bär? Er hat mich angespuckt und hat nach seinem Weg gesehen. Ist ja auch nur ein armes Menschenkind, der *frate Nicolae.*«

Und sagte gutmütig:»Clemente, du redest rumänisch wie ein Sachse aus der Stadt oder wie ein Rumäne, der nach Jahren aus Amerika ins Land zurückgekehrt ist.«

Zwei Esel standen in der Nähe, die prallen Zwerchsäcke hingen ihnen rechts und links vom Rücken herab. Aus einem guckte ein frischgeborenes Lamm. »Das fühlt sich dort wie im Bauch der Mutter.« Mit mürrischen Gesichtern blickten die Esel zu Boden. »Die müssen sich das Fressen selbst suchen.«

Daß Clemens der Sohn des Fabrikanten Rescher sei, nahm der Hirte gleichmütig zur Kenntnis. Der hatte den Timotheus einmal zur Kasse gebeten, als dessen Schafe sich in ein Sonnenblumenfeld verirrt hatten. Zwar hatten sie nichts gefressen, aber vieles an Pflanzen niedergetrampelt oder umgeworfen. »Ein starker Herr, Euer Vater, *domnişorule*«, sagte er anerkennend. »*Un domn puternic!*« Und erzählte: Der *domnu* Otto sei mit der *charrette* herbeigebraust, schnell wie der Wind. Mitten in die Herde sei er hineingefahren. Von seinem Sitz aus habe er mit der rechten Hand Schaf um Schaf aufgegriffen und es in hohem Bogen aus dem Feld hinausgeschmissen. Mit der linken Hand habe er das zitternde Pferd am Zaum gehalten. Dann erst sei er ausgestiegen und habe die geknickten Stengel aufgerichtet. Ihn habe er nicht beschimpft, sondern alles mit einem Wort abgetan: *Eşti bun de plată*. Das geht auf deine Rechnung.

Daß man diesen großmächtigen Herrn eingesperrt habe und dessen Familie aus dem Haus hinausgetan, das gehe ihm nicht in den Kopf. »Ja, ja, es ist Endzeit, wie es in der Bibel schreibt, *în apocalips*.« Und daß der König Mihai habe außer Landes gehen müssen, nein, das verwundere ihn sehr. Er fragte: »Und wie heißt der neue König?« Kein König mehr. Er bekreuzigte sich. Das werde sich rächen. Seit undenklichen Zeiten, seit den dakischen Königen Buerebista und Decebal, hätten die Rumänen ohne Unterbrechung Könige und Kaiser und Fürsten gehabt, alles Gesalbte des guten Herrgotts und dazu Beschirmer des Volkes. »*Vai de noi!*« Wehe uns ...

Der Hirte fragte, ob Clemens Schäfer werden wolle und darum herausgekommen sei auf die Weide und unter freiem Himmel schlafe. »Du kannst bei mir anfangen. Ich brauch einen Gehilfen. Steh auf und nimm den Eseln die Last vom Rücken. Mein Neffe Laurenţiu ist von mir weggegangen, die Knechte aber sind bei ihm geblieben. Er hat sie mit dem bösen Blick zurückgehalten. Und die Hühner hat er auch verblendet. Nicht umsonst heißt es: blind wie ein Huhn. Doch die Hunde, die Hunde sind mit mir gekommen, die hören nur auf mich. Na also, wann beginnen wir mit der Arbeit, *Clemente*?«

Es war das erste Arbeitsangebot in Clemens' Biographie. Schafhirte werden, umherschweifen in Gottes freier Natur, den Mächten dieser Welt entzogen?

»Dieser vermaledeite Laurenţiu, der Neffe nach meinem Bruder, hat sich ein Mädchen geraubt und will nun seine eigene Herde haben. Im Leben geschieht alles, wie es in der Bibel schreibt: *Avram şi Lot.*« Komme es wahrhaftig zur Trennung, so müsse er bald einen neuen Standort für seine Schäferei finden. Am besten gefalle es ihm hier. Das sei ein Ruheplatz, gesegnet durch gute Engel, die noch eine Weile an diesem Ort ausharren würden. »Denn hier hat eine Eiche gestanden, tausend Jahre alt. Wehe dem, der sie zu Boden gestreckt hat ...«

Im selben Augenblick verzog sich sein Gesicht vor Schmerz. »Das Zipperlein in den Füßen! Das Blut ist träge geworden.«

Er bat Clemens, ihm einen Buschen Brennesseln zu bringen. Der näherte sich zaghaft den widerborstigen Pflanzen. Vorsichtig umwickelte er mit dem Schnupftuch die Hand. Als er die erste Staude tief unten am Stengel knickte, ohne verhindern zu können, daß die Blätter seinen Arm versengten, rappelte sich der Hirte von seinem Pelz auf und kam herbeigehumpelt. Er entriß Clemens das Tüchlein und warf es weg. Darauf packte er ihn am Handgelenk und stieß seine Hand in das Feld von Brennesseln. Glühende Nadeln spickten die Haut. Und plötzlich griff der Junge mit beiden Händen zu, von einer sonderbaren Gier nach Schmerz befallen. Mit Stumpf und Stiel riß er die Nesseln aus. Die Erinnerungen verbrannten. Die obere Seite seiner Hände war übersät von roten Pusteln, Blasen bildeten sich im Handteller.

Der Hirte bündelte die Brennesseln zu kleinen Besen und fegte stehend über seine nackten Füße und Beine bis oberhalb der Knie. Und stöhnte vor Wollust und stieß immer dieselben Worte aus: »*Ce bine! Ce bine! Foarte sănătos!*«

Dann hockte er sich auf den Feldstein und drehte sich aus Zeitungspapier eine Zigarette. Die Dose mit dem Tabak zog er aus dem geräumigen Leibgurt. In deren Deckel war eine Seejungfer graviert mit prallen Brüsten. Man spürte, daß der Hirte Gedanken im Kopf wälzte. »Ja, hier werde ich für diesen Sommer mein festes Lager aufschlagen. Doch merke auf, Clemente: Der Mensch denkt, Gott lenkt.« Er blickte sich um: »Ich sehe, du wolltest eine Hütte bauen. Halte dich an mich, wo du sowieso niemandes Kind geblieben bist. Über den Lohn einigen wir uns. Vor allem wirst du nicht Hungers sterben. Du mußt nicht sogleich antworten, aber sogleich kannst du mir zur Hand sein mit deiner Hilfe. Bis morgen abend baust du einen Damm, damit ein Weiher entsteht. Ich muß die Schafe baden, jetzt wo sie geschoren sind. Und mich ebenso. Die Schafskälte ist gottlob vorbei. Zum Trinken führen wir sie zu jener Quelle beim Lilienhügel ...«

»Ich weiß. Ich habe die Quelle schon entdeckt.«

»Um so besser. Den Baumstamm, der dort liegt, den höhle ich aus. Ein Trog. Nachher zeig ich dir, wie man eine einfache *kalib* aufrichtet, genug als Behausung für einen Sommer.«

Clemens kniete und hielt den Baumstamm fest. In dessen Schaft schabte der Meister mit seiner Waldaxt eine Hohlkehle. Geduldig und behutsam, als handle es sich um ein lebendiges Wesen, löste er Span um Span aus dem Leib des Baumes. Der Schweiß tropfte in Rinnsalen von der Stirne, doch die Pelzmütze nahm er nicht ab. Zwischendurch stärkte er sich mit einem tiefen Schluck Schnaps. Clemens überging er. Der Holztrog wurde unterhalb der Quelle auf zwei Feldsteine gelegt. Das Wasser leiteten sie zur frischen Tränke über eine Rinne, die sie aus Stücken von Baumrinde zusammengeschachtelt hatten. Als der Hirte sich die Hände waschen wollte, reichte ihm Clemens ein Stück Seife. Er wies es ab. Vom Wiesenrain pflückte er die Seifenblume, zerrieb die blaßlila Blüten, feuchtete sie an und siehe: Das Gemisch schäumte wie Toilettenseife. Seine Fußlappen wusch er gleich mit.

Die Sonne ruhte im Zenit. Die Schafe hatten sich in den Schatten der Weiden zurückgezogen, sie genossen die kühle Luft am Saum des Baches. Die Köpfe hatten sie zusammengesteckt, die Schwänze markierten genau die gelappte Kontur des Schattens. Jedes Schaf trug einen roten Punkt auf dem schütteren Fell. »Wegen dem Brudersohn. Seine sind mit Grün bemalt«, erläuterte der Hirte.

»Heute wirst du etwas lernen. Wir essen nur, was der gute Herrgott uns schenken will. Und das langt für eine Woche.« *Ciorba de lobodă* hieß das Gericht, das der Hirte auf die Menükarte gesetzt hatte. *Ciorba*, das war eine Suppe zum Beißen, mit vielerlei Grünzeug drin.

Obschon sie die Wiese und Weide bloß in einem überschaubaren Umkreis durchstreiften, quoll der Rutenkorb über von eßbarer Vegetation. Der Hirte dirigierte mit sparsamen Bewegungen die Expedition. Meist stand er und wies mit seinem Stab die Richtung an: »Dort bei den Quellen! Drüben bei der Heckenrose!« Die rumänischen Namen wurden gleich mitgeliefert.

Clemens erkannte die Brunnenkresse an ihren dunkelgrün glänzenden Blättern; er hatte sie bei Petra vorgesetzt bekommen, wenn er dort zu Mittag aß. Die Schwarzwurzel, ein gesundes, wohlschmeckendes Gemüse, wie er vernahm, grub er mit dem Taschenmesser aus. Unter dem Gestrüpp einer Heckenrose spürte er die Knollenkerbel auf, die sächsisch Boreboicher heißen. Das Laub war bereits verdorrt, also waren die Knollen reif. Sie ähnelten im Aussehen und Geschmack jungen Kartoffeln. Der Kerbel sah fast wie Petersilie aus, im Aroma schwankte er zwischen Petersilie und Fenchel. Statt Essig nahmen sie den Sauerampfer, von angenehmer Säure, lobte der Hirte. Clemens war dieses Unkraut zuwider, nicht nur, weil er seinen Hunger an dessen pfeilförmigen Blättern hatte stillen wollen und ihm davon übel geworden war, sondern weil dieses giftgrüne Gewächs, derb und dreist, die seidige Schönheit der Wiese verunzierte. Im Vorbeigehen streifte der Hirte eine Prise Kümmelkörner ab: »Fast so gut wie Pfeffer, aber gesünder.« Entscheidend für die Speise war die *lobodă*, sie gab dem ganzen Suppengebräu den Namen. Clemens musterte die fleischigen Blätter, die ins Rötliche schlugen. Wildspinat?

»Das Beste aber hat der *Sfântu Ilie* unter den Ärschen der Schafe für uns bereitgestellt. Du wirst dich wundern!« Als der Hirte mit einem Schlenkern seines Stabes die Schafe aus ihrer Ruhe aufstörte, was war da zu sehen? Das niedergewalzte Gras bildete einen flauschigen Teppich, der weiß und schwarz gesprenkelt war. Zwischen den dunklen Pepperln vom Kot der Schafe wölbten sich die bleichen Köpfe der Champignons. »In sieben Tagen hat Gott die Welt geschaffen, aber in einigen Stunden haben meine Schafe die *ciuperca de gunoi* auf die Wiese gekackt, o Wunder!« Clemens hatte alle Hände voll zu tun, die Menge der Mistpilze einzusammeln.

»Genug für heute und genug für morgen. Aber damit du noch dazulernst: Dort in dem Kieferngehölz findest du Bitterpilze.« Clemens fand Bitterlinge, schwärzlich angehaucht von den trockenen Winden. »Und fahr mit der Hand unter die Moosdecke, eine andere Überraschung wartet auf dich. Als ob man einer Glucke unter den Hintern greift!« Unter den grünsamtenen Polstern stöberte er Eierschwämme auf, frisch wie der Morgentau. Es erinnerte ihn an das Eiersuchen zu Ostern im großen Garten seiner Kindheit.

Während *bade Timoftei* das Eingesammelte auslas, putzte, zerkleinerte, trug Clemens Astwerk und Reisig zusammen und versuchte das Feuer zu entfachen. Es gelang nicht.

»Noch einmal und noch einmal, alles muß gelernt sein. Stell die Scheite auf, so daß sie sich an der Spitze treffen. Leg Reisig auf die Asche. Darunter müssen sich glimmende Kohlen von heute früh verstecken. Und nun blas!« Kleine Flammen züngelten. Clemens war glücklich.

In das Wasser im Kessel hatte der Hirte Salz gestreut und mehrere Lammsknochen gelegt, an denen noch Flachsen hingen. »Ekle dich nicht, die geben den Fleischgeschmack.« Einige Speckschwarten ließ er hineingleiten. Darauf schnitt er das Grünzeug in den Kessel, ließ es eine gute Weile kochen und rührte um. Auch die Eierschwämme warf er dazu. Die Brühe verdickte er mit einem Gemisch aus rohem Ei und Ziegenmilch. Zuletzt bröselte er Thymian in den Dampf, es zwickte in der Nase. Endlich hieß es: »*Ciorba este gata.*« Gargekocht war die saure Suppe, eher eine *tocană*, ein Mischgericht voll knackiger Happen und Brocken.

Als Aperitif goß der Hirte ein Wasserglas voll Schnaps hinunter. »So«, meinte er, als Clemens bereits das Wasser im Mund zusammenlief, »zuerst die Tiere, dann der Mensch. Dort, das Lämmchen, leg es auf den Heuhaufen und füttere es.« Aus seinem Leibgurt zauberte er die Zuzelflasche. Milch wurde warm gemacht. Der Hirte nahm einen Schluck, prüfte die Temperatur der Milch, spuckte sie in die Flasche zurück. Sanft löste Clemens das Lämmchen aus der wollenen Tragetasche, die an einem Haselbusch hing. Als er das Tierchen an sich drückte, zitterte es leise, aber als es das Heu unter sich spürte, regte es die Glieder. Der Junge berührte mit dem Schnuller das Maul des Tieres, das plötzlich die Augen aufschlug, kurzsichtig aufsah und zu saugen begann. Jeder dieser Handgriffe begütigte seine fiebrigen Hände.

Darauf ließen sich Hirte und Gehilfe vor dem Kessel, der auf dem Feldstein wippte, in die Knie. Der Hirte schlug dreimal das Kreuz. Sie löffelten um die Wette, bis kein Tropfen übrigblieb. Vom Grund des Kessels angelte der *bade* die Speckschwarten, rieb damit die Steine der Feuerstelle ein und warf sie zuletzt den Hunden zu. Die kamen mit hängender Zunge herbeigetrabt, schnappten sich ihre Portion und schossen sternförmig auseinander. *Bade Timoftei* legte die Champignons und die paar Bitterlinge rundum auf die heißen Steine, es sah aus wie ein Hexenring. Ehe sie zu brutzeln begannen, salzte er sie. Als sie gebraten waren, bestreute er sie mit Kümmel. »*Nici Sfânta Treime nu mănâncă mai bine.*« Nicht einmal die Heilige Dreieinigkeit speist besser.

Nach der Mahlzeit holte der Hirte die Tabakdose hervor und drehte sich eine Zigarette. Er streckte sich auf seinen Schafpelz und rauchte mit Genuß, die Pelzmütze in den Nakken geschoben. Manchmal warf er einen scharfen Blick auf die Schafe, die friedlich ruhten, oder graste mit wachen Augen die Umgebung ab.

»Und jetzt die Hände geregt und eine Behausung für dich gemacht, *Clemente.*«

Eine Hütte wurde das, die sich sehen lassen konnte, obschon sie nur aus einem Dachgeschoß bestand. Aus den Sonnenblumenstengeln des Vortags, die der erste Windstoß umgeblasen hatte, wurde die Behausung zusammengebastelt, aber nun voll Würde und Halt. Als erstes zimmerten die beiden ein Gestell aus Haselnußruten, selbsttragend. Dann wurden die Stengel darangeheftet. Oben überschnitten sich die Spitzen und wurden mit Binsen verknotet. Die unteren Enden verankerten sie in der Erde. Zwischen die Stäbe und Stengel flochten sie zur Verstärkung die fingerdicke Waldrebe. Die Schrägen des Giebeldaches verkleideten sie mit Rasenstücken, deren langhaarige Grasbüschel sie talabwärts kämmten. Es sah aus wie ein Strohdach, war aber lustig grün. So konnte der Regen abfließen. Verstrebungen kreuz und quer gaben dem Zeltdach zusätzlich Festigkeit. Ein Graben rundum hielt das Regenwasser fern. Das Haus stand, selbst ein Fußtritt des Hirten wurde abgefedert.

Clemens bedeckte den Boden mit der wasserdichten Plache. Er schüttete Heu auf, darüber legte er Farnkräuter; über das Ganze breitete er eine von Petras Wolldecken. Das hintere Giebelfeld verhängte er mit seiner Pelerine. Behutsam streckte er sich aus und versank in dem duftenden Untergrund. »Und Platz nur für einen«, stellte er zufrieden fest.

»Oder für ein Liebespaar«, bemerkte der Hirte. »Doch nun das Wichtigste, die *sfinţire*, die Hausweihe.«

Clemens mußte Wasser holen. »Von der Quelle das Wasser, nicht aus der Tränke, und zwar von dort, wo es aus dem Schoß der Erde hervorkommt.« Der Kessel wurde im Wasser des Baches ausgefleiht, das Quellwasser hineingeschüttet und mit Asche verrührt. Von der Feuerstelle raffte der Hirte mit spitzen Fingern glühende Kohlestücke und ließ sie in das Wasser fallen, wo sie zischend erloschen. Damit besprengte er außen und innen die Hütte: »Wir locken den *domovoi* herbei, den Hausgeist.« Zuletzt ließ er von Clemens einen armdicken Weidenstamm als Schwelle vor die Hütte legen, die Aststummel nach oben, das Holz halb in der Erde, damit er Wurzeln schlage. »Um die dreisten Erdgeister fernzuhalten, Winzlinge, die bei jedem Schritt stolpern, aber lästig, leidig sind. Dann schon lieber ein Sack Flöhe im Haus!« Der Hirte spuckte dreimal aus, sagte jedes Mal: »*Dschinn!*« Schlug das Kreuz. Die Liturgie war zu Ende.

Nun nahm der Schäfer Abschied, ein langatmiger Vorgang; es wurde später Nachmittag. Er kramte in den Tragetaschen der Esel. Aus einer alten Zeitung mit dem Bild des Marschall

Ion Antonescu schälte er ein Stück vergilbten Speck. »Ranzig und darum sehr schmackhaft, *gustos*. Nimm hin, *Clemente*! Alles mit liebendem Herzen.« Palukesmehl füllte er in einen Leinenbeutel, einen Klumpen Käse legte er dazu, und einen Brocken Salz rollte er dem Jungen vor die Füße. »Genug für zwei Tage.« Er machte eine weitläufige Handbewegung über Feld und Wald: »Auf was du weiterhin Not hast, dafür haben die Engel Gottes Sorge.« Und schloß vieldeutig: »Es könnte sein, daß wir uns über ein weniges sehen werden, es könnte sein, daß wir uns nie mehr sehen werden. Es könnte sein, daß wir uns erst im Leben jenseits wiedersehen.« Er steckte dem Jungen einen Militärspaten zu: »Du bist ein *neamț*, ein Deutscher; zu dir paßt er besser.« Tatsächlich, in das Stahlblatt war eingraviert: »Deutsche Wehrmacht«. Und ließ einen riesigen Holzhammer zurück, zum Einrammen der Pfähle für die Schafhalterei.

Um die Füße wand der Hirte die Lappen, darauf schlüpfte er in die Bundschuhe. Nun pfiff er den Hunden, die bereits die Herde umkreisten. Der Leithammel hob den Kopf, die Schelle erklang. Nach einigen Schritten jedoch blieb der *bade* stehen und stützte sich auf seinen Stab. Inzwischen warteten die Hunde mit wachen Augen, nur der Hammel schüttelte unmutig sein Haupt. Ein schütteres Gebimmel setzte ein, ähnlich der Totenglocke am Friedhof. »*Kuschdinje!*« Stille trat ein.

Der Herr der Herde stellte eine wortreiche Betrachtung an: Die Schafe verlange es nach der heimatlichen Hürde und die Lämmchen nach der Schlachtbank. Und das hänge so zusammen: Zunächst müßten die Schafe gemolken werden. Aus der Molke gewinne man den Käse, den auf der ganzen Erde bekannten Schafkäse. Zu Käse könne die Molke erst gerinnen, wenn man sie mit Labklümpchen versetze. Die Labklümpchen bildeten sich im Magen der Lämmchen, doch nur solange diese sich von Milch ernährten. Somit heiße es, die Lämmchen zeitgerecht zu schlachten. Ein ähnliches Gesetz herrsche, wenn der Wolf das Schaf schlage: Trennung und Bindung.

»Wie das?« fragte Clemens.

Der Wolf sei hungrig, er trenne wohl das Schaf von seiner Herde, ja vom Leben selbst, aber indem er es verschlinge, feiere er Kommunion wie ein Bruder. Die Trennung allein, ohne daß der andere zum Bruder werde, sei ein Machwerk des Satans, mit der Absicht, die Welt in Stücke zu reißen. Und er rief zum Schluß aus, es klang wie ein Bannfluch: »Der oberste Bolschewik in Bukarest, der Gheorghe Gheorghiu-Dej, und sein *complice,* der Verräter Petru Groza, vormals ein großer Bojar, jetzt ein großer Kommunist, diese beiden, die haben unsern König davongejagt. Doch der Krebs wird sie beide fressen, *cancerul.* Bis zuletzt wird sie allesamt die Hölle verschlingen. Und weißt du warum? Weil sie sich mit der Faust grüßen. Trennung ohne Verbrüderung. Und nun wollen sie auch noch alle Pferde schlachten. So habe ich es vernommen. Und statt dessen Traktoren machen. Bleiben aber werden die Schafe, Geliebte Gottes seit den Zeiten von Abraham und Lot. Durch diese gottgesegneten Geschöpfe haben die Rumänen alle Heimsuchungen überstanden. Die *Miorița,* das Lieblingslamm des Schäfers, es hat mit einem Mal sprechen können und seinen Herrn gewarnt vor denen, die ihm nach dem Leben getrachtet haben. Nicht das Pferd und nicht der Traktor haben uns bewahrt und gerettet, sondern die *Miorița.*«

Unversehens ließ er seinen Stab fallen, nach dem sich der Junge bückte. Da legte ihm der alte Mann die Hände auf und segnete ihn im Namen des Vaters und des Sohnes und des Heiligen Geistes. Dreimal schlug er das Kreuz über den Knienden: »*Bunul Dumnezeu, Tatăl și Fiul și Sfântul Spirit să fie cu tine, dragă Clemente.*«

Die Herde trollte sich, umtollt von Hunden, überragt von den Eseln. Aus der Tragtasche spähte das Lämmchen auf dem Weg zur Schlachtbank. Das letzte, was der Junge gewahrte, ehe der Teppich von Vlies hinter dem gewellten Horizont verschwand, war der Hirte mit dem Stab.

8

Ein besinnlicher Tag folgte, gekrönt von einem Abend wie ein Feuerwerk. Clemens baute aus Lehm einen Damm quer durch das Bächlein. Über seiner Arbeit wurde er froh: Es wird etwas durch mich, das man wahrnehmen kann. Er besah seine Hände: Unter der feuchten Tonerde hatten sich die Pusteln zurückgebildet, die nach der Selbstkasteiung mit den Brennesseln hervorgeschossen waren. Waren Hände nicht angelegt auf Arbeit und Bauen, Zärtlichkeit und Wiedersehen? Der Damm heute ... Das Lämmchen gestern mittag ... Und was taten sie, seine Hände?

Diese schändliche Sache mit Petra. Die Hand war ihm eben ausgerutscht. War damit die Sache abgetan? Verbissen knetete er Lehmklumpen, klatschte sie übereinander, Schicht um Schicht, als könne er so Schuld abtragen. Das Wasser sammelte sich talaufwärts, wurde trüb, solange er werkelte, wurde klar, als es über die Dammkrone zu fließen begann. Die Arbeit tat wohl. Es schien ihm, als würden sich nach jedem Handgriff die beschämenden Erinnerungen aus seinen Händen davonstehlen. Er probierte das Werk aus, indem er sich hinter dem Stauwehr in den Weiher hockte. Das Wasser, das sich träge zu drehen begann, bedeckte die Schultern, reichte ihm bis zum Hals. Bekümmert dachte er: Warum sind die Dinge so schwer? Nicht einmal die Atomphysiker wissen es.

Gegen Abend fachte er Feuer an, um Wasser heiß zu machen für den Palukes. Er hockte auf dem warmen Feldstein und dachte an nichts, obschon er die Augen offenhielt.

Diesmal erblickte er Petra erst, als sie beim Sonnenblumenfeld um die Ecke bog. Sie kam zu Fuß. Er schürte das Feuer, legte einige Hölzer an, die Flammen züngelten bis zu ihm empor. Geschützt durch den flackernden Vorhang, hielt er Ausschau nach ihr, die sich näherte, ein unwirkliches Wesen. Ihr Gang schien unsicher, den Kopf hielt sie gesenkt. Ein doppelter Zwerchsack beschwerte ihre rechte Schulter. Sie hatte einen Mantel übergeworfen, der an ihrem Leib schlotterte. Ein Malerkittel mochte es sein, denn er war mit Farbtupfen bekleckert, und aus den Seitentaschen ragten Pinsel. Petra erklomm den Pfad wie eine alte, geschlagene Frau.

Er sprang auf. Am liebsten wäre er davongelaufen. »Erschrick nicht«, beruhigte sie ihn, als hörte sie das Klopfen seines Herzens. »Ich bringe friedliche Gedanken mit.« Ihr Atem ging schwer. »Und noch manch anderes für Leib und Seele. Auch Neuigkeiten.« Ein Schatten glitt über ihr Gesicht. Die Mundwinkel senkten sich schmerzlich, es schien, als kämpfe sie gegen das Weinen. »Und sei bedankt, daß du mich mit solchen Freudenfeuern begrüßt. Doch mußt du dich vor mir nicht verstecken.« Die seltsame Rede, ihre befremdliche Aufmachung ... Er gab keinen Ton von sich.

Vor seiner Hütte entledigte sie sich ihrer Last. In dem Schultersack aus wollener Hausgewebe in Schwarz und Weiß klirrten Flaschen. Umständlich wand sie sich aus dem Mantel und ließ ihn zu Boden gleiten. Der blaue Rock mit Sternen und die rotweiß gestreifte Bluse kopierten die amerikanische Flagge und entstammten dem Fundus an Faschingskostümen der russischen Fürstin. Zu den Bräuchen der herrschenden Arbeiterklasse gehörte, daß sie mitten im Sommer Fasching feierte.

Petra klemmte den Rock zwischen die Knie und ließ sich achtsam auf den Feldstein nieder, leise ächzend. Er aber half ihr nicht, so schuldbeladen fühlte er sich, stieß nur hervor: »Verzeih, Petra, ich schäme mich, sehr schäme ich mich!« Und fügte feierlich hinzu: »Vergib!« Dabei blickte er über ihren Kopf hinweg, so weit das Auge reichte: bis zu den Wäldern von Schaas jenseits des Kokeltals im letzten Widerschein der Sonne.

»Warum?« fragte sie und hob ihr Gesicht zu ihm.

Was meinte sie? Warum er sich schämte? Oder: Warum sollte sie vergeben?

»So was ist in unserer Familie ganz unüblich.«

Nach einer Pause fragte sie: »Was?« Es war, als wähle sie mit Bedacht doppelsinnige Fragen.

»Ich bitte um Verzeihung«, sagte er förmlich. Und verbeugte sich, wie er es mit der Mutter und in der Tanzstunde geübt hatte. Und wartete, daß sie ihm die Hand hinstreckte.

Das tat sie nicht. Sie sagte: »Es ist fast vergessen. Und tut nicht mehr weh. Doch das hat seinen Grund.« Ihre Augen, groß auf ihn gerichtet, waren voller Traurigkeit. Oder schien es so im Zwielicht des Abends? Die Sonnenblumen ließen bereits die Köpfe hängen. In den Triften und Gründen versammelten sich die Schatten der Nacht. Er wartete ...

Plötzlich schnellte Petra empor und schrie auf: »Auweh, verflucht und zugenagelt, wie das beißt und sticht!« Einen Augenblick umklammerte sie sein Handgelenk, suchte Halt, dann schleuderte sie die Schlappen weit in die Landschaft. Einige Sekunden stand sie barfüßig da, wie betäubt oder als sammle sie Kraft oder als überlege sie. Und sprang dann mit einem schrillen Lachen auf den Baumstumpf hinauf. Einen Augenblick verhielt sie still, in sich gekehrt, die Arme verschränkt. Dann wurde die abgehauene Eiche zur Tanzfläche. Petra drehte sich auf den Zehenspitzen um ihre Achse, zuerst sorgsam, als müsse sie die Willfährigkeit ihrer Glieder befragen, prüfen, zu wieviel Schmerzen ihr Leib bereit sei; dann aber wirbelte sie voll Ungeduld schnell und schneller dahin, der blaue Rock mit den amerikanischen Sternen bauschte sich. Zuletzt schwirrte sie so stürmisch im Kreis herum, daß der Rock sich bis zu den Hüften hob.

Clemens spürte das Luftgestöber im Gesicht. Und er bekam Schlimmes zu sehen: Auf Beinen und Schenkeln schillerten Striemen. Die Streifen auf ihrer Haut hatten die gleiche Farbe wie bei seinem Kreisel, zu Weihnachten vor langer Zeit. Und ähnlich hörten sich die Töne an, die die zornige Tänzerin von sich gab, das Brummen am Anfang und später das Kreischen.

Ohne einzuhalten, rief sie ihm zu: »Erschrick nicht, das ist nicht dein Werk, lieber Clemens, aber du bist der Grund. Mein

Vater hat mich mit dem Lederriemen verprügelt.« Sie keuchte, ließ aber nicht ab von ihrem Treiben. »Er hat gebrüllt: Ich werd dich schon Mores lehren, du hirnlose Gans. Wenn nicht im Kopf, so wirst du es im Arsch spüren, was es heißt, eine Proletariertochter zu sein. Du bringst Schande über mich vor den neuen Genossen. Ich bring dir schon den Klassenkampf bei, du elender Teufelsfuß!« Sie geriet außer Atem, doch ließ sie im Tempo nicht nach. Es war, als wolle sie Clemens noch lange hinhalten mit dem kläglichen Anblick.

»Gewischt hat er mich, daß die Fetzen geflogen sind!« Jetzt riß sie sich die Bluse vom Leib und Clemens gewahrte auf ihrem Oberkörper das gleiche Muster wie unten: Streifen in den stumpfen Schattierungen geplatzter Haargefäße und bereichert durch blaue Flecken. Nur ihre Brüste schimmerten weiß.

Wild fauchte sie von oben herab: »Schau mich an und sag was!« Um im selben Atemzug fortzufahren, während er sich vergebens bemühte, seinen Blick irgendwo festzuhaken bei dem Gewirbel und Geflatter: »Stier nicht so deppert zu mir herauf! Dein Kopf strudelt herum, daß ich ganz schwindlig werd. Red! Tu deinen Mund auf! Wo gibt es noch eine heile Stelle an meinem Leib?«

So schrie sie ihn an, und er gehorchte und sagte: »Im Gesicht, dort kann ich keine scheckigen Stellen entdecken, ja, und, und ...«, er stotterte, »vorne, an deinem Brustkorb ist es weiß, weiß wie Schnee, weiß wie die Unschuld.«

»Wie vornehm du dich ausdrückst. Brustkorb ... Du bist auch hier noch im Urwald ein höflicher Bub, von dem man was lernen kann. Weiß wie Schnee, wie Unschuld, meine Brüste, schön gesagt. Die kriegt nur der zu fassen, der mich heiratet. Doch warte, lieber Freund: Gleich wirst du dein blaues Wunder erleben, nein: dein rotes Wunder, ein feuerrotes, ein brennendes Wunder.« Sie vollführte noch eine Pirouette, die in einer letzten Drehung erstarb. »Heut abend schnappt mein Vater mich nicht!« schrie sie. Und hielt inne. Der Rock schlenkerte um die Knie, ihr Kopf sackte auf die Brust.

Jäh schüttelte sie die Starrheit ab. Ihre Miene wurde fast heiter. Mit einem Satz kehrte sie dem Tanzboden den Rücken und ließ sich vom Baumstumpf fallen, sprang mit beiden Füßen mitten in die Kohlenglut der Feuerstelle. Der Kessel mit Wasser kippte um, Funken stoben und Dämpfe zischten. Kein anderes Geräusch war zu hören.

Einen Augenblick verharrte Clemens. Dann stürzte er nach vorne, packte das Mädchen am Handgelenk und riß es mit einem Ruck zu sich her, weg von der Feuersglut. Winselnd fiel sie nieder: »Wie weh es tut!« Und lächelnd zwischen Tränen: »Jetzt siehst du, daß ich keine Hexe bin.«

»Wieso?« fragte er ratlos und streichelte ihren Kopf.

»Den Hexen macht das Feuer nichts aus. Die spazieren barfüßig auf glühenden Rosten dahin und kreischen vor Vergnügen. Mich aber brennt es wie die Hölle.« Er hob sie auf seine Arme und trug sie zum Bach. Während sie seinen Hals umschlang, fächelte sie sich mit den Füßen Luft zu, kühlte die Brandwunden. Sie war leicht wie eine Feder.

Unten beim Bach ließ er das wunde Mädchen sorgsam in die Wanne hinter dem Damm gleiten, so wie sie war, bekleidet allein mit einem Rock voller Sterne und mit sonst nichts.

»Wie gut«, stöhnte sie, indem sie sich wohlig im Wasser streckte, »wie gut das tut! Und nun gib mir zwei Ohrfeigen, daß man deine fünf Finger auf jeder Backe sieht.« Er gehorchte benommen. »Nein, viel stärker, so daß die Haut platzt.« Und sagte triumphierend: »Jetzt hat mein Vater den Klassenkampf bei uns zu Hause verloren. Nirgends mehr findet er eine Stelle, wo er hinhauen kann. Alles besetzt mit blauen Flecken und blutigen Striemen. Die schützen mich.«

»Es schützt auch anderes. Schöne Erinnerungen, barmherzige Vorkommnisse, die Hoffnung auf Gutes ...«

Sie erhob sich, Wellen schlugen an die Dammkrone, sichtbar senkte sich der Spiegel. Das Wasser lief an ihrem Leib hinab, die Rinnsale glitzerten im diffusen Licht der Dämmerung. Ihr Rock hing schwer herab, umschlang die Schenkel und Beine.

Sie beugte sich zum Uferrand, zog seinen Kopf an ihre nasse Brust. »Wie schön du das sagst! Wir wollen heute abend für gute Erinnerungen sorgen.« Er ließ sie gewähren, ohne sich vom Fleck zu rühren. »Und meine arme Mutter muß sich nicht mehr die Augen aus dem Kopf heulen. Du aber, du Holzklotz, du glaubst mir nun, daß ich nicht dein Klassenfeind bin.«

Er aber dachte bekümmert: Gerade jetzt wechselt sie das Lager, wo ich mich entschlossen habe, Arbeiter zu werden und am Tag der Großen Sozialistischen Oktoberrevolution mit erhobener Faust an der Tribüne vorbeizumarschieren.

Petra hatte Flaschen mit Holundersekt mitgebracht und auch sonst die Speisekammer ihrer Eltern geplündert. Sie muffelten, daß ihnen der Bauch nach allen Seiten stand, oder wie Petra es ausdrückte, »daß uns die Leckerbissen bei den Ohren herausspritzen«. Ein Glas mit Bratwurst, in Fett eingelegt, hatte sie stibitzt. Und Marmeladen noch und noch: Erdbeeren und Himbeeren, eben erst eingekocht. Sie langten mit den Händen nach den Speisen, rotes Mus und Schmalz troff ihnen aus den Mundwinkeln. Immer wieder wickelte er feuchte Lappen um ihre Füße. Sein Hemd, das sie am Vorabend mit ihren Nägeln zerrissen hatte, trennte er in zwei Hälften, tauchte das Zeug ins Wasser und linderte die Wunden an ihren Sohlen.

Er legte Holz nach, das Feuer loderte auf. Sie schlug die Hände vors Gesicht. »Warum so hell«, maulte sie.

»Du bist schön. Das will ich sehen.« Er bog ihre Hände auseinander und sah sie an. Er war glücklich.

Ihre sonderbare Aufmachung mit dem farbenbekleckerten Mantel erklärte sie so: Ihr Vater hatte wegen guter Führung von der Partei eine Wohnung im sächsischen Nobelviertel »Am Knopf« zugesprochen bekommen, in dem Haus, aus dem man den Dr. Oberth evakuiert hatte. Als erstes brachten ihre Eltern die Hühner hin, noch bevor sie einzogen. Die sofort den Blumengarten verschandelten. Ihr Vater ließ einen Hühnerstall zimmern, mit Auslauf innerhalb eines Lattenzauns. Den Hühnerhof anzustreichen hatte sie sich erbötig gemacht. »Denn mein Vater ist den ganzen Tag in Sachen Partei unterwegs. Kein Honigschlecken, wenn man auf der andern Seite der Barrikade steht. Tag und Nacht Klassenkampf! Er war fast gerührt, als ich sagte, daß ich ihm die Anstreicherei abnehmen werde. Denn er weiß schon, daß er mir weh getan hat. Aber nur so konnte ich entwischen und zu dir kommen. Ich kann dich ja nicht verhungern lassen. Übrigens, schau hier, ein Hemd von meinem Vater. Schlüpf hinein, und du bist bereits ein halber Proletarier.«

Übrigens: Der Partei mißfalle es, daß sich Clemens hier niedergelassen habe.

»Ehe ich nicht weiß, wie es mit mir weitergeht, rühr ich mich von hier nicht.«

»Du mußt arbeiten, sonst verschleppen sie dich in ein Arbeitslager in die Dobrudscha. Jeder muß arbeiten, das ist das Neueste.«

»Vielleicht werde ich Hirte«, sagte er.

»Das gefällt ihnen auch nicht. Die müssen genau wissen, wo du zu finden bist. Am besten gefällt ihnen, wenn einer von seiner Hände Arbeit lebt. Ich hab mir etwas ausgedacht, wo du sogar Geld verdienen kannst, gutes Geld.«

Ihre Überlegung war diese: Bald würde man die Pferde schlachten. Damit verschwanden auch die Pferdeschwänze. »Ergo«, sagte sie, ein Wort, das sie von ihm entlehnt hatte, »wird es bald keine Schuhbürsten mehr geben.« Das leuchtete ein: Schuhbürsten machte man aus Pferdehaar. Also Bürstenbinden. »Auf Vorrat. Eine einfache Sache.«

»Haben wir in Handfertigkeit bei der Lehrerin Konradt gelernt«, sagte er. »Aber woher das Material, den Rohstoff?«

»Dafür sorg ich«, sagte sie. »Ich schneid den Pferden beim Wochenmarkt die Schwänze ab. Wenn die Bauern ihren Kohl verkaufen, schleich ich mich mit unserer großen Schneiderschere hin, und hartscha-partscha, weg ist der Schwanz und drin im Sack.«

»Und bringst mir die Haare her und hier arbeite ich.«
»Das werden wir sehen.«
Clemens hockte im Türkensitz, an den Wurzelstock der legendären Eiche gelehnt, Petra saß auf dem Baumstumpf und ließ die Beine über seine Schultern baumeln. Er kühlte ihre verbrannten Füße, indem er sie immer neu mit nassen Tüchern befeuchtete. Irgendwann einmal glitt sie herab, leise, wimmernde Töne auf den Lippen. Sie kuschelte sich in seinen Schoß, den Kopf in seiner Armbeuge, das Gesicht an seiner Brust. Über ihren nackten Rücken breitete er seine Trainingsbluse. So saßen sie lange und waren still. Als das Feuer erlosch, sagte sie: »Wie schmal deine Hütte ist. Komm, wir probieren aus, ob nicht doch Platz ist für zwei gute Menschen.«
Sie taten es. Mitten in der Nacht fuhr sie auf: »Ich muß nun gehen.«
»Das kannst du nicht.«
»Ich muß es versuchen. Bleib ich länger fort, schlägt mein Vater mich ganz tot, trotz blauer Flecken und der barmherzigen Erinnerungen von heute nacht. Weißt du, warum er mich eigentlich schlägt? Weil er ein Feigling ist. Und ein Feigling ist er, weil er ein Sachse ist.«
»Nicht alle sind feig«, sagte er.
»Du hast recht. Dein Vater gehört nicht dazu. Doch manche sagen, er sei ein sturer Dickschädel, ein Hitzkopf.«
»Ich werde dich mit dem Rad meiner Mutter nach Hause fahren, das heißt nur bis zur Kokelbrücke. Wo wohnt ihr eigentlich? Schon bei den Oberthischen?«
»Nein. Und ich zieh nicht hin.«
Den Rock und die Bluse hängte sie an den Giebel über den Eingang seiner Hütte: »Wie eine Fahne ... Damit du mich nicht vergißt. Meine Klamotten sind feucht und voll Asche und Ruß. Ich hol sie mir nächstens.«
Sie hüllte sich in den Färberkittel und setzte sich hinten quer auf den Gepäckträger. Unter ihr Hinterteil hatte sie die Schlappen gelegt. »Das federt. Dann tut es nicht so weh.« Bei der

Brücke lud er sie ab. Er hatte in der Stadt nichts verloren und somit nichts zu suchen.

Das Fahrrad seiner Mutter lehnte Clemens einfach ans Brückengeländer. Dort stand es lange, denn niemand getraute sich, es wegzutragen. An seinen vielen Extravaganzen hätte man sofort die bourgeoise Herkunft des Vehikels erkannt, auch ohne zu wissen, wem es gehört hatte.

Tags darauf schaute der Hirte noch einmal kurz vorbei. Die Herde wartete im Wiesengrund. Nur ein Hund begleitete ihn: »Nie allein auf dem Weg!« war sein Rat.

Der Meister und der Bub richteten Pfähle her; auf denen sollte die Schafhalterei zu stehen kommen. Mit dem riesigen Holzhammer, in Eisenbänder gefaßt, würde Clemens in den kommenden Tagen die Pfähle in den Boden rammen. Waagerecht sollten die hölzernen Grundpfeiler ausgerichtet sein: »Der Fußboden muß eben sein, sonst verliert sich die Milch aus den Töpfen und Bütten.« In diesen schweren Zeiten trage man Sorge, daß kein Tropfen sich davonstehle. »Desgleichen besteht sogar das Meer aus Tropfen.« Was er sagte, klang feierlich in der altertümlichen Sprache der rumänischen Hirten.

Eine Wasserwaage mußte her. Der Hirte zerteilte Holunderstengel von verschiedener Dicke in ellenlange Stücke. Jedes einzelne erwärmte er über dem Feuer und pustete das Mark heraus mit Lippen, gegerbt wie Leder. Er stellte das Ganze wieder zusammen, indem er die dünne Spitze in das nächstliegende breitere Ende des Rohres steckte. So entstand ein biegsamer Schlauch, ähnlich einem Teleskop. Gefüllt mit Wasser, übertrug man die Höhe von einem Pflock zum nächsten. Wenn das Wasser am Ende zum Vorschein kam und im Gleichgewicht zur Ruhe gelangte, war eine tellerebene Fläche gegeben. Keine Milch würde aus dem Gefäß schwappen. Sie markierten die Eckpunkte der künftigen Käserei.

Noch war nicht geklärt, ob *bade Timoftei* sich vom ungebärdigen Neffen Laurenţiu für immer trennen werde. Somit

steckte er beim Abschied dem Buben Proviant zu und sagte voll Ernst: »Lebewohl, wer weiß? Bis auf heute, bis auf morgen, vielleicht für immer und in Ewigkeit. Was du noch an Kost brauchst, klaubst du dir zusammen aus dem Garten des Herrn. Vergiß die Schwämme unter dem Moos nicht.«
Der Hirte zeigte sich nicht mehr, trotz des Hammers, den er sich noch holen mußte, und trotz der Pfähle, die Clemens mit Mühe und Not eingerammt hatte. Denkbar, daß die Geschichte zwischen den beiden Schäfern so verlaufen war, wie sie in der Volksballade ›Miorița‹ besungen wird: Der eine Schäfer erschlägt den anderen, obwohl das Lämmchen redet und warnt.
In den Tagen darauf gab es noch weitere Besuche. Hie und da verirrte sich ein Wagen in seine Nähe, Rumänen, Ungarn. Der rumänische Bauer tränkte die Pferde, und beide, Mann und Frau, lobten den Trog, den Clemens und der Hirt gezimmert hatten. Über den *Domnul* Otto wußten sie Bescheid.
»Ja, ja, jetzt ziehen sie den großen Herren die Haut über die Ohren, aber bald sind wir an der Reihe, wenn nicht, wenn nicht ...« Ein forschender Blick über Berg und Tal: »Wenn nicht die Amerikaner kommen.«
Die Bäuerin kramte aus dem schwarzweißen Wollbeutel Eßbares heraus und reichte es Clemens. *Mălai,* Kuchen aus Maismehl, ein Stück geräucherten Speck, Süßkäse. Bei den Ungarn förderte die Bauersfrau aus einem schwarzroten Zwerchsack Ähnliches zutage: Hausbrot, rohen Speck, dick bestäubt mit Paprika, zwickigen Käse: *Áldja meg a jó Isten!* Der gute Gott möge dich beschützen.
Die Essensvorräte reichten von einem Tag zum anderen. Ein Engel ist immer zur Stelle, dachte Clemens. Und erinnerte sich an die Geschichte vom Propheten Elia, hungernd am Rand der Wüste, den ein Engel gefüttert hatte, obschon der Mann gar nicht mehr leben wollte.
Sachsen kamen zu Fuß des Weges, er erkannte sie an den Strohhüten. Es waren alte Menschen, ältere Ehepaare, die sich

langsamen Schritts vorwärts bewegten. Hinter ihnen trotteten Kinder, barfuß, aber alle trugen sie Strohhüte. Von oben sah das aus wie eine Versammlung von Pilzen. Die Väter der Kinder waren im Krieg gefallen oder im Osten, im Westen verschollen, die Mütter seit Januar 1945 auf Zwangsarbeit in Rußland. Zurück blieben Großeltern und Enkelkinder. In den zwei Monaten darauf hatten sie ihr gesamtes Hab und Gut eingebüßt. Das war im Frühjahr 1945 gewesen. Da hatte man die sächsischen Bauern als Kollaborateure Hitlers enteignet, ob reich, ob arm. Haus und Hof, Grund und Boden waren an mittellose Rumänen und Zigeuner verteilt worden, von den Sachsen »Kolonisten« genannt. Die meisten der über Nacht arm gewordenen Landleute wurden samt Kind und Kegel von ihren Höfen vertrieben. Wer Glück hatte, konnte beim neuen Herrn in Dienst treten und seine ehemaligen Felder und Wiesen als Taglöhner bearbeiten.

Eines Morgens hielt eine solche Familie bei Clemens an. Die alte Frau zerrte das kleinste Enkelkind hinter sich her. Das Mädchen stolperte bei jedem Schritt. Es weinte bitterlich. Aus der Stoffpuppe war das Sägemehl geflossen; die Puppe schnitt eine greuliche Grimasse. Die größeren Kinder – Geschwister, Vettern und Basen – trösteten: »*Wenn de Motter aus Rußland kit, bekist ta en nou Pupp.*« Die Kinderchen waren durstig, der Tonkrug mußte mit frischem Wasser gefüllt werden. Das nächste Dorf, Groß-Alisch, war weit entfernt.

Das Gesicht der alten Frau war ausdruckslos, verriet keine Gemütsbewegung. Die Augen waren starr nach vorne gerichtet, während sie zum Trog heraufgetrottet kam. Die Kinder folgten im Gänsemarsch. Ein hochaufgeschossenes Mädchen mit zwei flachsblonden Zöpfen zog an einer meterlangen Waldrebe die Kinder bergaufwärts. Der konfirmierte Bub, er trug schon den Hut eines Mannes, hatte den irdenen Wasserkrug geschultert und den Zecker mit dem Eingesackten umgehängt. Er hielt Schritt mit dem Großvater. Das Gesicht des alten Mannes erinnerte in seiner Stille an die klaglosen Gesichter der Indianer. Kein Mienenspiel lockerte seine Unbewegtheit. Er hatte die Arbeitsgeräte geschultert, zwei weitgefächerte Holzrechen und eine Heugabel.

Die Kinder kühlten die Hände in der Tränke. Der große Bub füllte den Tonkrug an der Quelle und führte ihn an den Mund; das Mundstück saß im Henkel. In tiefen Schlucken genoß er das frische Wasser.

»Ah, Ihr seid der Sohn vom Otto Rescher ...« Der alte Mann nickte bedächtig. Und bemerkte: Zuerst habe der Zorn Gottes sie getroffen, die armen Leute von den Gemeinden. Jetzt seien auch die Städter an der Reihe. Selbst die Fabrikanten, »*des grieß Herren, de sen no uch bekritt*«, die sind nun auch im Elend. Die Frau hatte sich im Schatten niedergelassen. Die greinende Kleine war auf ihrem Schoß eingeschlafen. Mit dem Schürzenzipfel fächelte sie dem Kind Kühlung zu, verscheuchte die Fliegen.

Der alte Mann nahm den Hut ab. Die Stirne schimmerte rosa über dem gegerbten Gesicht. Ohne Clemens anzuschauen, ging er mit den Stadtmenschen hart ins Gericht. Er sprach hochdeutsch, denn der Anlaß war ernst und gewichtig.

»Im 45er, als man unsere Leute nach Rußland verschleppt hat, haben die stolzen Städter sich versteckt. Die reichen Fabrikanten haben sich losgekauft. Ihre Töchter haben sie auf der Stelle an die Walachen verkuppelt. Oder sie haben den Herren Doktoren Gold gegeben und diese haben ihnen den Blinddarm herausgenommen. Immer war das Elend nur für das gemeine Volk da.«

Clemens stotterte: »Es sind auch viele Städter ausgehoben und verschleppt worden.«

»Ist Euer Vater, ist Eure Mutter in Rußland?«

»Nein«, sagte er schuldbewußt.

Die Frau sagte, ohne ihn anzusehen: »Dafür haben sie unser Mariechen genommen, die Russen. Sie war zwei Jahre zu jung, nur sechzehn.«

»Seht Ihr, junger Mann: Wäre Euer Vater gen Rußland gezogen, hätte man ihn nicht ins Gefängnis eingetan. Aber vor dem Gericht Gottes kann sich keiner verstecken. Denkt an den Jona, den feigen Hund. Auch im Bauch vom Walfisch hat unser Herrgott ihn dennoch gar erwischt.«

»Vielleicht wäre mein Vater dort gestorben«, sagte Clemens trotzig.

Die beiden hoben den Kopf, sahen sich an und richteten dann ihre Blicke auf ihn, bleiern schwere Blicke. Sie sagten wie aus einem Mund: »*As Mariechen es glatt gestorven. Schien em Waggon es et erfrueren.*«

Der Mann sagte: »Hat sich einer versteckt, so hat ein anderer gehen müssen, ohne keine Schuld.«

Die Frau riß eine Speerdistel aus dem Boden und fuhr mit der stachligen Pflanze unter die Kinderschar. Die Eselsleiter von groß zu klein zerbrach, es bildeten sich Gruppen von zwei und drei Kindern. Die Großmutter fragte der Reihe nach die Kinder aus. Sie fragte auf deutsch, es war, als höre sie ein Gedicht ab: »Wo ist deine Mutter, Fiechen?« Die Kinder sagten schwerfällig auswendig Gelerntes her, als seien es Gedichte unter dem Weihnachtsbaum bei der Bescherung in der Kirche, und grinsten verlegen. Fiechen antwortete brav: »In Stalino.«

»Was macht sie dort?«

»Sie arbeitet und ist hungrig.«

»Suso, wo ist dein Vater?«

»In Workuta.«

»Was macht er dort?«

»Er friert.«

»Oinzi, wo ist deine Mutter?«

»In Stalinskaja.«

»Was macht sie dort?«

»Sie arbeitet und ist hungrig.«

»Wo ist dein Vater?«

»In Narvik.«

»Was macht er dort?«

»Er ist tot.«
»Jino, wo ist deine Mutter?«
»Auf der Insel Sachalin.«
»Warum ist sie dort?«
»Weil sie eine Ziege gestohlen hat.«
»Was hat sie mit der Ziege gemacht?«
»Sie hat sie aufgegessen.«
»Wo ist dein Tatt?«
»In Afrika im Lager.«
»Was macht er dort?«
»Er schwitzt.«

Die Frau wollte Clemens ein Stück gerösteten Palukes geben, in Öl getaucht. Mit einer Verbeugung lehnte er ab: »Gebt es den Kindern.«

Worauf die Alte mit zittriger Stimme erwiderte: »Es schmeckt dem jungen Mann halt nicht. Nun, das ist unsere Speise seit drei Jahren. In dieser Zeit habt ihr in der Stadt Spanferkel und Weißbrot gegessen. Doch die Zeiten haben sich geändert.« Und sie schlug die Scheibe Maisbrei in ein Blatt der Großen Klette und legte sie in den Sack zurück.

Als vom jenseitigen Hügel eine Männerstimme erscholl: »*Repede, repede, la treabă*«, beeilt euch, an die Arbeit, setzte sich der Zug in Bewegung, in einem angemessenen Tempo, so daß auch das kleinste Kind Schritt halten konnte. »Die Arbeit läuft uns nicht davon«, murmelte der Großvater. »*Der verflachtig Bloch!*« Zu Clemens sagte er, ohne ihn eines Blickes zu würdigen: »Adjeh!«

Die alte Frau sprach keinen Segenswunsch aus, wie das unter Sachsen gute Sitte ist. Sie scheuchte die Kinder mit der Kratzdistel auseinander und ordnete die Reihenfolge so, daß das kleinste Mädchen vorne ging, an ihrer Hand, das größte Mädchen am Schluß der Kette. Dieses drehte sich zum Abschied um und streckte Clemens die Zunge heraus. Allein der Bub mit dem Tonkrug sagte würdevoll: »Grüß Euch Gott.«

Am zweiten Sonntag nach dem Auszug kam Frau Ottilie Rescher mit dem Fiaker. Von der Stadt erklang das Läuten zum Gottesdienst. In eine Staubwolke gehüllt, preschte das Gefährt heran, gezogen von zwei Pferden. In einer weiten Kurve fuhr der Kutscher bis vor die Hütte des Jungen. Die Tiere dampften.

Clemens half seiner Großmutter beim Aussteigen. Der Kutscher spannte die Pferde aus. Die stellten sich sofort nebeneinander, Kopf an Kruppe, um sich gegenseitig mit den Schwänzen die Fliegen aus dem Gesicht zu jagen. Doch diesmal gelang es nur halb. Das eine Tier bewegte verzweifelt einen Stummel von Schwanz mit ein paar Haaren dran, schütterer als ein Chinesenbart. Das andere Pferd stampfte mit den Hufen, wieherte unwillig. Mit rotem Kopf gab der Kutscher eine Erklärung ab: »Die Kommunisten, sie wollen nicht nur unsere Pferde schlachten, sie können nicht mehr warten und schneiden ihnen die Schwänze ab, wo sie noch leben.«

Und als er das verschmitzte Lächeln des Jungen gewahrte, fügte er böse hinzu: »Grinst nicht, junger Herr. Eure Familie hat sich schon die Finger verbrannt.« Und während er seinen dunkelblauen Rock mit den Goldknöpfen an die Laterne der Kutsche hängte: »Und wirst sehen, junger Herr: Bis zuletzt werden die *tovarăşi* mich und dich vor ihre Traktoren spannen.« Darauf rieb er mit einem Bündel Stroh den Schweiß vom Fell der Pferde. Erst als diese sich erholt hatten, trieb er sie zur Tränke. »Nje, Sándor, hüh, Bălan!« Mißmutig brach er einen buschigen Ast vom nächsten Weidenbaum. Im Takt des Schwanzstummels verscheuchte der Kutscher die Fliegen und Steckmücken vom Leib der wehrlosen Kreatur.

Für seine Großmutter hatte Clemens auf den Findling einen Kotzen gebreitet, wo sie Platz nahm. Er kauerte ihr zu Füßen.

Das große Ereignis im Leben der Frau Ottilie Rescher war, daß sie den Segen der Arbeit entdeckt hatte. Sie führte den beiden Cousinen Rosa und Milli Dipold die Wirtschaft, recht und schlecht.

»Das heißt, jetzt im Anfang mehr schlecht als recht. Alles muß gelernt sein. Nicht einfach ist der Umgang mit der Herrschaft. Hab ich auch nicht gewußt. Die Cousine von der Rosa ist ein wahrer Hausdrache.«

Am schwersten tat sich Rosa, die an große Verhältnisse gewöhnt war, mit der neuen Situation. Schon daß sie mit der »gnädigen Frau« im selben Zimmer schlafen mußte, war ungehörig. Und dann die Arbeit in der Fabrikkantine als zweite Köchin.

»Und die Milli, was macht die?«

»Sie ist Kassiererin beim Kino. Für mich ein Kalvarium. Den ganzen Tag schusselt sie im Haus herum, räsoniert, läßt uns spüren, daß wir nur geduldet sind. Und vor allem kujoniert sie mich. Gottlob ist in letzter Zeit oft Matinee. Damit sich das Volk an die sowjetischen Filme gewöhnt.«

Was sich Frau Ottilie nicht hatte vorstellen können: daß Arbeit so unterhaltsam sein könne. »Ja, irgendwie versteh ich deine exaltierte Mutter, die sich nicht genug daran tun kann, halbtote Fische zu sortieren. Im Nu verfliegt die Zeit. Früher war es beim Aufwachen immer die gleiche Frage, die mich angähnte: Wie schlägst du die Zeit tot bis zum Abend?«

Die Großmutter war so angeregt von ihrem neuen Tun, daß sie sich nur flüchtig umsah. »Nett hast du es hier. Doch wirst auch du dir eine Arbeit suchen müssen. Was ist das für ein Mordsding?« Und sie zeigte auf den Riesenhammer. »Mit dem kannst du dir jedes Tier und jeden Räuber vom Leib halten.«

»Gehört einem Hirten. Vielleicht werde ich sein Lehrbub.«

»Auch nicht schlecht.« Und fuhr fort: »Weißt du, das Kochen, das ist Kunst und Fertigkeit zugleich, Artistik und Technik. Alles muß gelernt sein. Am schwierigsten ist das Hantieren mit der Menge. Was an Zutaten und Beiwerk in ein Gericht kommt, merkt man sich bald, aber das Wieviel und das Wielang, das richtige Dosieren und das Tempo, das mußt du im Gefühl haben, da hilft keine Waage, keine Sanduhr, kein Kochbuch. Schon die Angabe: Nimm eine Prise Salz ... Das wird nicht in Gramm gemessen, das muß man in den Fingerspitzen haben. Fingerspitzengefühl, in unseren Kreisen ein oft gebrauchtes Wort; erst heute geht mir auf, das hat in der Küche seinen Ursprung.«

Vielleicht eher in einer Arztpraxis, dachte Clemens. Aber er schwieg. »Und wußtest du, daß man die Zeit beim Kochen in Vaterunser messen kann?« Er wußte es nicht. »Doch jetzt wird gefuttert. Herbei mit dem Picknickkorb.« Die Dame winkte dem Kutscher.

»Sie wünschen, gnädige Frau?«

Doch besann sie sich eines andern. »Nichts, nichts. Tun Sie das Ihre weiter, lieber Francisc. Oder heißen Sie Ferenc?« Frau Ottilie sprach rumänisch.

»Wie beliebt. Auch Franz können Sie zu mir sagen«, erwiderte er auf deutsch.

»Nichts, nichts, lieber Herr Franz. Ich vergaß im Moment: Wir sind nicht mehr, was wir waren. Das Befehlen müssen die anderen lernen. Die Zeiten haben sich geändert. Selbst ist der Mann!«

Die Großmutter erhob sich von ihrem steinernen Sitz, indem sie sich auf den Kopf des Buben stützte, ging zur Kutsche und holte einen Rutenkorb. Ein Tisch entstand aus einem Brett, das Francisc auf zwei Steine legte. »Unsere Jause. Doch müssen wir uns beeilen, bald muß ich meinen Dienst antreten: den Tisch decken, abwaschen.«

»Und das läßt die Rosa zu?«

»Eigentlich nicht. Aber ich will es lernen.«

Es wurde ein fröhliches Frühstück, zu dem die Großmutter auch den Kutscher bat: »*Veniţi domnule Francisc, o gustare.*« Der lehnte ab in der Sprache, in der man ihn angesprochen hatte: »*Prima dată animalele.*« Zuerst die Tiere. Nach wie vor verscheuchte er mit dem Weidenwedel die Fliegen. Es summte und rauschte.

»Jetzt kriegst du einmal gut zu essen. Aber verhungert siehst du nicht aus. Mein Trost ist Johannes der Täufer: Der nährte sich von Heuschrecken und Honig. Bei uns findet sich in Flur und Wald mehr und Besseres als in der Wüste. Zum Beispiel, schau dort, Sauerampfer!«

Der Rauch von Frau Ottilies Zigarillo, zartblau wie der Himmel, erweckte in Clemens eine Sehnsucht nach früher, rüttelte ein heftiges Verlangen wach, daß alles Jetzige nicht sein möge oder bald zu Ende wie ein böser Traum. Es schnürte ihm die Kehle zu. »Dies hier ist nur vorübergehend«, sagte er.

»Vorübergehend«, erwiderte die Großmutter nachdenklich. »Wünschst du dir wahrhaftig, daß dies alles vorübergeht? Oder daß unser vorhergehendes Leben uns einholt? Merk dir: Der Augenblick gilt, die Gegenwart heißt es ausschöpfen. Nicht erst morgen beginnt dein Leben, sondern heute will es sich entfalten. Die Bibel, die ist mir ein zu frommes Buch. Aber mein Konfirmationsspruch, ich habe ihn seit kurzem verstanden: ›Heute ist der Tag der Gnade, heute ist die Zeit des Heils.‹ Übrigens hat der Keleti versprochen, daß sie mich im Reitstall von deinem Großvater unterbringen wollen. Mein Gott, ein nobles Quartier. Wie gut hatten es unsere Pferde. Blitzblank ihre Wohnstätte, sauber wie eine Apotheke. Oder in der Remise. Dann hast du ein Logis dort, regelmäßige Mahlzeiten, ein kleines Zuhause. Bis dahin lerne ich, mich allein im Haushalt zurechtzufinden. Und lerne für einen zweiten Menschen sorgen. Du freilich mußt verdienen gehen. Auch für die arme Rosa ist es das beste, wenn ich wegzieh. Kaum schafft sie es noch, in unserer Schlafkammer ins Stockbett zu klettern. Und der giftgrüne Drache von Milli will mich mit aller Macht weghaben. Sie hat ja recht.«

»Die arme Rosa«, sagte Clemens, »sie wird sich gewöhnen müssen, wie wir alle. Letzten Endes ist von unserer Familie noch niemand närrisch geworden. Und wir haben ja mehr verloren als sie. Oder?«

»Sie hat einen Posten als zweite Köchin in einer Arbeiterkantine gefunden: *Igiena Progresistă*. Am schwersten ist für sie, daß jemand sie herumkommandiert. Und daß niemand mehr den Hut vor ihr zieht. Jeder Grünschnabel, ein sogenannter Werktätiger, kann sie anblasen, jede ehemalige Dienstmagd, nun stolze Arbeitsmaid, sie herumpudeln. Und dann das ewige Genörgel ihrer sauertöpfischen Cousine. Doch jetzt wird gefahren!«

Clemens hielt sie am Ärmel zurück. »Warum sind meine Eltern nicht nach Rußland gegangen?«

»Der Otto? Der ist doch ein bekannter Fabrikant gewesen. Was hätte er dort suchen sollen? Und deine Mutter, eine verwöhnte Dame?«

»Genau das ist der springende Punkt. Es hieß doch eindeutig: Alle Deutschen haben sich zu stellen. Die Männer von siebzehn bis fünfundvierzig, die Frauen von achtzehn bis dreißig. Nirgends stand geschrieben: nur das gemeine Volk.«

»Bitte, dein Vater hat sich eingesetzt für seine sächsischen Angestellten. Er hat eine Liste bei der sowjetischen Kommandantur eingereicht und alle für unabkömmlich erklärt, für kriegswichtig.«

»Ja, und weiter? Sind die dann nicht ausgehoben worden?«

»Gewiß. Alle mußten gehen.«

Clemens hob den Kopf und sah seiner Großmutter geradewegs in die Augen: »Alle, bis auf meinen Vater?«

»Was willst du, mein Bub? Es gibt Situationen im Leben, wo jeder sich selbst der nächste ist. Rette sich, wer kann.«

»Und die höhere Pflicht? Glaubst du, Isabellas Vater hätte sich nicht verstecken können, dem reichen Konditor Albertini sein Schwiegersohn?«

»Das ist etwas anderes. Der ist Lehrer. Der muß mit gutem Beispiel vorangehen.«

»Aha. Und die Pfarrer?«

»Die hatten Glück, die wollten die Sowjets nicht haben. Der Pfarrer von Sommerburg war schon im Viehwagen: Mit einem Fußtritt haben ihn die Russen hinausbefördert. Der sagt seit damals: der angenehmste Fußtritt meines Lebens.«

»Und wie war das mit unserem Stadtpfarrer Seraphim? Hat

zwei Söhne im Krieg verloren. Hätte sich verstecken können wie auch meine Eltern. Und hat sich freiwillig gestellt. Gesagt haben soll er: Wo meine Gemeinde leidet, leidet Christus. Wo Christus leidet, dort ist mein Platz.«

»Mein Sohn, das sind alles Idealisten. Und Idealisten sind unheimliche Exemplare der Gattung Mensch, ja manchmal gemeingefährlich.«

»Warum?« fragte Clemens verwirrt.

»Weil sie die Welt nicht so sehen, wie sie ist, sondern wie sie sein soll. Und nie sein wird. Und nun Ferenc, auf in die Stadt. Meine neue Herrschaft wartet. Die Kirche ist längst zu Ende.«

Im Davongehen sagte die alte Dame lächelnd: »Stell dir einmal vor, Zeit hast du ja, was für eine Figur deine Eltern gemacht hätten, im Viehwaggon und dann dort im Arbeitslager: Unser Otto, der nicht einmal eine Krawatte um den Hals vertrug, auf dem Bauch Tausende Meter unter der Erde liegend und Kohle herausschabend. Und deine überspannte Mutter, Kukuruz brechend.«

»Mein Vater hockt im Loch. Und du arbeitest als Küchenmagd.« Fast böse rief er das der Großmutter nach. »Und meine Mutter?«

»Ah, deine Mutter, die nimmt Fische aus.« Doch die Ansichtskarte vom Schwarzen Meer hatte Frau Ottilie zu Hause gelassen. Sie blieb stehen und sagte tadelnd: »Es zeugt von keiner gelungenen Erziehung, wenn jemand um jeden Preis das letzte Wort behalten will, mein Bub. Adieu!«

Sie lehnte sich kommode in den roten Samtpolstern zurück, spannte einen verschossenen Regenschirm auf, drehte sich noch einmal um und rief ihrem Enkelsohn zu: »Merk dir das für dein späteres Leben: Für Anfänger in der Kochkunst eignen sich am ehesten Kümmelsuppe und Eierspeis. Die Leber enthäutet man bequem, wenn man sie mit kochendem Wasser übergießt. Und blanchieren, das klingt nach französischem Salon, ist aber ein Terminus technicus der Kochkunst. Jede ungebildete Köchin kennt ihn. So gibt es tröstliche Klammern zwischen oben und unten. Adieu nun ...«

Die Pferde zogen an. Der Falbe ließ den Schwanz gewaltig kreisen, es rauschte, und die Fliegen von beider Hinterteil flogen auf, während der feurige Sándor kläglich mit dem Stummel wackelte.

9

Isabella kam ebenfalls am Sonntag, gegen Abend, ihren Hund zur Seite. Das heißt, sie nahte. Ihre Aufmachung hielt die Mitte zwischen Spaziergang und Tanzunterhaltung. Spangenschuhe, zwar mit flachem Absatz, doch hätte sie mit ihnen bei jedem *thé dansant* brillieren können. Der dunkelgrüne Rock von Satin zeichnete den Schwung der Hüften nach, modellierte bei jedem Schritt die schlanken Schenkel und wurde unten weit, umwallte ihre Beine bis zu den Knöcheln. Das seidige Grün mit seinen Reflexen paßte zur schwarzen Dogge. Deren Fell war so glatt, daß sich darin nackte Sonnen spiegelten. Isabellas langen Hals zierte ein Seidentüchlein, meergrün. Die gelbe Bluse war raffiniert einfach im Schnitt: Der weite Halsausschnitt gab bei jeder Drehung des Rumpfes die eine, die andere Schulter frei. Ein Strohhut mit einem schwarzen Samtband schützte sie vor der Glut der Sonne. Den Sonnenschirm mit Elfenbeingriff benützte sie als Spazierstock. Die Haare waren hinten und seitlich aufgesteckt. Rote Korallen zierten als Clips die Ohrläppchen.

Die Dogge Leo lustwandelte an ihrer Seite, erhobenen Hauptes, doch mit einem trotteligen Gesichtsausdruck, wie das für alles Reinrassige exemplarisch ist. Es schien, als wisse der Hund, was die Leute von ihm hielten und was er ihnen schuldig sei. Zum Beispiel die Zigeuner am Rande der Stadt, sie hielten ihn für die Verkörperung des Teufels. Um das zu betonen, bleckte er die Zähne. Die Mütter vor den Lehmhütten, ein Kind an der Brust, ein Kind im Bauch, eines am Schürzenband, versteckten die restlichen Kinder hinter ihren geräumigen Kitteln oder stellten sie mit dem Gesicht zur Wand, bis die Gefahr gebannt war. Doch grüßten die Frauen nicht unfreundlich, wenn die Enkeltochter des Konditors Albertini sich zur Lehmkuhle verirrte. In der Konditorei gab es die billigen Zigeunerbusserl, die trotzdem süß schmeckten.

Isabella winkte Clemens schon aus der Ferne zu. Oben angekommen, reichte sie ihm die Hand im gehäkelten Handschuh und sagte: »Servus. In dieser *kalib* haust du also?«

Einen Augenblick stutzte sie, als sie seine Behausung musterte, die beflaggt war mit dem Sternenbanner. Er spürte sofort, daß etwas ihr Befremden erregte, sie verstimmte. Doch sie faßte sich, fuhr im Plauderton fort: »Du wirst zum Stadtgespräch. Übrigens, mit dem wirren Haar schaust du aus wie ein halber Heiliger.« Und fügte hinzu: »Ein halber Heiliger, denn das Irdische scheinst du nicht zu verschmähen.« Sie ließ sich auf dem Feldstein nieder, mit dem Rücken zu seiner Bude. Wegen des engen Rocks gelang es ihr gerade noch, die Beine übereinanderzuschlagen. Mit einem Feuerzeug zündete sie sich eine Zigarette an. »Du rauchst ja nicht«, sagte sie.

»Aber nun höre: meine große Entdeckung: das ›Kommunistische Manifest‹. Ein literarisches Meisterwerk! Schon wie es beginnt, mit einem Paukenschlag: ›Ein Gespenst geht um in Europa!‹ Ta-ta-taa! Das erinnert an die Schicksalssymphonie! Und dann diese Ökonomie der Sprache: das Gespenst des Kommunismus. Kein Wort zuviel.«

Clemens saß auf dem Baumstumpf der tausendjährigen Eiche. Seit einigen Tagen fühlte er sich nicht mehr wohl in seiner Haut. Seine Geduld wurde auf eine harte Probe gestellt. Der Hirte zeigte sich nicht mehr. Die Pfähle, mühselig in die Erde gerammt, verschandelten die Natur. Und Petra? Das einzige Signal von ihr war der fehlende Schwanz des Kutschengauls heute vormittag. Vielleicht hatte ihr Vater sie in den Keller gesperrt? Und Isabella, aufgetakelt wie eine Diva, erging sich vor ihm in Betrachtungen. Was bezweckte sie? Was sollte das alles?

»Und dann die wissenschaftliche Akkuratesse, mit einem Schuß von Genialem, visionär und exakt zugleich. Bedenke: Bei dem kargen Sachwissen von vor hundert Jahren wird mit Präzision vorausgesagt, wie die Geschichte der Welt weitergeht, ja enden wird. Keiner von den Unsrigen, denen es jetzt an den Kragen geht, dürfte sich beklagen, nicht informiert gewesen zu sein. Zu beklagen ist etwas anderes: daß keiner von uns das Manifest zur Zeit gelesen hat. Schon in unserer evangelischen Volksschule hätte man es den Kindern in die Hand drücken müssen, vor allem aber den Schülern der Gymnasien, damit sie die bourgeoisen Eltern aufklären. Und es empfehlen als literarische Lektüre.«

Clemens hörte mit halbem Ohr zu, während er seine Essensvorräte überschlug. Samt den Kräutern und Unkräutern aus Gottes Garten reichten sie für zwei Tage. Etwas mußte geschehen.

Langsam erhob sich Isabella, ordnete den Satinrock, der sich dekorativ um ihre Beine legte, öffnete die Wildledertasche und reichte ihm ein Päckchen aus Butterpapier: »Ischler, die schmecken dir. Du mußt sie gleich essen oder kühl lagern. Jetzt aber möchte ich gehen.« Ischler! Das war die Rettung nicht. Er bedankte sich artig, hielt ihr die runden, glasierten Tortenstücke hin, bat, sich zu bedienen. »Nein, danke, ich bitte nicht.«

»Kann ich noch etwas für dich tun? Ein Glas Wasser gefällig?«

»Wasser? Ja, bitte schön.« Sie spannte den Sonnenschirm auf: japanische Motive entfalteten sich als luftige Gebilde, exotische Schmetterlinge flogen davon. In einem gerielften Senfglas holte er frisches Wasser von der Quelle.

War der klobige Becher ihren Fingern zu schwer? Sie nippte

bloß und stellte das Glas auf den Boden.»So, ich mache mich auf, meine Großmutter wartet auf mich. Du weißt, gegen Abend am Sonntag spiele ich ihr vor. Doch erlaube noch eine letzte Frage: Was hast du dir an Lektüre mitgebracht?«

Zögernd sagte er: »Goethes ›Faust‹.«

»Ja, ja: entweder die Bibel oder ›Faust‹, das gehört sich so, wenn man Robinson spielt. Doch dazu gesellt sich immer ein Buch, das einem am Herzen liegt.«

Er tat sich schwer mit der Wahrheit. Endlich entfuhr es ihm: »Stalins objektive Gesetze.«

»Na bitte! Wunderbar. Warum hast du das nicht gleich gesagt. Es ist, als ob wir vierhändig Klavier übten: Marx, Stalin. Die objektiven Gesetze der Geschichte. Bleibt nur die Frage, wie unsereiner damit umgeht. Geht der Status verloren, muß eine neue Rolle her. Wie in Würde überleben, wenn das Standesgemäße wegfällt? Oder wie in eine andere Rolle schlüpfen und sich dennoch bewahren? Aber ich habe das Gefühl, mit dir kann man nicht mehr reden.«

»Nur zu«, ermunterte er sie.

»Wollen wir durchkommen, wäre es eine Variante, in die Haut derer zu schlüpfen, die Macht über uns haben. Mit ihren Augen sieht die uns vertraute Welt anders aus. Übrigens hätten wir längst auf sie zugehen sollen, noch vor ihrer Zeit. Das jedoch hat mit dem Opfergedanken zu tun.«

»Du redest bald wie eine der Altarschwalben um den Prediger Buzi Bimmel. Wer sich zum Opfer erklärt, macht sich letzten Endes lächerlich.«

»Laß mich ausreden«, sagte sie, und es klang gedrückt. »Gewiß, sich nähern, ehe man vereinnahmt wird. Und dennoch, den feinen Unterschied gilt es zu wahren, schon aus Selbstachtung.«

»Oder aus Hochmut.«

Sie ließ sich nicht aus dem Text bringen, fuhr mit gepreßter Stimme fort. »Das heißt, in diesem oder jenem unmerklich anders sein, den anderen um einiges voraus, zum Beispiel um eine Zigarettenlänge. Ich nenne es das Recht auf den subtilen Unterschied. Sieh: Diese überlange rote Sorte von Virginia gibt es bei uns nicht. Und darum rauche ich sie. So wie deine Großmutter Zigarillos raucht.« Sie brach ab, sagte unvermittelt: »Ich geh nun. Ja, der Besuch hier war sehr lehrreich.«

Plötzlich wünschte er, sie möge bleiben. Weshalb er das wollte, er wußte es nicht. Schon der Sonntagnachmittag als solcher – ein schwarzes Loch! Er allein auf weiter Flur. Es türmten sich die Traurigkeiten. Er fragte: »Was weißt du noch von deinem Vater?« Sie zögerte. »Habt ihr Nachricht aus Rußland?«

»Seit Jahr und Tag keine mehr. Damals hieß es, er sei nur noch Haut und Knochen. Immer wieder kommen sogenannte Arbeitsinvalide nach Hause, abgemagert bis aufs Skelett. Doch keiner weiß etwas von meinem Vater.«

Er faßte sich ein Herz: »Warum ist er im Januar 45 nach Rußland gegangen?«

Sie sah ihn kurz an: »Er hatte das Alter.« Und setzte sich wieder auf den Stein.

»Hätte er sich nicht verstecken können?« Schon bereute er die Frage, denn Isabellas Reaktion war abzusehen, ihre Antwort vorgegeben: Verstecken? Sicher hätte auch er sich verstecken können, wie so viele. Wie auch deine Eltern.

Sie sagte: »Gewiß. Unser Großvater war bereit, ihn in ein Kuchenhäuschen einzumauern. Aber mein Vater sagte: Es gibt eine höhere Pflicht. Und ließ sich abführen.«

»Höhere Pflicht?« Er bohrte weiter: »Wem gegenüber, was gegenüber? Einer Idee, dem Volk, der Menschheit?« Sie schwieg. »Was hat man davon? Verzeih, ich meine, was für einen Wert hat das Ganze? Persönlich, sozial?«

»Persönlich? Daß man vor sich besteht, sich nicht schämen muß. Und sozial?« Sie dachte nach. »In diesem Fall, daß du keinen Menschen auf dem Gewissen hast.«

»Ich weiß«, sagte er kaum hörbar. »Für jeden, der sich gedrückt hat, haben sie einen Schuldlosen verschleppt.«

»Eben. Die Zahl mußte stimmen. Die Gestorbenen reisten mit.«

Er schwieg. Sie sagte: »Aber vielleicht bedarf das Moralische keiner Begründung, steht für sich, jenseits jeder Zweckdienlichkeit.«

Die nächste Frage, die sich aufdrängte, verbiß er sich: Bist du der Meinung, die anderen hätten unmoralisch gehandelt? Und dachte verzweifelt: Was geht mit uns beiden vor? Nichts mehr verbindet uns. Alles trennt, jedes Wort vertieft die Kluft zwischen unseren Welten; der krasse Unterschied, so nennt man das wohl. Plötzlich hörte er sich sagen: »Isabella, willst du nicht ein kühles Bad nehmen? Schau dort, hinter dem Lehmdamm kommt das Wasser einem bis zum Hals. Oder leg dich in die Tränke.«

»Ein Bad?« Sie sah ihn zweifelnd an, schwieg, sagte schließlich: »Daran habe ich nicht gedacht. Ich habe keinen Badeanzug bei mir.«

»Den brauchst du nicht.« Er fügte mutig hinzu: »Wir sind hier allein.«

»Laß mich meinen Gedankengang zu Ende bringen. Durch das, was ich den subtilen Unterschied nenne, nicht nur den evidenten Unterschied, der ins Auge springt, sind wir auf eine verschwiegene Weise anders als die andern.«

»Hast du Angst, daß du deine Eigenart verlierst, wegen den objektiven Gesetzen?« fragte er nachdenklich. »Befürchtest du, daß die anderen dich mit Haut und Haar verschlingen, wenn du dich mit ihnen einläßt? Marx soll gesagt haben, im Kommunismus wird es stinklangweilig sein, weil alles gleich ist, alle gleich sind. Wohl haben die anderen die Macht, aber der Mensch ist unberechenbar, und darum fürchten sie ihn.«

»Es muß sich noch manches klären«, sagte sie ausweichend. »Bitte lach jetzt nicht. Zum Beispiel diese Nylonstrümpfe ... Im Geringfügigen spiegelt sich das Eigentliche. Sie stammen aus einem Care-Paket.« Isabella tippte mit der Schirmspitze auf den seidigglänzenden Rist ihres Fußes. »Von Amerika.

Kunstfaser. Eine große Erfindung, die Rumäninnen sind wie närrisch hinter ihnen her.« Mit gespreizten Händen umfaßte sie den Gürtel mit der Silberschnalle. Darauf lüpfte sie den Rock bis zum Knie: »Mehr wirst du ja nicht sehen wollen?« Und ließ ihn fallen.

Er hockte auf dem Eichenstumpf und versuchte krampfhaft, sich vorzustellen, daß sie vierhändig Klavier gespielt hatten. Erinnerte sich, daß sie ihn unlängst noch vor der Klosterkirche im Angesicht der Leute und Gräber geküßt hatte.

»In einem anderen Leben«, sagte er halblaut.

»Wie bitte?« Doch er wiederholte den Satz nicht. »Du hast recht. In einem anderen Leben bewegt sich jeder von uns. Dazu kommt, daß es neben dem täglichen Leben, unwirklich wie eine surrealistische Malerei, für jeden von uns parallele Lebensräume gibt. In die flieht unsereiner, zieht sich zurück, igelt sich darin ein, im geheimen, vielleicht unbewußt. Oder auch wie du es anstellst: offensichtlich, provokant! Ums nackte Leben geht es bei uns allen! Denn die wollen uns ja aus der Geschichte vertreiben, gönnen uns keinen Platz unter der Sonne.« Das junge Mädchen hatte sich in Eifer geredet, ihre Ohrmuscheln glühten. Sie sah zu ihm auf, warb um Verständnis.

Barsch sagte er: »In puncto Unterschied: Es sind krasse Unterschiede, die trennen, zum Beispiel dich und mich, und die du zusätzlich hochspielst, hier und vor mir. In punkto nacktes Leben: Das sind gedankenlose Metaphern, die du hochfahrend für dich in Anspruch nimmst. Wenn, dann geht es bei mir ums nackte Leben.« Und fügte bissig hinzu: »Kommt es dir tatsächlich nur auf subtile Unterschiede an, dann leg deine pompöse Kledasche ab, zieh dich aus, stell dich neben mich. Denn so, nur so, paßt du an diesem Ort zu mir. Zwischen dir und mir bliebe dann bloß der kleine Unterschied. Und wir nehmen ein fröhliches Bad in paradiesischer Unschuld.«

Sie sah ihn aus schmalen Augen lange an. Schließlich sagte sie: »Vielleicht.«

»Und nachdem wir gebadet haben, hilfst du mir Pilze klauben und ein Abendessen zusammenwursteln.« Er fügte böse hinzu: »Übrigens, mit deinen Nylonstrümpfen und deinen amerikanischen Zigaretten wirst du dich deiner Haut nicht wehren können.«

Sie barg das Gesicht in den Händen. Nach einer Weile sagte sie: »Du verstehst mich nicht. Darüber bin ich erstaunt und betrübt. Wer hätte das gedacht, du bist kaum zwei Wochen hier. Doch in einem hast du recht: Gravierende formale und, wie ich merke, intellektuelle Unterschiede zwischen uns beiden. Und die bleiben bestehen, selbst wenn wir, wenn wir ...«, sie überlegte, »zusammen Pilze klaubten. Doch sieh, es gibt auch anderes, wo ich versuche, über meinen Schatten zu springen. Manchmal schlüpfe ich zu den frischgebackenen Arbeiterinnen ins Haus nebenan. Ein putziges Völkchen, das dort im Dachstübchen haust. Ehemalige rumänische Dienstmägde, dann Mädchen aus der Unteren Gasse, auch Töchter von sächsischen Häuslern aus Schaas, Kreisch, Pruden. Eure Magdusch mittendrin. Die Adelheid Boltres hat die Mädchen im Quartier, ist selbst noch jung. Du weißt: Kriegswitwe, Stalingrad ...«

Clemens wußte Bescheid: Adelheid Boltres, ehemalige Mädelringführerin vom BDM, eine germanische Schönheit. Neuerdings sah sie beim Dr. Tannenzapf nach dem Rechten. Das war ein jüdischer Musiker ohne Familie, seit kurzem Kulturkader der Partei. Man kam in dieser Stadt aus dem Staunen nicht heraus.

»Die Boltres, die deutsche Seele, das blonde Gift. Streng gescheitelt. Immer in Schwarz, sie weiß, daß es ihr ein *vino încoa* gibt ...«

»Hübsch, dieses rumänische ›vino încoa‹, ›komm her‹. Ja, sie hat ein ›komm her‹.«

»Auf deutsch Sexappeal«, stichelte Clemens.

»Zu Unrecht wird sie angeschwärzt: Es ist der Neid der Besitzlosen. Oder die Mißgunst der häßlichen, verheirateten Frauen, die eine Bulldogge spazierenführen müssen, damit sich überhaupt noch jemand nach ihnen umdreht. Und der Dr. Tannenzapf, der ist eine Herrschaft.«

»Von dessen Familie weiß niemand etwas Genaues.«

Im November hatte man über versteckte Radioapparate von den Urteilen im Nürnberger Prozeß gehört. Und kein Wort darüber verloren.

»Genaues nicht. Aber denk nur an das entsetzliche Kürzel RIS, das unter unseren Leuten kursiert ...«

»Ein schlechter Witz«, sagte Clemens unsicher. »Und die Juden in unserer Stadt, sie schweigen. Also kann es nicht so schlimm gewesen sein ...«

»Ich frage dich eines: Wo ist die Familie vom Dr. Tannenzapf geblieben, die er nach Ungarn hat retten wollen, als die Deutschen hier anrückten und die Juden in der Moldau von den Rumänen zu Paaren getrieben wurden?« Sie wiederholte beinahe lautlos: »RIS, reine jüdische Seife. Und wenn das wahr ist?« Und sagte, hörbar: »Wir Sachsen müssen heute hier mindestens um unser Leben nicht fürchten. RSS: reine sächsische Seife.« Beide schwiegen.

Die Zeit verging. Langsam neigte sich der Nachmittag dem Abend zu.

Isabella nahm den verlorenen Faden auf: »Diese Arbeiterinnen bei der Adelheid im Quartier sind immer guter Laune. Was dort gelacht und gefleddert wird ... Bin ich mit ihnen zusammen, verliere ich jedes Gedächtnis an mich. Wunderbar. Und ich beneide sie.«

»Warum?« fragte Clemens.

»Das liegt doch auf der Hand. Weil sie ganz sie sein können, ohne sich fürchten zu müssen. Im Unterschied zu uns haben diese jungen Menschen die ganze Zukunft vor sich, wie das so schön heißt.« Für sie könne es jeden geschlagenen Tag nur besser werden. Und jeder Tag sei für sie voll köstlicher Überraschungen. Bereits machten sie auf elegant. »Sie haben ja außerhalb der Arbeit nichts zu tun, als sich zu pflegen. Alles abenteuerliche Neuigkeiten für sie: Pediküre, Maniküre,

Nagellack, Lippenstift, Kohlestift, Puder, bisher Signale aus einer höheren Sphäre, nur für Herrschaften. Diese elementare Freude, wenn ich sie schminke, ihnen beibringe, wie man die Fingernägel lackiert, ihnen die Locken wickle, du kannst dir das nicht ausmalen. Die Freude steckt an. Nachher zu Hause kommt mir mein Leben leicht und lustig vor wie das eines Schmetterlings, der von Blume zu Blume taumelt.«

Winzige Schweißtropfen bekränzten ihre Stirne. Einen Augenblick dachte er daran, seinen Hochsitz zu verlassen, neben sie zu treten und mit einem feuchten Tüchlein ihr Gesicht zu kühlen. Noch stand das Glas mit Wasser im Gras zu ihren Füßen. Doch sie hatte den Hut wieder aufgesetzt und sich unter den Schirm zurückgezogen.

»Dabei arbeiten die Mädchen schwer. Trotzdem geht es jeden Nachmittag bei ihnen zu wie im Fasching. Und spätabends flanieren sie noch über den Korso, picobello. Bereits machen sie sich lustig über Burschen mit schmutzigen Fingernägeln. Neuerdings plagen sie sich mit Seidenstrümpfen. Und stell dir vor: Sie tragen Strumpfhalter. Denn aus dem Gummiband rutschen die Seidenstrümpfe heraus, meinen sie.«

»Ich weiß«, sagte Clemens.

Sie stockte einen Augenblick, lugte unter dem Schirm hervor. »Manche wollen das Bakkalaureat ablegen, steuern die Hochschule an. Und sind auch noch freundlich zu mir, wenngleich ich nicht ihresgleichen bin.«

»Wegen der Nylonstrümpfe ohne Naht. Womit der feine Unterschied angedeutet ist.«

»Das wird sich in einigen Jahren sehr ändern. Dann könnte sich ein gewaltiger Unterschied herausbilden. Schau, sollte eure Magdusch es schaffen, Medizin zu studieren, könnte ich mir folgendes Szenario vorstellen: daß sie, die einst deiner Großmutter als Magd die Schnürsenkel zubinden mußte, ihr als Ärztin das Leben rettet, indem sie sie zeitgerecht zur Ader läßt.«

»Ein gewaltiger Unterschied, den du mit deiner feingesponnenen Taktik nie wettmachen wirst können. Übrigens tröste dich, du wirst immer anders sein als die emporgekommene Damenclique der Dienstmädchen. Deine Kinderstube hängt dir an wie der Katz die Schelle. Wir werden Fremde bleiben, wenn uns die objektiven Gesetze nicht niederwalzen. Allein wenn wir uns in die Hände spucken, könnten wir die Scharte auswetzen. Vielleicht werde ich Hirte«, rief er trotzig aus. Das Bürstenbinden behielt er für sich.

»Wie häßlich«, sagte sie.

»Was?«

»Spucken, dazu in die Hände spucken, pfui Teufel, das klingt so vulgär.« Sie seufzte. »Vielleicht sind diese Zeiten über uns gekommen, weil wir zu keinem Opfer bereit waren.«

»Schon wieder Opfer. Was heißt hier Opfer?«

»Wie bereits angedeutet: Freiwilligkeit im Selbstverzicht. Zögert man das zu lang hinaus, stehen die Mächte der Gerechtigkeit auf und schlagen einem aus der Hand, was man nicht von selbst herausgibt. Und das andere würde ich die Hingabe des Herzens nennen. Wie bei Tolstois ›Auferstehung‹.«

»Über die wir uns schon einmal gestritten haben ...«

»Nein, diesmal anders: Mich beschäftigt, wodurch es dem Fürsten Nechljudow gelungen ist, die Maslowa zu retten.«

»Die er zuerst verführt, der große Herr, damit er sie nachher großzügig retten kann.«

»Ich glaube so: indem er von sich aus auf sein bisheriges Leben verzichtet und sich mit ganzer Liebe ihr zuwendet.«

»Larifari. Das waren die Spielereien eines gelangweilten Mannes der Gesellschaft. Es ging ihm um sich selbst, nicht um sie. Außerdem öden einen die endlosen Monologe dieses utopischen Weltverbesserers an. Dein Marx mit seinem Manifest, liebe Isabella, kurz und bündig, wie es sich eben vor unseren Augen in die Welt hineinfrißt, müßte dich eines Besseren belehrt haben.«

»Wir kommen auf keinen grünen Zweig«, sagte sie tonlos.

»Du meinst also, wir hätten freiwillig unsere Villa räumen

sollen? Tolstoi hat seinen Grund und Boden an die armen Bauern aufgeteilt, doch seiner Familie ist genauso übel mitgespielt worden wie seinen adligen Genossen. Aber ich mach dir einen Vorschlag zur Güte: Du bewegst dich ja noch in der bürgerlichen Beletage, verfügst über die Freiheit zum Opfer. Alsdann: Zieh zu mir! Wir verbreitern meine *kalib,* daß Platz für zwei ist. Ernsthaft, ich habe ein Angebot als Hirte, vom *bade Timoftei.* Und in seiner Schafhalterei fehlt die Frau.«

Sie sagte: »Es ist spät.«

Er begleitete sie bis zum Fuß der Anhöhe. Plötzlich änderte sie den Ton: »Komm mich besuchen, wir könnten wieder Klavier spielen. Auch gibt es viel zu diskutieren. Sowieso mußt du in die Stadt kommen ...«

»Warum?«

»Zum Friseur.«

»Nein.«

»Begleite mich mindestens bis zur Kokelbrücke.«

»Nein!« Er kehrte ihr den Rücken und stieg zu seinem Ansitz.

»Komm, Leo, du bist ein echter Kavalier.«

Er rief ihr nach: »Deine Welt ist nicht mehr meine Welt!«

»Das hab ich bereits bemerkt.« Und Isabella wies auf Petras besternten Rock, der an der Bude hing, blau und lustig.

Der Hund Leo mißverstand den Wink, oder war es ein verabredetes Zeichen? Er stürzte sich auf das schlaffe Tuch, zerrte es knurrend hin und her, ließ nicht locker, bis er es herabgefetzt hatte. Sie sagte, ohne dem Tun des Hundes zu wehren: »Bei der Wahl deiner Vorhänge hätte ich dir mehr Geschmack zugetraut.« Und schritt davon, gefolgt von der Dogge Leo, die Floras besternten Kittel im Maul hielt, ein Kavalier.

Doch nach einigen Schritten kehrte Isabella um, der Hund hinter ihr. Vor dem Findling machte sie halt und stülpte ihm den Sonnenschirm über. Darauf nestelte sie am Hutriemen und nahm den Strohhut ab. Sie blickte sich suchend um und legte ihn auf eine Staude des Storchschnabels, die leise zu wippen begann. Ohne Clemens anzusehen, sagte sie: »Du hast recht! Es ist sehr heiß.«

Die junge Frau löste das Seidentüchlein vom Hals. Dann öffnete sie die Schnalle des Gürtels, den sie dekorativ auf den Sonnenschirm legte. Sie entledigte sich der Schuhe. Sie bog den Saum des Satinrocks um. Doch stieg sie nicht aus ihm heraus, sondern rollte die Strümpfe nach unten. Nun setzte sie sich auf den Feldstein und streifte sie behutsam von den Beinen. Mit Bedacht hing sie sie an einen Ast des Haselbuschs. Wahrhaftig, sie wiesen keine Naht auf.

Die Zehen gekrümmt, setzte sie einen Fuß vor den anderen. Die Schuhe trug sie in der Hand. Ihr Blick streifte flüchtig den Stauweiher. Sie entschied sich für die Tränke mit dem Quellwasser. Dort hob sie den giftgrünen Rock bis zu den Knien, mehr geschah nicht. Lange blieb sie ruhig so stehen, vertieft in den Anblick des Wassers, das glucksend über den Brunnenmund floß.

Auf sie zutreten, seine Hand an ihrer Haut kühlen – nie!

Isabella besann sich. Mit nackten Füßen schlüpfte sie in die Schuhe, schloß die Spangen. Sie schüttelte den Kopf, die Haare lösten sich aus der Verknotung und fielen bis zu den Schultern. Als sie sich aufrichtete, war ihr Gesicht von Haarsträhnen verdeckt. Dazwischen ahnte man die Augen. So näherte sie sich dem Eichenstumpf. Kein Wort fiel.

Mit einer Sorgfalt machte sie sich zurecht – Hut, Gürtel, Handtasche –, als sei alles an ihr von kostbarer Zerbrechlichkeit. Es erbitterte ihn. Doch er wandte keinen Blick von ihr: Wie sie ihre Waden befühlte, wie sie den Satinrock zurechtstrich, wie sie mit dem Seidentüchlein die Schweißtropfen von der Stirn wegtupfte und es dem Hund Leo neckisch um den Hals band. Dann: Wildledertasche auf, Puderdose heraus, ein letzter Blick in den Spiegel, der Hut wird zurechtgerückt ...

Petra schob sich vor sein inneres Auge: wie sie die lästigen Kleider von sich geworfen hatte, wie sie zwischen den Flammen getanzt hatte, wie sie sich im losen Malerkittel in die Stadt aufgemacht hatte, wie sie ...

Mit einer Handbewegung zum Haselbusch hin sagte Isabella: »Meine Strümpfe werde ich opfern, für dich. Du kannst sie als Devotionalien behalten. Wie es beliebt.« Sie spannte den Sonnenschirm auf.

Begleitet vom Hund Leo, entfernte sie sich. Ihre Füße staken nackt und bloß in den Schuhen, wie bei einer Dienstmagd. Unten beim Feld wandte sie sich um, auch der Hund verhielt den Schritt. »Ach«, sagte sie leichthin, »deine Welt wird bald meine Welt sein. Lies das Manifest, und du wirst begreifen: Alle landen wir in Lehmhütten.«

10

In der Nacht ging ein Schauer nieder. Doch Clemens war zu unglücklich, um sich zu freuen, daß kein Regentropfen durch sein Grasdach sickerte. »Ich bin unglücklich«, rief er lauthals in Wetter und Wind. Dazwischen hörte er den Wolf heulen. Und wer rüttelte an seiner Laubhütte? War es der Bär? Der bedrängte Junge griff nach dem Riesenhammer, verscheuchte mit Geschrei alle Untiere. Doch die Hütte erbebte weiter. Endlich schlief er ein.

Im Traum erschienen ihm Petra und Isabella, beide nackt. Kein feiner Unterschied war abzulesen an ihrem Äußeren. Doch während die eine goldene Lackschuhe trug, hatte die andere glühende Eisenpantinen an.

Petras Vater kam. Der Genosse Andreas Schuffert radelte mitten am Vormittag herbei, in der Dienstzeit. Also war es ein amtlicher Besuch. Das roch nicht gut ... Clemens setzte sich vor seiner Hütte auf den Feldstein und vertiefte sich in den Stalin und dessen objektive Gesetze. Als der Agitator mit dem Dienstrad der Partei heraufkeuchte, wedelte Clemens mit dem

Buch vor sich hin, als fächle er sich Kühle zu oder verscheuche Fliegen. Dabei begutachtete er das Fahrrad: Marke Ideal, die sächsische Firma Schembra, Mediasch, die einzige Fabrik im Land, die Bizykel hergestellt hatte, war schon früh verstaatlicht worden. Doch bisher hatte man dort nur den neuen Markennamen zusammengebastelt: BIPRO, *bicicleta proletară;* kein Fahrrad hatte noch die Fabrik verlassen. Den Besitzer hatten sie in ein Arbeitslager am Schwarzen Meer gesteckt.

Clemens erhob sich, schwang sich auf den Baumstumpf und bot dem erschöpften Radfahrer seinen Platz an. »Hereinbitten kann ich Sie nicht, Herr Schuffert, in meiner Hütte ist bloß Platz für eine Person.«

»Genosse Schuffert hast zu sagen.«

Sanft gab Clemens zu bedenken: »Sie verfallen einem gefährlichen Irrtum, Herr Schuffert. Um Sie zu schützen, sage ich nicht Genosse zu Ihnen.«

»Wie das?«

»Nenne ich Sie Genosse, kann das nur zweierlei heißen: Entweder ich gehöre zu Ihnen, das ist schlimm. Oder Sie gehören zu mir, ja zu uns. Das ist noch schlimmer. Verlangen Sie das von mir, Genosse Schuffert, dann paktieren Sie mit dem Klassenfeind.«

Oinz Schuffert wischte mit dem Schnupftuch den Schweiß aus dem Gesicht, legte die Stirne in Falten und erwiderte: »Scharfsinnig gedacht.« Und mit einem Seufzer: »Was waren das doch für Zeiten, damals bei uns in der Kuchel ...« Und hielt wie ertappt inne. Er reckte den Oberkörper und sagte amtlich: »Die große Hitze verwirrt einem die Sinne, Genosse, pardon, junger Herr.«

»Und Sie mit Herr anzureden, das ist verboten, Herr Schuffert, durch das neueste Gesetz, daß jeder jeden mit *tovarăș, tovarășa* zu titulieren habe.«

»Ausgenommen die Extrawurst von die Pfarrer und die Popen. Und die Leut im Gefängnis, die nicht! Bist ein fixer Bursche, junger Mann. Aber irgendwie mußt du mir ja sagen, sonst können wir nicht zusammen reden. Weißt du was, sag mir Oinzonkel, oder wenn du gerade willst: Onkel Andreas. Ich hab die Genossen Rumänen von der Partei aufgeklärt, daß es bei uns Sachsen Onkel heißt, auch wenn einer kein Onkel nicht ist.«

Clemens könne hier nicht bleiben, erklärte der Bote der Partei. Alles, was hier stehe und liege, kreuche und fleuche, wachse und wuchere, gehöre allein dem Staat. »Ergo bist eingebrochen in fremdes Eigentum und hast dich bereichert mit fremdem Eigentum. Gehörst hinter Gitter als ein elender Rauber, der du bist.« Auch die windschiefe Hütte sei Diebsgut nach den eisernen Gesetzen des historischen und dialektischen Materialismus.

»Wie«, schrie Clemens empört. »Ihr sprecht von Diebsgut? Doch hier steht darüber nichts.« Und er fuchtelte dem Parteimann mit dem Stalin vor der Nase herum. Der sächsische Agitator nahm ihm die Broschüre aus der Hand, betrachtete eingehend den Titel und sagte: »Dann hast du den großen Genossen Stalin nicht richtig verstanden. Wie auch solltest du, wo du ein Burschua bist. Schau, den Dr. Oberth haben's gestern zur Miliz gebracht, mit einem Sack voll Diebesgut. Der alte Quacksalber und Halsabschneider züchtet jetzt Hasen, seit sie ihn zum Zigeuner Fănica bei der Lehmgruben ins Quartier gegeben haben.«

»Damit Ihr in seine Villa einziehen könnt. Eure Hühner sind große Herrschaften geworden.«

»Junger Mann«, sagte der Agitator nachsichtig, »du weißt eines, aber die Partei weiß alles.«

Er ließ sich nun doch auf dem Feldstein nieder, obschon er so zu Clemens aufschauen mußte, der über ihm thronte. »Du weißt ja nicht, du Naseweis, warum sie den Dr. Oberth zur Miliz geschleppt haben«, sagte er, den Kopf im Nacken. »Kannst dir vorstellen, was er im Sack versteckt hat?«

Clemens konnte das nicht. Und sagte auf gut Glück: »Louis d'or oder Mariatheresientaler.«

»Bist verrückt. So was sollst nicht mal denken. Wegen Gold tuns dir die Finger zerdrucken in den Daumenschrauben.«

Als wolle er ablenken, sagte er: »Und hast schon gehört? Es ist ein reiner Schkandal. Am Nachmittag trinkt der Doktor mit deiner Großmutter vor der Klosterkirchen Kaffee.«

»Das glaub ich nicht«, entfuhr es Clemens.

»Was glaubst nicht? Daß ich lügen tu?«

»Nein, daß meine Großmutter Kaffee trinkt. Am Nachmittag schmeckt ihr nur der Tee.«

»Is Katz wie Mitz. Und mich hat die Partei sogar zum Genossen Stadtpfarrer geschickt, daß der hohe Herr tut in Bewegung setzen Himmel und Hölle wegen deiner Groß bei die Gräber am Markt.«

Was der hochehrwürdige Herr denn gesagt habe, wünschte Clemens zu wissen.

Gefragt hatte der Pfarrer, ob sich der Andreas Schuffert an seinen Konfirmationsspruch erinnere. Der erinnerte sich. »Mit meinem Gott kann ich über jede Mauer springen.«

Oinz Schuffert stand in der Wiese und schaute zu Clemens empor, seufzte und beendete die Geschichte vom Diebstahl des Dr. Oberth: »Und dann geht der alte Scheps und macht lange Finger, mitten in der Stadt vor der Kirchen. Gras hat er in seinem Sack gehabt. Gestohlenes Gras.«

»Gestohlenes Gras? Das ist doch ein Witz. Außerdem gibt es um die Klosterkirche gar kein Gras, nur Kopfsteinpflaster.«

»Genau. Das Gras zwischen den Steinen vor der Kirchen hat er herausgezupft, der noble Doktor, wenn er mit deiner Alten fertig getrunken hat den Tee, vor all die Leute, und schämt sich nicht, der verdammichte Reaktionär. Und weißt, was der Colonel von der Miliz zu ihm gesagt hat, dem Rauber? *Furt din avutul obştesc.* Denn auch noch das Unkraut zwischen den Pflastersteinen gehört unserer teuren Volksrepublik.«

»Das heißt, daß ich diese elenden Sonnenblumenstengel gestohlen habe?«

»Genau!«

»Hier am Straßenrand verrotten sie. Mit Müh und Not hab ich mir aus denen ein Dach über dem Kopf zusammengemurkst. Wenn ich hier meine Zelte abbreche, bring ich diesen getrockneten Hundsdreck zu euch und leg ihn euch auf die Treppe zur Villa Oberth.«

»Auf das warten wir. Und paß auf, daß sie dich nicht vorher abholen.«

Versöhnlich fügte er hinzu: »Aber die Partei hat ein großes Herz und tut verzeihen. Ist der Genosse Doktor geworden Chauffeur bei der Partei.«

Zum blauen Rock seiner Tochter, der wie ein Sternenbanner über der Hütte wehte, sagte der mächtige Mann: »Kannst ihn behalten, den Rockpendel von meiner Petra. Der gehört sich her, weil er ist imperialistisch von wegen der amerikanischen Sterne. Aber jetzt ist Schluß mit lustig!« Und fügte mit einem tiefen Seufzer hinzu, und Clemens wurde es seltsam zumute: »Hast ihr den Kopf verdreht, junger Mann, meinem Herzpinkel. Will sie nicht mehr sein eine Proletariertochter. Hab ich sie geprügelt von wegen Diktatur vom Proletariat, daß sie hat Wasser verlangt. Meine Frau, die arme Erna, rote Augen hat sie bekommen wie eine Fledermaus, soviel hat sie geschrieen vor Kummer. Nützt alles nichts. Sie lacht uns aus, die Petra. Und alles wegen dir, junger Mann. Und sollst mir nicht sagen Onkel, nein. Aber sollst wissen: Es ist ein Gefrett mit die Töchter von der glorreichen Arbeiterklasse.«

Und plötzlich schien es Clemens gar nicht abwegig, daß sein Lebensweg so weiterlief: Petra und er, wie sie Bürsten banden im Souterrain der Villa von Dr. Oberth. Und eine Schar von Kindern, die sich eifrig beteiligten. Während die großen Buben den Pferden die Schweife kürzten, zogen die jüngeren den Kupferdraht aus oder schnitten die Haare in handliche Büschel. Aus der herrschaftlichen Küche mit den Glaswänden zum Garten hin hatten sich die Schwiegereltern herabgeflüchtet in die Wohnung halb unter der Erde. Die Schwiegermutter Erna knüpfte Fetzenteppiche. Vater Oinz las den Leitartikel aus der *Scânteia* vor, dem Parteiblatt. Und alle klatschten artig nach jedem Absatz, wie man das von den Sitzungen her kannte. Frau Alma Antonia brachte hie und da einen Fisch, denn auf Fische verstand sie sich nun wie niemand anders. Und Vater Otto schlich sich herbei, wenn seine Frau gegangen war, mit einer Handvoll Sonnenblumenkerne, die er als Dienstmann in seiner ehemaligen Fabrik zusammengekehrt hatte, ja, und an den Füßen rote Socken.

Um seinen Gast zu trösten, rief Clemens: »Onkel Andreas, es ist nicht gesagt, daß wir beide demnächst am 1. Mai nicht nebeneinander an der Tribüne auf dem Stalinplatz vorbeidefilieren werden, mit erhobener Faust!«

Diese Aussicht erschreckte den Agitator Oinz Schuffert so, daß er sich stehenden Fußes aufs Rad schwang. Noch konnte er hervorstoßen: »Gott bewahre!«

Das Fahrrad setzte sich von alleine in Bewegung und begann den Abhang hinunterzurollen, immer schneller. Der Mann tat etwas, was ein versierter Radfahrer nie tut: Er zog die Handbremse und vergaß, den Rücktritt zu betätigen. Das Fahrgestell schlug seitlich aus. Um ein Haar wäre er zu Fall gekommen.

»Nie!« schrie er: »So was nie!« Und hatte recht, was er gar nicht bedachte: Er, der erhabene Genosse Schuffert, würde keinesfalls im Staub der Straße vorbeimarschieren, vielmehr hoch oben auf der Tribüne stehen und winken. Stand er aber nicht mehr dort, sah nicht mehr herab auf die defilierenden Arbeitermassen, dann würde er auch nicht mitmarschieren. Weg von der Bühne!

Am Mittwoch kam Keleti. Er ließ sich vom Dr. Oberth im zweisitzigen Topolino herbeichauffieren. Schnaufend erstieg er die Anhöhe, probierte den Hackklotz aus, setzte sich auf den Feldstein. Seine Bauchfalten plätscherten über den Hosenriemen, seitlich ergossen sich Rinnsale von Schweiß. Er wischte sich abwesend mit dem Sacktuch über die Stirn. »Das waren noch Zeiten, als ich den Herrn Otto herkutschiert hab. Ich vorne auf Kutschbock, höher als alle *uraság,* und hinter mir echte Herrschaften. Aber die Zeiten haben sich geändert.«

Dr. Oberth stand mit leicht geöffnetem Mund dabei und erwartete weitere Befehle. »Setzen Sie sich, *doktor elvtárs.*« Doch der hob fragend die Achseln und sah ihm auf den Mund. Und setzte sich erst, als Keleti ihn anbrüllte, daß man es bis zur Kokelbrücke hörte. Und sagte mit Würde: »Sie müssen nicht so schreien, Herr Keleti. Ich bin nicht so taub. Und ein Genosse bin ich auch nicht.«

Keleti maß alles mit einem kurzen Blick, warf sich sodann in Positur und wurde amtlich: »Du kommst nun mit, Pup. Pack deine sieben Zwetschken. Partei ist Mutter von alle guten Dinge.«

Das veranschaulichte er ausführlich am Dr. Oberth. Mit dem kleinen Fiat des Doktors hatte die Partei schließlich auch den klapprigen Besitzer übernommen, beide verstaatlicht, wie es in der Stadt hieß. Dr. Oberth war von einem Tag auf den anderen als Chauffeur angestellt worden, zu beiderseitiger Zufriedenheit. Doch hatten nicht seine Fahrkünste den Ausschlag gegeben, sondern daß er taub war. Grundlegend erläuterte der Parteiaktivist Keleti den subtilen Unterschied zwischen blind und taub: Wer blind ist, sieht nicht. Wer taub ist, hört nicht. Wer nun sieht, der sieht allein, was er im Moment vor Augen hat. Wer aber hört, weiß Bescheid über das, was einer vorhat. »Sehen kann der *doktor bácsi* alles, die Partei versteckt sich nicht. Im Gegenteil, soll alle Welt ansehen die Errungenschaften von Regime!« Aber hören, was die Partei im Plan habe, das sei eine gefährliche Sache.

Seit kurzem hauste Dr. Oberth nicht mehr in der Lehmhütte beim Zigeuner Fănica Tulburel in dessen guter Stube. Dort hatte ein Genosse, ein übereifriger Linksabweichler, den Arzt einquartiert und dabei Lenins Gebot übersehen, daß vom Bürgertum alles an Gütern und Gutem übernommen werden müsse, was der Arbeiterklasse nützlich und dienlich sein könne, selbst Menschenware. Zur Strafe mußte der ideologisch falsch gewickelte Genosse auf die Wohnung des Doktors verzichten. Schuffert wurde sie zugeschanzt.

Doch so schlecht war es dem Doktor in der Zigeunerhütte nicht ergangen, wie es sich anhörte. Aus Ehrfurcht vor dem seltenen Gast hatten die Insassen allesamt die eine Stube geräumt, aus der die Hütte bestand, und ihm gleichzeitig das einzige Bett überlassen, wo ansonsten alle Familienglieder vom Urahn bis zum Säugling die Nacht verbrachten, die meisten sitzend. Die kommenden Tage tummelten sie sich im Freien. In den Nächten rückten sie um die Feuerstelle zusammen, während der Doktor, nur Haut und Knochen, unter dem Pferdekotzen fror. Das wurde besser, als er die Kaninchen in sein Bett nahm, die er mitgebracht hatte. Doch bildeten sie erst einen verläßlichen Pelzbelag, nachdem er ihnen Mohnkapseln ins Futter gemischt hatte. Nun sprangen sie nicht mehr entsetzt davon, wenn er sie in seinem Bett versammeln wollte, rasten nicht mehr im Zickzack über den Lehmboden. Daß er die Hasen bestrickt hatte, das brachte ihn bei den Hausleuten in den Ruch eines Hexenmeisters. Der Bulibascha gebot den Frauen, die Türöffnung und die Fensterluke innen und außen mit blitzblauer Farbe anzustreichen, gegen die bösen Geister.

Das Gras für seine Zimmergenossen raufte der verbannte Doktor nicht etwa aus dem Wiesengrund rundum – sein bourgeoiser Respekt vor dem Eigentum des andern hielt ihn zurück –, vielmehr rupfte er Gras und Unkraut aus dem Kopfsteinpflaster vor der Klosterkirche. Und meinte, damit ein gutes Werk von öffentlichem Interesse zu tun. Als die Partei das nicht gelten ließ – Staatseigentum war in Gefahr! –, erklärte er, daß Pflanzen, die ihre Kraft aus dem Totenacker zögen, fetter seien und den Hasen besser mundeten. Natürlicher Dünger, murmelte die Partei, ökonomisch gedacht, und erwog, die strotzenden Friedhöfe umzuackern.

Als einem, der nun dazugehörte, verschaffte die Partei Dr. Oberth ein Logis in der Luxusvilla des vormaligen Präfekten des Groß-Kokeler Komitats, Dr. Aurel Emilian Tatu. Dort hatte man ein Waisenhaus eingerichtet. Der Doktor hauste hinter einer Schrankwand im Erker mit wunderschöner Aussicht auf den Garten. Das Geschrei der Kinder und der Erzieher störte den schwerhörigen Mann wenig. Und wurde ein Kind krank, rüttelte man am erstbesten Schrank, der seine Behausung von der Eingangshalle trennte.

Dr. Tatu wiederum hatte man, um Platz zu gewinnen, aber auch wegen dessen royalistischer Überzeugungen, mit seiner Familie in ein türkisches Dorf der Dobrudscha am Schwarzen Meer verschickt. Vor Ort konnte er keine reaktionäre Propaganda treiben, weil kaum jemand von den Türken der rumänischen Sprache mächtig war, abgesehen davon, daß die Neuigkeit, es gebe keinen König mehr, noch nicht bis dorthin gedrungen war.

So füge sich eines ins andere, befand Keleti, und die junge Volksdemokratie schreite mit Riesenschritten vorwärts hinein in den Fortschritt und in eine herrliche Zukunft. »Jeder findet in der Republik seinen Platz, so oder anders!«

Clemens stellte eine Frage, in den gängigen Formeln, die er sich just angeeignet hatte: Wie stehe es in diesem Fall mit dem Klassenkampf, wo doch nichts stimme: *originea socială* und *politica înainte de 23 August 1944*, weder die soziale Herkunft noch die vormalige politische Einstellung vom Dr. Oberth als Bürgerlicher und Sachse?

Keleti argumentierte folgendermaßen, und der Doktor spitzte die Ohren: Sein erstes Glück sei, daß man ihn schwerlich als Ausbeuter einstufen könne. Seine Ordination sei eine Einmannfirma gewesen. Als Urologe habe er sich auf Urinproben spezialisiert. Keleti bemerkte scharfsinnig: »Muß man nur sehen und riechen. Und trübt man kein Wässerlein. Ist der Mensch in seiner Intimität sehr gleich, und überhaupt, wenn es geht um Pischulanz.«

So war's: In seiner porösen Nase verwahrte der Unterleibsdoktor die Gerüche aller Harnausscheidungen von Herr und Knecht, Dame und Dienstmagd, Bauer und Edelmann. Er brüstete sich: »Ich kenne die Unterleiber der halben Stadt und aller Dörfer rundum. Ungeachtet des Geschlechts, der Nationalität, des Standes und der Religion riechen sie ähnlich miserabel.« Dieses völkerverbindende Tun und Lassen, dazu im Alleingang, war des Doktors erstes Glück.

Keleti fuhr fort: »Und keine deutsche Frau, sondern eine Russin. Nur schade, daß sie ist Russin seit zwanzig Jahren und nicht nur seit jetzt. Dann ist noch gut, daß sie war nur arisch und nicht germanisch. Auch ich: arisch, aber nicht Herrenrasse. Sein drittes Glück ist gewesen, daß er hat gehabt kaputte Ohren. Konnte nicht marschieren in Deutsche Mannschaft.«

Genau: Wie sollte er gehorchen, wenn er nichts hörte? So war er nur Mitglied im Jagdverein der Deutschen Volksgruppe gewesen und Mitarbeiter an der Zeitschrift *Die Deutsche Jagd in Großrumänien*.

»Hab ich oft kutschiert Herrn Otto und Genosse Doktor zu Hetzjagd von Wildschweinen in die Wälder von Kreisch und zu seine Durchlaucht, Fürst Kinizsi in Malmkrog.« Es war eine besondere Freude für die Wildschweine, behauptete Keleti, von deutschen Jägern totgeschossen zu werden. »Schießen deutsche Jäger akkurat. Nicht piff, paff, puff, sondern piff und tot. Deutsche Arbeit!«

Daß der Doktor trotzdem seine Villa hatte räumen müssen, das sei eben der Klassenkampf. »Wer hat viel, verliert viel. Wer hat zuviel, der verliert alles. Ha, ha!« Aber jeder halbwegs gerecht denkende Mensch mit gesundem Menschenverstand müsse auch das andere sehen: daß er als ewiger Witwer, denn die Prinzessin werde sich hüten, zurückzukommen, allein in einer so riesigen Wohnung hause, wo eine große Familie kommode Platz fände, »das ist, das hat ...«

Clemens half aus: »Das hat mit der ausgleichenden Gerechtigkeit zu tun, mit der Balantze, dem Klassenkampf.«

»Bravo!« Und damit hatte auch Keletis Mission hier zu tun. Er sah sich um. »Na also«, sagte er schmunzelnd, »bist endlich ein Mann geworden von Kopf bis Arsch.« Vom Ast der

Haselnuß baumelten Isabellas Strümpfe, am First seiner Hütte flatterte der zerrissene Rock Petras. Den hatte Leo, der Kavalier, achtlos fallen lassen, und Clemens hatte ihn unten bei der Wegbiegung aufgelesen.

»Oijoijoi! Hast gleich zwei Mädchen den Kopf verdreht. Nein, hast sie gebracht zum Fallen. Bist ja wie ein Stachanow. Wie sagt Herr Otto: ein Schwerenöter! Ein Heißsporn. Wird sich freuen, dein Vatter. Bravo. Eine Marischka ist fortgerannt ohne Kittel, die andere ohne Strümpf, beide mit nacktem Hintern. Ha, ha! Bist ärger als ein ungarischer Paprika. Ein echter *boksász*, wie wir Ungarn sagen, ein Sachsenbock.«

Clemens wand sich wie ein Regenwurm, aber er erwiderte nichts. Mit einer Haselrute angelte Keleti sich die amerikanischen Strümpfe, begutachtete sie von allen Seiten, roch an ihnen, schüttelte den Kopf: »Pfui Teufel. Riecht nach Kapitalismus.« Er schleuderte sie im weiten Bogen zur Tränke hin, wo sie vom Rinnsal davongeschwemmt wurden: »Verdirbt unsere Frauen.« Floras bunten Rock deutete er so: »Ist Kittel von Mädchen aus Untergasse. Halte dich daran. Aber mußt du gewesen sein wie wahnsinnig, daß ist Rock so zerfetzt! Armes Waserl.«

Darauf wandte er sich ernsten Dingen zu. Mit drei Fußtritten machte er die Hütte dem Erdboden gleich. »Gefällt Partei nicht.«

Denkbar einfach war deren Plan: Arbeiter sollte Clemens werden, in der Porzellanfabrik *Aurora Purpurie,* bis vor kurzem Laetz und Schmidl. »Damit du ausschwitzt dein reaktionäres Blut!« Dazu das Abendlyzeum besuchen. »Hast Köpfchen, machst nachher Ingenieurschule in Bukarest. Zuletzt kannst werden Chefingenieur. Braucht Partei gescheite junge Leute. Zuerst aber mußt helfen bei dein Großvater seinem Reitstall, daß deine Großmutter soll haben, wo trinken ihren Tee und Kaffee in Schlupfwinkel, nicht auf Burgplatz.«

Schwerfällig stapfte Keleti zur Tränke, legte den Mund an die Ausflußrinne und schlürfte in gewaltigen Zügen, es schien, als senke sich der Wasserspiegel im Trog. Dr. Oberth klappte dienstbeflissen den Notsitz auf, stopfte den Koffer hinein und noch einige Sächelchen. Keleti zerrte Clemens nach vorne ins Auto. »Hock auf meine Knie, bist dort gesessen als Pup genug.« Dr. Oberth schwenkte die Windschutzscheibe nach oben, damit die Knie des Jungen Platz bekamen.

Auf dem Weg zur Stadt begann Keleti sich für die Jagdabenteuer der Vergangenheit zu begeistern. Mein Gott, die Treibjagden des Fürsten Imre Kinizsi in den Wäldern zwischen Kreisch und Malmkrog, sie hätten drei Tage gedauert. In den Nächten aber wurde gefeiert. Nacht für Nacht ein Fest von oben bis unten, vom Fürsten im Rittersaal bis zum letzten Hofhund im Zwinger. »Hatte der Fürst ein Herz für alle!« Die Zeit hörte auf: Alle Menschen waren gleich, und die Hunde dazu. Geschlafen wurde nicht. Tagsüber setzte man den Wildschweinen nach. Der alte Fürst führte die Jagdgesellschaft an, hoch zu Roß: »Auf einem schwarzen Rappen mit feurigen Augen wie der Teufel.«

Und weiter verlor sich Keleti in Erinnerungen: »Seine Durchlaucht, *fenséges,* ein Edelmann von echtem Schrot und Korn, prächtig wie ein Szekler Hengst.« Das ganze Geschlecht der Kinizsi habe aus legendären Männern bestanden. »Mit solchen Schwänzen ...« Keleti stieß den Bauch nach vorne, daß der Junge mit dem Kopf an das Verdeck rührte. »Bist ja nun ein Mann, Pup, und weißt, was das ist! Mit Schwänzen, so gewaltig wie der Nudelwalker von eurer Rosa und wie der *doktorbácsi* nie unter seinem Mikroskop hat studiert.«

Und verlor sich an die Legende über das berühmte Fürstengeschlecht aus den sächsischen und ungarischen Lesebüchern Siebenbürgens:

Als einst ein türkisches Heer Schäßburg von der Dendorfer Höhe her belagerte, fiel ein Vorfahre des Fürsten Kinizsi dem Pascha mit ein paar tollkühnen Mannen in den Rücken. Mit einem einzigen Schwerthieb durchbohrte der großmächtige Held den Pascha und nagelte ihn an den Elefanten, auf dessen

Rücken der sein Standquartier aufgeschlagen hatte. Das Schwert drang durch den Leib des Türken bis ins Herz des Tieres. Niemand vermochte es herauszuziehen. Die Feinde flohen. Der Despot und sein Elefant starben eines qualvollen Todes und mußten gemeinsam begraben werden, eine riesige Unternehmung. Hoch zu Roß befehligte der ungarische Edelmann das Monsterbegräbnis mit dem Streitkolben. Schwert hatte er keines mehr. Die sächsischen Zimmerleute der Stadt wetteiferten im Zusammenbauen einer Hebebühne, Scharen von Zigeunern hoben das kolossale Grab aus, die rumänischen Fronbauern karrten die Erde weg, ihre Weiber stimmten die Totenklage an. Doch kein Geistlicher mochte über die heidnischen Kreaturen den letzten Segen sprechen. Man mußte den katholischen Bischof von Weißenburg herbeikutschieren, der den Mut hatte, einen Ungläubigen christlich zu begraben. Am Abend aber, als die Lagerfeuer loderten, griff sich der Fürst einen toten Türken mit den Zähnen und führte den Siegesreigen an.

Auch der Nachfahre, Fürst Imre, ein wahrer Held. Doch über dessen Heldentaten von heute schwieg sich Keleti aus. Und dazu ein echter Mann! Fünf Frauen hatte er begraben; zuletzt wagte keine mehr, sich von ihm zum Traualtar in der Burgkapelle führen zu lassen, keine Bürgerstochter, kein Bauernmädel, geschweige eine *grófnő*.

Es tue den Weibern nicht gut, wenn es in den Lenden des Mannes zu heiß hergehe, meinte Keleti und schnaubte melancholisch. Er drückte Nase und Mund an den Rücken des Jungen und nuschelte seine Geschichten in dessen Hemd hinein. Heiß überrieselte es Clemens, der auf seinem Schoß hin und her geschaukelt wurde. Der Parteiaktivist jedoch entglitt immer mehr der Gegenwart mit ihren neuen Maßen und Normen.

Wie gesagt: Zwölf Stunden wurde beim Fürsten Kinizsi gejagt, zwölf Stunden wurde gefeiert, und das drei Tage hindurch. Eitel Vergnügen herrschte bei hoch und niedrig, es wurde geschwelgt und gepraßt, im Palas, in der Küche, im Gesindehaus, im Burghof und in den Heuschobern. Im Wallgraben wurden schwimmende Scheiterhaufen entzündet, deren Widerschein bis in die Stadt hinüberleuchtete. An den Freudenfeuern ergötzte sich das Gelichter aus den Wäldern und den Landstraßen, fürstlich bewirtet mit Wein und Hausbrot, Wurst und Krautsuppe. »Ist der Fürst gewesen Vater von alle guten Dinge!«

Im Rittersaal tafelten die durchlauchtigsten Herrschaften und die erlauchten Jagdhunde. »Jawohl, *fenséges* auch die Hunde! Sie haben Stammbäume wie unsere ungarischen Adeligen, haben Ahnenpässe wie ihr Sachsen, vom Hitler befohlen.« Mit Bedacht war der Saal mit Steinfliesen ausgelegt, damit die erlesenen Tiere sich nicht verletzten. Wären es Dielen gewesen, hätten die Hunde sich Holzsplitter in die kostbaren Zungen einziehen können, während sie die Happen aufleckten, die von der Herren Tische fielen. Und unten zwickten die Knechte die Mägde ins Gesäß, daß man deren Kreischen bis zum Bergfried hören konnte. Tags darauf aber kühlten sie beim Bach die nackten Ärsche und zählten gegenseitig die blauen Flecken. Zur Wildsaukönigin wurde gekürt, wer die meisten Treffer auf seinem Gesäß vereinigt hatte.

Die Kadenz solcher prasserischen Abende im Kastell zu Malmkrog wurde eingeläutet, wenn die Zigeunerkapelle nach einem Tusch auseinanderfiel, jeder der Musikanten davonstob und den Damen, den Herren die gewünschte Weise ins Ohr fiedelte. Bis nach Schäßburg hörte man die schwermütigen oder aufreizenden Tonfolgen. Die Sachsen und Rumänen, die Armenier und Juden der Stadt, die zur Steilau pilgerten oder zur Villa Franca, nachdem das Geböller in den Wäldern aufgehört hatte, riefen sich zu: »Jetzt spielen die Zigeuner jedem einzelnen der Gäste seine Lieblingsmelodie ins Ohr. Die Herren zerreißen die teuren Geldscheine und kleben die eine Hälfte mit Spucke den Musikanten an die Stirne. Und sind sie mit dem Gegeige zufrieden, die zweite Hälfte dazu. Den Champagner aber trinken sie aus den Tanzschuhen der Damen. So treiben es die Madjaren, sie schonen sich nicht. Sie waren schon immer Herrschaften.«

Ungarische Pfarrfrauen tanzten Csárdás auf den Tischen im Rittersaal. Bei jeder Drehung schleuderten die frommen Frauen mit ihren Lackschuhen einen Becher an die Wand, daß sich geheimnisvolle Muster bildeten aus Weinflecken rot und weiß. Deren tieferen Sinn versuchten die Gäste zu vorgerückter Stunde zu erraten, in gewagten Bildern und Geschichten.

Und schließlich schwärmte Keleti von sächsischen Lehrerinnen, die zwar nicht heiraten durften nach dem strengen Gesetz der Augsburgischen Kirche, die aber am Morgen von den Stallknechten mit der dreizinkigen Gabel aus dem Heu gekitzelt wurden, in inniger Umarmung mit den Förstern und summarisch bekleidet, und die sich aufrichteten mit trunkenen Augen und mit Brüsten, voll und rund und schwer wie die Kieselsteine im Wildbach.

Es ging zu wie im ewigen Leben. Und mittendrin, zwischen Gesinde und Herrschaft, Keleti auf seinem Kutschbock, hocherhoben über die Herren und das Volk. »Das waren noch Zeiten! Doch die Zeiten haben sich geändert.« Er seufzte so gewaltig, daß der Topolino ins Schleudern geriet und sie alle drei um ein Haar in den Graben gekippt wären.

Endlich hatten sie das Ziel erreicht. Der mächtige Mann sagte mit erloschener Stimme: »Wie, sind wir schon da?« Er lud Clemens vor dem Reitstall seines Großvaters ab. Dort hatten die Bauleute ein Zimmer halbwegs fertiggestellt. Es roch nach Mörtel. Auf dem Fußboden lagen Hobelspäne, die den frisch gedielten Boden schützten.

»Schlafst drüben in einer Krippen. Fürs erste. He, János!« Er befahl einem Handlanger, Hobelspäne in die Krippe zu schütten. »Ist Sommer. In der Nacht kannst herbringen Frauenzimmer, wieviel du willst. Aber immer nur eine auf einmal. Und morgen kutschierst deine Großmutter her. Hier, unter diesem Baum, könnt ihr Tee trinken ein ganzes Faß. Und übermorgen um sieben bist bei mir im Büro, ordentlich angezogen, aber ohne Krawatten, gefällt Partei nicht.«

Dr. Oberth stand in respektvoller Entfernung, mit offenem Mund, die Hand am Ohr, und harrte der Befehle. Keleti aber nahm Clemens beiseite, klemmte dessen linkes Ohr zwischen Daumen und Zeigefinger, drehte es zur Spirale und zischte: »Schreib dir hinter deine Ohren: Gehörst jetzt zu uns. Hast zu reden, hast zu schweigen! Zum Volk redest, was die Partei dir sagt. Zur Partei aber redest, was das Volk sagt, alles und jedes Wort. Hast gehört? Und sonst schweigst. Schweigst wie der Dreck im Gras. Wie der Doktor dorten. Und merk dir: Wer nicht ist für uns, der ist gegen uns! Und wer ist gegen uns, der ...«

III

Im Feuerofen

11

Trotz der treibenden Nervosität der Partei dauerte es, bis aus dem Reitstall eine Wohnung geworden war. Und mit der Anstellung klappte es auch nicht. Keleti nahm den Buben einstweilen zu sich. »So stellen sich die Zeiten auf den Kopf. Hab ich gewohnt bei euch, große Herrschaften, im Stall und im Keller, wohnst bei mir im Paradezimmer.« Seine Frau, die Margitnéni, brachte Clemens in der Stube unter und bereitete ihm auf dem Sofa ein Lager. Mit dem kostbarsten Spitzengrund deckte sie ihn zu, die gute Néni, die ihn noch vor seiner Mutter zu Gesicht bekommen hatte: Bei seiner Geburt hatte sie warmes Wasser und die Windeln bereitgehalten. »Legt der spinnerte Keleti den Buben nieder in die Krippen mit Hobelspäne, nicht einmal auf Stroh wie unser Herr Jesus Christus. Kann er sagen, was er will: Herr bleibt Herr. Der arme Herr Otto ...«

Zu früher Morgenstunde schickte Keleti den Jungen zur Personalabteilung der Porzellanfabrik.

»Allein?«

»Allein«, brummte Keleti. »Redst wenig, redst nix.« Der Kaderchef der Vereinigten Werke *Terra Rossa*, dieser Herr über die Lebensläufe seiner Angestellten und die Zukunft der Antragsteller, ließ den jungen Burschen an der Türe stehen. Hinter seinem Schreibtisch studierte er Papiere, indem er mit dem Finger die Zeilen entlangfuhr. Oder er hielt ein Blatt lange vor die Augen. Schließlich riß er ein Papier an sich, sprang auf und postierte sich vor dem Schreibtisch. Dekorativ auf das pompöse Möbelstück gestützt, fuhr er den Bittsteller an: »Du in die Porzellanfabrik, dieses Schmuckstück der Partei? Und dort geradewegs zum Hochofen, hin in den Vorhof zum Paradies, *anticamera dela paradis,* wo es sommers und winters warm ist wie in Monte Carlo und sauber und blitzblank wie in einem WC? Das ist nichts für den Sohn eines Ausbeuters und Sträflings, dazu mit einer Mutter, die sich auch heute noch als Bojarin aufspielt und sich am Schwarzen Meer vergnügt.« Bei jedem Satz schlug er mit dem Bogen Papier um sich, als verscheuche er unsaubere Geister. »Zur Ziegelfabrik mit dir! Und zwar hin zur Kokel, wo die Genossen Zigeuner das Sagen haben! *Asta da viaţa!*« Das wird ein Leben werden! Im Tonfall klang es so, als wünschte der gewichtige Genosse ihn zur Hölle. »Tagelöhner. Angestellt auf Probe. Sollst dich zum Krüppel arbeiten. Parierst nicht, können wir dir auf der Stelle kündigen. Und krank werden darfst erst nach drei Monaten. Meld dich beim alten Tomnatec, auch der ein Ausbeuter, *exploatator,* aber der ist zahm geworden.« Der Hosenschlitz des aufgebrachten Mannes stand offen. Trotzdem war es zum Fürchten.

Keleti, sichtlich verärgert, tröstete Clemens: Auch er habe klein begonnen, mit zwölf Jahren als Stallbursche beim Herrn Otto. Dort scharrte er den Pferdekot zusammen, mit Mistgabeln, die größer waren als er. Den Dung fuhr er hinaus mit Schubkarren, die er kaum leer fortbewegen konnte, und die stinkige Jauchegrube schöpfte er aus, daß ihm zum Kotzen war. Im Stall schlief er in einer Hängematte zwischen zwei Pferden, und weinen tat er auf ungarisch, in seiner Muttersprache, denn eine andere Sprache kannte er nicht.

Emilian Tomnatec, vormals Fabrikbesitzer wie Clemens' Vater, aber statt Sonnenblumen gebrannte Erden, Tonwaren, hatte sich an jenem fatalen 11. Juni 1948 von der Aktion seiner Kollegen, der Fabrikanten von Schäßburg, nichts Gutes versprochen. Er war entschieden dagegen gewesen, die neuen Gebieter der Fabriken mit einem höhnischen Gelächter zu begrüßen und mit einem Fußtritt an die Luft zu setzen. Und hatte auf rumänisch gemahnt: »*Capul plecat de sabie nu-i tăiat!*« Das gebeugte Haupt wird vom Schwert nicht beraubt. Bis auf den *domnul Otto* hatte er alle von ihrem törichten Plan abbringen können. Der Ziegelfabrikant Tomnatec hatte wortlos alle Schlüssel ausgehändigt, das Bild seines Vaters von der Wand genommen und war grußlos seines Weges gezogen. Er landete nicht wie der Kollege Otto im Gefängnis; vielmehr stellte man ihn in der eigenen Fabrik ein, als Produktionsleiter in der Ziegelei, die am schlechtesten ging. Diese lag an der Kokel und hatte die Lehmgrube jenseits des Flusses. Eine Fähre verband die Ufer. Die Partei, die dem Fabrikanten die Verantwortung eines Ingenieurs aufgehalst hatte, fertigte ihn mit dem Lohn eines Pförtners ab.

Emilian Tomnatec hatte an der Technischen Hochschule Charlottenburg studiert und in Budapest erst recht. Nachdem er seine Villa hatte räumen müssen, verfrachtete die Partei ihn auf das Gelände der Ziegelei, und zwar in das Gerätehaus der Feuerwache. Sein Hab und Gut durfte er mitnehmen. Das längliche Gebäude, überragt vom hölzernen Trockenturm für die Schläuche, stand beim Eingang zum Fabrikhof, so daß Herr Tomnatec kommode auch den Pförtnerdienst versehen konnte. Dafür wurde er ja bezahlt.

Dort klopfte Clemens zur Teestunde an, um sich vorzustellen. Beklommen blickte er sich um, streifte die Werkgebäude hinten im Hof: Eines dieser häßlichen Gebäude würde ihn verschlucken. Er betrachtete seine Hände, von denen er nun abhängig war, vielleicht ein Leben lang, und fürchtete sich.

Der Herr des Hauses empfing ihn in der Tür stehend. Unter buschigen Augenbrauen, deren Schwärze das graue Haupthaar Lügen strafte, musterte er schweigend den Jungen, als der sein Anliegen vorbrachte: Er sei hier zugeteilt als Arbeiter. Und bis zum Hals klopfte Clemens das Herz, als er fragte, wann er morgen früh antreten müsse, und ergänzte, als keine Antwort kam: »*La ce oră?*« Zu welcher Stunde?

»Morgen früh, *la ce oră?*« wiederholte Herr Tomnatec verwundert. Seine Worte begleitete er mit einem Schnauben, so daß die Haare, die ihm aus der Nase wuchsen, hin und her wehten. Und ließ ihn barsch wissen: keineswegs am Morgen, sondern abends. »*Seara! Ora şapte!*«

»*Dece seara?*« Clemens wurde belehrt, daß er in Schichten arbeiten würde, zwölf Stunden in der Nacht, zwölf Stunden am Tag, jedesmal von sieben bis sieben. Nach jeder Schicht vierundzwanzig Stunden frei. So der Befehl von oben. Sonntage keine. Der Chef fügte hinzu, als er den verständnislosen Ausdruck in Clemens' Gesicht gewahrte: »*Două nopţi dormi acasă, o noapte dormi aici.*« Zwei Nächte schläfst du zu Hause, eine hier.

Im Hintergrund rief eine Frauenstimme, der liebe Emilian möge den jungen Herrn hereinbitten. Und sprach daraufhin deutsch weiter: »Er ist doch der Sohn vom Kollegen Rescher, vom Herrn Otto, dem es so übel ergangen ist.«

»*Asta este*«, brummte Herr Emilian.

Doch die Stimme warb weiter: Alle Welt kenne seine Großmutter, die mitten am Burgplatz voll Bravour Tee getrunken habe und Zigarren geraucht, unter der Nase der Partei. Also bat der Hausherr den jungen Mann herein, diesmal auf deutsch: »Treten Sie in unseren Palast.«

Vom Plafond hingen orientalische Teppiche, die den langgestreckten Raum unterteilten: beim Eingang die Küche, die war Empfangszimmer, Werkraum und Fabrikbüro in einem, dann das Wohnzimmer und hinter dem letzten Teppich verborgen der Schlafraum. Ein Sparherd in der Küche, ein gußeiserner Ofen im Wohnzimmer erinnerten an den Winter. Der Betonboden war zum Großteil von Perserteppichen bedeckt, deren Flor dem Fuß schmeichelte.

Eichenmobiliar in Schwarz und Gold machte aus dem mittleren Raum einen Salon. Die Möbelstücke waren ineinandergeschachtelt, daß man zwischen ihnen kaum einen Fuß vor den anderen setzen konnte. »Venezianisch«, wie der Hausherr feststellte. »Ihr, die Sachsen, bevorzugt antike Möbel: Maria Theresia bis österreichisches Biedermeier. Wir halten es mit Italien und Frankreich.« Sie ließen sich in den tiefen Lederfauteuils nieder. Von hier aus konnte man den Küchenraum bequem einsehen. Haarige Wildschweinfelle mit aufgerissenen Mäulern umlagerten die Clubgarnitur.

Der Hausherr füllte das Rund des Sessels voll aus. Er trug grüne Knickerbocker, die mit Hosenträgern und einem Hosenriemen an seinem Leib befestigt waren. Trotzdem hielt er die Hände über der Gürtelschnalle verschränkt, als befürchte er, daß ihm der Bauch davonschwappe. Clemens saß steif da, ließ allein die Augen wandern. An den grauen Wänden hingen Ikonen in Hinterglasmalerei, beliebte Motive wie der *Sfântu Ilie* im Feuerwagen oder der *Sfântu Gheorghe,* der Drachentöter, oder eine Jungfrau Maria mit dem Kind, die beiden edlen Köpfe in kreisrunde Heiligenscheine von Gold gepreßt. Augenfällig war eine Ikone, wo ein bärtiger Heiliger, umhüllt von einer flammenden Aura, mit einem Fleischermesser ein fettes Schwein kaltmachte, das schon vor dem Todesstoß alle viere von sich streckte. »Der heilige Ignatiev, der Nothelfer der Schweinezüchter und Schutzpatron der Schweineschlächterei«, wurde Clemens belehrt. Namenstag 17. Dezember; dann wurde bei den Orthodoxen geschlachtet.

Vor der Clubgarnitur baute sich eine Bücherwand auf, bestückt mit broschierten Büchern, rumänisch und französisch, nicht sehr anziehend in ihren zerfledderten Einbänden. In einem Regal entdeckte er deutsche Bücher, ähnlich denen zu Hause, einst; ja es gelang ihm, am Aussehen der Buchrücken Titel und Autor zu enträtseln. Stefan Zweig, ›Marie Antoinette‹, ›Maria Stuart‹, Franz Werfel, ›Verdi‹, und Thomas Mann, ›Buddenbrooks‹, ein Buch mit Lederrücken, das in jedes anständige Haus gehörte, wo deutsch gelesen wurde. In einem Eichenschrank erblickte er hinter Kristallscheiben eine

Reihe in Rehleder gebundener Prachtexemplare. Er beäugte sie verstohlen: Mihai Eminescu, der Nationalheld rumänischer Literatur, der zu Fuß bis Berlin gewandert war. Einige Bände mit Golddruck: Lucian Blaga, der bekannte rumänische Denker und Dichter: Der hatte nicht nur Goethes ›Faust‹ übersetzt und seine Tochter auf den Namen Doris taufen lassen, sondern auch, von Oswald Spengler beeinflußt, eine eigenwillige rumänische Kulturphilosophie entworfen. Doch mitgenommen sahen des Philosophen Bücher im Eichenschrank nicht aus.

Frau Tomnatec, eine schwarze Hornbrille auf der Nase, saß im ersten Raum und knüpfte einen Teppich. Sie sagte: »Diese Bücher, wie ein kostbarer Wandteppich ... Viele hat mein Mann gelesen. Sein strenger Vater hat ihm oft die Aufsicht über die Nachtschicht übertragen. Dort konnte er ungestört lesen. Dazu hat er nicht irgendwo studiert, sondern im Berlin der zwanziger Jahre, in einer Stadt der Dichter und der Künstler ... Naja, und was er nicht gelesen hat, habe ich gelesen.«

»Nur daß ich alles vergessen habe und sie alles behalten hat, die gute Magdalena.«

»Stimmt nicht, du kannst Gedichte auswendig noch und noch, nicht nur von Eminescu, sondern auch solche von Lucian Blaga.«

Frau Magdalena hatte einen Perserteppich in Arbeit. Die Männer im Salon sahen ihr interessiert zu. Zwischen zwei Walzen, einer oben, einer unten, verliefen senkrecht gespannte Fäden. Um diese schlang sie Wollschnitzel und verknotete sie, daß die Enden nach innen zeigten. Somit entstand eine samtene, plüschartige Oberfläche in verschiedenen Farben und nach einem strengen Muster. Es sah mühselig aus, doch verübten die Hände dies alles wie von selbst. So konnte die Dame des Hauses sich dem Gast zuwenden. Sie hatte das Knüpfen von orientalischen Teppichen auf der orthodoxen Klosterschule Govora gelernt, als höhere Tochter eher zur Kurzweil.

»Gleich trinken wir Tee«, sagte sie, beendete die waagrechte Reihe und befestigte sie mit einem Eisenkamm. Beim

Wort Tee stand Herr Tomnatec schnaufend auf und machte sich am Küchenherd zu tun. Zwei Buchenscheite räumte er in die Feuerung, er legte eine Zeitung dazwischen, *România Liberă*, schichtete einige Tannenspäne darüber, deckte die wieder mit Buchenholz zu und entzündete das Feuer. Alle drei blickten gespannt zum offenen Ofentürchen. Seltsam erfreut kehrten die Gedanken wieder zurück, als die Flammen zu lecken begannen und es heimelig knisterte. Herr Emilian ließ sich in den Ledersessel fallen, die Federn quietschten.

Sie tranken echten Tee aus Tassen, die Clemens fremdartig erschienen in Aussehen und Verzierung. Als wolle er sich entschuldigen, brachte Herr Tomnatec das Gespräch auf die Ereignisse bei der Übergabe der Fabriken im Vorjahr. »Ich habe Ihren Vater zusätzlich unter vier Augen vor dieser Aktion gewarnt, ihn gemahnt, sich ruhig zu verhalten, denn ich kannte ihn als Hitzkopf. Ich sagte ihm zuletzt: Wollen Sie gegen eine Weltmacht antreten? Es wuselt vor Bolschewiken von Berlin bis Kamtschatka; und von dort laufen sie über das Eis und sind im Nu in Alaska und im Weißen Haus.«

Beim Abschied sagte Herr Emilian Tomnatec, sie standen beim Fabriktor: Ob Clemens sich denken könne, weshalb die Partei die Feuerwache aufgelöst habe. Clemens fiel nichts ein.

»Die Partei meint, daß es in einem Arbeiterstaat keine Schadenfeuer geben könne, denn das sei gegen die objektiven Gesetze der Geschichte.« Er sagte das mit todernster Miene, und Clemens nickte.

In dieser Behausung sei wohl Raum für zwei bescheidene Alte, doch Komfort *njet*: Wasser vom Brunnen, aber das lasse er sich von den Arbeitern herbeikarren. »Und das Klo, darüber reden wir lieber nicht!«

Herr Emilian fuhr fort: Eisenöfen, die sofort auskühlten, wenn er nicht dauernd nachlege. In kalten Nächten schlügen er und Frau Magdalena ihr Lager beim Ringofen auf, verkröchen sich dort wie Liebespaare. Seine Frau, »die Gute und Geduldige und Gläubige«, eine Pfarrerstochter aus Maramureș, vergleiche voller Poesie das Feuerwehrgebäude mit einem Kirchlein aus Schindeln in ihrer Heimat, wegen dem Holzturm für die Schläuche.

Herr Emilian schloß, indem er Clemens an den Schultern faßte: »*Puteți face carieră.*« Sie können hier Karriere machen. Irgendwann könne Clemens die Wohnung übernehmen, samt allem Mobiliar. Kinder seien keine da.

Der Hausherr entließ Clemens mit direktorialer Gebärde: »Heute waren Sie unser Gast, morgen bist du mein Arbeiter.« Zuletzt zeigte er auf einen Mann in khakifarbenen Stiefelhosen, der auf einem Stapel von Ziegeln lag und sich sonnte. »Der dort wird dich in alle Geheimnisse deines neuen Berufs einführen. Du wirst ja sehen, was du von ihm lernst. Und ich werde es bald wissen.« Und lachte säuerlich, der Genosse Tomnatec, Pförtner und Direktor der Ziegelfabrik.

Die erste Arbeitsnacht verlief glimpflich. Clemens' neuer Chef, ein Mann in den besten Jahren, hatte ihn streng gemustert und mit grollender Stimme gemahnt, daß er sich hinter die Ohren schreiben möge, was jetzt komme, nämlich die wichtigste Instruktion für die Nachtschicht: »Zwölf Stunden in der Nacht arbeiten, kapierst du, was das ist? Wenn andere um zwei am Morgen zum ersten Mal pischen gehen oder sich zum zweiten Mal über ihr Weib tun, haben wir eine Viertelstunde Pause und dürfen etwas futtern. Darum ist das wichtigste Gebot für die Arbeit in der Nacht, und daran halte dich gefälligst, denn sonst kriegst du es mit mir zu tun ...«, er machte eine Kunstpause –, »das wichtigste Gebot bei der Nachtarbeit heißt: Schlafen! Schlafen! Schlafen!« Er lachte jäh und unvermutet über das ganze Gesicht, gelbliche Zähne entblößte sein Mund. Na prosit, dachte Clemens. Schlafen ...

Doch sollte er es darin zur Meisterschaft bringen. Selbst wenn es bloß um eine freie Minute ging, schlief er traumlos. Er schlief stehend, angelehnt an eine Wand, er schlief hingekauert zwischen zwei Loren, er schlief ausgestreckt auf dem

Ziegelboden. Erzählte jemand einen Witz, sank Clemens in Schlaf und erwachte pünktlich einige Sekunden später, um höflich loszulachen.

Ferner bleute sein Chef ihm ein, er verzichte auf die vom Gesetz gebotene Anrede *tovarăş* und wünsche exklusiv mit *domnule* angesprochen zu werden, und zwar *domnule căpitan*. »Niemand, nicht einmal der *domnule director*, hat mir beweisen können, daß er wert und würdig ist, mein Genosse zu sein. Dann erst dies Gesindel, diese Niemande, nunmehr aus ihren schmutzigen Löchern gekrochen.« Allein die Toten des letzten Krieges, die könnten ihn mit Genosse anreden, besser noch mit *camarade*.

Clemens jedoch fieberte dem ersten Handgriff entgegen.

Der ließ auf sich warten. Vorerst wurde in einem Holzverschlag gegessen. Auf einer Serviette aus Damast breitete Herr Iancu seinen Mundvorrat aus: gebratenes Hühnchen, das er auseinanderriß, paprizierter Speck, den er appetitlich in Würfel schnitt, Schafkäse mit Kren versetzt, gekochte Eier, butterweiche Sommeräpfel und Palatschinken, aus denen Zwetschkenmus troff. »Bedien dich, Bub! *Serveştete-te. Noaptea este neagră şi lungă.*« Die Nacht ist schwarz und lang. Aus einer Thermosflasche goß er Tee in zwei chinesische Tassen. Clemens legte das Seine dazu: zwei Fettbrote, ein Bündel grüner Zwiebeln und prickelnden Holundersekt, den die gute Rosa angesetzt hatte.

»Iß!« Noch zweimal würden sie sich stärken müssen, ehe der Morgenstern, der Leuchtende, das Ende der Nacht besiegelte.

Sie waren allein in der Ziegelei, der Vorarbeiter Hauptmann Iancu und sein einziger Untergebener, Clemens. Ihrer beider Aufgabe war es, zu prüfen, ob die Rohlinge von Mauersteinen in den dampfgeheizten Tunnels getrocknet seien. Auf dem Tisch lag ein Register, in das hatte man die nächtliche Produktion einzutragen. Gezählt wurden allein Mauersteine, die tauglich waren für den Brennofen.

Doch der Weg in den Brennofen begann lange vorher: Von

der Strangpresse und dem Abschneider wurden die klatschnassen Ziegel, auch Rohlinge genannt, auf Förderwagen verladen, Loren oder Hunde, in Schäßburg hießen sie Waggonettl. Wer im Pressenhaus arbeitete, hatte dauernd nasse Hände und feuchte Füße; Gummistiefel und Handschuhe gab es keine. Dort und am Fließband, das seien die schlimmsten Orte, so Herr Iancu, dem die Nachtschicht behagte. Nicht einmal das Kohlenschippen in den Brennofen sei so schlimm.

Diese Förderwagen, eigentlich Eisenregale auf Rädern, wurden mit ihrer triefenden Fracht in Trockentunnels geschoben. Umfächelt von Heißluft oder Dampf, verloren sie in den dunklen Kanälen die Feuchtigkeit; man erwartete, daß sie am anderen Kopfende pulvertrocken anlangen würden. Eine Erwartung, die sie nur zum Teil erfüllten.

An diesem Ende nun lauerten Clemens und sein Chef. Die beiden mußten in einem bestimmten Zeittakt nachsehen, ob und inwieweit die Ziegel auf dem ersten Waggonettl getrocknet waren. Clemens drängte sich in den heißen Kanal und leuchtete mit einer Kerze die Regale voller Lehmprismen aus, stellte fest, daß einige pulvertrocken waren, gleichmäßig grau schimmerten, andere noch gefleckt waren von Nässe.

Als er zum ersten Mal eintrat, prallte er zurück. Eine Welle von Hitze schlug über ihm zusammen; es benahm ihm den Atem, und der Schweiß brach aus allen Poren, das nasse Hemd klebte an der Haut. Herr Iancu lachte gutmütig, meinte, im Kessel von Kursk 1943 sei es noch heißer zugegangen, warf einen Blick in die Kammer und befand: »Wir warten!« Oft war nur ein Teil der Ziegel getrocknet, die oberen ja, die unteren nein, auf alle Fälle nicht alle gleichmäßig und in Einigkeit. Dann hieß es zuwarten.

An das warme Gemäuer des Ringofens gelehnt, hockten sie und horchten in die monumentale Stille der Nacht. Sie dösten, sie erzählten Geschichten, Herr Iancu gab dies und das aus seinem Leben zum besten. Und er erklärte Clemens, was sich hinter den Kulissen in der Ziegelei abspielte.

Vor dem Herrn Tomnatec müsse man sich nicht in acht nehmen: Der sei so kurzsichtig, daß er die Hand vor den Augen nicht erkenne. Kurzsichtig? Clemens hörte dies und schwieg. Hatte nicht gestern noch Herr Emilian gesagt: Sieh dort, mein Junge, jener Mann, der sich auf dem Stapel von Ziegeln sonnt, der wird dich belehren?

Vor allem aber schlafe er in den Armen seines Weibes in einem Prunkbett, um das ihn der König beneiden könne. Nur in eiskalten Nächten kämen die beiden Eheleute herbeigeschlichen, mit Kissen und Decken, und legten sich auf den Ringofen.

In acht zu nehmen habe man sich aber vor einem jungen Zigeuner namens Sivu Savu, der zwar Arbeiter sei, sich jedoch aufspiele, wo er stehe und gehe. Zu Kopf gestiegen sei ihm, daß er zum Sekretär der kommunistischen Jugendorganisation gewählt worden war, »haha, ernannt von oben, der Nichtsnutz!«. Der stecke seine Nase in jeden Dreck. Er bevorzuge die Nacht, streiche hier herum. Leicht zu erkennen: knecksschwarzes Haar, blaue Augen und manchmal ein Stahlhelm auf dem Schädel, allerdings Hammer und Sichel draufgepinselt, und wenn es beliebe eine Keule in der Hand. »Der darf alles. Hat Leute oben, vielleicht in Bukarest beim ZK. *Dracul în fundul lui!*« Doch sei im Moment nichts zu befürchten. Dieser bedrohliche Bursche sei nach Stalinstadt geschickt worden, zu einem politischen Kurs. »Mindestens einen Monat haben wir Ruh!«

Angeblich hatte Sivu Savu am Bug in der Ukraine einen deutschen Soldaten mit einer Keule auf den Kopf geschlagen, als der sich seiner Schwester ungebührlich genähert hatte, damals, als die rumänischen Zigeuner dort in Lagern ihr Leben fristeten. Der junge Bursche hatte so zugeschlagen, daß der feldgraue Lüstling ohnmächtig umfiel, während der Helm ihm vom Kopf rollte.

»Wir haben Zeit«, befand Herr Iancu, »die Ziegel sind von der Zigeunerbande am anderen Ende zu naß in die Trockentunnels gesperrt worden.«

Und begann zu erzählen: Eigentlich heiße er mit Vornamen nicht Ion, wie alle Freunde ihn riefen, Frau hatte er keine, sondern Siegfried, Siegfried Iancu. Geboren sei er 1917 in der Oltenia in einem Bauernhaus. Damals hatte die Oltenia, bekannt als kleine Walachei, für zwei Jahre zur k.u.k. Monarchie gehört. Bei den Iancus hatte ein Grenadier aus Tirol im Quartier gelegen, mit Vornamen Siegfried. Die Mutter Iancu, eine aufgeweckte Bäuerin, hatte ihren Mann überzeugt, dem Buben diesen fremdartigen Namen zu geben, nach der rumänischen Redensart: Halte es gut mit den jeweiligen Herren.

Siegfried hatte als jüngerer Sohn Tischler gelernt. Während des Ostfeldzugs brachte er es zum Feldwebel. Er tat sich hervor, als die rumänische Armee die Krim eroberte. Vom Generalfeldmarschall Brauchitsch erhielt er eine Auszeichnung: den Krimschild. Krimschild für Siegfried, es klang wie Kriemhild und Siegfried. Irgendeinmal hatte er die Nase voll und beschloß, dem Krieg den Rücken zu kehren. Er drehte sich um seine Achse, witterte hin, wo die Sonne unterging: Dort, dreitausend Kilometer westwärts, lag sein Heimatdorf Poiana. Und dort war gut sein! Er machte sich auf den Weg. Mit kleinen, lautlosen Schritten trippelte er dahin, wanderte die Nächte durch, den Polarstern zur Rechten, schlief oder luchste am Tag. Im Sommer 1944 schlängelte er sich zwischen den Fronten hindurch und traf pünktlich am Abend des 23. August zu Hause ein. Statt vor ein Kriegsgericht gestellt zu werden, wurde er dem jungen König Michael vorgeführt, der sich in der Oltenia im Nachbardorf versteckt hielt, nachdem er dem Großdeutschen Reich den Krieg erklärt hatte.

Treuherzig gab der Soldat zu, daß er von der Front desertiert sei, doch sei die Front hinter ihm hergekommen, oft so rasch, daß er hatte laufen müssen, um nicht eingeholt zu werden, noch jetzt sei er atemlos. Nur die vielen Wölfe seien rascher gewesen, die ebenfalls vor der Front nach Westen gelaufen seien. »Denn, Majestät, schon vor Stalingrad habe ich gewußt: Die Deutschen verlieren den Krieg!« Hierin waren die beiden sich einig, der König und der Feldwebel.

Ihre Majestät beförderte den prophetischen Deserteur zum Leutnant und heftete ihm die Medaille *Meritul Militar clasa I* an die Brust. Mit dem königlichen Patent wurde er in eine der eleganten Uniformen von französischem Schnitt und Chic gesteckt und ein Ordonnanzsoldat ihm zugeteilt, der ihm Tag und Nacht jeden Wunsch von den Augen abzulesen hatte. So, mit dekorierter Brust und goldenen Epauletten und mit der Ordonnanz Ion, wurde er an die Westfront abkommandiert. Im April 1945, nach dem Fall von Budapest, wurde er vom Marschall Malinowski mit der sowjetischen Tapferkeitsmedaille in Silber dekoriert und zum Oberleutnant befördert. Die drei Auszeichnungen trug er auch jetzt bei sich, wohlgehütet unter dem Rockaufschlag. Und er zeigte sie Clemens, während seine Finger zitterten: »Erworben um den Preis meines Lebens.« Hauptmann war er, als der König gehen mußte.

Als dann die kommunistischen Machthaber Monturen nach sowjetischem Muster einführten, lächerlich und häßlich anzusehen, weigerte er sich, seine Uniform voll Noblesse auszuziehen, mit einem Argument, dem man nichts entgegensetzen konnte, außer einem Fußtritt: »Ich habe dem König die Treue geschworen, und damit basta!« Er wurde verabschiedet, nein, mit Schimpf und Schande hinausgetan: »*Am primit a treia cismă.*« Den dritten Stiefel hatte er bekommen. »*Cisma în fund!*« Einen Stiefel in den Hintern. So gewaltig trat die Partei zu, daß er bis in die Ziegelfabrik befördert wurde. Der Uniformrock wurde kassiert. Doch Hosen und Stiefel benutzte er weiter und würde sie sich nicht vom Leibe ziehen lassen, nie und nimmermehr und von niemandem.

Endlich war es soweit. Clemens meldete aus dem Tunnel mit erstickter Stimme, er war in eine Dampfwolke gehüllt: Alle Lehmprismen seien gleichmäßig durchgetrocknet. Die beiden Männer zogen die Garnitur von gekoppelten Förderwagen mit einer Winde nach vorne, machten die zunächst stehende Lore frei und schoben sie zum Stapelplatz, wo sie entladen wurde. Hier zog es elendig. Clemens blieb sich selbst überlassen, während sein Chef sich zurückzog. Der Junge mußte die ungebrannten Ziegel auf Sprünge und Risse hin absuchen und nach Gütegrad auseinanderdividieren: erste Wahl, zweite Wahl. Diese wurden gestapelt, der Abfall blieb auf den Förderwagen zurück und wurde von dort über Geleise und Drehscheiben zum Kokel-Ufer gefahren und in den Fluß gekippt. Die Menge an guten, gängigen und unbrauchbaren Ziegeln mußte Clemens bei jeder Lore aufschreiben. Er tat das mit einem Zimmermannsstift auf einem Zementsack. Da sein Gebieter in einer Nische beim Ringofen schlief, arbeitete Clemens selbständig die ganze Nacht. Er nahm es genau mit Sortieren und Zählen, studierte jedes Stück, ja hielt es gegen die Funzel, um sicherzugehen. Als der Morgen graute, hatte er alle zehn Kanäle von der fertiggetrockneten Fracht befreit. Seine Handflächen brannten, als habe er Brennesseln gepflückt.

Herr Iancu rügte trotzdem, nachdem er alles für recht und richtig befunden hatte: mehr Ausschuß, »*mai mult rebut, domnule!*« Ohne sich zu erklären.

Später kam es vor, daß der *domnul căpitan* Lust hatte, die Nacht durchzuschlafen. Dann mußte Clemens die Loren unbesehen, so wie er sie aus dem Tunnel gezogen hatte, auf dem kürzesten Weg in die Kokel kippen. In das Register trug Herr Iancu ungerührt ein: »90 % *rebut.*« Und unterschrieb.

Jeden Morgen machte Herr Tomnatec seinen Rundgang. Als grüner Ballen rollte der Gewaltige heran; nicht nur die Knickerbocker waren grün, grünlich schimmerte auch die Lederjoppe und giftgrün leuchtete der Jagdhut. Von weit her verbeugte sich das Arbeitervolk und schmetterte einen Morgengruß: »*Să trăiască domnul director!*« Begierig kontrollierte er das Register der Nachtschicht, das man ihm hinausreichen mußte; er selbst paßte nicht in den Verschlag. Doch nach einer für Hauptmann Iancu erquicklichen Nacht voll Schlaf, nachdem fast die ganze Produktion in der Kokel gelandet war, gab es ein Zetermordiogeschrei zum Gotterbarmen. Es nützte nichts. Herr Iancu zuckte die Achseln und sagte: Abgesehen davon, daß die Trockentunnels nicht zwei Groschen wert seien, sei im Kessel von Kursk der Ausschuß an Menschen größer gewesen als diese paar drecketen Ziegeln: Hunderttausende hätten dort ihr Leben gelassen, und man kenne nicht einmal ihre Namen. Hier aber sei jeder gefallene Ziegelstein fein säuberlich aufgeschrieben worden.

Inzwischen hatten Clemens und seine Großmutter den umgebauten Reitstall bezogen. Um nicht im Halbkeller logieren zu müssen, hatte sich der Junge in der Linde ein Haus gebaut. Als er nach dieser ersten Nacht heimkam, ließ er sich in das Schaff mit Wasser fallen, wo man die Fohlen gebadet hatte, und spürte wohlig, wie sich das Salz von der Haut löste, das er ausgeschwitzt hatte. Sodann kletterte er in sein Baumhaus und schlief vierundzwanzig Stunden. Er erwachte so, daß er gerade noch die zwölf Stunden Tagschicht erwischte, in Neugier und mit Bangnis. Das blieb lange so: zu Hause wie gerädert und zur Arbeit mit der Angst im Nacken. Seine wunden Hände schützte er mit Handschuhen. Es waren die gelben Wildlederhandschuhe seines Vaters, die Petra aus der versiegelten Villa herbeigezaubert hatte.

In der Tagesschicht kam ihm zugute, daß sein Arbeitsrevier weit ablag vom übrigen Getriebe der Fabrik, von dem er kaum etwas mitbekam. In den Pausen stand er Schmiere vor dem Verschlag, wo sein Chef, über das Register gebeugt, den Stift in der Hand, tief schlief.

In der dritten Nacht fuhr ihn eine Stimme von hinten an, als er eben Ziegel sortierte: Wer sei er, was treibe er hier? Der gefürchtete Sivu Savu war es, mit Stahlhelm und legendärer Keule, die eigentlich ein eichener Knotenstock war. Das alles vermerkte Clemens, aber dem Blick des anderen wich er aus. Doch *căpitan* Iancu war zu Stelle; er hatte seinen Schlaf irgendwo in einem verborgenen Winkel der Nacht liegenlassen und war herbeigeeilt.

Sofort fuhr er den Störenfried an: »Zuviel der Fragen, junger Mann. *Cum de nu eşti la Braşov?*« Wie, bist du nicht in Kronstadt?

»*Atenţiune: Oraşul Stalin.*« Dort werde er in Bälde sein.

»Du lügst, selbst wenn du die Wahrheit sagst. Und was dieser Tagelöhner hier treibt, siehst du mit eigenen Augen, und wer er ist, das geht dich nichts an.«

»Doch, denn ich bin der Sekretär der kommunistischen Jugendorganisation vor Ort. Und bei mir hat er sich nicht gemeldet. Warum?«

»Hör, *amice*, hab Sorge um deine Leute. Niemand hat dich beauftragt, solchen nachzuschnüffeln, die nicht dazugehören. Und überhaupt: Du schaust aus wie ein Bajazzo am Maskenball. *Du-te dracului*, scher dich zum Teufel und laß uns arbeiten!« Aber auch der Hauptmann mied den Blick des Störenfrieds.

Sivu Savu trollte sich, doch mit der Drohung, er werde dem Eindringling das Handwerk legen. Denn wer mit Handschuhen arbeite, dazu mit solch herrschaftlichen Handschuhen, der sei evident ein Ausbeuter. Und als Deutscher noch dazu, »*un hitlerist!*«.

Nach ein paar Wochen, es war Hochsommer, eröffnete Herr Tomnatec seinem Tagelöhner Clemens, daß, wer unter achtzehn sei, nicht mehr Nachtschicht arbeiten dürfe: »Befehl von oben.« Er möge sich gefälligst von nun an um sieben Uhr einfinden, *la prima ora:* Arbeitszeit zehn Stunden, eine Stunde Mittagspause.

Am nächsten Morgen übergab der *domnu director* mit feierlicher Geste Clemens einer Arbeitsgruppe, die aus Mädchen und Frauen bestand. Mit denen mußte er die getrockneten Rohlinge auf die sogenannten Ofenwagen verladen und über Schmalspurgeleise in den Ringofen verfrachten. Zwei Personen bedienten ein solches Gefährt. Es waren die Lehmprismen aus den Trockentunnels, die er bisher in den Nächten selbst aussortiert hatte. Oder die aus den Luftschuppen vom Fließband kamen.

Der Ringofen bildete ein riesiges Oval mit mehreren Türbogen, die zu getrennten Kammern führten. Während die eine Kammer mit ungebrannten Mauersteinen gefüttert wurde, lohte in einer anderen ein Höllenfeuer, und die Steine wurden gebrannt. Durch ein Kaminfenster konnte man den Stand der Flamme beobachten. Danach folgte ein Abschnitt, wo sie nachglühten und auskühlten, worauf sie herausgeholt wurden, fertig zum Verkauf. Das alles passierte gleichzeitig.

Clemens sollte zusätzlich die Geleise, die ins Innere des Ofens führten, jeweils umlegen, wenn man die Einfahrtstore wechselte. »*Ai şcoală, te pricepi*«, wies ihn eine ältere Zigeunerin an: Du, einer mit Schulen, mußt dich darauf verstehen.

Alle zollten ihr Respekt, nicht nur als Gruppenverantwortliche. Auf dem Kopf trug sie ein schwarzes Tuch mit Rosen, und um den Leib hatte sie viele bunte Röcke geschlungen. Die Arbeiterinnen sprachen sie mit *stăpână* an, Gebieterin, Herrin; ausgenommen Herr Tomnatec, der sie beim Namen rief: »He, Piranda!« Während sie redete, nahm sie die Pfeife nicht aus dem Mund, schmauchte weiter. Sie befand: »Dir zur Hand, junger Herr, die Carmencita; die hat einen Liebsten, ist ungefährlich, *nepericulos*. Schone sie, sie ist erst sechzehn.« Zu hüten habe man sich vor dem Sivu Savu, der eigentlich hier mitarbeiten müsse, aber immer unter einem lausigen Vorwand fehle: Dauernd mache er sich beim Jugendverband in der Stadt zu schaffen oder so. In Wahrheit schlafe er irgendwo. »Wir arbeiten für ihn und sollen dazu die Norm steigern.« Und wenn er hier sei, schikaniere er die Mädchen. Auch sei er ein ausgekochter Lügner: »*In toate! Minte, de stă soarele în loc.*« Er lüge das Blaue vom Himmel herab. Ihre gelbliche Gesichtshaut rötete sich, während das Kraut in der Pfeife erglühte. Sie legte Clemens nahe, nicht mehr in kurzen Hosen zu erscheinen. Ein Rat, den er in den Wind schlug. Nackte Männerbeine, das reize die Mädchen und Frauen. Zigeunerblut. »*Sânge de țigan* ...«

Carmencita hielt sich an Clemens mit einer Zutraulichkeit und Ergebenheit, die ihn nahezu erschreckten. In der Mittagspause lockte sie ihn weg aus der Halle, wo die anderen futterten und lümmelten, führte ihn an eine friedliche Stelle an der Kokel. Die Sonne verweilte im Zenit. Für eine Stunde verwandelte sich die Zeit in Stille. Man hörte das Gras wachsen. Sie teilten das Mittagsbrot, ruhten aus. Manchmal erzählte sie ihm eine Geschichte. »Solange wir uns beide Geschichten erzählen, kann einer auf den anderen nicht böse sein.«

Sie trug nie Kleider, sondern Rock und Bluse, alles leicht und luftig und in leuchtenden Farben. Wenn sie sich bückte, erhaschte man einen Blick auf ihre braunen Brüste, von derselben Bräune wie ihre Wangen. Um den Hals hatte sie eine Kette von falschen Korallen, deren Weiß sich leuchtend abhob von ihrem Teint und den schwarzen Haaren. Doch am schönsten waren ihre Zähne, echte Perlen.

Ging es ans Essen, hatte sie im Nu ein Feuer entzündet. Irgendwo hatte sie einen tellerähnlichen Stein entdeckt, den sie achtsam erhitzte. In dessen Mulde ließ sie zwei Eier zerfließen. Die gerannen und bildeten ein gelbes Auge, eingebettet in einen Wulst von Eiweiß: »Die heißen bei uns *ochi de bou*. Und bei euch?«

»Spiegeleier.«

Doch belehrte ihn seine Großmutter, daß man auch im Sächsischen von Ochsenaugen sprach.

Oder das junge Mädchen spießte an einem spitzen Stock eingekerbte Speckschnitten auf und briet sie über dem offenen Feuer. Er schob eine Scheibe Brot darunter. Das sog sich mit Fett voll, das vom glasigen Speck tropfte. Einen Aufstrich brachte sie in einer Blumenvase mit: zerquetschte weiße Bohnen, mit Schnittlauch verrührt, das Wasser lief ihm im Mund zusammen, nachdem er gekostet hatte. Kalten Palukes wärmte sie auf, versetzte ihn mit Molkekäse oder Pfefferfleisch und

Zwiebeln. Grüne Zwiebeln knabberte sie von den röhrenförmigen Blattenden her, was er ihr nachmachte, dann erst schluckte sie die Knollen. Sie lehrte ihn, den schalen Zichorienkaffee zu würzen, daß er wie echter schmeckte; sie rieb Pfefferkörner in den braunen Absud, und ihre Lippen brannten. Nur eins gelang nicht: Er konnte sie nicht überzeugen, wie bekömmlich und gesund Schwarzbrot sei. »Das ist das Brot der armen Leute!«

Carmencita sang, sang Lieder, die er nie gehört hatte, weder bei den ungarischen Mägden noch bei rumänischen Hirten, sang Lieder, die umweht waren von Dunkel und Ferne. Sie warfen flache Kiesel über die Wasserfläche, die in immer kürzeren Abschnitten das Weite suchten, bei jedem Aufschlagen die Hälfte an Energie verloren. Manchmal schaffte sie es mit ihrem Wurf, sich dem anderen Ufer mehr zu nähern als er, manchmal nicht.

Nach der Mittagspause beluden sie die Waggonettl brav mit grauen Ziegeln, stemmten die Fracht zum Brennofen hin. Während die anderen Paare rechts und links vom Fahrgestell anpackten, blieb Carmencita auf seiner Seite, hinter ihm, wie das bei den Zigeunerinnen Sitte ist, unentwegt hinter dem Mann. Sie setzte beharrlich einen Fuß vor den anderen im Gleichschritt mit, vorgebeugt wie er, und manchmal berührte ihr Gesicht seinen Nacken. Beim Zurückkommen, wenn sie aufrecht gingen und das leicht gewordene Gefährt spielerisch vor sich herrollten, legte sie ihre Hand über seine; dann streifte er den Handschuh ab, und sie flüsterte, er sei ein großer Herr.

Nach der Schicht war sie verschwunden. Clemens aber ging, wenn er nicht zu müde war, hinunter zur Kokel und legte sich in das Flußbett. Das Wasser rieselte über seine Haut, die fiebernden Muskeln gaben sich der Kühle hin. Schweiß und Salz wurden weggeschwemmt, die Gedanken schweiften; oder er versuchte in seine Muttersprache zu übersetzen, was er von ihr gehört hatte, was ihm nahegegangen war.

12

Kaum hatten Frau Ottilie und Clemens sich in der neuen Behausung eingerichtet, wurden die Teestunden wiederaufgenommen. Für die Innenausstattung im ehemaligen Reitstall spendierte das Damenkränzchen das Notwendigste, vom Zimmerklo bis zum Läusekamm. Wiewohl Frau Ottilie die Geste der Freundinnen zu schätzen wußte, bemerkte sie einschränkend: »Danke, danke, sehr lieb. Doch wer weiß, wie lang ihr noch Herr in eurem Haus seid; dann werdet ihr froh sein, daß ihr einiges bei mir untergestellt habt.«

Nun, da sie die Arbeit als Zeitvertreib entdeckt hatte, verlegte sie sich auf das Häkeln von Topflappen und das Sockenstricken. Beides hatte sie als junges Mädchen im Ersten Weltkrieg erlernt und geübt: Socken für den Kaiser und Topflappen für die Front.

Die Teestunde verlief dem neuen Milieu angepaßt: Man gruppierte sich auf dem Sitzgestell einer der Kutschen von einst. Deren Räder waren davongerollt. Rosa servierte nicht nur, sondern saß nun auch dabei. Doch gegenüber den Teestunden auf dem Klosterplatz hatten die Zusammenkünfte an Farbe und Würze verloren. In nichts waren die vergrämten Damen, die herbeitröpfelten, mit ihren ehemaligen Dienstmägden zu vergleichen, den fröhlich zwitschernden Jungarbeiterinnen. »Wie ausgequetschte Zitronen kommen sie mir vor nach den knackigen Arbeiterinnen, forsch und fesch wie Krenwürstel«, seufzte Frau Ottilie.

Sie klagten, die Damen, klagten beredt und zu Recht, denn Unheil hing in der Luft, Schlimmes bahnte sich an: lausige Zeiten! Mit dem Kommen der Russen hatte es begonnen und mit den aufsässigen Dienstmägden ging es weiter; über das Schlimmste aber, die Verschleppung nach Rußland, sprach man nur im Flüsterton und nur zu zweit.

Manchmal schob sich Keleti in die Runde, studierte die Porzellanmarken, indem er Tasse und Teller umdrehte, erwies sich als Kenner von Qualität und Rang und knurrte: »Auf Diebstahl von Staatseigentum stehen hohe Strafen. Gestohlen alles aus Villa Heliodor, wo russischer Platzkommandant wohnt.« Dr. Oberth wurde taub und stumm, wenn Keleti auftauchte, schnitt nur noch Grimassen, sperrte den Mund auf und hielt sich die Hand ans Ohr. Das Nämliche tat er bei gewissen Damen im Jour, deren Blasenbeschaffenheit ihm nicht behagte.

Petra kam hin und wieder. Völlig gefangen von ihrem Beruf als Schneiderin, unterhielt sie sich mit den Damen vor allem über Mode und Schnitte und nicht mit Clemens über das Bürstenbinden, ja nicht einmal über seine Erfahrungen als Tagelöhner in der Ziegelfabrik. Er selbst stellte keine Fragen. Ja, er war so befangen, daß er in ihrem Beisein an die Nacht in der Laubhütte kaum zu denken wagte.

Petra besuchte den Jour fixe, wiewohl es der Vater verboten hatte. Oder gerade darum.

In punkto Clemens jedoch war Genosse Schuffert andern Sinnes geworden. »Mit deinem Spezi kannst dich spazieren, wenn du grad willst, der ist nun geworden ein elendiger Arbeiter. Am besten am Friedhof, dort sind nur alte Weiber, die nichts mehr tun sehen.«

»Er ist nicht mein Spezi«, hatte sie ihren Vater beschieden.

Die Wege von Petra und Clemens hatten sich getrennt. Was sich in ihrem Kopf an Gedanken tummelte, konnte man erfahren, wenn es aus ihr heraussprudelte: Worte sind nicht nur da, um Gedanken zu verbergen, sondern auch das Material, aus dem die Gedanken gemacht sind, wie Marx festgestellt hat. Was sich in ihrer Seele abspielte, blieb verborgen. Ersichtlich war allein, daß sie eine steile Karriere machte: Mit neunzehn war sie Leiterin einer vergenossenschafteten Damenschneiderei. Als Abteilungsleiterin herrschte sie über das Heer der gekrümmten Rücken altgedienter Schneiderinnen.

Rosa sammelte die Ansichtskarten von Clemens' Mutter, *poste restante*. Zu sehen waren Abbildungen der Hafenstadt

Constanza am Schwarzen Meer. Sie zeigten in drei Positionen das berühmte Casino an der Uferpromenade; ein Traumschloß, ins Meer hineingebaut, bis vor kurzem Treffpunkt der *Jeunesse dorée* des Königreichs Rumänien. Gerichtet waren die Karten an die Genossin Rosa Dipold, die sie zur Teestunde vorlas. Die Schrift war so winzig, daß Rosa die Brille von Frau Ottilie zu Hilfe nahm und wie eine Lupe über die Zeilen führte. In Fortsetzungen war etwa dieses zu hören: Alma Rescher arbeite in einer *întovărăşire de cherhana,* einer eben gegründeten Fischereigenossenschaft. Sie weide glitschige Fische aus und spüre zum ersten Mal die Wonnen echter Sinnlichkeit, eine wahre Befreiung. »Aber das verstehen Sie nicht, teure Rosa, pardon. Mit Dank also an den Genossen Dingsda, der uns hinauskomplimentiert hat. Es ist der mit dem Leichenbitteranzug und der Ballonmütze auf dem Kopf.« Absender keiner. Dafür ein Postskriptum: Freilich, die Manieren der neuen Herren und Gebieter, die ließen allenthalben zu wünschen übrig, auch hier unter den Fischern. Aber das könne man korrigieren, mit Takt und Geduld, gelehrig seien sie. »Mit Dankbarkeit für Ihre Treue, teure Rosa. Sorgen Sie sich um meinen Buben! Erlesenen Gruß an meine verflossene Schwiegermama.«

Die Großmutter mokierte sich. »Fische sortieren! Mit ihren Fingern so fein, daß sie nicht einmal zum Klavierspiel taugten. Spüre zum ersten Male die Sinnlichkeit des Lebens! Lachhaft, bei einem Ehemann wie unserm Otto: Choleriker und mehr als einen Doppelzentner schwer. Verflossene Schwiegermama? Noch bin ich es, *teremtette*! Und noch ist sie mit meinem Otto verheiratet, wiewohl niemand weiß, ob sie je seine Frau gewesen ist.«

Eines heißen Nachmittags im Hochsommer, noch immer schrieb man das fatale Jahr 1948, gab es eine Sensation, die allen Versammelten das Blut in den Adern erstarren ließ. Die Teerunde war spärlich besetzt: Clemens und Rosa. Und dann Keleti, der verärgert eine neue Teetasse entdeckte: »Na bitte,

Fürstenberg, und dazu auch noch häßlich. Wir gehen alle eingesperrt ins Gefängnis.«

Ein russischer Offizier näherte sich, klein von Statur, aber mit drei großen Sternen auf den Achselklappen. Hinter ihm trottete ein Soldat, auf dem Rücken pendelte ihm ein Sack von prismatischen Konturen, in der Hand trug der Offiziersbursche einen Sackkoffer.

Keleti sprang auf, schlug die Hacken zusammen, die Hände an der Hosennaht, wie er es bei den deutschen Soldaten gesehen hatte, und rief auf rumänisch: »Sie mögen leben, Genosse Oberst, ich kenne Sie!«

Dieser würdigte ihn kaum eines Blickes und bemerkte leichthin, auf deutsch: »Ich Sie nicht.« Keleti verabschiedete sich mit einem brummigen »*La revedere!*« und ging.

Es war der sowjetische Platzkommandant von Schäßburg, Oberst Ignat Iljitsch Kaschenko. Der bewohnte die Villa Heliodor und war ein gefürchteter Mann, von dem man munkelte, er sei Offizier der greulichen GPU, des sowjetischen Geheimdienstes. Der russische Oberst sprach ein so musterhaftes Deutsch, daß die Schäßburger sich dauernd versucht fühlten, ihn mit »Heil Hitler« zu begrüßen.

Der unerwartete Gast nahm die Tellermütze ab und hockte sich auf den Kutschbock, mit baumelnden Stiefeln. Die kurzgestutzten Haare leuchteten weizenblond, wie man es vermutet hatte angesichts der weißblonden Brauen und Wimpern. Der Offizier strich sich über den bürstenartigen Haarwuchs, die rosige Haut über dem Handrücken war voller Sommersprossen, und sagte lächelnd: »Sturmfrisur nannten das die Hitleristen. Doch den Krieg gewonnen haben sie nicht.« Daß er von den Hitleristen in der Vergangenheit sprach, als handle es sich um eine ausgestorbene Rasse, wunderte die Gastgeber, aber es beruhigte sie auch.

»Sind Sie Weißrusse?« fragte Clemens.

Der Oberst zwinkerte mit den rotgeränderten Lidern und sagte: »Vielleicht.« Rosa schenkte ihm Tee ein. »Die Atmosphäre hier bei Ihnen, wie bei Tschechow: Man sitzt unter altgedientem Mobiliar und trinkt Tee aus alten Tassen; inzwischen wird der Kirschgarten abgeholzt.« Zu Rosa gewandt, sagte er: »Den Tee ohne Zucker, bitte.« Aus der Uniformbluse holte er eine silberne Dose, klappte sie auf, entnahm ihr ein bräunliches Klümpchen Kartoffelzucker, steckte es in den Mund, schob es mit der Zunge zur linken Backe hin. Dann nippte er vom Tee. Das Gebräu hielt er eine Weile in der Mundhöhle zurück; schließlich schluckte er das Ganze genußvoll hinunter. »So trinken wir Russen den Tee. Mit Kartoffelzucker. Der geizt mit seiner Süße. Man muß darum werben wie um eine spröde Frau. Wünschen auch Sie?« Er hielt die offene Silberdose hin. Man lehnte höflich ab. Für Verbrüderung war die Zeit noch nicht reif.

Clemens sagte entgegenkommend: »*Njet*«, das einzige russische Wort, das er aufgeschnappt hatte.

»*Njet, spassiba*. Das ist höflicher. Doch nun zur Sache: Ich habe in dem Haus, das man mir zugewiesen hat, etwas Köstliches entdeckt. *Idi sjuda!*« Er winkte den Soldaten herbei. Ohne einen weiteren Befehl abzuwarten, haute der den Koffer hin und leerte den Inhalt des Sacks auf den rostroten Boden. Der Effekt war überraschend: Der Oberst brüllte den Soldaten an, daß alle die Gänsehaut überlief, obzwar der zornige Mann sich nicht hochdeutsch ausdrückte, brüllte er so gewaltig und immer ein und dasselbe, daß dem Burschen sich die Haare sträubten und ihm das Käppi vom Kopf rutschte. Die Hände an der Hosennaht zappelten regelwidrig, und die Zähne klapperten wie in der Bibel.

Der Oberst wandte sich mit einem berückenden Lächeln an die Teerunde: »Verzeihen Sie die Lautstärke. Auch so weiß man nie, ob diese dickfelligen Burschen einen Befehl verstehen.« Freilich: Was er befohlen hatte, blieb unklar. Und niemand fragte. Der Soldat stand schweißgebadet in der prallen Sonne und rührte kein Glied. Aus dem Sack waren Bücher gepurzelt. Sämtliche Werke Tolstois, fünfzehn Bände. Eine

Prachtausgabe. Alle gleich gebunden, Lederrücken, Goldschnitt. Und nun lagen sie in jämmerlichen Verrenkungen auf der Erde, mit aufgesperrten Buchdeckeln, mit bleckenden Blättern.

»Ihr Name steht drin, Genossin Ottilia. Nicht Rescher, aber Bretz. Ottilie Bretz, so hießen Sie als Mädchen, ich habe alles überprüfen lassen. Und ich erlaube mir, Ihnen Ihr Eigentum auszuhändigen. Haben Sie alle die Bücher gelesen?« Und mit Betonung: »Übrigens Malik-Verlag.«

»Gott bewahre«, sagte Frau Ottilie. Und verbesserte sich: »Pardon. Nicht Gott bewahre, sondern, sondern ...«

»Auch für Gott gibt es im Russischen ein Wort. Selbst wenn es Gott nicht gibt.«

»Eigentlich nur ›Anna Karenina‹. Und später ›Die Kreutzersonate‹, die auf französisch. Meine Überlegung war die: Noch ein Buch von Tolstoi, und die Lust zu heiraten vergeht dir für immer, ja, du wirfst dich vor die Wusch, pardon, das ist die Schmalspurbahn hier in Schäßburg. Freilich, jetzt denke ich manchmal anders: Hätte ich nur damals, zur Zeit, mehr davon gelesen. Doch heutzutage hätte sich die Anna Karenina keineswegs vor den Zug geworfen. Sie wäre einfach von zu Hause weggegangen, in die weite Welt hinaus, zum Beispiel ans Schwarze Meer, und hätte dort als Fischweib am Markt Störe verkauft.«

»Und du, mein Junge?« Clemens hatte Tolstois ›Auferstehung‹ gelesen, aber dazu wollte er sich nicht äußern. »Ja, das Buch hat mir gefallen.«

»Kein Roman, eher die Darlegung einer sozialen Utopie«, bemerkte Oberst Kaschenko und klappte den Koffer auf. Der war voll mit Familienfotografien, im Silberrahmen, wie es sich gehörte; das Glas einiger Bilder war zerbrochen, als der Soldat ihn hatte fallen lassen. Clemens wollte sich bereits freudig bewegt auf die Lichtbilder stürzen, als die Großmutter mit einer Stimme sagte, die keinen Widerspruch duldete: »Zuviel der Mühewaltung, Herr Oberst. Man blicke nicht zurück.«

Und zu Rosa: »Seien Sie so liebenswürdig und schütten Sie alles in die Misttonne dort hinten.«

Der Oberst erkundigte sich, ob man Nachricht von der Fürstin Quastowa habe. »Sie waren ja gut miteinander.« Noch bevor Rosa antworten konnte, verneinte die Großmutter. »Wir wissen nicht mehr, als was man in der Stadt weiß.«

»Und was weiß man in der Stadt?«

»Was auch Sie wissen«, sagte die Dame des Hauses kühl.

Während der Polizeioffizier die Mütze aufsetzte und die Handschuhe überstreifte, sagte er: »Meine Beobachtung ist, daß der Wahrheit und der Gerechtigkeit eine Kraft innewohnen, die diese hehren Wörter befähigen, sich auch von alleine in der Welt durchzusetzen. *A la longue,* selbstredend.« Und unvermittelt zu Frau Ottilie: »Könnten Sie mich bis zum Tor begleiten, Gnädigste?«

»Rosa, seien Sie so liebenswürdig, begleiten Sie den Herrn Oberst. Hier weiß man, was sich schickt.«

»Zuviel der Ehre«, erwiderte der Oberst, »doch bitte bemühen Sie sich in persona, gnädige Frau. Es wird Ihr Schaden nicht sein.«

Auf dem Weg zum Tor gab der sowjetische Offizier der Großmutter einiges zu verstehen, worüber sie sich nachher mit Clemens Gedanken machte. »Vor mir müssen Sie nichts verbergen, gnädige Frau. Alles, was ich wissen will, bekomme ich heraus, mit Ihnen oder ohne Sie.«

»Genau das ist meine Überlegung«, sagte die Dame, die sich mit beiden Händen auf seinen Arm stützte, wegen der Krampfadern. Die Zigarre hatte sie ausgedrückt.

»Wenn Sie wünschen, kann ich mit Leichtigkeit herausbekommen, wo Ihre Schwiegertochter sich aufhält.«

»Zu freundlich, Herr Oberst, doch bitte bemühen Sie sich nicht. Das ist weder in ihrem Sinn noch in meinem. Abgesehen davon, daß Sie das längst wissen.«

Oberst Kaschenko fuhr fort: »Ich bin gut sichtbar ein Offizier der glorreichen Roten Armee. Und damit ist meine Position hier in der Stadt eindeutig bestimmt.«

»Auch meine Position in der Gesellschaft steht gut sichtbar und eindeutig fest. Darum bin ich ja hier, wo ich bin.«

»Und darum müssen Sie sich, Genossin Ottilie, vor denen hüten, die Ihr Vertrauen besitzen und gleichzeitig von der Gegenseite erpreßbar sind. Der Teufel erscheint immer anders, als er ist. Küß die Hand, Madame.« Doch weder küßte der sowjetische Oberst die Hand der Dame, wie das die rumänischen Offiziere liebend gerne taten, noch schlug er die Hacken zusammen, wie man das von den Offizieren aus dem »Reich« gewöhnt war. Aber er verbeugte sich wie ein Graf. »Der Tee war vorzüglich. *Do swidanija! La revedere!* Auf Wiedersehen!«

Kaum war er zum Tor hinaus, da kippte der russische Soldat der Länge nach auf den Boden. Clemens und Rosa stellten ihn auf die Beine, er wankte und schwankte, vielleicht hatte er einen Sonnenstich. Sie setzten ihn behutsam in die Futterkrippe, die im Schatten des Baumes als Bank diente, und bedeckten seinen Kopf mit einem Rhabarberblatt. »Gebt dem armen Burschen einen Schnaps.«

»Recht so«, sagte Rosa. »Schnaps braucht er, sonst wird er rabiat und schießt uns tot.«

»Und füttern Sie ihn mit evangelischem Speck. Dann wird er fromm.« Das Wasserglas mit Schnaps leerte der junge Mann auf einen Zug. »*Charascho!*« Während Clemens ihn mit der Pferdebürste abstaubte, war Rosa ins Haus geeilt. Eine rote Zwiebel, kleingeschnitten und mit geschnitzeltem Speck zu einer Paste vermischt, das war der evangelische Speck in Siebenbürgen. Der Krieger aß mit Appetit. Nachdem er die Flasche mit Schnaps bis zur Neige ausgetrunken und zum Schluß kräftig ausgespuckt hatte, ging er unter vielen Verbeugungen davon. Rosa begleitete ihn sicherheitshalber bis vor die Kaserne.

Frau Ottilie sagte zu Clemens: »Die Welt steht kopf. Bisher war es so, daß man sich vor den Russen zu fürchten hatte. Jetzt soll man sich vor den eigenen Leuten in acht nehmen. Wohin kommen wir? Wenn sich das Mißtrauen einnistet, ist es mit der Gemütlichkeit vorbei. Aber wen meint der Kaschenko? Unsere Rosa? Vor deinem Nächsten jedes Wort auf die Waagschale legen? Unerträglich, dieser Gedanke.«

Clemens überlegte: »Sie kann nicht gemeint sein. Unser Vertrauen hat sie wohl, aber damit ist nur der notwendige Grund gegeben. Der hinreichende Grund fehlt: Sie ist nicht erpreßbar.«

»Das beruhigt mich«, sagte die Großmutter. »Oder meint er den Dr. Oberth? Wieso ist er Chauffeur bei den Genossen? In der letzten Zeit findet er zuviel an rücksichtsvollen Worten für die Bolschewiken. Es ist direkt peinlich. Er sagt nicht mehr asiatische Horden, er sagt Steppenmenschen.«

»Er ist vielleicht erpreßbar wegen seiner Frau, der Fürstin. Aber weil er die Parteibosse spazierenfährt, beginnen die Leute ihn bereits zu meiden, hütet jeder seine Zunge vor ihm. Somit kann er schwer einen Spitzel abgeben.«

»Dann wer?«

»Es muß ein brauchbares Instrument sein. Zum Beispiel einer, der bei den Deutschen mitgekämpft hat, in der Wehrmacht, bei der SS, gegen die Russen. Vor einem solchen nimmt keiner sich ein Blatt vor den Mund. Und einen solchen haben die andern in der Hand.« Man atmete auf. Helden und Kämpfer verkehrten in diesem Haus nicht.

Doch das andere: Wahrheit und Gerechtigkeit, sie schaffen von alleine in der Welt Ordnung? Darüber zerbrach man sich in Schäßburg weidlich den Kopf. Sogar der Stadtprediger Buzi Bimmel vergriff sich an diesen hehren Worten und hielt eine Predigt darüber. Welch Kraftakt von diesem Mann, der ansonsten eingestand, daß bereits die Theologie des Karl May für ihn zu anstrengend sei. In seiner Studierstube gab es außer der Luther-Bibel nur Karl-May-Bücher, freilich die komplette Kollektion, von Nummer 1, ›Durch die Wüste‹, bis Nummer 65, ›Der Fremde aus Indien‹.

Im Unterschied zum Stadtpfarrer Aemilius Kyriakos Siegfried Seraphin, der so hohe Theologie brachte, daß die Leute einen steifen Nacken bekamen und manchen die Augen zufielen, erging sich sein Prediger sonntagein, sonntagaus im Volkstümlichen und Urwüchsigen. Die Geburt Jesu im Stall zu Bethlehem beschrieb er mit allen Schwierigkeiten der Entbindungskunst aus der Sicht Josefs. Dazu kein warmes Wasser und keine Watte und statt Windeln Fußlappen und das Stroh blutig. Niemand in der Kirche schlief, kein Auge blieb trocken. Genauso hautnah schilderte er, wie die Ehebrecherin die Ehe gebrochen und wie der betrogene Mann die beiden auf frischer Tat ertappt hatte, nackend wie im Paradies, und wie der Zornwütige sie samt dem Strohsack zur Tür hinausbefördert hatte, mit einem einzigen Fußtritt – die Frauen schrieen auf vor Lust, und die Männer bekamen Schluckauf.

Diesmal jedoch hatte Buzi Bimmel den Nerv der Kirchengemeinde nicht getroffen. Die Predigt über die Gerechtigkeit und Wahrheit war zu hoch, zu blutleer, zu strohern, nicht nur für das einfache Volk, auch für die Gebildeten. Und er bekräftigte das schuldbewußt mit den Worten: »Nicht einmal meine Frau, die immer alles besser weiß, hat die Predigt verstanden.«

Man kam auf keinen grünen Zweig, was der sowjetische Stadtkommandant gemeint haben mochte. Und dieser meldete sich nicht zu Wort, wiewohl man sichergehen konnte, daß er über das Gerede Bescheid wußte. Einig war man sich von der Obergasse bis zur Untern Gasse, daß der russische Offizier eine andere Gerechtigkeit und Wahrheit vor Augen hatte als die, wonach man dürstete.

Im Herbst tauchte Onkel Kuno auf, auch um die neue Wohnung seiner Mutter zu begutachten. November war es, doch noch spätsommerlich warm, man konnte am frühen Nachmittag draußen sitzen.

Kuno Rescher, der in Gnadenflor ein Kino betrieb, hatte die Zeichen der Zeit erkannt: Die größte Gefahr ist das gesprochene Wort. »Im Nu kann man sich um Hals und Kragen reden.

Altes Sprichwort: Wer schweigt, hat wenig zu sorgen, der Mensch bleibt unter der Zunge verborgen. Goethe. Also zurück zum Stummfilm.« So erklärte er sich unter der Linde in der Familienrunde.

Nachdem er seinem Bruder Otto im Gefängnis in Stalinstadt ein Paket hatte zukommen lassen, hatte er einen Abstecher nach Fogarasch gemacht, der kleinen Stadt am Fuße der Südkarpaten, und war dort beim Kinobesitzer Laurisch-Chiba fündig geworden. Das Kino, während des Ostfeldzugs mit einem zweisprachigen Firmenschild ausgestattet – KINO ENDSIEG – CINEMA VICTORIA –, hieß jetzt nur noch CINEMA VICTORIA. Den deutschen Endsieg hatte der Kinomann am 23. August 1944 kassiert. Zu Kuno Rescher hatte Herr Chiba elegisch gesagt: »Doch an den Kragen geht es uns wie immer, Herr Kollega.«

»Mir nicht«, antwortete Herr Kuno kühl und zuckte mit dem Buckel. Und als Herr Chiba ihn verständnislos ansah, erklärte er: »Denn ich trage keine Kragen, Genosse, wo ich keinen Hals habe, wie Sie sehen.« Damit war das Gespräch zu Ende. Genosse, das genügte. Herr Laurisch-Chiba ging aus seinem Kino hinaus, sagte nicht einmal: »Adieu.« Ein paar Monate später mußte er eine Karte lösen, wenn er sich einen sowjetischen Film ansehen wollte.

Vor allem hatte es Kuno Rescher gedrängt, bei entfernten Verwandten, aber guten Freunden von einst, hineinzuschauen. Trudl Goldschmidt, verheiratet, vier Kinder, eine weitläufige Cousine, war seit der Jugendzeit die Flamme seines Herzens; ein Herz, das viele im Gehäuse seines Buckels nicht zu finden wußten. Eben war die Familie seiner stillen Liebe aus dem Haus geflogen, im wahrsten Sinne des Wortes, der Löwe auf dem Postament war allein geblieben.

Kuno Rescher berichtete über Fogarasch: »Jawohl, ich habe alles vor Ort gesehen. Bin somit ein wandelndes Zeugnis der Armseligkeit dort. Es ist ein Jammer! Unser Vetter Felix ...«

»Angeheirateter Cousin zweiten Grades. Nicht er, seine Frau Gertrud ist mit uns verwandt«, präzisierte Frau Ottilie.

»Also bitte: Mein lieber angeheirateter Cousin Felix, vor allem aber mein guter und mutiger Schulkamerad Lixi, das war er nämlich, noch bevor er meine liebwerte Cousine Gertrud geheiratet hat. Er hat mich vor den rüden Klassenkameraden geschützt und versucht, meinen Buckel wegzumassieren. Der naive Felix. Gardemaß, gedient bei der Kavallerie, Augen so blau wie Enzian und einstmals etepetete wie ein ungarischer Magnat. Berlocke mit Monogramm, darin das Bild der aparten Gertrud.«

Rosa verschwand im Haus, brachte den Tee. Als Tisch bot sich ein Riesenschaff an, hoch wie eine Bartheke und abgedeckt mit einer Holzplatte. Dort hatte man früher die Fohlen gebadet.

»Kann ich jetzt gehen, gnä' Frau?«

»Gewiß, doch setzen Sie sich noch ein Weilchen zu uns. Wir hören gerade einiges von Fogarasch.«

»Ah«, sagte Rosa. »Man denkt, die Leut dort sind aus der Welt.« Clemens bot ihr seinen Platz im Kutschengestell an, aber sie holte einen Blecheimer, stülpte ihn um, setzte sich schwerfällig, ächzte: »Die Gelenke, sie rosten ein. Doch hören tu ich noch alles.«

»Eigentlich nichts Neues. Überall das gleiche traurige Tableau«, klärte Frau Ottilie sie auf. »Wie Sie wissen, lebt in Fogarasch meine Nichte Gertrud mit den vier Kindern ...«

»Ich weiß, ich weiß alles«, sagte Rosa. »Ich kenne mich aus. Die Frau Gertrud ist die Frau vom Herrn Felix, auch eine geborene Goldschmidt, wie Ihnere Frau Mutter, die alte Frau Bretz. Nur waren es fünf Kinder. Doch der Engelbert ist tot.«

»Totgeschwiegen«, sagte Frau Ottilie barsch. Niemand widersprach.

Auch Vetter Felix hatte im Juni 1948 seine Firma hergeben müssen, eine prosperierende Eisen- und Glaswarenhandlung. Er tat es auf gut sächsisch, ohne Widerrede, ohne Widerstand.

»Nur unser armer Herr Otto hat gegen den Wind gepischt. Alle haben sich wie die Schafe zur Schlachtbank treiben lassen, das sagt schon der Prophet. Nur der wackere Herr Otto hat dem siebengeschwänzten Löwen in den Hals gegriffen wie der heilige Samson. Für diese Heldentat büßt er im Gefängnis.«

Doch mehr als die Heldentaten seines Bruders Otto beschäftigte zur Stunde Herrn Kuno das Schicksal seines angeheirateten Vetters Felix. Er fuhr fort: »Verschleppt nach Rußland, hat unser Felix ein Mordsglück gehabt. Mit einem Jahr ist er davongekommen. Gerettet hat ihn, daß man dortzulande während des Winters die Toten nicht begraben kann, die Erde ist Stein und Bein gefroren. Bereits im Leichenschuppen ist er gelegen. Und hat sich dann aus dem Haufen der Toten herausgewurstelt, ist bei minus vierzig Grad in die Wohnbaracke gerannt, ein nacktes Gespenst, mit Reif bestäubt, zum Entsetzen der Insassen. Die Kälte hat ihn auferweckt. Das erzählt man sich in Fogarasch.« Man trank Tee im stillen Gedenken.

»Fragt man ihn aber, wie war's in Rußland?, sagt er immer dasselbe: ein schönes, fruchtbares Land. Du steckst den Pflug in Kiew in die schwarze Erde und wendest ihn erst bei Moskau. Und keine Kirchtürme. Nur Ebene, Flachland, endlose Horizonte. Und die Mode: nicht Firlefanz, reine Zweckkleidung. Alle Welt läuft in grauen Monteuranzügen herum, sehr bequem.«

Die Sowjets schieben ihn vorzeitig ab. Für Auferstandene haben sie keine Verwendung. Sie schicken ihn ins viergeteilte Deutsche Reich. Mit einem Invalidentransport kommt er in der sowjetischen Besatzungszone an, neununddreißig Kilo, Haut und Knochen. »Er schleicht sich über sieben Grenzen nach Rumänien zurück, der Depp. Ja, und gibt auf dieser ganzen Mordstour den Ehering von seinem toten Freund nicht aus der Hand, bis er ihn in Fogarasch der Witwe überreicht, wie er es dem Sterbenden im russischen Lager versprochen hat; verhungert lieber, statt den Goldring zu Geld zu machen. Die Frau des Toten hat schon längst einen anderen am Bandl.«

Onkel Kuno machte eine Pause. Ein jeder dachte sich das Seine. Allein Rosa meinte: »Das ist wie in einem Roman.«

»Kurz bevor ich dort war, hat man sie aus ihrem Haus hinausgetan, buchstäblich hinausgeworfen, die Möbel und alles zum Fenster hinaus. Nun hausen sie in einer Bruchbude, Rattenburg nennt die phantasievolle Gertrud ihre Behausung. Aber singen tut sie nach wie vor. Und läßt ihre Brut nicht verhungern, wie sie sagt. Sie hat sich eine Rundstrickmaschine angeschafft, strickt Strümpfe und singt. Sie sagt: Das einzige, was mich beschäftigt, ist auszuknobeln, wie ich meine Familie durchbringe, ohne daß gehungert und gefroren wird. Es ist spannend wie bei den trickreichen Kreuzworträtseln oder wenn man eine vertrackte Denksportaufgabe zu lösen hätte. Und der Felix verlegt sich auf die Schweinezucht.«

Sorgen allerdings bereite der Familie der älteste Sohn Norbert Felix, der nicht zur Ruhe komme, nirgends seinen Platz finde, immerfort etwas Neues versuche. Gleich nachdem sie ihre Firma verloren hätten, habe er den dialektischen Materialismus zu studieren begonnen und sich auf das »Kapital« von Marx gestürzt. Daraufhin wollte er im nächsten Jahr Theologie studieren. Im Sommer hatte er sich als Viehtreiber verdungen, Lehrbub bei den Zigeunern, und nachher Wege im Gebirge markiert, wo es dort doch von Partisanen wimmelte.

»Oder er behauptet mit Grabesstimme, daß alle jungen Leute seiner Generation verwandt seien mit Tonio Kröger, verkrachte Existenzen ohne Zukunft, oder Schemen, zum Untergang verurteilt wie Hanno Buddenbrook. Neuerdings schreckt er jeden mit diesem sonderbaren Satz, er werde immer vor ihm da sein. Auch mir hat er nachgerufen: Ich bin vor dir da, lieber halber Onkel dritten Grades.«

Rosa wußte ein Heilmittel für den verdrehten Burschen: »Arbeiten soll er gehen in die Ziegelfabrik, wie unser Clemens, dann schwitzt er alle Dummheiten aus.«

13

Eines Morgens war Sivu Savu zur Stelle, in Arbeitskluft wie alle. Er fuhr wie ein Habicht zwischen die Arbeiterinnen, die sich um die alte Piranda scharten. Er beschimpfte die Mädchen und Frauen mit ordinären Worten, wo der Schwanz des Herrgotts und der verhurte Schoß der Mütter herbeizitiert wurden, und flocht immer wieder pathetisch die Worte *dragele tovarăşe,* liebwerte Genossinnen, ein. Diese ließen alles über sich ergehen, ohne einen Ton von sich zu geben. Nur die Arbeit stockte. Auch die Schichtführerin Piranda zankte er aus: daß sie alles falsch mache, nicht mit der Karbatsche hinter den Fräuleins stehe, *toate domnişoare,* und daß ihr nur an ihrem Tabak gelegen sei. Er komme eben vom Stadtkomitee, und man sei sehr unzufrieden, daß die Norm nicht überboten worden sei, wie man sich in der letzten Sitzung der Jugendorganisation verpflichtet habe. Mit dem Kommunismus solle man nicht Schindluder treiben.

Die Gescholtene schwieg und sog an ihrer Pfeife. Wer aber mit Handschuhen arbeite, der verderbe nicht nur die guten Sitten der Arbeiterklasse, sondern hemme auch die Produktion. Auch darum stehe es um das Plansoll dieser Gruppe schlecht. Aber das mit den bourgeoisen Handschuhen, das werde er im Handumdrehen bereinigen ... Und jetzt wolle er den Rhythmus angeben.

Die alte Zigeunerin sagte: »Es ist auch Zeit. Weil wir hier alle für dich arbeiten müssen, du Nichtstuer und Herumtreiber, schaffen wir die Norm so schwer.« Er wisse doch sehr gut, daß ihre Gruppe nach Stück und Zahl entlohnt werde und ihn mit seinem Monatsgeld am Buckel mitschleppen müsse.

Sivu Savu spuckte in die Hände und begann mit großer Gebärde die Ärmel aufzukrempeln. Er gesellte sich als Dritter zu einer Lore, die hinter der von Clemens herlief. Und machte seine Drohung wahr: Als Clemens im Innenraum des Brennofens angelangt war, fiel der rabiate Jugendführer über ihn her, faßte nach seinen Armen und versuchte sie auf den Rücken zu drehen. Doch der Anschlag mißlang im ersten Anlauf, denn kaum hatte Clemens die Abteilung zum Vorwärmen betreten, wo mehrere Feuer vor sich hin schwelten, brach ihm der Schweiß aus, so daß die Hände des Angreifers auf seiner Haut abrutschten. Erst beim zweiten Zugriff krallten sie sich an Clemens fest. Ehe der begriff, was geschehen war, saß ihm der Feind im Nacken, hielt ihn fest und streifte ihm die Handschuhe ab. Ins Feuer wollte er sie werfen, als Carmencita sich auf den Raufbold stürzte und ihm die Handschuhe zu entwinden versuchte. Der schlug ihr mit der Faust ins Gesicht. Die Nase blutete, es sah erbärmlich aus und gefährlich auch. Sie ließ nicht ab von ihm, packte seine Hand und biß zu; die Handschuhe fielen zu Boden. Das Mädchen raffte sie auf und lief davon. »Verfluchtes Weibsbild«, schrie der Übertölpelte, indes er die Bißwunden mit Speichel einrieb. »Aus euch beiden werde ich noch Gulasch machen, aus dir, du Teufelsbraut, und deinem Galan!«

Keiner war ihr beigesprungen. Alle hatten stumm zugesehen, niemand hatte einen Finger gerührt.

Die Vorarbeiterin Piranda sagte: »Die sehen wir heute nicht mehr.« Und befahl dem gebissenen Burschen: »So, anstelle der Carmencita packst du an. Mit dem Clemente bedien das Waggonettl Nummer zwei.« Flüche vor sich hin murmelnd, gehorchte der Aktivist. Jeder der beiden Arbeiter war auf je einer Seite der rollenden Eisenregale postiert, von wo sie wütend die Mauersteine in das Gestell schubsten, ohne sich anzusehen. Wortlos verrichteten die Rivalen ihre Arbeit bis zur Mittagspause.

Dann traf Clemens Carmencita beim Fluß. Ein lustiges Feuer brannte. Sie hatte zwei Gänseeier stibitzt und rührte eine Eierspeise an. Der ausgehöhlte Stein diente als Schüssel. Sie war barfuß. Ihr Oberteil hatte ein paar Blutspritzer abbekommen. Sie beugte sich weit vor, und es schien, als schimmerte ihre Haut unter der Bluse anders als bisher: als durchpulse sie ein Hauch von Glut.

Über das Vorgefallene verloren sie kein Wort. Sie reichte ihm die Handschuhe; er verstaute sie schweigend in der Hosentasche. Jetzt erst bemerkte er, daß zwei geronnene Blutspuren von ihren Nasenlöchern zur Oberlippe liefen. Er nahm das Mädchen an der Hand, die sie ihm willig ließ. Beide wateten sie in den Fluß hinein, körniger Sand kitzelte ihre Fußsohlen. Er befeuchtete den einen Handschuh und wischte ihr behutsam die Blutspuren weg. Sie schloß die Augen. Eine Weile standen sie still und spürten, wie die geduldigen Fluten ihre Schenkel umspülten, fühlten, wie der Aufruhr der Ereignisse zur Ruhe kam. Dann warf er die Handschuhe in den Fluß. Die Strömung spielte mit ihnen, ehe sie versanken. Sie hatte die Augen geöffnet, als das Wasser sie gurgelnd verschlang. »*Bine face*«, sagte sie, »die bringen uns nur Unglück.«

Als das eiserne Schlagbrett das Ende der Mittagspause ankündigte und die beiden sich an ihrem Arbeitsplatz einfanden, war der fuchtige Jungaktivist verschwunden, doch unter Drohungen.

In den Tagen darauf bildeten sich auf Clemens' Handflächen Blasen, die mit gelber Flüssigkeit gefüllt waren. Am übernächsten Tag platzten sie auf, rotes Fleisch quoll hervor. Am dritten Tag stöhnte er bei jedem Handgriff. Carmencita versuchte, Schmerz und Wunden zu verscheuchen, indem sie mit ihren Lippen über die brennenden Handteller strich. Vergebens.

Mutter Piranda sprach mit dem Schichtmeister vom Ringofen. Der beauftragte Clemens, durch ein Fenster die Flamme im Ofen zu beobachten, die gleichmäßig brennen sollte. »Schlaf nicht ein!« riet Mutter Piranda. Und: »Zeig dich so wenig wie möglich, denn diesen Posten gibt es nicht. In drei Tagen kannst du mit deinen Händen einen Ziegelstein spalten.« So war es.

Drei Tage verbrachte er hier in wohliger Wärme, während

draußen die langerwartete Schafskälte die Leute frösteln ließ. Carmencita huschte immer wieder herbei, legte seine Hände an ihre Wange, befeuchtete sie mit ihren Lippen, und er spürte, wie sie heilten und an Kraft gewannen.

Carmencita hatte einen Hund geerbt, einen Hund im besten Alter, der auf den kuriosen Namen Krimschild hörte. Daß das eine Kriegsmedaille sei, wußten nur Clemens und sein Chef Iancu, der *domnule căpitan*. Der Hund kam nahezu jeden Tag seine Herrin besuchen. Die Arbeiter nannten ihn kurz Crimi. Sein zottiges Fell war gefleckt, schwarz in weiß. Nur über den Augen gab es eine Tusche von Braun wie Brauen. Er hatte die Allüren eines älteren Gymnasiallehrers beim Spaziergang über den Philosophensteg. Gemessenen Schrittes stolzierte er heran, die Augen halb geschlossen, als wälze er Gedanken, den Schwanz würdevoll in Schwebe, nicht zu hoch, nicht zu tief. Nie, auch nicht in den Stunden der Erniedrigung oder des Seelenschmerzes, klemmte er ihn zwischen die Beine.

Manchmal blieb er stehen, schwankte auf seinen Beinen, schloß die Augen, und die Menschen, die ihm nahestanden, wußten: Jetzt war ihm etwas Bedeutsames eingefallen. In der Fabrik mochte ihn jeder, ja man wartete auf ihn, trottete er doch herbei nach seiner Siesta, so daß man ermessen konnte: Bald ist die Schicht zu Ende. Er stupste das Mädchen Carmencita mit der Schnauze an, leckte zweimal an Clemens' Händen und ließ sich dann mit einem Seufzer der Erleichterung nieder. Die Schnauze bettete er auf die Pfoten, die Augen aber schloß er nicht, sondern folgte dem Auf und Ab des Waggonettls, das die beiden, Carmencita und Clemens, dahinrollten. Kam das Vehikel vom Ringofen zurück, leuchteten seine Augen.

Seine unsagbare Freude war, wenn die beiden ihn auf die untere Ladefläche verfrachteten und auf ihre Tour mitnahmen. Das verzögerte zwar den Sieg des Sozialismus – eine Reihe Ziegel mußte warten –, aber alle Höheren und Hohen bis zum Ingenieur drückten ein Auge zu oder zwinkerten wohlwollend. In bischöflicher Positur lagerte Crimi auf den staubigen Brettern, eine Pfote erhoben, als grüße, ja als segnete er das Volk ringsum.

Dieser Hund hatte keinen Stammbaum, doch eine Biographie: Er war das Vermächtnis eines Frontsoldaten an seine Frau, an die Kriegswitwe Adelheid Boltres. Als der Krieg gegen die Sowjetunion 1941 ausgebrochen war, hatte ihr Mann, Getz Boltres, als rumänischer Soldat den Feldzug bis Odessa mitgemacht. Dort hatte ein Schuß seinen Helm gestreift, seine Gedanken durcheinandergewirbelt und ihm die Sprache verschlagen. In diesem verbeulten Helm hatte der Mann ein Hündchen nach Hause gebracht, als man ihn zur Genesung ins Hinterland schickte. Ohne daß er etwas hervorstottern mußte, schloß seine Frau das kläffende Wollknäuel ins Herz. Sie nannte es Krimschild, nach der Auszeichnung, die ihr Mann nach der Eroberung der Krim erhalten hatte.

Kaum seiner Sprache wieder mächtig, mußte er an die Front zurück, diesmal als Sturmmann der Waffen-SS. Von dort erhielt die junge Frau die Todesnachricht. Ein Kamerad überbrachte ihr den Stahlhelm mit einem Durchschuß genau in der Mitte der Stirn. Nachdem sie das Loch verkittet hatte, erhielt Jung-Krimschild aus dem Helm sein Futter.

Vor kurzem hatte Adelheid Boltres, in der Stadt bekannt unter dem Zunamen »das blonde Gift«, die Ausreisegenehmigung ins Reich erhalten, nach Berlin, sogar nach West-Berlin, wo ein angeblicher Onkel die Familienzusammenkunft sehnlich herbeiwünschte.

Daran hatte niemand gedacht. Was bisher die Gemüter bewegt hatte, war allein, ob Dr. Tannenzapf die fesche Kriegswitwe heiraten würde, die seinen Haushalt führte.

Den Paß händigte man ihr bei der brandneuen Securitate aus. In einem abgedunkelten Zimmer nahm sie ein Mann in Zivil in Empfang. Der saß verschanzt hinter einem Schreibtisch, auf dem zwei Telefone thronten. Er trug eine Sonnenbrille. Und ließ die Dame stehen. Sie aber stand gerne, ja, betrachtete sich neugierig in den spiegelnden Brillengläsern, ergötzte sich an ihrer Aufmachung in exzentrischer Verkleinerung. Lange starrte der Mann sie aus verkappten Augen an. Sie lächelte. Als er schließlich den Mund auftat, waren es Drohworte, die er der Reiselustigen als Wegzehrung mitgab: Sie sei nun staatenlos, habe kein Vaterland mehr. Doch wehe, wenn sie die junge Rumänische Volksrepublik in der Fremde schlechtmache! Man werde Wege finden, ihr das Maul zu stopfen, an jedem Ort der Weltkugel, »*pe tot globul*«.

Frau Adelheid gab eine bestürzende Antwort: Vielleicht gehe sie in den Osten des zerstückelten Deutschen Reiches. In der Sowjetzone sei sie ja wohl in Sicherheit? Sie blickte ihn treuherzig an.

»*Idee bună*...«, murmelte er und notierte etwas. Er schärfte ihr ein, daß sie binnen vierundzwanzig Stunden das Land verlassen müsse. Außer einem Koffer mit dem Allernötigsten, *strictul necesar,* durfte sie noch drei Objekte mitnehmen: den Ehering, eine Bibel, »*și un kilogram fotografii*«.

Der Mann hob den Paß über die Kante des Schreibtisches in die Höhe, so wie man neckisch Kindern etwas verwehrt, von dem sie genau wissen, daß sie es bekommen werden. Um sich das kostbare Aktenstück zu holen, mußte die junge Frau sich tief hinüberbeugen, fast berührte ihr Busen die Glasplatte des Tisches. Das hielt lange an, so lange, bis ihre Haare, das blonde Gift, die pechschwarzen Brillen verdeckten, ihre Haarlocken dem Machthaber das Augenlicht raubten. Jäh schleuderte er den Paß über den Tisch, daß er drüben auf den Boden flatterte. Frau Adelheid Boltres bückte sich, der Atlasrock knisterte über dem Gesäß, sie griff sich das graue Büchlein, prüfte noch in der Hocke, ob die Personaldaten stimmten, streckte und reckte sich zu voller Höhe, strich den Rock glatt und ließ mit einer zärtlichen Bewegung das Dokument im Busen verschwinden. Ohne sich umzudrehen und ohne zu grüßen, schritt sie zur Tür hinaus und weiter und weiter. Der hochmögende Staatsdiener mußte seinen Sitz verlassen und die Tür hinter der staatenlosen Dame schließen.

Neugierig waren die Leute im Städtchen, wie es ihr gelingen werde, ihren Haushalt binnen eines Tages und einer Nacht aufzulösen.

Sehr einfach. Sie ging zum Bulibascha in die Zigeunerkolonie. Der entsandte eine Delegation von Männern mit riesigen Bärten und Frauen mit strotzenden Hüften. Frau Adelheid öffnete die Türen zu den Zimmern, zur Küche, zur Speisekammer, setzte sich auf ihren gepackten Koffer und sagte: »Das alles ist euer!« Im Handumdrehen waren die Räume leergefegt. Doch Schule machte diese Methode nicht, als die Pässe zu tröpfeln begannen.

Den Hund hatte Frau Adelheid beim Bulibascha gelassen, damit er nicht an die Kette komme. Und ebendort hatte sie die beiden Helme zu treuen Händen übergeben, den rumänischen und den deutschen. Krimschild hatte sich unter die Kinder, die Ferkel, die Hunde und Hühner und Katzen gemischt, bestaunt und verehrt wegen ungekannter, wundersamer, märchenhafter Gerüche, die er offenherzig versprühte, darunter auch unheimliche: solche nach Hakenkreuzen und schwarzen Fotorahmen. Und die junge Carmencita hatte er liebgewonnen. Er wich nicht von ihrer Seite.

Als Sivu Savu unerwartet durch die Hallen lärmte, übersah er das Hundsvieh, ging zur Tagesordnung über; ja, vielleicht hätte der finstere Geselle ihn nicht einmal entdeckt, hätte Krimschild, der ehrliche Esel, ihn nicht angeknurrt, im Namen aller.

Zwei Tage danach schleppte sich der Hund heran. Kurz vor der Mittagspause wankte er durch die Halle. Alle wußten, was es geschlagen hatte. Geifer floß ihm aus der Schnauze, mit roten Schaumflocken. Ohne sich umzusehen, torkelte er weiter, immer wieder knickten die Hinterfüße ein. Clemens und Carmencita ließen alles stehen und fallen und folgten dem geschundenen Hund. Der spürte die Badestelle auf, dort brach er zusammen. Carmencita hockte sich neben ihn. Er barg seine Schnauze in ihrem Schoß, bekleckerte ihren Rock mit Schaum und Blut. Sie flüsterte ihm Kosenamen ins Ohr. Dann riß er sich los, Krämpfe schüttelten seinen Leib, in tollen Bockssprüngen trieb es ihn über die schmale Uferwiese. Urlaute zwischen Bellen und Jaulen ließen die Weiden erzittern, furchtbare Schmerzen rissen ihn hin und her. Clemens hielt sich die Ohren zu, Carmencita wartete wortlos, hielt die Hände gefaltet. Ließ der Anfall nach, kroch der Hund zu seiner Herrin und legte demütig Kopf und Schnauze in ihren Schoß, als bitte er um Vergebung. Dann, mit einer letzten übermächtigen Anstrengung, schnellte der Körper des Tieres empor und fiel ins Dornendickicht. Ein Schrei, ein Röcheln, ein Seufzen, so hauchte der Hund seine Seele aus.

Die zwei Menschenkinder zerrten den toten Crimi aus dem Gestrüpp. Die blutigen Kratzer an den Händen spürten sie nicht. Sie lagerten ihn auf Farnkräuter. Carmencita drückte ihm die Augen zu, säuberte mit ihrer Bluse seine Schnauze. »Schaufle ihm das Grab«, sagte sie und stieg zum Fluß hinab, die klebrige Bluse in der Hand. Bei jedem Spatenstich tat sie einen Schritt weiter zum Stromstrich hin, verharrte schließlich an der tiefsten Stelle. Kleine Wellen umspülten ihre Hüften. So stand sie lange im Fluß, mit dem bloßen Rücken zum Ufer gekehrt. Unbeweglich stand sie, bis die Wasser der Tiefe alles mitgenommen hatten: Schaum und Blut und seine Seele.

»Noch einen Spatenstich tiefer, sonst scharren die wilden Tiere seinen Leib heraus.« Sie kleidete die kleine Grube mit Weidengeflecht aus. Die beiden lagerten den Leib des Hundes in diese letzte Behausung. Carmencita deckte sein Fell mit würzig riechendem Wacholder zu. Aus einer Flasche, die ihr die alte Zigeunerin zugesteckt hatte, goß sie in Kreuzform Wein über das offene Rechteck in der Erde, dreimal: »Damit die aufgescheuchten Erdgeister versöhnlich gestimmt werden und ihn gastfreundlich aufnehmen.«

Bis zum Ende der Schicht pendelten sie wortlos mit dem Waggonettl hin und her, jedesmal war es voll beladen, in allen Regalen beladen.

Als sie sich trennten, sagte sie zu Clemens: »*Mulţumesc.*« Danke. Dann haschte sie nach seiner Hand und berührte sie leicht mit den Lippen.

Am Anfang der nächsten Woche erwartete zu Schichtbeginn ein Dreigespann die Arbeitsgruppe. Mit todernsten Gesichtern standen sie an der Rampe der Loren: Der *tovarăse director* Tomnatec in der Mitte, flankiert von zwei Männern, von denen es schien, als seien sie aus Versehen neben den kolossalen Genossen geraten; es waren der Jugendsekretär Sivu Savu, ohne Helm und Keule, und ein unbekannter Mann mit einer Ledermütze auf dem Kopf; in einem olivfarbenen Gesicht wanderten finstere Augen hin und her, ohne jemanden anzusehen. »*Tovarăşul dela judeţ*«, stellte ihn der Jugendaktivist vor. Der Genosse vom Kreiskomitee. Was dieser zu sagen hatte, war kurz und bündig: Man müsse die Belegschaft rationeller und effizienter einsetzen. Und damit habe der *tovarăşe responsabil de unitate* das Wort, und er wies auf Herrn Tomnatec.

Dieser sagte lustlos, indem er die beiden Männer von sich wegschob, daß von nun an die Arbeitsgruppe der Genossin Piranda das Fließband zu bedienen habe, mit dem die getrockneten Rohlinge aus den Luftschuppen herausgeholt wurden. Der Genosse Sivu Savu werde »*în permanenţă*« zur Stelle sein und alles koordinieren.

Bevor sich der Genosse mit den gelblichen Augäpfeln und dem unsteten Blick verabschiedete, sagte er noch, daß man hier nicht in kurzen Hosen herumlaufen könne, denn man sei nicht am Strand in Constanza, und darüber hinaus sei es eine Verunglimpfung der proletarischen Moral und in diesem Fall ein Bekenntnis zu Hitlerdeutschland. »*Pantaloni scurţi!*« Und ging.

Mutter Piranda wurde mit einem Flaschenzug hochgehievt

und an das Ende des Fließbandes plaziert, auf dem die getrockneten Ziegel vom Dachboden des Schuppens herbeischwebten. Clemens mußte auf einen Tisch klettern, wo er genau unter ihre sieben Röcke zu stehen kam. An seinem Podest führten die Geleise der Ofenwagen vorbei. Die Alte reichte ihm die Ziegel im abgehackten Takt des Förderbandes, er stapelte sie auf seinem linken Arm und wartete, daß sie ihm jemand abnehmen und auf die Waggonettl schlichten werde. Kribblig wurde es, wenn diese nicht pünktlich zur Stelle waren. Dann stauten sich die Ziegel auf Clemens' linkem Arm, der zu zittern begann. Er dachte verzweifelt: Gibt der Arm nach, zerschellen sie am Boden, und mein Tageslohn ist dahin. Aber unten sorgte Carmencita dafür, daß das Äußerste vermieden wurde. Doch Clemens und Carmencita kamen gegen Sivu Savu nicht an, der das Anrollen der Förderwagen hinauszögerte, immer öfter, bis Clemens auf seinem Tisch bereits zu schwanken, zu taumeln begann vor unerträglicher Belastung.

Schließlich setzte er sich zur Wehr. Als Sivu Savu sich wieder einmal feixend und grinsend weigerte, ihm die Ziegel abzunehmen, öffnete Clemens den angewinkelten Arm und atmete auf, während die Mauersteine mit Gedröhn auf den Stahlhelm des Feindes polterten. Sivu Savu fiel um, rappelte sich auf, alle lachten aus vollem Hals.

Mit einem Satz kippte er den Tisch um. Clemens stürzte, schlug quer über das Waggonettl. Die Produktion stockte, nur die alte Piranda reichte die Ziegel weiter nach unten hin, reichte sie ins Leere, sie fielen zu Boden, wo sie zerbarsten – jemand hatte das Waggonettl mit Clemens aus der Gefahrenzone gezogen. Sivu Savu aber packte Carmencita am linken Arm und verdrosch sie vor aller Augen, schlug sie windelweich. Niemand kam ihr zu Hilfe.

Drei Tage und zwei Nächte dachte Clemens über diesen Vorfall nach. Am Tag vertiefte er sich in die sieben Röcke und Unterröcke der alten Piranda, die über ihm hingen, mal wie eine Rauchwolke, mal wie ein Regenbogen, und zählte die

Krampfadern an ihren Beinen. In der Nacht grübelte er, bis ihn die Turmuhr erschreckte: Mein Gott, gleich ist morgen früh! In diesen Tagen ging er Carmencita aus dem Weg, die das still hinnahm. Am vierten Morgen pflanzte er sich vor Sivu Savu auf, blickte ihm fest in die blauen Augen, holte zu einer Ohrfeige aus und schlug zu. Doch Wunderbares geschah: Der Jungaktivist ließ nicht nur alles an sich geschehen, es schien, als drehe er beim zweiten Schlag bereits dienstfertig die Backe hin, und nachdem er sich vergewissert hatte, daß die Strafaktion zu Ende sei, ging er in die Knie, haschte nach der Hand von Clemens und küßte sie.

»Weißt du, weshalb ich dir diese Watschen verabreicht habe?«

»Nein«, sagte der andere. »Mir genügt es jedoch, wenn du es weißt. Denn du bist ein Sachse, und die Sachsen tun nie etwas Unbedachtes, tun nie etwas, ohne zu überlegen.«

Nach diesen Vorkommnissen blieben Clemens und Carmencita für den Rest des Tages weg. Das Mädchen hatte Clemens einfach bei der Hand genommen und fortgezogen. Auf dem Ringofen suchten sie sich im Halbdunkel ein warmes Plätzchen. Er ließ sich erschöpft nieder und streckte sich aus, sie schmiegte sich an ihn. Bilder und Gesten hämmerten auf ihn ein, widerstreitende Gefühle bedrängten ihn. Beide fielen sie in einen tiefen Schlaf, aus dem sie erst erwachten, als die Nachtschicht zu rumoren begann.

Tags darauf erschien Carmencita nicht zur Arbeit. Ohne viel Federlesens teilte die Vorarbeiterin Piranda Clemens eine neue Gefährtin zu, eine stämmige, ältere ungarische Zigeunerin. Die stand nun zu seinen Füßen und übernahm zeitgerecht die Mauersteine, die die Alte vom Fließband herabreichte. Trotzdem schien es ihm, als breche es ihm den Arm entzwei. Und wenn er in der Essenspause taumelig von seinem Tisch stieg, ließ er sich oft auf den Beton fallen, das Gesicht in den Händen; er verzichtete auf das Mittagsbrot, nur um ausruhen zu können und Kräfte zu sammeln.

Die alte Piranda trat an ihn heran und sagte: »Sie kommt nicht mehr. Der einzige Reichtum unserer Mädchen ist ihre Schönheit und Jugend. Und die vergeht. Sie war schon sechzehn. Endlich hat sie einer geraubt.«

Die Tage von Sivu Savus Ruhm aber waren gezählt. Die Partei stellte fest, daß Keule und Helm nicht zusammenpaßten, sie bohrte weiter mit finsterer Beharrlichkeit und förderte ans Tageslicht, daß Sivu Savu nie am Bug in Transnistrien gewesen war, noch schlimmer, sie deckte auf, daß seine Familie zu den verbotenen Jehova-Anbetern gehörte. Ja, man erinnerte sich, daß es diesen Stahlhelm in Schäßburg schon eh und je gegeben habe; einem deutschen Landser war er vom Kopf gerollt, als dieser mit einem Sprung über den Schaasbach setzen mußte, um den letzten Kübelwagen Richtung Budapest und Berlin zu erreichen.

Clemens aber setzte zur Karriere an. So schien es, als ihn Genosse Tomnatec mitten in der Arbeitszeit zu sich bestellte, ihn hereinbat und ihm eröffnete, er habe einen speziellen Auftrag für ihn, zu dem Intelligenz und Präzision gehörten, dazu Verläßlichkeit und Pflichteifer. »Der Schwager meiner Frau Magdalena kommt mit seiner Frau zu Besuch, sie kommen her auf Sommerfrische.« Sie reisten von Budapest an, wo der genannte Herr nicht nur am Polytechnikum lehre, sondern sich auch durch die Erfindung einer Sonderpaste für Kugelschreiber international einen Namen gemacht habe. Nun also, diese Herrschaften seien an großstädtischen Komfort gewöhnt, wie überhaupt Europa mit Ungarn beginne, und zwar, von Rumänien aus gesehen, mit dem ersten Klosett jenseits der Grenze: Das könne man benützen, das müsse er voll Neid zugeben, obschon ein guter Rumäne. Dort, in Ungarn, könne man sich in jedem öffentlichen WC mit allen seinen Intimitäten entfalten, ohne Gefahr zu laufen, mit mehr Dreck herauszukommen, als man hineingegangen sei, »ha, ha, ha!«.

Wann aber wird von mir die Rede sein? dachte Clemens ungeduldig.

Und um das gehe es hier und jetzt. Ein Klosett müsse her, wenn auch nur ein Plumpsklo, doch immerhin als intimes Kabinett gedacht.

Verblüfft fragte Clemens, er stotterte, fiel ins Rumänische, wechselte ins Deutsche: »Ja, aber wo, wo haben Herr Direktor bisher ihre Notdurft verrichtet?«

»Notdurft verrichtet? Ah, wo wir gekackt haben? Dort, im Kukuruzfeld.« Und mit grollender Stimme, ganz Chef und Direktor: »In einer Woche muß das Scheißhaus fertig sein. Sie arbeiten mit dem *căpitan* zusammen. Der ist ja Tischler.« Immerhin hatte er ihn gesiezt, auch eine Art von Beförderung.

Schon das Ausheben der Abortgrube zog sich hin. Der Herr Direktor vernachlässigte seine dienstlichen Pflichten, schaute mehrmals am Tag vorbei, zuletzt hockte er auf einem Sitzstock und begleitete das Werk mit einem Klagegesang: »Zu langsam; sie kommen, die Herrschaften, und als erstes wollen sie aufs Klosett gehen, ich kenn das, und es steht im weiten Feld.«

»Eben«, sagte Clemens, der selbstbewußter wurde. »Eben, weit im Feld. Und nun, Herr Direktor, der Durchmesser des Loches zum Draufsitzen?«

»Der Durchmesser? Ach, sieh dir den Hintern meiner lieben Frau an, denn, mein Sohn, die Gäste kommen, die Gäste gehen, wir aber bleiben, vom Schicksal geschlagen. So soll sie es mindestens dort bequem haben, wohin selbst der Kaiser zu Fuß geht.«

Als alles fertig war und die beiden Meister den Weg von der Wohnungstür bis zum stillen Örtchen mit glasierten Ziegeln ausgelegt hatten, rief Herr Emilian seine Frau herbei: »Magdalena, mein Liebling, schau dir dies an, wunderbar, wie die Burschen an alles gedacht haben. Mit dem Nackten kannst du vom Himmelbett bis zum Klo rutschen, du Gute, du Geduldige, du Gläubige.«

Dann war es soweit. Mit Grabesstimme ließ der *tovărește* Tomnatec den Tagelöhner Clemens Rescher wissen, daß er mit 1. Oktober versetzt sei: »Sie haben einen mächtigen Gönner irgendwo oben. Doch wohin kommt dieses Land, wenn jeder einen Gönner hat, nicht nur so ein Niemand wie dieser Sivu Savu, den wir gottlob los sind, sondern selbst einer wie Sie? Eins aber weiß ich: Stürzt der Protektor, fallen die Protegés. Selbst ist der Mann!«

Clemens fragte, wohin er versetzt sei.

»In die Porzellanfabrik, und zwar mit fixer Anstellung.«

»In den Vorhof des Paradieses!« entfuhr es Clemens.

»Vielleicht«, antwortete Herr Emilian und bedauerte, ihn verlieren zu müssen, habe er doch damit gerechnet, daß Clemens ihn beerben werde, in allem. »Denn sehen Sie, junger Mann, ich selbst bin ein grober Klotz, und meine Magdalena ist mit mir nicht gut gefahren, sie eine Pfarrerstochter und ich ein Ziegelbrenner, und wir beide gezeichnet als Bourgeois.« Doch hatte das Ehepaar trotz allem beschlossen, gemeinsam zu sterben, wenn es an der Zeit sei. »*Moarte în doi.*«

Frau Magdalena blieb unsichtbar, vielleicht weinte sie leise hinter einem der Perserteppiche.

Herrn Emilian erinnerte dies alles an ein Gedicht von Lucian Blaga über den Tod im Eichbaum, »eines der frühen Gedichte, denn wenn man jung ist, denkt man oft an den Tod«. ›*Gorunul*‹ hieß das Gedicht. Er sagte es auf, sagte es auswendig her, sprach mehr zu sich, schloß mit den schweren Worten der letzten Zeilen:

»*... ascult, cum creşte-n trupul sicriul,*
sicriul meu,
cu fiecare clipă, care trece,
gorunule din margine de codru.«

Und weil er zu Recht annahm, Clemens habe vom Rumänischen nur die Hälfte verstanden oder noch weniger, sagte er stolz: »Und hier meine Version, deutsch.«

Seine Frau ergänzte: »Obwohl ein Ingenieur, ist er ein Intellektueller.«

»Oh, wer weiß es? –
Mag sein,
daß man aus deinem Stamm
mir über nicht zu lang den Schrein wird hobeln,
und nun die Ruhe,
von der ich zwischen seinen Brettern werde zehren,
ich spür als Zeichen sie derzeit,
und spüre,
wie dein Laub sie tröpfelt mir in mein Gemüt,
und schweigend
horche ich: Es wächst der Schrein in deinem Körper,
mein Totenschrein,
mit jedem Herzschlag,
der vergeht,
steinerne Eiche du an Hochwalds Rand.«

14

Endlich erhielt Clemens persönlich Post von seiner Mutter. Frau Alma Antonia schrieb in unregelmäßigen Abständen, meist nur einen kurzen Gruß, oder sie zählte die rumänischen Namen der Fische auf, die im Schwarzen Meer gefangen und in der Genossenschaft verarbeitet wurden. Dieses Mal hieß es ausdrücklich: »Mein lieber Bub!« Der Schluß lautete: »Vergiß das Klavierüben nicht. Die kleine Orgel in der Klosterkirche ist ein Geschenk der Urgroßmutter deines Urgroßvaters an die Kirche. Erinnere den hochehrwürdigen Herrn Stadtpfarrer daran. Und wenn es dort nicht geht, dann mache Dr. Siegfried Tannenzapf Deine Aufwartung und richte ihm Grüße von mir aus. Der läßt Dich gewiß auf einem seiner Klaviere üben, um so mehr Du dort niemanden störst. Wie Du weißt, ist er allein geblieben. Und ansonsten: Sieh auf zu den Sternen, gib acht auf die Gassen. Raabe. Deine Dich liebende Mutter.«

Lange betrachtete er die Ansichtskarte, wendete sie hin und her. Sie zeigte ein Fischerboot, das herrenlos auf dem Meer trieb. Daß die Mutter ihn mahnte, Klavier zu üben ... Die Tränen schossen ihm in die Augen. Er wischte sie weg, zog lange Hosen an und schloß den obersten Knopf seines kurzärmligen Hemdes. Doch Krawatte, wie die Großmutter es wünschte, legte er keine an. Wenn die Partei keinen Wert auf Krawatte gelegt hatte, als er sich als Arbeiter angedient hatte, warum dann die Augenauswischerei im Pfarramt, wo es um ein legitimes Anliegen ging: Üben auf der Rosenthalischen Orgel?

Die Großmutter bürstete die letzten Salzkörnchen von Nakken und Armen. So zugerüstet, stieg er zum Kirchplatz hinauf. Die Sonne stand hoch am Himmel.

Die Bürovorsteherin, Frau Eulalia Wondraschek, wiegte bedeutungsvoll den Kopf, der lila leuchtete: Es sei zur Stunde, wie bekannt in besseren Kreisen, die Stunde der Siesta. Trotzdem empfing der Pfarrer den jungen Clemens Rescher nach einigen Anstandsminuten. Kaum war dieser in den pompösen Raum mit den sieben hohen Fenstern eingetreten, begann der Pfarrer zu reden. Mit einer Handbewegung wies er ihn an, Platz zu nehmen im Ohrensessel vor dem offenen Fenster.

Der oberste Seelsorger der Gemeinde, in schwarzem Anzug und schwarzer Halsbinde, bedauerte das schwere Schicksal, das Gott der Herr der reputierlichen Familie Rescher aufgebürdet habe. Da sei zu bedauern zunächst die Frau Ottilie, Untermieterin im eigenen Pferdestall. Gottlob habe es mit den despektierlichen Teestunden am Klosterplatz ein Ende. Man höre und staune, sogar ihn, einen Geistlichen, habe die atheistische Partei um Hilfe gebeten. Da stürme unlängst ein Sachse in die Kanzlei, an der Sekretärin vorbei, sage statt »Grüß Gott« »Guten Tag«. Und sage das nicht etwa auf sächsisch, in den vertrauten Urlauten, die täglich Kirche und Volk, Bürger und Bauer, Oberstadt und Untergasse inniglich verbänden, und dazu alle Altvorderen zurück bis in die luxemburgischen

Stammlande. »Nein, dieser hinkende Bote einer neuen Zeit begrüßt mich auf hochdeutsch und trägt sein Anliegen auf rumänisch vor, wo doch unsereiner die Staatssprache gar nicht richtig versteht. Ich mußte die Sekretärin zu Rate ziehen: Was will dieser Dingsda von mir, dieser ...«

»Genosse Andreas Schuffert ...«

»So stellte er sich vor: Ich bin der Genosse Andreas Schuffert, Aktivist für Propaganda und politische Erziehung beim Stadtkomitee der Rumänischen Arbeiterpartei. Wenn das so weitergeht, wird es sogar sächsische Kommunisten geben, eine *contradictio in adjecto*. Doch bei Gott ist kein Ding unmöglich.«

»Der hat es gut«, bemerkte Clemens über seinen ehemaligen Mentor aus der Unteren Gasse. »Der muß nicht mehr nachdenken, nicht einmal denken.« Und nahezu mit Neid: »Der weiß, wo er hingehört. Wie auch unser Kutscher Keleti. Solche müssen nur zu allem ja und amen sagen.« Und fügte nachdenklich hinzu: »Auch Sie wissen es, Hochehrwürden.«

»Was?«

»Wo Sie hingehören.«

»Vielleicht, aber ich sage nicht zu allem ja und amen.«

Die Vorzimmerdame klopfte kurz an und steckte den Kopf in die Kanzlei. »Herr Stadtpfarrer, Telephon. Auf rumänisch. Die Partei, ein Genosse ohne Namen.«

»Antworten Sie dem Herrn ohne Namen, ich sei mitten in der Arbeit und könne nicht gestört werden. Antworten Sie auf deutsch. Und geben Sie unsere Amtsstunden durch.« Die gepolsterte Tür schloß sich lautlos.

Clemens war in seinen Schlummerstuhl zurückgesunken, die Gedanken verflüchtigten sich. »Man muß die Zeichen der Zeit erkennen, junger Herr«, hörte er den Oinz Schuffert von weit her sagen, damals, in der Küche, und hörte sich das gleiche wiederholen, wortwörtlich und laut und deutlich: »Man muß die Zeichen der Zeit erkennen, junger Herr!« Verdutzt fuhr er auf, saß kerzengerade, wie es sich geziemte.

Der Pfarrer blickte ihn ernsthaft an, wiederholte abwesend: »Man muß die Zeichen der Zeit erkennen, junger Herr. Jesus aber, unser Herr und Heiland, er läßt nur ein Zeichen gelten: das Zeichen des Jona. Für den Heiland Inbild von Leiden und Erlösung. Jona, du weißt ja?«

Und bekannte, der geistliche Herr: Wie Jona habe er sich zuerst aus dem Staub machen wollen. Und im Zeichen des Jona sei er umgekehrt, habe er sich entschlossen, mit seinen Kirchenkindern nach Rußland zu gehen. Und leise: »In die Kohlengruben des Donezbeckens ...« Und in diesem Zeichen sei er heimgekehrt, sei er hier »in unserer geliebten Heimatstadt« an Land gespieen worden. »Es gibt Entscheidungen, wo alle irdische Erwägung aufhört. Und wo man allein dem Ruf Gottes folgen muß, mit Zweifeln und Hadern, mit Heulen und Zähneklappern, mit nein am Anfang und mit ja und amen am Ende. Denn Gott erfüllt oft unsere Wünsche nicht, aber seine Verheißungen gewiß.«

Und sagte: »Unser tüchtiges und tapferes sächsisches Volk – nur noch Stumpf, ohne Stiel. Die Erlösung hat auch eine dunkle, ja finstere Seite, rätselhaft, unheimlich!« Doch für ihn als akademischen Pfarrer sei die theologische Erklärung einleuchtend und eingängig. »Das Gericht über uns ist die Antwort Gottes darauf, daß die Siebenbürger Sachsen in den dreißiger Jahren heidnischen Göttern geopfert haben und sich von den Flötentönen gestiefelter Rattenfänger aus dem Reich haben verführen lassen. Und damit haben viele unserer Landsleute Gott den Vater tief gekränkt.«

»Den Vater und den Sohn und den Heiligen Geist«, hörte sich Clemens sagen.

»Eben, alle drei.«

Clemens zählte die Fliegen auf dem klebrigen Fliegenpapier, das schwarz gesprenkelt war; einige ließen mit hohen Summtönen die Flügel kreisen.

»Sehr richtig, man muß das Fliegenpapier wechseln, ich werde das veranlassen ...« Und sprach weiter: »Grau und unauffällig wie eine Kirchenmaus habe man zu sein, in diesen Zeiten, so mahnte meine verewigte Frau zu Lebzeiten. Darum flüchtete sie ins Dampfbad, wo man gleich ist unter Gleichen. Zwei Jahre sind es bald her, seit sie das Zeitliche gesegnet hat. Viel wurde damals getuschelt. Doch dahingeschwunden ist sie an gebrochenem Herzen.«

»Mein Beileid, hochehrwürdiger Herr Stadtpfarrer«, sagte Clemens, erhob sich und verneigte sich. Zum ersten Mal in seinem Leben kondolierte er. Und schrak zusammen: Jetzt bin ich erwachsen.

Auf dem Schreibtisch, halb ihm zugekehrt, standen drei Fotos in Postkartenformat. Er dachte: Zweimal noch müßte ich dem armen Menschen Beileid wünschen. Wegen der Buben im Krieg.

»Bei der Beisetzung der Frau Stadtpfarrer ist es zugegangen wie bei einem Staatsbegräbnis. Sogar die Partei schickte einen Vertreter: den Dr. Siegfried Tannenzapf, neuerdings *Consilier cultural* beim Parteikomitee der Stadt. Der einzige, der noch etwas für uns arme Sachsen tut. Zumindest hört er einen an.« Die Stimme des Pfarrers lebte auf.

»Kennen Sie seine Geschichte? Nein? Ein echter Jude, ungetauft. Hochangesehen seine weitverzweigte Familie in unserer Stadt. Reich geworden im Handel mit Spezereien. Westöstlicher Divan. Er ist Doktor der Musikwissenschaft, in England promoviert. Und war der Begründer einer privaten Musikschule, heute die staatliche Laienkunstschule. Dort konnten es begabte Kinder kostenlos bis zum Abitur bringen. Unterrichtssprache Deutsch, aber die Schule stand allen offen, sogar Zigeunerkindern. Die waren am musikalischsten. Doch beim Ausschlagen des Metronoms liefen sie schreiend davon.«

Clemens im zerfransten Siestastuhl kämpfte gegen bleierne Müdigkeit. Doch wagte er nicht, sich zurückzulehnen.

Der Pfarrer fuhr fort: In der Stadt höre man, daß in jedem Zimmer seiner Villa ein Tasteninstrument stehe. Der Dr. Tannenzapf verkehre mit niemandem. Vielleicht wegen seinem heiklen Posten. Vielleicht auch wegen anderem.

Während der Judenverfolgung habe er sich als Klavierstimmer über Wasser gehalten. Als die Juden immer stärker drangsaliert worden seien – vor allem die rumänischen Legionäre der Eisernen Garde, die Grünhemden, hätten die Juden nicht nur zu Paaren getrieben, sondern scharenweise zu Tode gehetzt –, da habe Dr. Tannenzapf seine Familie nach Ungarn gebracht, genauer nach Nordsiebenbürgen. »Bei Nacht und Nebel, bei Zuckmantel über die Grenze.« Ungarn sei noch immer Apostolisches Königreich, habe er gesagt. Wenn auch ohne König, habe es doch als Reichsverweser einen ehemaligen k. u. k. Admiral. Dieses Reichsungarn sei für Juden – und für jedermann – Garant von verläßlichen moralischen Werten; es sei ein Land abendländischer Zivilisation und christlicher Kultur.

»Dort kann unsereinem nichts passieren, war sein letztes Wort. Ein kapitaler Fehler, wie sich nachträglich herausstellte.«

Jetzt hörte Clemens genau hin, und der Pfarrer merkte es.

»Es war gerade umgekehrt: Von dort verschwanden Hunderttausende Juden auf Nimmerwiedersehen, nachdem die Deutschen den Reichsverweser Nikolaus von Horthy entmachtet und in ein Konzentrationslager gesteckt hatten. Eines steht fest bei allen Verfolgungen im Laufe der Jahrtausende: Die Juden haben niemandem je etwas zuleide getan. Und sich nicht gerächt für das ihnen angetane Leid. Sonderbar!«

Clemens fragte zögernd: »Was ist mit ihnen nun wirklich geschehen? Genaues sollte man wissen.«

»Wirklich geschehen? Genaues wissen? Es ist, als ob niemand genau wissen wolle, was wirklich geschehen ist, nicht einmal die Juden selbst.« Er fügte hinzu: »Und vielleicht nicht einmal unser Herrgott in Person, selbst er scheint nicht wissen zu wollen, was mit ihnen geschehen ist, den Kindern Israels, seinem auserwählten Volk.«

Eine Weile war es still. Durch das offene Fenster hörte man das Skandieren der Losungen unten auf dem Marktplatz. Es war das tägliche Meeting aus Freude über die junge Volksrepublik: *Trăiască Republica noastră Populară, înapoi duşmanii nu ne bagă*, es lebe unsere junge Volksrepublik, kein Feind treibt uns nach hinten zurück. Der Hausherr schloß behutsam die sieben Fenster, eines nach dem anderen. »Das wird ja noch erlaubt sein«, murmelte er.

Die Luft war schwül. Clemens öffnete den obersten Hemdknopf.

»Der rumänische Marschall jedoch konnte sich Hitler gegenüber durchsetzen: Das sind meine Juden, die bleiben im Land. Und sie blieben im Land und kamen mit dem Leben davon, soweit sie noch am Leben waren und nicht vorher bei den Pogromen in der Moldau und in Bukarest und in den furchtbaren Lagern in Transnistrien zu Tode gekommen sind.«

Und sagte, der akademische Pfarrer: »Die einzige Ehrenrettung Gottes ist, daß Gott in jedem Leiden mitleidet. Christus ist nicht nur einmal gekreuzigt worden, nein, Christus wird täglich gekreuzigt. Das allein kann Gott als den Gott der Liebe rechtfertigen. Nach all dem, was er uns Menschen angetan hat.« Und korrigierte sich heftig: »Doch nein, nein, nein. Fragen wir als erstes nach der Schuld von uns Menschen.«

Er beugte sich zum Jungen im Backensessel. »Eines weiß ich: Hundert Jahre werden vergehen, und man wird mit diesem Jahrhundert nicht fertiggeworden sein. Doch du wirst sehen: Gott hat den längeren Atem. Wir sprechen uns in hundert Jahren, zur Sommerszeit.« Zur Sommerszeit, auch das noch, dachte Clemens, denn er war sehr müde.

»Nun aber zurück zu unseren Schafen, wie der Rumäne sagt: Nachdem er seine Familie nach Ungarn geschickt hat und allein geblieben war, hat sich unser Dr. Tannenzapf hier in der Stadt versteckt gehalten. Das war sein Glück.« Vielleicht war das tatsächlich ein Glück, allein zu bleiben.

»Und wissen Sie, junger Herr, wer ihm Unterschlupf gewährt hat? Nein? Kein Geringerer als der sächsische oberste Führer der NSDAP von Schäßburg, der Dr. Baumann. Hat dem nichts genützt. Im Sammellager der Nazi-Amtsleiter in Caracal an der Donau ist er im September 1944 an Typhus gestorben.«

Pfarrer Seraphin bog sein buschiges Haupt zu Clemens hin und schnarrte: »Schreiben Sie sich das hinter die Ohren. Nicht die sowjetischen Russen, sondern die Reichsdeutschen haben das Unglück von heute über unser sächsisches Volk gebracht. Doch wie rasch die Leute eigene Verfehlung und Schuld vergessen. Darüber denke nach in einer stillen Stunde. Schuld aber sind wir auch. Denn bei jeder Versuchung durch den Höllenfürsten schafft Gott soviel Freiheit, daß sich jeder entscheiden kann: dafür, dawider.« Der Pfarrer schwieg eine Minute lang.

»Und du bist auch dabeigewesen, wenn just am Sonntag vormittag eure Hitlerjugend-Horden vor der Bergkirche ihre barbarischen Kampfspiele ausgetragen haben mit einem Wolfsgeheul, daß ich meine Predigt nur noch herausschreien konnte. Selbst die Orgel mit allen Registern konnte euer Gejohle kaum übertönen. Nur noch meine beiden Buben saßen unter meiner Kanzel.« Und fuhr versöhnlich fort: »Übrigens hat Euer Vater, junger Freund, nachdem Dr. Tannenzapf bei Baumanns untergekommen ist, die Kosten für die Schule übernommen. Eine mutige Geste, galt die Anstalt doch als Judenschule. Dr. Tannenzapf agierte weiter für seine Schule aus seinem Versteck im Souterrain der Baumannschen Villa. Als er wieder auftauchte, war er allein. Seit damals schert er sich den Bart nicht mehr, schaut aus wie ein russischer Revolutionär.«

Clemens erhob sich aus dem kuscheligen Stuhl, einen Augenblick wurde es ihm schwarz vor den Augen. Und stieß hervor: »Auch Sie, Hochehrwürden, sind allein geblieben. Wie wird man damit fertig?«

»Wie man damit fertig wird?« Pfarrer Seraphin trat zu einem der Fenster, öffnete es und blickte gegen Osten, wo am Horizont die Konturen erloschener Vulkane verblaßten. »Fertig? Gar nicht und nie. Aber man wartet, daß sich das Kreuz in Gnade verwandelt. Im Unterschied zum Dr. Tannenzapf aber trägt mich die Gemeinde, der lebendige Leib Christi. Ein Christ bleibt nie allein.«

»Und der Dr. Tannenzapf?« Pfarrer Seraphin wiegte den Kopf, sagte nachdenklich: »Dr. Tannenzapf, er huldigt einer Idee.« Und fügte zögernd hinzu: »Und er hat seine Klaviere. Man lernt mit dem Schmerz leben.«

Er sah auf die Uhr. »Du willst gehen. Ja, es ist Zeit, ich habe noch vieles im Programm.«

Frau Wondrascheck steckte ihr lila Haupt herein. »Die Frau Blitz wartet mit der Jause.«

»Ah, bereits Jausenzeit.« Er eilte davon. Im Gehen sagte er: »Komm noch vorüber, junger Mann, das Gespräch mit dir war sehr interessant. Und verirr dich manchmal in die Kirche. Die Revolverpredigten des Amtsbruders Bimmel, sie finden Anklang unterm Volk. Komm, mein Sohn! Gott freut sich. Amtsstunden nachmittags Dienstag und Freitag von siebzehn Uhr dreißig bis achtzehn Uhr fünfundvierzig.«

Am Freitag sprach Clemens neuerlich im Stadtpfarramt vor, knapp vor Torschluß. Diesmal trug er sein Anliegen sofort vor, noch im Stehen. Mit etwas belegter Stimme fragte er an, ob er in der Klosterkirche seine täglichen Klavierübungen aufnehmen dürfe.

Pfarrer Seraphin drückte ihn väterlich in den geräumigen Schlummerstuhl. Und sagte prompt: »Nein, das geht nicht.« Sagte das so rasch daher, daß Clemens schließen mußte, der geistliche Herr habe schon vorher gewußt, was der Bittsteller fragen werde.

In der Tür erschien Frau Wondrascheck. »Herr Stadtpfarrer, Telephon! Der hochwürdige Herr Bischof Dr. Friedrich Müller der Zweite.« Und mit gedämpfter Stimme: »Und nicht aus Hermannstadt, sondern direkt aus Bukarest. Was mag das bedeuten?«

Stadtpfarrer Seraphin rückte die schwarze Krawatte zurecht und schritt gemessenen Schrittes zur Tür. Clemens folgte auf Zehenspitzen. Frau Wondrascheck stand mit gefalteten Händen im Vorraum.

»Gedulde dich, mein Sohn. Wir beide sind noch nicht fertig miteinander.«

Als der Pfarrer zurückkam, rieb er sich die Hände. »Wie wunderbar unser Herrgott alles richtet, ausrichtet. Man könnte meinen, Gott treibe seinen Schabernack mit einem. Was er sich so alles an amüsanten Listigkeiten einfallen läßt, um unser sächsisches Volk vor dem Ärgsten zu bewahren, ja in seiner größten Not zu retten. Unseres hochwürdigen Sachsenbischofs Filzhut bringt die Wende zum Besseren, vielleicht gar zum Guten ...«

Bischof Müller, den die Not seines Volkes jammerte, war schweren Herzens nach Bukarest gefahren, eine exotische Stadt für jeden Siebenbürger, selbst für Rumänen. Er war ins Zentralkomitee der Partei vorgedrungen, wo er unerwünscht war. Schon im ersten Vorzimmer hatte man ihm mit Gesten der Abwehr und des Schreckens die Tür gewiesen. Wie getraue er sich, dazu noch in kirchlicher Uniform, in das Allerheiligste der kommunistischen Parteileitung einzudringen! Die Krepelweste mit den silbernen Verschlüssen und das goldene Kreuz über der Brust, das ihn als höchsten Würdenträger der sächsischen Kirche auswies, sie hatten die Verwirrung gesteigert. Am Ellbogen schuppierte ein Türsteher den Sachsenbischof zur Tür hinaus.

Das aber ging Gott über die Hutschnur.

Pfarrer Seraphin berichtete mit zuckenden Brauen und zupfte an jedem einzelnen seiner Finger, es knackte: »Unser Herrgott griff höchstpersönlich ein.« Als erstes bewirkte der launige Gott, daß der Bischof, als man ihn hinausexpedierte, seinen Hut im besagten Vorzimmer vergaß. Und weiter richtete es Gott in seiner Güte ein, daß in dem Augenblick, wo der Bischof umkehrte und seinen Hut holen wollte, einer der höchsten Parteiführer durch das Vorzimmer schritt. Einer von der Siebenzahl, die als Porträtfolge jede Auslage zierte, über Kochtöpfen, rosa Unterwäsche oder Palukesmehl. Und als übermenschengroße Bilderreihe jeden Sitzungssaal garnierte, an der Stirnwand, rot umrandet. Genannt im geheimen »die böse Sieben« oder »der Siebengeschwänzte«. Dieser höchste und echte Genosse mit Namen Emil Ceauşu, seinerzeit Kämpfer in der Illegalität, eingesperrt in den Gefängnissen des Königreichs, während des Kriegs in die Sowjetunion abgeschoben, verhielt den Schritt, als er die fremdartige Erscheinung erkannte. »Wieso sind Sie hier?« fuhr er den Kirchenmann an.

»Wegen dem Jüngsten Gericht.«

Der Mann der höchsten Macht, der den Bischof auf der Stelle in Ketten legen und in den dreißigsten und untersten Keller der Securitate von Bukarest hätte befördern können, fragte aufs höchste gereizt: »Wegen dem Jüngsten Gericht? Wollen Sie uns verspotten?«

»Ja«, sagte der Gottesmann furchtlos und hielt Ausschau nach seinem Hut. »Das heißt: Nein, nach Spott ist mir wahrlich nicht zumute. Doch wegen dem Jüngsten Gericht bin ich hier. Denn Gott wird mich an jenem furchtbaren Tag fragen: Was hast du für dein Volk in seinem Elend getan, als es vor Hunger und Armut drohte, zugrunde zu gehen?«

Wieso er sich getraue, das Wort »Volk« in den Mund zu nehmen? »Das Volk sind wir!« Und welches Volk meine er?

»Das Volk der Siebenbürger Sachsen. Kirche und Volk sind bei uns immer ein und dasselbe gewesen«, sagte der Bischof.

Die Stirnadern des Parteimannes schwollen so sehr an, daß der Gottesmann sich ernstlich Sorgen machte, es könne dem hohen Genossen etwas passieren. Und alle im Pfarramt zu Schäßburg konnten sich das lebendig vorstellen, wie die Adern auf der Stirn des zornigen Mannes anschwollen, gefüllt mit rotem Arbeiterblut. Doch es kam anders. Der hohe Genosse sagte, und seine Stimme klang gefaßt: »Kirche und Volk eines? Doch vergessen Sie die Jahre nicht, wo Ihr Volk samt der Kirche Hitler in die Arme gelaufen ist. Wir werden ihnen beides austreiben, den Sachsen in Transsilvanien: Hitler und die Kirche. Was aber wollen Sie von uns?«

»Geben Sie meinem Volk Arbeit, meine Kirchenkinder frieren, haben nicht, womit sich kleiden, sind am Verhungern«, sagte der Bischof und nahm den Hut.

»Fahren Sie nach Hause und warten Sie, Genosse Bischof.«

Pfarrer Seraphin sagte mit bewegter Stimme: »Gott hat wieder Lust und Liebe an uns gefunden. Wir Siebenbürger Sachsen werden am Ende der Tage von hier aus zum Jüngsten Gericht antreten, nach der Ordnung unserer Kirchengemeinden: die Männer und die Buben als erste mit dem *pastor loci* an der Spitze und dann die Frauen und die Mädchen, angeführt von der Pfarrerin.« Und sagte mit namenloser Trauer in der Stimme: »Doch wer wird meine guten Schäßburgerinnen vor den Richterstuhl Christi geleiten, die Frauen und Mädchen aus der Oberstadt und die aus den unteren Gassen? Wo die Stadt ohne Pfarrerin geblieben ist.«

Daß Clemens nicht auf der Orgel spielen dürfe, erklärte der Stadtpfarrer so: »Schon daß Sonntag für Sonntag die Orgel von der Bergkirche erschallt, ist für die ...«, er wies mit der Hand hinab auf den Marktplatz, wo vom Parteisitz im ehemaligen Braunen Haus die rote Fahne wehte, »für die dort schon zuviel.« Und fuhr bekümmert fort: »Unlängst hat man mir gesteckt, daß die Partei ein Auge auf das Stadtpfarrhaus geworfen hat. Und wohin mit der Kanzlei, habe ich gefragt. Die Kanzlei möge ich in meinem Schlafzimmer einrichten. Ich sei ja eine Person allein. Kannst du dir das vorstellen?« Clemens konnte es.

»Meine Sekretärin installiert vor den Ehebetten; dort auch die weinenden Hinterbliebenen, die ein Begräbnis anmelden, und im Allerheiligsten einer jeden christlichen Familie, dem Schlafzimmer, die Betstunde mit dem unschuldigen Brautpaar. Du siehst, unter jedem Dach sein Weh und Ach.« Der Oberhirte der Stadt zog eine vergoldete Uhr aus der Westentasche.

»Es ist spät geworden. Wegen deinem Klavierüben bin ich wirklich gespannt, was sich Gott einfallen lassen wird. Denke an den hochwürdigen Hut des Bischofs in Bukarest.« Und schloß: »Junger Herr, halten Sie mich auf dem laufenden über die wunderbaren Führungen, die Gott für Sie bereithält.«

Clemens dachte nicht daran, nein, das tat er nicht. Dafür bedachte er, was der Stadtpfarrer angemahnt hatte. Die stille Stunde bot sich an, als er in der Woche darauf plötzlich wieder Nachtschicht arbeiten mußte. Er stellte fest, wie rasch auch er Wolfsgeheul und Hyänengeschrei vergessen hatte, das ganze Drum und Dran mit Fenriswolf und Midgardschlange und so – wie hatte nur die Welteiche geheißen? Und wie war der Name des Bannführers, der mit den Deutschen geflohen war? Baldur Sauer oder Wotan Süß? Man sprach in der kleinen Stadt nicht mehr darüber; und worüber man nicht spricht, das ist nicht.

Eher erinnerte sich Clemens an eine Geste des leisen Protestes: Beim Einholen der Hakenkreuzfahne nach einem Abend voller Feiern im Wiesengrund unter Eichen weigerten sich Clemens und Isabella, das Lied ›Die Fahne hoch‹ mitzusingen. Das Lied erstarb, die Fahne blieb auf Halbmast, die beiden wurden von Führern, von Führerinnen ins Karree beordert. Sie mußten Rede und Antwort stehen unter einem phänomenalen Himmel, dessen Sterne zu glühen begannen.

Und sie taten es tapfer und ernsthaft. Isabella erklärte ihre Vorbehalte: Es heiße zwar ›Die Fahne hoch‹, doch die Noten liefen abwärts, und das bedeute, die Melodie spreche gegen den Text. Das andere Ungereimte aber sei, ergänzte Clemens, der ebenfalls tapfer sein wollte, daß man nicht singen könne: »Die Fahne hoch«, wenn die Fahne den Mast herunterrolle.

Dagegen war wenig zu sagen, dazu noch zu mitternächtlicher Stunde. Doch kletterte die Angelegenheit die Führerleiter hinauf bis zum Bannführer des Jugendgaus Schäßburg.

Als Clemens und Isabella in voller Uniform vor dem Führer im Braunhemd habtacht standen, ruhte sein Blick lange auf den beiden. Es war still. Der Hitler an der Wand spähte lautlos nach Osten. Kein Lufthauch rührte sich. Und der Jugendbannführer im Braunen Haus, von dem die Hakenkreuzfahne schlaff herunterhing, er dachte vielleicht dieses: die Russen vor Jassy, General Mannerheim bläst Adolf Hitler den Zigarettenrauch ins Gesicht, und der läßt es sich gefallen ... Recht haben sie! Man kann nicht singen: »Die Fahne hoch«, wenn vom Siegfriedswall bis zur Wolfsschanze die Hakenkreuzfahne eingeholt wird. Es war Hochsommer 1944. Ein Monat später flatterte auf dem Braunen Haus die Fahne mit Hammer und Sichel.

»Weggetreten!«

Sie traten weg. Und gingen Hand in Hand durch die Stadt. Und stiegen hinauf zu Isabella. Und spielten vierhändig ›Hänschen klein‹. Beide traten sie das Pedal, und oft zugleich.

15

Nachdem er seine Zelte beim Hirtenbrunnen abgebrochen hatte, war Clemens Isabella nicht mehr begegnet. Darüber war der Sommer vergangen. Auch als er sie an einem Nachmittag auf der Allee oberhalb der Ringmauer traf, wollte er einen Bogen um sie schlagen. Er hatte eine Schicht lang in die Röcke der Piranda gestarrt, Ziegel im tötenden Takt des Fließbands von oben nach unten gereicht. Nun schleppte er sich durch die Stadt, zerschlagen, verschwitzt. Der kleine Henkeltopf, in den Rosa am Abend zuvor das Mittagessen geschöpft hatte, baumelte am Hosenriemen. Die Hände im Nacken verschränkt, schaute er im Dahinschlendern zum Himmel auf, hinter dessen Blau er sich die Konstellationen der Sterne ausdachte.

Zu spät erblickte er Isabella, die auf einer Bank saß, allein, während junge Arbeiterinnen um sie herum im Gras und in den Blumenbeeten lagerten und sie anhimmelten. Noch hätte er sich davonstehlen können, denn sie war vertieft in die Arbeit, eines der Mädchen zu verschönern. Einer strohblonden Ungarin setzte sie überlange, pechschwarze Wimpern auf, gleichzeitig dämpfte sie den Elan einer anderen, die ihrer Kollegin lila Lidschatten auftrug.

Clemens sah das wie im Film. Auf der Stelle wollte er kehrtmachen, tat ein paar hastige Schritte weg, der Henkeltopf klapperte. Isabella hob den Kopf nicht, aber Magdusch schaute sich neugierig um. Kaum hatte sie Clemens erkannt, sprang sie auf, lief ihm nach. Der beschleunigte den Schritt, so daß das Geklapper zum Stakkato wurde. Das Zimmermädchen von einst umfaßte ihn mit beiden Armen von hinten, drehte ihn zu sich, küßte ihn mitten auf den Mund, sie roch nach Veilchen und Spiritus, und kräuselte die Nase: »*Jaj Istenem, úrfi*, Ihr riecht ja nach Schweiß wie das Pferd meines Großvaters beim Ackern. Und Eure Lippen schmecken nach Salz wie der Schmatz eines Knechts vom *Gróf úr* nach dem Dreschen.« Er versuchte, Schritt um Schritt nach hinten zu entweichen, aber sie hielt ihn fest und küßte ihn noch einmal und noch einmal, daß es schmatzte. Den Henkeltopf, der zwischen ihnen steckte, schob sie lachend beiseite und drängte sich mit ihrem Körper an ihn. Clemens dachte flüchtig, während er ihre Brüste spürte: Nichts ist geblieben von dem geschlechtslosen Zwitterding einer Hausbediensteten.

Jetzt nahm auch Isabella Clemens wahr. »Gott sei Dank, daß du wieder unter gesitteten Menschen weilst. Mir fiel ein Stein vom Herzen, als ich hörte, daß du deine Robinsonade aufgegeben hast. Dazu spielst du so gut die Rolle des Proletariers in der Fabrik, daß manche an dir irre werden.«

»Eben von dort komme ich«, sagte er mit erloschener Stimme, ohne sich vom Fleck zu rühren.

»Nicht ganz uneigennützig, meine Freude, hatte ich doch ein schlechtes Gewissen, daß es mir gutgeht, bei uns zu Hause alles noch irgendwie im alten Trott weitergeht. Wie lange

noch? Komm mich besuchen, wir disputieren und spielen vierhändig Klavier, noch steht es an seinem Platz. Oder sind deine Finger *perdu?* Nur nicht aufgeben. Doch der Sommer ist dahin wie eine Seifenblase.«
»Wie eine Seifenblase?« fragte er tonlos.
Isabella pinselte weiter an den munteren Mädchen herum, die ihr zu Füßen saßen.

Einige Tage später, gegen Abend, begleitete sie Clemens zu Dr. Siegfried Tannenzapf. Die Aussicht auf das Gebäude mit Balkonen und Türmchen war zum Teil verstellt durch eine ruppige Buchenhecke. Einzelne Triebe schossen über das kompakte Unterholz hinaus, flatterten in der Luft wie Wimpel. Im Giebel des Hauses war in Fraktur zu lesen: Villa Goldkind. Die Lettern waren in eine Marmortafel eingestemmt. In deren Hohlkehlen nistete Schmutz. Eine Girlande von Tannenzapfen umrahmte die Inschrift, deren Gold zum Großteil abgeblättert war, ähnlich wie auf verlassenen Grabsteinen. Das verrostete Gartentürchen war verschlossen. Lange suchten sie die Klingel. Die war an der Innenseite des Türstocks angebracht. »Wie eines dieser englischen Geisterschlösser«, sagte Isabella und hängte sich bei Clemens ein. Er trug lange Hosen, dazu einen Rock von Isabellas deportiertem Vater.

Als er sie abgeholt hatte, hatte sie ihn in die Mägdekammer bugsiert, ihr Logis. »In diesem Aufzug kannst du Dr. Tannenzapf nicht deine Aufwartung machen. Nimm einen Rock von meinem Vater, nimm ihn ruhig. Und ich suche dir eine passende Krawatte heraus. So rasch braucht er die Sachen nicht.« Sie zeigte ihm eine Postkarte, ein Stück Packpapier mit vorgedruckten Standardsätzen, die der Vater aus dem Lager Stalino geschickt hatte: »Ich bin gesund, es geht mir gut, und wir bauen den Kommunismus auf.« Darunter war in die freigehaltene Zeile gekritzelt: »Bis zu den Pfingsten der Juden.«
Clemens bockte: »Wenn das für den hochehrwürdigen Herrn Stadtpfarrer recht und billig war, im Hemd hinzugehen

und ohne Krawatte, so noch mehr für den Genossen Tannenzapf. Die Partei macht sich nichts aus bourgeoisen Krawatten.«

Isabella hatte auf ihn einreden müssen wie auf ein krankes Pferd. »Ich habe mit meinem Großvater über den Dr. Tannenzapf gesprochen. Er ist im Moment eine ganz wichtige Person in der Stadt. Und hat keinen Pick auf uns Sachsen. Obwohl er allen Grund dazu hätte, sagt mein Großvater.«

»Mein Vater hat dem Dr. Tannenzapf geholfen, als er im Elend war, sagt der Stadtpfarrer.«

»Trotzdem hat der Dr. Tannenzapf sich zu Marschall Antonescus Zeiten, als es den Juden böse erging, mit Klavierstimmen durchschlagen müssen.«

Auch im Hause Reinhardt hatte Dr. Tannenzapf das Klavier gestimmt, jede zweite Woche. Doch hatte er kein Geld annehmen wollen, hatte sich zufriedengegeben mit einem Mittagessen in der Küche und einem Eßpaket, das die Köchin ihm zusteckte. Und wie Clemens von seiner Großmutter erfuhr, hatte der fachkundige Musikus auch im Hause Rescher das Klavier regelmäßig nachgesehen, und bei anderen Bürgern auch, selbst wenn es niemand benützte. Bevor er urplötzlich mit seiner Familie von der Bildfläche verschwunden war.

»Vielleicht kann er dir zu einem Posten im Büro verhelfen.«

»Ich will ihn nur fragen, ob er erlaubt, daß ich dort Klavier spiele.«

»Das könntest du auch bei uns«, sagte Isabella zögernd.

»Das will ich nicht, kann ich nicht. Nur nicht auffallen. Nicht einmal der Stadtpfarrer getraut sich, mich an die kleine Orgel heranzulassen, der sich ja vor nichts fürchten dürfte als vor Gott allein.«

»Geh nicht so streng mit den Leuten ins Gericht. Schon reagierst du mit der Gekränktheit der zu kurz Gekommenen: arm, aber stolz. Du gehörst nicht zu den unteren Klassen, sondern bist ein Deklassierter. Im ersten Fall ist es Schicksal, im zweiten Fall ein Mißgeschick. Und bleib nachsichtig, wie ich dich gekannt habe. Aber du hast recht: so wenig wie möglich auffallen. Das sagt auch mein Großvater. Klavierspiel, das reizt die Proleten und Bolschewiken. Aber ich spiele dennoch. Spiele, wann es mich in den Fingern juckt. Bei offenem Fenster.«

Sie klingelten. Stille. Sie warteten, horchten. Kein Ton war zu hören, kein Lüftchen wehte. Der Abend verblich.
»Noch einmal«, stachelte Isabella ihn an.
Da er sich nicht rührte, drückte sie auf den Knopf. Endlich ... Eine brüchige Stimme rieselte aus dem Türschloß: »Hebt die Klinke an, dann könnt ihr eintreten, meine jungen Freunde.« Isabella tat, wie empfohlen, so widersinnig es schien. Das Türchen öffnete sich.
Clemens sagte: »Die Klinke verkehrt eingesetzt, genial. Und im Türschloß die Sprechanlage. Bei uns haben diese sie herausgefetzt, noch bevor sie uns aus der Villa geworfen haben.«
Dr. Tannenzapf stand oben auf der Treppe vor dem Haupteingang. Er winkte nicht, er rührte sich nicht, er blickte auf die beiden, die sich auf dem schmalen Pfad durch das Rosenspalier wanden. Sie mußten bei jedem Schritt Zweig um Zweig zur Seite biegen. Und kamen trotzdem mit Kratzern an. In Isabellas lila Bluse waren Siebener eingerissen; besser war Clemens im Rock ihres Vaters davongekommen.
Dr. Tannenzapf führte sie durch eine Flucht von Zimmern. Die waren unmöbliert bis auf je ein Tasteninstrument. Traten sie ein, knipste der Gastgeber das Licht an, verließen sie das Zimmer nach einer knappen Erklärung, löschte er das Licht bei der nächsten Tür. Alle Zimmer waren nicht nur untereinander, sondern auch mit der Eingangshalle verbunden, die sich über zwei Geschosse hinzog.
»Das Zimmer meiner verehrten Frau Schwiegermutter. Bitte weitergehen, die Herrschaften. Wir blicken nicht zurück.« In diesem Zimmer gab es einen Konzertflügel zu bestaunen, Marke Erard. »Französisch«, sagte Isabella. »Nie gehört.«

»Die Franzosen kennen nur zwei Klavierfirmen. Die Mutter meiner Frau war eine bekannte Pianistin zur Zeit der k.u.k. Monarchie. Nicht gerade, daß der alte Kaiser ihr die Hand geküßt hätte. Aber auf Schloß Hohenheim hat sie konzertiert, und die Sophie Chotek, nachmalige Frau von Franz Ferdinand, hat ihr eine Brosche geschenkt. Wohl eingeschmolzen.«
Eingeschmolzen?
An den Wänden hingen gerahmte Fotos. Schloß Hohenheim ... Und wahrhaftig: Inmitten eines gepflegten Rasens die Frau des Thronfolgers mit riesigem Florentinerhut und daneben, ebenso gekleidet, zum Verwechseln ähnlich, Frau Amalie Liebermann. Die übrigen Fotos an den kahlen Wänden im Raum konnten sie nicht mehr betrachten. Der Herr des Hauses drehte das Licht ab.
Und öffnete die nächste Tür: »Hier, das Clavecin von unserem Goldkind. Wir mußten es von Preßburg kommen lassen. Es war unserer kleinen Tochter innigster Wunsch. Auf einem Bild von Spitzweg hatte sie ein Clavecin entdeckt. Dann las sie ein Gedicht von Rilke, sie war dreizehn; dort faszinierten sie drei Wörter: Tschako, Clavecin, Totenkopf. Sie wäre jetzt etwa so alt wie Sie, Isabella.«
»Letzter Abend«, sagte Isabella leise.
»Ist nicht mehr aktuell.«
Trotzdem sprach sie einige Zeilen des Sonetts, zitierte versunken den Anfang, zitierte das Ende:

»Und Nacht und fernes Fahren; denn der Train
des ganzen Heeres zog am Park vorüber.
Er aber hob den Blick vom Clavecin
Und spielte noch und sah zu ihr hinüber ...

Sein Spiel gab nach. Von draußen wehte Frische.
Und seltsam fremd stand auf dem Spiegeltische
der schwarze Tschako mit dem Totenkopf.«

»Eben«, murmelte der Vater des Hauses.
Noch ein Blick auf die Fülle der Kinderfotos, Jahr um Jahr; auf den letzten Bildern war das Kindliche im Verwehen. Das Licht erlosch.
»Hier, das Boudoir meiner lieben Frau.« An den Wänden Fotografien von einer Frau, in allen Abwandlungen von Ausdruck und Kleidung. An einer leeren Wand allein das Hochzeitsbild der beiden: sie sitzend, auf dem weißen Schoß ein überquellendes Rosenbukett, der Schleier zurückgeschlagen, strahlend das Gesicht; er im Frack, stehend, ernsthaft der Gesichtsausdruck, glattrasiert das Kinn, in den Augen ein verhaltenes Leuchten.
Dr. Tannenzapf knipste das Licht aus. Im Wegsehen erkannten sie noch ein sommerliches Bild am Bach: die Mutter im Dirndl, vier Buben hantierten mit Krebsnetzen, ein kleines Mädchen mit Tolle saß auf einer karierten Decke, der Vater, in Knickerbockern und Jockeymütze, fachte das Feuer an.
»Hier, das Bubenzimmer der Großen. Ein Harmonium. Und das kam so: Die Buben wohnten einem Gottesdienst in der Bergkirche bei. Nachher, als die Kirche sich geleert hatte, rasselte der Prediger Buzi Bimmel auf der Orgel amerikanischen Jazz herunter, daß die Fledermäuse zu tanzen begannen. Also ein Harmonium! Unsere zwei anderen Buben, das kleine Gespann, mußten den Blasebalg betätigen, knieten unten, drückten abwechselnd mit den Händen das eine, das andere Pedal hinein, und oben malträtierten unsere großen Jungen vierhändig die Tasten. Höllenmusik hieß das im Haus.«
Das Licht ging aus, das nächste Zimmer tat sich auf. »Hier die gute Stube.« Diese nun war möbliert, doch es fehlten die Fotos an den Wänden. Mitten im Raum stand ein starkknochiges Klappbett, ein sogenanntes Russenbett, dahinter ragte ein Schrankkoffer. Drei Küchenhocker umgaben ein arabisches Rauchtischchen, einige Sitzkissen lagen auf dem Parkett verstreut. In einer Ecke ruhte, ebenfalls auf dem Boden, ein bauchiger Lampenschirm, der preußischblau aufleuchtete, als

Dr. Tannenzapf das Licht anknipste. Die eine Wand zierte ein bestickter Behang, wie in den sächsischen Häusern in Stadt und Land. Darauf prangte, umgeben von stilisierten Tannen, springenden Hasen und Rehen und von Rittern mit angelegten Lanzen, das Wappen Siebenbürgens mit den Emblemen der drei ständischen Nationen, der Ungarn, der Szekler, der Sachsen. In gotischen Buchstaben war zu lesen, mit Goldfaden gestickt: »Siebenbürgen, Land des Segens«.

Dr. Tannenzapf war hinter die beiden getreten: »Allein Ihre Volkshymne, die Hymne der Siebenbürger Sachsen, erwähnt alle Söhne des Landes. Und um alle deine Söhne schlinge sich der Eintracht Band.« Und sagte: »Das geht leicht über die Lippen, wenn man es singt.«

Bei der Fensterwand zum Garten hin schimmerte in überirdischem Glanz ein Flügel, ein Paradestück, der Deckel war aufgeschlagen. Von Lichtreflexen umgeben war zu lesen: Bechstein.

»Und das war so«, sagte der Hausherr. »Dieses Klavier stand stumm und still im Salon meiner Eltern, wurde nie benützt, geschweige gespielt, dämmerte vor sich hin unter einer lila Plüschdecke mit Fransen. Das Klavier, gedacht als ein Paradestück, zum Schönstehen, war ein Objekt, um sein Geld dekorativ anzulegen. Bis ich eines Tages die staubige Plüschdecke herunterriß, samt der Kristallvase, die zerschellte. Ich war acht Jahre alt. Und mich auf dem Klaviersessel emporschraubte und zu spielen begann. Doch bitte nehmt Platz.«

Die Gäste setzten sich auf die bestickten Kissen am Boden.

»Und nun, was verschafft mir die Ehre Ihres Besuchs?«

Clemens blickte zu Isabella hinüber. Doch sie schloß die Augen und schwieg, legte kein gutes Wort für ihn ein.

Er gab sich einen Ruck: »Meine Mutter läßt grüßen ...«

»So, so, wie wir wissen«, sagte Genosse Tannenzapf, der auf dem Russenbett saß, »weilt sie am Schwarzen Meer.«

»Vielleicht«, sagte Clemens. »Auf alle Fälle läßt sie grüßen und wäre dankbar ...«

»Dankbar?« unterbrach ihn der Gastgeber. »Das mit der Dankbarkeit ist eine gefährliche Sache. Dankbarkeit schafft Abhängigkeiten, ist keine positive Grundlage für eine Beziehung zwischen Menschen. Der eine gewährt, der andere muß annehmen. Der erste bewegt sich frei zwischen Laune und Willkür, der andere fühlt sich ausgenützt als Opfer einer Zwangssituation und muß auch noch Küß die Hände sagen.«

Isabella sagte tapfer: »Jeder ist angewiesen auf die Hilfe des anderen, keiner kommt ohne den anderen aus. Welches aber wäre Ihr Vorschlag? Sehen Sie eine Alternative zur Dankbarkeit?«

»Gewiß«, sagte er höflich. »Übrigens, haben Sie bemerkt, wie enttäuscht ein Hilfsbereiter ist, wenn man sich seiner Hilfe verweigert? Wißt ihr, weshalb? Weil es dem Wohltäter gar nicht um das Wohl des anderen geht, sondern um das Getue rundum zum eigenen Wohlbefinden.«

»Man kann es auch so deuten«, erwiderte Isabella. »Aber wichtig ist, daß etwas geschehen ist, Not gelindert wird, Menschen vor Schlimmem bewahrt werden, gleichgültig aus was für Motiven heraus. Die Tat gilt.«

»Nicht ganz so«, sagte Herr Tannenzapf und lächelte. Und dann erzählte er eine Geschichte, die ein chassidischer Rabbi zum besten gegeben hatte.

Wieder einmal hatte man die Juden von irgendwo vertrieben, und bis es sich klärte, wohin mit ihnen, hatte man sie auf Boote und Flöße verbannt. Die ankerten mitten in einem Fluß, der durch die Stadt floß. Dort ließ man sie tage- und nächtelang ausharren. Es hungerte sie, die Kinder greinten, die Mütter weinten, und die Männer schrieen zu ihrem Gott. Allein den Durst konnten sie stillen. Am Sonntag nachmittag aber, als die Christenmenschen auf der Uferpromenade flanierten, störte sie der jämmerliche Anblick der Leidenden in ihrem Sonntagsvergnügen, und das unmelodiöse Stöhnen und Plärren kränkte ihre Ohren. Also kauften sie Milchbrot und Kuchen, und einige brachten große, runde, resche Brote herbei.

Die Spaziergänger warfen sie den Ausgesetzten zu. Die Brote platschten ins Wasser, das Wasser spritzte in die Boote und auf die Flöße, und die Leute im Fluß wurden naß. Die Kinderchen begannen nach den aufgeweichten Broten und Kuchen zu grapschen, ehe sie davonschwammen oder die Fische nach ihnen schnappten.

Aber der Rabbi schrie von seinem Kahn aus mit lauter Stimme: Hände weg! Und alle gehorchten. Die Mütter schlugen den Kindern auf die Patschhändchen, während alle übrigen sogleich die Brote in den Fluß fallen ließen. Damit war die Geschichte zu Ende.

Im Zimmer war es still, und jeder hörte den Atem des anderen.

Dr. Tannenzapf meldete sich zu Wort: »Könnt ihr euch ausmalen, ihr beiden Christenmenschen, womit euer Gott Glück hat? Daß er täglich ans Kreuz geschlagen wird. Sonst wäre er nicht zu ertragen.«

Draußen war es dunkel geworden. Die Lampe auf dem Boden leuchtete nicht mehr preußischblau, sondern nachtblau.

»Wißt ihr, wie die Nacht auf hebräisch heißt?« Sie wußten es nicht, und Dr. Tannenzapf sagte es ihnen: »*Lajla*, klingt das nicht lieblich? Als ob man sich nicht fürchten sollte vor der Nacht.« Und fragte unvermittelt: »Was denkt ihr, warum hat der Rabbi seinen Leuten verboten, das rettende Brot aus dem Wasser zu fischen?«

Sie dachten es sich, aber sie getrauten sich nicht, es zu sagen.

Nach einiger Zeit stellte Dr. Tannenzapf neuerlich die Frage vom Anfang: »Und womit kann ich euch zu Diensten sein?«

Clemens sagte, ohne zu zögern: »Mit nichts.«

Und fragte weiter, der Gastgeber im leeren Haus: »Könnt ihr euch vorstellen, daß Kühe mehr Milch geben, wenn sie klassische Musik hören? Zum Beispiel Mozart.«

»Vielleicht«, sagte Clemens.

»Gewiß«, sagte Isabella
»Abenteuerliche Zeiten jetzt. Man treibt einen Fluß entlang, stößt an dieses, an jenes Ufer. Das kann einer wie ich eher beurteilen, der gleich in zwei ... sagen wir, in zwei geschlossene Systeme hineingeraten ist, einmal als Objekt, zum zweiten Mal mehr als Subjekt. Eigentlich immer das Nämliche: das Leben zwischen Fluch und Verheißung. Aber auch ihr habt bereits eure Erfahrungen.«

Er griff unter die Roßhaarmatratze seines Russenbetts und kramte ein schmales, rotgebundenes Büchlein hervor, hielt es ihnen hin. Sie lasen auf dem Einband: Martin Buber, Des Baal-Schem-Tow Unterweisung im Umgang mit Gott. Dr. Tannenzapf las daraus zwei Sätze vor: »Man sagt entweder: Gott Abrahams, Gott Isaaks, Gott Jakobs, oder man sagt: Gott Abrahams und Isaaks und Jakobs.« Der Doktor fragte, was seinen jungen Gästen dabei auffalle.

Isabella schwieg, aber Clemens bemerkte: »Im zweiten Satz ist Gott vor die Klammer gezogen.«

Der Mann hob den Kopf und sah Clemens erfreut an: »Wunderbar, wie Sie das mit dem Instrumentarium der Algebra erfaßt haben. So ist es. Der zweite Satz scheint eine Verkürzung zu sein, die Sache Gottes wird im Eilverfahren abgetan. Doch meine Deutung hat darüber hinaus einen aktuellen Bezug. Jeweils bringe ich die eine und die andere Formulierung in Verbindung mit den Zeitläuften von heute.«

Und erklärte sich: Heiße es »Gott Abrahams und Isaaks und Jakobs«, verlasse sich der Mensch seiner Zeit allein auf den tradierten Gott der Väter, ohne viel nach dem Gott der Gegenwart zu fragen und nach dessen Wünschen und Forderungen. Heiße es aber »Gott Abrahams« und wiederum »Gott Isaaks« und schließlich »Gott Jakobs«, stecke dahinter, so seine Deutung, daß jede Generation sich um ein neues, zeitgemäßes Credo bemühen wolle, sich ein selbstgemachtes Bild Gottes zurechtzimmere, gewissermaßen mit einem eigenen Gott aufwarte. »Doch haftet diesen beiden Weisen, an die Gottesfrage heranzugehen, je ein Mangel an. Das herauszufinden, überlasse ich euch.«

Und dann gelang dem Dr. Tannenzapf ein dialektischer Salto, daß es einem den Atem benahm, ja ein Salto mortale, so schien es: »Die Faschisten, die haben sich die Götter der Väter gekrallt, oder nach Ihrer Formel, junger Mann, Gott vor die Klammer gezogen; das ist bequem für den Moment, erspart Denkarbeit. Doch was für eine Klammer, damit wir im Bilde bleiben?« Er dachte nach. »Sagen wir es so: Ausgeklammert haben diese Leute den Gott des Heute und des Jetzt. Sie haben Gott als Schöpfer der Gegenwart fallenlassen, haben sein Wesen geschmälert. Daran sind sie gescheitert.«

Clemens dachte: Und was kommt jetzt?

Es kam mit prophetischer Spitzfindigkeit aus dem bärtigen Mund des Mannes und klang so: »Anders, anders die ...«, er schwieg einige Augenblicke, »die denkenden Revolutionäre heute. Die haben die Götter der Vergangenheit abgeschafft, rücken dem Gott der Welt und der Gegenwart zu Leibe mit Forschen und Erkennen aus eigener Machtvollkommenheit, schaffen sich ihr eigenes Credo, das verbindlich zu sein hat für alle und jeden, sprechen nur noch von ihrem Gott. Ideologie heißt man das. Ihr müßt bloß die biblischen Namen der Erzväter ersetzen durch die Väter der Revolution von heute.« Die beiden hörten und staunten und dachten krampfhaft nach.

»Doch jede Ideologie ist der Versuch, eine Teilwahrheit absolut zu setzen – bitte achten Sie darauf: Es geht um Wahrheit, jedoch eine, die nur zum Teil der Wahrheit entspricht, bloß angenähert. Warum? Weil Wahrheit für das erkennende Subjekt immer nur faßbar ist als gedachte Wirklichkeit. Und diese entzieht sich als Ganzes unserem Erkenntnisvermögen. Verbindet sich aber Ideologie – jenseits der Gedankenspielerei – mit politischer Gewalt, entsteht Terror.«

Clemens sagte: »Die Kommunisten glauben nur an den Materialismus und keineswegs an Gott oder Götter.«

Worauf der Doktor fragte: »Wissen Sie, welches die Wurzel des Wortes Materialismus ist?« Und antwortete selbst: »Mater, die Mutter.«

»Beide Weisen, sich Gott zu nähern«, sagte er abschließend, »wirken sich anstrengend auf das Individuum aus, anstrengend, wenn sie zu staatstragenden Ideologien werden, Machtapparate zeitigen. Anstrengend, weil man dauernd die Präsenz des Apparates zu spüren bekommt, bei Tag und bei Nacht, zu Hause beim Frühstück oder im Bett, und ebenso an der Drehbank, auf der Straße und in der Kirche. Kein Augenblick, der dem Apparat entkommt, ob man dazugehört, daneben steht oder dagegen ist.«

Und rief unvermittelt: »Lest den Psalm 139. Schon die ersten Verse erschrecken einen ...« Er griff unter die ruppige Matratze, aus der kostbares Roßhaar quoll, kramte im Verborgenen, hob eine Bibel ans Licht. »Pardon, das ist die hebräische. Ah, Luther. Gut also.« Und las:

»Ob ich sitze oder stehe auf,
so weißt du es, Herr,
du kennst meine Gedanken von ferne.
Ich gehe oder liege, so bist du um mich,
und siehest alle meine Wege.
Denn siehe, es ist kein Wort auf meiner Zunge,
das du, Herr, nicht alles wissest.«

Clemens und Isabella sahen sich scheu um.

Dr. Tannenzapf sagte: »Dagegen hilft auch kein Klavierspiel.«

Die beiden erhoben sich wie auf Befehl, blickten nach der Tür, durch die sie eingetreten waren. Der Hausherr wies mit einer höflichen Handbewegung auf die hintere Wand, doch dort war keine Tür auszumachen. »Bitte hier hinaus, wir blicken nicht zurück.« Er öffnete eine Tapetentür. Sie führte in ein geräumiges Bad. Armaturen schimmerten in verblichener Pracht. Schon standen sie in einer glasverkleideten Veranda, die früher als Wintergarten gedient haben mochte, jetzt aber einer Rumpelkammer glich.

Es dauerte, bis es dem Hausherrn gelang, das Schloß der Ausgangstür aufzubekommen. Die führte in den Garten, man erblickte die Silhouetten der Bäume, die sich vom westlichen Himmel abhoben.

Inzwischen musterten sie den Raum, der vollgestopft war mit herrenlosem Hausrat und abgelegten Sachen. Ein aufgezäumtes Schaukelpferd, groß wie ein Pony, stach ins Auge. Ein geräumiger blauer Puppenwagen stand daneben. Darin drängten sich wüst aufeinandergetürmt ein Haufen Puppen mit ausgeronnenen Augen, aufgeschlitzten Leibern, gelähmten Armen und Beinen, allesamt nackt und bloß, ohne Kleider. Genauso schauerlich anzusehen waren die Kasperlefiguren, die über den Rand der Bühne hingen, mit abgehackten Armen und Beinen, darunter eine blonde Jungfrau, der die Zunge aus dem Rachen quoll, als habe man sie eben vom Galgen abgeschnitten. Und dann ein Sammelsurium von allzu bekannten Dingen; es war wahrlich wie im Versatzhaus vom Herrn Vorganian neben dem Hotel Astra, wohin die Leute Stück um Stück ihrer Habe hintrugen, seit die Russen gekommen waren ...

»Ihr habt recht«, sagte der Hausherr unvermittelt, »ohne die Handreichungen der andern könnte keiner von uns überleben. Wir sind auf die gutgesinnten Hände und Herzen der anderen angewiesen. Auch ich verdanke mein Dasein, mein Hiersein«, er wies fast hilflos in die Runde, »drei hochangesehenen sächsischen Bürgern dieser Stadt, die den Mut hatten, meinetwegen Namen und sogar Freiheit aufs Spiel zu setzen. Aber, seht, meine jungen Freunde, abgesehen davon, daß es mir heute manchmal leid tut, Hilfe angenommen zu haben und somit da zu sein, hier zu sein, überhaupt zu sein, ergibt sich auch dieses: Wenn kein Gleichgewicht herrscht zwischen Geben und Nehmen, dann entstehen Verbindlichkeiten, die lästig sind. Trotzdem habe ich das Wort Dank benützt. Und nun hier hinaus.« Er knipste die Hoflampe aus. »Dort rechts um die Ecke stoßen Sie auf den Rosenpfad; das Türchen unten ist offen.«

Sie tasteten sich eine Holztreppe hinunter und befanden sich in einem uferlosen Feld von mannshohen Brennesseln. Ehe Dr. Tannenzapf die Lampe in der Veranda ausmachte, rief er: »Clemens, lieber junger Freund, du kannst wann immer bei mir Klavier üben. Und sollte es in der Fabrik zu heiß hergehen, so suche mich im Amt auf; du weißt ja, die proletarische Kultur residiert in der ehemaligen Mistelbacherischen Villa. Und Sie, Isabella, empfehlen Sie mich Ihrem Herrn Großvater. Ob es ihm gelingen wird, seine Ischler und Cremeschnitten auf Vorkriegsniveau zu halten?«

Neben dem Stundturm am Himmelsrand schwebte ein klarer Mond. Sein Licht umhüllte die Stadt. Aus ihren Gründen stiegen Nebel. Über dem Garten voller Brennesseln schien der Nebel grün. Es roch nach Juckpulver. Oben verharrte das Haus in völliger Finsternis, es war totenstill; niemand spielte Klavier.

Wortlos ruderten sie durch das Gewuchere von Nesseln, deren Brennhaare die Haut versengten. Sie stießen an ein Ungetüm und taten sich weh. Als sie es mit den Händen umfingen, erkannten sie: Es war ein Klavier, das dalag, mit gerissenen Saiten, mit aufgesplittertem Furnier, mit verbogenem Pedal, mit Tasten, die von Nesseln durchwachsen waren, ein Klavier im grünen Nebel. Das war es: In einem der Zimmer, die sie durcheilt hatten, hatte ein Instrument gefehlt; im Zimmer der ehemaligen Dame des Hauses gab es kein Klavier. Die beiden schlängelten sich den Rosenpfad entlang, ohne sich zu schonen. Isabellas Bluse hing in Fetzen.

Lange saßen sie auf dem Platz bei der Klosterkirche und ließen sich vom Tönen der Turmuhr überrieseln. Isabella hatte an den Händen Blattern, und die brannten. Als sie die zerrissene Bluse auszog und ihre Brüste massierte, entfuhren ihr leise Wehlaute. Brust und Rücken waren gespickt mit Kratzern. Clemens war es im Rock von Isabellas Vaters besser ergangen; der hatte abbekommen, was dem Jungen gebührt hätte. Und seine Hände, gehärtet im Hochofen, spürte er kaum, wenngleich auch sie von Blasen bedeckt waren.

Clemens holte in der hohlen Hand Wasser vom Klosterbrunnen. Seine rauhen Hände glitten über ihren versehrten Leib. »Au, aber es tut gut. Nach all dem heute abend ... Nur noch weinen können wir, ein Leben lang.«

Sie saßen auf dem Kopfsteinpflaster, nebeneinander, jeder an ein Steinkreuz gelehnt. Und ließen ihre nackten Oberkörper vom Nachtwind kühlen. Einmal sagte sie: »Hast du bemerkt, die Menschen auf den Fotos dort im leeren Haus, die Kinder, die Erwachsenen, die Alten? Wie bei uns zu Hause. Deine Großmutter, meine Cousinen, meine Mutter, deine Onkel.«

»Ja«, sagte er gepreßt. »Nur daß die Bilder nicht in Silberrahmen stecken, sondern in schwarzen Rahmen. Und daß die Buben bei der jüdischen Konfirmation zum Anzug noch ein Kapperl trugen und seltsame Schals um die Schultern geschlungen hatten, und auf der Stirne saß ein Einhorn.«

»Versunkene Gesichter«, sagte sie und sagte: »Und im Badezimmer gibt es etwas, was ich nur aus Romanen kenne: ein Bidet.«

»Ja«, sagte er, obwohl er nicht wußte, wovon die Rede ging.

Und dann schwiegen sie, bis die Venus als Morgenstern über den Horizont lugte.

Sie trennten sich, als die Sirenen über die Stadt gellten und die Werktätigen zur Frühschicht riefen; noch mangelte es an Armbanduhren und Weckern. Clemens trabte auf geradem Weg zur Arbeit, im roten Rock mit Krawatte, Isabella ging nach Hause und legte sich schlafen, in Kleidern.

16

Clemens war mit dem Fahrrad seiner Mutter unterwegs. Das Rad hatte ihm die Partei zugestanden, als Belohnung für Innovationen in der Porzellanfabrik. Er trug Wildlederhandschuhe, auch die hatten einst seiner Mutter gehört. Wegen seiner Hände hatte ihn Petra manchmal geneckt. Und niemand hatte diesen Händen Ohrfeigen zugetraut, die knallten und weh taten.

Es war früh am Nachmittag. Wer im Inneren der Brennöfen zu tun hatte, arbeitete bloß sechs Stunden, rund um den Tag waren es vier Schichten.

Man schrieb das Jahr 1949, Gründonnerstag. Kein Feiertag mehr, wie auch Karfreitag und Ostern nicht, und nicht Weihnachten. Frau Ottilie hatte Clemens auf das ehemalige Lindnerische Gut geschickt, zwischen Schäßburg und Seligstatt, um Milch und Rahm zu holen. Edle Weine, Rassevieh, das galt vormals für den Namen Lindner. Dort hatte vor Jahr und Tag eine sogenannte Musterfarm der Partei unter dem Namen »Roter Stier« die Tore geöffnet, *Ferma de Partid model Taurul Roşu*, begleitet von mißtrauischen Blicken und hämischen Bemerkungen der Bauern. Und dort, kaum zu glauben, war schließlich manches billiger als im Privathandel und einiges gar besser.

Wegen Gründonnerstag sollte Clemens auf dem Weg hin Brennesseln pflücken. Die boten sich an als billiger Ersatz für Spinat, von alters her das Essen an diesem Tag der Karwoche. Außerdem wurden die jungen und zarten Triebe von Dr. Oberth zur Reinigung des Urins empfohlen und zur Dämpfung des Geschlechtstriebs bei alt und jung. Dazu waren die Brennesseln ein nahrhaftes Futter für die Schweine armer Leute.

Mit fröhlich plappernden Zigeunerkindern und deren launigen Müttern pflückte der Junge die knisternden Gewächse, auch er mit bloßen Händen wie alle. Er schämte sich der

Handschuhe. So brach er unter Schmerzen die Nesseln. Während seine Hände sich mit ätzenden Pusteln bedeckten, erinnerte er sich flüchtig an den Hirten Timoftei. »*Foarte bine!*« Und mit Unruhe im Gemüt an Dr. Tannenzapf. Und mit einem Stich im Herzen an Isabella. Der war er seit dem Besuch im Haus der stummen Klaviere nicht mehr begegnet, obwohl sie in ihrer alten Wohnung zu finden gewesen wäre.

Verwundert hatten die Frauen den *domnişorule* eingeladen, sich ihnen anzuschließen. Die kundigen Weiber hatten ihn eingeführt in das Geheimnis, Brennesseln herauszupicken, die von keinem Hundeharn angeseicht waren. »*Pişat de câine*, Hundepisse, das mundet den Städtern nicht, das schmecken die mit ihrem verhätschelten Gaumen sofort heraus.« Zäune solle man meiden, besonders aber Pflöcke und Baumstämme, obschon die Nesseln gerade dort üppiger wuchsen.

Bald erlahmte der Eifer der Frauen. Sie überließen den großen Kindern das Feld. Ermattet suchten sie im Straßengraben eine windgeschützte Stelle, wo die Sonne steil niederschien, und kauerten sich auf den Teppich von sprießendem Gras, unter Huflattich und Gänseblümchen. Vollbusige Mütter holten ihre Säuglinge vom Rücken. Umhüllt von Wolltüchern hatten die kleinen Wichte dort geschlummert, in Schlaf gewiegt vom Herzschlag der Mütter. Lachend und schäkernd nahmen sie die Lieblinge an die braunen Brüste, die aus den gefältelten Blusen quollen. Kleinkinder krabbelten ihren Müttern auf den Schoß, versanken in den bunten Röcken, steckten den Daumen in den Mund und fielen in Schlaf.

Ein eifriges Gespräch entspann sich. Alle Frauen redeten auf einmal, und trotzdem hörte jede zu und gab zu gegebener Zeit dem Palaver eine neue Wendung. Es ging um den Tratsch in der Stadt. Bestens wußten sie Bescheid über die bekannten sächsischen Familien: nicht gerade bis zum Bettgeflüster, aber bis zu den Küchengerüchen. Vielleicht genauer als die Betroffenen selbst, dachte Clemens amüsiert, dem es nicht leichtfiel, herauszubekommen, von wem die Rede ging: Jede der städtischen Familien hatte beim Zigeunervolk einen Übernamen. Indes wartete er vergeblich darauf, daß seine Familie durchgehechelt würde: Um diese schlugen die Frauen höflich einen Bogen. In einigem wußte er Bescheid. Sein Vater hieß *Sapte draci,* der siebengeschwänzte Teufel, die von Rosenthals seit eh und je *Baronul spinilor,* der Dornenbaron.

Eine bärtige Zigeunerin ließ eine blecherne Flasche mit Zichorienkaffee kreisen, die sie aus einem Zecker geholt hatte. Es war eine Feldflasche der Deutschen Wehrmacht, die zünftig in einem Filzüberzug steckte. Der Zecker war nach Art einer Kochkiste mit Holzwolle gefüllt. Somit war das duftende Getränk heiß. Clemens durfte als erster kosten. Als er nach der Flasche griff, stöhnte er leise. Die Zigeunerin hob seine Hände zur Sonne hin und betrachtete sie. Sie waren gespickt mit Pickeln und Blasen. Darauf schabte sie eine Handvoll getrockneten Morast aus dem Weg, befeuchtete ihn mit Speichel und trug den Brei auf. Der Schmerz ließ nach, Timoftei und Isabella verflüchtigten sich. Und als die Alte ihm drei Schluck Schnaps aufdrängte, verschwand auch Dr. Tannenzapf im grünen Nebel.

Behutsam hob die Zigeunerin die linke Hand von Clemens noch einmal zu sich empor, studierte lange das Liniengeflecht im Handteller. Die Frauen spähten herüber, manche erhoben sich neugierig: »Sag ihm, wen er heiraten wird, sag es uns.«

Die weise Frau schwieg, schüttelte den Kopf, machte: »Off! Off!« Und sagte unvermittelt, Besorgnis schwang in ihrer Stimme: »Heirate meine Enkeltochter Eufrosina, *domnişorule.* Dann kann dir nichts Böses mehr passieren. Sie ist mannbar, wenn auch erst vierzehn. Es geht ihr schon lange nach der Weiber Weise. Außerdem kann sie lesen und schreiben. Das Richtige für dich. Ansonsten ...« Sie schüttelte den Kopf, dünne graue Zöpfe lösten sich unter dem roten Kopftuch, »wer weiß, wohin unser Herrgott, der Liebliche, dich aus seinem gebenedeiten Maul ausspeien wird. Heirate sie, unsere Hasenfüßige!«

»Nein«, sagte er mit schwerer Zunge.
»Warum nicht? Weil sie ein Zigeunermädel ist? Sie ist hinten und vorn und oben und unten nicht anders als eure Sächsinnen, nur schöner und mit mehr Feuer im Leib.«
»Nein«, sagte er.
»Warum dann? Du bist ja nun auch ein halber Zigeuner, seit die Kommunisten deine Familie auf die Straße geworfen haben und keiner von euch ein eigenes Dach über dem Kopf hat und du in der Fabrik dich abrackern mußt wie unsereins.«
»Das ist es: weil ich kein eigenes Dach über dem Kopf habe. Damit Gott mich aus seinem gebenedeiten Mund ausspeit, muß ich irgendwo drinstecken. Eben: Weil ich nichts Rechtes gelernt habe, keinen Titel habe, keinen Doktorhut. Und somit keine Familie erhalten kann. Als Ziegelbrenner hab ich begonnen und bin auch jetzt noch Sklave meiner Hände.«
»Einen Hut werden wir für dich finden. Doktor sind wir uns selbst genug. Und Ziegelbrenner ist bei uns ein hochgeachtetes Gewerbe. Sklaven aber gibt es keine mehr, das haben die Genossen verboten.«
Tränen traten Clemens in die Augen. »Und dennoch werde ich nie zu euch gehören, selbst wenn eure Hasenfüßige schön ist hinten und vorn und oben und unten. Und selbst wenn meine Hände nicht mehr brennen würden, *la culesul de urzici*. Nie werde ich zu euch gehören, denn ich gehöre nirgendwo hin.« Eine solche Traurigkeit schwang in seiner Stimme, daß die Säuglinge zu saugen aufhörten und die Mütter zu schlucken begannen.
Da schien es ihm, und war Trost, als spiegelte sich in den Tränen, die aus seinen Augenhöhlen tropften, das Innere des biblischen Walfischs. Er sah sich, wie er an einem Holztisch saß und mit drei Mannsbildern Karten spielte. Von der Decke des fischgrätigen Bauchs baumelte die Tranlampe. Jeder der Spieler hatte ein Bierseidel vor sich. Und sein, Clemens', Kopf war herausgehoben durch einen diskreten Heiligenschein. Wie das, wo Rosa behauptete, Kartenspielen sei des Teufels?

»Ihr Sachsen habt keinen Glauben.«

»Warum?«

»Weil ihr nicht glaubt, was es in der Bibel schreibt.«

»Und was schreibt es in der Bibel?«

»*Vorba dela domnul nostru Isus Hristos.*« Und sie sagte auswendig her die Verse fünfundzwanzig und sechsundzwanzig aus dem sechsten Kapitel des Evangelisten Matthäus: »Darum sage ich euch: Sorget nicht um euer Leben, was ihr essen und trinken werdet; auch nicht um euren Leib, was ihr anziehen werdet. Ist nicht das Leben mehr als die Speise und der Leib mehr als die Kleidung? Sehet die Vögel unter dem Himmel: sie säen nicht, sie ernten nicht, sie sammeln nicht in die Scheunen, und euer himmlischer Vater nährt sie doch. Seid ihr denn nicht viel mehr als sie?«

»Das Brot wächst nicht auf den Bäumen, und die gebratenen Tauben fliegen einem nicht in den Mund, und bald bleiben uns nur noch des Kaisers neue Kleider«, stotterte er.

»Es ist wahr, was Ihr sagt. Und dennoch, seht: Wir leben und sind fröhlich und allzeit guter Dinge.«

Bockig fragte Clemens: »Was habt ihr gefrühstückt?«

»Was von gestern abend geblieben ist.«

»Und was eßt ihr zu Mittag?«

»Wir essen nur zweimal am Tag.«

»Und was eßt ihr am Abend?«

»Was Gott, der Liebreiche gibt, der Gütige, der er ist.«

Als sie hörten, wohin er unterwegs sei, gerieten sie in helle Aufregung. Zum verhexten Gut des *domnul Ariel mortul!* Neuerlich mußte er einen kräftigen Schluck aus der Schnapsflasche nehmen, als Schutz und Schirm.

Zwar sei nun Ruhe eingekehrt, aber böse Mächte hätten dort lange ihr Spiel getrieben. Und wer weiß, ob der Geist des Herrn Ariel nicht bald wieder umgehen werde. Alle wollten ihm die Geschichte erzählen, die er nicht noch einmal hören wollte. Wer kannte sie nicht zwischen Eppeschdorf und Keresztúr!

Nahezu gekränkt krähte es von allen Seiten: »Wie, der junge Herr hat keine Zeit, Geschichten zu hören?« Wo bleibe die *dragoste de om,* die Menschenliebe? Trotzdem sprangen die Frauen und Mütter auf, um Clemens den Abschiedssegen zu geben. Alle umarmten ihn, drückten ihn an die Brust, küßten ihn; sie schlugen das Kreuz über ihn und murmelten Sprüche wider die bösen Geister, strichen mit Kohlestücken über seine Ohren, beschworen die Mutter des Herrn: »*Maica domnului!*« Umhüllt von einem Potpourri von Gerüchen und mit kohlschwarzen Ohrmuscheln machte er sich auf zu dem verwunschenen Hof, hinein in sein Schicksal.

Die Staatsfarm »Roter Stier«, sie hatte ihre Geschichte wie so vieles unter dem Himmel Siebenbürgens, eine Geschichte mit erschreckendem Vorspiel und einem verwunderlichen Epilog.

Auf dem ehemaligen Lindnerischen Gut »Ehrengang« vor den Toren von Schäßburg, unweit von Seligstatt, hatte die Partei die erste volksdemokratische Staatsfarm für sozialistische Viehhaltung eingerichtet. Dort sollte den »Kolonisten«, den neuen, unbedarften und mäusearmen rumänischen Besitzern der sächsischen Bauernhöfe, beigebracht werden, was fortschrittliche Viehzucht bedeute, nach dem letzten Stand sowjetischer Wissenschaft.

Aller Anfang ist schwer. Es begann damit, daß sich die Bukarester Führungskader weigerten, auf dem Gutshof zu wohnen, bei der *Ferma de Stat;* Petroleumlampe und Plumpsklo waren nichts für diese arrivierten Seelen. Allein der Direktor richtete sich in einem der vielen Zimmer ein, kampierte auf einer Bretterpritsche und studierte bei Kerzenlicht die Programme der Partei. Die übrigen in der obersten Riege, Chefingenieur, Oberbuchhalter, Kaderchefin und Parteiinstrukteur, wurden jeden Morgen von Schäßburg herbeikutschiert, jeder für sich in einem eleganten Gig, gezogen von je zwei Pferden. »Acht Pferde nur für diese Nichtstuer«, rechneten die Bauern aus. Und waren neugierig, wieviel die Milch kosten würde.

Als erstes entließ man die bisherige Belegschaft. Zurückbehalten hatte man bloß den Veterinärrat Lajos Mártony, vormals Baron von Kiskadága, für den es noch keinen proletarischen Ersatz gab. Allgemein hieß er der Baron, nunmehr *tovarăşul baron*.

Das gutsherrliche Gesinde mußte gehen, an der Spitze der Großknecht. Das war ein Bessarabiendeutscher, Anastasius Paris, der bei der Heimführung seiner Landsleute in den Warthegau auf dem Lindnerischen Gut hängengeblieben war. Mit einem russischen Fluch nahm er den Hut. Doch nicht für lange, denn die neue Führung schleppte den alten Hasen, einen Meister in seinem Fach, kurz darauf wieder herbei und setzte ihn in alle Ehren und Ämter ein, als *tovarăşul şef de brigadă*. Denn das Schlimmste war, und unheimlich dazu, daß kein anständiger Mensch sich auf der Farm verdingen wollte. Die rumänischen Landleute lehnten ab, selbst die Ärmsten der Armen. Nach den Sachsen fragte niemand. Man mußte Gelichter, namenlose Niemande, einstellen, von den Straßen, vom Rande der Stadt, um holterdipolter den Betrieb in Gang zu halten.

In Hülle und Fülle gab es Kühe. Bunt zusammengewürfelt aus vielen sächsischen Privatwirtschaften, wurden sie in die Ställe gepfercht. Dies waren zwar hochherrschaftliche Ställe aus der Zeit Maria Theresias, solide gebaute Viehpaläste, dekoriert mit barocken und antiken Motiven, von geringelten Kuhschwänzen bis zu geflügelten Stieren; trotzdem: Milch floß keine. Die Sachsen machten sich ihren Reim darauf, aber sie hielten mit ihrer Meinung hinter dem Berg: Die bisher als Individuen verwöhnten und hochgeschätzten Tiere fühlten sich nicht wohl unter dem neuen Regiment, litten unter der Anonymität einer Massengesellschaft.

Die Partei war ratlos. Da alles einen dialektischen Grund haben mußte, wie es der Materialismus lehrte, befand man, daß der Rausch des Klassenkampfes sehr wohl auch die Kreatur erfaßt haben könne und somit das schlichte Getier sich in den Ställen aus imperialer Zeit nicht zu Hause fühle. Man studierte die Broschüre Lenins »Was tun?« Und dazu »Ein Schritt vorwärts, zwei zurück«. Und beschloß, die Ställe abzureißen, die als feudale Symbole den neuen Machthabern sowieso ein Dorn im Auge waren. Neue wurden gebaut nach Standardplänen aus Moskau, jeder Stall für hundertsieben Kühe. Hundertsieben Kühe auf hundertacht Plätze – unerklärlich auch dieses. Warum nicht eine gerade Zahl an Plätzen, hundertsechs oder hundertacht? Vergebens fragte man in Moskau nach. Man wußte es nicht. Doch riet man, auf den hundertachten Platz eine Nichtkuh zu stellen. Da man auch bei einer stürmischen Parteisitzung nicht herausfinden konnte, was eine Nichtkuh sei, blieb ein Platz im Stall unbesetzt, rechts oder links vom Mittelgang.

Nun also: Funkelnagelneue Ställe waren aus dem Boden gestampft. Doch vergebens, es änderte sich nichts. Im Gegenteil: Die gekränkten Kühe verloren nicht nur Haare und Gewicht, sondern auch die Lust an der Liebe. Nutzlos, fruchtlos besprang der Stier die Kühe, schnaubte Liebeslust aus allen Nüstern, blähte gewaltig seine Geschlechtsorgane. Statt vor Glück zu bersten, legten sich die Kühe in die Streu aus Sägespänen und Dreck, erinnerten sich an das goldgelbe Stroh und die intime Atmosphäre von einst und hüllten sich in Trauer.

Die Partei setzte dem Genossen Baron die Pistole auf die Brust: entweder Milch und Kälber oder wegen Sabotage in die Steinbrüche der Dobrudscha.

Angst lehrt nicht nur beten, sie macht auch erfinderisch. Dem Tierarzt fiel ein, daß die Vorfahren der Kühe zur Zeit der Einwanderung der Ungarn in die Pannonische Tiefebene anno Domini 896 unter freiem Himmel überwintert hatten. Daraus schloß er, daß, wenn ein Mensch sich in einem kuscheligen Stall sauwohl fühle, dasselbe für das Rindvieh noch lange nicht gelte. Der blaublütige Viehdoktor bewies das schlagend im Winter bei klirrendem Frost: Nach der Fütterung hatten die Kühe die Freiheit, sich von der Krippe weg den Ort der Verdauung zu wählen. Wiederkäuen entweder im warmen Stall oder in einem Freiluftschuppen oder auf dem offenen Feld. Tatsächlich: Hinaus in das offene Feld schaukelten sie und ließen sich schwerfällig im Schnee nieder, geschützt bloß durch das Tennisnetz der Familie Lindner, das den Ostwind bremste. Wahrhaftig, bei minus fünfzehn Grad im Freien schienen die Rindviecher besser dran zu sein als in einem Stall bei siebzehn Grad plus. Und im Handumdrehen wuchs ihnen ein Pelz. Der Partei blieb der Mund offen.

Die Kühe genossen die Winterlandschaft bei bestem Appetit. Sie kauten wieder und wieder Tonnen von Futter, die Milch und die Kälber jedoch ließen immer noch auf sich warten. Die Wärter froren und verkrümelten sich, waren nicht zu halten, weder durch Zuckerbrot noch durch Peitsche. Der Veterinär wurde in die Steinbrüche am Schwarzen Meer deportiert.

Was war es? Allein der Teufel weiß es, hieß es in den oberen Rängen der Partei, wo man an Gott nicht glaubte, wohl aber den Teufel ernst nahm. *Stie dracul!* Doch hätten die Funktionäre einen sächsischen Bauern gefragt, der hätte gewußt, was der Haken war. Zum Beispiel: Was war das für eine Viehhaltung mit Knechten, die nicht imstande waren, einen Büffelfurz von den Blähungen einer Kuh zu unterscheiden, geschweige eine Heugabel zu schwingen oder sich am Geruch der Jauche zu berauschen? Die ehemaligen Hofbauern, die hätten Abhilfe schaffen können. Nach ihnen fragte niemand. Doch es war ihnen nicht alles eins. »*Dat urm Gedehr!*« Das arme Getier ... Vorbei die Zeiten, wo Menschenhand zärtlich die Milch aus den Eutern gestreift hatte, im traulichen Zwiegespräch. Denn das wußte der sächsische Bauer seit Jahrhunderten: Mit den Haustieren muß man reden. Laut sprechen mit Pferd und Kuh, mit Schwein und Hund, ja auch mit den Hühnern und Gänsen, und zwar im Dialekt, auf sächsisch.

Nun aber wurden die Kühe in den Riesenunterkünften von mürrischen oder fluchenden, nach Fusel stinkenden Stallknechten zurechtgeschubst. Mit den Tieren wurde geschrieen, in einer Sprache und Tonart, die sie nie gehört hatten, die sie kopfscheu machte. Gemolken wurden sie von rauchenden Frauenspersonen, die sie mit der brennenden Zigarette traktierten, um ihre Milchfreudigkeit zu befeuern. Hie und da wurde eine Kuh an eine vorsintflutliche Melkmaschine angeschlossen. Die sog ihr Milch und Blut aus dem Euter, während das Personal döste. Mit Unmut erfüllte das Rindvieh, daß der Kot – wenn überhaupt – in unpersönlicher Weise mittels Fließband geräumt wurde, das irgendwo irgendeiner in Bewegung setzte.

Die alteingesessenen Leute aus der näheren Umgebung von Seligstatt, vor allem Rumänen, schworen Stein und Bein: Hier hatte ein Untoter die Hand im Spiel. Das Vieh sei verhext. Darum war es nicht möglich, qualifizierte Stallknechte zu finden. Obschon man auf vielerlei Weise lockte. Zum Beispiel hatte man an die Enden der neuen Ställe kleine Wohnungen angebaut: Küche, Schlafkammer, Wohnzimmer, Flur. Es nützte alles nichts. Helfen konnten allein Weihrauch und Wallfahrt. Denn das wußte man allenthalben und sprach es aus im Flüsterton: Ruhelos ging der Geist des letzten Gutsbesitzers Rudolph Georg Ariel Lindner um. Dieser gefürchtete und geachtete Herr hatte nach dem Kommen der Russen seinem Leben kurzerhand ein Ende gemacht. Es war ein Freitod, elegant in Szene gesetzt, und gleichzeitig gedacht und verstanden als subtile Rache an den Zeitläuften.

Als ein Zug der Roten Armee mit einem klapprigen Lastwagen, Marke Molotow, den Gutshof besetzte, war die erste Frage der Soldaten: »Wo der Schlüssel zum Weinkeller?« Dahin stürmten die roten Krieger, den riesigen Schlüssel gezückt wie eine Standarte. Sie stolperten die Treppen hinab, quetschten sich durch die massive Eichentür. Unten in den gewölbten Katakomben schossen sie Spundlöcher in die Fässer. Als der Gutsbesitzer, ein Hüne von Gestalt, in seinen Keller trat, wateten die Männer bereits in Wein. Der Herr aller Weine vollendete großzügig das begonnene Werk: Mit seiner Armeepistole jagte er Schuß auf Schuß in die Fässer. Die sowjetischen Soldaten jubelten dem Schützen zu, ja, sie halfen mit ihren Schießeisen aus, bereits zielunsicher. Das Geböller hallte von den Wänden und Gewölben wider, es war ein ohrenbetäubendes Spektakel. Manch einer vergaß, daß es sich um ein reines Vergnügen handelte, und schoß wild um sich. Es gab Verwundete, Blut mischte sich mit Wein. Andere warfen sich zu Boden, lagen im Weinpantsch, schrieen entsetzt: »*Gitler! Gitler!*« Der Wein zischte aus den Behältern von Maulbeerholz, rauschte in Fontänen in den Raum. Die durstigen Krieger hatten nicht genug Mäuler und Zungen, um das köstliche Naß zu fassen.

Als sich der Gutsherr zum Ausgang schlängelte, reichte ihm die schäumende Flut bereits bis zum Knie. Mitternacht war vorbei, der erste Hahnenschrei verklungen. Die schwere Tür aus Eichenbohlen schloß er von außen ab. Und ließ den Dingen ihren Lauf.

Dafür öffnete er sperrangelweit die Stalltüren. Er trug Glacéhandschuhe. In den After jeder Kuh strich er ein Gemisch von Paprika und Pfeffer. Dann kettete er die Tiere los, die zu stöhnen und zu tänzeln begannen. Sie drängten ins Freie, suchten in seltsamen Bocksprüngen das Weite, verschwanden auf Nimmerwiedersehen.

Nun stieg der Herr auf den Aussichtsturm. Der letzte Absatz war gesichert mit einer holzgeschnitzten Balustrade. Von dieser hohen Warte aus hatte er in der guten alten Zeit Jagd gemacht auf Schnepfen und Wildenten. Dort oben nun, mit dem Blick ins verlorene Paradies, schoß sich der Herr über das Gut Ehrengang eine Kugel in den Kopf, darauf bedacht, ja nicht sein Gesicht zu verlieren. Bedacht auch, als Toter nicht zu früh entdeckt zu werden. Der Schuß beim zweiten Hahnenschrei fiel weiter nicht auf, im Gegenteil: Er gehörte zum morgendlichen Ritual, ehe das Tageslicht anbrach. Damit hatte der Gutsherr früher das Hausgesinde geweckt. Die Männer lösten sich aus dem Liebesdunst der Nacht, verließen die dampfenden Bäuche ihrer Frauen und schlüpften mit einem Fluch in die Arbeitshosen. Draußen wurde als erstes nicht das Wasser abgeschlagen, sondern der Blick galt dem Himmel, doch nicht, um ein Morgengebet zu sprechen oder um nach dem Wetter zu sehen, sondern um den Turm zu beäugen: »Ah, dort der Herr, über das Geländer gebeugt, daneben die Flinte, es hat alles seine Richtigkeit ...«

Von unten schien es nun nach dieser letzten Nacht, als betrachte er, über das Geländer gebeugt, sinnend das Treiben im Fischteich wie eh und je. Neben ihm lehnte die gefürchtete Schrotflinte, sonst nicht mit Bleikugeln geladen, sondern mit Salzkörnern. Mit der schoß der Herr von oben her, sollte ihm etwas mißfallen, jedem in den Hintern, ob Knecht oder Bediensteter. Zuhause warteten die Frauen an jedem Morgen auf ihre Männer mit einem warmen Sitzbad, in das die Gemaßregelten ihre geschundenen Ärsche hingen, damit sich das Salz auflöse und sie bald ihrer Arbeit nachgehen konnten.

Diesmal jedoch dauerte der Blick des Herrn in die Tiefe so lange, daß auch der letzte Stallknecht sich beunruhigt am Kopf kratzte. Und noch etwas mutete unheimlich an: Die Russen waren spurlos verschwunden. Wegen ihnen hatte sich während der Nacht niemand hervorgewagt. Wo steckten sie? Nur der morastige und verbeulte Lastwagen erinnerte an sie.

Als gegen Mittag der Körper des Gefürchteten oben auf dem Holzturm sang- und klanglos hinschlug, fragten sich einige: Ist er tot? Nein doch: Er verulkt uns. So näherte man sich sternförmig mit Bücklingen dem Fuß des Turmes und richtete höfliche Anfragen hinauf in luftige Höhen: Wie es dem Herrn so gehe, ob der Herr Lindner sich wohl fühle? Doch der Herr war tot.

Der Kellermeister öffnete die Tür zum Weinkeller. In dem Urmeer von Wein schwamm ein Zug Russen in voller Uniform, Gesicht nach unten. Auf der prickelnden Oberfläche trieben die leeren Mützen.

Die ertrunkenen Soldaten fanden auf dem Heldenfriedhof

in Schäßburg die letzte Ruhe, wo sie mit allen militärischen Ehren beigesetzt wurden. Anders Herr Rudolph Georg Ariel Lindner. Obschon fachgerecht in die Familiengruft eingemauert, kümmerte er sich weiterhin rührig um seinen Gutshof. Daß die Partei ihn übernommen hatte, dieser Verein von Emporkömmlingen mit ihrem Wortgeklingel, eine Quasselbande von Windbeuteln und Schaumschlägern, das ging dem toten Herrn wider den Strich. Wie eh und je erscholl in der Früh der Schuß vom Turm. Die Leute der Staatsfarm fuhren entsetzt auf, ließen sich nicht von ihren Weibern zurückhalten. Sie stürzten mit einem gepfefferten Fluch in den Hof, erkannten auf dem Turm ihren Herrn, wie er totenstill auf sie herabsah, und warteten. Und wahrhaftig, der Schuß knallte. Eine Prise Salz fraß sich in das Gesäß von diesem und jenem. »Auwei, *vai de mine!*«

Selbst die Sachsen sprachen darüber nach der Kirche. Sie bestätigten, was für die rumänischen Nachbarn Bibel war: »*De Blochen hun recht! Der olt Lindner, hi es did en dennich gur verrafft!* Der alte Lindner: tot und dennoch verrückt. Auch anderes wurde beraten: So lehnten sie es ab, die Turmuhr in Gang zu setzen: »*Dot uch de Blochen en de verflachtig Kolonisten profitieren, dat net!*« Allein den Zigeunern hätten sie es gegönnt, sich an den Glockenschlägen der Turmuhr zu ergötzen.

Doch erst als Genosse Tannenzapf von der Kulturabteilung der Partei eingriff, fand der Spuk ein Ende, wurde der Fluch über Mensch und Vieh gebannt. Musik muß her! empfahl der Musikgenosse. Und zwar Mozart.

Mozart? Ein kapitalistischer Ausländer, dazu noch ein Deutscher? Das war der Partei zu gefährlich. Und so schloß man die Ställe an den Lokalsender an. Je zwei Kühe wurden von einem Lautsprecher beschallt. Es tönten die aufreizenden Rhythmen revolutionärer Melodien aus der Sowjetunion, und dazwischen blubberte melancholisch das Gedudel sibirischer Volksmusik, den lieben langen Tag. Die Partei wartete wie ein

Haftelmacher auf die sprudelnde Milch. Sie sprudelte nicht. Aber immerhin: Es rieselte. Doch als aus Bukarest das verordnete Toben der Massenversammlungen direkt übertragen wurde, da bekamen die Tiere den politischen Koller: Beim Skandieren des Namens »Stalin, Stalin, Stalin« verschlug es ihnen die Milch. Bei der tausendstimmig geschmetterten Internationale ereigneten sich Fehlgeburten. Und beim Gebrüll der Männer und dem Kreischen der Frauen: »Tod der Reaktion, in die Steinbrüche mit der Bourgeoisie, an den Galgen mit den Gutsbesitzern«, zerrten sie an den Ketten und schlugen um sich, daß es Blut und Milch spritzte. Die Partei befahl zähneknirschend, die Lautsprecher abzustellen, solange die Arbeitermassen in Bukarest und in den Städten der Provinz den Kapitalismus zu Tode schrieen und den Sozialismus herbeiklatschten. Himmlische Stille breitete sich in den volksdemokratischen Ställen aus, jeden Tag viele Stunden über. Denn damals wurde viel herumgestanden auf Plätzen, um die paradiesische Zukunft mit wortgewaltigen Ovationen zu beschwören. So waren die Ställe bei Seligstatt der einzige Ort in der Volksrepublik, wo die Lautsprecher abgestellt wurden, um der Sache des Sozialismus zu dienen.

Also doch Mozart! Genosse Tannenzapf erhielt ausdrücklich den Parteiauftrag, ihn herbeizuzaubern, tot oder lebendig. Und der Mann der Kultur zauberte Mozart herbei. Tot und lebendig. Die Milch schäumte. Die Stiere stampften. Die Kühe kalbten.

Vielleicht aber war des Rätsels Lösung einfacher. Genosse Tannenzapf hatte in einer Parteisitzung fallenlassen: »Geben wir den sächsischen Bauern Arbeit. Nutzen wir ihr Wissen und Können. Das erwägt man auch in Bukarest.«

Statt des fahrendes Volkes und der vaterlandslosen Gesellen, die bis dahin recht und schlecht das Vieh versorgt hatten, wurden sächsische Bauernfamilien eingestellt. Man hatte diese geächteten Menschen herbeigeholt aus den Lehmhütten der Zigeuner, wohin man sie von ihren Höfen ausquartiert hatte, oder aus den Ställen der eigenen Häuser, wo die Kolonisten sie großherzig geduldet hatten. Die Partei wies ihnen die gemauerten Wohnungen am Ende der Ställe zu und hieß sie in die Hände spucken, sich an die Arbeit machen. Und das taten sie mit Ernst und Liebe. Die meisten dieser älteren Bauern hatten die landwirtschaftliche Schule von Marienburg im Burzenland besucht, einige ein Jahr fachlicher Zusatzausbildung »oben« mitgemacht, im »Reich«, in Deutschland.

Diese ehemaligen Hofbauern wußten, was getan werden mußte. Sie gaben jeder Kuh einen würdigen Namen, von Berta bis Rosa, von Rita bis Majo, von Mitzi bis Lisi. Sie banden die Kühe an die Krippen, indem sie jeder ihre eigene Kettenlänge zumaßen, in Absprache miteinander, von Kuh zu Mensch. Und sie redeten vom ersten Augenblick an mit ihnen Mundart. Die Freude fuhr den Kühen in die Euter. Und die Partei war voll Dankbarkeit, soweit eine Partei der Dankbarkeit fähig ist.

IV

Das Hohelied

17

Als Clemens sich dem Hügel näherte, auf dem die neuen Ställe standen, stieg er nicht ab vom Rad, sondern schaltete den Gang herunter. Das Bizykel legte eine elegante S-Kurve ein, so schwungvoll, daß sie talwärts führte. Er rutschte aus dem Sattel. Seine Beine schwankten. Er mußte sich am Fahrgestell festhalten, während er dahinstapfte. Das war der Zwetschkenschnaps aus dem Bocksbeutel und der Ruch der Brennesseln in seinem Zecker, die ihm die Sinne benebelten. Doch vor dem inneren Auge erschien die vierzehnjährige Eufrosina, die Hasenfüßige, wie sie einen Knaben stillte, der ihm nicht unähnlich war. Dabei lachte sie ihn an, die letzten Sonnenstrahlen kitzelten ihren rosigen Gaumen. Er aber kauerte im Türkensitz vor einer Lehmhütte und flickte Kessel. Dazwischen gaukelten im Reigen die fröhlichen Brüste der Mütter, und seine Ohren kitzelte das lustvolle Schmatzen der Säuglinge. Als Gewichte an den Füßen hingen die Wahrsagungen der Zigeunerin über Gottes gebenedeiten Mund, der ihn gelegentlich ausspeien werde, irgendwo … Oder ausspeien von irgendwo? Das hatte er schon gehört. Es fiel ihm ein, als er die Abendglocke von der Bergkirche zu Schäßburg herüber läuten hörte: Stadtpfarrer Seraphin … Jona, der Walfisch, der Bauch; Bauchhöhle, welch kuschliges Wort … Clemens seufzte. Warum heraus, dachte er verwirrt, wo es Jona dort besser ergangen war als je zuvor und anderswo?

Aus einem Stall ertönte Klaviermusik. Er erkannte Takte

aus dem Requiem von Mozart. Doch kurz darauf wandelte sich die Melodie. Hervor schlüpfte ›Eine kleine Nachtmusik‹. Und wahrhaftig, für das Rindvieh nahte die Nacht, die Sonne richtete sich zum Untergehen. Clemens lenkte vorsichtig Fahrrad und Schritte zu einem Stall, aus dem keine Nachtmusik erklang.

»*Melch uch Ruuhm?*« wiederholte das kleine Mädchen seine Frage. Milch und Rahm? Dann müsse er zum Stall gehen, wo die Kühe mit Musik gefüttert würden. Ihr strohblondes Haar war streng zurückgekämmt und in zwei Zöpfe geflochten; Sommersprossen sprenkelten das Gesicht, es wurde Frühling. Sahen alle kleinen sächsischen Bauernmädchen gleich aus?

Doch als er sich dem musikalischen Stall näherte, war das nicht mehr Mozart, das waren die aufwühlenden Rhythmen der ›Rhapsody in Blue‹. Und als er die Tür zum dämmrigen Stall öffnete, rauschte der Trauermarsch von Chopin über das Rindvieh dahin. ›Opus 32‹, murmelte er. Isabella! Doch nicht nur an sie erinnerte er sich, auch an Petra, die Amusische – der Gedanke an beide schmerzte. Seit er Fabrikarbeiter geworden war, waren beide Jugendfreundinnen in die Ferne gerückt.

Er hatte sich in seine Arbeit gekniet. Fabrik! Und Abendlyzeum, Rumänisch. Mit seinen neuen Schulkollegen, auch sie tagsüber Arbeiter, wurde er nicht warm. Sie waren ihm fremd, nicht nur weil er sich mit der Landessprache schwertat. Er bewunderte ihren zielstrebigen Ehrgeiz im Lernen, er ließ ihre sorglose Weltfreudigkeit auf sich wirken, mit leiser Eifersucht: Denen konnte das Leben, vor dem er sich fürchtete, nichts anhaben.

Für sie war er eher ein Exot, mit dem sie wenig anzufangen wußten. Obschon er einige Male zu Trinkgelagen mitgegangen war und dabei gut abgeschnitten hatte. Denn beherzigt hatte er den Rat von Keleti: Vor jeder Sauferei schlucke man einen Schnapsbecher Sonnenblumenöl, das verstopft die Magenwände. »Der Schnaps spritzt nicht ins Blut, sondern rinnt unten heraus. Kannst kontrollieren! Pisches riecht nach Schnaps.«

Sie waren höflich, wenn auch geniert in seiner Gegenwart. Waren sie beschwipst, taten sie sich keinen Zwang an. Unbeschwert erzählten sie Weibergeschichten. Er beteiligte sich kaum mit einem Lächeln. Was sie über Sachsen, Ungarn, Zigeuner wußten, erschöpfte sich in Klischeevorstellungen: Die einen sind so, die andern sind anders, die letzten sind überhaupt nicht. Am besten schnitten die Sachsen ab; wiewohl hochmütig und egoistisch, seien sie mit übertriebenen Tugenden ausgestattet, vor denen ein normaler Mensch erschrecken müsse. Trotz der guten Zensuren konnte Clemens es sich nicht verbeißen, festzustellen: »Ihr wißt von uns nichts, wir wissen von euch alles.«

»Wie das?« fragten sie amüsiert.

»Wir kennen eure Sprache, wir kennen eure Literatur, wir müssen in der Schule die Geographie des Landes in eurer Sprache erlernen, obwohl wir für jeden Berg und jeden Fluß unsere heimatlichen Namen haben. Wir müssen uns ausgiebig eure Geschichte aneignen, die – verzeiht! – die Geschichte von zwei kleinen, unbedeutenden Fürstentümern ist. Die sogenannten Donaufürstentümer, nicht einmal ihre Namen waren in Europa geläufig, sie waren dauernd in Gefahr, von den Großmächten verschluckt zu werden. An der Spitze Wahlfürsten, da hat einer den anderen vom Thron gestoßen, den Thron erworben mit Geld oder mit Mord und Totschlag. Als endlich 1866 der landfremde Karl von Hohenzollern eine Dynastie begründet hat, da hat es in seinem Land von abgehalfterten Fürsten gewimmelt, sieben waren es an der Zahl.«

Unbedeutende Fürstentümer? »*Moldova, Muntenia noastră dulce!*« Fürsten, die sich nur untereinander rangelten? Das Erstaunen war groß. Galt nicht Stephan der Große als Verteidiger des Abendlandes gegen die Türken?

»Da gab es nichts mehr zu verteidigen. Als er 1547 auf den

Thron der Moldau kam, war Budapest schon seit Jahr und Tag ein türkisches Paschalik.«

Puiu Moldovan sagte: »Ebendarum. *Voivodul Stefan cel Mare* hat es trotzdem gewagt, den Kampf mit den Türken aufzunehmen. Und hat sie einige Male besiegt, wie man Äpfel vom Baums schlägt. *Moldova noastră binecuvântată* ist nie von Türken erobert worden.«

Und Nelu Muntenianu sagte: »Unbedeutende Fürstentümer? Bis 1918 wohl ein schmales Kipfel am Außenrand der Karpaten, doch nachher: ein rundes, resches Hausbrot. Ebendarum: *ce miracol!* Heute gehören wir zu den großen Staaten Europas. *Dulce România!*«

Clemens erkannte: Geschichte trennt.

Als er auf Zehenspitzen in das Innere des Stalls trat, wurde das Klavierspiel nicht spürbar lauter. Es schien, als sei jede Klangfolge umkleidet mit einer flockigen Hülle von Gerüchen und Gerülpse.

Der Platz zur Linken, Nummer hundertacht, war von einem Flügel besetzt. Der Klavierspieler saß mit dem Rücken zum Mittelgang und war im Halbdunkel nur in Umrissen zu erkennen. Er spielte blind.

Clemens tastete sich rechts an der Wand entlang, schob behutsam eine Kuh zur Seite, hockte sich in die Krippe voll Heu und hörte dem Konzert zu. Wie so viele, denen dabei vor Genuß die Augen zufallen, schlief er ein. Und erwachte, als jemand höflich an seine Brust klopfte. Er fegte den Schlaf aus den Augen, griff nach dem Horn der nächsten Kuh und erhob sich. Vor ihm stand ein Mensch, der eine Stallaterne hochhielt, die ihn blendete. Er bog die Laterne zur Seite und gewahrte eine Schürze. Und sagte: »Chopin, opus 32.«

»Nicht ganz«, berichtigte eine Frauenstimme. »Das letzte war die Rhapsodie von Enescu. Ich prüfe, ob die Kühe weniger Milch geben, wenn es nicht Mozart ist. Experimentelle Musik. Es scheint ihnen gleichgültig zu sein.«

»Das letzte nicht Chopin, sondern Enescu?« fragte er. »Wie konnte ich das überhören?« Noch immer starrte er auf die maskenhafte Lederschürze vor seiner Nase, die die weiblichen Konturen verwischte.

»Das kommt in den besten Familien vor«, erwiderte sie lachend.

»Was?« fragte er benommen.

»Daß man in einem Konzert vor Entzücken einschläft. Glück macht müde.« Träumte er? Er nahm ihr die Laterne aus der Hand, senkte sie, die Lederschürze reichte ihr bis über die Knie und roch säuerlich nach gegorener Milch.

Die Gestalt war barfüßig. Und es war wahrhaftig eine Frau. Ihre Füße schmiegten sich in das Stroh, das im Licht der Laterne golden aufleuchtete. Die Nägel waren lackiert. Nun hob er das Licht zu ihrem Gesicht empor. Sie standen sich Auge in Auge gegenüber. Seine Hand fiel herab. Hätte die Frau ihm die Laterne nicht abgenommen, sie wäre zu Boden gepoltert und dort zerschellt. Das Petroleum wäre ausgeronnen, das Stroh hätte sich entzündet, der Stall hätte Feuer gefangen, hundertsieben Kühe, zwei Menschen, ein Blüthner-Flügel wären in Flammen aufgegangen und ein Stück frischer Sozialismus dazu.

Clemens stotterte: »Du bist so schön, so wunderschön, daß ich ..., mein Gott, so schön, daß ich es nicht glauben kann. Ich muß dir etwas schenken ...« Er griff nach hinten in die Krippe und schüttete ihr den Zecker voll Brennesseln auf die nackten Füße. Statt aufzuschreien, sagte sie: »Wenn Sie mir die Brennnesseln tatsächlich schenken wollen, ich bedanke mich, dann müssen wir sie schnellstens zusammenklauben, sonst frißt die Kuh sie auf.« Erst an diesem langen Satz mit seinem Melos erkannte er, daß sie eine Rumänin war. Grammatik und Syntax wie aus dem Langenscheidt, aber die Betonung der Vokale und das Glissando der Wortenden hinüber zum nächsten Wort – so sprachen Rumäninnen deutsch.

Und er erschrak über eine Frage, die ihm durch den Kopf

schoß und sein Herz höher schlagen ließ: In welcher Sprache werde ich ihr sagen, daß ich sie liebe? »*Te iubesc*«? Mir so fremd, daß es mir Zunge und Herz bricht. Oder: »Ich liebe dich«? Ihr so fremd im Zungenschlag, daß es ihr Herz nicht erreicht. Denn mit heiligem Schauder hatte er erkannt, was es mit der Weissagung der Zigeunerin auf sich hatte. Es verwirrten sich seine Sinne. »Hier, in diesem Kuhstall, ist das Gestade, wo der Walfisch mich ausspeit aus seinem göttlichen Maul.« Schon jetzt fühlte er, wie müde Glücklichsein macht. Es fielen ihm die Augen zu, er lehnte sich an die Kuh und hörte von weit her die geliebte Stimme: »Sie sind müde.«

Sie nahm ihn bei der Hand und setzte ihn in die Krippe. »*Doamne, doamne,* Ihre Hände sind voller Pickel und Blasen. Und innen wie ein Reibeisen. Halten Sie die Kuh ab, ich sammle rasch die Brennesseln ein. Und dann gehen wir zu mir.« Ihre Hände waren kühl, obschon ihre Finger kurz zuvor die hitzigen Rhythmen der ›*Rapsodia română*‹ in die Tasten gehämmert hatten. »Aber was führt Sie her?«

»Milch und Rahm«, antwortete er wie im Traum.

Als die zwei den Stall verließen, wandten alle hundertsieben Kühe ihre Häupter der Türe zu. Hundertsieben Ketten klirrten. Sie band die Lederschürze fester, schritt voran.

»Kommen Sie. Treten Sie ein: hier, mein Reich. Eine eigene Wohnung. Daß unsereiner so etwas sein eigen nennt, ohne sich fürchten zu müssen – ein Wunder Gottes ...« In der kleinen Küche war eine Art Molkerei eingerichtet. Das imposanteste Gerät war ein handgetriebener Separator. Aus einer verbeulten Kanne goß die junge Frau Milch in seine zwei Literflaschen. Den Rahm füllte sie aus einem Gießer in ein Weckglas, das sie vorsichtig verschloß. Als Clemens seinen Stoffbeutel schwenkte, fiel ›Der Cherubinische Wandersmann‹ heraus und genau auf ihre nackten Füße. Diesmal rief sie: »Au!« Sie bückten sich beide.

Er sagte: »Du bist so schön, ich schenke dir auch dieses Buch.«

Sie trat zum Fenster, um das Abendlicht auszunützen, blätterte kurz im Büchlein, sagte: »Aha, gotisch. Haben wir gelernt, in Hermannstadt, bei den Ursulinerinnen.« Und legte das Buch auf ihr Bett, zum Kopfende. Er dachte: Vor dem Schlafengehen wird sie darin lesen.

Sie band die Schürze ab und bat ihn in die gute Stube. »Bleiben Sie noch einen Augenblick bei mir.« Sie entzündete zwei Petroleumlampen, eine hing mit einem grünen Schirm von der Balkendecke herab, die andere stand auf dem Holztisch. Das Mädchen vor ihm ... Er mußte die Augen schließen. »Wie müde Sie sind.«

»Ja«, sagte er. Und sagte nicht: Glück macht müde, sondern: »Eine Zigeunerin hat mir wahrgesagt.« Sie fragte nicht, was die Zigeunerin ihm wahrgesagt hatte. Aber sie wollte wissen, ob sie Pfeife rauche, graue Zöpfe habe, an denen zwei Mariatheresientaler baumelten, und ob ihr ein Glied am kleinen Finger fehle. Bis auf die Taler stimmte alles. Das Mädchen sagte: »Ja, ja, keine Taler mehr. Das erste, das die neuen Hoheiten in Szene gesetzt haben, war, den Zigeunerinnen die Goldmünzen vom Leib zu rupfen und den Zigeunern die Bärte zu verbieten.«

»Alle Bärte«, sagte er, »außer dem vom Dr. Tannenzapf.«

Sie sah ihn erstaunt an, sagte: »Der Bart vom Dr. Tannenzapf ...«

Das Eckzimmer hatte zwei Fenster. Im Westen ragte am hellen Horizont die Silhouette von Schäßburg, gekrönt von der Bergkirche. Im Süden unterschied man Mauern und Türme der Kirchenburg von Seligstatt. Dahinter, in weiter Ferne, schimmerten die Spitzen der Karpaten im letzten Licht.

Die Möblierung bestand aus dem Nötigsten. Wie bei Isabella in ihrer Mägdekammer, dachte Clemens. Und doch nicht. Er atmete auf. Hoffentlich gibt es nie mehr jemanden, der mir besser gefallen kann als dieses Mädchen ... Wenig an Hausrat: ein Eisenbett, bedeckt von einer feldgrauen Decke, eingewebt darauf »Wehrmacht«. Das Kopfkissen war prall mit Heu gefüllt, zwischen den Knöpfen quoll es heraus. Ein Melkschemel ersetzte den Stuhl, ein Spind stand in der Ecke. Auf einem Hängebrett reihten sich rumänische Bücher, alle broschiert und abgegriffen; allein die marxistischen Klassiker lagen in beiden Sprachen bereit. Die Partei wünsche, daß sie sich als Bibliothekarin betätige und Kultur und Bildung unters Volk bringe. Doch niemand bekunde Interesse. »Das Stallpersonal besteht aus Ihren Leuten. Verläßlich. Pünktlich. Arbeitsam. Ordentlich. Sauber. Aber nach diesen Büchern verlangt es sie nicht. Die Lutherbibel, ja, die hält jede Familie in Ehren.« Und schloß: »Damit die Partei bei Kontrollen zufrieden ist, trage ich einfach Namen ein.«

Auffällig war ein Reisekoffer mit Hotelmarken aus Städten mit klingenden Namen. Vor das Fenster nach Süden war ein schmaler, langer Tisch gerückt. Darauf konnte man die Umrisse von Objekten ausmachen, die sich undeutlich unter einer steifen Satteldecke abzeichneten. Er fragte nicht.

An der Wand hing eine moderne Muttergottes. »Das einzige, was an Zuhause erinnert. Und auch nur, weil das Bild bei unserer Haushälterin versteckt war. Kandinsky. Gerettet hat mich Dr. Tannenzapf. Als der *tovarăşe secretar de Partid dela Ferma de Stat Taurul Roşu* das Bild erblickte, wollte er es auf der Stelle zerschlagen. Da sagte Dr. Tannenzapf: Haben Sie keine Mutter, *tovarăşe*? Wie nicht! Und auch ein Kind? Eines? Viele! Nun also: Das hier ist ein Bild von Mutter und Kind. Und der Heiligenschein? Jede Mutter verdient einen Heiligenschein.«

Plötzlich fiel es Clemens wie Schuppen von den Augen. »Du bist die älteste Tochter vom Dr. Tatu. Euch alle hat man in die Dobrudscha verschleppt, nachdem ihr aus dem Kino gekommen seid. Ich war an dem Abend auch im Kino, in demselben Film wie ihr: ›Die vier Sullivans‹. Zuletzt marschieren alle Brüder in den Himmel, tot, gefallen im Krieg.«

»Gewiß, am selben Abend im selben Kino, folglich im selben Film; das kann wohl nicht anders gewesen sein«, unterbrach sie ihn, und ihre Zähne blitzten. Er bemerkte die leise Ironie nicht. »Und uns alle können sie nicht verschleppt haben, denn ich bin noch hier.«

»Dich haben sie nicht erwischt, weil dir auf der Straße das Strumpfbandel zerrissen ist und du zu spät zu Hause angelangt bist. Da waren deine Leute schon weg.«

»Übrigens bin ich die Stieftochter des Dr. Tatu. Aber mein Vater ist er trotzdem.«

»Und der Dr. Tannenzapf hat dich von der Straße aufgeklaubt ...«

»Und mir das Strumpfband repariert, höflich wie er ist,« sagte sie fröhlich. »So erzählt man es in der Stadt.«

»Und dich hergebracht, damit du den Kühen klassische Musik beibringst.«

»Nicht gerade so, aber ähnlich.«

Sie stellten sich förmlich vor. Und duzten sich einvernehmlich. Sie hieß Rodica Ingrid Melania Augusta Neagoie. »Rodica, weil das ein rumänischer Vorname ist, der in keine Sprache übersetzt werden kann. Ingrid, dieser zärtliche deutsche Name, den ich liebe, von einer Tante, meiner Patin, die ich nicht liebe. Melania, griechisch, weil ich bei der Geburt pechschwarze Haare hatte. Augusta, weil es heißt, wir Rumänen stammen von den Römern ab.«

Ihr echter Vater, ein Bauernsohn aus einem Dorf im »Tal der Muttergottes«, *Valea Doamnei,* vom Südhang der Karpaten, sei als Hauptmann der Pioniere beim Sprengen einer Brücke über den Don zu Schaden gekommen. Wie, verschwieg sie. In seinem Heimatdorf Maria Mare lebten Verwandte, die sie kaum kannte und doch liebte, »tapfere Frauen, und ein Pfarrer«. Mehr sagte sie nicht. Außer der bösen Tante in Bukarest und deren Mann »wie ein Mameluck« sei unter den Lebenden niemand, der sich um sie kümmere. Und sie wünschte es auch nicht. »Wir, unsere Generation, haben die einmalige Chance, auf eigenen Füßen zu stehen, uns aus eigener Kraft durchzuschlagen.«

Anders stehe es um die kürzlich verstorbene Großmutter, die sie auch jetzt noch begleite wie ein Schutzengel. »Die Toten entfernen sich erst dann von ihren Lieben, wenn sie gewiß sind, daß diese sich allein zurechtfinden können. Oder anders: Gott weist den Heimgegangenen ihre Aufgaben im Himmel erst dann zu, wenn diese den Hinterbliebenen nicht mehr täglich zur Seite stehen müssen.« Sie nehme die Enkelin oft an der Hand, die verblichene Großmutter, »sie hält mich an der Hand wie ein Kind. Doch bin ich jedesmal im Traum so groß, wie ich eben jetzt bin.« Und das junge Mädchen zeigte an, wie groß sie im Traum war. Sie strich langsam über ihren Körper, von den Knien über die Brust bis zum Scheitel, und er folgte ihren Händen. »Und immer trage ich weiße Stiefel.«

Die tote Großmutter geleite sie durch gläserne Landschaften voller Farbenspiele, in denen sonst nichts geschehe. Doch nehme sie durch groteske Handlungen Ereignisse vorweg, die mit der unmittelbaren Zukunft der Enkelin zusammenhingen. Zum Beispiel hatte die energische Tote dem jungen Mädchen an jenem fatalen Kinoabend im Traum den Strumpfhalter zerrissen: »Du bist noch nicht eine so große Dame, daß du im Sommer mit Strümpfen herumrennen mußt.« Rodica hatte im Traum geweint.

Sie stand beim Fenster und beide sahen sie, wie das Licht im Westen erlosch. Und sie zitierte ein Gedicht von Mihai Eminescu:

»*Somnoroase păsărele,*
pe la cuiburi se adună,
se ascund în rămurele –
noapte bună!

Doar izvoarele suspină,
pe când codrul negru tace,
dorm și florile-n grădină –
dormi în pace!

Trece lebăda pe ape
între trestii să se culce.
Fie-ţi îngerii aproape –
Somnul dulce!

Peste-a nopţii feerie
Se ridică mândra lună,
Totu-i vis şi armonie –
noapte bună!«

Clemens fragte: »Hat deine Großmutter auch mich angemeldet?«

»Gewiß«, sagte sie ernsthaft, »aber das erzähle ich dir ein andermal.« Und wechselte das Thema: »Heute ist bei euch Gründonnerstag? Und Sonntag habt ihr schon Ostern. Für uns Orthodoxe dagegen beginnt erst die Karwoche, in vier Tagen haben wir Palmsonntag, *duminica floriilor*. Ich war schon lange nicht mehr in eurer Kirche, weder in der Klosterkirche noch oben auf dem Berg.«

»Auch ich nicht.«

»Warum?«

»Weil ich jetzt ein einfacher Arbeiter bin, darum gehe ich nicht in die Kirche.«

»Darüber wird unser Herrgott traurig sein.«

»Gott traurig sein, wegen mir, weil ich nicht mehr in die Kirche gehe? Welch ausgefallener Gedanke ... Warum das?«

»Weil Gott in der Welt durch uns existiert.«

»Durch uns existiert? Er, der Allmächtige, der Schöpfer des Himmels und der Erde?« Sätze aus dem Konfirmandenunterricht flimmerten durch seinen Kopf. »Das ist Gotteslästerung.«

Sie stand beim Südfenster, und beide sahen sie, wie das Licht über den Karpaten erlosch. Sie sagte: »Dort, weit weg am Fuß der Karpaten, liegt Fogarasch, mit Verwandten von dir.« Sie strich sich über die Augen, fuhr fort:

»Bitten wir nicht, nein beten wir nicht, wie sagt man das?

Besser drücke ich mich rumänisch aus.« Viel habe sie darüber nachgedacht. Höre der Mensch auf, mit Gott zu reden, so höre Gott auf zu sein. Rufe der Mensch den Herrgott nicht mehr an in Gebet und Lobpreis, verherrliche er vor allem nicht seinen Namen in der heiligen Liturgie, so bleibe Gott allein, der Herrscher eines Kosmos ohne Seele.

Wie auf Befehl stieg aus den meisten Häusern in Seligstatt Rauch auf. Es war die Zeit, wo die Bäuerinnen das Schweinefutter kochten.

»Gott totschweigen und ihn solcherart aus der Welt hinaustun, das wollen sie jetzt hier mit aller Macht.« Rodica fröstelte. Sie holte einen leeren Futtersack aus der Küche und schlug ihn um die Schultern. »An uns liegt es, ihn an der Hand festzuhalten, *bunul nostru Dumnezeu,* ihn in der Welt zu behalten. Gott selbst hat unter den Menschen Freunde gewonnen, indem er Geschichten hat erzählen lassen. Auch wir, wenn wir Freunde werden wollen, müssen uns Geschichten erzählen.« Sie nahm Clemens' brennende Hände in ihre Hände, schloß sie ein wie in die Schalen einer kühlen Muschel. Und siehe, der beizende Ausschlag verschwand wie weggeblasen. Als sie seine Hände losließ, fühlte sich die Haut glatt an.

Clemens erinnerte sich, wie er am Heiligen Abend unter dem Christbaum zu Hause die Weihnachtsgeschichte hatte aufsagen müssen, ehe er sich auf die Geschenke hatte stürzen dürfen; und es fiel ihm ein, was die Hirten gesprochen hatten, nachdem die Engel von ihnen gen Himmel fuhren: Laßt uns nun gehen nach Bethlehem und die Geschichte sehen, die da geschehen ist und die uns der Herr kundgetan hat.

Für Ostersonntag lud ihn Rodica zum Mittagessen ein. Schon in der Nacht draußen fragte sie ihn: »Glaubst du, daß heute etwas vorgekommen ist, das uns beiden gleich gut gefallen hat, uns gleichermaßen erfreut hat, dich und mich?« Er sagte zögernd: »Eminescu?«

Die Nacht hatte sich über die Ställe gesenkt. Man hörte nur

das leise Klingen der Ketten. Er fragte unvermittelt: »Kannst du ungarisch?«

»Meine Eltern ja, ich nicht.« Sie begleitete ihn bis zur Weggabelung. »Auf Sonntag. Und ein Schwarm guter Engel sei mit dir.«

Als er zurückfuhr, langsam, weil in seinem Zecker die vollen Glasgefäße mit Milch und Rahm klirrten, überlegte er: Ich werde ihr auf ungarisch die Liebeserklärung machen. *Szeretleg*. Das klingt männlich. Und vielleicht versteht sie es nicht.

Am Ostersonntag ging er in die Kirche. Nicht sosehr, um Gott in dieser rauhen Welt an der Hand zu nehmen, vielmehr um Rodica nicht zu kränken. Auch Frau Ottilie und Rosa bequemten sich hin. Beide fanden es sonderbar, daß Clemens beim Mittagstisch nicht dabeisein wollte, das Fahrrad holte und davongondelte.

In seinem Konfirmationsanzug, der aus allen Nähten platzte, machte Clemens sich auf den Weg zur Staatsfarm. Gedankenvoll fuhr er mit dem Rad dahin, vergaß, bei der Anhöhe zurückzuschalten, und plagte sich sehr. Die Predigt ... Nun also: Die Auferstehung, die hatte ihn nicht weiter wundergenommen. Das gehörte sich so. Was ihn eher wundernahm, ja erschreckte, war, daß er überhaupt an die Auferstehung dachte ...

Rodica empfing ihn strahlend, winkte bereits von der Stalltür mit dem ›Cherubinischen Wandersmann‹ und rief: »Hör nur, was wir am Donnerstag besprochen haben, finden wir bei diesem Angelus Silesius ausgedrückt in zwei Sätzen:

Ich weiß, daß ohne mich Gott nicht ein Nu kann leben,
werd ich zunicht, er muß vor Not den Geist aufgeben.«

Diesmal brachte er als Gastgeschenk nicht Brennesseln, sondern Osterglocken mit. Am Vormittag hatte Rodica die Heilige Liturgie im Dorf besucht, das rumänisch Selistat hieß. Sie hatte Kerzen für die Toten und Lebenden angezündet, Palmkätzchen mit Weihwasser besprengen lassen. Mit den geweihten Weiden war sie zum orthodoxen Friedhof in Schäßburg geeilt und hatte die Familiengräber damit geschmückt.

In der guten Stube hatte sich einiges verändert. Das Tischchen vor dem Südfenster, zu Gründonnerstag mit dem imposanten Satteltuch zugedeckt, entpuppte sich als ein Werktisch. Vasen, Schalen und Tassen von Porzellan harrten darauf, bemalt zu werden, oder waren in Arbeit.

»Ja, ich verdiene mir einiges dazu, denn hier bin ich bloß als Kuhmagd angestellt. Ich habe in der Porzellanfabrik gearbeitet, als Verpackerin, später in der Abteilung für Handmalerei.« Und sagte: »Außerdem kenne ich dich, eben aus der Fabrik.« Und sie erzählte: Clemens hatte sich einmal in die Abteilung der Verpackerinnen verirrt, noch benommen von der Hitze im Hochofen. Alle Mädchen und Frauen hatten von ihrer Arbeit aufgesehen und herzhaft zu lachen begonnen: Er trug einen blauen Arbeitsmantel, der seine nackten Beine vom Knöchel bis zum Knie freigab. Rodica waren damals die bizarren Salzmuster in seinem hochroten Gesicht aufgefallen.

»Und nun duzen wir uns, wie es die Sitte erheischt. Vielleicht bin ich älter als du.« Sie griff unter ihr Kopfkissen und holte einen Silberbecher hervor. Dessen Innenwand war vergoldet. Außen, in der Kartusche, war mit kühnem Schwung Rodicas Name eingraviert. In diesen Becher goß sie Eierlikör. Sie kosteten beide daraus, zuerst sie, dann er. Ihre Lippen trafen sich, ohne daß sie sich berührten. »Wir müssen anstoßen, damit alles richtig ist.« Sie nippte an dem silbernen Becher, ihm hatte sie den Likör in einen Eierbecher gegossen. »Alles aus der Fabrik. Stibitzt!«

Rodica trug zu einem dunkelroten Rock eine rumänische Trachtenbluse, deren Nähte und Säume mit schwarzer Stickerei versehen waren. »So war ich an jenem Abend im Kino. Zum ersten Mal nach dem Kommen der Russen haben wir es gewagt, gemeinsam auszugehen, die ganze Familie in den besten Kleidern.« Sie hatte Tränen in den Augen. Und lachte.

»Heute, zu Palmsonntag, denken meine Eltern an mich.

Wenn es der Milizionär erlaubt, sind sie gewiß in einen Nachbarort gepilgert, wo es eine orthodoxe Kirche gibt. Sie haben eine Kerze für mich angezündet und viele Kerzen für unsere Toten. Und haben geweihte Weiden nach Hause mitgenommen.«

»Warum in ein anderes Dorf?«

In ein rein türkisches Dorf, Tschumarlai, hatte man die Familie Tatu verschickt, als Zwangsaufenthalt. Von der Mutter kämen kurze Karten mit kaum verhohlener Sorge. Doch tröste sie, daß die verstorbene Großmutter sich so rührend um das Kind kümmere. »Und zieh dich immer warm an, denn während hier die Sonne auf den Kalkstein brennt, daß einem das Hirn zu kochen beginnt, ist es bei euch feucht und kalt.«

Der Vater schrieb Briefe, in denen er der Situation Gutes abzugewinnen versuchte. Daß die große Tochter nicht dabeisei, stimme zwar traurig, aber liege in der Natur der Dinge. Irgendwann einmal müßten die heranwachsenden Kinder ihre eigenen Wege gehen. Beruhigendes war über die Familie zu vernehmen: zum Beispiel, daß sie an die Lehmhütte noch ein Kämmerlein angebaut hätten, daß man sich bereits zwei Ziegen angeschafft habe, daß die Leute aus dem Dorf sie wie höhere Wesen betrachteten, daß die Nachbarn ihnen Hausrat geschenkt hätten und ihnen mit Rat und Tat zur Seite stünden, ja, und daß die Kleinen in die türkische Volksschule gingen, aufregend rasch diese Sprache erlernten und bereits ihre Geheimnisse auf türkisch austauschten. Und immer wieder ein Lob auf die physische Arbeit, die sich mental positiv auswirke, abgesehen davon, daß man tief schlafe. Dies alles sei eine biographisch wichtige Entdeckung auf der Höhe des Lebens. Und daß Dr. Mártony ein Labsal für Rodicas Mutter sei, die weniger freudig die neue Situation begrüße. Denn immer habe er eine seltene Blume aus dem Steinbruch bei der Hand, wenn er in der Lehmhütte seine Aufwartung mache und man sich bei Pfefferminztee der Konversation hingebe. Dazu sei er ein intellektueller Segen für Rodicas Vater, dieser Veterinärrat und ungarische Edelmann.

Sie goß Likör nach. Beugte sie sich vor, schimmerte ihr Haar rötlich. Sie hatte es zu einem Pferdeschwanz aufgebunden, zusammengehalten von einer goldenen Spange. Über ihre Stirn fielen Ponyfransen. Die wirbelte sie manchmal auf, indem sie die Unterlippe vorschob und Luft herausblies, empor zur Stirn lenkte.

Der kostbare Becher, der war verschwunden gewesen. Doch als sie hier Quartier bezogen hatte, da hatte ihn die alte Zigeunerin – »deine Wahrsagerin« – hergebracht und mit den Worten übergeben: »Jetzt bist du ärmer als wir. So gehört er wieder dir.«

Den Tisch hatte Rodica auf aparte Weise gedeckt. Als Tischtuch diente das grüne Satteltuch, eine Schabracke mit orientalischer Silberverzierung. In der Ecke des Tisches lag ein einziges Gedeck für beide, Emailgeschirr: ein Blechnapf für die Suppe, ein Blechteller für den zweiten Gang, doch immerhin zwei Reihen Besteck. »Ich bin noch nicht auf Gäste eingestellt. Doch bei uns Rumänen auf dem Land essen Vater und Mutter immer aus demselben Teller.« In der Mitte duckten sich in einem Eierbecher weiße und blaue Veilchen. Die waren um eine leuchtende Primel geschart.

Es klopfte. Das sommersprossige Mädchen aus dem Nachbarstall trug auf einem Holzteller drei rotbraun gefärbte Eier herbei. Die lagen in einem Nest, das aus einer Dornenkrone bestand. Es war Feiertag, somit sprach das Kind hochdeutsch. »Die Eier sind von meiner Groß. Sie sind mit Zwiefelschalen gefärbt und mit einer Schwarte vom fetten Bauchfleisch eingerieben, darum glänzen sie so. Meine Mutter sagt, ihr sollt schneller essen, wir brauchen den Löffel und die Gaffel, weil heute Ostern ist.« Sie hieß Lotti und war herübergeschlurft in viel zu großen Holzschuhen. Sie griff sich ein Ei aus dem Dornennest, schrie auf: »Au, au!«, sog am Zeigefinger, aus dem Blut tropfte, und sagte: »Jetzt tschocken wir Eier.« Ehe sich die beiden versahen, hatte die kleine Maus ihnen je ein Ei in die Hand gedrückt und mit der Spitze ihres Eis draufgehämmert. »So, eure beiden gehören mir!« Ohne viel zu fragen, wand sie den Verlierern die geborstenen Eier aus der Hand, legte das ihre in das Nest zurück und zuckelte davon. In der Tür drehte sie sich um und streckte die Zunge heraus. In diesem Augenblick erkannte Clemens in ihr das Mädchen, das im vorigen Sommer an seinem Sonnenblumenfeld vorbeimarschiert war in einer Reihe mit den Geschwistern, an der Hand der Großmutter. Sie rief: »Ätsch, auch der König ißt nicht mehr von goldenen Tellern in seinem Palast. Er verkauft Zwiefel und Kren am Markt, im Engelland.«

»So, jetzt müssen wir nicht nur den einen Teller teilen, sondern auch das eine Osterei«, sagte Rodica und lachte. Sie setzten sich zu Tisch. Zwei Melkschemel dienten als Sitzgelegenheit. Die Tischkante reichte ihnen bis zum Hals. Es sah drollig aus.

Sie erhob sich, sprach das Vaterunser auf rumänisch, schlug das Kreuz und blies die Stirnfransen aus dem Gesicht. Ohne sich zu besinnen, nahm Clemens eine Gabel zur Hand und strich ihre Haarsträhnen zurecht. »Danke«, sagte sie und schenkte die Suppe aus, Brennesselsuppe. Und wünschte besten Appetit.

Die beiden löffelten aus demselben Blechnapf, wie ein Bauernpaar. Nach rumänischem Brauch wurde zu Palmsonntag Fisch angeboten. Zwei sächsische Buben hatten die Karpfen bei der aufgelassenen Mühle am Wiesenbach mit der Hand gefangen. Und weil es für die Sachsen gleichzeitig Ostern war, hatte die Nachbarin Hanni Thorwächter Rodica einen Hühnerschenkel spendiert. »Den oberen Teil für dich, den unteren für den Gast. Ihr seid ja nur zu zweit.« Und hatte gezwinkert. Als letzten Gang gab es Französische Kartoffeln, die schwammen in Rahm. »A la carte!«

Es klopfte neuerlich. Das Mädchen Lotti brachte zwei Stück Palukestorte. »Seid ihr fertig?« Sie nahm das Besteck in

Empfang, das Rodica in der Küche in einem Melkeimer abgespült hatte. »Von der Mehlspeis könnt ihr beide Stücker aufessen. Die Stücker kann man nicht tschocken.« Stolz hob Lotti das gesprenkelte Näschen und ging, ohne die Zunge herauszustrecken.

»Du kannst bei mir Klavier üben. In fast jedem Stall steht eins, nicht gerade Bechstein und Steinway, aber honorige Marken«, sagte Rodica. »Und damit ist die arme Partei ein Problem los. Vor den Klavieren in unseren Wohnungen fürchten sich die Proleten.« Er dachte an Isabella, es gab ihm einen Stich.

»Der Dr. Tannenzapf hat sich gewundert, daß du sein Angebot nicht angenommen hast, bei ihm zu üben. Aber ich kann das gut verstehen. Ihr Deutschen habt ein böses Gewissen den Juden gegenüber und müßt euch nun in Grund und Boden schämen, so sagt man das ja.«

Sie hatte sich auf ihr Bett gesetzt, die Füße angezogen und die Arme um die Knie geschlungen. Den roten Rock hatte sie zwischen die Beine geklemmt. Trotzdem konnte er die Strumpfbandel ausmachen, schwarze Strumpfbandel.

»Als er mich herbegleitet hat, der Dr. Tannenzapf, hat er mich Merkwürdiges gefragt: Glaubst du, Rodica Ingrid Melania Augusta, er allein nennt alle meine Vornamen und es gefällt mir, daß der Flügelschlag eines Schmetterlings einen Taifun auslösen kann, der dann ein ganzes Land verheert? Ja, habe ich gesagt. Als nächstes hat er gefragt, ob ich es für möglich halte, daß Gott ein Volk auslöscht, weil es ein Gebot wie dieses übertreten hat: Ein Mann hat das Recht, seine Frau zu verstoßen, wenn sie die Suppe anbrennen läßt. Nein, habe ich gesagt.«

Clemens fragte: »Und ihr, die Rumänen, braucht ihr kein schlechtes Gewissen zu haben?«

»Nein, denn wir haben keine Juden ins Reich geschickt, damit die Deutschen sie alle massakrieren.« Clemens schwieg verwirrt. Was wußte er? Er wußte zum Beispiel, daß in den vielen Zimmern der Villa Goldkind alle Fotos schwarz gerahmt waren. Halbherzig sagte er: »Wir Sachsen haben keinem jüdischen Kaufmann die Auslagen eingeschlagen. Und ihre Synagogen haben wir nicht kaputtgemacht.« Das war eine der gängigen Entschuldigungen in der Stadt. »Und wir haben sie nicht bei lebendigem Leib an Fleischerhaken aufgehängt!« Es klang bissig. Lustlos fügte er hinzu: »Wegen euren, wegen euren ...«, er stockte, »wegen den Legionären der Eisernen Garde«, und schwächte ab, »den Grünhemden haben sie um ihr Leben gefürchtet. Wegen denen haben unsere Nachbarn Himmelfarb am Abend nie mehr ein Licht angezündet und in der Nacht ihre Eichenschränke vor die Eingangstür geschoben und die Kinder bis zum Morgen in die Reisekoffer gesperrt. Und haben ihren Schmuck bei uns versteckt.«

Beide schwiegen. Alles war zerbrechlich.

Gegen Abend bat Rodica: »Spiel mir etwas vor.«

Mit steifen Fingern tastete er sich an die Stücke heran über einfache Klavierübungen: Bayer, Czerny, Louis Köhler. Die Milchproduktion litt nicht. Wie es überhaupt schien, daß die Kühe, überfüttert von Mozart, sich atonalen Musikformen zuwandten. Als sich Rodica über ihn beugte, um mitzuklimpern, löste sich aus ihrem Ausschnitt ein Medaillon in Muschelform. Schon wollte sie es zurückschieben, als sich die Schalen öffneten. Darin war auf der einen Seite die Muttergottes zu sehen, drüben, über einer Perle, das Kind. Die Gesichter der beiden Figuren waren mohrenbraun. Mit einer hastigen Bewegung schob sie das Kleinod zurück in die Bluse. »Von der Patentante in Bukarest.«

Zum Abschied sagte sie: »Wir sollten einander wenig Schlimmes antun. Das Schlimme, das einer erfährt, gibt er verstärkt weiter, und es wird mehr und mehr.« Er nickte ergeben und dachte an ihre schwarzen Strumpfbandel.

Sie fragte dann noch, ob am heutigen Nachmittag ihnen beiden etwas gleich gut gefallen habe, es müsse nichts Welterschütterndes sein, aber doch so, daß auch der *bunul Dum-*

nezeu seine Freude daran haben könne. Ihm fiel nur die Sache mit der Gabel und ihren Stirnfransen ein, und er brachte es zögernd vor. Sie lachte.

Das fragten sie von nun an jedes Mal, sie oder er, wenn sie auseinandergingen: ob etwas beide gleichermaßen gefreut hatte. Und immer trafen sie es; fast immer.

Rodica sagte zum Abschied: »Die Kühe warten. Dein Klavierspiel hat ihnen gut angeschlagen.«

»Fingerübungen ...«

»Vielleicht darum.«

Es war der Beginn einer großen Liebe, wobei das Wort Liebe nicht fiel, weder deutsch noch rumänisch, geschweige denn ungarisch.

18

Die sächsischen staatlichen Stallknechte unterschieden sich kaum von ihren rumänischen Berufsgenossen. In schäbiger Kleidung gingen sie ihrer Arbeit nach, rochen nach Dung und Jauche und wurden wie diese mit *tovarăşe*, Genosse, angesprochen. Nur am Sonntag verwandelten sie sich in die Herren von ehedem. Sie zogen die ererbten Kirchenpelze an, verbrämt mit Otterfell, sie legten den hellen wollenen Umhang über, der geziert war mit Stickereien: Tulpen, Margeriten und Lilien, Herzblumen und Muttertränen. Sie stülpten die Marderfellmützen über die grauen Köpfe. So gingen sie in die Kirche, in Seligstatt und anderswo, begleitet von ihren Frauen und den Enkelkindern. Auch diese waren nicht minder pompös gekleidet in einer Bauerntracht, die trotzig der ungarischen Adelskleidung des Mittelalters nachempfunden war. Selbst im feudalen Mittelalter waren ihre Vorfahren freie Menschen gewesen.

Während viele der müden Männer sich dem Kirchenschlaf

hingaben, saßen die Frauen im Mittelschiff und starrten mit versteinten Gesichtern auf die Kanzelbekleidung. Dort war auf Samtgrund mit Goldlitze in verschnörkelter Schrift zu lesen:
»Dem Angedenken von drei Brüdern, begraben in fremder Erde:
Georg Leusch, 1920–1943, gefallen in Rußland
Andreas Leusch, 1922–1943, gefallen in Holland
Heinrich Leusch, 1924–1943, gefallen in Kroatien.«
Die Mutter der toten Söhne trug Tag und Nacht ein schwarzes Kopftuch. Sie hatte sich bei der dritten Todesnachricht alle Haare ausgerissen. Der Großvater aber hatte den Bibelspruch für den Behang ausgewählt: »Niemand hat größere Liebe als die, daß er sein Leben läßt für seine Freunde.«
Andere Frauen blickten geradeaus in den Chor, wo der Schmerzensmann am Kreuz hing. Auf dem Altarbehang konnten sie ein anderes Totengedächtnis ausmachen, diesmal dürftig in Stoff und Faden, dafür war der gotische Schriftzug verschnörkelt mit floristischen Motiven, verzweifelten Blumen: »Zum Angedenken an unsere einzige Tochter Margarethe Gottfert, achtzehn Jahre alt, gestorben zu Ostern 1945 im Lager Krivoi Rog, Ukraine, begraben in fremder Erde.« Die Großmutter hatte den Spruch bestimmt: »Wer beharret bis ans Ende, der wird selig.«
Die Kinder an ihren angestammten Plätzen auf den Stufen des Altars, Gesicht zur Gemeinde, oder rechts von der Kanzel, Gesicht zur Pfarrfrau, hörten gespannt und ungetrübt den Karl-May-Geschichten des Predigers Buzi Bimmel zu und verglichen sie mit den eigenen Abenteuern in Wald und Flur. Die Erwachsenen tröstete, daß es schöne Geschichten waren mit vielen Toten und einem guten Ende. Und hellwach wurde alles, wenn es hieß: Laßt uns beten. Es erhoben sich die Besucher des Gottesdienstes wie ein Mann. Die Kinder verhielten sich mucksmäuschenstill. Die abgearbeiteten Großmütter achteten der Krampfadern nicht und vergaßen, das schmerzende

Kreuz zu stützen. Sie hielten eisern die Hände gefaltet. Die Männer beugten die Knie, die knorrigen Fäuste suchten Halt auf dem Pult der Kirchenbank. Denn im Altargebet gedachte der Pfarrer der vielen, die fehlten und deren leere Plätze wie heilig gehütet wurden. Er zählte sie auf, mit schleppender Stimme: gefallen, verschollen, verschleppt, erschossen, erfroren, von Narva bis Stalingrad, von Narvik bis Stalino, Tobruk und Cherbourg nicht zu vergessen, und Dubrovnik war auch dabei. Und jeder in der Kirche sah vor seinem inneren Auge die jungen Menschen, die auf die verwaisten Sitzplätze gehörten.

Als Schlußlied sang die Gemeinde: ›Großer Gott wir loben dich‹, sang es bereits das dritte Mal in diesem Gottesdienst, denn es war der einzige Choral, den der neunzigjährige Organist Otto Törner noch spielen konnte.

Im Mai wurde das Vieh auf die Weide getrieben. Eine Woche später wurde ein Pianino mit dem Ochsenwagen hinverfrachtet. Das Pianino erhielt einen Untersatz mit Rädern aus riesigen Kugellagern, damit man es während des Melkens nahe an die Herde heranschieben konnte. Die Stallknechte, nunmehr Kuhhirten, hausten mit ihren Familien in luftigen Laubhütten. Weidenpfähle wurden in den Boden gerammt. Die schlugen aus und trieben Zweige, und die Vögel unter dem Himmel kamen und wohnten darin. Vor Regen schützten steile Dächer aus Schilf.

In den ersten Tagen waren die Hauszigeuner herbeigeeilt. Fast gekränkt sahen sie dem Treiben im Feldlager zu, wollten ihren ehemaligen Herren zur Hand gehen. Doch diese lehnten ab: »Ihr seid nun die Herren.« Gerade daß sich die Frauen schmiedeeiserne Dreifüße und Gußkessel schenken ließen und hie und da einen Rutenkorb voll ausgewachsener Kartoffeln. Umsonst beteuerten die Männer aus ihren schwarzen Bärten heraus, daß ihnen das durchaus nicht behage. Sie hätten nie gedacht, wie anstrengend das sei: Herr zu sein. »Ihr müßt!«

Sie hatten die Pferde ihrer Hauswirte und Brotgeber von einst mitgebracht, stolz darauf, wie gut sie diese gefüttert und besorgt hatten; die Pferde gehörten samt Haus und Hof ihnen, den neuen Besitzern. Die sächsischen Viehbesorger würdigten die Pferde keines Blickes, ihre Frauen wischten sich flüchtig über die Augen. Nur die Kinder bildeten eine begeisterte Galerie, als die Zigeuner die Pferde gegeneinander antreten ließen. Mit den Ortscheiten verbanden sie je zwei Pferde ärschlings und trieben sie nun an, gegenläufig. Das stärkere Pferd würde das schwächere hinter sich herziehen. Doch es kam anders. Aufgestachelt durch Zurufe und Peitschenhiebe, legte sich jedes der beiden Pferde in die Sielen, so daß keines sich vom Fleck rührte, beide stillstanden. Zuletzt rissen die Ketten, und die Pferde stürzten davon, jedes in seine Richtung. Nachdem auch dieses Spektakel bei den sächsischen Männern und Frauen keinen Beifall gefunden hatte, küßten die Hauszigeuner den herrschaftlichen Viehhaltern die Hand und trollten sich.

Einmal die Woche trabte der berittene Postknecht heran. Er verteilte einige Postkarten mit vorgedrucktem Text, rote aus Rußland, grüne aus Amerika, in anderen Farben aus Frankreich, sogar aus England, auf denen immer das Nämliche zu lesen war: In den Gefangenenlagern gehe es allen gut und gesund seien sie auch noch.

Jeden zweiten Sonntag kam der Prediger Buzi Bimmel von Schäßburg herauf, *per pedes apostolorum,* mit Hut und Wanderstab, im Rucksack den Lutherrock und die Bibel, und hielt einen Feldgottesdienst unter freiem Himmel. Die Partei sah das nicht gerne. Doch sie verbot es nicht: Wohl gehörte das Feld dem Staat, aber der Himmel allen.

Man lagerte im grünen Gras und kaute an Akazienblüten, sog den Honig aus den Dolden. Das stillte nicht nur den Hunger, sondern schmeckte auch köstlich. Und erinnerte an die Zeiten, wo Milch und Honig flossen für jede fleißige Bauernfamilie. Rodica Neagoie spielte alle Kirchenlieder direkt aus dem Gesangbuch, erfand beim Spielen vom Blatt eine zweite Stimme. Die Gemeinde sang gerührt mit: ›Wer nur den lieben Gott läßt walten‹, ›Ein feste Burg ist unser Gott‹, sang mit Inbrunst zu Mittag Abendlieder, ›Der Mond ist aufgegangen‹, und Begräbnislieder, am liebsten: ›Ich bin ein Gast auf Erden und hab hier keine Statt‹.

Die Speisung der Fünftausend bot sich an als Predigttext. Doch war für Pfarrer Bimmel der springende Punkt nicht, daß alle satt wurden von fünf Broten und zwei Fischen; schließlich war Jesus von Nazareth der Sohn Gottes. Vielmehr hatte dem Prediger Eindruck gemacht, daß Jesus die vielen Leute nicht weggeschickt hatte, obzwar die Jünger es ihm nahelegten, aus praktischen Gründen. Nein, es jammerte den Heiland das Volk, verloren in der Einöde am Rande der gefährlichen Nacht. Alle fünftausend Menschen behielt er bei sich, Männer, Frauen, Kinder, behielt sie unter seinem Schutz und Schirm. Der Prediger Buzi Bimmel, auf einer Milchtonne stehend, schwenkte Hut und Schirm und machte die Schakale und Löwen nach, die die Nacht um den See Genezareth bevölkerten.

Zu Mittag war der Wanderprediger Gast beim Kurator Petrus Thorwächter. Es gab Pilzgulasch aus Eierschwämmen, gewürzt mit viel Thymian und Schnittlauch, und Rostbraten von Kaninchenfleisch, zart wie Backhendel, alles am offenen Feuer vor der häuslichen Laubhütte zubereitet. Die Frau Kurator saß nicht zu Tisch, sondern bediente. So war »das Recht« in den sächsischen Bauernhäusern allenthalben auf Königsboden. Zwischen den Gängen stand sie in der Nähe, wachsam und bereit, die Hände hielt sie unter der Schürze.

Am Nachmittag spielte Bruder Bimmel mit den Kindern Karl-May-Szenarien durch, in kurzen Hosen und mit einem wildgeschwungenen Hut auf dem Kopf oder geschmückt mit einem Turban: ›Der Schatz im Silbersee‹ oder ›Durch die Wüste‹. Die Ochsen hüpften wie Mustangs, die Kühe blökten wie Kamele, aus dem Gebüsch stürzten schreiende Indianer oder tanzende Derwische, bewehrt mit Kuhschellen, daß die Christengemeinde Heulen und Zähneklappern ankam. Die Erwachsenen klatschten Beifall. Doch ihre Gedanken und Wünsche weilten anderswo.

Die Kinder liefen den ganzen Tag im Freien herum. Sie pflückten Erdbeeren, Brombeeren, sie klaubten Pilze für den Hausgebrauch oder sammelten Schnecken und Maikäfer als patriotische Aktion und im Herbst Bucheckern für die staatlichen Schweinefarmen, ja, und Hagebutten für die Hetschepetschmarmelade. Sie fingen bei der Mühle Fische und im Wiesenbach Krebse, alles mit der Hand. Sie stellten Fallen und lauerten dem Dachs auf. Aus Dachshaar wurden die feinsten Rasierpinsel gemacht. Sie jagten einen Fuchs und schenkten das Fell Rodica. Sie sammelten Bruchholz und unterhielten das Feuer an den Herdstellen im Freien.

In ihrer Freizeit spielten die Jungen Tzurka, ein Spiel, das sie in Seligstatt den rumänischen Buben abgeguckt hatten, jenseits des Baches, der die beiden Gemeinden trennte. Ein spannenlanger Weidenast wurde an einem Ende zugespitzt. Man legte ihn auf die Erde und schlug mit einem Knüppel zu, schlug hart auf die konische Spitze. Der kurze Weidenast schnellte in die Luft, überschlug sich x-mal. In diesem Augenblick mußte man ihn mit dem Knüppel so treffen, daß er in eine vorgegebene Richtung davonsauste. Wer es nach mehrmaliger Wiederholung am weitesten gebracht hatte, der hatte gewonnen.

Die Mädchen bastelten Strohpuppen oder sprangen Seil über eine lange Liane, sie brachten den Großmüttern Sträußchen von Wiesenblumen, Himmelschlüsselchen und Glockenblumen, sie flochten Blumenkränze und steckten sie sich ins Haar, sie halfen beim Kochen und Waschen.

Die verhärmten Wintergesichter der Kinder nahmen Farbe an. Dazu die fette Milch. Rodica zweigte für jede Familie ein bis zwei Liter täglich ab, ohne daß die junge Volksrepublik zu Schaden kam. Für die Klavierspielerin hatten die Viehbesorger eine Lehmhütte gebaut, ein wenig seitab, verdeckt von Büschen. Und mit Jelängerjelieber bepflanzt. Man hatte Respekt vor der Kunst. Wenngleich sie eine »Nichtunsrige« war, geschlagen vom Schicksal war sie allemal wie auch »*aser lekt*«. Ja, eine Wasserquelle hatten die Männer gefaßt, allein für sie. Rodica konnte sich nunmehr in Gottes freier Natur nach Herzenslust dem Klavierspiel hingeben. Den Plan, ein Konservatorium zu besuchen, hatte sie nicht fallenlassen, obschon sie wußte, daß es für sie, als Tochter aus gutem Haus, keine Chance gab.

Ehe das Vieh in die Sommerfrische verschickt worden war, hatten die ehemaligen Bauern die Hutweide nach allen Regeln der Kunst gesäubert, ohne daß die Partei sie angehalten hätte. Stehengeblieben waren die altehrwürdigen Eichen mit ihrem jahrhundertealten Schatten. Die Männer vertilgten Disteln und Dornen, sogar die Maulwurfshügel ebneten sie ein. Sie brachten den Dünger aus, den sie im Laufe des Winters vor den Stallungen zu perfekten Prismen aufgetürmt hatten, sie verspritzten Jauche aus Fässern mit selbstgebastelten Sprinklervorrichtungen – alles, wie sie es erlernt hatten von alters her.

Am Johannistag hatten sie wie eh und je die Feldbrunnen gereinigt. Welche Aktion war das! Mit Feuerwehrpumpen senkten sie den Wasserspiegel bis zum Grund und räumten Schlamm und Unrat weg. In den dunklen Tiefen tasteten sie nach der Hauptquelle und brachten sie zum Sprudeln. Sie besserten die Viehtränke aus, das faulige Holz ersetzten sie durch einen frischgefällten Baumstamm, sie legten einen Flechtzaun um den offenen Brunnen, damit das Vieh sich kein Leid antue. Verstellbare Hürden wurden bereitgestellt, die jeweils neue Weideflächen einzäunten.

Nur eines war anders, war nicht mehr wie einst, wie die Jahrhunderte vorher: Zu dieser frommen Verrichtung rückten am Johannistag nicht mehr die jungen Burschen des Dorfes aus, hoch zu Roß, jeder mit einem Sträußlein von Primeln und Anemonen am Hut von der Herzallerliebsten. Alte Männer waren es, die sich mit Händen der Trauer an die Arbeit machten. Und nicht wie vor Zeiten am Morgen ritten sie hinaus, nachdem sie auf dem Pfarrhof den Segen des Geistlichen erhalten hatten, sondern in löchrigen Gummistiefeln stapften sie dahin. Und am Abend versammelten sie sich nicht in der Kirche zum heiligen Abendmahl, während die Pferde sich vor dem Südportal an der Orgelmusik labten, vielmehr molken die Genossen Landarbeiter und ihre Genossinnen zu den Takten von Mozarts Kleiner Nachtmusik staatseigene Kühe, in Gedanken und mit den Erinnerungen anderswo.

Trotzdem, Kühe und Kinder waren sich einig: Auf der Hutweide lebte es sich wie Gott in Frankreich.

Bis zum Austrieb auf die Hutweide war Clemens sehr oft herausgekommen; offizieller Anlaß waren seine Klavierübungen. Er war Rodica Ingrid, wie er sie nannte, auch in anderem zur Hand gegangen. Sie saßen oft in der guten Stube des jungen Mädchens, sie auf dem Bett, den bunten Rock zwischen die Knie geklemmt, er auf dem Melkschemel, und unterhielten sich über Gott und die Welt. Sie sagte mehr über Gott, er mehr über die Welt. Mit Rahm und Milch radelte er zur Stadt zurück.

Als für Vieh und Mensch, Rind und Kinder die Feriensaison anbrach, traf sich Clemens mit Rodica bei der Mühle unweit des Feldlagers. In das Feldlager selbst verirrte er sich nie. Rodica fragte: »Warum eigentlich? Es sind ja deine Leute.«

»Eben.« Er mußte nachdenken, ehe er sich eine halbwegs verständliche Antwort geben konnte. Das mit den Leuten vom Land war so eine Sache. Sie standen ihm nicht mehr so selbstverständlich nahe, seit er wußte, wie sie es mißbilligten, daß seine Eltern sich bei den Aushebungen von ihnen losgesagt und im sicheren Versteck zugewartet hatten. Auf der anderen Seite störte ihn, daß er als Fabrikarbeiter mit den sächsischen Stallknechten nahezu eins geworden war. Somit war der Unterschied voll gegenseitigen Respekts zwischen Stadt und Land, Bürger und Bauer gewalttätig verwischt worden. Vielleicht war es beiden Teilen peinlich, daß sie das sein sollten, was sie sein mußten. Und nicht zuletzt störte ihn, daß er Rodica Ingrid, das geliebte Wesen, teilen mußte mit Kindern und Kühen und verheirateten Großvätern und verhärmten Großmüttern und dem selbstvergessenen Klavierspiel in Gottes freier Natur.

In der Fabrik aber begann er während der Arbeit im Brennofen zu singen. An der Tonlage des Echos fand er bald heraus, wieviel die Wände bereits an Wärme abgegeben hatten. Er arbeitete nur noch erste Schicht.

Nach dem Dienst in der Fabrik fuhr er hinaus zur Staatsfarm. Nachdem er im leeren Stall seine Etüden beendet hatte, holte er unter dem Fußabstreifer den Schlüssel zu Rodicas Wohnung hervor und streckte sich auf ihr bequemes Messingbett. Wenn die Venus am Himmelsrand aufleuchtete, stieg er hinunter zur Mühle, wo er sich mit Rodica traf, die aus dem Tal heraufkam. Dauerte es zu lange, warf er das Mühlrad an. Das war das Zeichen: Ich bin da. Es begann zu rumpeln und zu rütteln, und man hörte den dumpfen Widerhall bis zu den Viehhürden. Die Kinder auf ihren Strohsäcken in den Laubhütten verkrochen sich unter die Kotzen. »Huh, huh, die Truden tanzen in der verhexten Mühle.«

An den ersten drei Abenden beim Stelldichein fragte Rodica ihn, fragte erst jetzt, ob er eine Herzensfreundin habe. Er verneinte mit gutem Gewissen. Denn wenn überhaupt, dann wären es zwei gewesen. Aber an diese dachte er nicht mehr.

Schleier von Wassertropfen verhüllten die Mühle am Wiesenbach. Triefende Moosbärte hingen am Gebälk. Die Fensterläden waren vernagelt. Die Wasser rauschten dahin, verpulverten ihre Kraft im nutzlosen Fall. Das Gebäude selbst war versiegelt mit rotem Siegellack, darin Hammer und Sichel eingeprägt waren. Der Müller, verfolgt als Kulak, war am Abend vor seiner Verhaftung geflohen, in die Fogarascher Berge zu den Partisanen, hieß es. Die Mühle stand still. Einesteils gab es kaum etwas zu mahlen, die große Dürre der vergangenen beiden Sommer hatte das Land ausgehungert. Und dann hatte die Partei gewichtigere Sorgen, als das unscheinbare Produktionsmittel in Betrieb zu nehmen. Mit der Verstaatlichung der Schwerindustrie vor Jahr und Tag hatte sie sich selbst einen Mühlstein um den Hals gehängt.

An vielen Abenden dieses Hochsommers trafen sich Clemens und Rodica im Mühlengrund. Sie gingen auseinander, wenn sich die Turmuhren von Schäßburg nach den zahllosen Schlägen vor Mitternacht jäh mit wenig begnügten: Der neue Tag brach an.

Rodica fragte, ehe sich ihre Wege trennten: Gab es heute etwas, was uns beiden gleich gut gefallen hat und vielleicht unserm guten Herrgott auch? Nahezu erschrocken ließ er den Abend vorbeiziehen und fand jedes Mal etwas. Und atmete auf, wenn sie nickte oder seinen Kopf in ihre Hände nahm und ihn küßte.

Sie lagen auf dem Rücken, nahe beieinander, die Hände unter dem Kopf verschränkt. Allein zwei Margeriten trennten sie. Clemens hatte in einem Schuppen leere Mehlsäcke entdeckt. Wurde es kühl, schoben sie die Säcke unter sich. Beim Weggehen klopften sie den Mehlstaub aus ihren Kleidern.

Manchmal bat Rodica, Clemens möge die Mühle in Gang setzen. Er legte die Klappe in der Rinne um, staute den Lauf des Wassers, leitete den Strahl oberschlächtig auf die Schaufeln. Das schwere Rad begann sich ächzend und knarrend zu drehen, langsam vorerst, als müsse es in Übung kommen, ehe es sich auf eine schwerfällige Bewegung einließ. Im Gebäude hörten die beiden ein Rumpeln und Pumpeln, ein Scharren und Trippeln, dazu ein Kichern und Prusten, als habe man die Hausgeister geweckt, die sich nun vergnügten. Begleitet von den mysteriösen Geräuschen sprachen die beiden miteinander, sprachen Dinge aus, die der Dämmerung galten und doch vom anderen gehört wurden.

Rodica erzählte die Geschichte ihres Vaters. Der hatte ein Kriegsereignis, die Sprengung einer Brücke über den unteren

Don, nicht und nicht verwinden können, war daran zugrunde gegangen, wiewohl nur leicht blessiert durch einen Granatsplitter.

Rückzug, Sommer 1944. Rumänische Pioniere hatten die Brücke vermint. Die Russen waren bereits mit ihrer Artillerie am anderen Ufer in Stellung gegangen, hatten begonnen, sich auf den diesseitigen Brückenkopf einzuschießen. Schon wollte der *Căpitan* Neagoie den Befehl geben, die Sprengsätze an den Widerlagern zu zünden, als eine alte Frau mit zwei Kindern die Brücke betrat, herüberhastete. Offensichtlich war es eine Großmutter; das Enkeltöchterchen hielt sie an der linken Hand, den Buben an der rechten. Sie hatte einen riesigen Rucksack aufgeschnallt. Jedes der Kinder trug in der freien Hand einen prall gefüllten Beutel. Die alte Frau war rascher zu Fuß als die Kinder, sie zerrte die Kleinen hinter sich her. Alle drei blickten zu Boden, als lockte sie das Ziel nicht.

Die Einschläge der russischen Kanonen herüber zum rumänischen Brückenkopf wurden immer dichter, kreisten das Häuflein der Pioniere ein. Die warteten auf den Befehl des Hauptmanns, um die Lunte anzulegen und sich zurückzuziehen. Dieser Befehl kam nicht und dann doch. Kam zu spät für die Soldaten, zu früh für die Flüchtenden.

Den Trupp der Pioniere sprengte eine feindliche Granate auseinander. Gliedmaßen wirbelten durch die Luft, Uniformfetzen wehten davon, Leichen klatschten ins Wasser. Im nächsten Augenblick flog die Brücke in die Luft. Die kleine Familie hatte nahezu das Ufer erreicht. Eine Betonplatte, herausgebrochen aus dem Brückenboden, hob die drei wie eine Riesenhand gegen den Himmel, kippte sie dann in den Fluß, samt dem Gepäck. Der schwere Rucksack riß die Alte kopfüber in den Schlund. Sie hielt die Kinder eisern fest, zog sie mit.

Rodica schloß: »Von diesem Bild hat mein Vater sich nie freimachen können. Nach seiner Genesung ist er am Ufer des Schwarzen Meeres herumgeirrt und hat die drei gesucht, die Großmutter und die zwei Kinder.«

»Und was ist jetzt mit ihm?«
Sie schwieg. Dann sagte sie: »*Marea Neagra l-a inghiţit.*«
Das Schwarze Meer hat ihn verschlungen.

Eines Abends hatten Kameraden den Rekonvaleszenten zum Abendessen ins Casino in Constanza eingeladen. Das lag an der Uferpromenade der Steilküste. Plötzlich war eine Welle hoch aufgespritzt und hatte bis in seinen Teller geleckt. Er war aufgestanden wie in Trance, hatte den Teller mit der winzigen Wasserlache an die Augen gehalten, gerufen: »Ein Zeichen!« Unversehens war er über die Brüstung ins Meer gesprungen, mitten hinein in die spitzen Klippen. Die nächste Welle trug ihn hinweg. »Das Meer hat ihn bis heute nicht herausgegeben.«

Clemens bog behutsam die zwei Margeriten zur Seite, die zwischen ihnen die Köpfe reckten, und legte den Arm unter Rodicas Nacken. Sie kehrte sich ihm zu. Er winkelte die Beine an, sie schob ihre Knie in die Lücke und kuschelte sich an ihn. So lagen sie lange, bis der Tau den Geruch des Grummets dämpfte, bis im Osten der Horizont heller wurde. Als sie Abschied nahmen, bückte er sich, brach die beiden Margeriten ab. Und steckte sie in ihr Haar. Sie leuchteten noch, als sich ihre Gestalt in der Nacht verlor.

Noch in diesem Sommer wollten sie ans Schwarze Meer fahren, auf der Suche nach nahen Menschen, nach Verschollenen. Beider erster wohlverdienter Arbeitsurlaub stand ins Haus. Zwölf Arbeitstage und drei Ruhetage.

Die Nächte bewahrten die Glut des Tages. Die beiden lagen am Wiesenrain, manchmal wünschte sie, daß eine Brennessel sie trennte. Sie spürten die Wärme aus dem Erdboden steigen, die Wärme der Luft sie umhüllen, spürten die Wärme des anderen. Sie lauschten dem Rauschen des Wassers, hörten auf das Rütteln des Mühlrads, horchten auf das Treiben im verwunschenen Haus.

Clemens erzählte die Geschichte vom Pfarrer Seraphin, und

Rodica sagte ihm auf den Kopf zu, warum er sie erzählte und warum er sie ihr erzählte.

Schon einige Tage vor den Aushebungen im Januar 1945 hatte Pfarrer Seraphin erfahren, was jedem Haus an Bedrohungen bevorstehe. Und hatte die neunzehnjährige Dienstmagd Rosi, nachdem er ihr über das Bevorstehende reinen Wein eingeschenkt hatte, weggeschickt, nach Hause in ihr Heimatdorf Radeln. Sie möge sich von Eltern und Geschwistern verabschieden für lange Jahre. Doch das Mädchen Rosi rechnete sich aus, daß ihr Hausherr vom Alter her ebenfalls unter denen sein werde, die wegmußten. Und entschied nach kurzem Überlegen: »Ich bleibe hier und gehe lieber mit Euch, Herr Stadtpfarrer.« Doch er ließ mit sich nicht reden. »Auf, nach Hause!« Persönlich setzte er sie tags darauf, es war Wochenmarkt, auf den Wagen eines rumänischen Bauern, der sie nach Radeln mitnahm.

Pfarrer Seraphin selbst, damals knapp vierundvierzig Jahre alt und eben als rumänischer Reserveoffizier vom Rußlandfeldzug heimgekehrt, hatte das Angebot des Grafen Kinizsi angenommen, sich mit anderen angesehenen sächsischen Bürgern von Schäßburg in dessen Jagdhütte bei Malmkrog zu verstecken, bis das Unwetter sich verzogen hatte. Seine Frau schickte er zur Sicherheit nach Elisabethstadt, zu seinem Studienfreund Anselm Wortmann. Im Pfarrhaus zu Schäßburg verblieb eine alte, taube Haushälterin, die rumänisch nur drei Worte hersagen konnte: »*Nu ştiu nimic.*« Ich weiß von nichts.

Doch auf dem Weg durch die Winternacht hin zur Jagdhütte des Grafen, mitten im verschneiten Eichenwald, kreuzten sich beim Pfarrer die Gedanken: Wie? Gilt diese Heimsuchung nur denen, die Rosi und Honn heißen, Getz und Fiechen, und wer Siegfried und Mathilde heißt, August und Charlotte, der kann sich wegscheren? Würde er sich als Pfarrer nach diesem feigen Versteckspiel noch auf die Kanzel stellen können und den letzten verstörten und versprengten Seelen in der Kirche predigen: »Werft alle eure Sorge auf Gott, denn Gott wird für euch sorgen«?

War dieses Unheil wahrhaftig eine Heimsuchung Gottes am einzelnen und am Volk, dann mußte er als Pfarrer der erste sein, der sich ihr stellte. Er kehrte um auf die vereiste Landstraße, schlug sich nach Elisabethstadt durch, ließ sich von seiner Frau den Reisesegen geben ...

»Welch Frau«, warf Rodica ein.

Und stellte sich einige Tage später den Behörden, nachdem am 13. Januar 1945 schlagartig im ganzen Land die Aushebungen begonnen hatten. Sollte die Aktion auf andere Altersgruppen ausgeweitet werden, hatte er mit seiner Frau abgemacht, daß sie sich gegenseitig in jeder größeren sowjetischen Stadt in der Leninstraße Nummer drei eine Nachricht hinterlassen würden. Jede Stadt würde eine Leninstraße haben und jede Leninstraße mindestens drei Hausnummern.

Rodica bewegte sich nicht. Dann befand sie: »Ich dachte, eure Pfarrer seien sehr gescheit und gebildet, studierte Leute, elegant gekleidet und voller Manieren, aber daß sie auch gläubig sind, habe ich nicht gewußt.« Und fragte unvermittelt: »Und deine Eltern, wo haben die sich versteckt?«

Er zögerte keinen Augenblick, sondern sagte es offen heraus, fast erleichtert, obschon seine Stimme belegt klang: »Mein Vater in der bewußten Jagdhütte. Und meine Mutter auf dem Schloß der Kinizsis.«

»Und nun hat es deine Eltern doch erwischt. Was Gott sich ausgedacht hat, dem entgeht man nicht. Nun schämst du dich, und das hat mit dem verlorenen Paradies zu tun.«

»Eben«, sagte er, doch er verstand nicht alles, was sie sagen wollte.

Rodica erzählte vorerst von einem Mysterienspiel in der Ursulinenkirche zu Hermannstadt, in dem viel Tanz und Pantomime vorkamen und wenig Worte gemacht wurden, schon wegen des vielsprachigen Publikums: Rumänen, Sachsen, Juden, Ungarn. Das Stück hatten sie zu Advent 1947 aufgeführt, zum letzten Mal, denn eine Woche später hatte der König abdanken müssen und im Jahr darauf war die Klosterschule verstaatlicht und die Tür zwischen der atheistischen Schule und der katholischen Kirche zugemauert worden. Es ging um die zehn Jungfrauen, die klugen und die törichten. Jede der Jungfrauen hatte ihren eigenen Tanz, stellte einen Charakter dar, im Guten, im Bösen. Freiwillig konnten sich die Schülerinnen zu der Gruppe der Klugen, zur Gruppe der Törichten melden. Der Studiendirektor Alodár Vasvári, ein katholischer Priester, hatte mit fachkundigem Blick jedem der Mädchen die rechte Rolle zugewiesen.

Clemens fragte: »Hat sich überhaupt jemand zu den Törichten gemeldet?«

»Nein, niemand.«

»Und du?« fragte er.

»Ich habe einen gefallenen Engel gespielt, weil ich einen gefallenen Engel spielen wollte.« Der Priester hatte sie lange zweifelnd angeschaut, ehe er entschied: »Gut, so möge es sein.« Und hatte hinzugefügt: »Jeder Mensch hat einmal das Bedürfnis, schlecht zu sein, herauszufallen aus dem Muster seines Wesens.« Immerhin: Engel, dachte Clemens.

Die Mädchen der Klosterschule hatten die Darbietung gemeinsam mit den orthodoxen Theologiestudenten ausgerichtet. »Das sind alles bärtige junge Männer gewesen, die sich mit Augen voll Durst nach einer Frau umgesehen haben. Denn erst wenn sie sich eine Frau geschnappt haben, verheiratet sind, kann der Metropolit sie zum Gemeindepriester weihen.«

»Sehr weise«, bemerkte Clemens. Damals hatte die blutjunge Rodica ihren ersten Heiratsantrag bekommen, eines der wenigen orthodoxen Mädchen an der katholischen Schule. Der gefallene Engel konnte den zukünftigen Popen nicht abschrecken.

»Und hast du ja gesagt?« fragte Clemens verwirrt.

»Wie du siehst, nein. Dazu bin ich mir vorgekommen wie auf dem Mädchenmarkt in den Westkarpaten ...«

»Auf dem *Muntele Găina*.«
»Dem Hennenberg, oder? Taxiert wurden wir paar orthodoxen Mädchen wie, wie ...«
»Wie Perlhühner«, sprang er ihr bei.
»Aber weißt du, welches der Hauptgrund war?«
»Weil du ihn nicht geliebt hast. Wo du ihn gar nicht gekannt hast.«
»Man kann auf den ersten Blick erkennen, ob es der Richtige ist.«
»Und woran erkennst du, welcher der Richtige ist?«
»Das ist der, den unser guter Gott für einen ausgewählt hat.«
»Und du hast sofort gewußt, daß Gott dir diesen nicht zugedacht hat?«
»Sicher! Was Gott will, weiß ich oft nicht, aber immer, was er nicht will. Übrigens: In jedem von uns steckt ein gefallener Engel.«
Der Himmel über ihnen ertrank in der Flut der Sterne. Schwierig war es für Clemens, der Geliebten die Sternbilder zu erklären, die sich an Glanz überboten, deren Konturen ineinander verschwammen. Die schwarzen Löcher – Materie, vor Schwere in sich gekrümmt – begriff sie sofort. »Wie die Sünde, *curvatus in se*.«
Sie wiederum klärte ihn auf, wie es dort oben jenseits der Sterne, am Wohnsitz Gottes, zugehe und wie das dann mit dem Leben der Menschen hier auf Erden zusammenhänge, wiewohl Gott nicht mehr in Person auf der Erde spazierengehe. Dennoch sei er weltweit präsent, im Heiligen Geist, der über die Erde wehe, wenn auch eigenwillig, nämlich wo und wann er wolle, dann in den Heiligen, die unermüdlich die Gebete der Gläubigen einsammelten und an die allerhöchste Stelle weiterleiteten, und schließlich in den eifrigen Engeln, die an allen Ecken und Enden ungeduldig warteten, daß man sie anrufe und um Hilfe bitte. Clemens mußte sich keineswegs anstrengen, um das zu glauben, wenngleich ihm vieles fremd blieb und manches ihm nicht einging. Wo war hier der Trost?

»Und vielleicht sind auch die Sterne gefallene Engel ...«
Sie zitierte ein Gedicht von Tudor Arghezi über den gestirnten Himmel, zitierte es in deutscher Übersetzung:

»Hoher Kronleuchter, Wacht an den Grenzen,
Stern um Stern entfacht sein Glänzen
zwischen den Zweigen, gebreitet auf Altären –
dienen sie dir, o Herr; wird das währen?«

Die Geschichte der ersten zwei Menschen beschäftigte sie, trieb sie um. Für Rodica war das tragische Moment nach dem Fall nicht der Tod – »entsetzlich, ewig zu leben!« –, sondern die Angst. Nachdem Adam und Eva von der verbotenen Frucht gekostet hatten, befiel sie Angst, sie gerieten in Panik.
»Wie das? Warum?«
»Darüber schweigt die Geschichte sich aus. Aber sie beschreibt, wie die beiden sich voll Angst vor dem Herrgott verstecken. Adam, wo bist du? So mußte der Herrgott verwundert rufen, nachdem er sich angewöhnt hatte, beim Abendspaziergang mit den beiden zu plaudern. Aber sie versteckten sich auch voreinander, bedeckten ihr Geschlecht. Und sie versteckten sich vor sich selbst. Vermutlich das Schlimmste, ja das Gefährlichste, das Angst dir antut. Ist aber Angst in der Liebe, kommt die Liebe nicht zum Ziel, schreibt der Apostel Paulus. Die echte Liebe aber ist ausgegossen durch den Heiligen Geist in unsere Herzen.«
Sie hielt inne, steckte den kleinen Finger in den Mund. Und stieß dann hervor: »Wenn du mich recht verstanden hast, dann erschrickst du nicht über das, was ich jetzt tun werde. Denn das hätte ich schon lange tun können. Schon am ersten Nachmittag, als ich dich in der Krippe erblickte, schlafend, schon damals spürte ich bis in die kleine Zehe: Vor diesem Mann mußt du dich nicht verstecken, brauchst du keine Angst zu haben. Und ich, ich wäre bereit gewesen, schon damals, vor dir zu tanzen, bloß und blank, wie der gute Gott mich geschaffen hat.«

»Im Stall? Zwischen den Kühen? Auf den Brennesseln?«
»Auf Brennesseln.«

Irgendwo schien der Mond, aber das Licht der Sterne ließ ihn erblassen. »Der Traum in der Nacht von eurem Gründonnerstag, der hat mich bereitet.« Sie löste den Gürtel. »Meine Großmutter hat mich wieder einmal an der Hand genommen, aber ich war groß und erwachsen.« Mit feierlichen Bewegungen tat sie ihre Kleider ab und ließ sie ins Gras gleiten. »Ich habe kein Kleid angehabt, sondern ich bin so gewesen wie jetzt.« Sie strich über ihren Leib, als entdeckte sie ihn eben.

Er erschrak. Aber nicht über ihre biblische Nacktheit, sondern weil er sich nicht sicher war, ob der Heilige Geist die große Liebe auch in sein Herz ausgegossen hatte.

Sie begann zu tanzen, langsam, nach dem Takt des Mühlrads. Es war ein gemessener Tanz, denn diesmal war sie eine kluge Jungfrau. Plötzlich schauerte sie zusammen. Ein Windhauch hatte sie mit einem Schleier von Wassertropfen umhüllt, herübergeweht von der Mühle. Sie bat ihn um sein Hemd, damit sie sich abtrockne. Sie fröstelte. Während er es auszog, beugte sie sich zu ihm nieder. Ihr muschelförmiges Medaillon berührte seine Haut. Er umfing die Frau und wollte sie zu sich auf den Boden ziehen. Bereits spürte er, wie sie beide den Wiesenhang hinabrollten und in den Grummethaufen versanken, betäubt vom Duft des frischen Heus. Wie ein Schatten flog es ihn an: Hatte es nicht in seinem Wiesenleben eine ähnliche Szene gegeben, vorzeiten? Er erinnerte sich nicht mehr.

Doch das junge Mädchen richtete sich auf und sagte nachdenklich, während sie mit seinem Hemd den Wasserstaub von ihrem Leib wischte: »Nicht jetzt.« Und nach einer Weile: »Und nicht hier.«

19

Zu Clemens' neuer Freundin sagte die Großmutter das Ihre: »Die kleine Neagoie ... Ein hübscher Fratz, mit Manieren und gebildet, Ursulinenkloster Hermannstadt und so. Aus ganz gutem Haus, von drei Seiten her, könnte man sagen: Stiefvater Tatu, Vater Neagoie, die Mutter eine geborene Rusan. Der Großvater Rusan hat es in zwei Generationen vom Schafhirten zum Stadtbewohner gebracht. Aber ...«

»Aber was?« unterbrach Clemens sie. »Alle stammen wir von Hirten oder Bauern ab, selbst die Rosenthals oder Reschers, das steht schon am Anfang der Bibel.«

»Ach so?«

Frau Ottilie fuhr fort, aufzuzählen, was ihr zu diesem Thema einfiel. »Die Mutter Amalia Adela, eine orientalische Schönheit, aber eine verdrehte Person. Seit Kriegsende jammert sie den ganzen Tag, daß man keinen schwarzen Kaffee bekommt, so könne sie nicht aus dem Kaffeesatz wahrsagen. Zumindest sind die Rusans Siebenbürger, aber – Rumänen.«

Clemens dachte bekümmert: Will ich jemanden nicht sehen, schließe ich die Augen. Aber die Ohren kann ich nicht herunterklappen, wenn ich etwas nicht hören will.

»Der echte Vater Neagoie, der Kleinen ihr Vater, Popensohn, ein hochdekorierter rumänischer Offizier, dazu Eisernes Kreuz – aber ...«

»Nichts aber!«

»Du hast recht. Aber nun eben: Er kommt von drüben, aus der Walachei, irgendwo vom Südhang der Karpaten; dort soll es keine Klosette geben, heißt es, in der ganzen Walachei keine. Den Krieg hat er überstanden, aber nicht überwunden; von Furien gejagt, hat er sich im Schwarzen Meer ertränkt und ward nie mehr gesehen.

Der Stiefvater Dr. Tatu, Präfekt vom Großkokler Komitat, ein Herr. Die Kleine liebt ihn heiß. Bojarensproß, Landgut bei Craiova, Herrenhaus, sogar Badezimmer, munkelt man, Studien in Rom, Paris, Wien. Und nun auch noch verschleppt in die Dobrudscha, er und die Seinen, die Tatus allesamt. Während seine Frau, die Dame Amalia Adela, verwitwete Neagoie, geborene Rusan, in der fensterlosen Lehmhütte hockt, die Füße im Lavoir, und Patiencen legt, schuftet der Herr Doktor im Steinbruch. Und unterhält sich mit dem ehrenwerten Baron Mártony auf lateinisch ...« Aber eben, selbst dieser Dr. Tatu: von drüben, aus der Walachei.»Und irgendein Schafhirt spukt auch dort herum.«

Frau Ottilie besann sich.»Bitte, ohne Wenn und Aber, wie du es forderst. Aber trotzdem ist es nicht das nämliche, ob deine Vorfahren Schäfer und Bauern unter König David oder unter Kaiser Franz Joseph gewesen sind.«

»Oder von Kain und Abel abstammen.«

Die Deportation des Präfekten Tatu hatte nicht nur unter den besseren Leuten in Schäßburg für Aufsehen gesorgt, sondern auch unter den Dorfleuten Unruhe ausgelöst, landauf, landab, von Eppeschdorf bis Keresztúr. Selbst die Arbeiter mit ihrem ausgeprägten Familiensinn waren aufgebracht. Daß man die vier Töchter auseinandergerissen hatte, ging ihnen wider den Strich.

Die Partei sann nach und schaffte Abhilfe. Um das murrende Proletariat und das einfache Volk zu beschwichtigen, hieß es aufzeigen, welchen Luxus sich der königliche Präfekt Dr. Emilian Aurel Tatu geleistet hatte an teuren Sachen, an unnötigen und nutzlosen Dingen: alles auf dem Rücken des Volkes!

Auf dem Stalinplatz wurde eine Auslage wahllos vollgeräumt mit kostbaren Gegenständen, mit extravaganten Gebilden; ausgestellt wurden selbst intime Artikel. Es gab einen Auflauf, der kein Ende fand; einer stieß den anderen weg, das Volk drückte sich die Nase platt.

Das Radio mit magischem Auge, wo auf der Skala alle Sender der Welt verzeichnet waren: Man hatte gar nicht gewußt, daß die Welt so groß und bunt war. Wie anders die schäbigen Apparate aus Rußland, spärlich besetzt mit den Hauptstädten des sozialistischen Lagers, dazu in kyrillischen Buchstaben. Radios, die nichts hergaben außer Geplärr aus Bukarest.

Wenig Beachtung fand das Cello, das mürrisch in der Ecke lehnte und doch seinen Part geleistet hatte, zum Beispiel in den Symphonien von Mozart. Herr Tatu, er sprach fließend sächsisch, hatte im sächsischen Symphonieorchester mitgewirkt.

Allgemeine Bewunderung erregte eine Fruchtschale aus Kristall, der Silberfuß eine kaum bekleidete Frauenfigur. Ferner ein Service mit Delfter Motiven. Es störte ein wenig, daß alle Figuren blau gehalten waren. Aber Blumen und Falter aus blauen Fernen, Windmühlen an unbekannter Küste … es beschwor Sehnsüchte jenseits der verwalteten Zukunft. Und die Szenen aus dem holländischen Volksleben, sie heimelten an; man erinnerte sich an die Dörfer, von denen man weggezogen war, um in den Fabriken am Fließband die Zeit totzuschlagen. Und bis zu Tränen gerührt verblieben die Kinder und Mütter vor der Kollektion von Puppen der vier Töchter der Tatus.

Sogar das Hochzeitskleid der Dame des Hauses war zu bewundern und der Frack des Bräutigams, auch der Lackhut fehlte nicht, und die vergilbten Rosen waren noch immer als Strauß gebunden. Daneben stand im Großformat das Hochzeitsfoto.

Begafft hatte das Volk die porzellanenen Nachtgeschirre, zylindrisch aufrecht der Nachttopf für den Herrn, jener für die Dame elliptisch geschwungen. Beide waren geziert mit griechischen Göttinnen von stilvoller Nacktheit, die dazu auch noch tanzten.

Die Exponate hatten unter den Werktätigen eine Begehrlichkeit entfacht, die kaum zu steuern war, eine Gier nach Gewesenem, ein rebellisches Verlangen nach Luxus und Extravaganz. Solche aberwitzigen Gelüste mußte man ausrotten, weil unvereinbar mit dem Klassenbewußtsein und dem steinigen Marsch in ein strahlendes Morgenrot, *aurora purpurie*. Was tun? Dr. Tannenzapf fand die Lösung: das Schaufenster leeren. Als dort Nudeln und Paprika und Marmelade und Salz und Gummischuhe und Fliegenpapier feilgehalten wurden, unter der Schirmherrschaft der sieben Parteiführer aus Bukarest, würdigte niemand mehr die Auslage eines Blickes.

Zwei Tage vor der Abreise trafen Rodica und Clemens sich in der Stadt. Sie wollte ihm das Haus ihres Großvaters Rusan zeigen. Wie erstaunt war Clemens, als das Mädchen ihm auf der Piaţa Stalin, vormals König-Ferdinand-Platz und noch früher Kaiser-Franz-Joseph-Ring, ein Haus zeigte, das sich kaum von den sächsischen Patrizierhäusern rundum unterschied und das ihm irgendwann flüchtig aufgefallen war.

Die beiden saßen auf einer Steinbank unterhalb des Stundturms, mit dem Gesicht zum Marktplatz hin. Jede Viertelstunde schlägt ein Tambour im blauen Hemd und mit Schnürstiefeln auf eine Pauke, flankiert von einem Mann mit bloßem Oberkörper und zerlumptem Lendenschurz, es konnte der Henker sein – Kunstfiguren, die jedes Schäßburgers Herz höher schlagen lassen. Zur Mitternachtsstunde erscheinen jeweils sieben holzgeschnitzte Figuren. Sie verkörpern die Wochentage nach den spätlateinischen Namen, beginnend mit *dies Solis* bis hin zu *dies Saturni*. Auf dem Kopf tragen sie die Zeichen der Planeten gleichen Namens.

Es war ein Freitag, und die Venus prangte in der Toröffnung, die von grünen Holzvolants umrankt war. »Sieh an, wie wacker, deine Vorfahren! Lassen zu, daß eine Venus mit unbedeckten Brüsten vierundzwanzig Stunden zu bestaunen ist. Und dazu hält dieser tollen Frau noch ein Amor den Spiegel der Schönheit vor, so daß ihr nackter Oberleib darin noch einmal erscheint. Das hätte man euch Sachsen nicht zugetraut.«

Rodica und Clemens betrachteten das Haus der Familie Rusan. Ein einstöckiges Haus mit ernsthafter Fassade, diese nicht anders als die der Nachbarn, mit sparsamer Verzierung. Ein herrschaftliches Haus, das sich ruhig mit dem Albertinischen Haus hätte messen können. Oder mit dem Rosenthalischen.

Rodica erzählte. Die Stadt sei kopfgestanden, als ihr Großvater mitten auf dem Marktplatz in die Freie Königliche Sächsische Stadt Schäßburg ein Haus gebaut habe, er, der Sohn eines walachischen Schafhirten, wenn auch ein studierter Mann, Universitäten in Wien und Budapest, dieser Dr. Traian Claudiu Basarab Rusan, ein allseits geschätzter Notar, er sprach die drei Landessprachen Siebenbürgens, dazu Jiddisch und Zigeunerisch und sogar Sächsisch. Aber eben: ein Rumäne. Allen Stadtbewohnern sei ein Schauer über den Rücken gelaufen: Das war das Ende der sächsischen Autonomie und Urbanität! Doch der Magistrat und die Hundertmannschaft konnten nicht einschreiten. »Das kaiserliche Dekret der Konzivilität – alle Bürger im Kaisertum Österreich, unbesehen ihres Standes und ihrer Ethnie, könnten sich überall niederlassen – gab meinem Großvater freie Hand, sein Haus zu bauen, wo er wollte.«

»Kaiser Joseph II.«, sagte Clemens. Klang seine Stimme nicht leicht gereizt? »Damals haben sich eure Leute in unseren Städten breitgemacht«, er verbesserte sich, »das heißt niedergelassen. Das sei der Anfang vom Ende gewesen, meint meine Großmutter.«

Das einzige, worin sich das Stadthaus Rodicas von den Nachbarhäusern unterschied, war, daß im Giebel ein Doppelkreuz prangte, würdevoll aufgehoben in einem Arrangement von Blumen und Blättern aus verzinktem Blech. Jetzt erinnerte er sich, daß ihm diese strotzende Zurschaustellung christlicher Symbolik nicht nur aufgefallen war, sondern ihn auch gestört hatte.

Nun saßen sie auf dem warmen Stein und nahmen Abschied von der Stadt. Übermorgen ging es ans Meer.

»Das einzige, was eure Sachsen im Stadtrat gegen meinen *moşule* haben unternehmen können – weißt du, was es war?«
Er wußte es nicht. »Ganz einfach. Sie haben ihm nicht erlaubt,

sich an die Wasserleitung der Stadt anzuschließen. Daraufhin hat der unerwünschte Hausbesitzer einen alten, weisen Rutengänger kommen lassen, einen quellenkundigen Schafhirten seines Vaters. Im Keller des Hauses dann hat die Wünschelrute so ausgeschlagen, »daß sie dem Mann aus der Hand gesprungen ist.« Dort hatten sie den Brunnen gebohrt. »Der hat so herrliches Trinkwasser hergegeben«, sie lachte, »daß die Sachsen aus der Nachbarschaft jeden Abend im geheimen ihre Dienstmägde geschickt haben, einen Krug mit frischem Wasser vom Walachen zu holen.«

Und dann erzählte sie, wie ihr Urgroßvater, *moş Partenie*, Herr über viele Herden, wenn auch selbst schlichter Hirte, gestorben war. Er war vom winterlichen Herdengang aus den Donauniederungen nahe dem Delta in die siebenbürgischen Gefilde zurückgekehrt. »Wir nennen das *tranhumanţa*, Hunderte von Kilometern im Herbst von den Karpaten zur Donau und im Frühjahr zurück.« Es war in der Leidenswoche vor Ostern, und der alte Partenie, zweiundachtzig damals, hatte sich am Karfreitag einen Ruhetag gegönnt, sich auf einen Schemel gesetzt, die weißen Wollhosen aufgekrempelt und seine müden Füße gebadet in einer irdenen Schüssel. Darüber war er gestorben. Als die jungen Hirten ihn fanden, war das Wasser noch warm.

»Der schöne Tod«, sagte Clemens. Der alte Mann, vornübergebeugt in der Sennhütte, die Hände gefaltet, mit den Füßen im warmen Bad, die Waden geschmückt von Krampfadern als Gedächtnis der vielen tausend Meilen zwischen Donau und Karpaten, der Blick verloren an das Gewimmel der Vliese vor namenlosen Horizonten – da stockte das Herz. Im Sitzen entschlafen, wie das so schön heißt. Die Pelzmütze war ihm vom Kopf gerutscht.

Clemens sagte: »Wenn er nicht gestorben wäre, dein Urahne, der Hirte Partenie, so hätte er nach dem Bad seine Beine mit Brennesseln traktiert ...«

In dieser letzten Nacht lachten sie viel. Er entdeckte einen

Schubkarren und fuhr sie spazieren durch die nächtliche Stadt. Den dreieckigen Kasten hatte er mit seiner Jacke tapeziert. Sie lag halbwegs bequem, Gesicht zu ihm, wenn auch Kopf und Schulter tiefer ruhten als die Knie. Aber sie konnten sich ansehen und sich somit besser unterhalten. Und da das Gefährt ein Gummirad hatte, blieben die Stöße erträglich. Niemand störte sie. Die Miliz schlief, wenn auch mit offenen Augen, und die Partei blinzelte bloß.

Er schob sie auf den Bergfriedhof hinauf. »Das achte Weltwunder, euer Bergfriedhof, man müßte ihn unter Denkmalschutz stellen.« Über die Träume der letzten Nacht hatte sich Rodica ausgeschwiegen, keine weißen Stiefel waren erwähnt worden. Vielleicht heute und hier, dachte er, und sein Herz schlug schneller, als es die Steigung erforderte. Denn in den Abenden nach dem Mysterienspiel, als sie im Gras gelegen waren, den Himmel über sich und die warme Erde unter sich, hatte sie sich einmal über ihn gebeugt, ihn geküßt und gefragt: »Könntest du dir vorstellen, daß man nach so einer Nacht, *prima noapte,* am nächsten Tag zur Arbeit geht, als ob nichts geschehen wäre?« Nun, morgen würde man nicht zur Arbeit gehen, dachte er. Und übermorgen ging es ans Schwarze Meer. Noch wußten sie nicht wie. Nur das Geld für die Rückreise hatten sie beiseite gelegt: Sie hatte es in den Saum ihrer Baumwollbluse eingenäht, er hatte es in der Lederhose versteckt, in der Tasche für das Jagdmesser.

Vor dem Tor zum Friedhof ließ sie sich aus dem Karren auf die Grasnarbe kippen. Keinen Schritt weiter! So lagerten sie vor dem Friedhof.

Rodica konnte sich vorstellen, daß man an einem solchen Ort wie hier, wo man jeden Augenblick meine, Gott beim Abendspaziergang zu begegnen, mit ekstatischer Freude seinem Leben ein Ende setze. »Besonders wenn man jung ist. Darum wundert es uns Rumänen nicht, daß eure jungen Männer sich hier erschießen, zwischen den Stelen von schwedischem Granit oder italienischem Marmor, daß eure Mädchen herkommen, wenn sie Tabletten geschluckt haben, und sich zu Füßen jener verzückten Engel zur ewigen Ruhe hinlegen, vor eurer Krypta.«

»Und wo würden sich Liebespaare umbringen, wenn du so gut Bescheid weißt?«

»Eben«, sagte sie, »das habe ich auch schon ausgekundschaftet. Denn ihr bringt euch ja allein um, jeder für sich. Nur wir Lateiner springen Hand in Hand in den Vesuv. Doch jenen Ort für zwei Todesverliebte zeige ich dir ein andermal. So, und jetzt will ich nach Hause.« Den Schubkarren ließ er vor dem Friedhofstor stehen. Hand in Hand wanderten sie zu den Ställen hinaus.

Er hatte sich eine billige Reisemöglichkeit ausgedacht. Sie würden sich im Bremserhäuschen eines Güterwaggons verstecken. Seit es dampfgesteuerte Bremsen gab, standen diese Kabinen leer, fuhren mit als dekorativer Aufsatz. Man würde eng nebeneinandersitzen müssen oder sie auf seinem Schoß. Und wenn der Zug auf einem Rangiergeleise hielt, konnten sie sich ausruhen in den würzigen Feldern von Pfefferminze und wilder Kamille. Und würden Sonnenblumenkerne knabbern. Er konnte sich an seinen Vater erinnern und sie vielleicht auch an jemanden. Zurück würden sie sich den Luxus leisten, zweiter Klasse zu fahren, immerhin gepolsterte Sitzbänke statt Bretterbelag wie in der dritten Klasse. Und darauf freuten sie sich ebenfalls.

Doch mitten in der Nacht vor der Abfahrt kratzte Rodica unten an seiner Linde. Als er mit der Stallaterne hinunterleuchtete, erblickte er sie: barfuß, die Sandalen hielt sie in der Hand. »Ich wollte mir wehtun.« Geschüttelt von unterdrücktem Schluchzen, lehnte sie am Stamm, die Linde vibrierte. In der Hand trug sie ein Köfferchen aus geflochtenem Bast. Noch ehe er begriff, war sie heraufgeturnt und kauerte vor seinem Baumhaus. Sie trug eine rote Trachtenjacke, bestickt mit rumänischen Volksmotiven in Weiß, dazu Rock und Bluse. Die

Haare fielen frei auf die Schultern, verhüllten das halbe Gesicht. Am Scheitel schimmerten sie rötlich. Als er sie durch die Pferdedecke in sein Logis hereinzog, brach das Weinen hemmungslos aus ihr heraus.

Was war passiert? Die böse Tante aus Bukarest, der Rodica den schönen Namen Ingrid verdankte, hatte ihren Mann nach Schäßburg geschickt mit dem strikten Auftrag, die Tochter ihres toten Bruders nach Bukarest zu holen. Unter dem Vorwand einer Dienstfahrt war der Onkel nach Transsilvanien geeilt; er arbeitete im Landwirtschaftsministerium als Fachberater für die Bekämpfung von imperialistischen Coloradokäfern. Letzte Station seiner Geschäftsreise war Hermannstadt. Am Abend würde er die Nichte dort in den Zug nach Bukarest setzen.

Weshalb gehorchte sie? Wo sie doch großjährig war, eine eigene Wohnung besaß und ihr tägliches Brot verdiente? »Ich muß!« sagte sie und weinte.

Clemens kühlte ihre wunden Füße mit Mineralwasser, das er jeden Tag in einem Tonkrug von der Quelle beim jüdischen Friedhof holte. Mit einer Salbe aus Ringelblumen, die Rosa angerührt hatte, bestrich er Rist und Sohle, die voller Kratzer waren. Auf seine Lagerstatt von Strohsäcken bettete er sie, suchte den besten Platz. Sie hatte mit trotzigen Gesten alles an Bekleidung von sich getan. »Ich will nur noch ich sein. Und nichts anderes.« Immer wieder zog er die Kamelhaardecke über sie, wenn sie sich hilflos herumwarf. Er ließ ihren Kopf auf seiner Schulter ruhen, selbst als sein Arm erstarb. Einmal flüsterte sie schlaftrunken: »*Perna mea cu suflet!*« Es gelang ihm nicht, diese Worte so ins Deutsche zu übersetzen, daß sie das aussagten, was sie rumänisch meinten. Er strich ihr das Haar aus dem Gesicht, damit sie atmen konnte, er streichelte sie dort, wo er meinte, sie fröre. Und er küßte sie auf die geschlossenen Augen. Und manchmal, wenn er meinte, sie schliefe, auf die Fingerspitzen. Nur eines hinderte er nicht: Er ließ ihren Tränen freien Lauf.

Als sie am Morgen davonging durch den langen Hof,

weinte sie noch immer. Auf seiner nackten Schulter hatte sich ein Muster ihrer salzigen Tränen niedergeschlagen. Die Großmutter sagte: »Heute nacht sind Tränen von der Linde getropft.«

»Ja«, sagte Clemens.

Wohin mit diesen vierzehn Tagen Urlaub? Die Zeit sperrte ihren leeren Rachen auf. Ein kosmischer Staubsauger verschlang ihn, er fiel in ein dunkles Loch. Gesagt hatte sie einmal: »In allen lebenswichtigen Entscheidungen sollte man den Kairos abwarten.« Clemens hatte sich bei Prediger Bimmel kundig gemacht, was das sei. Denn soviel hatte er verstanden: Mit Gott hatte es zu tun. »Kairos. Der gottgewollte Augenblick. Hör her: Du bist Old Shatterhand, hockst auf einer Sequoia, den Henrystutzen im Anschlag, und wartest und wartest auf den gottgewollten Augenblick. Endlich raschelt es im Gebüsch: Ein Stinktier tritt hervor. Du schießt. Und triffst! Das ist der Kairos.«

Vielleicht zu den Verwandten nach Fogarasch? Zu den Verwandten der Großmutter, von denen hie und da ein Brief ins Haus geflattert war, mit der obligaten Einladung: »Schickt einmal euren Clemens her.« Dort war auch dieser Norbert Felix, der Vetter dritten Grades, der ihn aufbrachte und anzog. Schon daß dieser kuriose Mensch darauf bestand, er werde immerfort und allerorten vorher dasein.

Er schwang sich auf das Rad seiner Mutter, hinten den Rucksack mit Urlaubssachen, und wählte den kürzesten Weg nach Fogarasch über Stock und Stein, strampelte staubige Landstraßen entlang. Sechzig Kilometer stieg er nicht ein einziges Mal ab. Fuhr er die steilen Karrenwege hinunter, ließ er den Rädern freien Lauf. Meist bremste er im letzten Augenblick und so gewaltsam, daß das Schmieröl in der Nabe schmolz und schwarz und stinkig herausrann. Die Augen tränten. Oft war die Geschwindigkeit so groß, daß die Tränen eine waagrechte Salzspur hinterließen. Er trug gelbe Glacéhandschuhe. Und fuhr dahin unter einer Pelerine von Traurigkeit.

Und dennoch: War nicht auch Erleichterung dabei, ein Aufatmen, zumindest das Kribbeln einer leisen Neugier? Wie, die große Liebe eine Last? Plötzlich hatte er das Bild zweier Schwäne vor sich, für immer und ewig aneinandergenietet, Kopf an Kopf. Er erschrak. Vergewisserte sich, daß er den Hals wenden und drehen konnte. Flog aus der Krümmung. Schlug an einen Baum. Und wollte wissen, was Gott zu diesem zwiespältigen Gefühl zu sagen hatte. Er spitzte die Ohren, ja, er streifte die gelben Handschuhe ab, um devot genug zu sein, die Stimme von oben zu hören, wie es Rodica verheißen hatte.

Gott sprach: Zu jeder echten Beziehung gehören Nähe und Distanz. Und Clemens hatte eine Erleuchtung: Eindeutigkeit gibt es nur um den Preis des Irrtums. Trauer und Sehnsucht wichen nicht, trotz Erleuchtung und Offenbarung, trotz der erfahrenen Ferne, sanktioniert von Gott selbst.

Endlich Fogarasch.

Verschwitzt und vermummt von Staub kam Clemens an, fand das Haus, Rattenburg genannt. Als er den Kopf zur Tür in die Stube hineinsteckte, bot sich ihm ein närrischer Anblick.

Alle standen kopf. Die Hausfrau trug grüne Pluderhosen, die zwei Buben hatten kurze Lederhosen an, dem Töchterchen war der Rock über den Oberkörper gerutscht, und man sah das Tetrahöschen. Etwas abseits eine Figur, deren umgestülpte Kittelschürze bis auf den Boden reichte und das Gesicht verhüllte. Sie trug plüschene Unterhosen, zitronengelb. Gewiß die Dienstmagd. Der Vater fehlte und ebenso fehlte Norbert Felix.

Die Mutter rief, als sie das Klirren der Glastüre hörte: »Wer da?«

Das Töchterchen quietschte: »Ein Bursche in einer Tirolerhose und mit gelben Handschuhen, mitten im Sommer. Nur steht er mit den Füßen nach oben.« Sie lachten, lachten von unten herauf mit schiefen Mündern. Und von unten herauf wurde Clemens belehrt: Noch sechs Minuten hätte es bedurft, um der Blutzirkulation im Hirn endgültig auf die Sprünge zu helfen. Tante Gertrude, sie mußte es sein, sagte: »Die billigste

Art, einen klaren Kopf zu bekommen. Den braucht man heutzutage. Doch nun: aus, Herr Kraus!« Gemessen holten alle fünf die Füße ein, als seien es Fahnen, und kamen mit einem Sprung auf die Beine.

»Sie, Kati, zaubern ein Abendessen auf den Tisch. Bin neugierig, was dabei herauskommt.«

Weise sagte die Kati aus Bekokten: »Nur der Blöde gibt mehr, als er hat, so hat mein Übervater selig gesagt.« Die Buben machten sich daran, den Tisch zu decken.

Die Hausfrau riet: »Du bist gewiß der Clemens, Astronom und Astrologe; du kannst dir mit unserem Norbert Felix die Hand geben, auch er voller Extravaganzen.« Doch war die Hand des ältesten Sohnes nicht vorhanden, er nicht in der Stadt. Gut so, dachte Clemens, gut. »Hereinspaziert. Wo ist dein Gepäck?« Und zum Töchterchen: »Lauf, Elke Adelheid, und hol deinen Vater aus dem Stall. Wir haben einen Gast. Genug mit den Schweinen getratscht, jetzt sind einmal wir an der Reihe.«

»Nein«, sagte das Töchterchen, »er soll den Tate rufen.« Und zu Clemens: »Dann kannst du gleich aufs Klo gehen, wenn du mußt. Vergiß den Dolch nicht.«

Die Hausfrau sagte: »Wer aufs Klo muß, braucht einen Dolch. An der Küchentür hängt er.«

»Was soll das mit dem Dolch?«

»Gegen die Ratten.«

»Sie knabbern einem am Popo«, sagte die Kleine ernsthaft.

Kurtfelix fügte stolz hinzu: »Sogar der Uwe, der Angsthase, hat eine Ratte aufgeschlitzt. Und ich treff die Ratten mit Pfeil und Bogen, wenn sie durch die Stube rennen. Und auch die Mäuse, die am Vorhang hinaufklettern.«

Clemens sah sich verstohlen um. Über jedes der Ehebetten waren Liegen geschlagen. Stockbetten waren entstanden, verhüllt von den ehemaligen Couvertdecken, die wie Vorhänge herunterfielen. Das eine der kombinierten Bettgestelle hatte seinen Platz hinter den Kleiderschränken. Der Schlafmensch im unteren Gefach hatte es gut: Er verkroch sich in seinen Schlupfwinkel, wurde unsichtbar. »Dort hinter den Schränken schlafen wir, mein Mann und ich. Der Felixonkel unten, ich oben. Ehebetten nebeneinander? Mein Gott, wozu? In diesen Zeiten. Aber sag an, wie geht es der Tante Ottilie? Raucht sie noch Zigarillos? Wenn ich in Schäßburg bei meiner Bretztante auf Ferien war, mußte ich jedesmal bei ihr Besuch machen. Regelmäßig bot sie mir einen Zigarillo an. Ich hustete und hustete. Es war furchtbar. Ihr verdanke ich, daß ich nie zu rauchen begonnen habe.«

Das andere Stockbett verdeckte die Türe zu dem einen Zimmer der Familie Dinca daneben. Das ältere Ehepaar lag den ganzen Tag im Fenster und spähte die Straße entlang nach links. Und wartete, daß man den Mann abholte, einen ehemaligen Offizier. Tagsüber lief er in Zivil und Pantoffeln herum, am Abend aber legte er die verpönte bürgerliche Uniform an, zog die Stiefel über und streckte sich in voller Gala mit allen Orden auf die Ottomane. Es hatte sich herumgesprochen, daß die Boten der neuen Securitate in Eile waren, wenn sie die Leute aus den Betten holten. Halbnackt schleppten sie sie weg.

»Oben schläft Kurtfelix.«

An dieser Verbindungstür, durch die man in der Nacht das Klirren der Orden hörte und später das Beten und Schluchzen der Frau Dinca, hingen ein Bogen aus dem biegsamen Haselstock und ein Köcher mit gefiederten Pfeilen. Und ein Zierdegen, den der Major a. D. Dinca den Nachbarbuben listigerweise vermacht hatte, waren doch neuerdings auch blanke Waffen verboten. »Und unten unser Norbert Felix, er hat die Lesewut. Du kannst dich in seine Schlafhöhle verkriechen. Er ist in Klausenburg, um Theologie weiterzustudieren; er will Gefängnispfarrer werden. Und meint, er müsse selbst eingesperrt gewesen sein, um diesen Beruf zünftig auszuüben. Gott bewahre.« Frau Gertrude zitterte die Stimme, als sie fortfuhr: »Dort drüben auf dem Sofa schläft Uwe Dietmar, unser Dritter, und auf dem Tisch unser Töchterchen.«

Auf den Kleiderschränken thronten die pompösen Fauteuils. Darüber war auf einem Transparent der Name Engelbert zu lesen, umschwirrt von pausbäckigen Engeln. Es war der angenommene älteste Sohn, im Krieg verunglückt. Man sprach nicht von ihm.

»Für alle Fälle behalten wir die Sessel, vielleicht bekommen sie noch einmal festen Boden unter den Füßen. Man trennt sich nicht so rasch von den vergangenen Zeiten. Und im Blick auf die Zukunft gibt man sich dauernd Illusionen hin.«

Die Attraktion bildete die Dame ohne Unterleib, eine lebensgroße Büste aus Papiermaché, gekleidet à la 17. Jahrhundert, Leibchen, Mühlsteinkrause, Spitzenhaube, doch das Gesicht von hexenhafter Häßlichkeit. »Das ist die Tante Eulalia«, sagte die kleine Schwester, »vor der erschrecken sich sogar die Russen und die Milizionäre und die Finanzer auch, pst.« Sie kletterte auf einen Stuhl und hob den hohlen Brustkorb der Tante Eulalia mühelos in die Höhe. Zum Vorschein kam eine Rundstrickmaschine. »Meine Mama strickt Strümpfe in der Nacht, und wir verkaufen sie im geheimen. Die Mama färbt sie mit Erlenrinde. Die holen wir vom Bach.« Sie setzte die Attrappe auf ihr Podest. »Mit dem Geld kauft die Kati das Essen. Denn unser Vater ist nur ein Tiervater.«

Als Clemens mit dem Dolch am Schweinekoben anklopfte, war der Hausvater ins Gespräch vertieft mit seinen Schweinen, sprach mit ihnen Sächsisch. Er saß auf einem Dreifuß. Der Gastgeber sagte: »Ah, Ottos Reschers Sohn.« Pause. Und dann die Frage: »In welchem Lager im Donbass war dein Vater?« Er wartete die Antwort nicht ab. »Nimm Platz.« Der Junge setzte sich auf eine schmale Bank, die der Onkel heruntergeklappt hatte. »Man tut den Schweinen Unrecht. Ich habe es so weit gebracht, daß sie Ordnung halten. Merkst du, wie sauber dieser Teil vom Stall ist, wo wir jetzt sitzen? Sieh, in der Mitte gibt es eine Schwelle querdurch. Nie würde das Schweineehepaar seine Notdurft diesseits der Schwelle verrichten.« Clemens bemerkte es erst, nachdem ihn Herr Felix mit der Nase drauf gestoßen hatte. »Hier kann man in Gala sitzen.«

So saß er dort, der Herr des Hauses: im dunkelgrünen Nadelstreifenanzug, der bessere Zeiten gesehen hatte, im Seidenhemd mit durchgescheuertem Kragen, statt Krawatte eine bordeauxrote Fliege.

Herr Felix bekleidete einen sonderbaren Posten, seit er im Juni 1948 sein Geschäft verloren hatte. Die neugegründete Staatsfirma *Comcereal* hatte einen Turm im Vorwerk der Wasserburg mit Beschlag belegt, um das Korn kühl zu lagern. Er mußte Sorge tragen dafür, daß sich die Mäuse nicht in den Weizenbeständen des Staates einnisteten und dort ihr Unwesen trieben. Im inneren Burgring dagegen machte sich das Gefängnis breit, man hörte Ketten klirren und Schreie.

Sofort nach der Bodenreform führte der Staat die Quotenregelung ein. Die Bauern, ob arm, ob reich, wurden gezwungen, vorgeschriebene Quoten an Erträgen abzugeben, gleichgültig ob sie sie hatten oder nicht. Von der Getreideernte zwackte der Staat den Bauern oft mehr als alles ab, so daß sie Saatgut zukaufen mußten.

Als Hüter des Korns war Onkel Felix angestellt, aber auf Abruf. Seine wichtigsten Mitarbeiter waren drei Katzen, staatliche Angestellte auch sie, die mit einem Monatsfixum für Wurst und Milch entlohnt wurden. Das Wächteramt war an keine feste Arbeitszeit gebunden. Meist strich Onkel Felix in der Nacht durch die Lagerhallen. Ein Windlicht vor sich hertragend, umweht von einem Radmantel, wandelte er dahin, begleitet von den schattenhaften Katzen. Einen Stock mit einem Widerhaken als Spitze hatte er zur Hand. Mit dem entriß er den Katzen Mäuse. Und zwar die Mäuse, die auf ihrem Rücken Zettel trugen mit Nachrichten von Gefangenen. Ohne je ein Wort darüber zu verlieren, gab er sie weiter an die Adressaten.

Tagsüber durchstreifte Onkel Felix die Hügel jenseits der Aluta, sammelte Pilze und Beeren für den Mittagstisch, klaubte wilde Äpfel, gut für Schnaps und Essig. Im Herbst erntete er die Hagebutten zum Muskochen, er las die winzigen Bucheckern vom Boden auf für seine Schweine, schälte Eichenrinde von den Bäumen, die er an die vergenossenschaftete Gerberei ablieferte. Vor allem aber schabte er die Borke von den Erlen, das Färbemittel für die Strumpfmanufaktur seiner Frau, auch dies ein kleiner Beitrag zum Haushalt. Denn sein Gehalt ging ins Schweinefutter.

Zum Abendessen gab es Palukes mit Paprika und saurer Käsemolke. Tante Gertrude hatte über den Maisbrei ein leergeschabtes Butterpapier gebreitet, das unter der dampfenden Hitze sein Allerletztes an Fett hergab. »Wo Hund und Kind Palukes würgen, ist meine Heimat Siebenbürgen«, deklamierte Elke Adele.

Clemens mußte Rede und Antwort stehen über die Großmutter und Rosa, über Mutter und Vater. Doch noch bevor der Hausherr fragen konnte, nun schon zum zweiten Mal, in welchem Arbeitslager in Rußland seine Eltern die Zwangsjahre zugebracht hätten, waren Clemens unversehens die Augen zugefallen. Während sein Kopf in den leeren Teller sackte, begann er zu schnarchen. Alle verstanden, daß der Gast müde war, nach der Hundstour über Stock und Stein von Schäßburg bis Fogarasch. Tante Gertrude rief: »Um Gottes willen, ins Bett!« Clemens schreckte auf. Kurtfelix brummte: »Einmal wollte auch ich mich in die Schlafhöhle verkriechen.«

Uwe sagte gutmütig: »Er ist der Gast.«

Als Clemens kurz darauf mit dem Dolch vom Abort zurückkam, stand die Sonne noch am Himmel. Er kettete sein Fahrrad an die Straßenlaterne und klemmte gewohnheitsmäßig die Handschuhe unter den Sattel. Zur Straße hin hatte der winzige Hof kein Tor.

Dann legte er sich in die Schlafhöhle seines Vetters. Dort war es dämmerig. Er besah noch rasch die Titel der Bücher, die auf den Querstreben der oberen Pritsche lagerten, Bücher über Gefängnis und Gefangene: ›Erinnerungen aus einem Totenhaus‹, ›Die Schachnovelle‹, ›Das siebte Kreuz‹. Aus dem ›Totenhaus‹ fiel eine Spruchkarte, jeder Buchstabe in Tusche gepinselt, gotisch:

»Sein Blick ist vom Vorübergehn der Stäbe
so müd geworden, daß er nichts mehr hält.
Ihm ist, als ob es tausend Stäbe gäbe,
und hinter tausend Stäben keine Welt.«

Clemens dachte noch: Rodica, wie wund ihre Füße waren, als sie zu mir ins Baumhaus geflüchtet ist. Und schlief ein.

Am Morgen kam das Töchterchen im Schlafhemd hereingetanzt, in gehäkelten Patschen, und rief: »Draußen schläft eine Rumänin, schön wie eine Waldfee. Nein, noch schöner: wie Sterntaler.«

»Wieso Rumänin? Woher weißt du das?«

»Das weiß man. So wie alle Rumänen auf der Stelle wissen, daß ich ein sächsisches Mädel bin.«

An das Bizykel von Clemens gelehnt, schlief die Fee. An den Händen trug sie die gelben Handschuhe. Tränen waren da und zogen ihre Spuren bis zu den Mundwinkeln.

Nicht daß Rodica die Notbremse gezogen hatte. Aber als der Schnellzug *Sibiu – București* um 2.14 Uhr in *Făgăraș* hielt, da war sie ausgestiegen, einfach so, die Sandalen in der einen Hand, das rohrgeflochtene Köfferchen in der anderen. Hier muß er stecken und nirgendwo anders, sagte ihr eine innere Stimme, von der sie hoffte, es sei die Stimme der Mutter Gottes oder der toten Großmutter. Aber wo ihn finden? Der Weg zur Stadt war weit. Dem Gutsbesitzer Binder von Hasensprung war es gelungen, die Trasse der Bahnlinie im weiten Bogen um die Stadt herumzuführen, so daß seine Felder und Liegenschaften unbehelligt blieben. Die Aluta mit ihren Überschwemmungen würde der Eisenbahn viel Ungemach bereiten, argumentierte er. Also weg von seinem Gut.

Niemand war ausgestiegen, den man hätte fragen können. Unterwegs war allein die verrückte Emma. Mit Kapotthütchen und Regenmantel badete sie im Bach Berivoi. Der *domnule Felix*? Eine große Herrschaft, immer mit Schmetterling. Unlängst habe ihn der König Michael besucht. Im Schweinekoben hätten sie sich über die vermaledeiten Bolschewiken unterhalten. Die Familie vom *domnule Felix*, sie wohne in der Strada Eminescu 5, leicht zu erkennen das Haus, *un conac de a binelea*: rotes Gittertor, dahinter ein echter Löwe; man hüte sich vor ihm, jeden Unbekannten schnappe er sich zum Frühstück. Triefend entstieg sie den Fluten, schüttelte sich und war verschwunden wie der Esel im Nebel.

In der Strada Eminescu 5 ging es unheimlich zu. Die langgestreckte Fassade mit den Blumenmotiven über den Fenstern war hell angeleuchtet wie nur noch das Parteigebäude auf dem Stalinplatz. Die Fenster waren vergittert, deren Oberlicht zugemauert. Nicht der lebensgroße Löwe auf dem Sockel sprang sie an, sondern aus dem Schatten der Tannenallee trat ein Monster auf sie zu. Eine unförmige Gestalt schlich heran, Haupt und Leib eingehüllt in einen dunkelfarbenen Überwurf, der sich vorne öffnete wie ein riesiger Sack. Gebannt starrte das Mädchen auf den Unhold. Ehe sie die Hände von den Gitterstäben wegziehen konnte, hatte er sie gepackt. »Bewege dich nicht, sonst schieße ich!« Sie erkannte einen Securitate-Soldaten, dessen Maschinenpistole vorne die blauschwarze Pelerine lüpfte.

Doch als der Hüter des Hauses das verschreckte Mädchen mit dem Koffer sah, klemmte er das Schießgewehr unter den Arm und ließ sich herbei, Staatsgeheimnisse auszuplaudern. Sie erfuhr, daß hier eine Spezialeinheit ihren Sitz habe, und zwar eine Schule für Hebammen. Junge Mädchen, rekrutiert aus verifizierten Proletarierfamilien von eindeutig gesunder sozialer Herkunft, würden hier ausgebildet, um exklusiv Kinder von Parteimüttern ans Licht der Welt zu befördern. Einige dieser Schülerinnen, aus Waisenhäusern zusammengekratzt und damit sozial über jeden Zweifel erhaben, würden noch strikter geschult, um ganz besonders preziöse Kinder aus dem Mutterleib zu heben, der Soldat senkte die Stimme, »*dela cadre de Securitate*. Und nun hesch, hesch, troll dich!« Er gab ihre eine Hand frei, die andere küßte er.

Der Zug nach *Bucureşti* war schon lange abgedampft, doch das Abenteuer war nicht zu Ende. Den Geliebten hatte sie nicht gefunden. Das Mädchen trottete mit hängendem Kopf weiter, stadtwärts.

Eine schnatternde Schar trat aus dem Gartenrestaurant Trocadero, wo eben die Romanze »*Inima de putregai*«, »Mein Herz ist von Moder«, ihre Klänge aushauchte. Sie trugen Kostüme. Unversehens sah sich Rodica Ingrid eingekreist von weißen Masken, die sie wegzerren wollten. Venezianische Nächte, dachte sie erschrocken. Vom Bach her stank es nach Kloake und Fieberdünsten. »*Domnule Felix, unde locuieşte?*« flüsterte sie, ihre Glieder waren bleischwer. Ein Vermummter auf Stelzen beugte sein Totengesicht zu ihr herunter und sagte: »Wir führen dich hin, du seltsame Seejungfrau mit deinem Köfferchen von Schilf, du Tochter der Slaviga, der Aluta entstiegen.« Doch sie führten sie anderswohin: Ohne sie anzurühren, bloß als tanzender Kreis, zwangen sie der Umzingelten die Richtung auf: zur Alutabrücke. Und wollten sie in den Fluß stürzen: »Spring, schwimm, tauch unter, wie viele Verliebte hast du schon in den Schlund des Flusses gezogen!«

Sie riß sich los, rannte davon, so weit sie ihre Füße trugen, und schlüpfte auf einen Friedhof. Als orthodoxe Gläubige wußte sie Bescheid über das Gehabe der Toten und die Gespensterfurcht der Lebenden. Keiner getraute sich her, nicht einmal die Partei, selbst die Milizionäre nicht. Sie schlug siebenmal das Kreuz.

Rodica kauerte auf einer warmen Grabplatte, bis das Morgenrot die Stelen zum Erglühen brachte. Welch Friedhof: keine Kreuze, dafür kostbare Säulen und Prismen aus weißem

Marmor oder schwedischem Granit. Auf der Stirnseite gegen Osten waren wunderliche Schriftzeichen eingestemmt. Oben wachte der Davidstern. Tiefer unten dann konnte das verwirrte Menschenkind verständliche Buchstaben zu Wörtern verbinden – deutsche, ungarische, seltener rumänische Inskriptionen und Namen.

Endlich, vor dem Parteihotel, ehemals Grand Hotel Horwarth, wies der verschlafene Pförtner ihr den richtigen Weg, nicht ohne Rüge: nicht mehr *domnule Felix!* Vielmehr ein armseliger *tovarăş* sei er, den die Partei aus Mitleid bei der *Comcereal* angestellt habe, damit er Mäuse fange. »Und der froh sein sollte, daß er nicht in den Steinbrüchen am Meer roboten muß.« Schräg vis-à-vis vom *Liceu Radu Negru* wohne die Familie, noch immer mit viel zuviel Komfort, monierte der Türsteher; das Haus sei angeklebt an den Tempel der ungläubigen Unitarier.

Sie erkannte das Bizykel sofort. Doch erst als Rodica die gelben Handschuhe unter dem Sattel hervorgezogen hatte, konnte sie ruhig einschlafen, nach zwei Nächten voller Schrecknisse und Bewahrungen und zuletzt wunderbarer Führungen.

Drei Tage lang badete Rodica ihre Füße in Kamillentee, und Clemens bestrich sie mit Ringelblumensalbe, alles hausgemacht. Die Nächte verbrachte das Mädchen in der Schlafhöhle von Norbert Felix. Clemens hatte man auf den Boden verfrachtet, wo er in einer Hängematte aus Schilf kampierte, dem sommerlichen Refugium seines Vetters. Dort hatte er Stalins Thesen gefunden, die auch er in seiner Sonnenblumenzeit studiert hatte. Das söhnte ihn mit dem abwesenden Cousin aus. Trotzdem zählte er die Stunden, bis Rodicas Füße zur Wanderschaft bereit waren. Der bösen Tante in Bukarest hatten sie ein Telegramm geschickt: *Voiaj interupt* stop *forţă majoră* stop *totul este bine* stop.

Tante Gertrude spielte dem blessierten Gast auf dem Schifferklavier das einzige Lied vor, das sie konnte: »Übers Dach, übers Dach fliegen die Gäns, fliegen die Gäns ...« Der Herr des Hauses kürzte seine Gespräche im Schweinekoben und sprach mit Rodica und der ganzen Familie konsequent rumänisch, damit sich das arme Kind nicht fremd fühle; die Familie lachte sich bucklig und antwortete in der Umgangssprache des Hauses. Kati aber zeigte ihr die kalte Schulter: »So sind die Blochen. Tun sich nieder in unsere Stuben und lassen sich von den Sachsen bedienen. Mein Bruder Honn, der sollte unserer Magd, der Mărioara, die Füß waschen und das Goderl kraulen – mein Übervater bedreht sich in der Grube. Die Welt steht nimmer lang.« Sie verwies Rodica, den Tisch zu decken: »Ein Mensch, der was hat Herzensbildung und der was kommt aus einem anständigen Haus, der tut den Kaffeelöffel nicht in die Schale, sondern legt ihn daneben nieder.« Rodica rührte keinen Finger mehr.

Am dritten Tag nahmen die beiden Abschied von der Rattenburg. Frau Gertrude hatte dem jungen Mädchen ein Paar Strümpfe geschenkt mit dem beliebten Spinnenmuster, auf das die Proletendamen besonders scharf waren. Alle in der Familie trauerten dem wunderschönen Mädchen nach. Sogar die Dincas rollten die Augen für einige Augenblicke weg aus der Richtung der Securitate, auf die sie warteten bei Tag und vor allem bei Nacht.

20

Clemens und Rodica wanderten über das Gebirge, hinüber in das Alte Königreich, *Vechiul Regat*. Dies war ein Umweg zum Meer, den Rodica bei Clemens durchgesetzt hatte. Eine Cousine ihres verschollenen Vaters, Amalia Domnica, war aus dem Frauengefängnis von Arad entlassen worden. Dort und im Szeklerland wurden die Frauen festgehalten, die den Partisanen Schützenhilfe geleistet hatten. Die meisten erhielten lebenslänglich. Und wurden aus der Welt geschafft, ehe das Leben lang wurde.

Auf in das Dorf Maria Mare in der *Valea Doamnei,* im Tal der Muttergottes, quer durch die Südkarpaten. Hin auch darum, um der bösen Tante Ingrid in Bukarest ein Schnippchen zu schlagen, die gewarnt hatte: Macht euch mit diesen Verwandten nicht gemein, die bringen uns alle ins Gefängnis. Die sind mit den Partisanen im Gebirge verbandelt, das ganze Dorf eine Rebellenhorde, mit dem trotteligen Popen an der Spitze. Und seine Frau, deine Tante, teure Rodica, die steckt mit den Landesverrätern unter der Decke. Ebendarum wollte Rodica hin. Und von dort ans Meer.

Zunächst ging es den Uferpfad an der Aluta flußabwärts. Dieses Gewässer fließt zwischen Schirkanyen und Freck auf zig Kilometer gleichlaufend zu den Karpaten. Gegen Mittag badeten die beiden im Fluß, der tief war. Seine Wasser waren sommerlich warm. Auch der Sand auf dem Grund fühlte sich warm an, wenn er zwischen den Zehen hindurchrieselte. Ein Fischer nahm sie in seinen behäbigen Kahn, ersparte ihnen eine gute Strecke Fußmarsch. »Spürst du die Engel Gottes?« Clemens spürte sie nicht. Trotzdem genoß er das gemächliche Dahintreiben. Der Fischer sagte: »*O români și un sas? Ce nouătate.*« Und gab sich Betrachtungen hin: Wie gut es die Fische im Wasser hätten, sie wüßten nichts von der Welt, wüßten nicht, daß die *comuniștii* dem jungen und tapferen König die Krone vom Kopf geschlagen hätten. Nun hätten sie das Ruder an sich gerissen, um das Land in den Abgrund zu steuern. Er spähte gelassen über die gleißende Wasserfläche, die von Weiden abgesteckt war.

»Übers Gebirge hinüber ins Alte Königreich wollt ihr?« Warum, fragte er nicht. »Curtea de Argeș. Mindestens unsere Könige vertreiben sie nicht aus den Gräbern.« Sollten die beiden Wanderer Hirten begegnen, Achtung! Es könnten verkleidete Partisanen sein oder kostümierte Securitate-Leute. »Wie würdet ihr sie unterscheiden?« Auch das noch, murmelte Cle-

319

mens, dem die Tour sowieso nicht geheuer war. »Seht ihnen auf die Hände. Hände, zerkratzt von den schartigen Felszacken, das sind die Partisanen. Dazu die Lippen aufgerissen von Wind und Wetter, die Gesichter ausgezehrt, und todtraurige Augen. Die anderen, das sind geschniegelte Stubenhocker, wie zum Mummenschanz gerichtet, rasiert, parfümiert, gepudert. Die Hände aber verraten einen ...« Seine Hände waren glatt und die Lippen rot und geschmeidig.

Stille über dem Fluß.

»Die Bauern aus den Dörfern versorgen sie mit Waffen und Essen, selbst Knaben und Frauen schleichen zu den Flüchtigen, mitten im Gewirre der Nacht.« Jeden Fisch, den er fing, warf er zurück, »damit er bewahrt bleibe vor den Schweinereien dieser Zeiten, der Arme«. Trotzdem schenkte er ihnen einen gebratenen Fisch.

Die beiden Verliebten saßen sich gegenüber. Clemens konnte sich an Rodica nicht satt sehen. Wie glücklich ich bin! Aus heiterem Himmel fragte sie: »Spürst du jetzt die Engel Gottes?«

Bei Urschenk setzte der Fischer sie ans Land. Der Kies knirschte. An dieser Stelle, am rechten Ufer der Aluta, hier hört der sächsische Königsboden auf, nahm Clemens Abschied von dem Himmelsstrich, wo die Bäume dich kennen und du dich nicht zu erklären brauchst. Ihm war bange zumute, bange vor »drüben«, vor der Walachei.

Sie sprachen auf dem Pfarrhof vor. An der Fassade prangte ein Schild: *Intovărăşire Agricolă Tractorul Roşu*, auch deutsch: *Landwirtschaftliche Vergenossenschaftlichung*. Doch hinten, beim Eingang zum Backhaus, war eindeutig zu lesen: »Evangelisches Pfarramt A. B. Urschenk«. Ein abgehärmter Mann im Arbeitskittel mit einer gestrickten Zipfelmütze voller Löcher trug einen Korb mit Äpfeln. Bei jedem Schritt stützte er ihn auf das eine, auf das andere Knie. Vor dem jungen Paar stellte er ihn nieder. »Den Pfarrer sucht ihr? Er schläft. Aber ich rufe den Herrn Vater. Wer sucht ihn? Ah, Rodica und Clemens heißt ihr. Das ist genug. Gott kennt die

Menschen an den Vornamen.« Der Mann sprach hochdeutsch. Es klang feierlich.

Eine Viertelstunde später trat ein Herr im schwarzen Anzug aus dem Backhaus, mit Hut, frisch rasiert. Das Gesicht ... Die beiden sahen sich an. Der Pfarrer sagte: »Der zuvor? Mein Knecht. Pardon, ehemals mein Knecht, jetzt Genosse Honn.« Der da so redete, trug Handschuhe. Und sah einen nicht an, weder wenn er sprach noch wenn er schwieg. Seine Augen flatterten, als könne er solcherart entfliehen, mit Haut und Haaren sich davonmachen. So verhalten sich Menschen, die aus dem Gefängnis kommen und es schwer haben, wieder ihr eigener Herr zu sein. Soviel wußten auch junge Menschen bereits.

»Hinüber wollt ihr? Walachei. Altreich. Eher umgekehrt. Die von dort kamen, sickerten herbei. Seit Urzeiten ... Viele Kinder, genügsam, Demut. Maria über das Gebirge ging.« Er hob die Hand und wies gegen Süden, wo sich zwischen zwei Gebirgsspitzen eine tief geschnittene Lücke auftat. Dann erst kamen Worte: »*Fereastra Mare*. Das Große Fenster oder der Hohe Gaden. Offene Schleuse.« Er zog den Korb heran. »Die Äpfel. Goldpermet.« Die Zeit der Sommeräpfel war vorbei. »Greift zu, sackt ein! Der Weg ist weit ...« Der Pfarrer blickte sich um. »Zu den Königsgräbern drüben.« Und sagte: »›Rodica‹, rumänische Ballade, Vasile Alecsandri. Zu getreu übersetzt, darum Verrat.« Er zupfte zwei Zeilen von da, von dort:

»Rodica, die Holde, holte Wasser vom Brunnen,
geht nun dahin, auf den Schultern den Krug ...«
Hielt inne, der Pfarrer, blickte zum ersten Mal beide an.
»Segen im Haus – zwei glückliche Leutchen«,
und musterte die junge Frau von Kopf bis Fuß, grimmig.
»Ach, und wie bald schon wiegst du ein Kind.«

Blutrot beide. Der Pfarrer sagte mit verlorenem Blick: »So beginnt es. Aber das Ende: Rußland – schwarze Eisstürme, Frauen, Kinder wie Schneemänner, haha, und Blut, rote Eisfelder. Deutsches Reich, tausend Jahre: Väter, Brüder, Söhne –

verbrannte Erde.« Er schwieg, es war, als flackerte Erinnerung auf. »Und Himmelsrauch ...« Strich über die Augen: »Russischer Offizier, Marsch auf Berlin, begreift: Deutsche Kinder weinen nicht anders als russische. Alle Kinder der Erde ...«

Ohne Murren über die gestörte Siesta führte er die beiden durch die Wehranlage der Kirchenburg. »Das hat gerettet. Achthundert Jahre. Die Kirche als Burg. Jede Familie ihr Schlafkabuff.« Und sagte einen ganzen Satz: »Die Liebe ist eine verläßliche Ordnung des Zusammenlebens.«

In die Kirche stieg man Treppen hinunter, so alt war sie. Rodica entdeckte eine lateinische Inschrift, in Sandstein geschnitten, aber in Fraktur. Außer der verschnörkelten Zahl »dreihundertfünfundsiebzig« und dem Wort »Michaelis« konnte sie nichts entziffern.

»Bitte übersetzen Sie.« Der Pfarrer wollte ablenken, wies auf eine Gedenkfahne. Doch Rodica ließ nicht locker, und so las er mit monotoner Stimme vor, übersetzte den Text sonderbarerweise ins Rumänische, holprig und stockend: »An einem einzigen Tag, dem 15. April anno Domini 1600, wurde dies Dorf vom Bluthund Michaelis, der Gottesgeißel aus der Walachei, vernichtet. Die Häuser brannte er nieder, alle dreihundertfünfundsiebzig Bewohner tötete er, den *pastor loci* ließ er an die große Glocke hängen und diese so lange ziehen, bis der arme Mann tot herunterfiel. Doch der Fluch Gottes traf den Höllenhund. Ein Jahr später wurde er ermordet und ohne Kopf begraben.« Der Pfarrer zog den Hut. »Seit damals weiß man im Dorf, wie es klingt, wenn statt dem Klöppel ein Mensch an die Glocke schlägt«, bemerkte er, es war ein ganzer und langer Satz, und er wischte sich über die Lippen, die rauh und schrundig waren.

Rodica schwieg. Doch dann sagte sie beherzt: »Und trotzdem war unser Fürst Michael der Tapfere eine große Herrschaft.« Sie sprach deutsch. »Als rumänische Hirten ihm den Kopf seines Erzfeindes Andrei Bathory vor die Füße legten, den sie hinterrücks erschlagen hatten, und vom Fürsten forderten, er möge sie in den Bojarenstand erheben, ließ er sie aufhängen. Unser Fürst Mihai Viteazu war der erste, der die drei rumänischen Lande vereinigt hat: die Moldau, Walachien, Transsilvania.« Sie blickte mit ihren schwarzen Augen den beiden freimütig ins Gesicht. »Übrigens hat nicht unser Fürst diese Greueltaten vollbracht, sondern seine Szekler Söldner.« Die Herren hörten höflich zu.

Der Pfarrer wies auf eine Fahne, die von der Galerie der Burschen herabhing. Auf jeder Seite je zwei junge Männer, mit naiver Hand hingemalt, einer wie der andere, anzusehen wie zweimal zwei Zwillinge. Stehend die Burschen, unterhalb in sächsischer Tracht mit Stiefeln, schwarzer Wollhose, breitem Gürtel, bestickt mit bunter Lederlitze. Oben alle vier im SS-Waffenrock, auf den Mützen den Totenkopf. »Tot. Vier Brüder. Kroatien, Leningrad, Holland, Norwegen. Vier, das ist zuviel.«

»Zuviel?« Rodica fragte es.

»Für das kleine Dorf. Die aus dem Reich, ungerufen, und die Unsrigen Hurra und Heil.«

Der Herr mit Hut blickte sich um, fixierte Rodica. »Überleben! Ihr ja, wir Sachsen nicht. Umsonst wir singen: Es wandeln sich die Reiche. Wir glauben es nicht.« Versöhnlich schloß er: »Geschichte entzweit, Musik verbindet.« Er kletterte zur Empore und spielte das alte Tedeum: ›Großer Gott wir loben dich‹. »Viertes Jahrhundert, damals nur eine Kirche.« Er hieß Hans Schneider. Und entschuldigte sich zweimal, zuerst daß er Hans heiße: »Immerhin, bequemer Name.« Und dann, daß er Pfarrer sei, obschon er Schneider heiße und Vorväter habe, die Rotgerber und Tschismenmacher waren. »So spielt das Leben. Gott befohlen.« Er lüpfte den Hut, nahm den Korb mit Äpfeln auf und trug ihn davon. Bei jedem Schritt stützte er ihn auf das eine, auf das andere Knie.

Die beiden traten vor das Pfarrhaus, legten den Kopf in den Nacken, kletterten mit den Blicken zu den Spitzen der Gebirge, die den Himmel berührten. Clemens maunzte: »Bis dort hinauf müssen wir?«

Rodica antwortete barsch: »Bist du taub? Die ganze Zeit reden wir von der *Fereastra Mare*. Gletscher und Gewässer haben den halben Gebirgsstock weggewaschen. *Erosiune glaciară!*«

Noch diesseits der Bergkette, auf der Nordschräge, übernachteten sie in der Schäßburger Hütte, oberhalb des Klosters Sâmbăta. Tags darauf überstiegen sie den Kamm durch die *Fereastra Mare*. Keine Hirten trafen sie an, nicht einmal echte, die sich mit Fellmützen gegen die sengende Hitze schützten. Manchmal hatte Clemens das Gefühl, von Feldstechern verfolgt zu werden. »Und wenn. Was können sie uns wegnehmen außer den Äpfeln und geröstetem Palukes. Vor allem aber schützen uns unsere Namen.«

»Wie das?«

»Die Partisanen kennen doch die Namen unserer Väter und wissen, wo die sind. Im Winter verstecken sich viele von ihnen auf Bauernhöfen weit ins Land hinein, im Gebirge verrät sie der Rauch. Sie gelangen bis nach Schäßburg, nach Mediasch, nach Reps, und wissen dann Bescheid, wen es von uns wo erwischt hat.« Weiß glühte die Sonne in der Höhenluft. Die spitzen Steine bohrten sich durch die Turnschuhe. Im eiskalten Bachlauf kühlten sie ihre Füße.

Rodica sagte, während sie das Gletschertal hinaufstiegen: »Auf diesen Pfaden sind viele unserer Leute aus den rumänischen Landen herübergekommen, um der Leibeigenschaft durch die Bojaren zu entkommen. Um nach *Transsilvania* zu gelangen, war dies der bequemste Weg.« Die Ankömmlinge gründeten eigene Dörfer in der sogenannten *Tara Făgăraşului*, dem Fogarascher Ländchen zwischen der Aluta und den Karpaten. Dieser Landstrich wurde von der ungarischen Krone immer wieder walachischen Fürsten zu Lehen gegeben. »Die Dorfnamen hier und drüben sind gleich oder ähnlich«, belehrte ihn Rodica. »Aber auf eurem Königsboden, im Sachsenland, waren unsere Leute nicht mehr Hörige oder Leibeigene, sondern frei wie ihr Sachsen selbst, wenn auch nur Hirten oder Knechte. Überall am Rande eurer Dörfer gibt es ein walachisches Hirtengäßchen. Später wurde eine eigene Siedlung daraus, denn unsere Leute hatten zwar keinen Grund und Boden, aber Kinder.«

Darüber hatte Clemens nie nachgedacht. Es war selbstverständlich, daß es in den heimatlichen Dörfern zwei getrennte Siedlungen gab, mit zwei Kirchen, zweimal Pfarrhaus, zweimal Schule: sächsisch, rumänisch. Meist trennte ein Bach die beiden Dorfteile. Über den hin bewarfen sich die Knaben gegenseitig mit Steinen oder schossen mit dem Katapult Kletten auf die Mädchen am anderen Ufer. Diese zahlten es den Angreifern heim, indem sie, getrennt durch den Bach, die Zungen herausstreckten oder sie beschimpften, jedes in seiner Sprache.

Im Schulturm der Kirchenburg von Urschenk hatte Pfarrer Schneider ihnen ein aufschlußreiches Fresko gezeigt, von 1380: Ein sächsischer Bauer von riesiger Gestalt – ein freier Mann, zu erkennen am langen Haar, das in Locken über die Schultern fiel, an der aufwendigen Tracht und am bis zum Gürtel offenen Hemd – reichte einem Bittsteller ein Stück Brot. Der wiederum war ein Mandikelchen, bartlos, armselig gewandet, am schlichten Trachtenhemd als Walache auszumachen und als Leibeigener ebenso, weil barfüßig, mit kragenlosem, geschlossenem Hemd und kurzgeschorenem Haupthaar. Worauf die Seele des Sachsen, anzusehen wie eine geröstete Fledermaus, sogleich aus dem Fegefeuer in den Himmel sprang.

Rodica hatte das Bild lange betrachtet. Die beiden Männer standen abseits, schwiegen. Nach einer Weile blickte das Mädchen zum Pfarrer auf und bemerkte: »Heute ist es genau umgekehrt.«

»Sie sagen es: genau umgekehrt.« Als er beim Abschied den Hut abnahm, sahen sie es: Sein Haar war kurzgeschoren.

Sie stiegen und stiegen. Ein plötzliches Gewitter verschluckte die Sonne. Himmel und Erde verfinsterten sich. Es goß wie aus Schäffern. Windjacken hatten sie keine, nur Pullover. Doch sie retteten sich unter einen Felsvorsprung, kauerten in der Ecke, wo ein Lager aus Blättern und Tannenästen lockte. Und wo sie sich gegenseitig warm hielten. Vor ihnen stürzten Wildbäche und Schlammströme zu Tal. Sie lachte, während er sich fürchtete: »Hier hast du deinen Gott in der Natur. Keinen Finger rührt der für uns. Im Gegenteil, im Nu sind wir begraben, noch ehe wir tot sind. Ich aber verlaß mich auf meinen Schutzengel, der für uns beide sorgt.« Und sie küßte ihn auf den Mund.

Als sie die hohe Warte erreicht hatten, wo das Große Fenster den Blick nach Süden freigibt, erschrak er fast. Eine barbarische Felslandschaft öffnete sich oberhalb der Baumgrenze. Was sich aus der Ferne von unten ausnahm wie ein gezackter Kamm in lichten Tönungen von blau zu grün, es waren in Wirklichkeit einzelne Gebirgsstöcke, durch Längstäler und Querpässe voneinander getrennt. Kammwanderung, das war keineswegs ein leichtfüßiges Getänzel von einer Bergspitze zur anderen, sondern man mußte sich fallenlassen in blaue Abgründe, mußte hinaufkeuchen zu atemlosen Spitzen, es ging über schwindelnde Abhänge und Bergpfade, durch Hohlwege und beklemmende Spalten, die nicht nur den Namen *strunga dracului* trugen, sondern auch des Teufels waren.

Sie ließen sich von Markierungen leiten, Farbtupfern in weiß und rot auf Felsen an den Saumpfaden oder an Baumstämmen, und bei Weggabelungen von frisch geschriebenen Beschilderungen mit Angaben der Entfernung in Wanderstunden. Meist waren es sächsische Schüler aus Kronstadt, die in den Ferien Geld verdienen wollten und sich für diese Arbeit verdingten. »Für euch Sachsen sind die Berge heilig. Statt in die Kirche zu gehen, lauft ihr ins Gebirge. Nur, *atenţie!* Wer dem Heiligen zu nahe kommt, verbrennt sich. Denk an Moses.«

Clemens dachte nicht an Moses, sondern daß er nie den Mut gehabt hätte, sich auf das hier einzulassen, weder als

Wegmarkierer im unwirtlichem Gelände noch als Pfadfinder zu den Partisanen hin.

Plötzlich schlug sich Rodica an die Stirne: »Wenn ich deinen Onkel Felix recht verstanden habe, dann war dein Cousin Norbert Felix vor uns da. Er hat in diesem Sommer genau diese Wege hier markiert. Weißt du Näheres über ihn? Er soll ausgefallene Ideen haben.« Clemens blickte sie entgeistert an. Laut sagte er: »Nein.«

Beim Markieren der Wege waren zwei am Werk: Der eine hatte die Farbnäpfe und den Köcher mit Pinseln um den Bauch geschnallt, der andere eilte voraus bis zum Knick des Weges, bis dorthin, wo man sich aus den Augen verlor. Dort kam der nächste Farbklecks hin. Hintereinander schritten sie dahin wie Mönche auf der Pilgerfahrt. Und gelangten unweigerlich an den Punkt, wo sie Farbe bekennen mußten: für die Partisanen, gegen die Partisanen.

Und dann endlich verstellten den schweifenden Blick keine schartigen Gipfel und abschüssigen Hänge mehr, keine grauenhaften Schluchten und titanischen Gesteinsmassen; sanft senkten sich die Flanken der Südkarpaten zur sarmatischen Steppe hin. Und das Licht, das Licht hier – ganz anders, so nie gesehen. Clemens mußte die Hand über die Augen heben. Waren es die Nußwälder, die bis an den Horizont reichten, mit ihrem samtenen Schimmer um die Baumkronen, aus denen die kupfernen Kuppeln der Klöster leuchteten? Später waren es die Kukuruzfelder, deren Blätter einen metallischen Glanz ausstrahlten. Und am Himmelsrand im Süden der Silberstreif der Donau.

Als sie die staubige Landstraße erreichten, ließen sie sich mitnehmen von Ochsenwagen. Einmal überholte sie ein Auto, ein moderner Skoda. Sie winkten, der Wagen blieb stehen. Zwei geschniegelte Männer stiegen aus, Parteizeichen am Revers, musterten sie. Und fuhren weiter, als die beiden Wanderer bis auf einige Schritte herangekommen waren.

In der zweiten Nacht ließen sie sich nach der Vesper in der Klosterkirche von Curtea de Argeş bei den Königsgräbern einsperren. Rodica machte es sich auf dem Grabdeckel der Königin Maria bequem. Der weiße Deckel war geziert allein von einem Marmorkreuz, während auf den anderen drei Marmorplatten scharfkantige Inskriptionen herausgestemmt waren. Bei den Königen konnte man lesen: »Hier liegt der Knecht Gottes, der König der Rumänen, Carol I.« Beim König Ferdinand ebenso: Knecht Gottes, König der Rumänen … Bei diesem König schlief Clemens. Am Morgen aber waren auf seiner Haut an Bauch und Rücken schnörkelige Buchstabengebilde zu sehen, faltig eingestanzt. Rodica lachte: »Da haben wir die Ruhmestaten des Königs Ferdinand des Großen in Spiegelschrift.« Sie stellte ihn vor ein silbernes Madonnenbild und buchstabierte: »*Intregitorul glorios al neamului românesc.* Wie würdest du das übersetzen?«

Clemens sagte: »Der gloriose Großmacher der rumänischen Nation.« Und gähnte so herzhaft, daß die Flammen der Kerzen für die Toten zu flattern begannen.

»Schäm dich, Großmacher klingt wie Großmaul. Über uns Rumänen können sich alle nur lustig machen.«

Noch vor der *utrenie,* der Frühmesse, hatte sie den Freund hinter das hochbeinige Kerzenhäuschen gezogen, als ob sie erste Kirchgänger wären; eben hatte man die Portale geöffnet. Beim Lichterstand steckte Rodica Opferkerzen an; zuerst für die Toten, viele, und in der anderen Kammer einige der gelben Wachskerzen für die Lebenden.

Als die Kirche sich gefüllt hatte, traten sie als harmlose Beter unter die Leute. Als aber alle niederknieten und Clemens noch immer aufrecht stand, dazu nicht einmal das Kreuz schlug und die Leute schon zu murren begannen und ihn mit Blicken durchbohrten, ließ auch er sich nieder zwischen das kniende Volk, neben das geliebte Mädchen, das hier zu Hause war.

Da der Staretz die beiden für Geschwister hielt – »*Sigur!*

Da, da!« beteuerte Rodica –, wurden sie in das Refektorium zum Frühstück eingeladen. »Wenn du nicht das Kreuz schlägst, denken die Mönche, du bist ein Ketzer. Sowieso halten sie euch Lutheraner für Disteln am Weg Gottes. Fragen sie dich, so sag ihnen, daß ein Engel es dir verboten habe, erfind dir etwas, sonst kriegen wir nichts zu essen.« Sie sah ihn ratlos an.

»Ich werde laut und deutlich sagen, daß ich evangelisch bin nach meinem Reformator Martin Luther.« Sie nickte gottergeben. Doch seine Abwegigkeit scherte niemanden. Die Mönche waren hungrig nach den Anstrengungen der Mette und nahmen das eigene Frühstück ernst.

Von Curtea de Argeş fuhren sie mit einer Schmalspurbahn talaufwärts. Die brachte Forstarbeiter in die Wälder der Vorberge, sie lümmelten und dösten auf den offenen Plattformen der Waggons. Rodica redete mit Clemens nur noch rumänisch. Die Lokomotive, mit Holz befeuert, mußte immer wieder verschnaufen, bis sich Dampf voll Spannung gestaut hatte. Die beiden ungerufenen Passagiere machten sich nützlich: Clemens spaltete das Holz, und Rodica reichte es nach vorne zum Führerstand, wo es in die Feuerstelle hineingeschoben wurde. So kostete sie die Reise nichts. Als die Arbeiter ihr Frühstücksbrot aus dem Zwerchsack holten, luden sie großherzig die beiden Feuerwerker ein: Speck, Zwiebeln, Käse. Wahrhaftig, nicht mit knurrendem Magen kamen sie bei Rodicas Verwandten in Maria Mare an, bei den Quellen des Gebirgsbaches, der nach Süden zur Donau floß.

Es war der letzte Weiler an der *Valea Doamnei,* hoch oben am Südhang der Karpaten; er bestand aus Einzelgehöften, man mußte sich vor keinem Nachbarn fürchten. Am Ufer des Wildbachs traten schweflige Quellen hervor, die genutzt wurden. In einer Baracke waren Holzschäffer aufgestellt. An der Außenwand lief in einer Rinne das heilkräftige Wasser dahin. Mit einem Holzschieber wurde das Rinnsal gestoppt und in die Schäffer geleitet. Wie aber das Wasser warm kriegen? Vor der Badebaracke loderten Feuer, in denen plumpe Flußsteine schmorten. Frauen, lose mit einem langen Trachtenhemd bekleidet, heizten den Steinen tüchtig ein. Mit Heugabeln hoben sie je einen Stein aus den Flammen und liefen im Trippelschritt mit erhitzten Gesichtern zu den Kabinen. Planschte der glühende Stein in das Wasser im Schaff, zerflog er in tausend Stücke; eine Dampfwolke stieg auf, blubbernd von Schwefelwasserstoff. Der nackte Badegast konnte sich, versteckt hinter einem Schleier von Dunst, ungeniert in die Wanne legen. Kam auf die Steinsplitter zu liegen, was wie eine Massage wirkte.

Ob die beiden verheiratet seien? »Nein.« Also zogen die Feuerfrauen zwischen die beiden Wannen einen Vorhang, der mit eckigen Rosen und spitzen Dornen bestickt war. Wunderbar legte sich das warme Wasser um die erregten Glieder, in denen noch der Gewaltmarsch der letzten Tage nachsummte. Clemens tat hier etwas nicht, was er drüben getan hätte: Er zog den rosenbewehrten Vorhang keineswegs zur Seite, um der Geliebten näher zu sein. Und nicht nur weil seine Sinne benebelt waren: Es stank auffällig nach Fürzen.

Als das Wasser ausgekühlt war, erhoben sich beide wie auf Kommando. Rodica blickte durch einen Spalt des Vorhangs zu ihm herüber und lachte: »*Toate faptele de glorie ale Regelui Ferdinand sunt suflate* ... Na bitte, alle Ruhmestaten des Königs Ferdinand wie weggeblasen. Statt dessen schaut dein Rücken aus wie das Nagelbrett eines Fakirs.«

»Deiner auch«, antwortete er grimmig. Doch er bekam ihr nacktes Hinterteil nicht zu sehen.

Der Pope Teodor Clăbuc war ein halbes Jahr vor seiner Frau entlassen worden, aus den Uranminen des Westlichen Erzgebirges. Als gebrochener Mensch hatte er sich nach Hause geschleppt, zu nichts mehr nütze. Selbst der Prophetenvollbart, auf den jeder orthodoxe Pope große Stücke hält, verkam zu ein paar grauen, verklebten Strähnen, grauslich anzusehen. Kein Mensch getraute sich, ihm »*Sărut mâna, părinte*« zu sagen, geschweige ihm die Hand zu küssen. Aber als Pfarrer tat er seinen Dienst auch weiterhin. Was ihn aufrecht hielt, war die heilige und göttliche Liturgie am Sonntag, es waren die vielen Litaneien unter der Woche, mit denen die orthodoxe Kirche dem Heer ihrer Heiligen huldigt. Gewandet wie ein byzantinischer Kaiser, führte er mechanisch die Bewegungen aus, wie er es am Seminar gelernt hatte. Mit versteintem Gesicht psalmodierte er die stundenlange Messe und segnete die stehenden Leute mit Händen, an denen die Nägel langsam nachwuchsen. Zu reden getraute er sich nicht, nur zu singen. Nie hielt er eine Predigt oder sagte der harrenden Menge ein persönliches Wort. Kaum daß er das Nötigste mit den Menschen sprach.

Daß er überhaupt im Amt weitermachen durfte, war dem furchtlosen Erzbischof von Curtea de Argeş zu verdanken, dem hochgeweihten *Părinte Episcop Serafim,* der auch nicht zugelassen hatte, daß die Königsgräber im *Pronaos* seiner Klosterkirche mit Pech übergossen wurden. Der verhindert hatte, daß die königlichen Stifterfiguren Carol und Elisaveta, rechts und links der Eingangspforte in Überlebensgröße zu bewundern, weggeschabt wurden. Als man den Bischof hieß, die Bilder zu überkleben, tat er das, aber mit Butterpapier, so daß das Herrscherpaar weiterhin sichtbar blieb, wenn auch als majestätische Schemen.

Die Kirche von Maria Mare war aus Flußsteinen und gebrannten Ziegeln erbaut, die sich in dekorativen Bändern ablösten. Schien die Sonne, wärmte der Pope sich an der Südwand seiner Kirche in einer windgeschützten Nische. Gekleidet war er in seine schwarze Alltagssoutane; die sog die Sonnenstrahlen auf. »In den Uranminen unter Tag hatte ich nur diesen Wunsch«, sagte er später zu Clemens, »mich in die Sonne zu stellen.« Hie und da schob ein Mütterchen einen irdenen Topf mit *Ciorba* vor den lautlosen Säulenheiligen, schlug das Kreuz und eilte davon.

Das Leben vom *părintele Teodor* änderte sich an dem Tag,

an dem seine Frau Amalia Domnica aus dem Gefängnis nach Hause kam. Abgemagert bis auf die Knochen, sah sie wie ein übergroßes Gespenst aus, aber die Leute erschraken nicht. Sie brauchte keine Erholung im Stillestehen unter der Sonne. Unbändige Kräfte wohnten in ihrem abgezehrten Körper. Sie hatte in den Reisfeldern um Arad gearbeitet, Tag für Tag zwölf Stunden lang in der prallen Sonne, im Wasser stehend bis zu den Knöcheln, oft bis zu den Knien. Und bis zu den Knien war ihre Haut zart und schwammig. Dagegen waren Gesicht, Arme und Knie gegerbt wie Leder. Sie ließ verlauten, daß bald die Zeit kommen werde, wo die Erde nur noch Steine gebären werde. Darüber erschrak man bis nach Bukarest.

Als erstes schälte sie ihren Mann aus der südlichen Nische der Kirche und aus seiner schwarzen Soutane. Mit einem löchrigen Strohhut auf dem Kopf, ein verwaschenes Hemd um den Leib und mit hängenden Hosen, in Bundschuhen wie die anderen Dorfleute auch, brach er auf, das Feld zu bestellen, das zur Parochie gehörte, gleich zwei Hauen über der Achsel. »Wenn du mit der einen müde geworden bist, nimmst du die andere.« Auf der Stelle sammelte sie ihre Kinder ein, die bei den Taufpaten untergekommen waren. Und pünktlich nach neun Monaten gebar sie einen Sohn. Schon in der ersten Nacht hat sie ihrem Mann Dampf gemacht, hieß es zufrieden im Dorf.

Als nächstes trieb die Pfarrfrau die bösen Geister aus, die sich im Haus breitgemacht hatten. An die Türpfosten hing sie Zöpfe von Knoblauch, das roch den vorwitzigen Geistern schlimm in der Nase. Und damit sie nicht wieder hereinschlüpften, umrahmte sie die Fenster mit einer grellen Borte von Blau. Gegen die Bodengeister erhöhte sie die Türschwelle und ließ diese mit Petroleum ein.

Die Pfarrfamilie bewohnte ein eigenes Häuschen. Es war das letzte Gebäude im Dorf, dicht am Wasserfall, doch auf dem anderen Ufer. Über eine Hängebrücke gelangte man zu dem Anwesen. Gewohnt aus Siebenbürgen, daß jedes sächsische Dorf einen pompösen Pfarrhof hatte, wunderte sich Clemens: »Wie, der Pfarrer muß selbst sehen, wo er unterkommt?« Und noch mehr darüber, wie rasch man hier mit Geisterspuk und Gespensterwesen fertigwurde. Denn das Getane zeigte Wirkung. Als erstes erblühte der Bart des Popen wieder in kanonischer Pracht. Schon haschten die Leute nach seiner Hand wie einst und je, betrunkene Männer und alte Frauen küßten sie. Bald zauberte die Pfarrfrau pompöse Kirchengewänder herbei, Brokat in leuchtenden Farben.

Vieles war hier anders als in der Welt nördlich der Karpaten. Zum Beispiel liefen die Schweine frei herum wie Straßenhunde, nur hatten sie um den Hals eine Holzgabel mit dem Stiel nach oben, damit sie nicht ins Dickicht entwischen konnten. Die Frauen taten keinen Schritt ohne den Spinnrocken unter dem Arm und die ewig surrende Spindel in der Hand. So eilten sie über die steinigen Wege, huschten über Triften von einem Haus zum anderen. Die Häuser lagen so weit auseinander, daß jeder seine Toten im Vorgarten begrub.

Frau Amalia Domnica schaffte eine Ziege an, später eine Kuh. Die kamen in einen Verschlag, dessen Dachschräge bis zum Boden reichte und der auch als Gästezimmer gedacht war. Hier vermutete niemand einen unliebsamen Hausgenossen. Dort also schlief Clemens, betäubt vom Geruch frischer Schindeln. Tagsüber war er benommen, fand sich nicht zurecht, gehörte nirgends hin. Es schien ihm, als sei Rodica verhext. Keineswegs, daß sie von ihm nichts wissen wollte, sie lachte ihn genauso an mit ihren blitzenden Zähnen wie einst jenseits der Berge. Aber schon daß sie ihn Clemente nannte und nur rumänisch mit ihm redete, der dieser Sprache hölzern nachhinkte ... Und überhaupt. Auch die Bilanz am Abend, was beiden am Lauf des Tages gleich gut gefallen hatte, führte zu Ungereimtheiten: Ihm waren die Schweine mit dem Halsjoch aufgefallen, sie hatte der Fleiß der Frauen mit der Spindel beeindruckt. Nur an den Sternen konnte er sich festhalten, die hier in ebenso feierlichen Figuren um die schwarzen Löcher kreisten wie in der Heimat.

Ein Bettgestell aus rohen Brettern diente Clemens als Lagerstatt, mit einer Schicht Heu bedeckt; darüber war ein grobgewebtes Leintuch gebreitet. Dort lag er in der Nacht, während Rodica in der Stube mit ihren Verwandten schlief, glücklich vereint mit den Ihren. Bei ihm sorgten Ziege und Kuh für eine dünne Wärme. Kackte die Kuh, spritzte es nicht nur bis zum Bett, es erfüllte auch ein Stoß von Wärme die Kate. Er lag oft wach, dachte dieses und jenes, auch darüber, was ihm die Hausfrau am Tag zuvor im Vorbeigehen zugeworfen hatte, denn sie war überall auf einmal: »Hier oben wirst du nicht nur die Steine singen hören, sondern du wirst erleben, daß die Erde Steine gebären kann.« Worauf sie davongeschossen war, in der Hand die rotierende Spindel, auf der sich die weißen Wollfäden immer steiler wölbten.

Schon daß er die Steine nicht singen hörte ... Doch Rodica: »Hörst du nichts?« Nein, außer dem Rauschen des Wildbachs hörte er nichts, rein nichts. Das bewies, daß er nicht hergehörte. Er flüchtete sich in ein Gedicht über Siebenbürgen, das er im letzten Augenblick eingesteckt hatte und nun beim Licht der Stallaterne las und las, bis er es hersagen konnte:

»NACHRUF
EINEM 26-JÄHRIGEN
SANITÄTER IN WALDHÜTTEN-SIEBENBÜRGEN
HINTER DEM WALD

laut
hinter den apfelbaumbergen
bellen die füchse
in die sächsische strohfeuernacht

und in heimlicher mundart
träumt östlich
der schnee

dort ist:
vor bald schon vier jahr
mein großer bruder verschieden
auf einem maisblättersack

im waldhüttenfrieden
an deutschen utopien verschieden
mit seiner rumänischen lieben
verscholl'n

und jetzt holt sich endlich im winter
ländlich
das weiße vom himmel herunter
hinter den wäldern
am rande der welt
sein transsylvanisches dorf

(ich hätte vorausschicken soll'n:
als er noch jünger war
hat dort mein großer bruder protestiert
zur zeit der schweine-
schlacht vielleicht sogar
gegen die kälte)«*

Das Gedicht eines blutjungen Dichters hatte einen langen Titel: ›NACHRUF / EINEM 26-JÄHRIGEN / SANITÄTER IN WALDHÜTTEN-SIEBENBÜRGEN / HINTER DEM WALD‹.

Mit seiner rumänischen Lieben verschollen ... Tränen traten Clemens in die Augen. Die bemerkte niemand, so daß er sie nicht wegwischen mußte. Kuh und Ziege ruhten und hielten die Augen geschlossen.

---

* Günter Schulz: Rezensierte Gedichte. Literarisches Colloquium Berlin 1971
© Günter Schulz

In der letzten Nacht biß ihn ein Floh. Wütend räumte er das Bett leer vom brösligen Heu, schüttelte Leintuch und Kotzen, streckte sich auf das harte Lager. Ein Querbrett hob sich, bohrte sich in den Rücken. Gereizt suchte er es zurechtzurücken, blieb aber damit in der Hand. Darunter entdeckte er ein Gefach, aus dem er ein Papier zog. Es war eine Karte der Fogarascher Berge vom Brüllhorn bis zum Grauen Rücken, darauf waren Stellen angemerkt, jenseits der frischmarkierten Wege, unzugänglich, hingezeichnet in Form von Eisernen Kronen. Das waren die Verstecke der Königstreuen! Sein Herz klopfte bis zum Hals. Wie recht hatte die kluge Tante aus Bukarest: Einen großen Bogen schlage man um diese Orte der Verdammnis. Mit zitternden Fingern faltete er die Karte zusammen, drauf und dran, aufzuspringen und über das Gebirge zurückzulaufen in die heimatlichen Gefilde. Doch er legte sich zurück, wickelte sich in seinen Kotzen und wartete auf den wärmenden Schiß der Kuh. Es war drei Uhr morgens und kalt.

Versöhnlich blieb das Abendessen unter dem Nußbaum. Eine Stallaterne spendete Licht. Das Ehepaar aß einträchtig aus demselben Blechnapf, die anderen hatten jedes ihr Gefäß. Wie drüben in Fogarasch gab es goldgelben Palukes. Doch wurde er nicht mit der Tortenschaufel verteilt, sondern mit einem Wollfaden zerschnitten, der noch leise summte, eben zurechtgezwirbelt. Die Holzbank reichte nicht für alle Kinder, die größten standen und warteten geduldig, bis der Vater die Scheibe Maisbrei auf seinem Handteller in den Napf balanciert und die Mutter die Ziegenmilch darübergegossen hatte. Es war still wie in der Kirche. Die Kinder blickten auf zu ihrem Vater, als sei er ein Heiliger der Bilderwand vor dem Altar. Sein Bart leuchtete wie eine Offenbarung. Er strich ihn glatt und blickte versunken über die Häupter seiner Lieben hin; er wußte, was er an seinem Bart und an seiner Familie hatte. Zu Beginn der Mahlzeit hatten sich alle erhoben, und der kleinste Bub hatte das Vaterunser gesprochen; alle hatten sich bekreuzigt, während der Vater mit großer Gebärde die Speisen und die Anwesenden segnete.

Nach beendetem Mahl und nach dem Nachtgebet bedankten sich die Kinder für das Essen und nahmen Abschied von den Eltern, wiewohl sie sich nachher alle wieder im Schlafraum treffen würden. Dem Vater küßten sie die Hand, die Mutter umhalsten sie und drückten ihr einen Kuß auf den Mund. Rodica, mittendrin mit glühenden Backen, tat es den Kindern gleich: Sie beugte sich über die schrundige Hand des Popen und umarmte die Tante Domnica. Clemens tat keines von beidem, aber er hielt sich an die Manieren von zu Hause, von jenseits der Berge. Ob das jemand hier zu schätzen wußte? In wohlgesetzten Worten sprach er seinen Dank aus. Das Ehepaar nickte ihm zu. Der Augusthimmel zerfloß vor Sternen.

Und dann geschah etwas, was ihn so bewegte, daß er meinte: Hier ist gut bleiben für den Rest des Lebens. Nach einem nachdenklichen Zögern kamen die Kinder zu ihm hin, eines nach dem anderen, umarmten ihn und küßten ihn auf beide Backen. Rodica tat das gleiche; auch sie stand in der Reihe der Kinder, schlang die Arme um ihn und küßte ihn auf die Wange. Zuletzt holte der kleinste Knirps einen Hocker herbei. Auf den kletterte er, wollte so an den fremden Burschen herankommen. Der Hocker kippte, das Bübchen schlug auf den steinigen Boden. Es weinte. Clemens nahm das Kind auf den Schoß. Ein rumänisches Kind weint nicht anders als ein sächsisches Kind, dachte er. Das Bübchen streckte die Zunge heraus, um die Tränen aufzufangen. Und schlief ein, die Zungenspitze noch im Mundwinkel.

Clemens hörte nicht die Steine singen, nein, das hörte er nicht, aber er glaubte daran, daß hier die Erde Steine gebären könnte, wenn sich die Zeit vollendet hatte.

In der Nacht wartete er auf die Geliebte. Es schien ihm, die Zeit sei um. Rodica kam nicht.

Am Abend darauf hopste der kleine Andrei wieder frohgemut auf seinen Schoß. Doch ehe Clemens ihn in seinen Armen bergen konnte, riß die Mutter das Kind weg. Das jämmerliche Geschrei nützte nichts. Es wurde in der finsteren Stube unter die Decke gesteckt. Der Pope ließ sich einen Krug mit Wasser reichen, riß drei Zündhölzer an, die er in den Krug warf, wo sie verzischten. Darauf entzündete er einen Weihrauchstab und schwenkte ihn dreimal zu Clemens hin, der nicht wußte, wie ihm geschah. Das alles war begleitet von gemurmelten Litaneien. Alle in der Familie bekreuzigten sich unaufhörlich, auch Rodica. »Der böse Blick ...«, sagte der Pope kurz. Und Rodica ergänzte mit erstickter Stimme, auf deutsch: »Kleinkinder werden als erstes vom bösen Blick verhext. Und jeden kann der böse Blick überfallen.«

In der zweiten Nacht ritt Frau Amalia Domnica mit dem Pferd vom Postknecht hinauf in die Berge. Alle wußten wohin. Keiner verriet sie.

Die Tage in Maria Mare waren zu Ende. Nun hieß es, den fremden Burschen und die Nichte auf den Weg nach Bukarest zu bringen, heraus aus dem Gebirgstal und bis zur nächsten Stadt. Von dort mußten sie sich allein durchschlagen. Um vier Uhr am Morgen klopfte Rodica Clemens aus seinem Verschlag. Vom Wasserfall wehte es kalt herauf. Jenseits der Hängebrücke wartete ein seltsames Gespann: die eigene Kuh und das Pferd des Postknechts sollten den Leiterwagen ziehen. Als Clemens fragte, warum solches, das springe doch ins Auge, antwortete Rodica kurz: »Eben. Und darum misch dich nicht ein. Die Tante weiß, was sie tut.«

Die Pfarrerin in der Tracht der Gebirgsbäuerinnen winkte die beiden heran. Zu viert, der Pfarrer legte mit Hand an, füllten sie Kartoffeln in längliche Säcke. Zu zweit schleppte das Ehepaar die Säcke in einen Schuppen, wo die Waage stand. Als Clemens zu Hilfe eilen wollte, wies die Pfarrerin ihn ab: Das sei ihr Geschäft. »*Afacera noastră.*« Auch auf den Wagen hoben Mann und Frau die unförmigen Säcke alleine.

Mit Hüh und Hott ging es am Ufer des Baches talabwärts.

Kuh und Pferd kamen schwer miteinander aus. Clemens mußte auf dem Kutschbrett bei der Pfarrerin sitzen, während Rodica auf einem Kotzen lag, den man über die Säcke gebreitet hatte. Mit ihr zu tauschen, auch das hatten sie ihm verwehrt.

Das Tal war erfüllt von Schatten. Über dem Bach lag schwer und kalt der Nebel. Endlich rollte die Sonne über die holprigen Kuppen der Hügel, gab sich endlich einen Schwung und schwebte in den Himmel hinein.

Sie schwiegen. Einige Male begann Clemens ein Gespräch, das in der Einsilbigkeit der Pfarrfrau versickerte. Als er nochmals nachfragte, ob das nicht sehr auffällig sei, Pferd und Kuh zusammen anzuspannen, antwortet sie unwillig: »*Asta este scopul.*« Das habe man damit bezweckt. Und nun solle er schweigen. Clemens ließ kein Wort mehr fallen, selbst beim Abschied Stunden später verbeugte er sich bloß, sagte nicht danke, *mulţumesc*, sondern allein *merci bine*.

Die Dörfer zogen sich endlos den Wildbach entlang. Manche Häuser kletterten auf die Triften und Almen rechts und links des Wasserlaufs. Sie waren mit Schindeln gedeckt, das Dach auf der Windseite hing bis zum Boden herab. Rutenzäune begrenzten die Anwesen.

In drei Dörfern hielten sie an, fuhren in einen Hof, schirrten die Tiere ab. Überall das gleiche Bild: Kinder tollten im Hof mit Hunden und Katzen um die Wette. Ob Mädchen oder Buben, sie trugen helle Leinenhemden, die bis zu den Knöcheln reichten. Die Kinder waren barfuß. Schlugen sie einen Purzelbaum oder übten sie sich im Radschlagen, blinkte für einen Augenblick der nackte Hintern auf. Hühner schritten mit nickendem Kopf über den Teppich von Gras, Puten liefen scharlachrot an und kollerten, die Truthähne prahlten mit dem Rad ihrer Schwanzfedern in Grau und Lila. Vom Bach watschelten Enten herbei.

Und überall bei den Gastgebern das gleiche Zeremoniell: Die Hausleute und die Pfarrfrau schoben den Wagen in die kleine Scheune. Das Tor der Scheune wurde geschlossen, der Blick prallte ab. Waffen, mußmaßte Clemens und muckste nicht.

Dann eine Mahlzeit. Die Großmutter hatte unter dem Kirschbaum, dem Birnbaum, dem Apfelbaum den Tisch gedeckt. Hausbrot, fette Butter, Sauermilch und grüne Zwiebeln wurden aufgetragen. Die Zugtiere grasten. Die Sonne begann zu wärmen. Die Zeit hörte auf. Namenloser Frieden breitete sich über das »Tal der Mutter Gottes«.

Beim Abschied im Hof flehte man sich gegenseitig den Segen Gottes herab. Mit todernsten Gesichtern schied man voneinander, als ginge es zur Richtstätte, als trennte man sich für immer und würde sich erst beim Jüngsten Gericht wieder treffen.

Auf dem steinigen Weg talab im mahlenden Rhythmus der Kuh – das Pferd mußte kuschen – konnten die Fahrenden sich in die Landschaft vertiefen. An den steilen Kalkfelsen hoch über den Ufern des Baches gähnten Höhlen, von Ruß verschmiert. Hier hatten seit Jahrhunderten Einsiedler gehaust, Tag für Tag belagert von Pilgern. Manch einer dieser orthodoxen Mönche hatte sich einmauern lassen und in äußerster Bedürftigkeit sein Leben gefristet, doch zum Segen ganzer Landstriche. Vor kurzem hatte die Securitate ihre Behausungen ausgeräuchert und die frommen Männer verjagt. Trotzdem hielt die Pfarrfrau den Wagen an, wenn sie an solch eine stillschweigende Klause gelangte. Die zwei Frauen stiegen ab, traten an den Saum des Weges, gingen in die Knie und beugten den Oberkörper, bis die Stirne den Boden berührte; das taten sie dreimal und machten dabei das Kreuzeszeichen mit großen Gebärden. Clemens saß stumm und starr auf dem Kutschbrett, als habe man ihn in Acht und Bann getan.

Als die Au sich weitete und der Bach nicht mehr rauschte, sondern träge dahinzufließen begann, öffnete sich vor ihnen der Ausblick auf den Marktflecken Târgu de Scaun. Aus dem üppigen Grün um jedes Haus glitzerten rostige Blechdächer, überragt von den byzantinischen Kuppeln der Kirchen.

Auf dem Marktplatz mietete die Pfarrfrau einen Tisch. Die beiden jungen Leute halfen die Säcke in Körbe leeren. Die Kartoffeln waren nicht mehr gelb, sondern rosig und erinnerten an den appetitlichen Po von Säuglingen.

Der Abschied am Gemüsemarkt war frostig. Der Nichte reichte Frau Domnica die Hand, ihm nickte sie bloß zu. »Geht jetzt und schweigt. *Tăcere!*«

Sie fuhren mit Anhalter weiter. Lange mußten sie warten, bis überhaupt ein Auto daherkam. Rodica schärfte Clemens ein, ja nicht den Mund aufzumachen. Wie immer, deutsch oder rumänisch, man erkannte sofort den Fremden in ihm. »Sowieso dachten die in Maria Mare, du bist ein deutscher Soldat, der nicht weiß, daß der Krieg zu Ende ist.« Trotz der strengen Worte fühlte sich Clemens erleichtert. Als wäre Rodica nähergerückt. Schon wie die junge Frau sich neben ihn hinsetzte, als die beiden sich im Straßengraben niederließen ...

Die Landstraße döste vor sich hin. Nach langer Zeit hörte man das Gebrumm eines Autos. Die beiden sprangen auf, doch Rodica bedeutete Clemens, er möge im Hintergrund bleiben. Ein Geländewagen schälte sich aus dem Staub der Straße. Sie trat vor und ließ ihr Schnupftuch flattern. Der Wagen hielt einen Steinwurf weit von ihnen. Der Fahrer und ein Herr, beide gutgekleidet, stiegen aus, schlugen sich in die Büsche. Sie wurden für kurze Zeit unsichtbar, kamen wieder zum Vorschein. Der Fahrer kontrollierte die Schlitzknöpfe an seiner Hose, der andere Mann, der sein Gesicht mit einer schwarzen Brille schützte, strich seinen Anzug glatt. Schon schien es, als würden sie weiterfahren, als der Chauffeur die beiden heranwinkte.

Nach Bukarest? Bis hin nicht, aber bis kurz davor, darüber lasse sich reden. Doch vorher müsse er sie legitimieren, es treibe sich viel Gesindel in der Gegend herum.

Und im Gebirge hielten sich die Banditen versteckt, ergänzte der Herr mit der Sonnenbrille.

»*Ah, din Transsilvania!*« Jenseits der Karpaten. Das sei für Hiesige fremdes Land, unheimlich, ja gefährlich, mit einem Völkergewirr von Menschen, deren Sprachen kein guter Rumäne verstehe, *român bun.* Und die Rumänen selbst sprächen neben ihrer heiligen Muttersprache deutsch und ungarisch, ja, und grüßten sich mit Servus. Er drehte ihre Ausweise hin und her, wollte sie dem Herrn mit Brille reichen, doch der lehnte ab.

Arbeiter seien sie, einfache Arbeiter, Ziegelbrenner und Kuhhirtin. »Obschon man Ihnen das nicht ansieht«, bemerkte der Herr mit Brille und Krawatte.

Rodica sagte: »Gewiß, einfache Arbeiter. Sehen Sie sich unsere Hände an. Doch wir besuchen das Abendlyzeum.« Sie streckte dem Herrn mit Sonnenbrille ihre Handteller hin. Auch Clemens zeigte die Hände her, doch seine interessierten nicht. Der Herr beugte sich über die Hände des Mädchens, besichtigte sie ausgiebig, hob sie behutsam in die Höhe, als wolle er eine Kostbarkeit prüfen, roch an ihnen, drehte sie sodann mit dem Handrücken nach oben und küßte jede einzelne. Darauf zündete er sich eine Zigarette an, die er einem silbernen Etui entnommen hatte. Und fragte, wie sie aus Transsilvanien hergefunden hätten. Zu Fuß über die *Fereastra Mare,* Hut ab! Und keinem Banditen begegnet? Keinem. Auch Frauen hätten sich zu den Aufsässigen verirrt, wahnwitzige Personen, die Familie und Zukunft im Stich gelassen und sich in ein hochgefährliches Abenteuer gestürzt, das allein mit Gefängnis und Tod enden könne. Was die beiden dazu sagten?

Clemens gab keinen Ton von sich, sondern starrte auf die Schuhe der beiden Männer. Und Rodica meinte höflich: »Sie sagen es.«

»Was?« bohrte der Mann weiter.

»Daß es böse enden muß.«

Warum sie das denke?

»Weil Sie es sagen.«

»Aha!« Ja, und ob das ihr Geliebter sei.

»Nein, mein Bruder.«

»Sie ähneln einander«, stellte der Fahrer fest, der ungeduldig zu werden begann und seine Taschenuhr zückte. Man hieß sie hinten einsteigen.

»Und jetzt heraus mit der Sprache. Was denken Sie?«

Rodica sagte: »Man kann gegen die große Sowjetunion schwerlich Krieg führen, ein paar Leute.« Und fügte hinzu: »Selbst wenn Frauen darunter sind.«

»Nicht darum«, belehrte sie der Herr schulmeisterlich, »sondern weil diese Törichten auf die falsche Karte gesetzt haben. Sie warten auf die Amerikaner. Doch die greifen nur dort ein, wo sie Geld gewinnen können oder in Gefahr sind, ihr Geld zu verlieren. Und bei uns gibt es nichts zu holen. Oder seid ihr anderer Ansicht?«

Wiewohl Clemens keinen Ton von sich gegeben hatte, wurde er zum Stein des Anstoßes: Seine kurze Lederhose hatte dem Herrn mit der Brille zu denken gegeben. Das Auto hielt mit einem Ruck. Clemens mußte aussteigen, um das Auto herumgehen und sich vorne rechts an den offenen Schlag stellen. Trage man so etwas in Transsilvanien? Der Herr begutachtete die Hose von allen Seiten. Aha, ein Spalt für den Dolch. »*Periculos.*« Auch die paar Geldscheine für die Rückreise vom Meer, die dort versteckt waren, beruhigten kaum. Der Hosenlatz schien ihm besonders verdächtig. Der Herr im Anzug untersuchte ihn eingehend, drehte den Kopf so und anders, versuchte in Schräglage, herauszubekommen, was sich dahinter verbergen könnte. Schließlich öffnete er eigenhändig die Hornknöpfe, die verzierte Klappe fiel herab. Als ein einfacher Hosenschlitz zum Vorschein kam und noch tiefer nichts anderes als die schwarze Turnhose, zündete er sich enttäuscht eine Zigarette an. Er wies Clemens an, den Latz zuzuknöpfen und fragte ärgerlich nach hinten in den Fonds: »*Fratele täu este surdo-mut ori idiot?*« Ist dein Bruder taubstumm oder gar stumpfsinnig?

Kaum hatte sich Clemens auf die Hinterbank gesetzt, doch den Schlag noch nicht geschlossen, da trat der Chauffeur auf das Gaspedal. Später erläuterte er, daß er es immer so halte: Ist der Hintern drinnen, kommen die Beine von alleine nach.

Bei Târgovişte stiegen sie ab. Der Wagen bog nach links, zu den Gebirgen hin im Norden, die am Horizont in einem irrealen Licht vergingen.

Als Rodica dem Fahrer einen Schein in die Hand drücken wollte, sagte der Herr im Anzug: »Ist das nicht unmoralisch? Ihr wollt ja Jungkommunisten sein.« Beim Auseinandergehen reichte er ihnen nicht die Hand, sprach aber einige Worte: »Und dennoch geben sie nicht auf, die Partisanen, kämpfen weiter gegen die große Sowjetunion.« Und schloß mit der enigmatischen Formel Rodicas: »Selbst wenn Frauen darunter sind.«

Die beiden blieben in einer Staubwolke zurück, faßten sich bei der Hand, um Halt zu finden, und sagten wie aus einem Mund: »*Bocanci de munte!* Bergschuhe.«

Clemens sah dem Auto nach, mit Schrecken und Sehnsucht im Gesicht, wie es zum Gebirge hin ratterte. Es waren die Südkarpaten, dahinter sich Siebenbürgen verbarg.

Rodica aber mahnte: »*Hai la Bucureşti! Tanti aşteaptă supărată foc ...*« Die Tante wartet auf uns, böse wie das Feuer.

21

Die Tante in Bukarest, böse wie das Feuer, zeigte sich von der besten Seite. Sie entfaltete ihren ganzen Charme, was den Onkel ungerührt ließ, Rodica gleichgültig war, Clemens aber Eindruck machte.

Es war der Onkel, der Rodica in Schäßburg gezwungen hatte, die Fahrt ans Meer mit Clemens abzusagen. Die Befehle seiner Frau führte er ebenso dienstwillig aus wie die Befehle seines Ministers, selbst wenn sie forderte, daß er ihr die Hände bis zum Ellbogen küßte und zurück bis zu den Fingerspitzen, was er ohne Murren tat, nicht anders, als handle es sich um Schädlingsbekämpfung. Er schwieg zu allem.

Doamna Aurora Ingrid war klein von Gestalt, sie trug hochhackige Schuhe, so daß der Fuß steil abwärts wies. Die große Zehe stand vorne heraus, scharlachrot touchiert, und scharlachrot waren die krallenhaften Fingernägel. »Weißt du, warum die Fingernägel so lang sind?« flüsterte Rodica. »Sie will damit beweisen, daß sie eine Intellektuelle ist. Mit solch schrecklichen Krallen kann man keine grobe Arbeit verrichten. Huh. Und die Kinder kriegen die Fraisen.«

Die Gastgeberin trug nur rot. Ein Rausch in Rot. Die leichtfüßige Figur war umweht von Gewändern in Abwandlungen von Purpur bis Rosa. Ihr Haar war schwarz mit silbernen Strähnen. »Sie wird grau. Nun hat sie einige Strähnen silbrig gefärbt, damit man denkt, es sei eine modische Marotte.«

»Mit Ofensilber«, pflichtete Clemens bei. Sie verstanden sich wieder wie einst. Am Abend, wenn sie sich über die Eindrücke des Tages austauschten, fiel beiden meist dasselbe ein.

Die Gemächer des Hauses hatte man in Socken zu betreten. Im Flur standen die Schuhe des Hausherrn in Reih und Glied. Die puppenhaften Schuhe der Dame lagen wahllos herum, so wie sie ihr von den Füßen gepurzelt waren. Die Gäste durchquerten den Vorraum wie ein Minenfeld. Im venezianischen Salon waren die Perserteppiche mit einer Zellophanfolie geschützt. Schritt man darüber, kräuselte sich das ätherische Gebilde unter den Füßen. »*Faites attention! Mon Dieu, mon Dieu! Les tapis, notre seule fortune!*« rief die Tante. Sie schlug die Hände vors Gesicht. Die Rubine an ihren Fingern funkelten. An jedem Finger glänzte ein anderer Ring. Acht Goldringe und einer am Daumen machten die Kollektion aus. Sie selbst schien über den teuren Teppichen zu schweben.

»Er ist zwar der Hausherr. Aber sie ist der Herr im Haus«, flüsterte Clemens Rodica zu.

»Der scharlachrote Hausdrache!«

Trotzdem: Clemens war geradezu entzückt, um so mehr

ihm Schlimmes geschwant hatte. Ja, sogar eine lange Hose kaufte er, wie *doamna* Ingrid es wünschte. »Ihr Wunsch ist mir Befehl«, sagte er galant, und sie schlug weit die Augendeckel auf. Und erläuterte: »*Nu poţi face promenadă la Bucureşti, dragă Clemente, în pantaloni scurţi, deasupra din Tirolia.*« Unmöglich, hier in kurzen Tirolerhosen herumzulaufen. Das rufe die Besetzung Bukarests durch die Deutschen 1916 bis 1918 in Erinnerung. Unselig waren im Gedächtnis der Bevölkerung die drakonischen Dekrete der deutschen Militärregierung verwahrt geblieben. »Sogar wie man ein Klosett benützt, wurde vorgeschrieben.« So galten für die ganze Walachei millimetergenau gezeichnete Pläne von Aborten mit der Innenarchitektur im Detail. »Sogar das Kackloch war angegeben: Durchmesser 240 Millimeter. Die Kinder fielen in die Grube und schrieen jämmerlich, und die dicken Pfarrfrauen und behäbigen Gutsherrinnen schlugen sich mit schlechtem Gewissen in die Büsche. Denn die Deutschen kontrollierten alles mit humorloser Strenge. Seit damals sagt der Rumäne: Sei ein Mensch, kein Deutscher ...«

Om să fi, nu neamţ. Welch furchtbares Wort, dachte Clemens und schaffte sich eine lange Hose an. Erstand sie durch ein magisches Opfer seiner Freundin. Die trennte sich von einer Tonscherbe, die sie als Amulett bei sich trug. Es war ein Stück jenes Krugs, mit dem der Großvater in Schäßburg das umstrittene Wasser aus dem eigenen Brunnen geschöpft hatte. Der Krug ging zum Brunnen, bis er brach. Jedes der Enkelkinder erhielt ein Bruchstück.

In der Strada Lipscani gelang das Tauschgeschäft. Es war noch immer die berühmte Leipziger Straße, ein orientalischer Basar mitten in Bukarest. Kleinhändler boten wie eh und je ihre Ware vor den Türen der winzigen Läden feil, wobei jeder den anderen schreiend übertrumpfte. Vor allem die Textilien hingen weithin sichtbar an Stangen und Gestellen und schaukelten im Wind. Doch alle wußten: Die Tage dieses kunterbunten Treibens waren gezählt, trotz des Schwalls von sowjetischen Fähnchen, mit denen neuerdings die Erzeugnisse garniert waren.

Eine fesche Leinenhose gegen eine verschimmelte Tonscherbe, wie das? Mit einer Zungenfertigkeit sondergleichen – kaum daß Clemens den Sinn der Wörter ausmachen konnte – beschwatzte Rodica den Händler, daß diese miese Tonscherbe ein Teil des Humpens sei, aus dem der dakische König Decebal um das Jahr 100 nach Christi Geburt Apfelmost getrunken habe. Im Nu hatte der Händler ein paar obskure Zeichen in den grünlichen Ton gekratzt, und vor ihren Augen wechselte die Scherbe noch einmal den Besitzer. Ein älterer Herr im Gehrock mit goldenem Zwicker zählte mehrere Scheine hin, die den Preis der Hose bei weitem überstiegen.

»Warum Apfelmost und nicht Wein?« fragte Clemens.

»Du kennst offensichtlich unsere Geschichte nicht. Habt ihr in euren deutschen Schulen nicht gelernt, daß schon der Vorgänger von Decebal, König Buerebista, die Weingärten hat niederbrennen lassen, weil alles Volk nur noch betrunken dahintorkelte und keiner mehr arbeitete?«

Man saß beim Abendtisch, Clemens hochgemut in der neuen Hose. An der Wand über der eichenen Anrichte mit Spiegel beobachtete Generalissimus Stalin im Stuckrahmen das Gastmahl. »Stalin«, sagte die Tante leichthin, »wegen meinem Mann, *la minister.*« Rodica wollte ein Tischgebet sprechen oder das Vaterunser, wie es bei Orthodoxen Sitte ist. Die Tante Aurora winkte ab: »*Nu se permite. Tovarăşul Stalin!*«

Sie tranken echten Tee aus hauchdünnen hohen Tassen. Das Menü hatte viele Facetten: *Vinete,* jener dumpfgrüne Brotaufstrich aus Blaufrüchten, ein Salat, *salată asortată,* wohlversehen mit Paradeis, Gurkenscheiben, fleischigen Paprika, die hier Gogoschar heißen, lila Zwiebelschnitzeln, gemildert mit süßem Porree, das Ganze von Öl und Essig durchtränkt und mit Kümmelkörnern übersät. Auf dem Tisch keine Butter, dafür holländische Margarine, »Flora«, unter der Hand erstanden wie der Tee und das meiste auf dem Tisch. Ziegenkäse, »*o delicateţe*«. Orangefarbener Fischrogen. Für jeden gab es drei Salamischnitten. Die Zeiten seien schwer.

Zum Schluß wartete die Tante trotz der schweren Zeiten mit einer kulinarischen Überraschung auf: gebratene Fleischstückchen von Schwein bis Rind und Lamm waren auf zierlichen silbernen Spießen zusammengedrängt, neckisch unterbrochen von Wurstschnitten unterschiedlicher Couleur, jedes für sich ein Häppchen, nicht größer als ein Bissen. Die Tante bemerkte mit klagender Stimme: »Dein armer Vater, wie ihm dieses geschmeckt hätte. Nicht einmal die Epauletten hat man von ihm gefunden, wir müssen am Meeresstrand ein Kreuz errichten, aber erst wenn dies alles vorbei ist.«

Ein strohweißer, flaumiger Wecken ersetzte das gemeine Brot. »*Pâine este pentru proletari.*« Als Nachtisch gab es Halva. Endlich etwas, das an Zuhause erinnert, dachte Clemens gerührt. Zu Abschluß wurde die traditionelle *Dulceaţa* serviert, kandierte Kirschenkonfitüre, ein rumänischer Leckerbissen, in Kristallschalen mit Dessertlöffeln aus gepunztem Silber, bereits schwärzlich angehaucht. Wiewohl es spät war, Tag und Mensch sich zur Nacht richteten, wurde im venezianischen Salon noch eine Tasse Mokka genossen.

Das Auf- und Abtragen besorgte Rodica, indes die Tante sie mit ausgesuchter Höflichkeit zwischen Küche und Speisezimmer hin- und herpudelte: »*Draga mea, fi amabilă*«, hieß es zuckersüß mit einem berückenden Lächeln.

Vor Jahr und Tag hatte man die Tante an einem Nabelbruch operiert. Mit Verve erzählte sie, wie der Arzt ihr am Vorabend der Operation einen Katalog von Modellen über Nabelformen vorgelegt habe. »Oder wünsche sie gar keinen Nabel, bloß eine glatte Bauchfläche?« Kein Nabel? Da sei Gott vor! Sie entschied sich für das Muschelmotiv, das als Ornament in der Baukunst seit dem frühen Mittelalter alle Stilrichtungen und Modeströmungen überdauert hatte. Etwas höher als normal hatte sie den Nabel gewünscht, »daß man dies dekorative Kunstwerk beim Bikini gut zu sehen kriegt«. Tante Aurora Ingrid fuhr mit der Hand in das Gewoge ihrer Gewandung; endlich fand die Hand festen Grund, die Bauchbinde in der Farbe der Morgenröte. Sie lockerte sie und zeigte das chirurgische Mirakel freimütig her, die jungen Leute brachen in ein bewunderndes Ah und Oh aus. Indes der Gatte schwieg.

Mit spitzer Stimme übertönte *doamna* Aurora Ingrid das Radio, das pausenlos amerikanische Tanzmusik aus der Westzone Österreichs sendete. Als dann beim Mokka der beliebte amerikanische Modetanz erklang, Malagamba-Conga, der in der ideologischen Öffentlichkeit als dekadent verschrien war, zog die Tante die kleine Abendgesellschaft ins Wohnzimmer, wo diesmal der Parteisekretär Gheorghe-Gheorghiu-Dej von der Wand herablächelte. Die Dame des Hauses drehte das gefährliche Foto um und zeigte vor, wie dieser Modetanz ging: Was der erste Tänzer an tollen Figuren und Freiübungen vormache, müßten alle Mittanzenden nachahmen. Sie sprang auf das Sofa, hopste über die Fauteuils, schwang sich über den Tisch und die drei anderen ihr nach. Auch der Onkel machte mit, ohne jedoch einen Ton von sich zu geben, während die Tante kreischte und Clemens jodelte. Und Rodica höflich lächelte. Clemens war begeistert, blickte manchmal vorwurfsvoll zu Rodica hin: Wieso sollte diese Tante böse sein?

Frau Ingrids Ehemann drehte zwischen zwei Bocksprüngen die imperialistische Musik leiser: Böse Nachbarn gab es überall. Jalousien erlaubten einen verstohlenen Blick nach draußen. Doch wer mithörte, war nicht zu ergründen. Das Ehepaar bewohnte eine schmucke Villa am Rosettiplatz, die dem wachsamen Auge der Partei entgangen war. Der Fries unter dem Dachgesims bestand aus einer Reihe von bunten Tonscherben. »*Dela Daci.*« Dakisch. Ein geschwungener Balkon schwebte über dem Ziergarten. In dem winzigen Garten wanden sich extravagant geschnittene Bosketts. Die Dame des Hauses war Modezeichnerin.

Als die wilde Tante blitzschnell das Zigeunerrad schlug, eine Feuerwolke wirbelte durch die Luft, zögerten sie. Clemens machte es ihr linkisch nach, aus Höflichkeit. Es war eine beliebte Leibesübung, die die Zigeunerkinder vor Fremden zum besten gaben. Du drehst deinen Körper seitlich um eine imaginäre Achse, die der Nabel bildet, Hände und Beine bilden die Speichen eines unsichtbaren Radkranzes. Beim ersten Halbkreis berühren die ausgestreckten Hände den Boden und die Beine recken sich für einen Herzschlag aufwärts in die Luft; nach 360 Grad kommst du wieder auf die Füße zu stehen und rollst weiter und weiter, bis dir jemand eine Münze zuwirft.

Rodica raffte sich schließlich auf; es gelang ebenfalls, wenn auch langsamer und weniger gelenkig als bei Clemens. Als sie kopfunter dahinrollte, löste sich ihr Haarknoten und fegte über das Parkett. Ihr Gesicht verschwand hinter den Haaren, es war unheimlich; ihr Sommerrock aber rutschte nach unten und verhüllte den Oberkörper, die schlanken Beine wiesen zum Zenit und lagen für einen Augenblick frei bis zum Schritt. Der Onkel jedoch nestelte an seinen Hosenträgern und murmelte: »*Prea mult vrei dela mine, draga mea.*« Zuviel verlangt, Liebste.

Beim nächsten Takt stiegen die Tanzrhythmen steil in die Höhe, überstürzten sich. Es gab eine Stockung, als die Tante mit einem akrobatischen Handstandüberschlag die Fensterbank passierte und auf den Balkon hinausschnellte. Solches ihr nachzumachen getraute sich keiner. In diesem Moment sagte der Onkel mit bebender Stimme: »Was wißt ihr Kinder von damals; ein Junggeselle in Bukarest in den zwanziger Jahren ... Nach einer durchzechten Nacht kam ich mit vier Kutschen nach Hause: in der ersten Kutsche ich, der Junggeselle, in der zweiten mein Hut, in der dritten der Spazierstock, und in der letzten Kutsche die Geliebte.«

Als es aber ans Niederlegen ging, war *doamna* Aurora baß erstaunt, daß das Liebespaar je und überhaupt daran gedacht hatte, Clemens könne hier übernachten. »*Draga mea Rodica, ce idee. La Hotel!*« Der Onkel schwieg, und man sah ihm an, daß er froh war, schweigen zu dürfen. Da war guter Rat teuer.

Also: »*Bon soir, mon cher.*« Gerade daß Rodica ihn hinausbegleiten durfte.

Doch um die nächste Ecke stand ein Engel in Gestalt eines alten Weibchens. Mitten im Hochsommer trug das Hutzelwesen einen Pelz. Und zupfte Rodica am Ärmel: Beide könnten mit ihr in der Küche schlafen, die auch Salon sei und Schlafkabinett. Es mache ihr nichts aus, selbst wenn die zwei nicht verheiratet seien. Sie werde schon aufpassen, daß niemand zu Schaden komme. Der junge Mann allein? Noch besser. Dann müsse sie kein Lager am Boden herrichten. Er könne mit ihr auf der Couch die Nacht verbringen. Alles spottbillig.

Clemens erschrak. »Die ist nur der Lockvogel! Hat sie mich in ihrer Räuberhöhle, plündern mich ihre Spießgesellen aus und drehen mir zudem den Hals um.«

»Dann hast du eben einen Kopf, der nach hinten sieht, wie apart«, sagte Rodica, »und die schöne neue Leinenhose ist futsch, und du stehst halbnackt auf der Straße.« Und fügte hinzu: »Denkst du wirklich, daß ich dich mit einer fremden Frau im Bett schlafen lasse?«

Rodica inspizierte alles genau. Es war eine saubere Wohnküche. Zuletzt bekam Clemens die Couch für sich. Die Alte machte es sich in einem Ohrensessel bequem, unter einer Girlande von verstaubten Rosen. Rodica eilte davon.

In der »Schönen Ecke« schimmerte das Ewige Licht grün, beschützt von Heiligenbildern hinter Glas. Auf dem Tisch stand ein Samowar, der summte. Und plötzlich sprach die Dame französisch. »*Tout se passe. Mais jusqu'au là nous tous serons morts!*« Sie reichte ihm Tee in einem Becher, der in einer Silberhalterung ruhte. Und deckte Clemens mit einem Plaid zu. Beides, Tee und Plaid, erinnerten an die Bahnfahrten mit der Großmutter. Er schlief traumlos. Am Morgen wusch er sich im winzigen Hof mit kaltem Wasser, in einer Waschgarnitur aus Porzellan, Marke Villeroy & Boch. Das Lavoir und die hohe Kanne waren mit Jugendstilmustern verziert. In feinen Linien, grün und blau, zogen sich stilisierte Blumen und Blätter über die Glasur.

Tante Ingrid führte Rodica und Clemens in die Mexikanische Ausstellung. Aus wandgroßen Gemälden stürzten sich Abbilder von riesenhaften Menschen auf den Besucher. Zwei Bilder hatten es Clemens angetan. Da war ein barfüßiger Straßenjunge, der mit gespreizten Beinen auf einen zuwankte, auf dem Rücken trug er einen riesigen Korb, der seine gebeugte Gestalt überragte, erdrückte. Gefüllt als schwere Last mit Rosen. Das andere war ein Mann, dürftig bekleidet, der mit schmerzhaft verrenkten Gliedern auf einem Schemel saß. Über seine Schultern waren Ketten gewunden, die seitlich herabhingen. Die Ketten waren geschmückt mit exotischen Blumen. Er streckte dem Betrachter mit einer so demonstrativen Verzweiflung die hohlen Hände hin, daß dieser zurückwich. Doch schaurig mutete an, daß der Hüne kein Gesicht hatte. Auf dem athletischen Körper saß statt des Kopfes ein schlackenfarbener Fleck, ein Stück ausgebrannter Leere.

Am letzten Abend bat die Tante, Clemens hinausgeleiten zu dürfen. Zögernd fügte sich Rodica. Unten im Flur, sie waren plaudernd die Treppe hinuntergeschritten, stieß die Dame des Hauses den jungen Mann unvermutet in die Besenkammer. Während sie sich mit den Fäusten gegen seine Brust stemmte, sie reichte ihm bis zum Kinn, zischte sie: »Laß die Hände von unserer Rodica!« Nie, nie, dachte er benommen. Benommen auch, weil er auf einen Kehrbesen getreten war und dessen Stiel ihm einen Schlag versetzt hatte, sein Kopf brummte wie ein Bienenkorb. »Und solltest du sie entjungfert haben, *devirginat,* kratz ich dir mit meinen eigenen Händen die Augen aus.« Er schloß bestürzt die Augen, indem er an ihre Krallen dachte. »Doch nie wirst du sie bekommen. Ihre Zukunft ist beschlossene Sache. Wir verheiraten sie mit einem Arzt aus West-Berlin. Und sie schafft uns alle in den Westen. Denn eines sage ich dir: Die Amerikaner kommen nicht. Und du, du hergelaufener Niemand, vermasselst unserer Familie die Patience nicht, du elender Sohn eines Kriminellen und einer ehebrecherischen Mutter, du proletarischer Nichtsnutz.« Tiefer drängte sie ihn in den Wald von Besen. Die will mich hier einsperren und verhungern lassen, dachte Clemens verdattert. Das nicht, Herr Baron! Mit dem Kinn schlug er einfach zu, von oben herab und gewaltig. Und traf ihren Scheitel am Schläfenknochen. Es hörte sich an, als knirschte es im Gebälk ihres Hirnkastens. Die *doamna* schrie nicht auf, sie taumelte bloß zurück. Zugleich fuhr sie mit ihren Krallen in sein offenes Hemd, zog eine wunde Spur über seine Brust vom Hals bis zum Bauch. Doch ein Nagel verfing sich in einem Knopfloch und brach ab. In dem Augenblick war sie wieder ganz Dame. Sie lächelte ihn an, während sie den blutenden Ringfinger ablutschte. Der hatte zwar keinen Nagel mehr, aber eine natürliche Form. Höflich sagte sie, indem sie zur Haustür wies: »*Poftiți, domnule Clemente!*« Ich bitte schön. Er hörte, wie sie zuschloß, noch einmal und noch einmal, und wie sie zu guter Letzt rasselnd die Sicherheitskette vorlegte. Clemens begriff: Die Geliebte siehst du nie mehr.

An diesem betrüblichen Abend redete die Alte mit dem ruppigen Pelz die ganze Zeit französisch auf ihn ein. Er hörte nicht hin, doch Namen blieben hängen: *Tour Eiffel, Clemenceau, Vladivostok, l'Admiral Koltcheak, Monte Carlo, Rothschild, Albanie, Prince de Wied, Roumanie, la Reine Marie.* Er antwortete nicht. Er betete. Betete zu Gott zum ersten Mal seit seiner Kindheit; und nicht für sich. »Wenn du, mein Herr und mein Gott, nicht zu stark beschäftigt bist mit Stalin und Eisenhower oder mit dem englischen Königshaus oder mit meinem Vater hinter Gittern und meiner Mutter bei den Fischnetzen, so wirf einen Blick auf Rodica, oder laß dich nicht stören, lieber Gott, in deinen Geschäften, vielmehr schick einen Engel, der sie vor diesem scharlachroten Hausdrachen beschützt und sie aus des Teufels Küche entführt, *doamna al dracului.*«

Am nächsten Morgen stand Rodica im engen Hof, in den sich nie ein Sonnenstrahl verirrte, so daß ein Moosteppich den

Boden weich und feucht bedeckte. Sie war barfuß, doch hielt sie keine Schuhe in der Hand. Mit dem nackten Leben war sie davongekommen und mit einem blauen Auge. Nein, das Auge links schillerte nicht blau, sondern in giftigen Farben. Dazu war das linke Ohr geschwollen und glühte. Schultern und Busen waren bekleckert mit blutunterlaufenen Flecken. Und an den Beinen hatte sie Schürfwunden. Die Augen standen voller Tränen, aber sie lachte. Die Tante hatte zugeschlagen, der Onkel geschwiegen. Bloß die Fenster hatte er geschlossen. Die Nachbarn ...

Eingesperrt auf dem Dachboden, hatte das Mädchen auf einer kaputten Chaiselongue die Nacht verbracht. Beim ersten Morgenrot hatte sie einen Teil der Ziegel entfernt, war über die Traufe geturnt und dann den wilden Wein hinuntergerutscht. »Mein Schutzengel ...«, sagte sie einfach.

Sie verkauften die Leinenhose um den halben Preis, kauften Rodica ein Paar Sandalen, Clemens schlüpfte aufatmend in seine Lederhosen, und so machten sie sich auf zum Schwarzen Meer, zu einem Kloster unweit von Babadag mit Namen »Die Herzmuschel der Mutter Gottes«, *Mănăstirea Inima de Scoică a Maicii Domnului*. Das Kloster lag auf einer Landzunge. Die Landzunge schied das Schwarze Meer vom See Sinoe, ohne Meer und See zu trennen: Die Wasser beider vermählten sich über die *Portiţa,* das kleine Tor. »Ihr werdet dort bestens aufgehoben sein«, hatte Frau Amalia Domnica in Maria Mare gemeint, als sie ihnen den Brief an die Äbtissin zugesteckt hatte. »Die *stareţa* stammt aus der Gegend von Schäßburg.«

Die beiden schlichen sich an Güterzüge heran und versteckten sich im Bremserhäuschen. Rodica saß auf Clemens' Schoß, und er behütete ihren versehrten Körper. Als er einmal, es war Nacht und sie ratterten zur Donau hin, als er in dieser Nacht über ihre Schrammen und Quetschungen strich, als wolle er sich vergewissern: Du bist es!, da wollte sich Petra mit ihren blauen Flecken vordrängen; er wischte ihre Gestalt weg. Isabella trat vor sein inneres Auge, zum ersten und zum letzten Mal. Er erinnerte sich an die Nacht in Schäßburg am Klosterplatz, nachdem sie sich beide durch das Brennesselfeld von Dr. Tannenzapf hindurchgetastet hatten. Wie sie ihre brennende Blöße dem Nachtwind dargeboten hatte. Wie er ihre Haut voll Nesselsucht mit Wasser von der Klosterquelle gekühlt hatte, wie er ihre Schultern mit seinen spröden Fingerspitzen gestreichelt hatte. Er schlug nach dem Bild wie nach einer lästigen Wespe. Als Rodica aufschreckte: »Du warst so weit weg!«, löste es sich in Luft auf. Rodica fügte hinzu: »Plötzlich schlug dein Herz so dumpf an mein Ohr, daß ich aufgewacht bin. Wie eine Glocke im Meer schlug dein Herz an meinem Ohr.« Tags darauf rührte er aus Speichel und Erde, wie er gelernt hatte, einen Brei an, mit dem er ihre Wunden bestrich. Die farbigen Prellungen verblichen. Und noch rascher schwand das Gedächtnis an Bukarest. Sie schwiegen die Tante und ihre bösen Taten tot.

Oft hielt der Zug stundenlang auf freier Strecke oder auf einem Nebengleis. Dann verbargen sich die Liebenden im Schatten der Sonnenblumen. Die waren schon reif, und die beiden stillten ihren Hunger mit den ölhaltigen Kernen. Oder sie betteten sich an den Feldrain inmitten der Pfefferminze und kauten deren scharf riechende Blätter, damit sie sich küssen konnten ohne Ende.

Bei der Furt der Schafe, *Vadul oii,* überquerten sie die Donau mit der Fähre. »Hier hat mein transsilvanischer Urgroßvater seine Herden hindurchgetrieben, Jahr für Jahr, bis er an einem Karfreitag gestorben ist.« Sie sprach rumänisch. Ihre Hand in seiner Hand zitterte.

Später schoben sich die Mühlberge ins Blickfeld, uralte Gebirgsreste aus dem Paläozoikum. Sie zogen sich am südlichen Donauufer der Dobrudscha hin, das Delta entlang und gegen das Schwarze Meer zu. Ein Lastwagen nahm die beiden auf. Der war hochbeladen mit Hofbesen. Die langen Stiele der Besen standen schräg über die Seitenteile des Kastens hinaus. In der Mitte bildeten die Rutenbündel eine längliche Mulde von Birkenreisern. Die beiden lagerten sich auf eine Bauerndecke, die der Chauffeur ihnen hinaufgeworfen hatte. Während sie es sich oben bequem machten, breitete der Dobrudschatürke seinen Gebetsteppich aus, kniete nieder und neigte sein Antlitz gegen Südosten, indem er mit der Stirne den kalkigen Boden berührte. Bevor er anfuhr, erkundigte er sich in ungelenkem Rumänisch, ob sie sich bereits ihr Nest gebaut hätten. Das hatten sie. Und schärfte ihnen ein, daß sie sofort herabspringen sollten, wenn ihnen auffalle, daß er die Herrschaft über den Volant verliere oder die Bremsen versagten.

»Ist es dann nicht zu spät?«

»Nicht doch.« Überschlage sich der Wagen, sollten sie in der entgegengesetzten Richtung herunterhopsen. Und fahre der Wagen immer rascher zu Tal, beachte keine Kurven mehr, dann sollten sie sich hinten hinabfallen lassen. »*Las că va fi bine!*«

Und so war es. Es wurde gut. Rodica ruhte in seiner Armbeuge. Bei jeder Krümmung, die der Türke virtuos in den Griff kriegte, drängte es die beiden zueinander. Unter ihnen vibrierten die Birkenreiser, bildeten eine federnde Unterlage. Der Fahrtwind behelligte sie nicht, strich weiter oben über den Lastwagen hinweg. Durch die Wolldecke spürten sie die Zärtlichkeit der frischen Zweige, von denen einige noch Blätter trugen. Nur einmal stöhnte das Mädchen auf: Das war, als der Fahrer mit einem Ruck die Bremsen ausprobierte. Bukarest tat noch weh.

Manchmal lagen sie auf dem Bauch, den Kopf erhoben, und lugten nach dem Meer aus. Und plötzlich erblickte Clemens etwas, das er nicht deuten konnte, ja nicht einmal beschreiben. Zwischen den Horizont der Hügel und den gewölbten Himmel im Osten schob sich ein weißer Streifen, nicht breiter als ein Zaubergürtel. »Blütenweiß, nein, nicht so zart, eher phosphoreszierend.« Er konnte sich keinen Reim darauf machen, rätselte weiter: »Nein, nicht blütenweiß, dafür ist das

Weiße dort am Horizont zu kompakt und zu makellos. Am ehesten blendend weiß.« Er war so aufgeregt, daß er weitergeschnattert hätte und weiter, hätte Rodica nicht mit einem Wort in ihrer Sprache die Sache beim Namen genannt: *Marea!*

Trotz der großen Freude war es nicht einfach, in das Kloster »Zur Herzmuschel der Muttergottes« aufgenommen zu werden. Zwar wiederholte die *stareţa* Mihaela unter Tränen: »*Transilvania noastră! Transilvania noastră dragă!*« Aber in kurzen Hosen durfte niemand den Klosterhof betreten. Es stand schwarz auf weiß zu lesen: *Intrare este permisă numai în ţinută decentă.* Manierlich gekleidet habe man das Kloster zu betreten. Und extra war vermerkt: *Nu cu pantaloni scurţi.* Das Verbotsschild hing beim unteren Eingang, weit weg vom Haupttor. Jeder halbnackte Mann blieb für die Nonnen unsichtbar. »Unsere Nonnen, die sind dem Jesus Christus als Bräute angelobt ...« Selbst Rodica durfte nur ins Innere gelangen, weil sie Jungfrau war und gerade nicht ihre Tage hatte. »*Eşti virgină? Eşti curată ca muiere?*« hatte Mutter Mihaela streng gefragt. Darauf hatte Rodica das Medaillon vorgezeigt. Die Äbtissin hatte kurz genickt: »*Dela mănăstire. Foarte rar.*«

Wegen der leidigen Hosen fand die Priorin eine provisorische Lösung. Rodica erschien mit zwei verwaschenen Nonnenschleiern, die sie Clemens um die nackten Beine wand und oben mit Sicherheitsnadeln an den Lederhosen befestigte. So stakte er kanonisch korrekt durch den Klostergarten, *în ţinută decentă*. In diesem Garten hatten hinter Mauern aus Bruchsteinen mediterrane Pflanzen eine Heimstatt gefunden, behütet von der südlichen Sonne, verwöhnt von warmen Winden. Clemens erhielt sein Logis im ersten Vorhof der Seligkeit, während Rodica neben der Küche eine Kammer zugewiesen bekam, bereits im geweihten Bereich. Zwar war es derselbe Flur, doch blieben die Liebenden getrennt durch eine schmiedeeiserne Tür, die außen keine Klinke hatte.

Die Möblierung der Gästezelle war schlicht, aber nicht ungemütlich: Die Gitter des breiten Messingbettes waren mit Stoffrüschen verziert, als Unterlage diente ein Strohsack. Auf dem Tisch ragte die Petroleumlampe mit grünem Schirm, ließ ahnen, daß die Zeitläufte an diesen Mauern vorbeigegangen waren. Zwei Stühle standen daneben, also konnte jemand zweiter dabei sein. Eine Waschgarnitur mit emaillierten Blechgefäßen versteckte sich hinter einem Paravent. Die Fenster waren verkleidet von gehäkelten Vorhängen, mühsam gefertigt von alternden Nonnen. An der östlichen Wand hing eine Holzikone der Muttergottes mit Kind, beide geborgen in einer Meeresmuschel. Darunter glomm das Ewige Licht in einer roten Glasschale.

Beim Abendessen in den Privatgemächern der Mutter Mihaela erfuhren die beiden, wie es der tüchtigen Frau gelungen war, Unbill vom Kloster fernzuhalten. Das erste, was der hartherzige Staat verfügt hatte, war, daß jedes Kloster sich selbst erhalten müsse. Zuwendungen gab es keine mehr, und verboten war für immer, dem dummen Volk das Geld mit Hokuspokus aus der Tasche zu ziehen. Die Frauenklöster stellten sich um auf Teppichknüpfen, Deckenweben, Handarbeiten, die Männer übten sich in volkstümlicher Malerei und Holzschnitzerei oder töpferten. Als Drohung lag in der Luft: Alle arbeitsfähigen Männer und Frauen müßten die schützenden Klostermauern verlassen, die geweihten Gewänder ablegen und in den Fabriken Arbeit suchen. Das hieß: Keine jungen Leute würden der Klostergemeinschaft mehr beitreten können.

Der Äbtissin nun war ein rettender Gedanke gekommen, zugeflogen auf Engelsschwingen, hatte sie heimgesucht im Traum. Sie erzählte, wie sie während der Vigilie, die auch Nachtwache heißt, oft einschlafe. Doch gerade im Traum werde ihr immer wieder Erleuchtung geschenkt. Von außen betrachtet aber, mit den Augen der müden Nonnen, erwecke es den Anschein, als sei die Vorsteherin tief versunken in die Liturgie, völlig hingegeben an den nächtlichen Lobgesang.

»Den Seinen gibt's der Herr halt im Schlaf!« schmunzelte Mutter Mihaela.

Eine wundersame Lösung war ihr während des Kirchenschlafs geschenkt worden. Geträumt, getan. Die Oberin, eine Bauerntochter aus Schlatt/Slagna nahe Agnetheln, verwandelte das Kloster in eine Kollektivwirtschaft. Grund und Boden waren nicht enteignet worden, man hatte sie bisher in Pacht gegeben. Flugs ließ sie die Novizinnen den Führerschein für Traktoren erwerben, schrieb sie in Babadag zu landwirtschaftlichen Fortbildungskursen ein und packte selbst tatkräftig zu, wo Not am Mann war. So konnte man nach der Matutin junge Nonnen beobachten, wie sie sich auf die Trecker schwangen, mit wehenden Kutten zur Feldarbeit aufbrachen und alles bewerkstelligten, vom Ackern bis zum Stoppelsturz. Man konnte mit der Uhr in der Hand verfolgen, wie sie mitten am Tag zu den Gebetszeiten herbeigeknattert kamen und Gott die Ehre gaben, um dann weiterzuarbeiten, bis sie das Klopfbrett mit hartem Klang zum nächsten Gottesdienst rief oder die Klosterglocke sie herbeiläutete. Kolossale Erfolge schon nach Jahr und Tag, blühende Felder rund um das Kloster, üppige Ernten. Die Partei griff mit beiden Händen zu, schraubte die Quoten in die Höhe. Doch den Funktionären, die sich durch die Hintertür herbeischlichen, *schimb de experienţă,* Erfahrungsaustausch, verriet die energische Kollektivbäuerin und fromme Oberin das Erfolgsrezept nicht: *Ora et labora.*

Zur Guten Nacht kniete Rodica vor der *stareţa* nieder und haschte nach ihrem Gewand, dessen Zipfel sie küßte. Clemens verabschiedete sich mit Handkuß. Gedankenvoll wedelte er davon, um die Beine flatterten die Kopftücher zweier verblichener Klosterfrauen. Doch am nächsten Morgen war Rodica bereits mit einer orangefarbenen Pluderhose zur Stelle, die sie im Dorf aufgetrieben hatte. Nun war Clemens ganz und gar *comme il faut* und wohlgelitten bei den himmlischen Bräuten, ob sie nun in der Kirche auf den Knien rutschten oder über die Felder brausten.

22

In Babadag in der orthodoxen Kirche trafen sie, wie genehmigt und vereinbart, Rodicas Vater. Der Milizionär, der ihn aus dem Dorf Tschumarlai hereskortiert hatte, blieb diskret vor dem Portal stehen. Er hatte den Platz bezeichnet, wo die drei miteinander sprechen durften, und zur Sicherheit mit Kreide einen Kreis gezogen: genau unter dem Kronleuchter. Dessen vergoldete Kette entsprang dem Herzen Christi. Als Pantokrator mit imperialer Gestik hielt Christus hoch oben in der Kuppel das Buch des Lebens aufgeschlagen. »Mir ist gegeben alle Gewalt im Himmel und auf Erden.« Ob das gut ist für uns? überlegte Clemens. Und erinnerte sich an den nächsten Satz: »Ich will bei euch sein bis an der Welt Ende.« Raum und Zeit monopolisiert! In einer Ecke amtierte ein Priester mit feierlichen Bewegungen. Männer und Frauen standen Schlange.

Dr. Tatu reichte Clemens die Hand. Beider Hände, abgearbeitet und voller Schwielen, erkannten sich. Der Herr trug einen hellen Sommeranzug, in den Manschetten steckten kostbare Knöpfe aus Halbedelsteinen. Die drei standen eng beieinander in dem anbefohlenen Kreidekreis. Der Pope hatte einen flüchtigen Blick auf die kleine Gruppe geworfen, doch ließ er sich von seinen Geschäften nicht abbringen. Es schien, als herrsche zwischen ihm und Rodicas Vater stilles Einvernehmen: Vorerst kennen wir uns nicht, und wenn, dann haben wir amtlich miteinander zu tun.

Dr. Tatu begann sogleich zu dozieren, als gehöre das zum Protokoll. Sagte auf deutsch: »Kreidekreis, ob gut oder schlimm, das entscheidet sich daran, wer sich an uns vergreifen wird. Für mich ein Zeichen von höherer Barmherzigkeit, daß die«, er nickte freundlich zum Milizionär hinüber, »daß die uns verordnet haben, so familiär beieinanderzustehen. Kreidekreis, übrigens eine alte Geschichte, Li Hsing Tao zugeschrieben, 1300.«

Rodicas Vater schien die kostbare Zeit zu vergessen. Mit

der Linken hielt er Rodica umfangen. Seine Rechte dagegen erging sich in großen Gebärden. Es war, als fühle er sich beobachtet oder entledige sich einer Pflichtübung. »Und nun seht euch die Bilderwand an, die Ikonostase. Entdeckt jemand dort das Kreuz Christi auf den ersten Blick?« Sie entdeckten es nicht aufs erste, nicht aufs zweite; und als sie es entdeckten, war es eine biblische Szene unter anderen. Doch fiel Clemens etwas auf, je länger und genauer er hinblickte.

Zu hören war: In der kirchlichen Architektur hatten die abendländischen Baumeister sich für die Basilika entschieden, das Haus des Königs, und damit für eine vorherrschende Dimension: die Längsachse. Die wurde zum Leidensweg, so daß der Fluchtpunkt, das Ende der Achse, nur der Gekreuzigte sein konnte, der ewig sterbende Schmerzensmann, ein Schrecken der Kinder und eine Anfechtung für den Beter. »Dazu kommt: Vor lauter Starren auf den Schmerzensmann am Karfreitag vergißt der Gläubige des Westens den Ostersonntag, weiß wenig anzufangen mit dem Auferstandenen und noch weniger mit Christus zur Rechten Gottes.« Spätestens jetzt mußten Rodica und Clemens den Blick erheben und durch das goldene Rankenwerk des gewaltigen Kandelabers zu Christus aufschauen, dem Weltenherrscher. Denn anders als der Westen hatte sich die morgenländische Kirche den Zentralbau zu eigen gemacht. Da gibt es keine Längsachsen, sondern nur Senkrechte. Die aber lenken den Blick schon beim Eintritt in die dämmerige Kirche in die Höhe, drängen ihn dorthin, von wo das Licht einfällt, von hoch oben, aus dem Rundturm um die Kuppel. In deren Wölbung thront Christus. »Wir Orthodoxen haben den Karfreitag hinter uns gelassen, sind den irdischen Leiden entkommen und lassen uns mitnehmen von der Fröhlichkeit der *inviere*. Wie würden Sie das *mot à mot* übersetzen?« Und sagte, der Dr. Tatu: »Noch eins bitte ich Sie: Beschützen Sie unsere Tochter. Sie hat niemanden draußen in der Welt als Sie. Auch Sie kommen aus einer anständigen und geplagten Familie. Sie sind ja konfirmiert?« Und nahm den Faden wieder auf: »Aber *inviere,* das ist etwas anderes als Auferstehung ...«

Clemens, völlig durcheinander, klammerte sich an das letzte Wort: »Vielleicht Lebendigmachung.«

Rodica sagte sanft: »Laß gut sein, Tate.«

Sie hatten bisher deutsch geredet, als plötzlich von irgendwo eine Stimme aufzischte: »*Vorbiți românește!*« Das war die Stimme Gottes nicht. Clemens drehte sich auf dem Absatz um, musterte die Wände, die beiden anderen luchsten in die Höhe. Sein Blick blieb auf der Ikonostase haften. Auch Dr. Tatu und Rodica schauten hin. Und sie erkannten mit einem Schlag, weshalb man sie in die Kirche bestellt hatte. Die Augen der beiden Schutzheiligen rechts und links der Kaiserpforte blitzten gefährlich auf, wenn ein Besucher in die Kirche trat und ein Lichtstrahl die Antlitze der Ikonen traf. Nicht anders blinkten die Gucklöcher der Eingangstüren zu Häusern, die sich fürchteten.

Was nun? Viel Familiäres war nicht zur Sprache gekommen. Und die Zeit floh dahin. Doch bot sich eine Lösung an. Der Pope winkte, Vater und Tochter verließen den Kreidekreis und knieten vor dem Priester nieder. Dieser breitete seine Stola schützend über beide, diesen pompösen Umlegekragen, der bis zu den Füßen des orthodoxen Geistlichen reicht. Dort, im sicheren Gewahrsam, besprachen sie alles Nähere. Indes murmelte der Priester bewahrende Gebete über die zwei, ohne das Kirchenvolk aus den Augen zu verlieren und den Sinn für die Realitäten ebensowenig. Immer wieder unterbrach er den psalmodierenden Singsang, hieß die Bußfertigen warten und sagte kurz und bündig Irdisches. So zu einer Bäuerin: »Zehn Eier? Vorsicht, dort unter die Sitzbank, vor die Durchquerung des Roten Meeres, dabei sind die Hühner als einzige nicht naß geworden, weil sie flugs über die Wasser geflattert sind. Wo das ist, das weißt du nicht? Du kennst die Bibel nicht? Das kostet dich noch drei Eier.« Dann nahm er die Litanei wieder auf, um beim nächsten Sünder, der devot heranschlich, anzuordnen: »Ein Laib Käse, dort, Mose auf dem Berg Sinai. Die Wüste macht nicht nur durstig, sondern auch hungrig. So ist's richtig, du kennst dich aus in der Bibel. Ah, auch voriges Mal hast du den Käse hingelegt? Gut, so lernt ihr zumindest die Bibel kennen.« Und zu Clemens, über Rodicas und Dr. Tatus verhüllte Köpfe hinweg: »*Biblia pauperum,* die Bilder an den Wänden sind die Bibel der Armen, die nichts von einem Buch wissen. Das ist anders als bei eurem Luther, dem großen Ketzer: Nachdem ihr die Bilder in den Kirchen zerschlagen habt, Ikonoklasis, mußte jeder arme Trottel lesen und schreiben lernen.« Und zog sich zurück in seinen biblischen Singsang, um kurz darauf der nächsten Bäuerin den rechten Weg zu weisen: »Selbstgerührte Butter? *Foarte bine!*« Das sei die Butter, über die sich die *doamna preoteasa* besonders freuen werde. Die dralle Frau leitete er zu Thomas dem Ungläubigen hin: »Dorthin, *la Toma necredinciosul,* in den Keller, wo die feigen Jünger sich versteckt halten, dort ist es kühl.« Und weiter sang und sagte der Priester Frommes über die beiden, die sich unter seinem Chorrock geruhsam aussprechen konnten.

Doch entließ er Rodica und Dr. Tatu nicht, ehe er mit ihnen die heilige und göttliche Eucharistie gefeiert hatte. Auffallend war, daß er sich zu dieser Amtshandlung nicht hinter die Altarwand zurückzog, um sich zu sammeln und das Heilige Abendmahl vorzubereiten, wie es die Ordnung vorsieht. Als ob Gott der Herr ihm den Altarraum hinter der Bilderwand verwehre.

Vor der Austeilung, *împărtăşanie,* mußten die beiden die Beichte ablegen. Unter einer neuen Stola mit Goldstickerei bekannten Vater und Tochter ihre Sünden, einzeln und mit kaum hörbarer Stimme. Darauf wurde ihnen im Bußsakrament die Lossprechung zugesagt. Am Ende der gemurmelten Formel tönte es laut durch die Kirche, alles Volk bekreuzigte sich: »Der Gott, der durch den Propheten Nathan dem König David seine Sünden vergeben hat, nachdem er sie bekannt hat, und der dem Petrus die Verleugnung nachgesehen hat, als er bitterlich geweint hat, und welcher die Dirne, die seine Füße mit ihren Tränen benetzt hat, losgesprochen hat von ihren Verfehlungen, und der den verlorenen Sohn, den reumütigen Prasser entsündigt hat, derselbe Gott verzeihe dir, Aurel, und dir, Rodica, alle deine Sünden, freiwillige und unfreiwillige, wissentliche und unwissentliche – durch mich, der ich auch ein sündiger Mensch bin –, das alles verzeihe dir Gott jetzt in dieser Welt und in der kommenden Welt. Er lasse dich schuldlos treten vor seinen furchtbaren Richterstuhl. Amen.«

Den Kelch hocherhoben, in dem sich Wein und Brot und Wasser mischten, verkündete der Priester mit leuchtenden Augen: »Ich glaube, Herr, und bekenne, daß du in Wahrheit Christus bist, der Sohn des lebendigen Gottes, der in die Welt gekommen ist, die Sünder zu retten, deren ich der erste bin.« Und sagte zum Schluß, mit ekstatischer Stimme: »Zu deinem mystischen Abendmahl, Gottes Sohn, nimm mich heute als Gast auf; denn ich werde deinen Feinden nicht das Geheimnis verraten, ich werde dir nicht einen geheuchelten Kuß geben wie Judas, sondern wie der Schächer am Kreuz werde ich bekennen: Herr, gedenke meiner, wenn du in dein Reich kommst. Mögen mir deine Sakramente nicht zum Gericht und zur Verdammnis gereichen, sondern zur Heilung der Seele und des Leibes.« Nachdem er an die Rechtgläubigen mit dem Löffelchen die geheiligte Speise verabreicht hatte, fiel zuletzt auch für Clemens etwas ab: ein Stück getrocknetes Segensbrot.

Als der Priester diesmal alle drei gesegnet hatte, sagte er mit einem versöhnlichen Lächeln, er hatte müde Augen und einen buschigen Bart mit grauen Fäden drin: »Alles zur Ehre Gottes. Ich habe neun Kinder zwischen zwei und siebzehn, fünf Mädchen, vier Buben, der Herrgott möge sie mir gesund erhalten!« Er schlug dreimal das Kreuz mit weit ausschwingenden Verbeugungen. Und zählte die Namen auf: Die Jungen hießen Napoleon, Ferdinand, Decebal und Traian, die Mädchen aber hatten durchgehend Namen von Märtyrerinnen. »Man muß Gott manches abnehmen. Wohin käme er, der Barmherzige, wenn ich das Nötige für diese meine vielen Kinder allein seiner Fürsorge überließe? Für nichts anderes mehr hätte er Zeit.« Bevor der besorgte Familienvater die Viktualien in einen Sack sammelte, bot er bei jedem Stück etwas davon den drei Gästen an. »Auch wir Menschen sollten manchmal Erbarmen haben mit unserem guten Gott. Dazu bedenkt noch die spezielle Situation hier: Viele Türken und Tataren und wenige Rechtgläubige. Und Gottlose nun auch noch dazu. *Sărmanul de Dumnezeu,* das Armchen von Gott.« Der Priester umarmte die drei.

Ein Bauer trat heran, wartete gutherzig, bis der Pope sich ihm zuwendete, und zog eine Flasche Wein aus dem Zwerchsack. »Für Euch, ehrwürdiger Vater.«

»Was für Wein ist das? Von dir zusammengepantscht? Nein, nicht. Echter *Murfatlar.* Dann für die Kirche als Meßwein. Stell ihn hin zu Füßen vom heiligen Andrei. Falsch, du Esel, das ist der *Sfântul Nicolae.* Du bist gewiß nicht aus dieser Gegend, sonst wüßtest du, daß der *Sfântul Andrei* der Schutzpatron der Dobrudscha ist, er war der erste Apostel hierzulande. Merke dir: Das rumänische Volk ist mit dem Christentum zusammen auf die Welt gekommen.« Der Bauer nickte verständnisvoll und trat ab, indem er sich mit dem Hut in der Hand im Krebsgang davonmachte.

Ein schweres Amt habe er, fuhr der Priester fort, am Abend sei er müde, als hätte er Holz gespalten. Schwerstarbeit, den anderen die Last der Sünden, der Schuld, der Verfehlungen abzunehmen und sie Gott vor die Füße zu legen. Der freigesprochene Sünder laufe leichten Fußes davon und er, der Priester, bleibe zurück, beladen mit der ganzen Bürde, wisse man doch nicht, ob Gott sich erbarmt habe oder nicht. »Doch allein die Liebe deckt die Menge der Sünden, der Schuld und Verfehlungen zu, das haben bereits die alten Juden gesagt, und das sagt *domnul nostru Isus Hristos.*«

Der Milizionär steckte den Kopf herein, bekreuzigte sich verschämt und spuckte dann kräftig aus. Der Priester wußte schon lange, wer wohin gehörte. Sein Gesicht wurde todernst und die Augen finster vor Kummer.

Während der Milizionär den Kreidekreis tilgte, zog der Priester die drei in den Pronaos, den Vorraum. Dunkel war der Sinn seiner Worte: »Der unsaubere Geist des Bösen hat am liebsten die Heiligen am Wickel. Und Gott kann es zulassen, daß sich der Beelzebub, der siebenfache Teufel, im Altarraum hinter der Ikonostase verbirgt. Ich aber bin bloß ein armseliger und niedriger Diener dieser Kirche.« Der Milizionär wartete bereits vor dem Ochsenwagen, Gewehr bei Fuß. Der geplagte Priester blieb zurück in der vermaledeiten Kirche, aber unter der Herrschaft des Weltenlenkers.

Draußen eine Umarmung zwischen Vater und Tochter, zwischen Dr. Tatu und Clemens. Die Sonne schlug unbarmherzig über den Menschen zusammen. Ein letzter Händedruck. Eine vermummte Frau blieb stehen, überschüttete sie mit unartikulierten Lauten aus ihrem vergitterten Gesicht. Ein fernes Winken. Vom Minarett rief der Muezzin zum Mittagsgebet, noch rief er. Herr Tatu und sein Bewacher verschwanden im bedächtigen Schritt der Ochsen. Schon verstellte ein Eselspaar den Blick.

Rodica kauerte vor einer Lehmmauer, Clemens hockte sich neben sie. Das Mädchen legte den Kopf in die Hände und weinte.

Ein schweigsamer Heimweg folgte dem Wiedersehen in der Kirche. Ein Eselskarren nahm die Ermüdeten eine Strecke weit mit. Keiner sprach. Sie hockten hinten auf der Pritsche, die Füße schleiften im Staub. Es war ihnen alles eins. Clemens spürte eine Trennwand zwischen sich und ihr. Sie, durch die Sakramente gereinigt an Leib und Seele, konnte fröhlich drauflossündigen. Und er? Wer ersäufte den alten Adam in ihm, wie der verketzerte Luther es gebot? Clemens rückte unmerklich weg von Rodica, damit sie durch ihn nicht Schaden erleide in ihrer keuschen Makellosigkeit.

Ein einsilbiger Nachmittag im Klostergarten schloß sich an. Einmal brach Clemens das Schweigen: Der schmutzige Fliegengott Beelzebub hinter der Ikonostase, gab er zu bedenken, wie konnte der sich davonmachen, da die Bilderwand den Altarraum von der übrigen Welt wegschloß? »Entweder der siebengeschwänzte Teufel spaziert unter einer Tarnkappe durch die Kirche zum Ausgang hin, oder er entweicht durch eine Geheimtür direkt aus dem Chorraum ins Freie.«

»*Saptedraci*«, sagte Rodica tonlos, »das ist der Spitzname deines Vaters bei uns Rumänen.« Das Mädchen blieb in sich gekehrt, saß mit gesenktem Blick zwischen Ziersträuchern und exotischen Bäumen. Die steckten in riesigen Tontöpfen und hatten aufgeklebte Namen.

Allein machte Clemens sich davon, auf einen Erkundungsgang, wie er sagte. Die Landzunge war breiter, als er angenommen hatte. Er badete im See, er badete im Meer. Und merkte, daß es dort und hier nicht das gleiche war. Es tönte anders, das Wasser im Meer, das Wasser im See. Er hörte den Unterschied heraus, wenn er das Ohr an die Oberfläche der beiden Gewässer legte.

Nahezu feierlich war er in das Schwarze Meer hineingeschritten, sich bewußt, daß die nächste Welle ihn weit wegspülen konnte, bis in die Weltmeere, bis an den Rand der Welt. Er hatte den Grund unter den Füßen abgetastet und sich zögernd freigeschwommen. Leichtherzig hatte ihn die glatte See mitgenommen, schwer mußte er arbeiten, um das feste Land zu gewinnen. Er hörte sein Herz dumpf schlagen; wie eine Glocke im Meer. Das ist der Tod.

Clemens legte Tempo zu, aber sparte an Kräften. Wenn er ausatmete, senkte er das Gesicht tief ins Wasser: Man entlaste den Körper, der Kopf ist das Schwerste am Menschen. Beim Untertauchen öffnete er die Augen, um seine Blicke sogleich an dem festen Grund festzuhaken. Doch lange umgab ihn nichts als honiggelbes Licht. Unmerklich kam das Land näher. Ohne in Panik zu geraten, dachte er: Totale Einsamkeit ist der

Tod. Ein jeder stirbt für sich allein, hieß es zu Hause. Doch wie hatte Rodica auf der Herfahrt von Maria Mare gesagt, im Bremserhäuschen, schon nahe der Donau? »Lateinische Liebespaare sterben anders. Sie stürzen sich Hand in Hand in den Vesuv oder gehen zusammen ins Meer, an den Füßen Mühlsteine.«

Am Abend verweigerte Rodica jegliche Speise. Sie faste: »Es ist heute ein großer Tag in meinem Leben.« Er aber ließ sich von der Köchin verwöhnen, die seine feurigen Pluderhosen lobte und ihm Flammeri in den Blechnapf türmte.

Bei der Abendmesse zog Clemens mit seinen orangefarbenen Hosen, die im mystischen Halbdunkel des Gotteshauses leuchteten wie der brennende Busch, die entzückten Blicke aller Nonnen auf sich. Ihre Gesichter waren gerahmt von strengen Schleiern in Schwarz, die keine Strähne hervorlugen ließen. Nur ein winziges Dreieck über dem Ohr verriet die Haarfarbe: blond, braun, grau, weiß. Das und ein Blick auf die Hände ließen Schlüsse über das Alter zu. Denn ob jung oder alt, das Antlitz jeder Nonne war faltenlos glatt, die Haut jungfräulich, wie es sich für Bräute geziemt.

Diesmal ließ sich Clemens sogleich neben Rodica nieder, mitten unter den Kirchgängern, die beim Abendläuten aus allen Himmelsrichtungen herbeigelaufen waren. Die meisten knieten, manche hatten sich bäuchlings hingelegt, andere hockten auf dem Boden, wo sie sich im Takt der Litanei verbeugten.

Clemens wußte, was die Geliebte betete, hier oder draußen, wenn sie geistesabwesend schien. Es war das Herz-Jesu-Gebet der Ostkirche. So heimisch wird es im Menschen, daß es von alleine zu sprechen beginnt, in pausenlosem Dakapo. »Dann falle ich aus der Zeit. Es beginnt in mir zu beten: Jesus Christus, Sohn Gottes, erbarme dich meiner ...« Diese Formel war ihr zu engherzig, sie hatte das Gebet erweitert: Jesus Christus, Sohn Gottes, erbarme dich unser. Und viele Namen darangehängt in ewiger Wiederholung. Am Ende bat sie inbrünstig:

Sei mir Sünderin gnädig. Was ihm zuviel war, denn er konnte sich an ihr keine Sünde vorstellen, nannte sie oft scheu: Liebling Gottes.

Seine Gelenke schmerzten. Weh tat es, im Knien zu hören und zu singen. Die Luft wurde stickig. Weihrauch zwickte in der Nase, er mußte laut niesen. Niest der Heilige Geist? Er niest nicht. So war es der Fremde mit den Hosen der Ungläubigen. Während er sich schneuzte, durchlöcherten ihn Blicke, er spürte sie wie Pfeile. Ungeduld ließ ihn erzittern. Doch der Schein der Kerzen erinnerte an Weihnachten. Und die Zeit verging. Als dann das kauernde Kirchenvolk sich streckte und reckte und die Nonnen sich einen Weg durch die Menge der Gläubigen bahnten, die nach ihren Händen haschten oder einen Zipfel ihres Habits an die Lippen führten, merkte Clemens verwundert, daß während der endlosen Litanei die Zeit ihre Stofflichkeit verloren hatte.

Auf dem Flur verabschiedeten sich die beiden förmlich. Rodica reichte ihm die Hand, und er nahm sie, als berühre er ein heißes Eisen. Die Tür schnappte ins Schloß, er blieb mit dem Türknauf in der Hand.

Lange konnte er nicht einschlafen. Das Schwarze Meer rauschte. Und holte es Atem, hörte man das Plätschern des Sees Sinoe. Er schaute zu dem roten Licht an der Wand, das bis zur Hälfte herabgebrannt war. Darüber Mutter und Kind. Die Mutter mit dem Heiligenschein hielt das Kind auf dem Schoß. Hatte ihn jemals seine Mutter in die Arme genommen, auf dem Schoß gehalten? Eher Rosa. Heißes Heimweh packte ihn. Endlich streute eine leise Hand Schlaf über seine Augen.

In der Nacht erwachte er. Auf dem Flur verklang das Getrippel der Nonnen, die zur Morgenmesse eilten. Im Zimmer stand Rodica. Sie war eingehüllt in den gehäkelten Fenstervorhang ihrer Stube. In der Hand hielt sie das Bündel mit ihren Habseligkeiten. Alles registrierte er so genau, daß er meinte, es sei ein Traum. Dann aber fiel sein Blick auf ihre

Stiefel. Kurze Stiefelchen mit Pelzbesatz. Die glühten rot. Da wußte er: Unsere Stunde hat geschlagen.

Sie ließ die wunderliche Hülle fallen und legte den Wandersack auf den Boden. Einige Augenblicke verharrte sie. Sie strich mit beiden Händen über ihre Glieder, mit jener Geste, die er von der Mühle her kannte. Es war, als wolle sie sich auf die Blöße ihres Leibes besinnen, ehe das nächste geschah. Im Abglanz des Ewigen Lichts, das den Raum mit linder Helligkeit erfüllte, schien ihre Haut umschimmert vom Hauch der Apfelblüte. Sie verneigte sich gemessen zur Schönen Ecke hin, löste das Muschelmedaillon mit der Mutter und dem Kind vom Hals und hing es an den Nagel. Dann trat sie zu seinem Bett und legte sich zu ihm. Vom Scheitel bis zur Sohle spürte er die jähe Wärme ihres Körpers. Und sie sagte einen seltsamen, sonderbaren Satz, sagte ihn in ihrer Sprache: »*Imi este dor de noi doi.*«

Das Stroh im Leinensack knisterte. Frisches Stroh, dachte er, goldgelb. Und als ihn ihre Stiefelchen berührten, der weiche Pelz seine Füße kitzelte, dachte er: blutrot. Und dann dachten beide nichts mehr.

Als die jungen Nonnen zu früher Stunde im Gänsemarsch zur Arbeit unterwegs waren und über die Höhe einer Düne zu ihren Traktoren dahinwallten, was erblickten sie in der Sandkuhle nahe dem Meeresstrand? Zwei Menschenkinder, die nebeneinanderlagen, den Blick dem Himmel zugekehrt, beide so, wie der Herrgott sie geschaffen hatte. Die frommen Frauen wollten schon züchtig ihre Augen bedecken, als eine Novizin aufschrie: »Adam und Eva im Paradies!« Sie schlossen die Augen nicht mehr, sondern legten bloß die Hand auf den Mund, um die Jubelrufe zu dämpfen: »*Paradisul, Paradisul!*« Immer schon hatte die *stareţa* behauptet, hier sei es.

Und weil es offensichtlich an biblischen Bäumen fehlte, überhaupt kaum Vegetation den Strand begrünte, bis auf etwas Sanddorn und Strandgerste, ließen die Nonnen ihre Traktoren im Stich, Stoppelsturz hin, Stoppelsturz her, und liefen zurück. Aus dem Klosterhof schleppten sie in Kübeln herbei, was ihnen unter die Hände geriet, wild durcheinander: Oleander, Sternmagnolie, Tatarische Heckenkirsche und Perückenstrauch. Sie stellten die Gewächse als paradiesische Kulisse auf den Kamm der Düne. Zu spät, inzwischen hatte Clemens die geliebte Frau ins Meer hineingetragen. Trotzdem: Die jungfräulichen Nonnen hatten einen Blick ins Paradies getan. So wurde es in den Annalen des Klosters »Zur Herzmuschel der Muttergottes« vermerkt.

Am Abend saßen Clemens und Rodica im *Portul* Tomis am Meeresufer in einem Kahn, aßen Trauben und besprachen den Tag.

Vom Tod an diesem Tag sprachen sie nicht. Ein Schwimmer hatte das rettende Ufer nicht mehr erreichen können. Einige Längen vom Strand hatte ihn der hohe Wellengang zurückgeworfen. Mit einigen Stößen hätte er Grund unter den Füßen finden können, hätte ihn nicht der Sog ins offene Meer zurückgeholt. Außer ihm war kein Mensch im Meer. Die blaue Fahne knatterte im Wind, verkündete weithin sichtbar: Baden verboten! Am Strand sammelten sich Spaziergänger und verfolgten schweigend das sinnlose Schauspiel. Aus Leibeskräften ruderte der Mann mit den Armen, doch er kam nicht vom Fleck. Es schien, als bewegten sich die Arme nur noch, weil der Todgeweihte vergessen hatte, die Bewegung abzustellen. Kein Ton kam über seine Lippen, die Augen standen offen. Leere Augen.

Andere Passanten umstanden eine Frau, die im Sand kniete und sich stumm die Haare raufte. Ein Mann im Trainingsanzug klärte sie auf, wo es in Constanza billig Särge zu kaufen gebe, eine Frau in Shorts wies die Kniende an, bei welcher Kirche der Pope den geringsten Tarif für ein Begräbnis einfordere.

Rodica blickte fassungslos in die Augen des Schwimmers. Clemens rannte zur Seewacht *Salvamar*. Unter einem Sonnensegel spielten drei Männer Karten. Das Rettungsboot war an

Land gezogen. »Es ertrinkt ein Mensch!« Sie blickten ihn verwundert an, als habe er ihnen einen Papagei zum Kauf angeboten. Einer hob die Hand und zeigte auf die blaue Fahne. Sie spielten weiter.

Clemens flehte: »*Veniți! Moare un om!* Es stirbt ein Mensch vor unseren Augen!« Keiner schien hinzuhören. Schließlich bequemte sich einer von der Kartenspielern zu einem Satz: »Der Narr hätte am Ufer bleiben sollen. Wir haben Befehl, uns nicht zu rühren.« Er wies auf das ruhende Boot im Sand.

»Wenn ihr jetzt kommt, können wir ihn noch retten. Ihr habt doch nicht Befehl, einen Menschen zu töten!« Es kam auf rumänisch schlecht heraus.

Der dritte Mann, älter als die anderen, mit einem verwitterten Gesicht, grapschte nach der Tirolerhose von Clemens, riß an seinen Hosenträgern, die gespickt waren mit dreimal Edelweiß, und fuhr ihn an: »Schämst du dich nicht, du elender Deutscher? Du weißt genau, daß man auf Befehl zu töten hat.« Er erhob sich, trat zu Clemens und holte aus zu einer Ohrfeige.

Clemens und Rodica kehrten dem Meer den Rücken, noch ehe der Mensch ertrunken war.

Sie sprachen von den Erlebnissen des Tages. Die Nacht erwähnten sie nicht. Aber eine Glückseligkeit durchpulste sie, daß sie bereit waren, Hand in Hand die Küste entlangzulaufen, viele Tage, erschüttert vom Beben des Meeres, unter den bloßen Füßen die leidenschaftliche Erde.

In Histria spazierten sie zwischen den Ruinen der antiken Stadt, die im Grundriß offen lag. Sie gingen durch freigelegte Straßen und Gäßchen, vorbei an Häusern ohne Wände, doch konnten sie an deren Grundmauern ablesen, wie winzig die Stuben damals gewesen waren. Sie bestaunten die Wasserleitung und die Kanalisation. Und hörten sich die Sage vom Skythenkönig Skyles an, der doppelt zum Verräter wurde: Unter den Seinen in der Steppe erschien er in der strengen Tracht des Volkes, betrat er aber eine griechische Stadt, schlüpfte er in die lockere hellenische Gewandung. Als sein Bruder ihn an der Spitze einer Prozession des weinseligen Gottes Dionysos dahintaumeln sah, ließ er ihn hinrichten. Durch den Tod wurde aus zwei Menschen einer. Seinen goldenen Siegelring hatte man nach zweieinhalbtausend Jahren in der Nähe von Histria gefunden. Die beiden fragten: Und in was für Kleidern ist er begraben worden? Gar nicht. Darunter konnte man sich vielerlei vorstellen.

In Constanza ließ Clemens die Geliebte unter der Statue von Ovid fotografieren. Das Bild behielt er. Rodica stand vor dem Denkmal. Sie lehnte sich nicht an den Marmorblock. Zwischen ihr und dem Sockel gab es einen Durchblick, man erhaschte in der Vertikale einen Streifen Land, Meer und Himmel, das Land weiß, das Meer grau, der Himmel gelb. Der verbannte Dichter blickte von Trauer gebeugt auf das Menschenkind zu seinen Füßen, doch hielt er mit Schwung seine Toga gerefft. Rodicas Sommerrock wehte im Wind, sie strich ihn immer wieder zu den Knien hinab. Diejenige Zehntelsekunde hielt der Fotograf fest, als sich ihre Hände im Schoß begegneten.

Sie hatte sich entschlossen, zu ihrer Mutter zu ziehen, zu ihrer Familie zurückzukehren. »Dort ist mein Platz. Und mein wahrer Vater braucht mich auch. Vielleicht kann ich ihm helfen, daß er Frieden findet für seine Seele. Man kann nicht zwei Herren dienen.« Und Clemens dachte an Skyles, vielleicht auch sie. Doch hatte er nach der ersten Schrecksekunde den Gedanken aufgegriffen, eifrig bejaht: »Ich komme mit. Das heißt, ich komme dir nach, wenn ich meine Mutter gefunden habe. Das heißt, ich komme hierher zurück, wenn ich in Schäßburg alles geregelt habe. Übrigens können wir zwei wann immer weg von dort, denn über uns haben die ja keinen Zwangsaufenthalt verhängt.«

Sie saßen sich im Boot gegenüber und schmiedeten Zukunftspläne, die Visionen überstürzten sich ... Eine Lehmhütte ist rasch gebaut. Zwei Zimmer und Küche, das eine größer wegen dem Klavier. Auch Speisekammer. Einer riß dem anderen das Wort aus dem Mund. Und ein Anbau für Ziegen.

Und ein Hühnerstall. Später ein Schweinekoben. Heimarbeit, das sollte die Parole sein. Hier an der Küste herrsche Nachfrage nach handgearbeiteten Werkstücken. Die Produkte wollten sie an den Staat absetzen, damit man ihnen nicht nachsagen konnte, sie würden sich privat bereichern. Schon eine Speisekammer sei eine Provokation, hatte Keleti einmal gesagt. Auch kleinste Mengen an Vorräten trügen den Keim des Kapitalismus in sich. Töpferei schwebte ihnen vor. Rodica würde die Modelle entwerfen, inspiriert von der Volkskunst oder antiken Mustern am Ort. Clemens würde eine Drehscheibe basteln, mit Schwungrad und so, beide würden sich um die Formgebung bemühen. Er würde die eingedrehten und geformten Gegenstände im selbstgebauten Brennofen glühen und glasieren. Sie würde sie bemalen. Plötzlich sagte er aus heiterem Himmel: »Auch Bürsten könnten wir binden. Aus Roßhaar.« Sie blickte zu ihm hin, beinahe erschrocken.

Eine Streife der Grenzpolizei riß sie aus ihren Plänen. Ein Offizier der Securitate mit blauer Tellermütze, flankiert von zwei Soldaten mit Maschinenpistolen, nahm sie ins Gebet. Sie mußten sich legitimieren. »Wie?« schnarrte er. Gewiß hätten sie vorgehabt, mit dem Boot in die Türkei zu entfliehen. Dazu sprächen sie miteinander in einer fremden Sprache, die keiner verstehe. Deutsch? Das sei die Sprache von Hitler und Mussolini, in diesem Land verboten. Rodica sagte sanft: »Und die Sprache von Schiller und Goethe.« Ergänzte: Die sei nicht verboten, denn es gebe in diesem Land deutsche Schulen.

Sie solle ihn nicht belehren und dazu auch noch faschistische Propaganda verbreiten. Außer Russisch gebe es keine Fremdsprachen in den Schulen der Volksrepublik. So ging es weiter. Als der Offizier sie aufstehen hieß, bemerkte er, daß Clemens kurze Hosen trug. Halbnackt mit einem Mädchen im Boot? Er war sich sicher, daß sie hier, in diesem staatlichen Boot der *Salvamar,* vorgehabt hätten, Liebe zu machen, *a face dragoste!*

»Abführen!« befahl er der Patrouille. Doch einer der Soldaten legte ein gutes Wort ein: »*Tovarăşe Căpitan,* sehen Sie nicht, die beiden lieben sich.«

»Lieben ...«, brummte der Offizier. »Noch sind wir nicht soweit. Und wenn, dann nicht am offenen Strand, unter den Augen der Welt und dazu noch in kurzen Lederhosen.« Und schrie: »*La dracu cu voi. Repede, repede!*«

Die Lust, die Nacht am Strand zu verbringen, war ihnen vergangen. Clemens begleitete die Geliebte zu ihrem Quartier. Das hatten sie am Morgen ausfindig gemacht. Als sie ein Kind gewesen war, hatte ihre Familie in Constanza bei einer befreundeten Familie gewohnt. »Beletage, *Louis Quinze!*« hatte die Mutter geschwärmt. »Endlich auch wir einmal Beletage, wenn auch bei Fremden.« Mit den Jahren war in der Erinnerung von Frau Adela Amalia einiges verblaßt, *Louis Seize* und Empire dazugekommen, und schließlich, mit leisem Naserümpfen: Louis-Philippe, Bürgerkönig.

Die Gastgeberin *doamna* Dr. Zota erinnerte sich an die Gäste von damals, wünschte aber keine Einzelheiten über die Befindlichkeit heute. Das Schicksal ihrer eigenen Familie genüge ihr. Sie nahm die junge Frau ohne weiteres in ihre vier Wände auf, vier waren es, nicht mehr. Sie zeigte auf ein verkrüppeltes Sofa: »Dort kannst du schlafen, mein Kind, so viel und so lang du willst.« Von der Beletage war ihr ein Zimmer geblieben. Mitten im Salon stand der Küchenofen. Sie servierte türkischen Kaffee und belehrte die beiden, der echte Türkische müsse so sein, daß das Löffelchen darin gerade stehen bleibe wie eine Spargelpfeife. Clemens saß auf der Kante eines Stuhls, *Louis Quinze,* machte sich leichter, als er war, saß wie auf Kohlen, jeden Augenblick gewärtig, daß die vergoldeten Zahnstocherfüße wegbrachen. Nachdem er Frau Zota lang und breit in schlechtem Rumänisch erklärt hatte, wer er sei, woher er komme und daß Deutsch seine Muttersprache sei, erhob sie sich, schritt zu einem Damenschreibtisch in Schwarz und Gold, zog mehrere Lädchen auf und sagte unvermittelt: »Sie verstehen ja Deutsch?« In der Hand schwenkte sie ein Blatt Papier, Bütten; als sie es gegen das Licht hielt, erkannte man das Wasserzeichen. Mit dem Blatt wedelte sie Clemens vor der Nase, der darauf einen Vierzeiler ausmachen konnte. Das Papier aber reichte sie Rodica und sagte: »Das hat ein deutscher Seekadett hier vergessen, als er nach dem 23. August 44 von einem Tag zum anderen abdampfen mußte.«

Clemens wurde an einen Fischer in Tomis vermittelt. Der quartierte ihn ein in einem Schuppen mit Netzen. Es roch nach getrocknetem Fisch. Von Clemens' Mutter hatte er vage gehört. »*O boiereasă săsoică, care a fugit de comuniști.*« Eine Sächsin, ein gescheites Frauenzimmer. Um den Kommunisten zu entkommen, hat sie sich in den Rachen des Wolfes verkrochen. Diesen Rachen vermutete der Fischer südlich von Constanza, in der Nähe des gestrandeten Frachters *Evangelia*. In dessen Umkreis befänden sich die besten Laichplätze, und am Ufer mache sich die größte staatliche *cherhana* breit, die Fischereigenossenschaft mit dem meisten Personal. Die Kommunisten hätten sich die reichsten Fanggründe an der Küste unter den Nagel gerissen, dort müsse es sein. »Aber sie werden dafür teuer bezahlen!« Er nahm sich kein Blatt vor den Mund, nachdem er gehört hatte, daß Clemens Deutscher sei.

Vor der Konditorei *Crysantema* trennten sie sich, unweit ihres Quartiers. Es war Nacht. Rodica reichte Clemens das Blatt des deutschen Seekadetten mit den Zeilen Ovids aus seinen ›Tristien‹. »Behalt es, das Blatt ist für dich.«

»Für uns beide«, erwiderte er, nahm es aber aus ihren Händen. In kunstvoller Schrift war zu lesen:

»Wandelt von jener Nacht mir das traurige Bild vor der Seele,
Welche die letzte für mich ward in der Römischen Stadt,
Wiederhol ich die Nacht, wo mir des Teuren so viel zurückblieb,
Gleitet vom Auge noch jetzt mir eine Träne herab.«

»Mir hat die Frau Dr. Zota nur zwei Zeilen von Ovid zugesteckt, nicht so schön wie deine geschrieben, bloß von ihr hingekritzelt, doch sonderbar dem Sinn nach.« Und sie las mit bebender Stimme:

»Ich betrat die gefrorene Weite.
Fische habe ich gesehen, die hingen im glasigen Eise.«

Ein halbwüchsiges Mädchen bettelte Clemens an, ihr Blumen abzukaufen. Wenn nicht, prügle sie der Vater zu Tode. Sie sah ihn flehentlich an. Selbst wenn sie lügt, ist sie im Elend. Und just fiel ihm das Andersen-Märchen ein von dem Mädchen mit den Schwefelhölzern, das am Heiligen Abend erfriert, weil niemand Zeit hat, ihm die Zündhölzer abzukaufen. Als Rosa ihm das Märchen vorgelesen hatte, in der Adventszeit, hatte er sich mit kindlichen Tränen in den Augen geschworen, nie ein bittendes Mädchen auf der Straße wegzuheschen. Nun war es soweit. Ohne daß Rodica von diesem Geschäft etwas mitbekam, schüttete er dem Mädchen seine letzte Barschaft in die Hände. Das Geld für die Rückreise hatte er schon vorher, noch im Boot, Rodica gegeben, als Eingruß an die gemeinsame Zukunft.

Es war ein Bund Gladiolen, den er einhandelte, so üppig, daß sie beide davon überwältigt wurden. Rodica erschrak, als er mit den gewalttätigen Gewächsen auf sie zutrat. Nur unter Schmerzen konnte sie den Blumenstrauß umfangen.

»Zum Abschied, zur Erinnerung«, murmelte er. Doch sie faßte sich, schnallte ihren Gürtel ab, wand ihn um die scharfkantigen Stengel, bändigte die messerscharfen Blätter und schulterte den Packen. Die beiden Liebenden konnten sich nicht die Hand geben. Ihr Gesicht verschwand. Ein leerer Fleck.

Er sah ihr nach, sah sie gehen, hinein in die Nacht, allein, gebeugt unter der Last der Blumen.

Clemens machte sich auf den Weg, die Küste entlang. Er suchte seine Mutter. Obschon er das Ziel kannte, verfehlte er die Richtung: wie so oft auch jetzt. Doch gegen Mitternacht sah er die enorme Silhouette des Schiffes, unweit der Küste bei Mangea Punar. Und auf dem Steilufer entdeckte er ein Gebäude, in dessen Front ein Licht brannte. Hin schlich er. Es war ein schäbiger Bau aus ungebrannten Lehmziegeln. Er lugte durch das Fenster und erblickte seine Mutter. Sie saß bei der Petroleumlampe, hielt einen spitzen Stift in der Hand und fuhr damit Zahlenkolonnen entlang. Lange blieb er regungslos, vertieft in ihr Gesicht. Es schien ihm strenger als in der Erinnerung, die Züge gemeißelt. Vielleicht lag das an der Haut, die wie gegerbtes Leder wirkte. Gegerbt durch die Ausdünstungen der Fische, durch die ätzenden Schwaden von den Ölfeldern in Batumi am anderen Ufer des Meeres. Was ihn beruhigte, war, daß die Fingernägel der Mutter ihre schöne Form behalten hatten, daß sie genauso kunstvoll gefeilt waren wie eh und je. Nachdem er sich sattgesehen hatte, trat er ins Dunkel zurück. Er tappte um das Haus herum, stieß beim Eingang auf einen Korb, in dem frische Fische lagen, einige zuckten noch. Er stopfte sich die Seitentasche voll und lief dann schnurstracks zum nahegelegenen Bahnhof. Hier kletterte er auf die erstbeste Lokomotive, die hielt, zeigte dem Zugführer seine Hände, hob den Sack voller Fische empor. Der Mann zog ihn mit einem Ruck in das Führerhaus, drückte ihm die Schaufel in die Hand und hieß ihn Kohle schippen. So ging es bis Schäßburg. Als er ankam, war er schwarz wie ein Rauchfangkehrer zu Neujahr.

V

Der Abfall

23

Es war ein Freitag im März 1950, als Isabella und Clemens sich in Fogarasch bei der Wasserburg trafen.

»Warum gerade hier?« hatte er zögernd gefragt.

»Ich laß mir das Gesetz des Handelns nicht von denen diktieren!«

Die mittelalterliche Festung war zu einem Gefängnis für Staatsfeinde umgebaut worden, berüchtigt im ganzen Land. Und die beliebte Burgpromenade, bisher Wandelgang der Flanierer und Ort der Muße und Meditation, sie hatte jeglichen Charme verloren. Keine Boote belebten die bleierne Wasserfläche, und niemand trällerte Offenbachs Barcarole. Die Uferböschung war kahlgeschlagen, die Bäume lagen gefällt am Boden, ihre Kronen vermoderten im Teich. Auf den Wehrmauern ragten Wachtürme. Bewaffnete Soldaten spähten die Passanten mit dem Feldstecher aus. Scheinwerfer lauerten in der Dunkelheit, verwandelten den Wasserspiegel in ein Splitterfeld. Wer über die Promenade ging, fühlte sich wie beim Spießrutenlaufen. Viele taten es aus Trotz.

Isabella, Schulkameradin aus der Kindheit und Freundin von einst, hatte ihn mit einem rätselhaften Brief herbeigerufen. Geschrieben war der Brief in Kaltbrunn, wohin man sie als Lehrerin geschickt hatte. Mit neunzehn hatte sie ihren Posten dort angetreten. Sie unterrichtete in der Staatsschule mit deutscher Unterrichtssprache elf sächsische Kinder der ersten bis vierten Klasse, die nur Dialekt verstanden. »Lesen und Schreiben muß ich ihnen in einer völlig fremden Sprache eintrichtern«, hieß es in dem Brief, mit dem sie ihn zu sich gerufen hatte. »Wie immer ich mich zerfranse, die Kinder fallen ins Sächsische zurück. Jedoch: Da sich alles in einem Klassenzimmer abspielt, hoffe ich, daß jedes Kind innerhalb der vier Jahre halbwegs die sogenannte deutsche Muttersprache erlernt haben wird, nachdem es den Stoff viermal mitbekommen hat. Das Rumänische bringen sie von der Straße mit. Das haben sie beim Spielen auf dem Dorfanger gelernt. Ob es jedoch meine rumänischen Kollegen leichter haben? Bei denen sind drei Viertel der Schüler Zigeunerkinder, schatzig anzusehen, Muttersprache Rumänisch, aber Lesen und Schreiben, nie, eher Rechnen ...«

Die halbe Nacht hatte es Clemens gekostet, von Schäßburg nach Fogarasch zu reisen. Er nahm den Personenzug über Klein-Kopisch und Hermannstadt; Kronstadt mied er, wo sein Vater seit nahezu zwei Jahren hinter Gittern saß. Dritter Klasse rumpelte er dahin, döste auf Holzbänken, wurde eingelullt vom schweren Geruch der Nachtarbeiter, später von der Ausdünstung unausgeschlafener Arbeiter der Frühschicht. Kollegen.

Am Vortag hatte er zwei Schichten in einem gearbeitet, nicht geruht und nicht gerastet, bis der Ringofen unter Feuer gesetzt werden konnte. Schon seit längerem hatte er mit Verwunderung entdeckt, daß ihn während der Arbeit eine kolossale Lust überkam, seine Hände zu regen; eine Lust, die von seinem Körper ausging und an Glückseligkeit grenzte. Dieser sein Körper entband voller Phantasie Fertigkeiten, die die Glut im Rundofen in die Schranken wiesen. Geschützt durch den zielstrebigen Geist der Arbeit, spürte er, daß er bei den oft bedrohlichen Hantierungen nicht zu Schaden kommen würde. Sammelte sich der Schweiß auf seiner Stirne, lief die Brauen entlang und rann über die Wangen zum Kinn hin, dann schüttelte er lachend den Kopf, daß die Tropfen flogen; sickerte der Schweiß aus allen Poren und bildete Rinnsale die Lenden hinab, dann strich er respektvoll mit den Händen über seinen Leib. Er liebte Kopf und Körper als Quelle einer Sinnenfreude voll Mühsal und Gefahr. Und mochte seine Arbeit leiden. Ja, manchmal überkam es ihn wie ein Rausch, so daß der Schichtmeister ihm von oben zurief: »Vergiß nicht, du schuftest hier nicht auf dem Hof deines Vaters.«

Isabella ... Er hatte sich vorgenommen, höflich zu sein, nichts als höflich. Nach dem namenlosen Sommer zwischen Mühle und Meer konnte er sich nicht vorstellen, daß jemand Drittes an sein Herz rühren würde. Doch im Hinterkopf bebte die Frage: Warum hat sie mich gerufen, was erwartet sie von mir?

Im Halbschlaf auf den harten Bänken waren Bilder mit Isabella aufgestiegen: zum Beispiel sie beide, er in der Kluft der Deutschen Jugend, sie in der BDM-Uniform, wie sie im Jugendhorst des Braunen Hauses Habacht stehen mußten vor dem Bannführer. Später dann, zwischen Frauendorf und Salzburch, beunruhigte ein anderes Bild seinen Halbschlaf: wie Isabella ihn auf dem Klosterplatz in Schäßburg zwischen den Grabsteinen an den Ohrwascheln erwischt und auf den Mund geküßt hatte, während die Leute einen Bogen um sie schlugen. Und nahe Fogarasch, als die Sonne schneeweiß über dem fernen Königstein aufging, erregte ein letztes Bild seine Sinne: wie sich Isabella dann doch zu teuer war, nackt und bloß ein Bad zu nehmen in dem Holztrog vor seiner Laubhütte.

Aus Tschumarlai hatte ihn ein Brief erreicht mit einem Satz in Druckschrift, ohne Punkt und Komma: »Ich war ein Kind und Du hast mir vom schweren Leben zu essen gegeben.« Er selbst hatte, seit sie sich in Constanza vor der Konditorei *Crysantema* getrennt hatten, kein einziges Wort gefunden, das er hätte aussprechen können. In schwarzem Schweigen war der Winter dahingegangen, mit Arbeit und Abendschule. Und im verzweifelten Nachdenken Tag für Tag: Warum hatte er sie gehen lassen? Und warum nie mehr ein Wort an sie gerichtet?

Auch die Bilder ließen ihn im Stich. Es fehlte die Neugier

auf Orte und Zukunft. Erschlagen vom schweren Glück des Sommers und in sich gekrümmt im Brüten über sein Stillschweigen nachher, fühlte er sich am nächsten den schwarzen Löchern des Weltalls. Was ihn aber am meisten verstörte, war, daß er mit der Erinnerung allein blieb. Er war noch sehr jung.

Isabella kam von Kaltbrunn zu Fuß nach Fogarasch gestapft, durch den Akazienwald, an der Schießstätte der Kadettenschule vorbei, nicht ganz zwei Stunden Weges. Treffpunkt auf der Burgpromenade war die *Doamna Stanca,* eine mittelalterliche Dame aus Bronze mit Krone und Hermelin, die als Büste auf einem Sockel thronte, ohne Arme. Die rebellischen Ungarn unterstellten, für den restlichen Leib habe das Geld des rumänischen Frauenvereins nicht gereicht. Juden und Armenier enthielten sich der Stimme. Die *Presedinta dela Asociaţia doamnelor Române din Făgăraş,* Frau Colonel Ruxandra Romana Daciana Popescu, wehrte empört ab: Es gebe keine genauen Angaben über den Unterleib der hohen Dame. Außer den Gesichtszügen sei nichts überliefert. Und wohin mit den Armen, wo eine Büste doch bloß aus Kopf und Busen bestehe? Die Sachsen priesen Schönheit und Adel des Gesichts und erreichten, daß schließlich alle Völkerschaften der Stadt mit einer Zunge lobten: Wahrhaftig, das sei das Antlitz einer Herrin.

Isabella reichte Clemens die Hand im Handschuh. Noch hatten die beiden nicht richtig auf einer der kalten Parkbänke Platz genommen, da begann sie schon mit Erläuterung und Deutung.

»Du kennst ja die Geschichte dieser Dame. Zwei Jahre hier, in diesem düsteren Gemäuer, gefröstelt vor Angst und Kälte, während ihr Mann, Michael der Tapfere, *Mihai Viteazul,* Woiwode der Walachei, dieser Condottiere von Kaiser Rudolfs Gnaden, unser Siebenbürgen verwüstet hat. Als ihm das Geld ausgegangen ist, da ist er flugs mit zwei Reitburschen nach Prag geritten und hat an des Kaisers Pforte geklopft, hat diesem die leere Hand hingehalten. Heute Nationalheld, weil er sich mit List und Tücke für einige Monate die drei Provinzen, wo Rumänen leben, unter den Nagel gerissen hat: Transsilvanien, die Moldau, die Walachei.«

Clemens bemerkte, eher beiläufig: »Jedes Volk braucht seine Helden. Selbst wenn ein Volk die Geschichte bloß erleidet: Die Nachgeborenen stellen Siegessäulen auf auch dort, wo sie eine Schlacht verloren haben. So unser rumänischer Geschichtslehrer.«

Ungerührt sprach sie weiter. »Nicht so laut«, warnte Clemens und blickte sich verstohlen um. »Wie, du weißt nichts von seinen Greueltaten? Nie gehört? Alles verschwitzt? Nun, spitz die Ohren!«

Gleichgültig, wo der Feind stand, hatten die Söldnertruppen des Woiwoden Michael eine Blutspur hinterlassen. Dem evangelischen Pfarrer von Großau trieben sie einen rostigen Hakelnagel in die Wirbelsäule und hingen ihn daran auf, dazu noch in der eigenen Sakristei, ließen ihn hängen wie eine Kompaßnadel, bis er den Geist aufgab. Im Dorf Urwegen im Unterwald zogen seine Krieger vierhundert sächsischen Männern die Haut über die Ohren. So gravierend schien dies Ereignis, daß man die Inschrift in der Kirche auf lateinisch verfaßte, wenn auch mit gotischen Lettern. Feuerschein und Brandgeruch zeigten an, wo des Woiwoden Horden wüteten: Um Kronstadt und später ebenso um Hermannstadt steckten sie sieben sächsische Dörfer gleichzeitig in Brand.

Mit leiser Ironie fuhr Isabella fort: Dem landfremden Fürsten war ein Ende mit Schrecken beschert. Zur Gattin, die treu ausharrte in der Burg von Fogarasch, kehrte nicht etwa ihr Mann zurück, sondern nur sein Kopf. Meuchelmörder hatten ihm des Nachts in seinem Zelt bei Thorenburg den Garaus gemacht; den kopflosen Leib hatten sie mitgenommen. Die erlauchte Witwe raffte die Reste an Fürst und Gütern und eilte davon bis in die Kleine Walachei. Dort setzte sie den Kopf des Gatten in einer Klosterkirche bei. Der Chronist aber vermerkte, daß endlich Gott das arme Siebenbürgen von des unmenschlichen Tyrannen Wüten gnädigst errettet habe. »Sie aber, die *donna* Stanca«, *donna* sagte Isabella und nicht *doamna,* »ist zu bedauern. Als letzte Morgengabe kriegt sie seinen Kopf vor ihr Himmelbett gerollt. Die Männer zetteln alles an, wir Frauen müssen es ausbaden.«

Sie schloß: »Und vorher haben uns Sachsen jahrhundertelang die Türken die Hölle heiß gemacht, und hundert Jahre später waren es die ungarischen Kuruzzen, die unsere Gemeinden reihum verwüstet haben; selbst die Pfarrhöfe haben sie in Brand gesteckt.«

»Darum heißt es bis heute, wenn ein Sachse etwas verwünscht: Kruzitürk!«

»Wir aber, wir haben immer von vorne angefangen, blödsinnig wie Termiten. Du erinnerst dich doch an die Geschichte in unserem evangelischen Lesebuch: Wie Holzmengen von den Kuruzzen zerstört wurde.«

Er berichtete in Stichworten, eifrig: Die Sachsen flüchten mit Hab und Gut und Mann und Maus in ihre Kirchenburg, sehen von den Mauern, wie die Kuruzzen die Zigeunerhütten und die Holzhäuser der Rumänen am Rande des Dorfes in Brand stecken und alles niedermachen. Die Eingeschlossenen erkennen, daß Widerstand aussichtslos ist. In der Nacht räumen sie Kirche und Burg, verstecken sich in einer Waldschlucht, werden entdeckt, niedergemetzelt. Heute heißt jener Ort *Mirderschlucht.* Übrig bleiben die Burghüterstochter, achtzehn, und ein achtjähriger Hüterjunge. Als die Zeit reif ist, heiraten die beiden und begründen das Dorf von neuem.

Clemens fragte: »Ist dir an dieser Geschichte nichts aufgefallen?«

»Nur das Übliche, wie gehabt seit der Einwanderung. Immer tödlich bedroht, wir Sachsen. Geschuftet für andere. Und sind noch immer da.«

»Ist es nicht seltsam, daß die Sachsen von den Wehrmauern aus zusehen, wie ihre Hauszigeuner und ihre rumänischen

Knechte niedergemacht werden, statt daß sie die Tore der Burg öffnen?«

Sie sah ihn entgeistert an. Und sagte: »Nein. Die anderen waren doch immer die vielen. Sie hätten sich auch Wehrburgen bauen sollen.«

»Die Zigeuner, Burgen bauen? Du machst dich lustig.«

»Eben nicht«, antwortete Isabella. »Schon dein Satz bestätigt zweierlei: erstens, daß auch du diesen kindischen Menschenwesen nichts zutraust, diesen unfertigen Menschen, wie unsere Bauern sagen. Und zweitens, daß sie zu nichts imstande sind. Machen wir uns nichts vor: Gekommen sind die Zigeuner, ohne daß sie jemand gerufen hat. Von ihrem Ursprungsland haben sie keine Vorstellung mitgebracht, nicht Architektur, nicht Religion, nicht Geschichte, gerade noch Sagen, Legenden und Märchen.«

»Sagen, Legenden, Geschichten, im Kern enthalten sie Geschichte«, warf Clemens ein. »Und schau, ich habe die Beobachtung gemacht: Geschichte trennt, aber Geschichten, die schaffen Nähe.« Wie hatte das Zigeunermädchen Carmencita gesagt? Erzählen wir uns Geschichten, dann können wir uns nicht böse sein. Und das Mädchen vom Meer hatte ähnliches gesagt.

Doch Isabella ließ sich nicht durch Geschichten ablenken. »Sie ernten, wo sie nicht gesät haben, und wohnen, wo sie nicht gebaut haben. Und verschwinden, ohne ein Wahrzeichen zu hinterlassen. Anders wir: Selbst wenn unser sächsisches Vaterunser hier verstummt, werden die Steine schreien. Und unsere Kirchenburgen und unsere bewehrten Städte werden davon zeugen, wer wir waren, was wir waren.«

Clemens dachte ratlos: Es stimmt alles. Doch wo bleibt das »Kommunistische Manifest«? Isabella nahm ihn an der Hand. Nahezu feierlich traten sie vor das Standbild und blickten hinauf zu der Dame, der die Arme fehlten. »Sieh dir diese Bronzebüste genauer an. Das Gesicht, bestrickend schön und edel und in ihren Zügen trotz aller Strenge eine mädchenhafte

Unschuld. Doch hat der Bildhauer sich im Jahrhundert geirrt.«

»Wieso?«

»Der Busen hat es in sich, nein, im Gegenteil, er hat eben kaum etwas an sich, ein schleierhaftes Gespinst verhüllt ihn, und auch das ist durchsichtig. Doch erst zwei Jahrhunderte später war das Mode. Wie raffiniert die beiden Perlenschnüre die Blöße des Dekolletés betonen. Und der Hermelinbesatz, er verhindert gerade noch das Äußerste.« Wahrhaftig: Nahezu nackt bot sich der schwelgerische Busen der hohen Dame den Blicken dar, die Brustwarzen knapp bedeckt.

»Auch in den Zeiten strengster Prüderie haben wir Frauen Haut gezeigt, irgendwie, irgendwo.« Eben. Und Isabella hatte nicht einmal den Handschuh ausgezogen.

»Ich könnte mir vorstellen«, fuhr sie fort, »nackt Tango zu tanzen, um den Hals zwei Füchse, die oben ineinander verbissen sind und vorne herabhängen bis zu den Knien und mit ihren buschigen Schwänzen einiges verdecken und vieles nicht, eben: tanzen, ja, aber wo?«

»Hier, im Schloß«, riet Clemens.

Isabella sagte unvermittelt: »An deiner Frage über Holzmengen ist mir aufgegangen: Etwas, jemanden retten kann man nur, wenn man Grenzen setzt. Ich danke dir.«

Sie wies verstohlen auf das Schloß. »Renaissance in Reinkultur. Jetzt das berüchtigte Gefängnis für Politische, du weißt, der Fürst.« Er wußte. Der alte Fürst Kinizsi war zur gleichen Zeit festgenommen worden wie sein Vater und aus ähnlichem Anlaß. Der alte Querkopf hatte sich geweigert, sein Schloß zu räumen. Mit ihm hatte man kurzen Prozeß gemacht und ihn sogleich hergebracht.

Das ganze Kokeltal hatte sich ins Fäustchen gelacht, als der letzte Streich des Heißsporns ruchbar geworden war. Der erlauchte Herr hatte die Zugbrücke in dem Augenblick hochgekurbelt, eigenhändig, als die Kommission zur Übernahme des Schlosses gravitätisch darüber hinwegschritt. Als die Parteileute gegen das Burgtor zu rutschen begannen, ließ der Fürst die Brücke mit Krach zurückfallen. Die Genossen purzelten in den Wassergraben. Wild um sich schlagend und Gott zu Hilfe rufend, gewannen sie das Ufer, die Enteignungsurkunde flatterte davon. Der Fürst aber zog die Brücke für immer hoch. Einheiten der frischgebackenen Securitate mußten über die Ringmauer kraxeln. Nach zwei Tagen stöberten sie den Edelmann in der Folterkammer auf, hingelagert auf ein Streckbrett. Er trank Rotspon aus einem Faß, in dem seinerzeit die Hexen geschwemmt worden waren, die im Weiher beim Vorwerk nicht ersaufen wollten.

Isabella und Clemens saßen auf der kalten Parkbank und blickten auf die Burg. Die Sonne stand strahlend am Himmel, aber sie wärmte nicht, zeigte Zähne, *soare cu dinți*, wie der Rumäne sagt.

Isabella redete, als wolle sie in einem Atemzug das viele Nichtgesagte ausschütten. Alles mußte heraus, was sich in den Wintermonaten angesammelt hatte, im Beisein windschiefer Grabkreuze und im Umgang mit den Dorfleuten. »Weißt du, die Winterabende, um fünf wird es dunkel. Petroleumlampe, und bis nächsten Morgen nichts, hie und da der Ruf des Käuzchens und das Schlagen der Turmuhr. In der Rockenstube zupfen die Frauen den Hanf, die Spindel surrt, manche stricken. Und worüber reden sie? Die Frauen überhaupt nicht. Die Männer starren vor sich hin, kosten den frischgebrannten Schnaps, legen die Holzscheite nach, die jeder mitgebracht hat, und erzählen von den Heldentaten der Gefallenen zwischen Ural und Holland, oder sie zählen die Frauen und Töchter und Knaben auf, die in der Ukraine in den Arbeitslagern Hungers gestorben oder erfroren sind oder in den Kohlenschächten erschlagen wurden. Schweigen die Männer, dann singen die Frauen: Lieder von Tod und Abschied. Kommt der junge Vikar Soteri dazu, ein Kindskopf und Trittmirdrauf, dann stehen alle auf und verneigen sich. Zu nachtschlafender Zeit schleichen sie sich davon, wie sie auch angetanzt sind, damit die neuen Machthaber und Hofbesitzer nichts mitbekommen von der *adunarea hitleriştilor;* und jeder legt ein paar Bani für das Petroleum auf den Tisch. Angst auch unter unseren Leuten. Doch sie halten zusammen.«

Er fröstelte. Und dachte: Gemeinschaft, Gemeinwohl, Gemeinsinn – Hirngespinste. Die Trennung, das Trennende, das hält die Welt im Gang; trennen, scheiden, teilen treibt das Leben um. Schon auf der ersten Seite der Bibel wird auseinanderdividiert, geschieden: Gott scheidet das Licht von der Finsternis, trennt das Wasser von der Feste. Zuletzt schneidet er die Eva aus Adams Leib heraus. Und nichts wird anders, selbst wenn es am Ende agitatorisch heißt: Sie werden sein ein Fleisch.

Und beim Menschen: Abschied, sich losmachen, das Tischtuch zerschneiden, das Handtuch werfen, sich trennen von Tisch und Bett, die Brücken hinter sich abbrechen ... Die eigene Mutter, mit dem Roman unterm Arm, wandelt dahin, die Rosenallee hinab, trennt sich von Heim und Herd, ohne zurückzuschauen. Er selbst sieht der Mutter verstohlen zu beim Fischezählen, nachdem er sie gefunden hat in der Lehmhütte am Meer. Und schleicht sich weg.

Rodica geht davon – Trennung vor einer Konditorei, deren Namen man nie vergißt. Und Clemens fragte sich wieder, fassungslos, auf der fremden Bank: Wie konnte ich sie gehen lassen, allein in das Schweigen der Nacht, für immer? Hatte sie nicht bei der Mühle beim Abschied gesagt, lachend, aber er spürte, in den Augen hatte sie Tränen: »Immer läßt du mich allein in die Nacht gehen!«

Und plötzlich wollte er weit weg sein. Es verlangte ihn, hinabzusteigen in das abgezirkelte Areal seines Ofens, in den brodelnden Schlund von Hitze, er wünschte sich auf der Stelle dem glühenden Schwertertanz auszuliefern. Spüren wollte er, während die verläßlichen Hände ihren Verrichtungen nachgingen, wie der eigene Atem zur Lohe wurde, wie in den Muskeln sich ein Feuerwerk entzündete und die Augen in hundert

Funken zerstoben. Und blieb sitzen, im Angesicht der Festung mit ihrem bösen Blick.

Er hatte für heute und auch am nächsten Tag, Samstag, frei bekommen, mußte aber Sonntag zur Zweitschicht nach Schäßburg zurück. Bevor seine Zähne zu klappern begannen vor Übermüdung, sagte er: »Komm, wir gehen anderswohin. Man fühlt sich hier wie eine Forelle im Kloster Sâmbăta in jenem riesigen Glasbecken nahe der Küche.«

»Wie das?« fragte sie, zog ihr pelzbesetztes Barett tiefer in die Stirne und drückte ihm gleichzeitig die Gebirgsjägermütze bis über die Augenbrauen hinab. Nun sahen sie wahrhaftig wie Verschwörer aus. »So, jetzt sehen wir kaum noch etwas von der Außenwelt, sind *entre nous;* was ich nicht weiß, macht mich nicht heiß.«

»Trotzdem«, er blinzelte unter dem Kappenschild hervor, »wie eine Forelle im Aquarium komme ich mir vor. Im Kloster habe ich mit meinen Eltern Urlaub gemacht, einen Urlaub der Wortlosigkeit und der stillen Lektüre, in drei Sprachen übrigens: Ich quälte mich mit ›Candide‹ auf französisch, meine Mutter las ›Effi Briest‹, und mein Vater studierte den neuesten *Tratat de floarea soarelui.* Wir drei also gaben uns geistigen Genüssen hin unter dem Sonnenschirm bei dem sprudelnden Wasserbecken der Forellen, die warteten, gebraten zu werden.«

»Na, na! Übertreib nicht. Eher komm ich mir wie nackt im Aquarium vor«, meinte Isabella. »Wir bleiben hier sitzen. Je länger, je lieber, um so harmloser sind wir.« Und bat: »Rück nahe an mich heran. Denn wegen der Nacht habe ich dich hergebeten.«

»Ja«, sagte er.

»Umarme mich. So, das sieht echt aus.« Er legte den Arm um ihre Schultern. Sie trug eine gefütterte Lederjacke. Unter der warmen Verpackung war ihre Gestalt nicht zu begreifen. Sie bemerkte: »Übrigens kommen bald die Jungen vom rumänischen *Liceu Radu Negru* und treffen sich mit den Mädchen vom *Doamna-Stanca*-Gymnasium. Dann fallen wir überhaupt nicht auf. Und unsere Gesichter erkennen die Wachtposten unter den Schirmmützen sowieso nicht.«

»Trotz ihrer Ferngläser. Du hast recht. Die dort hocken zu hoch oben. Damit wird der Gesichtswinkel sehr steil.«

Isabella sagte: »Außerdem lasse ich mir nicht von denen das Gesetz des Handelns aufzwingen!« Doch die Fettbrote mit schwarzem Rettich, die Isabella als Wegzehrung mithatte, getrauten sie sich nicht zu futtern: Damit würden sie sich als Ortsfremde verraten. Kaum hatten sie es sich auf der Bank bequem gemacht, legte sie los: »Weißt du, ich lege eine Liste an.«

»Was für eine Liste?«

»Eine Liste an Überlebensformen für unsereins heute und hier. Einerseits bemüht sich jeder um seine eigene Taktik, damit er irgendwie davonkommt, durchkommt. Kaltbrunn hinter dem Wald, das sich zwar auflöst, aber nicht zugrunde geht. Nachdem die Leute dort Haus und Hof, Grund und Boden verloren haben ...«

»Wie allerorten«, ergänzte Clemens.

»Hält sie kaum noch etwas zurück. Das Dorf siecht dahin. Fast keine Kinder. Sogar die Grabsteine rutschen den Friedhofsberg herunter. Die Kreuze liegen schräg und schauen aus wie ein Zug Betrunkener. Männer und Frauen, vormals stolze Bauern, suchen Arbeit in den Fabriken, laufen täglich zu Fuß über Berg und Tal bis Fogarasch. Autobus gibt es ja keinen, wie du an mir ersehen kannst. Einige versuchen bereits in der Stadt Fuß zu fassen, sehen sich nach Parzellen um, nebeneinander gelegen, wo sie gemeinsam bauen und siedeln können, nach dem Muster der alten Nachbarschaften aus der Zeit der Einwanderung. Unsere Leute halten zusammen wie Pech und Schwefel. Es zwingt uns das heutige Regime, deutscher zu sein, als, als ... es sich der einzelne zu sein wünscht.« Sie blickte zu den Wachtürmen hinüber.

Er fragte: »Fürchtest du, daß man uns belauscht?«

»Belauscht? Nein. Eher erschrecken mich die gespiegelten

Türme in den Tiefen des Sees. Alles Unheimliche im Leben, in unserer Seele steigt aus den Tiefen auf. Denk an die Redewendung: Die Leiche im Keller. Der Mann im Moor. Bei jedem Menschen gibt es das.«

»Die Leiche im Keller, bei jedem Menschen«, wiederholte er. Und sagte kurz angebunden: »Gehen wir los. Warum machen wir uns nicht auf den Weg?«

Isabella konnte den Gedankenfluß nicht hemmen, mußte noch einen Satz anbringen und noch einen und noch einen letzten und allerletzten und war entzückend anzusehen mit ihrem Barett und Kragen, besetzt mit dem feurigen Fuchsfell.

Unvermittelt sagte sie: »Es wird spät dunkel. Aber bis dann könnten wir ja deine Verwandten besuchen.« Woher sie wisse, daß er hier Verwandte habe, fragte er bestürzt. »Was weiß man in Schäßburg nicht, in unseren Kreisen. Oder wir könnten uns den jüdischen Friedhof ansehen, mit Grabsteinen in drei Sprachen, Deutsch, Ungarisch, Rumänisch, und darüber als Klammer das Hebräische. Nein, zuerst zu deinen Leuten. Und dann auf den Friedhof. Das sind wir dem Dr. Tannenzapf schuldig.«

»Woher Blumen?«

»Keine Blumen, nur Steine legt man bei den Juden auf die Gräber.«

Plötzlich wurden ihre Augen starr. Auch er kniff die Augen zusammen. Hinter der linken, bauchigen Bastei segelten zwei Schwäne herbei. Clemens dachte: Das sind die Schwäne, von denen das Volk erzählt, wenn vom rätselhaften Tod des alten Fürsten hier in der Burg die Rede ist. Isabella flüsterte: »Also doch nicht Legende! Hier irgendwo, am diesseitigen Ufer, unterhalb des Promenadenwalls, hat man den Leichnam des alten Fürsten Kinizsi aufgefunden. Du hast ja von der Geschichte gehört.«

»Ja. Er soll das Gitter aus der Mauer gebrochen und dann versucht haben, ans Ufer zu schwimmen. Dabei ist er ertrunken.«

»Ja und nein«, antwortete Isabella. »Auf alle Fälle war er in dieser Burg eingesperrt. Ein wilder Mann! Damit meine ich, daß die Kraftakte, aber auch die Fertigkeiten der Ahnen auf die Nachgeborenen kommen. Schau, meine Vorfahren, alles Zuckerbäcker. Darum habe ich so empfindliche Finger.« Sie zog den Handschuh aus, und er ergriff ihre bloße Hand und führte sie, ohne es zu wollen, an seine Wange. So spazierten sie dahin, und es sah drollig aus.

»Gewiß ist, daß er ausgebrochen ist. Nun meint seine Schwester, die Gräfin Bonis, es sei eine Erfindung des Volkes, daß ihn Schwäne über den Schloßteich gezogen hätten. Legende. Andererseits steht fest, das haben die Ärzte bestätigt: Der Graf hat sich das Genick gebrochen, als er über die Mauer entkommen wollte.«

»Und das heißt was?« fragte Clemens.

»Auf alle Fälle, daß er nicht ans hiesige Ufer schwimmen konnte.«

»Also doch die Schwäne«, bemerkte Clemens nachdenklich.

»Wappentiere haben magische Kräfte.«

Die zwei Schwäne schwenkten um die Bastei herum, glitten am Fuß der Wehrmauer entlang, boten sich im Profil dar in so perfekter Kongruenz, daß es für einen Augenblick aussah, als sei es ein einziger Schwan. Plötzlich flirrte ein Pfeil über die Wasserfläche. Es schien sicher, daß er die edlen Vögel treffen würde. Haarscharf an ihrem Hals vorbei jagte das spitze Geschoß und blieb federnd in einer Fuge der Burgmauer stecken. Traumweiße Flocken rieselten auf den Wasserspiegel. Die Schwäne drehten bei, standen Schnabel an Schnabel und blickten sich an. Dahinter der Pfeil, waagrecht, als habe er mit einem Schuß ihre Hälse durchbohrt. »*Quod erat demonstrandum*«, sagte Isabella erregt. »Der Beweis ist erbracht. Rühre dich nicht, aber schau hin. Das Wappen, das die Kinizsis von den Bethlens übernommen haben: zwei Schwäne *face en face*, die Hälse durchbohrt von einem Pfeil. So bleiben die beiden

Wesen aneinandergeschmiedet, einer im Angesicht des andern für immer und ewig.« Sie kramte aus ihrer Hirtentasche das Jausenbrot heraus und lockte die Schwäne herbei, indem sie Brotbrocken ins Wasser fallen ließ. Bedächtig lösten sie sich vom Fuß der Wehrmauer und kamen hoheitsvoll herangeschwommen. Am Ufer angelangt, tauchten sie ihre Schnäbel nicht in die Flut und suchten nach den Brotresten, sondern hoben ihre Hälse zu den beiden empor und verhielten in erhabener Ruhe. Isabella brach ein Stück Kruste ab und streckte es den Tieren hin. Nach einer Weile schnappte der eine Vogel danach und entwand die Brotrinde ihrer Hand. Als sie das Spiel wiederholen wollte, schlug ihr der zweite Schwan mit dem Schnabel den Bissen aus der Hand und packte ihren Goldfinger. Kräftig biß er zu und zerrte die junge Frau die Böschung herab, die, ohne einen Ton von sich zu geben, alles mit sich geschehen ließ, als stünde sie unter einem Bann. Clemens sah entgeistert zu und rührte sich nicht. Sie wäre in den Teich gekippt, hätte der andere Schwan sich nicht abgewendet und wäre davongesegelt. So ließ auch der bissige Schwan von seinem Opfer ab und folgte dem Gefährten.

»Einer der Schwäne hat mich gebissen«, sagte Isabella. Und es klang wie Triumph. Die Augen hielt sie geschlossen. Doch ließ das Mädchen nicht zu, daß Clemens den glühenden Finger mit Wasser kühlte, sondern musterte betört die Bißwunden. »Das hat etwas zu bedeuten! Der Schwan hat mich gebissen.«

Von der Burgmauer bellte eine Stimme durch ein *portavoce*: »*Plecați imediat! Se trage!*« Weg mit euch. Es wird geschossen.

»Komm«, flüsterte Clemens und zerrte sie vom Wasser weg die Böschung empor.

»Ja, gehen wir zu deinen Leuten«, sagte Isabella benommen. »Wer weiß, was dort auf uns wartet.«

Sie umkreisten die Burg, ließen ihre Blicke über den Ringgraben gleiten, spähten alle Winkel der Festungsmauer aus: Die Schwäne blieben verschwunden.

Dafür begegneten ihnen Scharen von Schülern des *Liceu Radu Negru,* die wie zufällig auf die Elevinnen vom *Liceu Doamna Stanca* trafen. Nach Schulschluß lustwandelte man eine Runde auf der Burgpromenade, trotz der Wachttürme auf der Lauer mit Fernrohr und Schalltrichter und Schießgewehr. Noch lag Schnee an den nördlichen Uferböschungen, die Erlen am Saum der Promenade ragten kahl in den Himmel, und die Trauerweiden am Mühlkanal, der den Schloßteich speiste, ließen ihre ätherischen Äste bis zum Wasserlauf hängen. Aber eine verwegene Helligkeit lag in der Luft.

In der Strada Radu Negru Nr. 5, nahe dem Lyzeum, lag die Rattenburg. Um Isabella irrezuführen – sie sollte nicht wissen, daß er schon hiergewesen war –, hielt Clemens einen Schüler an und fragte nach der Adresse. »Das Gebäude der Schule finden Sie leicht. Folgen Sie dem Bach aufwärts, der den Marktplatz überquert.« Es sei als russisches Lazarett zu erkennen an einem riesigen roten Kreuz auf dem Dach, umrahmt von kyrillischen Buchstaben. Erst vor kurzem hätten die Russen es freigegeben. »Es wird dort eben saubergemacht, von einigen Frauen dieser Stadt.« Unterricht jedoch hätten die rumänischen Lyzeaner schon seit mehreren Jahren in der Deutschen Schule, *Scoala germană,* im Hof der sächsischen Kirche, *Biserica săsească.* Wohin die *Scoala germană* hatte weichen müssen, sagte der Schüler nicht. Doch jeder wußte Bescheid. Es war der ehemalige evangelisch-sächsische Kindergarten in der Flachsgasse; dort war die deutsche Volksschule untergekommen, Mauer an Mauer mit der Securitate.

Als Isabella und Clemens zum Marktplatz einbogen, der von schmalbrüstigen Bürgerhäusern umgeben war, schwebten Lieder durch die Luft, verwischte Melodien von Frauenstimmen. Die Leute, die auf dem Korso spazierten, spitzten die Ohren und eilten zum breiten Gebirgsbach hin, der, von Brücken überspannt, zwischen Steinmauern tief unten dahinplätscherte. An seine Eisengeländer gelehnt, blickten sie zur Fassade des rumänischen Lyzeums hin. Von dort erklang der Gesang, während vor dem Gebäude zwei Milizionäre patrouillierten, flankiert von bewaffneten russischen Soldaten. Isabella und Clemens stellten sich in die Reihe der Neugierigen. Während er bachaufwärts spähte wie die anderen, beugte Isabella sich über das Geländer. Plötzlich zupfte sie Clemens am Ärmel, flüsterte: »Schau!« Über die Steine unten rasten Ratten, tauchten unter, verschwammen zu Schemen, entwischten ins Grausige.

Die Menge jedoch betrachtete die imposante Schauseite des Gebäudes. Die zahllosen Klassenfenster prangten in allen Farben der Welt. Jedes der offenen Fenster war von einem weiblichen Wesen besetzt. Einige hockten rittlings auf der Fensterbank, andere standen aufrecht im Fensterrahmen, diese und jene hielt sich mit einer Hand am Fensterkreuz fest, eine jüngere Frau im Hosenrock ließ die Füße in den Vorgarten baumeln. Einer dicken Dame, die den Fensterkranz voll ausfüllte und den Beschauern den Rücken zukehrte, hatte man ein Leintuch um die Hüften gewunden und sie damit am Oberlicht festgebunden. Die Frauen waren abenteuerlich gekleidet: Alles an Mode war vertreten, vom Winterdirndl bis zum Pelzmantel und Complet. Doch die meisten steckten in Arbeitskitteln oder trugen bunte Schürzen.

Und sie sangen, die farbenprächtigen Frauen in den Fenstern. Laut schallte es über die Stadt hin. ›Am Brunnen vor dem Tore‹ schwebte schwermütig durch die Lüfte, ›Heimat, deine Sterne‹ rieselte herab aus unzugänglichen Gefilden. Und anderes sangen sie: ›Am Golf von Biskaya‹ führte weit weg in Bereiche vergeblicher Sehnsucht. Und auch Erfreuliches war zu hören: ›Mein Hut, der hat drei Ecken‹, oder ›Meine Oma fährt im Hühnerstall Motorrad‹. Und ›Santa Lucia‹, mit dem mancherorts in Siebenbürgen die Toten begraben werden. Und selbstverständlich ›La Paloma‹, die weiße Taube; es erinnerte an den schönen Tod und dahinter an das ewige Leben. Dazu flatterten im Wind die Kleidungsstücke, als sei das Ganze ein buntbewimpelter Vergnügungsdampfer, bemannt mit frohen Menschen, die vor lauter Lust und Liebe schöne Lieder sangen. Das gaffende Volk am Rattenbach war sich einig: »*Vine primăvara!*« Ja, und unbestreitbar war für die Schaulustigen, daß diese Sächsinnen, *al dracului sașii ăștia*, des Teufels die Sachsen, wieder einmal die ersten waren, die das begriffen hatten. Und ihn feierten, den Frühling, auf aparte Art.

Über das Weitere waren die Meinungen geteilt. Daß die deutschen Frauen der Stadt die Fenster des berühmten *Liceu Radu Negru* säuberten, nachdem die Russen es als Lazarett mißbraucht und als Saustall zurückgelassen hatten, fanden einige richtig. Wie großmäulig immer ihr *fiureru din Berlin* den Endsieg verkündigt hatte, *victoria finală*, die Deutschen hatten letzten Endes den Krieg verloren. Und um Haaresbreite auch die Rumänen, hätten sie sich nicht zur Zeit auf die Seite des Siegers geschlagen. Doch andere Zuschauer gaben zu bedenken, daß »unsere Sachsen, *sașii noștri*, uns, den Rumänen, alles Schlimme und Böse, das sich seit 1944 hierzulande anbahnte, vorweggenommen haben«. Und daß die Rumänen ihnen Schritt für Schritt auf dem Fuße folgten: Hat man im 45er Jahr den Sachsen Grund und Boden weggenommen und ihn rumänischen Habenichtsen übereignet, oder noch schlimmer, den Zigeunern, so verschluckte nun alles wieder der Staat. Und kaum seien im Vorjahr die Sachsen aus Rußland von der Zwangsarbeit zurückgekommen, so verschwänden neuerdings jede Nacht gestandene Rumänen in die Arbeitslager in der Dobrudscha und damit ins ewige Schweigen. Denn dort warte Schlimmeres auf einen als Fensterputzen. Wenn die Familie des Deportierten Glück habe, so bringe irgendwann der Postbote ein Bündel mit Kleidern ins Haus; und das heiße nicht nur, daß der Verschollene tot sei, sondern auch, daß man ihn nackt verscharrt habe und ohne Popen sowieso. Aus! Die Umstehenden schlugen das Kreuz und blickten sich scheu um.

Das flüsterte der eine dem andern ins Ohr. Und da man nach den Ohren die Völker nicht unterscheiden kann, bekamen auch Isabella und Clemens manches zu hören. Einig war man sich, daß man die sächsische Pfarrerin hätte schonen sollen. Denn korpulent wie sie sei, wenn auch angebunden mit einem Leintuch, könne sie jeden Augenblick aus dem Fenster stürzen und die patrouillierenden rumänischen Milizionäre erschlagen. Nicht auszudenken. Um die beiden Russen vor dem Lyzeum sei es nicht schade. Außerdem sei sie, wenn auch evangelisch, immerhin eine Pfarrerin: »*Preoteasa, măi, bre!*« Daß die Evangelischen keine Heiligen hätten und somit kaum eine Chance, in den Himmel zu gelangen, das sei sehr bedauerlich. Man werde in der Ewigkeit auf ihre vierstimmigen Lieder verzichten müssen und vor allem auf die Blasmusik. Doch einen Heiligen hätten sie: *Sfântu* Martin Luther.

Es widersprach heftig ein Herr in Galoschen: kein Heiliger, vielmehr ein Fresser und Säufer und Furzer, der dazu als Mönch geheiratet habe. Aber die Lieder heute hier seien schön, und seit die deutschen Soldaten 1944 Hals über Kopf davongerannt seien, habe man solche Lieder nicht mehr gehört.

Mit einem Mal verkrümelte sich die redselige Menge. Zwei Herren, gleich gekleidet, Kammgarnanzüge, graue Mäntel, dazu stinkteure Schuhe, hatten sich wie auf Kommando aus der Menge gelöst und waren einfach weggegangen, im Abstand von ein paar Schritten.

24

»Kommt, tretet ein.« Frau Gertrud, die Hausherrin, machte eine einladende Bewegung. Und setzte erfreut zu einem neuen Satz an: »Das ist doch, aber du bist doch ...«

»Ich bin der Enkelsohn von Ottilie Rescher«, fiel ihr Clemens ins Wort. »Wir haben viel voneinander gehört. Und das ist Isabella Reinhardt, meine Schulfreundin aus Schäßburg ...«

Vom Hof trat man direkt ins Zimmer. Der Bewurf war abgeblättert. Von dem schrundigen Mauerwerk stach ein hoher Bücherschrank ab, mit Einlegearbeit. Im Fenster zum Hof hin prangte ein Stammbaum mit einer Unzahl von Eichenblättern. Im obersten Blatt las Isabella den Namen Norbert Felix.

»Noch habe ich mir das nicht angesehen. Das ist wieder so eine Idee von unserem ältesten Sohn. Er weiß nicht recht, wohin mit sich. Und wir auch nicht: wohin mit uns, wie weiter? Doch Not lehrt alte Weiber springen. Und bewahrt vor zuviel Gedanken.«

Die Hausfrau wandte sich an Clemens: »Ja, ja, der Clemens aus Schäßburg, von dir wissen wir manches. Tante Ottilie schreibt regelmäßig. Aber deine Eltern? Noch immer ...«

»Der Vater dort, die Mutter nirgendwo.«

»Und Sie sind die junge Lehrerin aus Kaltbrunn. Man hat von Ihnen viel Gutes gehört.« Und fuhr fort: »Heute habt ihr es gut getroffen, es wird hier gefeiert. 17. März, Gertrudentag. Aber aus Gründen höherer Gewalt müssen wir den Fünf-Uhr-Tee früher ansetzen.« Sie wies schräg hinüber zum Schulgebäude, wo unermüdlich die Fensterputzerinnen ihre Lieder übten. »Die Milizionäre waren schon da, um mich abzuholen. Wohin soll es gehen? habe ich gefragt. Ins Lyzeum. Das habe ich schon lange hinter mir. Aber erst als ich meinen Namenstag erwähnte, *onomastica,* konnte ich sie erweichen und mit einem Gläschen Schnaps eine Galgenfrist erwirken.«

Während Isabella sich verstohlen im Zimmer umsah, bat Clemens um ein Glas Wasser. Er lief Tante Gertrude in die Küche nach und stieß hervor: »Niemand darf wissen, daß ich schon hier war.«

Sie lachte verschmitzt: »Das habe ich begriffen.« Und sagte nachdenklich: »Es gibt Erlebnisse zwischen Menschen, die sind so kostbar, daß man sich nicht einmal zu erinnern wagt. Die Kinder nehmen wir in die Verschwörung hinein.« Während er hastig den Becher leer trank, trat Tante Gertrude in den Hof, rief die Namen ihrer Kinder in alle vier Himmelsrichtungen und pfiff dann eine Melodie, es klang wie eine Geheimparole: »Ich hatt' einen Kameraden, einen besseren find'st du nicht.«

Von der Familie Dinca hatte Clemens nichts zu befürchten: Die Ehefrau lag allein im Fenster, ihre Augen waren gehalten von Tränen. Mal lugte sie nach links zum Bahnhof hin, in der kargen Hoffnung, ihr Mann würde herbeikommen aus den Steinbrüchen der Dobrudscha, in der königlichen Uniform, doch beraubt der Epauletten und ohne die gekrönten Knöpfe, auf dem Kopf die Sträflingsmütze und barfüßig; mal blickte sie zum Markt hin, von wo der Postbote kommen mußte, um ihr ein Bündel mit seinen Kleidern auszuhändigen.

»Gegessen habt ihr ja wohl nichts?« Und ohne eine Antwort abzuwarten, ordnete Frau Gertrude an, daß die beiden Gäste ein Mittagessen vorgesetzt bekämen. Die Kati antwortete mürrisch: »Ist nicht genug für diese zwei Leute aus Schäßburg: ein Teller *ciorba* für die Genossin Lehrerin, ein Teller *tocana* für ihren Knecht, und Palukes, wieviel sie wollen, bis zum Hals hinauf.« Als sie das Essen auftrug, machte sie ihrer Verachtung Luft. »Schweinzige Leute, die Leute in Schäßburg. Denn wenn sie sich begrüßen, sagen sie: Leck mich am Arsch und bleib gesund, du verfluchter Schweinehund.«

Während die Hausfrau sich an der Garnwinde zu schaffen machte, fragte sie wie von weit her: »Doch wie war das bei euch, lieber Clemens, als man euch hinausgetan hat? Ich weiß es nicht mehr genau, man hört so viele Schauergeschichten.« Clemens schwieg. Isabella antwortete für ihn: »Es ging recht einfach zu. Die Reschers durften nichts mitnehmen, außer was in einen Koffer eingeht.«

»*Strictul necesar*«, ermannte sich Clemens.

»Eigentlich keine schlechte Lösung«, sagte Frau Gertrud. »Fast ein Glück. Es erspart einem Kopfzerbrechen. In diesem Sinne können wir nur teilweise von Glück reden. Nachdem man unsere Sachen in einer Nacht auf die Straße geworfen hat, ist zwar vieles verlorengegangen, einiges auch verschwunden, ohne verlorenzugehen. Aber wie ihr seht, ist noch recht viel übriggeblieben.« Und sie wies zu den Polstersesseln auf den Schränken.

»Wie das? Verschwinden und nicht verlorengehen?« fragte Isabella.

»Als ich mich tags darauf bei den Nachbarn bedanken ging für ihre Hilfe bei Nacht, da entdeckte ich manches aus unserm Haushalt. Auf meinem Damasttischtuch servierte mir Frau ..., sagen wir Frau Ionescu die *dulceaṭa*. Und rang die Hände über die Ungerechtigkeit in dieser Welt im allgemeinen und die Schlechtigkeit der Menschen im besonderen. Selbst der Kristallbecher mit dem Wasser zur Konfitüre entstammte meiner Aussteuer.«

»Und was haben Sie dazu gesagt, Frau Gertrud?« fragte Isabella.

»Nichts«, sagte die Dame des Hauses.

»Kein Wort?«

»Kein Wort. Das ist die größere Strafe.«

»Sie haben nicht den Becher der Frau Ionescu an den Kopf gepletscht?«

»Nein, als gesittete Leute haben wir Konversation gemacht.« Frau Gertrude spulte das Garn von der Winde. »Und was hört sich von eurer Villa Sonnentau?«

Ehe einer antworten konnte, ertönte eine dumpfe Männerstimme hinter dem Seidenvorhang, der vom oberen Stockbett herunterhing. Die Besucher fuhren zusammen, Isabella wurde feuerrot. Die Stimme kommentierte: »Sonnentau? Das ist ja direkt unanständig. Sind diese Verwandten aus Schäßburg Insektenfresser?«

»Das ist einer unserer Söhne, er hatte Nachtschicht«, beschwichtigte die Mutter.

Isabella rieb ihre Backen mit beiden Händen, als wolle sie die Röte ihres Gesichts begründen, und sagte: »Villa Heliodor heißt das Haus, hieß ihr Haus.«

Frau Gertrude erläuterte, als gebe es den Lauscher hinter der Wand nicht: »Dort also in seinem Fuchsbau, in seiner Schlafhöhle, haust unser Norbert Felix. Er nennt sich auch Felix, obschon er nicht so heißt und sich nie so fühlt.«

»Felix, ja«, ertönte die Stimme hinter dem Vorhang, »doch ohne Glück und nicht aus Pietät zu Vater und Großvater oder aus Konkurrenz zu meinem Bruder Kurtfelix; nein, aus anderen, verzwickten Gründen ...«

Die Mutter wartete ab, ob noch etwas aus dem Souffleurkasten kommen werde, und sagte dann: »Norbert ist im Moment unser Sorgenkind.«

»Warum Sorgenkind? Weil ich die Theologie an den Nagel gehängt habe? Ich laß mich auf Gott nur ein, wenn er mich beim Namen ruft, höchstpersönlich. Und ansonsten verdiene ich mir mein Brot selbst, liege niemandem auf der Tasche. Bleiben die Fremden noch lange?« Anscheinend konnte der Mensch in seinem Versteck durch das seidige Gespinst hindurch alles verfolgen, was sich im Zimmer abspielte.

»Lieber Bub, zuerst sag schön Grüß Gott. Schau, das ist dein Cousin von Schäßburg, Clemens, etwas jünger als du.«

»Ich weiß Bescheid, Cousin dritten Grades. 1808 treffen wir uns beim selben Vorfahren Georg Haupt, Hutmacher in Fogarasch in der Altgasse.«

»Richtig. Mit der jungen Lehrerin aus Kaltbrunn.«

»Isabella Reinhardt, wer kennt sie nicht«, hörte man die Stimme des Bauchredners.

»Danke. Vielleicht aber zeigst du dich gelegentlich hier in der Gesellschaft. Und von deiner guten Seite.«

»Genau darum zeige ich mich nicht«, ertönte die Stimme. »Andererseits ganz gut, daß sie hier sind. Irgendwo hab ich gelesen, daß bei Familientreffen die Stimmung am besten ist, wenn auch Fremde oder Freunde dabei sind. Mies ist es, wenn nur die engste Familie beisammen ist. Und ganz schlimm wird es, wenn gewisse Verwandte dazukommen: Schwägerinnen, alte Schlitten und Schnorcheln, ledige Tanten.« Und jäh im Diskant: »Frau Helene? Ich Frau, wie das? Fräulein! Fräulein, soviel Zeit muß sein. Ich gehe auf die neunzig. Und nicht zu glauben, aber ich bin noch eine Jungfrau! Tot, toi, toi!« Die Mutter lachte.

Ein Seufzer war zu hören. »Ah, die Lehrerin von Kaltbrunn. Die ist nun durchaus zum ersten Mal bei uns in der Rattenburg.« Isabella errötete, als sei es eine Kränkung.

»Norbert hat in der Nacht die Schweineställe bei der COMCAR geweißelt. Diese neuen Namen, schrecklich. Ist das nicht die Abkürzung für Kommunistische Fleischgenossenschaft?« Da es im Versteck still blieb, fuhr die Hausherrin fort: »Ja, ihr könnt hierbleiben, solange es euch gefällt. Wir bringen euch schon irgendwie unter. Wegen der Ratten, die einem buchstäblich auf dem Kopf herumtanzen, können wir kein Lager auf dem Fußboden aufschlagen. Aber unter dem Dach hat Norbert eine breite Hängematte aus Schilfrohr aufgespannt.«

»Genau wie Clemens«, fiel Isabella erfreut ein, »auch er eine Schilfmatte, aber im Keller. Das muß ich notieren. Unabhängig voneinander, allein diktiert durch die gleiche Zwangssituation, richtet man sich ähnlich ein.«

Clemens sagte unmutig: »Vergiß bitte nicht, ich habe noch ein Baumhaus.«

»In diesem Hängebett kann man unbehelligt schlafen«, ergänzte die Gastgeberin. »Das haben wir unserm Dienstmädchen zu verdanken. Sie sagte, daß die Bauern ihre Brotlaibe im Keller auf einem Brett halten, das von der Decke herabhängt, unzugänglich für jede Art von Nagetieren.«

»Nicht mehr«, sagte Isabella.

»Nicht mehr? Warum?«

»Weder haben sie Keller noch ein Brett und kaum Brot. Diese Zeiten sind vorbei. Und haben sie einen Keller, dann halten sie anderes darin versteckt. Wie wir alle übrigens.«

»Was denn«, fragte die Stimme.

Isabella antwortete zögernd: »Das Viele, das jeder tunlichst zu verbergen sucht.«

Die Hausfrau sagte: »Überall die gleiche Not unter unseren

Leuten. Doch auf dem Dachboden können wir euch auch nicht unterbringen. Es ist zu kalt.«

Die verschleierte Stimme sagte: »Die beiden können in dieser Zweimanngruft schlafen, einer unten, der andere oben. Ich räume sowieso mein Verlies für die Nacht. Und Kurtfelix schläft gerne unter dem Dach. Der verkriecht sich in sein Bärenfell. Wenn er nicht gerade auf die Pirsch geht. Es ist Vollmond.« Und wie zur Erklärung: »Mein Bruder gefällt sich in Transfigurationen. War er in der Volksschule Till Eulenspiegel, so mimt er momentan die Figur des Jägers aus Kurpfalz.«

»Nein, Isabella schicken wir zu meiner Freundin Thea schlafen. Die sind noch in ihrem Haus geblieben. Hier in Fogarasch hat man nur drei sächsische Familien hinausgetan: Haupt, König und uns.« Während Frau Gertrude sprach, spulte sie eine Strähne Garn von einer Wickeltrommel auf eine Spindel. Am andern Ende des Werktisches erhob sich die »Dame ohne Unterleib«, verdeckte die Rundstrickmaschine. Isabella wurde in ihr Geheimnis eingeweiht.

»An diesem Nadelzylinder hab ich aparte Muster ausgetüftelt, Waben- und Spinnenmuster und andere.« Sie öffnete ein Geheimfach in der Kommode und zog einige Strumpfmuster hervor. Dann stülpte sie die Dame aus Papiermaché über das Gerät.

Isabella fragte: »Und woher diese aparten Farben, dieses diskrete Beige und das dezente Lila?«

»Sie werden lachen, mein liebes Kind. Am Sonntag marschieren wir mit den Kindern zur Papiermühle. Wir kratzen die Rinde von den Erlen. Daraus koche ich einen Sud, der diese Farbe erzeugt. Dauerhaft und wetterfest. Und das Lila: rote Zwiebelschalen. Die rumänischen Damen sind versessen auf diese Sorte von Strümpfen. Der Zulauf ist so groß, daß ich mich manchmal fürchte, die Finanzgarde nimmt mich fest. Dann tanze ich einen Csárdás für mich, und die Angst ist weg.«

»Schwarzarbeit«, ertönte die Stimme hinter der Bettdraperie. »Und dennoch, weiß und unschuldig wie ein Brautkleid. Die haben uns alles genommen. Wir halten uns schadlos, wie es geht. Und erfahren: Arbeit adelt. Im Unterschied zu früher, wo sie als Schande galt.«

»Nur beim Adel«, sagte Clemens.

Und Isabella bemerkte: »Wie, nur drei sächsische Familien mußten ihre Häuser räumen? Sonderbar; der Klassenkampf hat an jedem Ort ein anderes Gesicht.«

»Es sind die relativ Reichsten, die es erwischt«, fiel ihr die körperlose Stimme ins Wort. »Also modern ausgedrückt: die gefährlichsten unter den kapitalistischen Ausbeutern vor Ort. Das Fräulein hat recht. In Stalinstadt, wo die sächsischen Industriemagnaten zu Hause sind, wäre unsere Firma kaum aufgefallen. Manches hätten wir uns ersparen können. Ihr werdet fragen, wie? Indem man dem Verlust durch Verzicht voraus ist. Aber das setzt eine aristokratische Haltung voraus, die uns Sachsen fehlt.«

»Und Sie, Isabella«, sagte Frau Gertrud, »sind Lehrerin in Kaltbrunn hinter dem Akazienwald. Das war vormals eine stattliche Gemeinde. Oft sind wir am Sonntag nachmittag hinspaziert, um uns den Tanz der Jugend anzugucken, unter der Linde vor dem Friedhofstor. Unsere Milchfrau kam von dort. Unsere erste Haushälterin stammte von dort. Neuerdings haben wir die Kati aus Kaltbrunn.« Und lachend: »Daß wir noch ein Dienstmädchen halten? Nobel geht die Welt zugrunde. Man kann nicht von heut auf morgen alles Altgewohnte hinter sich lassen. Wie lang sie noch bleibt, unsere Kati? Eine nach der anderen läßt sich in der Fabrik anstellen. Wir werden gewiß auch ohne Haushilfe auskommen. Nun also, Kati die Letzte erzählt, daß in Kaltbrunn nur noch ein paar geplagte Leute zurückgeblieben sind. Sogar die Grabsteine machen sich auf die Wanderschaft. Nicht einmal die Toten finden in dieser Zeit ihren Frieden. Bei Ihnen in der Schule immerhin noch elf Kinder. Zu bewundern sind Sie, Isabella. Sie sind eine Idealistin. Gut, daß es so was noch gibt.«

Flackernd erklang die Stimme aus dem Untergrund: »Idealisten sind gefährliche Menschen. Sie haben ein falsches Bild von der Welt. Krampfhaft suchen sie nach Gelegenheiten, Opfer zu bringen. Und stürzen sich und andere ins Unglück.«

»Aber du bist doch auch ein Idealist!« sagte die Mutter verwundert.

»Eben. Man hüte sich vor mir!«

»Jemand muß sich ja dieser letzten Kinder in unseren Dörfern annehmen«, sagte Isabella bescheiden. Und wurde rot bis zu den Ohrmuscheln, die unter dem Barett zu leuchten begannen. »Außerdem hat man mich vom Staat aus nach Kaltbrunn geschickt, ohne mich viel zu fragen.« Wie goldig sie ist, dachte Clemens ratlos.

»Mama, hast du die Fremden gefragt, ob sie sich die Hände waschen wollen?« mischte sich die unbekannte Stimme ein.

»Ja, gut«, sagte die Mutter, »hoffentlich hat einer von euch Wasser geholt. Das ist immer eine Tour. Für die Buben eine Tortur. Unsere Kati halten wir heraus. Wir karren es von der Straßenecke herbei. Aber im Nu sind die Kübel leer. Übrigens, heute nachmittag geht es hier fürstlich zu: Gitterkuchen mit Hetschepetschmarmelade. Die Früchte von uns geklaubt. Im Herbst schwärmen wir aus, dort, gegen Kaltbrunn zu. Und eine Torte aus Kukuruzmehl, gesüßt mit Zuckerrübensaft. Isabella, sind Sie nicht die Enkeltochter vom Konditor Albertini? Oft hat mich als junges Mädchen ein Student hin ausgeführt, wenn ich in den großen Ferien bei meiner Tante weilte. Ihr Großvater, Isabella, die Höflichkeit in Person, er hat mir ›gnädiges Fräulein‹ gesagt, zum ersten Mal in meinem Leben. Mir ist die Torte vom Löffelchen gefallen.«

Die beiden jungen Leute saßen steif auf einem mit Rips bezogenen Diwan, bläulich schimmernd und auf der Sitzfläche durchgewetzt. »Wo ihr sitzt, schläft Uwe, der kleinste meiner Söhne.«

Clemens fuhr nach alter Gewohnheit mit den Fingern in die Ritze zwischen Armlehne und Polstersitz und zog eine zerknautschte Tube Zahnpasta hervor. Tante Gertrude nahm sie an sich und legte sie ins Nähkörbchen.

»Ja, ja,« sagte sie, »in Schäßburg bei meiner Hanni-Bretztante habe ich das auch gemacht. Die sonderbarsten Dinge habe ich ans Tageslicht befördert. Einmal sogar eine goldene Brosche mit Emaileinlagen. Meine Tante schenkte sie mir. Nicht aus Güte, sagte die Gute, sondern daß es nachher kein Charivari gebe. Sie hatte die Brosche in ihrem Testament vergessen.«

Die schartige Stimme mischte sich ein: »Habt ihr nicht den Eindruck, daß wir falsch erzogen worden sind? Nicht für diese Zeiten allemal. Schon daß man uns eingetrichtert hat, immer und unter allen Umständen die Wahrheit zu sagen.« Irritiert wandten Isabella und Clemens den Kopf. »Könnt ihr euch vorstellen, was es mit der Tube auf sich hat? Soll ich es ihnen sagen, Mama, was du dort versteckt hältst? Doch auch die Wahrheit kann des Teufels sein.«

Die Mutter sagte: »Du allein bist im Bilde. Nicht einmal deinen Vater habe ich damit belasten wollen. Aber entscheide du. Und sieh zu, daß du dich und uns nicht ins Unglück stürzt.«

Doch die Gäste wußten Bescheid, von Haus aus.

»Falsch erzogen. Untüchtig, diese Zeiten zu bestehen. Allein der Aristokrat schafft es, mit dieser Zeit fertigzuwerden. Selbst im türkischen Dampfbad wahrt er Distanz«, grollte es in der Schlafhöhle.

»Ich weiß es«, sagte die Mutter sanft. »Die Welt hier steht kopf, und wir alle finden uns darin schwer zurecht. Doch trainieren wir.«

»Zum Beispiel: Was nicht dir gehört, laß liegen, hat man uns eingebleut. Oder Geben ist seliger denn Nehmen. Das stimmt alles nicht mehr. Heute ist es so: Wenn man dir gibt, nimm, wenn man dir nimmt, schrei! Dahinter versteckt sich wiederum das plebejische Verlangen, glücklich sein zu wollen. Willst du nicht unglücklich sein, verlange nicht glücklich zu sein, meint Schopenhauer.«

Plötzlich geriet der Vorhang ins Wallen. Zum Vorschein kamen als erstes nackte Füße, die sich ruckweise in den Beinen fortsetzten, bis hin zu einer lila Badehose. Der Rest verharrte hinter dem Vorhang. Der Blick der Beschauer aber blieb auf einer weiß schimmernden Narbe am Oberschenkel hängen. Es sah aus, als habe man mit einem Hohlmesser ein Stück Fleisch herausgeschabt, schräg von oben nach unten.

»Was ist das für eine Verwundung?« fragte Clemens unwillkürlich.

Die Mutter antwortete: »Ein Streifschuß. Maschinengewehr. Ihn hat eine deutsche Kugel erwischt.«

»Vielleicht auch nicht.«

»Was heißt, nicht?« fragte Clemens die oben herum vermummte Gestalt, die am Bettrand saß, die nackten Füße auf dem Boden.

»Vielleicht hat die Kugel nicht mich erwischt, sondern ich sie. Ist euch aufgefallen: Man kann einen Menschen retten, aber schützen kann man ihn nicht.« Und unvermittelt: »Werter Cousin, merk dir dies: Ich bin rascher am Ziel.«

Er sprang auf, stieß den Vorhang beiseite. Ein dickes Buch polterte zu Boden: ›Der eiserne Engel‹. Die Gäste waren neugierig auf das Gesicht, endlich das Gesicht zur Stimme. Doch sie wurden enttäuscht. Mit einer gelbkarierten Decke über dem Kopf rannte der blinde Bauchredner davon. »Mein Geschenk, Mama, entdeckst du im Fenster gegen die Galerie zu. Ich muß zur Arbeit. Übrigens, wenn die Bäume auf dem Weg in die Zukunft alle abgehackt sind, flüchte man zum eigenen Stammbaum. Tröstlich ist dabei, daß man sich an jeder Art von Baum aufhängen kann, auch am Stammbaum.« Das klang nicht besonders lustig aus der gelben Decke. Weg war er. Im Gedächtnis haften blieben die lila Badehose und die häßliche Narbe.

»Während eines Hausballs am 23. August haben deutsche Flugzeuge aus heiterem Himmel unsern Garten mit Maschinengewehren beschossen. Ich selbst war mit den Kleinen in

Rohrbach auf Sommerfrische. Meine Eltern machten die Honneurs. Weshalb er und noch zwei Mädchen, seine Freundin und eine jüdische Schulkollegin, den Splittergraben verlassen haben, kann ich nicht sagen. Ja, noch ein vierter war dabei, ein ehemaliger Klassenkamerad. Unser Sohn schweigt sich aus, aber es verfolgt ihn. An die Theologie zurückgenommen haben sie ihn nicht. Er wollte plötzlich Gefängnispfarrer werden. Am ehesten scheint er *chez soi* zu sein, wenn er als Viehtreiber unterwegs ist, mit einem Trupp Zigeunern.«

Isabella sagte: »Ein fatales Datum, dieser 23. August 1944.«

Frau Gertrud sagte: »Man muß manchmal eine Geschichte auf sich beruhen lassen, ruhen lassen. Irgendwann einmal beginnt sie von alleine zu sprechen.« In der Stille hörte man die Fensterputzerinnen unverdrossen ihre Lieder singen.

Clemens machte dem Hausherrn im Schweinestall seine Aufwartung. Onkel Felix sagte: »Ja, ja, man hat mir eingeschärft: Zum ersten Mal bist du in diesem Haus. In unseren Kreisen sieht man es nicht gerne, wenn einer mit einem rumänischen Mädchen unterwegs ist.« Er bürstete den Schweinen die Borsten wider den Strich. Flöhe kullerten heraus. Sie würden nicht auf den Menschen springen, beschwichtigte Onkel Felix den Gast, das Schweineblut sei üppiger und süßer als das der Menschen.

»Euch jungen Leuten geht es wie uns in Rußland. Nachdem unsere Welt zusammengebrochen war, wußten wir nicht, woran wir uns halten sollen, festhalten könnten. Ich sehe es an meinem ältesten Sohn. Er weiß nicht, wohin mit sich, findet keine Leitbilder, sucht vergeblich nach Verhaltensregeln, will feste Kriterien haben: was gilt, was gut ist, was falsch ist. Das war im Lager nicht anders: Jeder war auf sich selbst angewiesen, aber auch an sich selbst gewiesen. Doch euer Stadtpfarrer Seraphin hat mir die Augen geöffnet.«

Wiewohl es streng verboten war, hatte der Pfarrer aus

Schäßburg jeden Kranken auf seinem letzten Weg begleitet, mit biblischen Tröstungen bis zum Tod und nachher bis zur Grube. In seiner Mütze hatte er eine winzige Bibel versteckt, die Blätter so dünn wie Zigarettenpapier. Und nicht zugelassen hatte der Pfarrer, daß einer nackt und bloß begraben wurde. Seinen eigenen Kotzen hatte er hergegeben und jeden Toten damit verhüllt.

»Woher hatte unser Pfarrer die vielen Decken?« fragte Clemens.

»Ja, das war für ihn eben die wunderbare Hand Gottes.« Jedesmal nämlich wurde der ungebärdige Pfarrer, ansonsten einfacher Arbeiter wie alle Intellektuellen im Lager, für einige Tage in den Karzer gesteckt. Und brachte von dort immer eine Decke mit. Ob es Gott gebe, ließ er dahingestellt, meinte manchmal: »Schade für Gott, wenn es ihn nicht gibt.« Aber woran er unerschütterlich glaubte, war die spürbare und erkennbare Liebe Gottes. Einmal kam dieser Glaube ins Wanken und er fühlte sich von allen guten Geistern Gottes verlassen: als ein Nichtsnutz ihm im Basar die Kappe vom Kopf riß, mit der Bibel darin, und im Gewühl verschwand. Warum? Warum? Und entdeckte hingerissen, daß der einzige Gottesbeweis, den es gebe, Herr Felix schüttelte den Kopf, die Gottverlassenheit sei.

Nun, dem Herrn Felix war der Pfarrer nicht mit der Bibel gekommen, nicht einmal mit den zehn Geboten. Dieser hatte dem Pfarrer von vornherein erklärt: Bei mir ist Hopfen und Malz verloren. Sparen wir die Kräfte. Bisher bin ich mit dem Vaterunser allein gut gefahren, in schönen Tagen, in schlimmen Tagen, zu Hause und hier.

Trotzdem war Herr Felix begierig zu erfahren, an was man sich halten könne, um zu bestehen, nicht nur zu überstehen, und zwar unabhängig von den Wechselfällen der Welt und des Lebens. Daraufhin hatte ihm Pfarrer Seraphin an einem Winterabend von mörderischer Kälte den blitzenden Himmel gezeigt und Kant zitiert »in jener altertümlichen Sprache«, führte Herr Felix aus und schabte weiterhin Flöhe aus dem Borstenvieh, »die auch die unsrige ist: ›Zwei Dinge erfüllen das Gemüt mit immer neuer und zunehmender Bewunderung und Ehrfurcht, je öfter und anhaltender sich das Denken damit beschäftigt: der gestirnte Himmel über mir und das moralische Gesetz in mir.‹«

»Der Himmel über mir«, erwiderte Clemens nachdenklich. »Dort kenne ich mich aus, aber das Gesetz in mir?«

»Das muß jeder für sich finden.« Der kategorische Imperativ war für Onkel Felix schon in der Formulierung zu kompliziert. Dazu plagte der Hunger gotterbärmlich und die bittere Kälte zwickte, dort in Rußland. Somit hatte er die aufwendige Lebensregel für sich zurechtgestutzt: Handle so, daß andere deinetwegen nicht leiden müssen.

»Das ist unmöglich!« entfuhr es Clemens.

»Gewiß«, sagte Onkel Felix freundlich.

Die Flöhe auf dem Boden ergingen sich in putzigen Kapriolen. Der Hausherr blies sie mit einer riesigen Luftpumpe zum Stall hinaus. Darauf stellte er die Stallaterne in die Tür. Die würde die Flöhe abhalten, kehrtum zu machen.

»Doch wirst du feststellen, junger Mann: Die Beste unter denen, die man geliebt hat, ist immer die, die man verloren hat. Das Schlimmste wiederum im Leben scheint mir, daß man einen Menschen nicht mehr lieben kann. Ich weiß: Man sollte sich vor Superlativen hüten. Vielleicht kannst du sie dämpfen.«

Und entließ Clemens mit den Worten: »Sag Tante Gertrud, ich bedanke mich für die Einladung zum Festakt. Ich komme, wenn die Schweine mich beurlauben. Wer Tiere hält, steht unter einem besonderen Stundenplan. Muß meine Frau nicht zum Fensterputzen? Ja, und deine armen Eltern waren in Stalino im Lager. Und du bist nun zum zweiten Mal Vollwaise, gewissermaßen.«

Vor der Tür Scharren und Getrampel. Und dazu Katzenmusik.
»Aha! Die Kinder mit ihrem Ständchen! Kurtfelix. Uwe. Elke Adele. Das Gekrächze, das ist Kurtfelix, er ist im Stimmbruch.«

Sie sangen: »Übers Dach, übers Dach fliegen die Gäns, fliegen die Gäns, fliegen die Gäns ...«

Die Kinder quollen herein. In den Händen hielten sie Schneeglöckchen und Aurikeln. Die drei liefen auf die Mutter zu, wollten sie auf einmal umarmen. »Ihr erstickt mich noch!«

»Wir wissen alles«, schloß Kurtfelix und zwinkerte Clemens zu.

Die kleine Elke Adele trat auf im Gewand des Rattenfängers von Hameln, in der Hand die Flöte. Kurtfelix war als Jäger verkleidet, mit Bogen, Pfeil und Köcher. Uwe war ein Leiermann. Auf einer echten Drehorgel zauberte er längst verklungene Weisen.

Uwe legte ein greifbares Geschenk auf den Tisch, während Kurtfelix und die kleine Schwester sich noch in Schweigen hüllten. Es war ihm gelungen, mit Hilfe von Norbert Felix einen winzigen Empfänger für Kurzwellen zu konstruieren. Noch immer war nicht geklärt, ob die Deutschen in der Rumänischen Volksrepublik ein eigenes Radio besitzen durften oder nicht; bei Strafe verboten nach dem 23. August 1944. Dies selbstgebastelte Wunderding war ein sogenannter Kristalldetektor. Eine Nadel kratzte über die zerklüftete Oberfläche eines Minerals, Bleiglanz, und plötzlich hörte man im Kopfhörer eine pulsierende Stimme. Auf englisch raunte es durch den Äther. Die Nadel stolperte weiter. Nur Piepsen und Quietschen. Aus dem geteilten »Reich« war nichts zu hören.

Elke Adele sagte: »Und das ist mein Geschenk für die Mama.« Sie führte die Blockflöte an die Lippen und begann das Lied vom Rattenfänger zu spielen. »Jetzt verstecken sich die Ratten in ihren Schützengräben und fürchten sich.«

»Vielleicht«, sagte Kurtfelix. »Ich aber gehe aufs Sichere.

Wenn ihr Glück habt, gibt es heute ein große Überraschung.« Er zog einen Pfeil aus dem Köcher. »Wollt Ihr sehen, wie genau ich zielen kann?« Noch ehe jemand etwas sagen konnte, spannte er den Bogen, legte den Pfeil auf, kniete nieder und ließ die Sehne losschnellen. Der Pfeil verfehlte offensichtlich sein Ziel und blieb in einem üppigen Ölgemälde mit Gladiolen stecken. »Pardon«, sagte Kurtfelix und verbeugte sich vor Isabella, »der Gitterkuchen in deiner Hand war das Ziel. Nun kannst du ihn in Ruhe aufessen.«

Die Mutter bat Clemens, den Pfeil aus der Leinwand zu ziehen. Das Bild war ihm nicht aufgefallen, er hatte sich diesmal im Zimmer nicht umgesehen. »Behutsam bitte, wegen der Widerhaken.« Gladiolen, die Blätter wie Schwerter; seine Hand zitterte. »Ein Hochzeitsgeschenk von meinen zwei Tanten aus dem Wildgarten, Helene und Hermine Goldschmidt, du weißt, rechte Cousinen deiner Großmutter, die sich übrigens für heute angesagt haben«, die Gastgeberin seufzte, und Elke Adele tröstete sie: »Sie erwischen dich nicht mehr, liebe Mama. Wenn sie kommen, putzt du schon die Fenster drüben und singst die schönsten Lieder.«

Kaum hatte man sich zu Tisch gesetzt und die Kinder hatten die Palukestorte zu muffeln begonnen, garniert mit Zwetschkenröster, als jemand herrisch an die Tür klopfte. Ohne auf das »Herein« zu warten, trat ein Offizier in der Uniform der Milizionäre in die Stube. Ein herabhängender Schnurrbart erinnerte an einen Honvéd. Frau Gertrud begrüßte ihn auf ungarisch: »Seien Sie von Herzen willkommen, verehrter Herr Kolomán. Ich bitte Sie, sich hereinzubemühen und Platz zu nehmen, dürfte ich das Vergnügen haben, Ihnen etwas aufzuwarten?« Zu Isabella und Clemens gewandt, sagte sie: »Das ist Herr Kolomán Nagy. Wir haben vor Jahren zusammen Theater gespielt und Operetten aufgeführt, unter der Regie des ungarischen Pfarrers Molnár, vormals.« Und auf ungarisch: »Erinnern sie sich: In der ›Csárdásfürstin‹ waren sie mein Partner.«

Der nickte kaum; man merkte, Herr Kolomán erinnerte sich nur vage an die Zeiten der Operette. Die Tellermütze hatte er nicht abgenommen, als sei sie an den Ohren angewachsen. Streng sagte er: »Genossin Gertrud, wir müssen gehen. Die Zeiten haben sich geändert.« Der Mann der Macht packte die Dame des Hauses am Arm, anders als zum Tanz, und führte sie ab. Ein halbes Stück Palukestorte blieb zurück.

Draußen stand Kurtfelix beim Bach, hochrot vor Erregung. »Heute ist ein Glückstag, Mama, liebe. Gerade jetzt, wo sie dich wegschaffen wollen, hab ich das Biest erwischt, das ist bestimmt der Rattenkönig. Dies Viech ist so schwer, daß es mir die Hand verrenkt!« Und er schwenkte seine Beute. Durchstochen vom Pfeil, drehte sich eine fette Ratte wie verrückt um ihre Achse. Einem Gartenregner gleich verspritzte sie ihr Blut, das auf die Steine im Hof niederrieselte, zerfranste Kreise hinterließ. Der Pfeil hatte schräg von oben das Tier durchbohrt, als es den Bach überquerte. Mit schrillen Tönen hauchte es seine Seele aus.

Elke Adele blies die Blockflöte, mit erschrockenen Augen: »Damit die anderen Unholde in ihren Löchern bleiben.«

Der Vater, der mit dem Futterkübel auf der Treppe stand, sagte: »Ein Meisterschuß! Ein Plagegeist weniger für meine Schweine; sie werden sich freuen.«

Kati kam kreischend aus dem Haus gelaufen: »Ich geh weg aus diesem Haus mit tote Gespenster!« In der Hand hielt sie einen Zecker, in den sie ihre Habseligkeiten gestopft hatte.

Gäste und Hausbewohner beäugten das Schauspiel. Kurtfelix vermeldete: »Die Frau Dinca sagt, die Ratten sind so verflixte Tiere, daß sie von den Toten auferstehen.«

Jetzt aber schwenkte er den Metallpfeil mit dem blutigen Fleischklumpen so, daß die himmelblaue Uniform des Offiziers von oben nach unten, von unten nach oben bekleckert wurde, und weiter hinauf: Ein paar Spritzer des eklen Blutes erglänzten auf dessen Attila-Schnurrbart. Dann hielt der Bub den zappelnden Pfeil jäh an: Mit einem Ruck rutschte das verwundete Tier über die Pfeilspitze und plumpste in den Bach; am Widerhaken blieben die Eingeweide hängen.

Das war der Augenblick, wo der Genosse Kolomán Frau Gertrud stehen ließ, auf den Buben zuschritt, die Hand zum Schlag erhoben, den Handschuh hatte er abgestreift. Doch ehe der fuchsteufelswilde Mann den Schützen packen konnte, hatte dieser den Pfeil auf die Sehne gelegt und den Bogen gespannt. Auf ungarisch sagte er: »Noch einen Schritt, Kolománbácsi, und ich schieß dir das rechte Ohr weg, und wenn du meine Mutter nicht sofort hier bei uns läßt, ist auch das andere weg. Ohne Ohren aber glitscht dir deine Kappe bis zur Nasenspitze. Wie willst du dann noch Polizist sein, *kedves bácsi?*« Und er schoß probeweise einen Pfeil ab, haarscharf surrte das spitze Geschoß am Ziel vorbei, die Fiederung streifte die Ohrwaschel. Der Genosse Offizier Kolomán Nagy vergewisserte sich schleunig, ob die Tellermütze fest saß. Und ging.

Von der bewimpelten Fassade des Lyzeums ertönte es keck und fröhlich: »Wenn die Elisabeth nicht so schöne Beine hätt', hätt' sie viel mehr Freud' an dem neuen langen Kleid...«

25

Isabella und Clemens verabschiedeten sich, doch wurde es keine Zeremonie; das ganze Haus wartete darauf, wo an der Schauseite des Schulgebäudes Frau Gertrude ihren Arbeitsplatz beziehen werde. Doch es kam anders. Genosse Kolomán schrie zu den Fenstern hinauf: »Alle deutschen Damen herunter auf die Straße. *Hamar, hamar!* Geschwinde, rasch! In Reih und Glied aufgestellt. Und losmarschiert, zum Marktplatz hin! Im Laufschritt, marsch, marsch!« So schnell er die Befehle hervorstieß, so langsam formierte sich der Zug.

»*Jaj Istenem*, um Gottes willen, weg mit den Eimern und Besen, Lappen und Bürsten!« Abschließend sagte der Milizoffizier in holprigem Rumänisch: Am Marktplatz sei nichts anderes zu tun als stillzustehen, zu klatschen und zu schreien.

»Sollten wir nicht doch etwas singen, ein kleines Lied, einstimmig, ein Liedchen im Dialekt?« fragte die Pfarrfrau Malwine Stamm atemlos. »Ein sächsisches Volkslied, vielleicht gar zweistimmig?«

»Nur das nicht!«

Und schärfte ein: »Klatschen auf Kommando. Und Schreien, aus vollem Leib die Losungen schreien, mit dem Lautsprecher um die Wette, doch nur auf Befehl.« Bequemte sich dann zu einer summarischen Erklärung: Die Genossin Ana Pauker, Landespräsidentin des kommunistischen Frauenverbandes aus Bukarest, dazu Außenministerin der Volksrepublik und Kämpferin aus der Illegalität, sei unangemeldet eingetroffen und wünsche ein Meeting zu veranstalten; einen Marktplatz voller Frauen wolle sie sehen. »*Repede, repede!*«

Woher diese weiblichen Massen zusammenkratzen? Die Gleichberechtigung der Frauen bahnte sich erst an den Extremen an: Da war die Ministerin und am unteren Ende waren es die Straßenkehrerinnen, entlaufene Dienstmägde, etliche schnippische Mädels in den Manufakturen und einige Verkäuferinnen in den Staatsgeschäften. Die Rettung in der Not: die Sächsinnen, das Putzfrauenbataillon. Dazu als Garnierung Mädchen mit Busen vom *Liceul Doamna Stanca* und als eiserne Reserve junge Marktfrauen, Bäuerinnen, das würde reichen. Während man die hohe Genossin Ana Pauker im Parteigebäude mit Selterswasser und Salzstangen bei Laune hielt, spritzen die Boten davon.

Es hieß landauf, landab, die königliche *Siguranţa,* die Vorgängerin der jetzigen kommunistischen *Securitate,* habe der gefürchteten Genossin das linke Ohr abgeschnitten, weil sie bei den Verhören nicht hatte reden wollen. Doch das fehlende Ohr bekam niemand zu Gesicht. Eine schwungvolle Haarwelle deckte die linke Gesichtshälfte ab.

Während sich der Zug der sächsischen Frauen formierte,

lehnten Clemens und Isabella vor der Rattenburg am Geländer zum Bach hin. Heimatlich berührte sie der Klang der Muttersprache, zuhauf und reihenweise in aller Öffentlichkeit. Und als die Kolonne sich lautlos in Bewegung setzte zum Stalinplatz hin – totales Schweigen hatte Genosse Kolomán befohlen, die Stimmen erloschen mitten im Satz –, da trennte sich Isabella von Clemens und schloß sich dem Zug an, grundlos, wie es schien: Frau Gertrude war in der Marschkolonne nicht zu sehen. Allein die Kinder des Hauses liefen mit und die Kati hinterher mit ihrem Reisesack.

Die Partei residierte neuerdings in einem zweistöckigen Prachtbau. Dessen Balkon war rot ausgeschlagen, es wehten Parteifahnen mit Hammer und Sichel. Eine Frau mit rebellischen Zügen und schwungvoller Frisur gestikulierte mit einem Sprachrohr, schmetterte ihre Aufrufe über die Häupter der Frauen hinweg. Das Sprachrohr führte sie nicht an den Mund, denn so wäre ihr stürmisches Gesicht nicht zur Geltung gekommen; sie benützte es als Taktstock. Sie rief zum Klassenkampf auf, den die befreiten und gleichberechtigten Frauen mitkämpfen dürften. Aus einem versteckten Lautsprecher ertönten Losungen und Drohungen, welche die Menge nachplapperte, daraufhin rauschte Klatschen auf, in das alle einfielen.

Das herrschaftliche Parteigebäude, das alle Nachbarhäuser überragte, hatte dem Großgerber Andrei Pancrotu gehört, vormals Oinz Bangroth. Den hatten sie in ein Lager verschickt, dort sollte der Ausbeuter durch Arbeit zu einem Proletarier umgezogen werden. Jüngst war der alte Herr gestorben. Ein Paket mit der Inhaltsangabe *haine vechi*, gebrauchte Kleider, war an der alten Adresse abgegeben worden, per Nachnahme. Somit mußte die Partei die Spesen bezahlen.

Kleider? Ein Knopf kollerte heraus, bestäubt von einer Prise Kalkstaub. Ein Schlitzknopf, das war alles. Den erhielt die Haushälterin des Verstorbenen, die alte Amalia Roşu, vormals Amalie Roth.

Dieser Oinz Bangroth, einst der reichste Mann in Fogarasch, hatte nach dem 23. August 1944 zu den wenigen Sachsen gehört, die sich romanisieren hatten lassen. Was aber über die Hutschnur ging, war, daß er auch den Glauben gewechselt hatte, von sächsisch-evangelisch zu orthodox-rumänisch. Selbst gestandene Rumänen zuckten verständnislos die Achseln. Von nun an schritt er nicht mehr gravitätisch in die evangelische Kirche, wo seine Familie seit alters her eine eigene Bank hatte, überragt von einer geschnitzten Eule; vielmehr pilgerte er einsam in die orthodoxe Kirche am Ende der Griechengasse. Dort mußte er stundenlang stehen, denn es gab keine Bänke.

Frau Amalia Roşu beschloß, ein prunkvolles Begräbnis auszurichten. Der orthodoxe Erzpriester hatte nichts dagegen, den Knopf zu beerdigen, doch könne man keinen Rabatt gewähren, im Gegenteil. Fünf Popen heuerte Frau Amalia an, schon um es den Sachsen zu zeigen, den ehemaligen Landsleuten, die um die beiden einen Bogen geschlagen hatten.

Das alles traf sich eben heute. Wie sagt der Rumäne: *Nu aduce anul, ce aduce ceasul.* Nicht beschert ein Jahr, was die Stunde bereithält.

Die Genossin Pauker war mit ihrer Rede noch im weiten Feld, da näherte sich der Leichenwagen von der Burgpromenade her mit leichtem Klirren der Kristallscheiben, beladen mit einem geschnitzten Eichensarg, darin der Knopf ruhte. Wie bei orthodoxen Begräbnissen Sitte, war der Sarg offen, damit man den Toten sehen und besser beweinen konnte.

Vorne schritten im eifrigen Gespräch fünf Priester in ihren golddurchwirkten Gewändern, davor trugen Knaben zwei Kirchenfahnen, ein dritter hielt ein gerahmtes Riesenfoto hoch, schwenkte es manchmal nach rechts, nach links zum Volk hin. Es zeigte den Gerbermeister im Bratenrock, dekoriert mit Medaillen und Orden; niemand in Rumänien hatte sich so aufs Gerben von Chevrauxleder und Boxcalf verstanden wie der Verstorbene. Die Haushälterin hatte gedrängt, dieses Bild mitzunehmen und schließlich in den Sarg zu legen, damit es am Jüngsten Tag keine Verwechslung geben könne. In den Gräbern würden Tausende von Knöpfen herumliegen und auf die Auferstehung warten.

Wer aber folgte dem Sarg? Eine Schar von Männern und Frauen wallte dahin, sogar Kinder und Mädchen trippelten mit. Die Männer schauten alle gleich aus, gegerbte Gesichter: Es waren die Männer seiner Zunft, die der Verstorbene im Laufe seines Lebens herangezogen hatte, vom Lehrling zum Gesellen und schließlich zum Meister.

Während der Leichenwagen dahinrollte, dahinter ein zweiter Wagen mit den Kränzen, stand viel neugieriges Volk herum. Die gutgezogenen Bürger hoben den Hut, die Frauen schlugen das Kreuz, Zigeunerinnen warfen Heckenrosen, die Klageweiber schrieen ihre Klagen heraus. Auf Wunsch von Frau Amalia fuhr der Kondukt am Haus vom Großgerber und Tschismenmacher Bangroth/Pancrotu vorbei. Die volksdemokratischen Frauen und Jungarbeiterinnen mußten eine Gasse freigeben, ebenso die sächsischen Putzfrauen und die übrigen, die man zur Volksversammlung angeheuert hatte.

Als die Frau Stadtpfarrer erkannte, wem das Begängnis galt, rief sie mit zitternder Stimme: »Um Gottes willen, keine Blasmusik, der Arme! Er ist doch auch ein Unsriger gewesen, ein Sachse.«

»Eben«, pflichtete Frau Doktor König bei. »Ein Sachse von altem Schrot und Korn, der Bangroth.«

»Ohne Blasmusik auf den Friedhof, das hat er nicht verdient. Wir müssen ihm zu Hilfe eilen ...«, fuhr die Frau Stadtpfarrer fort.

»Vielleicht nicht verdient«, bemerkte die Lehrerin Linde Apfelbach, »aber wie heißt es bei unserem Heimatdichter Michael Albert:

Deiner Sprache, deiner Sitte,
deinen Toten bleibe treu.
Steh' in deines Volkes Mitte,

was sein Schicksal immer sei.
Wie die Not auch drängt und zwinge,
hier ist Kraft, sie zu bestehn,
trittst du aus dem heil'gen Ringe,
wirst du ehrlos untergehn.«
Aber wir verzeihen ihm, denn tot ist tot.«
»Wir verzeihen ihm, tot ist tot«, murmelte der Chor der Frauen.
Hermine Kirr, ehemalige Leiterin der Deutschen Ortsgruppe in Fogarasch, genannt Ogrulei, seit kurzem aus demStraflager Caracal für sächsische NS-Amtsleiter zurück, befahl: »Es wird zweistimmig gesungen. Aufrücken in zwei Karrees, Alt und Sopran! Ordnung muß sein, deutsche Ordnung.« Die Frauen gehorchten in alter Manier, rückten auf, verschafften sich Gehör. Und sangen als erstes zur Erwärmung ein leises Lied im Dialekt: »*Af deser Ierd, do äs e Land, si hiesch es nichen andert* ...«
Doch bald schwoll der Chorgesang an. Durch eine List des Teufels, der nie schläft, schlich sich das Lied in die Lautsprecher und hallte nun vollmundig über den Stalinplatz. Die getragenen Modulationen wurden weitergereicht von den hohen Fassaden und schwangen schließlich empor zur Genossin Ana Pauker.
Dort, vor dem Haus des ehemaligen Besitzers, von dessen Balkon die erhitzte Genossin den Reichen nichts Gutes verhieß und den Frauen eine verzuckerte Zukunft, machte der Leichenzug halt. Die Pferde tänzelten unter ihren schwarzen Schabracken. Die Trauergäste standen eine Gedenkminute lang still. Dann machten sie linksum kehrt, drehten sich zum imposanten Gebäude hin, neigten das Haupt oder gingen in die Knie, wie es sich geziemt vor dem Haus eines Toten, der zur ewigen Ruhestätte geleitet wird. Verbeugten sich mithin andächtig vor der hochgestimmten Genossin. Die brach ihre feurige Rede ab, drehte sich um und zischte durch die halboffene Tür in den Raum, wo die Partei lauschte: »Was

tun?« Die Gefolgsleute schwiegen, einer murmelte: »*Mort este mort.*«

Die rabiate Frau hatte im Untergrund manches standhaft überlebt, jetzt aber mußte sie sich setzen. Ein Bangrothischer Lederfauteuil wurde auf den Balkon geschoben, in dem sie versank. Als die Genossin jedoch hinunterstarrte, was gewahrten ihre Augen, was sah sie, als ihr Blick in den offenen Sarg fiel? Der Sarg gähnte leer herauf, doch auf seinem Grund glänzte ein schwarzer Hosenknopf, kostbar gebettet auf helles Chevrauxleder.

Mit gesträubten Brauen fragte die große Genossin aus der Hauptstadt, was dieser Hexensabbat dort unten bedeute. Eine gezielte Provokation durch die Bourgeoisie, eine Verhöhnung der jungen Volksrepublik? Der Parteisekretär legte ihr die Hände auf die Schultern, als wolle er die *marea tovarăşe din Capitală* im Lehnstuhl zurückhalten, daß sie in ihrem Zorn nicht über die Balustrade springe, und klärte sie auf, daß alles mit rechten Dingen zugehe, daß es sich nämlich um das Begräbnis eines ehemals angesehenen Bürgers dieser Stadt handle. Die Umerziehung in einem Arbeitslager hätte Früchte tragen können, wäre der *tovarăşu Pancrotu* nicht außer Plan gestorben. Nach seinem Tod sei eben nur so viel von ihm übriggeblieben: ein Hosenknopf. Und dem Tod könne niemand gebieten. »Doch!« schnaubte die Genossin: »Durchaus!« Die Genossen nickten, aber keiner glaubte es.

Schon stand Ana Pauker unter einem Schüppel wilder Haare an der Balustrade des Balkons, überschrie die singenden Sächsinnen mit dem ersten Satz, füllte die Lautsprecher mit ihrer Stimme: »Wir werden sogar dem Tod den Hals umdrehen. Auch der verbündet sich mit der Bourgeoisie, dieser Niemand, hat kein Herz für die ausgebeuteten Werktätigen. Wir werden auch ihm den Garaus machen.«

Eine Ziehharmonika von der Terrasse bei der Konditorei Embacher nahm die Tangoweise ›La Paloma‹ auf, eine Klarinette fiel ein, die Instrumente verstärkten den Rhythmus, verwandelten das Lied in Tanzmusik. Da gab es kein Halten mehr. Die Arbeiterinnen, Frauen und Mädchen, fielen sich in die Arme und fingen an zu tanzen. Ja sie angelten sich aus dem Trauerzug Männer, umfingen sie mit ihren kraftstrotzenden Armen und tanzten mit ihnen davon. Nicht minder die Elevinnen der höheren Mädchenschule in ihren blauen Kleidern mit plissiertem Kragen und wogender Brust. Und einige der entlaufenen Dienstmägde knicksten vor den sächsischen Damen, die ihnen selbst als Reinmachefrauen fremder waren als jeder noch so fremde Mann, und forderten sie zum Tanz auf. Es war ein endloser Reigen tanzender Paare, die im Tangoschritt dem verblichenen Hosenknopf auf dem Weg zum Friedhof folgten. Auch die sächsischen Frauen gingen den letzten Weg ihres Landsmannes mit, in geschlossener Marschordnung und zweistimmig singend. Und Klarinette und Ziehharmonika führten den Zug an, vor den Kirchenfahnen und den Popen.

Clemens fühlte, wie sich jäh zwei Arme um seinen Hals schlangen, ihn in den Reigen der Beschwingten zogen: »Damit dich mir keine andere wegschnappt!« Und es sagte Isabella, die sächsische Lehrerin aus Kaltbrunn: »Wir sind wir! Die anderen aber sind die anderen.«

Die Genossin Ana Pauker blieb allein zurück. Ihre beiden Ohren flatterten im Wind. Niemanden interessierte diese Sensation. Die Legende jedoch blieb.

An der Alutabrücke trafen sie Kurtfelix. »Ein Entenbraten würde meinen Leuten munden. Wir hungern nicht, aber hungrig sind wir.« Als er sich verabschiedete, riet er: »Meidet Abkürzungen. Sonst verpaßt ihr die weiße Hirschkuh.« Er holte den Bogen vom Rücken, legte einen Pfeil auf, prüfte die Schärfe der Spitze und verschwand in den Gefilden der Toten Aluta.

Hinter der Brücke lag das rumänische Dorf Galata. Mitten im Dorf öffnete sich linkerhand ein Karrenweg nach Kaltbrunn, noch in der Flußau. Bei der Schießstätte, sie war unheimlich in ihrer Stille, kein Schuß fiel, erklomm der Weg die Lehne der diluvialen Flußterrasse.

Auf der Höhe hielten sie inne. Bis zum Himmel war alles erfüllt von einem stillen, kalten Licht. Das veränderte sich kaum, wenngleich die Sonne bereits zum Horizont hinabschwebte. Im Süden gleißten die Spitzen der Karpaten. Zu Füßen der Wanderer schlängelte sich der Fluß. An seinem jenseitigen Ufer lag die Stadt, übersät von Kirchtürmen. Mittendrin ballte sich die Burg.

Die zwei kehrten Fogarasch den Rücken und schritten aus, dem Akazienwald zu. Der Wald bedeckte einen Bergrücken in der Ferne. Er schnitt Kaltbrunn vom Rest der Welt ab. Die beiden Wanderer wechselten kaum ein Wort. Sie mieden die ausgetretenen Pfade, die eiligen Abkürzungen. In den Mulden verbarg sich Schnee. An seinen Rändern zeigten sich Schneeglöckchen, mit Blättern spitz wie Nadelstiche.

Streckenweise hielten die beiden sich an der Hand. Sie hatte ihm den Fäustling abgestreift und in hohem Bogen in einen Graben geworfen. Dort, im Dornendickicht, blieb der Handschuh liegen. Ihre nackte Hand fühlte sich heiß an. Verstellte ihnen eine Schneemulde den Weg, trennten sie sich, er wich links aus, sie rechts. Danach haschte sie wieder nach seiner Hand. Doch es war anders als zu der Zeit, da sie Kinder waren.

Sie passierten einen Panzerwagen mit dem Balkenkreuz. Innen war er hohl und leer. Er stand wie ein Attrappe in der Landschaft und war doch echt. Die Kettenraupen hatten sich gelöst, rosteten auf der Wiese vor sich hin. Noch hätte das Schrottgebilde auf seiner stählernen Unterlage ein, zwei Meter abwärts rollen können. »Doch wozu?« bemerkte Clemens.

Isabella sagte: »Damals, als sie getürmt sind, haben die deutschen Soldaten uns zugerufen: Haltet aus, wir kommen! In zwei Wochen sind wir zurück.« Zwei Wochen später rollten russische Panzer in Zweierreihen durch Schäßburg. Zur Dämmerstunde überquerten die Befreier den Hauptplatz. Jeder Panzer schoß eine Lichtgarbe aus seinem Scheinwerfer, ein böses Zyklopenauge im Drehturm. Ihre Ketten wühlten Pflastersteine aus dem Untergrund, verwandelten den kunstvollen Belag in ein Trümmerfeld. Der Platz war leer. Rumänen lagen im Fenster, die Arme verschränkt auf geblümten Kissen, die Sachsen spähten hinaus, versteckt hinter Samtvorhängen. Der Bürgersteig war leergefegt. Über den Fahrweg hüpfte Isabella mit der Springschnur, huschte durch die Strahlenkegel, das weiß-rote Seil blinkte im Takt über ihrem Kopf. Den Blick hielt sie zu Boden gesenkt, vertieft in das Spiel. Man sprach in Schäßburg davon.

Clemens erzählte ihr die Geschichte.

Doch ein böser Zug kerbte ihre Mundwinkel. »Zurückgelassen haben sie nicht nur diesen Grusel von Tank, sondern Gespenster ...« Und fügte düster hinzu: »Gespenster, dazu noch von Fleisch und Blut. Mit denen wir es zu tun haben, mit denen wir fertigwerden müssen.«

Sie wanderten weiter.

Im Wald bei Kaltbrunn versanken ihre Füße im Schnee. Die Kälte hatte sich zwischen den Bäumen verschanzt. Dämmerung nistete in den Ästen. Hoch im hellen Äther stoben zwei Raben dahin, gejagt von Krähen.

Der Weg begann zu fallen, der Wald lichtete sich. Als Rauchschwaden das Dorf anzeigten, verhielt Isabella den Schritt. Sie sagte: »Es gelingt nicht, dich dem Schicksal der Gesamtheit zu entziehen. Der Bangroth hat es nicht geschafft. Umsonst nannte er sich Pancrotu; in den Steinbrüchen ist er trotzdem gelandet. Und zuletzt wie ein guter Sachse mit ›La Paloma‹ begraben worden. Auch deine Eltern haben es *à la longue* nicht vermocht, sich ... sich herauszuhalten ... « Sie brach ab. Begann einen neuen Satz: »Auch ich habe es versucht, andeutungsweise: über die kleine Differenz mit amerikanischen Zigaretten, dann mit dem großen Sprung bis zu Marx hinüber. Die Taktiken des einzelnen zu überleben, sie mögen verschieden sein, doch deine Herkunft holt dich zurück.«

Galt das noch für ihn? Nach dem Sommer von der Mühle bis zum Meer, vom Stundturm bis zum Muschelkloster?

Und dunkel endeten ihre Worte: »Es gibt eine kollektive Vergangenheit, der entrinnst du nicht.«

Betroffen murmelte er: »Vielleicht hast du recht. Man spricht viel von kollektiver Schuld.« Und sagte mutig: »Ich glaube schon, daß jeder die mittragen muß; doch etwas stört mich ... «

Sie unterbrach ihn: »Auch ich verweigere mich nicht der sogenannten kollektiven Schuld, aber der kollektiven Bestrafung, der ja, durchaus!«

Sie schwiegen, denn sie erkannten: Es war zu schwer.

Isabella fuhr fort: »Die Gespenster der Vergangenheit, sie lauern im Keller, steigen herauf, greifen nach dir ...«

Sie nahm seine Ohrwaschel in die Hände und küßte ihn auf den Mund, wie seinerzeit auf dem Kirchplatz in Schäßburg. Aber es war anders als damals: Sie preßte sich an ihn, bebte, als beutle sie das Wechselfieber, und ihre Lippen waren rauh und glühten. Auch fehlten die Spaziergänger um die Klosterkirche, die behutsam den Grabsteinen auswichen, als wollten sie die Toten und Verliebten nicht stören. Und manchmal stöhnte sie auf: »Au, mein Finger! Der Schwan.«

Er dachte verwirrt: Der Schwan, der Schwan ... Und Schnee, der Boden eiskalt, und wir sind beide allein auf dieser Erde, sie und ich. Doch wo das grüne Gras, wo die Schmetterlinge und das Geklingel der Glockenblumen, wo der plätschernde Bach und die Sonne wie eine Daunendecke, und wo die hohen Farnkräuter, unter denen man sich lieben kann wie die ersten Menschen?

Dann haschte sie nach seiner Hand, die er ihr willig überließ.

Sie sagte: »Du weißt ja, was deine Leute in Fogarasch in den Tuben mit Zahnpasta versteckt halten?« Das war eines der wenigen Worte zum Besuch in der Rattenburg. Er wußte es: Dort versteckte man die gehorteten Mariatheresientaler und die letzten Napoleons d'or vor dem Zugriff der Securitate, dort und anderswo, zum Beispiel im Elfenbeinknauf der Spazierstöcke, nachdem im ganzen Land die begüterten Leute bei der Geldeinwechslung im August 1947 ihr Barvermögen verloren hatten und im Juni das Jahr darauf alles.

»Ja«, sagte er, »aber wenn sie dir Daumenschrauben anlegen, dann nützt alles Versteckspielen nichts. Von meinem sogenannten Vetter haben wir nicht viel zu Gesicht bekommen, außer der scheußlichen Narbe, kein Mensch weiß, was dahintersteckt. Doch das ist sein Geheimnis.«

»Er ist sehr anregend. Noch nachher beschäftigt es einen.«

Clemens stutzte, fragte: »Was weißt du ... wieso weißt du das?«

»Er hat eine Nacht bei mir in Kaltbrunn geschlafen.« Sie gingen weiter. Er schwieg.

Sie zögerte. »Manche Erlebnisse sind so bizarr, daß man sie nicht in Worte fassen kann.«

»Ja. Manche Erlebnisse sind so kostbar, daß man es nicht wagt, sich zu erinnern ...« Es schien, als würde die Erinnerung das Erlebte vernichten.

Isabella suchte spürbar nach Worten, entschied sich für einen nüchternen Bericht. Mit einer Viehherde und einem Trupp von Zigeunern hatte Norbert Felix in Kaltbrunn haltgemacht; ein Landregen wollte partout nicht aufhören. Völlig durchnäßt klopfte er bei Isabella und deren Hausfrau an. Der Gast wußte Bescheid über Isabellas Familie in Schäßburg, wußte noch mehr von der Familie Rescher zu sagen. Seine Zähne klapperten vor Schüttelfrost. Das komme davon, erklärte er, daß die Büffel viel langsamer dahintrotteten als die Kühe; somit verzögere sich der Marsch, und jegliche Zeitplanung falle ins Wasser. Den Viechern wiederum mache der Regen nichts aus, sie fühlten sich sauwohl, nein pudelwohl, nein rindswohl. Bei ihm aber war der Regen oben beim Kragen hineingeronnen, den Rücken entlanggelaufen und unten am Rand der kurzen Hose herausgeflossen,»kalt und glitschig, wie ein Endlosmarsch von Fröschen«.

»Ich mußte seine Kleider auswringen, und ich glaube, er hatte Fieber. Das Fieber messen wollte er nicht. Er sagte grimmig: Nein danke. Wir müssen lernen, nackt im Schnee zu tanzen. Am Tag darauf ist er weitergezogen.«

»Und was habt ihr in der Nacht gemacht?« platzte er heraus.

Ihre Augen blickten kalt.»Wir haben uns unterhalten.« Und nach einer Pause:»Über Atomphysik und Freundschaft.«

Vor ihnen ragte die Kirchenburg als schwartiger Umriß gegen den Abendhimmel. Allein im Fenster des Torturms blinkte ein Licht. Sie schritten dem Dorf zu über eine Hutweide, die gesättigt war mit Schneewasser. Bei den ersten Häusern fragte er:»Nur soviel?«

»Nein, vieles andere auch. Er hat mich belehrt, daß Drecksack nicht nur ein Schimpfwort ist, sondern eine traurige Tatsache; eine ekle Befindlichkeit, die auf jeden zutrifft, selbst wenn jemand sich dauernd wäscht, wie die Mädchen in den Freudenhäusern.«

»Das verkauft er allen«, sagte Clemens,»nicht nur dir.«

»Eben. Denkresultate verändern sich nicht.«

Clemens hakte nach:»Was heißt Atomphysik? Hat er einen Vortrag gehalten?«

Geblieben war Isabella dieses: Er würde gerne eines von jenen Elementarteilchen sein, von denen man nie genau wisse, wann sie wo seien.

»Bis in unsere Familie ist er verschrien als ein verdrehter Kerl, der sich aufspielt.«

»Eher ein verrücktes Huhn, das nicht weiß, wohin mit sich.«

»Wie wir alle«, lenkte er ein.»Und was hat er weiter von sich gegeben?«

»Geraten, sich die Menschen vom Leib zu halten. Ansonsten werde man ihr Gefangener.« Nebst Nietzsche habe es ihm neuerdings Schopenhauer angetan. »Nichts wollen«, sagte sie nachdenklich, »und du erlebst keine Enttäuschungen und bist dankbar, ja glücklich über alles, was dir in den Schoß fällt.«

»Und das mit der Freundschaft? Das ist ja ein abgedroschenes Thema.«

»Du irrst gewaltig, mein lieber Schwan. Abgesehen davon, daß diesmal ich etwas von mir gegeben habe, was ihn hat aufhorchen lassen, etwas, was auch wir beide besprochen haben, einst.«

»Und das wäre?« Isabella hatte zu dem klatschnassen Schlafgast gesagt: Wollen wir Freunde werden, so sollten wir uns Geschichten erzählen.

Mein Gott, dachte Clemens, immer wieder.

Isabella sagte, und ihre Worte schienen ihm verführerisch und dunkel: »Wir werden sehen, lieber Clemens, Weggefährte seit meiner Kindheit, ob unsere Freundschaft hält, wenn es heißt, heute nacht gemeinsam eine Geschichte zu erleben.«

Sophia Ongyerth teilte mit Isabella Zimmer und Küche. Frau Sophia mußten sie alle nennen. Keineswegs ließ sie sächsische Kosenamen zu: Fofo, Fio, Fiechen, Fierl, nicht einmal Sofie war gestattet. Und auf das »Frau« legte sie Wert. Vielleicht weil sie einen Klumpfuß hatte, rätselten die Leute. Frau Sophia bewohnte ein eigenes Häuschen, das mit der mächtigen Scheune den hinteren Teil des Hofes abschloß. Zu betreten war es vom Hof aus. Den Eingang sicherte eine Bohlentür mit Guckloch. Anheimelnd wirkte die zweite Tür nach innen hin, deren Glasscheiben ein gehäkelter Vorhang zierte. Die Fenster gingen hinten in den Garten.

Dieser Garten war seit dem Kommen der Russen ein unbebautes Stück Erde. Jetzt bot er sich dar als ein Feld von dürren Stachelbeerstauden und vertrockneten Himbeersträuchern, ohne Weg und Steg; erste Brennesseln streckten ihre Spitzen heraus. Mitten im Garten hatte sich der Bach tief in den Lehmboden eingegraben. An das andere Ufer führte eine verwahrloste Brücke. Sie verband die beiden nahezu senkrechten Ufer. Abgeschirmt durch die Brücke, hatten vormals hier im Bachbett die Schulbuben geraucht, selbstgedrehte Zigarren, in Zeitungspapier gewickelt und mit Kukuruzhaar als Tabak. Seit dem Kommen der Russen war die Brücke als verhext verschrien und der verwilderte Garten gemieden als unwegsames Gelände. Es war der Böse selbst, der mit seinem Pferdehuf den Zugang verwehrte; alle glaubten es im Dorf, nicht nur die Zigeuner. Ein russisches Flintenweib, vollgepanst mit Himbeeren und Ägrisch aus dem fremden Garten, war von der Brücke in den angeschwollenen Bach gefallen, was niemanden wundernahm. Doch blieb sie spurlos verschwunden, samt Flinte und Orden, selbst als das Hochwasser sich verlaufen hatte; sie wurde nicht gefunden. Manchmal sah man um Mitternacht unter der Brücke das Auge der toten Soldatin aufglühen.

Vom Bach aus erstreckte sich der Garten weit hinüber zu einem Wäldchen auf der Höhe. Der doppelt so große Garten war das vorsorgliche Werk von Frau Sophias Vater. Die Mutter war früh gestorben. Als am 22. Juni 1941 das Deutsche Reich die Sowjetunion angriff und das Königreich Rumänien ebenfalls dem Nachbarland den Krieg erklärte, war der Andreas Ongyerth mit der Neuigkeit aus dem Reich heimgekommen (er hatte sich eine Dreschmaschine abgeholt): Die Deutschen verlieren den Krieg! Wenig focht ihn an, daß der Ortsgruppenleiter Honn drohte, ihn als Arbeitssoldat an die Ostfront zu schicken. Es machte Oinz Ongyerth auch nichts aus, daß man ihm die Torklinke mit Kuhdreck bekleckerte, mit Jauche das Wort »Volksverräter« auf seine Hausmauer schmierte und mit schwarzer Farbe einen Totenkopf dazumalte.

Er rächte sich: Eine Erbschaft aus Amerika ließ er sich in Eindollarscheinen auszahlen und kaufte den berühmtesten Mastochsen im oberen Haarbachtal. Die übriggebliebenen Banknoten hing er dem lorbeerbekränzten Rindvieh in zwei

Tragenetzen um die Hörner, grün quoll es zwischen den Maschen hervor. So ritt er hoch zu Ochs über den Kirchberg, wo die »Deutsche Mannschaft« unter dem SA-Rottenführer Rohrbacher schweißgebadet Krieg spielen übte.

Der Krieg ist verloren, beharrte er dickschädig und wider alle Vernunft und gegen jeden Augenschein. Er schloß vom Größeren auf das Kleinere: Hatte Napoleon, der geniale Feldherr, Rußland nicht bezwingen können, wie sollte das einem blinden Gefreiten gelingen? Also: Die Russen kommen sicher. Kommen sie, dann ist als erstes Grund und Boden futsch.

Somit hatte er ein Stück von seiner Wiese jenseits des Bachs zum Garten geschlagen, es eingezäunt und beim Grundbuch in Fogarasch als zu Haus und Hof gehörend eintragen lassen. Als nächstes hatte er den Stall abgerissen und in die Scheune verlegt. Ob Deutsche oder Russen, sie requirieren das Vieh, somit braucht es keinen großen Stall. Seine einzige Tochter Sophia Maria, ein bereits ältliches Mädchen, hatte er 1942 auf die Haushaltsschule nach Marienburg im Burzenland geschickt, zum Ärger der Unverbesserlichen, die davon träumte, auf der Krim oder am Morgenstrom ein eigenes Gut zu bewirtschaften, mit russischem Hausgesinde wie ein Bojare. Vater Oinz, unbelehrbar, sorgte weiter vor. Er kaufte ihr Schüsseln aus Jenaglas, die auf den Ofen zu stellen sich jeder denkende Mensch fürchtet. Und wenn, dann würde man glauben, sie seien des Teufels. »Wie immer wird sich niemand daran vergreifen.« Denn mit den Russen kämen die Kommunisten ans Ruder. Die nähmen einem nicht nur Haus und Hof weg, sondern schleppten alles davon, was nicht niet- und nagelfest sei. Daß damit auch Menschen gemeint waren, wußte er nicht. Nachdem Sophia noch einen Schneiderinnenkurs in Reps besucht hatte, schaffte er eine russische Nähmaschine an, die ein Soldat von Odessa mitgebracht hatte. Zuletzt hatte der Vater für die Tochter an die Stelle des Stalles ein Häuschen gebaut, mit eigenem Keller, der durch eine versteckte Falltür zu betreten war.

Als 1944 die Russen kamen und das Lumpenproletariat sich in herrschaftlichen Allüren erging, hatte der Bauer freiwillig das Wohnhaus geräumt, in dem gottlob der russische Kommandant Quartier bezog. Vater und Tochter waren in das Häuschen ausgewichen. Als dann im März 1945 sein Besitz enteignet wurde, hatte Andreas Ongyerth sich aufgehängt, im Keller unter dem Häuschen; hatte sich aufgeknüpft am Schwebebrett, wo die Brotlaibe ruhen. Diese Tat war ein letzter Liebesdienst für seine Tochter. Er wußte, daß sich in ein Haus, in dem die unerlöste Seele eines Selbstmörders herumgeistert, kein orthodoxer Rumäne hineinwagen würde, geschweige ein abergläubischer Zigeuner. Nicht einmal die Mordkommission mochte in das schwarze Loch hinabsteigen. Auch der Kolonist, der neue Besitzer, der Izidor Trandafir, hatte nie nach dem gefragt, vielmehr bekreuzigte er sich jedesmal, wenn er in die Küche trat.

26

Clemens und Isabella standen vor dem Haus. Die Sonne war untergegangen, doch die Landschaft erfüllt von glasklarem Licht. Das stattliche Wohnhaus war der Straße zugekehrt. Unter dem gewalmten Giebel war zu entziffern: A. O. Darunter: Anno domini 1712. Um Buchstaben und Ziffern war eine Blumenkrone gewunden. Die Gassenfront des Hofes war doppelt so breit wie die der Nachbarn. Die Parzellen waren bei der Einwanderung um 1150 vermessen worden. Der Anführer der Einwanderergruppe, der Gräf, war mit einem doppelten Grundstück bedacht worden.

»Der Kolonist ist zu Hause«, sagte Isabella und blieb unschlüssig vor der Hoftür stehen.

»Woher willst du das wissen?« Drei der Fenster waren von verstaubten Holzläden verschlossen. Doch dann entdeckte er im vierten Fenster, dessen Läden schief in den Angeln hingen, den Widerschein einer Funzel.

»Leider weiß man nicht, ob er betrunken ist oder nicht. Ist er es, so ist alles gut. Zur Sicherheit bitte ich dich, auf allen vieren an den Hoffenstern vorbeizukriechen. Hinten wartet meine Hausfrau auf uns. Ich nehme dir den Tornister ab.« Sie öffnete lautlos das wacklige Gassentürchen, indem sie es anhob, damit es nicht quietschte. Er ließ sich auf die Hände fallen und eilte mit gerecktem Steiß an der Hauswand entlang, eine lächerliche Wut im Leib. Sollte sie lachen, ja nur lächeln, ja nur die Lippen verziehen, überhaupt ihm zusehen, dann war es aus. Aufrechten Ganges würde er den Hof verlassen und schnurstracks in die Nacht hinausmarschieren, dem Polarstern nach. Bei Sonnenaufgang würde er in seiner Heimatstadt angekommen sein. »Ihre Nacht mit mir kann sie sich auf den Hut stecken«, dachte er grimmig, während er auf Handballen und Fußspitzen dahinschaukelte.

Doch sie hatte keinen Blick für ihn. Nicht einmal für den Hund Grivei, dessen Kette so kurz war, daß er sich in seiner Freude nicht aufrichten konnte. Es blieb bei verzückten Bewegungen des Körpers, mit denen er Isabella begrüßte. Die Kette rasselte.

Vor der Glastür zu dem Häuschen bemerkte sie: »Noch etwas muß ich dir sagen. Wundere dich nicht: Jeden empfängt die Frau Sophia mit derselben seltsamen Floskel: Schade! Du sollst ihr das nicht krummnehmen.« Isabella klopfte leise an: dreimal so, einmal anders. Ohne das »Herein!« abzuwarten, schubste sie den Freund in die Stube.

Er beugte den Kopf, um nicht an die Balkendecke zu stoßen.

»Ah, ihr seid es? Schade.« Frau Sophia stand hochaufgerichtet mitten in der Küche. Mit dem gesunden Bein stützte sie sich auf die Fußsohle, mit dem zu kurz geratenen auf die Fußspitze. Somit saß ihr Kopf auf geraden Schultern. Sie trug kein Tuch, Zöpfe begrenzten einen grauen Scheitel.

Isabella hatte sogleich die klobigen Schuhe abgelegt. »Verzeih«, sagte sie und verschwand durch die offene Tür ins Halbdunkel der Stube nebenan.

Clemens stand in der winzigen Küche, sah sich unsicher um. Kredenz keine, bloß ein Bord hing an der Wand mit einigem Geschirr, vor allem Jenaglas. Immerhin gehörte zu der kärglichen Einrichtung eine Bettstatt. Ein Küchenofen Marke »Stiefel« durchbrach die Trennwand zum Zimmer hin, heizte beide Räume zugleich, wobei die Herdplatte auf dieser Seite verblieb, die Backröhre die Stube drüben mit Wärme versorgte. Ein kurzatmiges Feuer prasselte im Ofen. »Kukuruzstrünke«, sagte Frau Sophia. »Das haben wir von den Zigeunern gelernt.« In der orangefarbenen Teekanne summte das Wasser.

Eine Nähmaschine stand auf einem fußhohen Podest. Über das war ein Fetzenteppich gebreitet, wie auch die ganze Küche mit solch bunten Teppichen aus Tuchresten ausgelegt war. Auch ein Büchergestell sprang ins Auge. Noch ehe Clemens die Bücher in Augenschein nehmen konnte, sagte Frau Sophia: »Meine Klassiker!« Sie strich zärtlich über die Einbände, die Jugendstilmotive zierten. »Und den Blick in unseren Garten von einst kann mir auch niemand verwehren.« Kann schon, dachte Clemens; wenn man die Frau Sophia in eine fensterlose Zigeunerhütte verfrachtet hätte.

»Der Lateiner meint«, sagte Frau Sophia, »um glücklich zu sein, genügen Bücher und der Blick in einen Garten. Nun, beides ist mir geblieben.«

»Au, mein Finger!« erklang es aus der dunklen Stube. »Ein Schwan hat mich gebissen!«

Frau Sophia blickte starr vor sich hin: »Ein Schwan? Gebissen? Dann verlierst du in diesen Tagen einen nahen Menschen.«

»Das weiß ich«, sagte Isabella.

Eine Petroleumlampe mit einem blitzblanken Schirm hing an der Balkendecke. Auf dem Küchentisch lagen ein paar Augengläser. Statt Bügeln hatten sie einen Gummizug. Wie bei

Rosa ... Ein Buch bot dem neugierigen Blick den Titel dar: Fichte, ›Reden an die deutsche Nation‹. Daneben dampfte in einer rosa Schale Tee. In den goß die Hausfrau einen kräftigen Schuß Schnaps. »Wacholderschnaps, selbstgeklaubt, selbstgebraut. Unsere Leute sollten nicht so viel jammern: Man hat uns alles genommen! Vieles ja, alles nicht. Gottes herrliche Natur ist unser aller.« Sie irrt, dachte Clemens, der noch immer herumstand. Sogar das Gras zwischen den Pflastersteinen gehört dem Staat. Doch er schwieg.

Frau Sophia nahm einen kräftigen Schluck Tee. Sie schloß die Augen und schnalzte mit der Zunge und den Fingern zugleich: »Famos!« Nach einigen verzückten Sekunden sagte sie mit harscher Stimme: »Doch schade. Als es klopfte, dachte ich: Endlich klopft der Tod bei mir an. Schade, schade.« Sie besann sich: »Möchtet Ihr, junger Mann, nicht auch kosten von diesem herrlichen Gebräu?« Doch er wünschte bloß Wasser. Nach dem Gespräch auf der Hutweide hatte er einen bitteren Geschmack auf der Zunge.

»Oder du, mein Kind?« Isabella kam aus dem Nebenzimmer, sie hatte die Pelzjacke abgelegt und Pantoffeln an den Füßen. »Nein, danke.« Sie nickte höflich. Und sagte ungeduldig zu Clemens: »Nimm endlich Platz. Dort, die Holzkiste.«

Er setzte sich.

»Dies ist mein Jugendfreund, von dem ich Ihnen erzählt habe. Auf den kann ich mich verlassen.« Und nach einer Pause: »Obwohl es heißt, man kann sich nur auf sich selbst verlassen.« Sie sah Clemens scharf an.

»Ich und Selbst, zwei Schlüsselwörter bei dem Herrn Philosophen Fichte«, sagte Frau Sophia. »Ist das nicht wunderbar? Die ganze Welt erschaffe ich selbst, auch mich und sogar den lieben Gott. Und alles funktioniert bestens. Nur mit dem Wort Solipsismus komme ich nicht zurecht.«

»Das klären wir morgen«, sagte Isabella. Sie sprach sächsisch. »*We stieht et met dem tovaresch Trandafir? Hot er gedranken? Wor er schien oßen kun?*« Ob der Genosse heute die

Vorderstube verlassen habe? Das konnte Frau Sophia nicht sagen. Sicher war, daß die Hauszigeunerin Malina bei ihm gewesen war. Die hatte sich von keinem sächsischen Hof betören lassen, den man ihr und ihrer Sippschaft angeboten hatte. Sie hauste weiterhin in ihrer Lehmhütte am Bach und diente bei den wohlhabenden Hofbesitzern, im Stundenlohn oder gegen Speck und Kartoffeln. Frau Sophia befand: Vermutlich habe sie vorgekocht und ein bißchen aufgeräumt. Irgendwann sei sie davongetänzelt. Unter der Schürze habe sie etwas versteckt gehalten. Fast belustigt bemerkte Frau Sophia: »Daß die immer noch etwas zum Wegschleppen findet; wir müssen doch sehr viele Sachen im Vorderhaus gehabt haben.«

Isabella drängte den Freund in die Nebenstube. Auch hier war es wohlig warm. »Das ist mein Reich«, sagte sie nahezu stolz. »Weißt du, was es heißt, auf eigenen Füßen zu stehen, ganz allein für sich einzustehen?« Sie zündete kein Licht an, wiewohl auf dem Tisch eine Petroleumlampe stand, bekränzt von einem grünen Glasschirm. »Mir kann diese verrückte Zeit nichts mehr anhaben. Und was den neuen Machthabern an meinem Tun und Lassen nicht in den Kochtopf paßt, *treaba lor!* Mich beschirmt ...«, sie hielt inne, neigte den Kopf, horchte in den Hof, horchte in den Garten, in das Erdinnere, »es beschützt einen vor den bösen Mächten der Zeit die Liebe.« Liebe, sagte sie. Dazu gehören zwei, und nachher bleibst du allein, für immer. Und die Freude, wo war bei ihr die Freude? Hatte das Mädchen am Meer nicht gesagt: Die Freude aneinander ist ein Ausdruck der Liebe?

Seine Augen hatten sich an das Dunkel gewöhnt. Noch ehe er die Stube genauer gemustert hatte, erläuterte sie: »Vorläufig sind es nicht meine Möbel, aber das kommt noch.« Währenddessen zog sie sich aus. »Ich ersticke vor Hitze.« Sie warf den Pullover von sich, knöpfte die Bluse auf, zog das Hemdchen über den Kopf, sagte: »Hände hoch! Erinnerst du dich, als wir Kinder waren?« Ohne innezuhalten, schälte sie sich aus dem Leibchen. Sie rieb die Brüste voll Lust und atmete tief durch, sagte »pardon« und drehte sich weg.

Er konnte kein Bett ausmachen. Dafür war der Tisch mit Heften übersät, die in blaues Verdunklungspapier eingebunden waren. Ein Stapel Schulbücher überragte die Lampe. Sie sagte: »Die Truhe in der Ecke, das ist mein Bett. Man kann die Lade so weit herausziehen, daß zwei darin Platz finden. Den Strohsack haben wir vor einer Woche neu gefüllt. Doch ob es heute nacht zum Schlafen kommt ...« Jetzt ringelte sie die Wollstrümpfe von den Beinen, streifte den Strumpfhalter vom Leib. Ihre Haut schimmerte im Widerschein des Lichts aus der Küche. Sie schlüpfte in einen Morgenmantel. »So, jetzt können sich alle Glieder frei und fröhlich bewegen.«

Clemens schlug die Fibel auf, las: noch immer »Susi am Seil«. Und bei dem verflixten Mitlaut SCH eine Dampflokomotive mit viel Rauch, die hörbar sch, sch, sch machte. Nur stand nicht mehr auf der Innenseite des Titelblatts: »Genehmigt vom hohen Ministerium der Kulte und Nationalen Erziehung im Königreich Rumänien für die Schulen mit deutscher Unterrichtssprache der Evangelischen Kirche Augsburger Bekenntnisses«, vielmehr kurz und bündig: »Herausgegeben vom Ministerium für Unterricht und Volkserziehung in der Volksrepublik Rumänien«.

Es klopfte zaghaft an der Glastür. Frau Sophia vermeldete ins Zimmer: »Bleibt dort, Frau Lehrerin. Der Herr Kandidat kommt. Doch mit dem werde ich rasch fertig.«

Isabella und Clemens setzten sich auf die Schlaftruhe. »Spielt den Pfarrer. Hätte ein andermal kommen sollen«, sagte Isabella böse und lehnte sich zurück. »In drei Teufels Namen mit ihm!«

Ein junger, schmächtiger Mann trat ein, dem man den Städter ansah. Er nahm die Hornbrille ab, holte einen Lederlappen aus der Brusttasche seines schwarzen Rocks und wischte die Gläser blank. Frau Sophia starrte ihn unverwandt an, als erkenne sie ihn nicht. Endlich sagte sie: »Oh, Sie sind es, Herr Kandidat. Schade.«

»Schade?« sagte er betrübt. »Ich dachte, ich sei willkommen.«

»Und ich dachte, Sie sind der Tod, der endlich bei mir anklopft.«

»Ich weiß, ich weiß es. Doch wenn man den Tod herbeiwünscht, kommt er nicht. Kommt er aber, dann wünscht man ihn zum Teufel. Denn der Tod ist des Teufels.«

»Warum?«

»Weil der Teufel immer dort am Werk ist, wo etwas Ganzes und Gutes zerstört wird.«

»Und Sie meinen, daß das Leben etwas Gutes ist?«

»Es ist ein Geschenk Gottes. Und damit etwas Gutes.« Und stellte fest: »Unentwegt Fichte?«

Frau Sophias Augen blitzten: »Unentwegt Fichte, wie Sie es sagen, Herr Kandidat. Balsam und Elixier auf dem beschwerlichen Lebensweg. Unzerstörbar das eigene Ich. Fast wie bei Luthers Trutzlied ›Ein feste Burg ist unser Gott‹, wenn dort geschrieben steht: ›Nehm sie uns den Leib, Gut, Ehr', Kind und Weib, sie haben's kein Gewinn, das Reich muß uns doch bleiben‹. In der Kirche singe ich immer: ›Das Ich muß mir doch bleiben.‹«

Der junge Theologe besann sich, schluckte und sagte: »Schlecht genug!« Und sprach aus, was er sich schuldig zu sein dünkte: »Unzerstörbar das Ich nur, wenn es Gott im Jüngsten Gericht beliebt. Hier auf Erden hat der Teufel ein Mitspracherecht. Er heißt in der Bibel *diabolos,* der Durcheinanderwerfer. Und somit sind die Philosophen auch des Teufels, denn sie werfen alles durcheinander.«

»Ach Gott, der Teufel, der Affe Gottes. Doch für mich gilt: Ich ist gleich Ich.«

»Aber ein und dasselbe sind sie nicht, das eine Ich und das andere Ich. Ist das eine der Mensch, ist das andere Gott. Gott gleich Mensch, das haben wir erfahren, als der Himmel sich zu Weihnachten geöffnet hat, aber der Mensch gleich Gott, das ist irdische Anmaßung und Vermessenheit.«

»Ich verstehe, was Ihr sagen wollt, und auch, was Ihr nicht gesagt habt. Aber der Herr Fichte war schon damals ein Kommunist.« Sie streifte die Brille mit dem Gummizug über den Kopf und holte von hinter dem Spiegel ein schwarzkariertes Heft. »Hören Sie! Der deutsche Gedankenheld sagt so, hier habe ich es aufgeschrieben: ›Es sollen erst alle satt werden und fest wohnen, ehe einer seine Wohnung verziert, erst alle bequem und warm angezogen sein, ehe sich einer prächtig kleidet.‹«

Clemens im Halbdunkel merkte sich: Das Böse, er vermied das Wort Teufel, ist dort am Werk, wo etwas Ganzes zerstört wird. Und ergänzte: etwas Gutes, Schönes, Wahres. Und hatte Beispiele zur Hand, die Gedanken überpurzelten sich: die Krankheit im Leib, Krieg unter Völkern, der Keil in einer Freundschaft, Streit und Schweigen in der Familie ...

Den stud. theol. Ernst Arnulf Soteri hatte Bischof Müller nach dem dritten Semester beurlaubt und für ein Jahr nach Kaltbrunn geschickt. »Als Pfarrersohn in der elften Generation wird er seine Sache schon deichseln«, hatte der Bischof alle Bedenken zerstreut.

Es war Not am Mann. Viele Pfarrer waren in den Krieg gezogen, zurückgekehrt waren wenige. Manche hatten den Krieg mit Begeisterung bejaht, die meisten ihn verurteilt. Ernst Arnulfs Vater, Pfarrer in Spiegelberg bei Agnetheln, hatte sich freiwillig zur deutschen Wehrmacht gemeldet. Der 23. August hatte den Feldgeistlichen auf Heimaturlaub überrascht. Doch hatte er nicht am Tag nach dem Kommen der Russen seinem Leben ein Ende gemacht, wie es sich gehört hätte. Nein, erst am Vorabend der Aushebungen, am 12. Januar 1945, hatte er sich in seiner Studierstube eine Kugel in den Kopf geschossen, nachdem er die Gipsbüsten von Luther und Honterus abgeknallt hatte. Die Familie hatte er vorsorglich beim rumänischen Pfarrer in Rohrbach in Sicherheit gebracht.

Was den Sohn verstörte und zermürbte, war, daß der Vater, ein qualifizierter Theologe, der Verführung des bösen Feindes erlegen war. Als Student nun hatte er sich kundig gemacht. Wonach es den Fürsten der Hölle gelüstete, das waren die Gottnahen, delikate Teufelsbraten waren die echt Frommen, bei denen es List und Tücke kostete, sie zu Fall zu bringen. Aus den Lauen machte sich der Herr der Lüge nichts. Der junge Gottesmann erkannte mit Schrecken: Er war gemeint, er, der keineswegs ein Laumütiger war.

Und wartete und traf ihn, den schwarzen Beelzebub, den glitzernden Luzifer.

Zu Fuß war der junge Theologe von der Alutabrücke nach Kaltbrunn losmarschiert, um seine Dienst anzutreten, *per pedes apostolorum*, wie er melancholisch bemerkte. Aus dem Rucksack guckten der Stiel der Laute und der Griff eines Regenschirms, in der Brusttasche seines schwarzen Anzugs steckte die Bibel in Dünndruck. Als die Sonne ihm zu schaffen machte, holte er eine Unterhose aus dem Rucksack, tauchte sie in die nächste Quelle und bekränzte sein Haupt damit. Es kühlte göttlich. Er hielt sich an den staubigen Fahrweg und mied die Abkürzungen, die er nicht liebte. Als er die oberste Kante der Aluta-Terrasse erklommen hatte, ging zu seinen Füßen ein Geböller los, offenbar eine Schießerei. Unter ihm lag der Übungsplatz der Kadettenschule von Fogarasch. Er duckte sich in den Straßengraben und nahm gottergeben die Brille ab. Dann legte er schützend die Hände um den Kopf. Als er merkte, daß er noch am Leben war, stopfte er sich Watte in die Ohren und machte sich eilig aus dem Staub.

Der Fahrweg schwang in Serpentinen über einen Bergrücken knapp oberhalb der Flußterrasse. Getreulich folgte der Pilgersmann den engen Kehren. Fand er ein Hufeisen, hob er es auf, bespuckte es dreimal und warf es hinter sich, indem er murmelte: »Im Namen Gottes des Vaters und des Sohnes und des Heiligen Geistes, zum Teufel damit, Halleluja.« Jedes Mittel war gut, sich den Leibhaftigen vom Leib zu halten.

Doch zur selben Stunde war nicht nur der Gottesmann unterwegs; auf dem Wege war auch die emsige Partei. Mit einem DKW klapperte sie dahin. Den widerborstigen rumänischen Bauern mußte beigebracht werden, daß sie ihren jüngst zugeteilten Grund und Boden wieder herausrücken sollten. Das hätte laut objektiver Gesetze des Sozialismus freiwillig geschehen müssen. Doch wirkten sich diese Gesetze erst aus, wenn sie in das Bewußtsein der Betroffenen getreten waren, als Schmerz oder als Glück. Dem mußte nachgeholfen werden.

Der Widerhall sowjetischer Maschinengewehre von der Schießstätte her ließ den Äther erbeben, was dem Mann der Partei tröstlich im Ohr klang. Er stellte fest, daß man bei der nächsten Quelle die Windschutzscheibe vom Staub säubern müsse, man sehe kaum noch etwas. Und wies den Chauffeur an, daß er mit abgestelltem Motor bergab rollen möge, um Benzin zu sparen: »*Economie pentru socialism, tovarășe!*«

Das geschah just in dem Augenblick, wo der Kandidat der Theologie mit Entzücken ein nahezu vollkommenes Hufeisen auflas. Diesmal nahm er sich Zeit, besprach das magische Ding liturgisch im Dreitakt: »Jesus Christus, Sohn Gottes!« Andächtig spie er darauf. »Weise mir deinen Weg!« Der Speichel troff nur so. »Damit ich wandle in deiner Wahrheit!« Zum letzten Mal spuckte er feierlich aus und schwang das Stück Metall über den Kopf, murmelte reumütig: »Der ich ein Sünder bin!« Mit gewaltigem Schwung schleuderte er das Hufeisen hinter sich, spürbar aufgeladen mit okkulten Kräften.

Ein schrilles Splittern in seinem Rücken. Noch ehe er sich umdrehen konnte, sauste seitlich an ihm vorbei ein schwarzes, glitzerndes Ungeheuer, es roch nach Benzin und Schwefel, und preschte den Steilhang hinunter zur Schießstätte. Der Teufelsbeschwörer nahm seine Beine unter die Arme und lief davon, so rasch ihn die Füße trugen. Das Ungeheuer verschwand hinter der Berglehne, kippte über die Flußterrasse in den Abgrund. Das Gewehrfeuer bei der Schießstätte steigerte sich zum rasenden Stakkato. Dann Totenstille. »Der Leibhaftige, endlich«, stotterte der junge Mann, »in die Hölle hab ich ihn befördert!«

Der junge Vikar logierte im leeren Pfarrhaus, das die Russen nach dem 23. August 1944 als Schlachthof benutzt hatten. Notdürftig hatte das Presbyterium die Kanzlei zum Wohnen hergerichtet. Der Fußboden blieb mit Blut und Fett getränkt, da nützte kein Scheuern mit Aschenlauge. Ein Dunst von zerlassenem Unschlitt und gestocktem Fleisch schwelte in der Luft.

Die Herzen der sächsischen Kinder hatte er im Nu gewonnen. Mit den Konfirmanden hatte er im ehemaligen Kapitelzimmer die Fensterscheiben Stück um Stück zusammengeflickt. Und hatte den Kindern ein Spielzimmer und eine Werkstube eingerichtet. Eine ganze Flottille von Drachen hatten sie dort gemeinsam gebastelt. Zog er am Sonntag nachmittag aus und ließ die bunten Flugkörper steigen, reckten alle die Hälse und waren eitel Bewunderung. Sogar seinen Gemeindegliedern entlockte er ein Lächeln, wenn sie von ihrer Arbeit als Tagelöhner aufschauten, um sich den Schweiß von der Stirne zu wischen, und dabei im Äther das farbige Gewimmel gewahrten.

Bei den Zigeunern aber genoß er geradezu ehrfürchtigen Respekt. Der galt nicht sosehr seiner geweihten Person als dem Meister magischer Praktiken. Denn daß der Wind die unheimlichen Papiergebilde in den Himmel entführte, war noch zu verstehen, er riß ja auch Bäume aus. Aber daß es dem Teufelspopen gelang, die siebengeschwänzten Mondsgesichter und Schlangenköpfe vom Himmel zu holen, mit gekrümmtem Zeigefinger zur Erde zurückzulocken, das ging nicht mit rechten Dingen zu, da waren höhere Mächte im Spiel. So kam es, daß sich die Zigeuner nach gut sächsischer Art von den Bänken vor ihren neuerworbenen Häusern erhoben, wenn der *popa saşilor* vorbeischritt, und devot den Hut vor ihm zogen. Ja, manche haschten nach seiner Hand und küßten sie. Und es kam vor, daß ihre Frauen den jungen Gottesmann in den Hof hereinriefen und ihm eine triefende Lammkeule aus dem Kessel angelten, die er auf der Stelle verzehren mußte. Was er auch tat, laut schmatzend zur Freude seiner Gastgeber, denn er wußte, was sich schickte. Die Kinder aber liefen ihm in Scharen nach, um, wenn nicht die ganze Hand, so doch den kleinen Finger zu erwischen.

Pünktlich, wenn die Mittagsglocke läutete, erhielt der wundersame Feriengast sein Essen. Reihum. Und jeden Tag das Beste vom Besten und immer dasselbe: Hühnersuppe, Backhendel mit Kartoffelpüree, Dörrpflaumen. Meistens waren es junge Mädchen mit glattem Scheitel, feucht zurückgekämmtem Haar und verschämtem Blick, die den Weg zum Pfarrhof hinauf nicht scheuten und sich Zeit nahmen: Denn sie mußten warten, bis das Mittagessen vorbei war, damit sie das Geschirr zurücknehmen konnten. Und sie warteten, mit klopfendem Herzen, und machten große Augen.

Auch darum war der junge Mann zu Frau Sophia gekommen: Er wollte sie bitten, ihn tags darauf mit einer Portion Käsepalukes zu beglücken. Ohne Hühnersuppe und Dörrobst. Sie war an der Reihe. Außerdem sei es ihm beim Dunkelwerden oft gram in dem leeren Pfarrhaus neben der Kirchenburg. Im Runden Turm klage Abend für Abend ein Käuzchen sein Leid, ein anderes antworte todtraurig vom Brunnenturm her. Und über die Mauern turnten die Katzen und miauten gotterbärmlich oder fauchten sich an »wie vom Teufel geritten«.

Frau Sophia stellte fest: »Es ist Frühling. Doch nehmen Sie für einen Augenblick Platz.«

»Danke, aber ich will nicht stören.« Er stand vorgebeugt, als horche er. Zwischen zwei Balken berührte sein Schopf den Plafond. Und fragte unvermittelt: »Und das Fräulein Isabella?«

»Sie ist eben aus der Stadt gekommen und zieht sich um.«

Die beiden galten im Dorf als Paar, obschon sie noch niemand zusammen im Wald gesehen hatte. Doch hatte sich etwas anderes zugetragen, was eine jahrhundertealte märchenhafte Erfahrung zur Gewißheit verdichtete: Der erste Bursch, dem eine ortsfremde Jungfrau in einem Dorf begegnet, heiratet sie. Als Isabella in Kaltbrunn ankam, bepackt mit einem Rucksack und bewehrt mit Gummistiefeln – das hatte ihr die Schulinspektorin in Fogarasch geraten: Gummistiefel brauche eine Lehrerin vor allem anderen auf dem Lande –, da war der erste junge Mann, dessen Weg sie kreuzte, dieser Ernst Arnulf Soteri gewesen. Er saß mit der Laute auf der grünen Wiese inmitten von lila und weißen Herbstzeitlosen, war umgeben von einem Kranz von Kindern und lehrte sie das Lied ›Ein Männlein steht im Walde‹.

Die Kinder erhoben sich, als spürten sie: Das ist die neue Lehrerin. Sie waren barfuß. Die Mädchen knicksten, die Buben machten ein Dienerchen, und alle sagten: »Grüß Gott!«, ein Gruß, der seit kurzem von der Partei für Schüler verboten war.

Somit war der Bund der beiden fürs Leben besiegelt; in aller Munde waren sie bereits ein Paar. Das war die ideale Lösung für jedes siebenbürgische Dorf, Pfarrer und Lehrerin; ein Ehepaar verwahrte an der Spitze der sächsischen Gemeinde alles Kirchenvolk, von der Wiege bis zur Bahre. Nur die Partei bekam eine Gänsehaut.

»Zieht sich um, das Fräulein Isabella?« Der Vikar trat von einem Fuß auf den anderen. »Dann gehe ich lieber.« Und ging.

Frau Sophia rief die beiden in die Küche, nicht ohne die Warnung: »Wer weiß, was uns heute noch ins Haus steht.«

Kaum hatte sie es ausgesprochen, wurde die Tür aufgerissen und herein stolperte Genosse Izidor Trandafir, das Gesicht dunkel wie Nußbeize, fahrig die Gebärden: »Endlich ist euer Teufelspope weg!« Mit zwei Schritten näherte er sich der Holzkiste beim Ofen, schlug den Deckel auf, erblickte das Geschütte der Kukuruzstrünke, stieß mit einem Fußtritt die Kiste um, stürzte hinaus und holte einen Armvoll Buchenscheite aus seiner Scheune. Er legte auf, und knatternd entzündeten sich die Hölzer; Schübe von Wärme prallten an die Wände.

Solange Genosse Trandafir sich jeden Tag betrunken hatte, war alles eitel Harmonie gewesen, weil sein Tun und Lassen überschaubar war. Seit ihm jedoch die Partei eine Roßkur in der Irrenanstalt in Stalinstadt beim Dr. Scheitan verordnet hatte, um ihm das Trinken zu vergällen, war er unberechenbar geworden. Mal wollte er das Parteibüchlein in den Krötenbach vor dem Haus werfen, dann drohte er, er werde sich das Schlächtermesser in den Leib rennen, ja, sogar in der Bibel begann er zu lesen. Es war ein Elend. Die beiden Frauen hatten ihre liebe Not mit ihm.

Seine Familie hatte ihn verlassen. Allesamt waren sie nach Jahr und Tag in das Heimatdorf seiner Frau, nach Weidental, Salcia, gezogen. Hatten sich dort eingeigelt in die kuschelige Lehmhütte am Bach, nachdem sie die rissigen Wände mit Kuhmist verputzt hatten. Fürchteten sich nicht mehr vor bösen Geistern, da alle Angehörigen in einem Raum hausten und somit kein Platz für spukhaftes Gelichter blieb. Und waren glücklich unter ihresgleichen, wo man sich schon am Morgen, während man am Bachufer seine Notdurft verrichtete, mit den Nachbarn fröhlich unterhalten konnte, statt in einem engen, finsteren Häusel an den eigenen Ausdünstungen zu ersticken.

Wie hatten sich Frau und Schwiegermutter in dem riesigen sächsischen Haus gefürchtet, mit den bedrohlich großen Betten und Schlaftruhen zum Herausziehen, *fără hotar,* ohne Grenzen. In denen mußten in den letzten hundertvierzig Jahren, seit 1712, namenlos viele Menschen gestorben sein. Die neuen Bewohner rechneten und rechneten und kamen doch nicht drauf, wie viele Tote in den Betten die Seele ausgehaucht hatten. Schon in der ersten Nacht hatten Mutter und Großmutter alles Bettzeug auf den Fußboden getürmt und waren mit den fünf Kindern daruntergekrochen. Und hatten dennoch vor Angst gezittert.

Der neue Besitzer und Familienvater, der wiederum fürchtete sich nicht. Er ließ sich in der guten Stube auf dem altdeutschen Sofa sein Lager herrichten. Aber er war nicht nur der Herr im Haus, er war auch der Herr des Hauses. Er nahm Allüren an. Als erstes verschmähte er seine Frau. Gerade noch, daß er sich am Abend von ihr die Füße waschen und hie und da die Nägel schneiden ließ. Doch spuckte er danach ins seifige Wasser und stieß gleichzeitig einen dreifachen Fluch aus, damit niemand anderes das Wasser nach ihm benutzen mochte. So herrisch war er geworden. Dann wünschte er einen gedeckten Tisch, mit Tischtuch, geblümt, und mit Besteck; die Gabel hatte es ihm angetan.

Seine Familie war überzeugt, daß der Teufel ihn reite. Nur weg!

Schlimmer war, daß man arbeiten mußte, ob man wollte oder nicht. Schon Haus und Hof in Ordnung zu halten, war Plage genug und überstieg die Kräfte der neuen Besitzer und noch mehr ihre Phantasie. Und wen hatte man sich als Gesinde eingehandelt! Während auf den Höfen rechts und links die ehemaligen sächsischen Wirte still und stumm die Hände regten zum Wohle der neuen Herren, hinkte hier eine lahme Hexe herum, die man auch noch *doamna Sofia* nennen mußte. Und man nannte sie so, denn sie hatte den bösen Blick. Wer wollte mit so einer *tovarăș* sein? Keinen Finger rührte sie zum Wohle der neuen Hausleute. Sie hatte noch nie unter einer Kuh gesessen, wie sie stolz verlauten ließ. Jeden Tag vor Sonnenuntergang ratterte dieses vermaledeite Weib auf der Nähmaschine, oft nur so, ohne daß ein Streifen Stoff unter der Nadel hindurchlief. Die Nadel stach närrisch ins Leere, zerlöcherte wie blödsinnig die Luft. Und steckte mit der Nase zu jeder Tageszeit in den Büchern, die hinkende Hexe, von wo sie unlautere Geister auf die Eigentümer hetzte.

Darum, nur darum rührte der neue Hauswirt seine Frau nicht mehr an, dafür um so mehr den Schnapsbecher und das Weinglas. Den Kinderchen aber – bisher pumperlgesund und schokoladenbraun von der Nase bis zum Nabel – hatte das Teufelsweib die Auszehrung in den Leib gehext: Sie litten an

Appetitlosigkeit, die Haut wurde blaß und runzlig, und seit der Mann die Mutter gezwungen hatte, die Kinder jeden Tag zu waschen, hatte der Schorf ihre Kopfhaut aufgerissen, und die Krätze fraß sich unter die Haut in die Hände, nistete sich in den Bauchfalten ein. Erblickten die Kinder die *doamna Sofia,* verdeckten sie die Augen mit den Händen, spuckten dreimal aus und huschten aus dem Hof.

Und dann die Haustiere, dies elende Gezücht. Unablässig heischten sie zu fressen und mußten bedient werden von hinten und vorn, angefangen vom gierigen Geflügel bis zu den wiederkäuenden Kühen.

Und im Stall gingen seit einiger Zeit Gespenster um. In der Nacht war ein unterirdisches Rumoren zu hören, und am Morgen waren die Euter der Kühe leer. Truden, klärten die Sachsen auf der Straße den neuen Hauswirt auf. Die saugten den Kühen die Milch weg. So konnte der Genosse Trandafir keine Milch bei der staatlichen Molkerei abgeben. Die Partei, die an keine Gespenster glauben durfte, drohte, ihn als Saboteur und Mystiker an den Pranger zu stellen, vor der sächsischen Kirche hoch auf dem Berg, gut sichtbar bis Fogarasch, samt Familie und Schwiegermutter.

Gut war allein, daß der Grund und Boden »um die Hälfte« vergeben war. Doch letzte Ursache für das Reißausnehmen war, daß die Rechnung nicht aufging: Für das gleiche tägliche Brot wie vormals, denn der Mensch kann nicht mehr essen, als er essen kann, hieß es sich abrackern wie nie zuvor. Und dann kam auch noch der nimmersatte Staat und zwackte einem ab, was man nicht hatte. Diese Kommunisten waren ärger als die Bojaren ehedem. Und überhaupt: Niemand hatte je einen solchen Monsterhof haben wollen.

Genosse Izidor, der Hausherr, ließ sich auf der Holzkiste nieder. Seine Augen glänzten und wanderten durch den Raum. Daß er nicht getrunken hatte, stand ihm nicht gut zu Gesicht.

»Ist die *tovarăşa învăţătoare,* die Genossin Lehrerin, zurück?«

»Du bleibst hier«, flüsterte Isabella und drückte Clemens auf den metallenen Papierkorb hinter der Schreibkommode. »Diesen Menschen müssen wir rasch loswerden, denn heute nacht haben wir anderes vor.« Und entschlüpfte.

»*Aicea sunt.*« Mit diesen Worten trat Isabella vor Izidor hin, barfuß. Sie schlug den Morgenmantel über den Schenkeln zusammen und reichte dem Genossen die Hand. Dann setzte sie sich auf die Liege und fragte den Gast, wie es ihm so gehe und was er so mache. Schlecht gehe es ihm und machen tue er nichts. Und das sei langweilig. »*Dacă nu omori tu timpul, timpul te omoare pe tine!*« Schlägst du nicht die Zeit tot, erschlägt sie dich.

Sein Unglück sei, daß er wie ein Zigeuner aussehe, aber keiner sei. Wie alle Rumänen stamme auch er vom Kaiser Trajan und dem König Decebal ab. Zweimal habe er versucht, eine echte Rumänin zu erobern. Beide Male hätten die Väter – blond und mit blauen Augen und rotem Schnurrbart – ihn, den Freier, davongejagt, wegen seiner dunklen Hautfarbe. Nachdem er vergeblich die Hände nach einer Dakerin oder Römerin ausgestreckt hatte, blieb nichts anderes übrig, als sich mit einer »schoflen Zigeunerin« zu begnügen. Wobei er es besonders schlecht getroffen habe mit seinem Teufelsweib; allein in der nußbraunen Hautfarbe stimmten sie überein. Doch vertrackte Geschichten müsse er sich heute nacht von der Seele reden, »*istorioare pline de secrete*«.

Die Frauen erschraken. Frau Sophia kletterte auf das Podest ihrer Nähmaschine und begann den Tritt zu bewegen, während sie auf der Platte ein Stück Tuch sinnlos hin und her spazieren ließ. Doch es nützte nichts, der ungebetene Gast fuhr Frau Sophia an: »Kann ich, der Herr und Besitzer des Hofes, an keinem Abend zu Besuch kommen, *în vizită*, ohne daß dieses Teufelsweib an der vermaledeiten Maschinerie herumfummelt?«

Die drei Hausinsassen hörten mit halbem Ohr zu, begleitet vom Surren der Nähmaschine, die nichts nähte. Am unbequemsten hatte es Clemens, denn der eiserne Papierbehälter war nicht auf seinen Unterleib zugeschnitten.

Knapp siebzehn war die vermeintliche Dakerin oder Römerin gewesen, als sie dem Izidor nachgab. Ihr Vater war Schrankenwärter bei der Schmalspurbahn in Schaas, im oberen Haarbachtal. Zu nachtschlafender Zeit waren sie davongeschlichen, der Izidor und die Maria, bei winterlicher Kälte in einen leeren Viehwaggon gekrochen, und hatten versucht, *dragoste* zu machen. Daß sie eine Jungfrau war, hatte sie ihm verschwiegen, »*drăcoaica de ea!*«. Der kleine Teufelsbraten. Sonst hätte er sich anders gerüstet. »Sie werden es nicht glauben, verehrte Damen, es ist zugegangen wie beim Eislauf auf dem Haarbach, wenn die Kinder Schwarzer Mann spielen.«

Über die spiegelglatte Plattform des Waggons habe er die Allerlieblichste geschubst, kreuz und quer. Nirgends ein Halt. Immer sei sie ihm entflutscht und habe ihn auch noch beschimpft. Bis er mit einem Stoßgebet die Hilfe des Himmels erfleht habe: »*Maica precistă si fecioara Maria, ajută!* Allerreinste Maria und jungfräuliche Mutter, hilf! Laß mich nicht zuschanden werden! Schick einen Engel!« Es kam der Engel herbeigeeilt, und er griff auf wunderbare Weise ein. Plötzlich habe Marias jungfräulicher Leib sich nicht von der Stelle gerührt, nicht mehr gemuckst. »Im nächsten Augenblick ist sie von einem großen Mädchen, *fata mare*, zum Weib geworden.« In einem einzigen Ansturm hatte der junge Izidor Trandafir alles ans gute Ende gebracht, so daß das Blut zum Himmel gespritzt sei, dieses allerkostbarste Blut der Frau, weil einmal und nie wieder im Leben. Der witzige Einfall der himmlischen Mächte sei denkbar einfach gewesen: »Ihr Hinterster, bloß und nackt, ist von einem Augenblick zum andern an die Platte des Waggons angefroren.« Nachher sei auch er auf dem Bauch gelegen, ebenfalls nackt aus Solidarität, und habe ihr voll Delikatesse, *un adevărat cavaler,* unten herum warme Luft zugehaucht, bis sich beide hatten glücklich erheben können.

Was die hochgebildeten Damen zum Casus zu sagen hätten? Nun, die Frauen wußten nichts Einschlägiges zu sagen. Genosse Trandafir stand auf, bewegte sich etwas unsicher auf den Beinen, die in Pantoffeln steckten. Mit der Fußspitze schob er die Fetzenteppiche weg und hob mit geübtem Griff eine Falltür auf. Darunter öffnete sich ein Geviert, das als Speisekammer diente und vollgeräumt war mit Vorräten. Ohne viel hinzusehen, langte er mit der Hand hinein und griff sich eine Halbliterflasche. In Sütterlinschrift war zu lesen: *Wacholdersaft 1950*. Er setzte sich und sagte: »Wie ihr Sachsen das macht, wie ihr es nicht macht, der Teufel weiß. Auch jetzt, wo nichts euer ist, habt ihr mehr als unsereiner.« Mit den Zähnen riß er den Hühnerdarm weg, der als Verschluß diente, und trank die Flasche in einem Zug leer. »*Bine, bine!*« Aber nicht zu vergleichen mit einem starken Wacholderschnaps, einer *tărie*. Er rülpste schwermütig: Welch Zeiten, als er als freier Mann Schnaps trinken konnte, bis er ihm zu den Ohren herausspritzte, ohne daß die Partei dazwischentrat. Und begann die nächste Geschichte von Enttäuschungen und Vergeblichkeit.

»Wenn ich jetzt nicht einen Becher Schnaps bekomme, dann schnappe ich über.« Und unversehens böse, indem er sich in Positur warf: »Wenn Ihr nicht endlich meinen Garten zum Bach hin von dem parasitären Grünzeug befreit, all das krätzige, stachlige Gewächse wegrasiert und etwas Eßbares anbaut, Kren und Tabakpflanzen zum Beispiel, dann hetze ich euch die Partei auf den Hals, den Genossen Titi Barosanu.« Er bekreuzigte sich. »Nach fünf Jahren Gerede und Gerede von dir, du lahme Hexe, hängt mir die Sache zum Hals heraus.« Und plötzlich packte es ihn, und er befahl, daß das Gesagte sofort geschehe; stehenden Fußes und auf der Stelle wünschte er in diesem seinem Garten dahinzuspazieren, selbst wenn ihm die sowjetische Genossin Soldatin, die rote Heldin, begegne, als toter Geist mit einer brennenden Zigarette im Mund.

Frau Sophia stieg vom Podest herunter, räumte drei Gläser

vom Wandbrett, stellte sie auf ein strohgeflochtenes Tablett und entnahm dem sächsischen Almereichen, dem buntbemalten Wandschrank, eine Flasche mit Himbeersirup. Damit humpelte sie zum Tisch mit den »Reden an die deutsche Nation«. Daß die Gläser aneinanderklirrten, wer mochte es ihr verargen bei ihrer schaukelnden Gangart.

Bereits beim ersten melodischen Anschlagen verlor Genosse Trandafir sein Gesicht. Es verzerrte sich zu einer Fratze, die Augen quollen aus den Höhlen, die Nase lief rot an. Auch hielt er sich die Ohren zu. Bei der nächsten Kaskade von Tönen erhob er sich schwankend und kotzte den Wacholdersaft auf die Fetzenteppiche. Und als einer der Becher herunterfiel und mit schrillem Klang zerschellte, entfloh er, stöhnend und rülpsend und furzend, den Zeigefinger in den Ohren. Die Tür ließ er offen. »So, zwei Tage kommt er nicht einmal in unsere Nähe. Selbst wenn eine Fensterscheibe summt, erbricht er sich. Halleluja, der Doktor Scheitan!«

Auch Clemens erhob sich, frottierte den gemarterten Hintern und wankte in die Küche. Und dachte: »Diese Nacht wird immer kürzer.« Isabella deckte den Tisch. Alle waren hungrig, und die Zeit drängte. Sie hatte aus der Stadt Brot mitgebracht, trotzdem aßen sie Palukes mit Milch. Zum Schluß sprach Frau Sophia ein Abendgebet: »Herr, bleibe bei uns, denn es will Abend werden.« Und sagte: »Unsern Herrgott brauchen wir heute abend wie nie zuvor. Denn horcht, warum wir Euch hergerufen haben.«

Doch ehe Frau Sophia mit Einzelheiten herausrückte, öffnete sie die Falltür im Boden. Zur Verblüffung des Gastes hoben die Frauen mit zwei Schürhaken die Vorratskammer aus ihrem Versteck, in die der Genosse Trandafir vertrauensvoll hineingelangt hatte. Die bestand aus einer Holzkiste, die genau in den ausgesparten Rahmen paßte. Darauf sagte Frau Sophia: »Dort unten hat mein Vater selig ein verborgenes Zimmer eingerichtet. Und dort lebt ein Mensch seit fast fünf Jahren.«

»Ein Standartenjunker oder Fähnrich; wie du willst. Etwas älter als wir.«

»Er ist gewiß einige Jahre älter als ihr«, sagte Frau Sophia, »denn auch dort unten im finstren Loch ist die Zeit nicht stehengeblieben. Doch nun muß unser Gast im Loch sich auf die Socken machen, weil der Trandafir das Trinken gelassen hat und immer am Abend herkommt, und überhaupt. Am Abend kriegt der junge Herr unten keine Luft mehr, die gute Luft zum Atmen hat der Herr Junker in einem ganzen langen Tag verschluckt. Und wenn wir ihn nicht herauslassen können, so muß ich ihm frische Gottesluft hineinpumpen.« Unter dem Podest, auf dem die Nähmaschine stand, war ein Blasebalg.

»Und wie geht er aufs Klo?« fragte Clemens benommen.

Frau Sophia wies auf das Loch im Fußboden. »Hier muß er herauskrabbeln.« Im Wohnzimmer drüben gab es einen Schrank als Attrappe, dahinter eine schmale Tür. Durch diese gelangte man in einen verborgenen Gang zwischen der Scheunenmauer und der Stallwand, mit einem Plumpsklo. »Auch kann der Herr Fahnenjunker durch diesen Gang in den Garten gelangen und dort in der Nacht spazieren und sich verlustieren und auch seine Nöte verrichten. Mein Vater selig hat an alles gedacht, bevor er sich erhängt hat im Keller unter der guten Stube. Von dem Keller weiß jeder im Dorf, weil mein guter Vater sich dort zu Tode gehängt hat«, sie sprach hochdeutsch, und das klang feierlich, »doch von diesem Keller hier unter der Küche mit dem deutschen Offizier weiß nur der liebe Gott. Und darum hat der liebe Gott das russische Flintenweib in den Bach gestoßen und direkt in die Hölle geschafft, daß niemand in unseren Garten eindringen kann. Doch jetzt will der Trandafir, dieser elendige Kolonist, den Garten haben – und überhaupt, nach fünf Jahren sind wir alle müde.«

Folgendes hatten die beiden Frauen sich ausgedacht: Verkleidet als rumänischer Hirte wollten sie den Logiergast auf Wanderschaft schicken. Erste Station: Schäßburg. Und zwar bei Reschers. Der Reitstall innerhalb eines aufgelassenen Geländes bot sich ideal an. Dort sollte er Kräfte sammeln, sich an Luft und Licht gewöhnen. Ausgestattet mit Proviant und mit dem Kompaß von Clemens sollte er sich alsbald auf den Weg machen über Grenzen und Länder, vor allem den Mieresch entlang. Dazwischen kurze Einkehr in Simeria beim Grafen Eötvös, etwa auf der halben Strecke ins Banat. Der Graf, angestellt als Gärtner im eigenen Schloß, konnte ihn ohne weiters in dem riesigen Arboretum verstecken, das seine Vorfahren im Schloßpark angelegt hatten.

»Verstecken«, sagte Clemens, »als Ginkgobaum oder wie im ›Sommernachtstraum‹ als Holunderbusch.«

Doch Isabella fuhr ihm über den Mund. Hier gehe es um Tod und Leben. Und ein Fahnenjunker sei nicht zu verwechseln mit einem ergrauten Oberst in Pantoffeln, der vor seiner Frau Pfötchen mache. »Der stirbt um seiner Fahne willen, das ist seine einzige Geliebte.«

»Wie heißt er überhaupt?«

»Er hat keinen Namen, es ist besser so. Was ich nicht weiß, macht mir nicht heiß«, bemerkte Frau Sophia.

»Er wird jetzt gleich hervorkommen. Erschrick nicht, er ist bleich wie ein Eskimo oder Weißrusse.«

»Das wird er nicht tun«, entschied Frau Sophia. »Es ist besser so, ihr seht euch erst in Schäßburg. Auch spaziert er im Garten und schnappt nach Luft. Und hat seine Nöte, der arme Teufel.«

»Und wie bitte erkennen wir uns?«

»So bitte«, sagte Isabella. »Ihr trefft euch übermorgen, also Sonntag abend, zwischen neun und zehn an der überdachten Kokelbrücke. Er hat eine Taschenlampe, du hast eine. Das einfachste ist SOS; ja, und der Schäßburger Pfiff ...«

»Leck mich am Arsch und bleib gesund. Das wird ja eine nette Begrüßung werden.« Letzte Station sollten Clemens' Verwandte in Gnadenflor im Banat sein.

»Habt Ihr mit denen auch schon gesprochen? Und mit meiner Großmutter?« fragte Clemens.

»Das leitet Ihr in die Wege, junger Mann. Alles, was man wirklich will, kann man auch in Wirklichkeit.«

Und dann über die grüne Grenze. Gelinge die Aktion, dann Ansichtskarte mit dem sowjetischen Soldaten Wlassow, wie er in Berlin die sowjetische Flagge auf dem Reichstag aufpflanzt.

Unvermittelt sagte Clemens: »Von Simeria weiter könnte er sich in einem Kahn den Mieresch hinabtreiben lassen, bis nach Arad. Ich erinnere mich, der Park des Grafen grenzt an den Fluß. Ich war einmal mit meinem Vater dort. Er wollte sich exotische Sonnenblumenarten ansehen.«

»Überlaß das ruhig ihm«, sagte Isabella, »er weiß genau, was er will und was er muß.«

»Und kann es auch. Fichte. Warum spannt ihr mich dann noch ein?« Und sagte: »Ich mache mich auf den Weg.« Nicht ließ er sich erweichen zu bleiben, weder durch die Enttäuschung Isabellas und ihre demütige Bitte: »Bleib doch, ich habe mich so gefreut!«, noch durch die besorgten Fragen der Hausfrau: »Mitten in der Nacht? Wie denn?«

»Zu Fuß«, sagte er, »und direkt nach Schäßburg. Und ohne Kompaß, allein dem Polarstern hinterher. Was man will, kann man.«

Weg war er, noch ehe die Frauen, leichtgeschürzt in ihren Hausgewändern, sich ein Kleidungsstück hatten überwerfen und ihm folgen können. Aufrechten Ganges verließ er den Hof. Er band den Hund von der Kette, einen rumänischen Vers im Ohr, wie sich ein Dorfbub mit dem Hund Grivei aus dem Staub macht:

»*O şterg de acasa frumuşel,*
Grivei cu mine, eu cu el,
şi satul in colb se 'neacă.«

Über Rohrbach, Bekokten, Rethersdorf trabte er, den Polarstern im Visier. Der Hund war schon hinter den Gärten von Kaltbrunn umgekehrt. Zu Mittag erreichte Clemens bei Hendorf die Kleinbahn. Er war zu stolz, um den Zug zu benützen, lief die Geleise entlang, immer eine Schwelle überspringend. Von der Höhe des Hendorfer Berges schob sich die Kirchenburg von Trappold ins Bild, dahinter Schaas. Hier hatten sich die Geschichten des Genossen Trandafir abgespielt, seine liebestollen Bocksprünge. Am Spätnachmittag kam er zu Hause an, halb verhungert und halb barfuß, eine Schuhsohle hatte sich gelöst. Er schlief wie ein Toter. Zu sich kam er, als er am nächsten Morgen in seinem Hochofen untertauchte. Es war ein Sonntag, und die Leute gingen in die Kirche.

Ein unruhiger Sonntag für Clemens. Er räumte die Formlinge in den Rundofen, als Keleti die Nase hereinsteckte. Und sie sogleich zurückzog, feuerrot im Gesicht. Er müsse mit ihm reden. Clemens stellte sich in die Einlaßtür, steckte den Kopf hinaus. Hier schien die Luft vor Kälte zu klirren. Keleti sprach: »Was die Menschen im Arsch haben, das wissen wir genau. Ob Kaiser oder Arbeiter, ob Chinese oder Ungar, ob der Parteichef in Bukarest oder ein geplagter Parteiaktivist in der Provinz, was jeder in seinem Arsch hat, weiß die Partei genau: Dreck, stinkigen Dreck.«

Drecksack, dachte Clemens bestürzt. »Und was euereins hat im Kopf an Flausen und Fisimatenten, das weiß die Partei auch. Doch weil die Gedanken immer andere sind in dem Kopf von euch, muß die Partei immer neu den Kopf zerbrechen ihrigen. Darum frage ich dich«, es kam feierlich daher, was er fragte: »Was habt ihr euch gedacht, als ihr euch poussiert habt in Fogarasch auf der Promenaden vor dem Gefängnis für die Kriegsverbrecher und die Staatsfeinde von unsere Republik, wo der Kiniszi ist ersoffen, *fenséges,* seine Durchlaucht, du und dem Reinhardt sein Mädel?«

»Nichts«, sagte Clemens wahrheitsgemäß, denn im namenlosen Erschrecken fiel ihm wahrhaftig nicht ein, was sie vorgestern auf der Burgpromenade in Fogarasch im Angesicht der *Doamna Stanca* gedacht hatten, Isabella und er.

»Denn glaub nicht, daß die Partei glaubt, daß du bist ein

Prolet, weil du bist ein Arbeiter in der Fabrik, oder daß deine Lehrerin ist schon eine Bolschewikin, nur weil sie ist eine Lehrerin in eine volksdemokratische Schule.«

»Nichts«, wiederholte Clemens.

Keleti hob zwei Finger, und Clemens erinnerte sich an seine Kindheit, als sie mit der Kutsche ausgefahren waren: So hatte er mit dem Peitschenstiel den Gassenjungen gedroht. »Du lügst, du verdammichter Pup. Niemand kann nichts nicht denken. Nicht einmal ich, der ich mich immer mehr tu anstrengen, nichts zu denken nimmermehr.« Und dann, es klang fast ratlos: »Wehe, wenn ihr beiden habt etwas gedacht dorten auf der Promenaden.«

Selbst der gefürchtete Kaderchef hatte sich an diesem Sonntag in die Fabrik bemüht. Er ließ Clemens rufen. Die Unterredung dauerte lange. Schwitzend war Clemens eingetreten, in Schweiß verließ er das Kaderbüro. Und merkte sich eines: Niemand durfte von diesem Gespräch je erfahren.

Keleti erwartete ihn vor dem Hochofen, an die Eisenleiter gelehnt: »Verschwind mir aus den Augen, daß ich dich nicht mehr muß schauen.« Clemens schob den Verblüfften weg, stieg in seinen Feuerofen und machte sich an die Arbeit.

Am Abend war er wie verabredet bei der Kokelbrücke. Sie war von alters her mit einem Schindeldach versehen. An verregneten Sonntagen und im Winter diente sie den Mägden und Soldaten als Tanzdiele. Beim Gekrächze einer Geige flogen die Röcke, und die Stiefel knallten. Im Frühjahr mußten die Bohlen ausgewechselt werden.

Es ging alles sehr rasch. Clemens duckte sich unter den ersten Holzpfeiler. Der Mond schien so hell, daß die Dinge bleiche Schatten warfen. Er hörte den Pfiff aus dem Sonnenblumenfeld linker Hand: »Leck mich am Arsch und bleib gesund.« Atmete auf und spürte dennoch Beklemmung. Er hob den Kopf und erspähte die Lichtsignale: SOS. Schon wollte er antworten, die Taschenlampe im Anschlag, als er ungefüge Silhouetten gewahrte, die stampfend im Feld verschwanden, viele. Die hohen Sonnenblumen knickten ein. Es bildete sich eine Schneise. Heraus zerrten die Schatten eine Gestalt, die sich mit Händen und Füßen zur Wehr setzte, ohne einen Ton von sich zu geben. Selbst als die formlosen Figuren den Verfolgten fesselten, ihn bei den Achselhöhlen und Kniekehlen packten und davontrugen, bäumte sich sein Körper auf, zog sich zusammen, streckte sich, daß die Träger strauchelten. Sie warfen den Wehrlosen in eine Kutsche, die unversehens zur Stelle war, das Verdeck hochgeklappt; der Kutscher hatte den Schlapphut tief ins Gesicht gezogen. Die dunklen Gestalten sprangen auf die Kutsche, standen auf dem Trittbrett, hockten auf dem Bock, hingen hinten an der Achse. Ohne Befehl zogen die Pferde an, und lautlos rollte das Gefährt über den Feldweg nach Norden, dem Polarstern zu.

Bald darauf erreichte Clemens eine Ansichtskarte mit der Zwingburg von Fogarasch. Der Text bestand aus einem Wort: *Verräter.*

27

Fünf Jahreszeiten lang mied Clemens die Welt. »Fliehen, schweigen, warten.« Doch stieg er oft hinauf zu den Ställen. Im Sommer wählte er den Weg durch Felder von Brennesseln, die hitzigen Pflanzen sengten seine Beine. Als die Wälder sich an Farben berauschten, wartete er ab, bis er durch das raschelnde Laub waten konnte. Schnee stäubte unter seinem Schritt, wenn die Ostwinde zu blasen begannen. Im Frühjahr versanken seine Füße im Morast.

Er hatte Muße, in der sauberen Hitze des Hochofens seine Erfahrungen zu betrachten, die Gedanken zu klären. Allein soviel gelang: Hat jemand ein Urteil über dich gefällt, so bleibt es dabei, für immer.

Ausgeliefert aber blieb er der Frage: Warum habe ich das Mädchen am Schwarzen Meer weggehen lassen? Allein in die Nacht, erdrückt von gigantischen Blumen, die in ihren Armen sterben würden. »Immer hast du mich allein in die Nacht gehen lassen ...«

Wanderte er zu den Ställen, im Wechsel der Jahreszeiten, dann setzte er sich ans Klavier und erging sich stundenlang in Etüden. Den Kühen war das alles eins.

Und dann war es wieder Sommer, und die Tage dehnten sich ins Maßlose.

Schäßburg, Sommer 1951 ... Während Clemens sich in der Fabrik in die Hitze des Banats einübte, genossen die jungen Gäste aus Gnadenflor die Ferientage in der Stadt.

Die Cousinen Konradine und Kunigunde verbrachten die Nachmittage im Strandbad. Bei der Großmutter gaben sie sich stundenlang den Genüssen des Wasserklos hin. Für die Schwestern war das eine Sensation. In der Liliputwohnung hatte sich für den stillen Ort einzig und allein die Speisekammer angeboten. In Gnadenflor hatte das Plumpsklo neben dem Mist nichts Verlockendes: Im Sommer war es ein Ort, der geschwängert war von einer Stinkwolke unter brütender Hitze, »daß das Harz aus den Brettern schmilzt und an delikater Stelle kleben bleibt«, im Winter bitterkalt, »deine Intimitäten bedecken sich mit Eisblumen«.

Hier dagegen reizte ein Kämmerlein von anregender Unterhaltsamkeit: auf dem Becken ein leibgerechter Rahmen, der keine Striemen im Gesäß hinterließ, himmelblau getönt und komischerweise Brille genannt; und rundum Bodenfliesen aus der *Fabrica Aurora Purpurie* mit eingebranntem Muster von Hammer und Sichel. »Letzter Schrei des Proletariats«, wie die Großmutter erläuterte. Die Mädchen konnten sich nicht sattsitzen. Dazu wurde Quittenkäs gemuffelt oder an einer Zwirnwurst geknabbert. Und obendrein machte man sich kundig in der »Bibliothek des Wissens und der Unterhaltung«: über die

Erfindung des Reißverschlusses oder die künstliche Grotte König Ludwigs II. in Linderhof. Nach dem Ziehen ein Getöse wie von überirdischen Wasserfällen, daß man vor Erschauern zusammenzuckte.

Die Schwestern bewohnten die Bude von Clemens im Kellergeschoß. Der unterirdische Raum überragte die Grasnarbe um die Höhe der beiden Lichtluken. In der Hängematte hatten beide Mädchen bequem Platz. »Wir probieren aus, wie es sein wird, wenn wir einmal geheiratet haben.« Kunolf logierte bei der Großmutter in dem einen Mehrzweckraum. Allein erwanderte er die Kirchenburgen um Schäßburg herum, gelangte bis Maldorf und Schmiegen. War Onkel Kuno zur Nacht im Haus, richtete er sich ein Lager im offenen Vorbau, »um sich an den Nachtgeräuschen zu delektieren«. Und zitierte: »›Es trägt die Nacht ein schwarzes Kleid. Wer steckt nun wohl darinnen? Dem einen ist's ein Priestertuch, dem andern Teufelslinnen.‹«

»Und wo sind die Geräusche?« fragten die Mädchen.

Clemens bewohnte sein Baumhaus. Das war mit einer Strickleiter zu erreichen, die er meistens hochzog.

Kurz vor der Abfahrt ins Banat traf er Carmencita. Es wurde eine Rückkehr, die ebenso mißglückte wie die Begegnung mit Isabella vor einem Jahr in Fogarasch und Kaltbrunn.

Er hatte die alte Piranda beauftragt – er war ja nun jemand in der Porzellanfabrik –, Carmencita in der Mittagspause an den Fluß zu bestellen. Warum das? Er wußte es nicht zu sagen. Wollte er eine Pause einlegen im Zuviel an Muttersprache und Verwandtschaft und sich einlullen lassen von Carmencitas vertrauter Fremdheit? Suchte er einen Ort, wo er für einen Atemzug den Sommer vor zwei Jahren vergessen konnte, mit den Bildern von Schönheit und Trauer?

Was ihm vorschwebte war: mit Carmencita wie einst zu Mittag ein Feuer anzufachen, aus zwei Kieselsteinen Funken zu schlagen, mit Erregung darauf zu warten, ob die trockenen Blätter sich entzünden würden, ob die Flammen das Reisig in

Brand setzten; oder über die Wasseroberfläche flache Kiesel springen zu lassen; oder Speck zu braten und zuzusehen, wie Carmencita das bräunliche Fett auf die Brotkruste träufeln ließ und dabei mit ihren blitzenden Zähnen in den Paprika biß. Oder einfach nebeneinanderzusitzen, dem Züngeln der Flammen zuzusehen, dem Plätschern der winzigen Wellen zu lauschen, wie einst.

Es kam anders, ganz anders.

Keine Carmencita kam leichtfüßig herangesprungen, sondern es wallte herbei eine Zigeunermutter wie aus dem Bilderbuch. Schichten bunter Röcke gaben Hüften und Gesäß matronenhafte Üppigkeit, der Bauch wölbte sich in guter Hoffnung. Die Haare waren in Zöpfe geflochten, die Enden mit Geldstücken aus Kupfer geschmückt. Den Kopf bedeckte ein Tuch, das hinten verknotet war. Sie trug Turnschuhe. Unter den vielen ersten Verboten der allmächtigen Partei war auch dieses gewesen: Niemand im Lande durfte barfuß daherlaufen, und den Bauern wurden obendrein die Bundschuhe, die Opanken, von den Füßen gezogen. Ja, die Partei ordnete an, daß in den Galerien mit Bildern, die das dörfliche Leben einfingen, den Bauern die Opanken weggeschabt und durch Russenstiefel ersetzt wurden; es war der erste Großauftrag an die Malergilde.

Im Arm hielt Carmencita einen Knaben. Der war mit einem Hemdchen bekleidet, ansonsten nackt, der Nabel schimmerte wie eine Haselnuß. Ein Hund mit einem Ziegenbart umsprang das Paar und bellte. Sie wies ihn zurecht: »*Taci, Asorel!*« Die Mutter stellte den Buben auf den Boden, wo er wacklig, aber tapfer seinen Mann stand. Sie küßte Clemens die Hand, nannte ihn *domnule inginer*. Und fragte: »*Dece m-aţi chemat?*« Warum habt Ihr mich gerufen?

Ohne eine Antwort abzuwarten, sammelte sie Reisig und trockene Äste, ließ Funken in ein Büschel von trockenem Gras springen und blies das Feuer an. Der Knabe war davongetrippelt, zum Ufer hin. Schon wollte Clemens zu Hilfe eilen. Doch ehe das Kind in den Fluß purzelte, hatte der Hund Asorel es gehascht, am Hemdchen gepackt, daß der Bub auf den Hintern fiel. Als ihn die Gräser auf der bloßen Haut kitzelten, lachte er, lachte, daß es gluckste.

Das Feuer brannte. Die Mutter ließ sich im Gras nieder, ordnete die sieben Röcke um ihre Schenkel und öffnete den Latz ihrer Bluse. Sie wog mit der Hand die eine Brust, wog die andere, prüfte, welche schwerer war, mehr Milch hergab: diese! Und reichte sie dem Kind. Der Knabe, gut über ein Jahr alt, schmatzte. Er hielt die Augen geschlossen, seidige Wimpern überschatteten die Augenhöhlen. Die zierlichen Ohren glühten vor Wonne. Als die Brust schlaff herabhing, legte ihn die Mutter auf ein riesiges Blatt der Roten Pestwurz, mitten in den Sonnenschein, beugte sich über ihn, blähte die Backen, prustete ihm eins. Tausend Küsse drückte sie ihm auf den nackten Bauch. Der Bub jauchzte. Schließlich rollte er sich zusammen, steckte den Daumen in den Mund, schloß die Augen. Die Mutter spuckte aus. Spuckte rechts vom Kuschelblatt, spuckte links davon, gegen die bösen Geister. Zuletzt bekreuzte sie den Buben. Nachdem dieser ausgiebig gerülpst hatte, auch einen kräftigen Furz ließ er fahren, fiel er in Schlaf.

Hochsommer! Gab es dieses Wort noch? Hatte das Wort einen Sinn in dieser verrückten Zeit? Clemens ging barfuß bis zum Fluß und spürte, wie seine Fußsohlen brannten, als sei er über ein Nagelbrett gelaufen. Hochsommer, das war auch die Idylle zu viert am Krebsbach in den väterlichen Feldern, einst. Die Mutter ruhte im Liegestuhl unter dem Sonnenschirm und las Reisebeschreibungen, schützte sich mit einer dunklen Brille vor dem Ansturm der Sonnenblumen. »Diese Riesengewächse mit Köpfen wie Flammenwerfer, kriegslüsterne Monster«, klagte Frau Alma Antonia. Und ließ sich von Rosa oder dem Kutscher den Blick durch einen japanischen Wandschirm verstellen. Rosa kühlte ihre Krampfadern im Wiesenbach, der trübe und gelblich dahinschlich. Keleti döste im Schatten der Kutsche; die Pferde, lose an die Deichsel angeschirrt, grasten.

Und Clemens, der keinen Freund hatte, nur Klassenkollegen, mit denen er nicht spielte, fing Krebse. Stinkiges Fleisch war an einem Weidenast befestigt. Krallte sich ein Krebs fest, warf er ihn zurück, ehe Rosa oder Keleti es bemerkten.

Manchmal rauschte der Vater herbei, gewaltig wie eine Stalinorgel, im Gig mit den hohen Rädern, gezogen von zwei Rappen, die sich abhoben vom wogenden Gelb seiner Plantagen. Der Fabrikant knallte dreimal mit der Peitsche; drei Schüsse mitten im sommerlichen Frieden, und rief: »Mitten im Weltkrieg die reinste Idylle des Friedens. Doch der Schein trügt!« Und brauste davon. Unerträglich die Stille danach, selbst die Krebse versteckten sich in ihren Schlupflöchern.

Hochsommer auch jetzt. Clemens hatte sich hingelegt ins weiche Gras der Au und blickte in die gaukelnden Flammen. Er vergaß, daß er vergessen wollte. Bilder zuckten auf und verglühten: Er und sie bei der Mühle, nebeneinander im taufrischen Gras, über ihnen erzitterte der Augusthimmel, zwischen ihr und ihm wucherte eine Brennessel.

Weiter unten, in der Bucht am anderen Ufer, schaukelten die Spitzen von Hanfgarben im Wasser. Mit Steinen waren sie am Grund befestigt, mußten einige Tage dort verharren, zur »Wasserröste«. Zwei sächsische Familien machten sich an den Stengeln zu schaffen, ein Großelternpaar mit der Schar der Enkelkinder. Während die Kinder auf der Uferböschung in einer Reihe hockten, stiegen die vier Erwachsenen, zwei alte Männer, zwei alte Frauen, bedächtig zum Wasser hinunter. Die Männer trugen lange Schlafhemden und Gatjen, die Frauen waren eingehüllt in leinene Unterkleider. Alle hatten Strohhüte aufgesetzt, auch die Kinder.

Oben lümmelten in der prallen Sonne zwei Männer. Es waren die Herren des Hanfes, und sie ernteten, was sie nicht gesät hatten. Darum konnten sie seelenruhig im Schatten ihrer schwarzen Schlapphüte Karten spielen und sich die Bärte glattstreichen. Hie und da griffen sie in ihren massiven Leibgurt, fingerten nach einer silbernen Tabaksdose und drehten sich Zigaretten.

Carmencita legte zwei *Vinete* in die Glut. Die Schale sprang auf, darunter quoll mattgrünes Fruchtfleisch hervor. Als das Innere gar war, wurde die geröstete Schale abgezogen. Zum Vorschein kam ein strähniges Gebilde. Das zerkleinerte sie mit einem Hackbrett, bis es sich in Brei verwandelte. In einer Tonschüssel wurde dieser Brei mit Öl verrührt; sie mischte feingeschnittene Zwiebeln darunter, tat eine Zehe Knoblauch dazu und zerstäubte darüber eine Prise Salz. Geräte und Ingredienzien holte sie aus ihrem Zwerchsack.

Weshalb sie das nicht alles zu Hause zubereitet habe?

»Weil mein Ehegatte es mir nicht erlaubt, mich mit fremden Männern am Fluß zu treffen.«

Clemens schielte zum anderen Ufer schräg gegenüber, wo die vier Erwachsenen im Wasser ihre Arbeit verrichteten. Es war ihm recht, daß seine Landsleute ihn nicht zu Gesicht bekamen. Auch Carmencita hatte die Gruppe entdeckt. Sie trat aus dem Schutz der Weiden heraus, winkte über die sächsischen Köpfe hinweg zu den beiden Männern, die ihr Kartenspiel unterbrachen. Kurz bemerkte sie zu Clemens: »Mein Ohm Moise, mein Ohm Avram. Wir Zigeuner sind ja alle verschwägert und verwandt.«

Sie breitete ein Leinentuch über das Gras. Zu dem würzigen Brotaufstrich in Grün gesellten sich Paradeis, rote Paprika, dazu noch zwickiger Käse und Weißbrot. Indes zertrat Clemens das Feuer. Sogar Wein kredenzte sie. Und als Clemens in das Brot mit dem Vinetebelag biß, an den Mundwinkeln tropfte das ölige Zeug herunter, als er den zwickigen Käse am Gaumen zergehen ließ und den brennenden Paprika schluckte, dazu den sauren Wein trank, der einem alle Löcher zusammenzog, vergaß er zwar nicht, was er vergessen wollte, aber daß die strotzende Frau vor ihm nichts mit der Carmencita von einst gemeinsam hatte, das vergaß er.

Die vier arbeitenden Menschen im Fluß tasteten die Stengel

in der Tiefe ab, fühlten unter Wasser, wie weit der Bast verfault war. Dann schleuderten sie die gereinigten Gewächse auf die Uferwiese, tunlichst so, daß ihre Herren und Gebieter nicht gestört würden in ihrer Muße oder einen Spritzer abbekamen.

Clemens sagte zornig: »Verflucht und zugenagelt! Soweit sind wir gekommen! Unsere Bauern sind Knechte dieser Taugenichtse und Tagediebe.«

Den beiden Männern begann die Hitze zuzusetzen. Sie entledigten sich der farbigen Hemden, auf der Brust kräuselte sich ein Pelz von Haaren, Schweißtropfen kollerten die Bärte entlang, fielen auf die Brust, hüpften dort von Haarbüschel zu Haarbüschel. Schließlich sprangen die beiden auf und schlüpften aus den schwarzen Hosen. Sie beäugten sich gegenseitig und lachten, lachten, daß sie sich den Bauch hielten. Denn dieser Bauch war bei jedem umwunden von einem sächsischen Wandbehang, eingeklemmt in einen triumphalen Ledergürtel, der eine Handbreit hoch war und bestückt mit Totemzeichen. Als Hängeschmuck war es eine jener kostbaren Stickereien, die allenthalben in Stadt und Land über dem altdeutschen Sofa prangen: handgewebtes Linnen, bestickt mit einem Spruch in gotischen Lettern, das Ganze gekrönt von einer dekorativen Girlande, zum Beispiel die Wappen der sieben Stühle und Städte der sächsischen Nationsuniversität. Einen Lendenschurz von solcher Qualität und Noblesse gab es auf der ganzen Welt sonst nicht.

Die Männer drehten sich um ihre Achse wie Schaufensterpuppen. Ob der andere wisse, was dort stehe, hörte man sie sich zurufen. Weder der eine noch der andere wußte es. Die Tagelöhner im Wasser aber, die stellten sich taub. Während sich die beiden Zigeuner hin und her wendeten, entzifferte Clemens auf dem einen Lendenschurz: »Siebenbürgen, süße Heimat. Unser teures Vaterland« und beim zweiten: »Hier stirbt der Deutsche nicht, darauf vertraut.«

»He, sagt an, was habt ihr hier draufgeschrieben? Ihr müßt

es ja wissen. Es sind Fetzen aus euren Stuben.« Von unten kam ein kurzer Blick unter dem Hutrand hinauf zur Uferwiese.

»Hat es euch die Sprache verschlagen?« Der eine der schwarzen Burschen langte mit einem Stock hinab zu einem der Männer, hob ihm den Hutrand in Augenhöhe. »Wenn ihr nicht hören wollt, dann mögt ihr mindestens hersehen, wie gut uns eure bunten Fetzen stehen.«

Der alte Sachse rückte seinen Hut zurecht, ohne aufzusehen und ohne in der Arbeit innezuhalten. Der zweite der halbnackten Männer am Ufer fuhr der einen Großmutter so rüde unter den Strohhut, daß er ihr vom Kopf rutschte. Ein Kind sprang herbei, doch es konnte ihn nicht auffangen. Die Wellen trugen ihn talab. Die Männer oben lachten, lachten mit Zähnen weiß wie die von Raubfischen.

»He, du altes Weib, sag an, was schreibt es hier? Ihr Frauen seid ja neugierig. Oder ihr, die hochgeborenen Sächsinnen, seid es nicht?«

Das war der Moment, wo Clemens ins Wasser glitt. Während er sich lautlos ans andere Ufer treiben ließ, spürte er, wie die Kraft des Stromes sich seinem Körper mitteilte. In seinen Ohren gellte es wie damals, als er den Paradespiegel die Freitreppe hinunter hatte fallenlassen. Als er auf die Wiese trat, klaubte er einen Buschen Brennesseln. Gedeckt vom Uferholz schlich er sich heran, lief gebückt und lautlos dahin. Im Rücken der beiden Männer richtetet er sich auf. Die Sonne stand günstig, seinen Schatten warf sie hinter ihn.

Mit zwei blitzschnellen Griffen riß er den beiden die Wandbehänge vom Leib. Die rutschten unter dem Ledergürtel hervor, fielen zu Boden und entfalteten dort ihre heraldische Pracht. Mit dem Bündel von Brennesseln drosch Clemens auf die nackten Ärsche ein, mit den ätzenden Stauden gerbte er den beiden das Fell. Und schrie mit verstellter Stimme: »*Dracul vă ia, dracul pe voi!*«

Das genügte, daß die dunklen Brüder in panischer Angst davonstoben. »Der Teufel reitet uns, *dracula pe noi!*« Im Zickzack rannten sie dahin, um dem *dracula* ein Schnippchen zu schlagen. Die Schuhe schleuderten sie von den Füßen, um schneller laufen zu können. Im Schatten ihrer Schlapphüte jagten sie in Bocksprüngen davon, splitternackt. Nur der Leibgurt wahrte die Würde. An den zusammengekniffenen Arschbacken konnten man ihre Angst ablesen. Ihre Schwänze zappelten hin und her, man sah die knallroten Eicheln rechts und links bei den Hüften hervorschnellen.

Mit den Stöcken der beiden Flüchtigen schleuderte Clemens die Hosen und Hemden in den Fluß. Auch unter die Sachsen im Wasser kam Bewegung. Der eine Alte befahl dem größten Buben aus der Kinderschar, die Wandbehänge von dem Wiesenrain herbeizubringen: »Die gehören uns.« Der andere alte Mann lobte Clemens: »*Gat gemocht, janger Herr! Zornig we Er Vueter!*«

Am anderen Ufer stillte Carmencita schon wieder. Doch sie war in größter Sorge: »Die beiden werden dich totschlagen. Unter uns Zigeunern ist es die größte Schande, wenn man mit bloßer und nackter Haut gesehen wird, dazu noch das Gemächt unbedeckt. Ich selbst habe noch nie die Mannheit meines Ehegatten zu Gesicht bekommen, vor Augen gehabt, und siehe da, das zweite Kind klopft an die Tür.« Und sagte im gleichen Atemzug: »Du hast gar nicht gefragt, wie dieser Bub heißt.«

»Nein«, sagte er böse, »und ich will es auch nicht wissen.«

»Clemente heißt er.«

Sie umhalste ihn. Und weil sie das mit beiden Armen tun wollte, drückte sie ihm den Knaben in den Arm. Clemens fühlte die zarte Haut des Kindes an seinem Körper, fühlte, wie sich der nackte Kinderpopo des kleinen Zigeuners in die Beuge seines Armes schmiegte, samten und weich, wie sein Teddybär vormals. Carmencita hatte die Hände hinter seinem Nacken verschränkt und küßte ihn auf den Mund, küßte ihn mit Inbrunst. Ihre Lippen zwickten wie Paprika.

Der letzte Ferientag der Banater Verwandten in Siebenbürgen neigte sich dem Ende zu. Frau Ottilie hatte die Familie noch einmal zum Tee versammelt. Es war Mittwoch und gleichzeitig Jour fixe. Man saß vor dem ehemaligen Wagenschuppen. Die Linde spendete Schatten. Das Gestell der Kutsche ersetzte die Gartenstühle. Frau Ottilie hatte Rosa mit sanfter Gewalt veranlaßt, es sich im ledergepolsterten Rücksitz bequem zu machen. Wie ein Clubsessel! Steif saß sie da. Die Dame des Hauses, in einem Kleid von schwarzer Naturseide mit Applikationen von Sonnenblumen, bediente eigenhändig.

Clemens und seine Cousinen drängten sich auf der schmaleren Vis-à-vis-Bank. Da Konradine ihre Schwester Kunigunde nicht neben Clemens hatte sitzen lassen – nur darum, ätsch! –, streckte sich diese auf eine Pferdedecke in die ehemalige Reitbahn, legte die Hände in den Nacken und schlug nach den Mücken. Dr. Oberth saß auf einem Jagdstuhl, stützte sich auf seinen Krückstock, zwischen den Beinen hielt er den Sack mit dem Gras für die Hasen. Den Tee trank er in kleinen Schlucken, bei jedem Schluck schloß er die Augen. Seit er Chauffeur bei der Partei war, schwieg er.

Onkel Kuno war auf den Bock geklettert. Er dominierte die Szene. Hinter ihm hockte rittlings sein Sohn Kunolf und kraulte ihm den Buckel. »Das tut gut! Auch noch meine Haut ist zu kurz geraten. Darum spannt und juckt es. Wie an dem Tag ...«

»... die Sonne stand zum Gruße der Planeten«, fiel die Runde ein.

Nachdem Onkel und Neffe in Kronstadt mit Spiegelpost dem Häftling Otto Rescher die neuesten Nachrichten in sein schwarzes Loch gefunkt hatten, war Herr Kuno nach Fogarasch geeilt. Halbdienstlich. Er hatte seine Cousine Gertrud besucht, »wegen eines Theaterstücks, nicht zu lustig, doch launig, nicht zu einlinig, doch linientreu«, das er im Kulturheim in Gnadenflor einstudieren wollte. Doch hatte die Cousine Gertrud abgewinkt, als er mit ihr Csárdás tanzen wollte.

Und sie hatte sich nicht Zeit genommen für einen Abendspaziergang Hand in Hand am Ufer der Aluta, um die Lerchen schlagen zu hören. Es klang nach Klage, was der Onkel vorbrachte.

»Schieß los, mein Bub«, ermunterte ihn seine Mutter.

Doch ihr Sohn Kuno schoß nicht los, sagte bloß ausweichend: »Wie gehabt und gewußt.«

»Nicht doch gewußt. Dazu passieren in diesen verrückten Zeiten die tollsten Geschichten. Früher fiel höchstens ein Apfeldieb vom Baum, eine Dienstmagd bekam ein Kind, oder eine ungarische Gräfin floh mit ihrem Gesangslehrer nach Venedig. Etwas muß sich ja bei den Leuten in der Rattenburg getan haben. Auch du, Clemens, warst dort. Beide benehmt ihr euch, als hätte man euch verhext.«

Clemens sagte, es kostete ihn sichtlich Überwindung: »Ich war nur einmal in Fogarasch, im vorigen März, ganz kurz. Zwei Stunden. Nur ein einziges Mal.« Er wurde feuerrot: Wenn er log, wünschte er brennend, daß man ihm glaubte.

»Gewiß«, lenkte die Großmutter ein. »Er war bei einer Schulkollegin in Kaltbrunn. Kaltbrunn hinter dem Wald, das letzte Kaff in Siebenbürgen. Sie ist dort Lehrerin.«

»Du wirst ja niemanden umgebracht haben?« bemerkte Konradine, die immerzu vergrämt dreinsah.

»Vielleicht«, sagte er, und seine Stimme flackerte.

»Lassen wir das«, sagte Frau Ottilie. »Jeder darf schweigen.«

Ruckartig setzte sich Kunigunde auf. Sie ergriff Clemens' Knöchel und lehnte ihre heiße Wange an seine Wade.

Rosa fragte Herrn Kuno: »Warum macht Ihre Tochter Kony immer ein so schiefes Gesicht, als ob ihr ein Wurm im Herzen nagen täte?«

Als niemand antwortete, sagte Kunolf mit seinen dreizehn Jahren: »Einen Wurm hat sie. Aber anderswo.«

»Ich muß nun gehen«, sagte Rosa. »Morgen habe ich einen schweren Tag in der Kantine. Der Parteisekretär kommt zum

Mittagessen. Dann gibt es eine Speise für ihn und eine andere für die Arbeiter; doch dürfen die Arbeiter davon nichts wissen.«

»Seien Sie bedankt, liebe Rosa. Alles andere machen die Mädchen. Vielleicht kommt Petra noch vorbei.« Und Frau Ottilie sagte unvermutet, es klang, als warte sie darauf: »Möglich, daß sich sogar der russische Kommandant noch einmal herverirrt. Zwei Jahre sind vergangen ... Der Keleti kommt gewiß. Jour fixe.«

Petra tänzelte heran. Sie trug sich damenhaft, übertrieb in Farbe und Schnitt. Sie stockte, als sie den geschlossenen Familienkreis gewahrte und die Blicke der Cousinen fühlte. Als sei etwas falsch an ihrer Kostümierung, zupfte sie an Kleid und Jacke herum, und vermutlich fiel ihr hier ein, was Frau Ottilie geraten hatte und Petra in den Wind geschlagen hatte: immer einen Schritt hinter der Mode, nie dem *dernier cri* folgen, ja nicht mehr als drei Farben auf sich versammeln, und auch die abgestimmt.

Frau Ottilie forderte sie auf, Platz zu nehmen, mit einer Stimme, die nichts als höflich war. Petra nippte an der Teetasse, mit abgespreiztem kleinen Finger. Als sich schnaufend der ehemalige Kutscher Keleti in die Familienrunde schob, erhob sich Petra brüsk, stellte die halbleere Tasse auf das abgedeckte Wasserschaff und verabschiedete sich mit einem knappen: »Adieu, Genossen!«

Keleti stöhnte: »Von der Stirne schwitz, rinnen muß die Hitz.« Er wischte sich mit einem roten Taschentuch den Schweiß. »Parteiarbeit, das ist wie ein Pferd im Geschirr, geht immer im Kreis, mit Peitsche.« Er schien in keiner guten Haut zu stecken. »Und immer unzufrieden. Werde ich bald über gnädige Herrschaften nicht mehr halten können Hand.«

Gnädige Herrschaften? Das verpönte Vokabular von einst; beunruhigend, ja verdächtig.

»War bei Herrn Otto Pferdestriegeln und Stallkehren Kinderspiel; großer Herr, Hand gegeben, Zigaretten, Flasche

Wein, ja zu Ostern und Christnacht Kognak, gute Worte, nicht wie Partei, immer nur Kritik und Geschimpfe.« Keleti trat zur alten Dame, verbeugte sich und steckte ihr ein Päckchen Zigarillos in die Tasche des Kleides.

»Und war ich Kutscher bei Herr Otto auf Kutschbock, hoch über alle Purligare und Habenichtse, die mir jetzt tun befehlen.« Das war nahezu gotteslästerliche Rede. Man muß ihn bremsen, er redet sich einen Strick um den Hals, dachten alle, dachte jeder für sich.

Clemens bot Keleti seinen Platz an, neben seiner Cousine auf der Sitzbank. »Geh, Pup, das ist nichts für mich, ich zerquetsch das Fräulein. Ich weiß Besseres. Komm, hilf mir.« Aus dem Stall neben der umgebauten Remise zerrten sie eine geräumige, kunstvoll geschnitzte Krippe von Lindenholz, die an den Schmalseiten mit dem Rosenthalischen Wappen geschmückt war, im Schild herumspritzende Finger und drei Rosen.

»Na bitte«, sagte Frau Ottilie mit einem Blick auf das Wappen, »damit sind wir nahezu komplett. Symbolisch ist auch unsere fischblütige Alma Antonia dabei.« Keleti ließ sich aufseufzend in den Futtertrog fallen, den er mit seinen auseinanderwallenden Körperteilen füllte. Vom Hals baumelte ihm eine Krawatte, die aus roten Schnüren geflochten war. Das kurzärmlige Hemd stand über dem Bauch offen, man sah Schweißtropfen an den Härchen um den Nabel glitzern, zwischen den Falten dahinrinnen. Er trommelte auf das nackte Bauchfell und sagte bekümmert: »Sogar Bauch ist verdächtig bei Partei, kapitalistisches Überbleibsel.«

»Nehmen Sie einen heißen Tee. Die Engländer in den Kolonien schützen sich so vor der Hitze.«

»Ha«, schnaubte er, »ist aus mit Trinken Tee in Kolonien. Werden die Imperialisten weggejagt von unterjochte Völker.«

»Trotzdem kühlt heißer Tee«, sagte Frau Rescher.

»Indien haben sie bereits räumen müssen, die englischen Imperialisten«, pflichtete ihm Onkel Kuno bei. »Aber auch hier geht es flott voran, seit wir den König, den größten Ausbeuter, losgeworden sind. Nach den Fabrikanten haben sie jetzt die Grundbesitzer am Wickel; auch die wird man Mores lehren. Es folgen ...«

»Die Kinobesitzer ...«, fiel Kony ihm aufsässig ins Wort.

»Auch die«, bestätigte der Vater. »Alles wird Gemeinbesitz.«

Keleti nickte, doch schien er nicht ganz bei der Sache, dort in seiner pompösen Krippe. »Vielleicht ja, vielleicht nein.« Dauernd kratzte er sich.

»Demokratisch wie bei den ersten Christen«, sekundierte Clemens, »oder wie bei den Sachsen zur Zeit der Einwanderung.«

»Nichts da, erste Christen, das ist religiöse Verdummung der Massen. Opium fürs Volk«, widersprach der Onkel. »Und das mit den Sachsen, keiner Herr, keiner Knecht, ist Märchen, will sagen bürgerliche Propaganda. Zuletzt ...«

»Zuletzt ziehen sie uns Hemd und Hose vom Leib«, rief Kuny, ihre Augen funkelten, »das wird fidel werden, wenn alle nackt herumlaufen, ob alt, ob jung, schön oder greulich, huh!«

»Das ist es« rief Keleti, den in seinem Futtertrog der Hafer stach, »nackt herumlaufen!« Er sprang auf, warf die Kleider von sich, verblieb in der weiträumigen Unterhose von rotem Leinen. Zwischen Fettwülsten sickerte Schweiß. Alle starrten den Halbnackten an, harrten der Dinge, die da kommen sollten. Der erhitzte Mann hob den Holzdeckel mit allen Teetassen vom Wasserschaff und stellte ihn behutsam auf die Reitbahn. Er turnte schnaufend über den Rand des Holzbehälters, in dem man früher die Füllen gebadet hatte, und ließ sich in die Tiefe gleiten. Das Wasser schwoll gewaltig. Dabei entschlüpften der lockeren Hülle seiner Unterhosen die beiden Hoden und schwammen an der Oberfläche wie Schweinsblasen. Die Mädchen kreischten. Die Großmutter tat einen tiefen Zug aus der Zigarre, blies den Rauch den Jungfrauen ins Gesicht, daß sie die Augen zukneifen mußten, und befahl: »Bedecken Sie Ihre Scham, Keleti!«

Der tauchte unter und nahm alles, was zu seinem Leib gehörte, mit in die Abgründe des Wassers. Es schwappte über den Rand des Fasses. Nur prustende Schaumkronen erinnerten an Keletis Existenz.

Diese Minute, wo die Familie wieder unter sich war, nützte der Onkel: »Die Amerikaner kommen. Dann heißt es mit neuen Wölfen heulen und sich ...«

Genosse Keleti tauchte auf. Die Unterhose schloß sich fest um seine Lenden und um sein Gemächt, riesig wie eine Futterrübe und von knolligen Fruchtknoten garniert. Während er sich schüttelte, daß die Tropfen flogen und die Teerunde in Deckung ging, sagte er: »Ja, ja, Fräulein hat recht – nackt herumlaufen. Doch die Partei, die ja is Stiefmutter von alle Dinge, die wird ausziehen das Volk von Kopf bis Fuß. Doch dann wird Keleti wieder ein anständiger Mensch sein.«

Er zog sich an, obwohl er vor Nässe triefte. Und setzte sich neben Frau Ottilie. »Und jetzt her mit dem Tee!« Kony reichte ihm die Tasse mit einem Knicks. »Zuviel der Ehr«, schmunzelte der mächtige Mann. Er drehte die Untertasse um und studierte die Marke des Porzellans: »Nicht Rosenthal, nicht Augarten! Kenn ich mich aus, war ich Diener bei Herrschaften. Aber auch Zsolnay Hungary nicht schlecht, ungarisch immer serr gut! Pécs 1868. Doch was schreibt es hier: *magyar király udvari szállító,* um Gottes willen, Hoflieferant! Mit Krone.«

»Das ist keine Krone, Sie blinder Maulwurf.«

»Bin ich kein blinder Maulwurf. Hat mir Augen geöffnet Partei, aber anders, als denkt Partei.«

»Keine Krone, Keleti, sondern fünf spitze Kirchtürme aneinandergeklebt, ein Emblem für Pécs. Pécs heißt auf deutsch Fünfkirchen.«

»Noch schlimmer wie Krone! Will Partei nicht nur fünf Kirchen kaputtmachen, sondern alle Kirchen.« Und er schleuderte die zarte Tasse gegen die Wand, daß sie in tausend Stücke zerflog. Und fügte hinzu: »Hat Partei ganz große Pläne: Will abschaffen alle kapitalistischen Wörter, sogar dicker Bauch und Seele von Mensch. Und das Wort ›Ich‹ als erstes.«

Jedem fiel ein unverzichtbarer Satz mit Ich ein.

Keleti schnellte empor, kratzte sich unruhig am Kopf, etwas trieb ihn um. Er wollte gehen, als eine Stimme ihn traf: »Falsch, Genosse, ganz falsch.«

Es war der Oberst Kaschenko, der von irgendwo herangetreten war. Er sprach deutsch. »Der Sieg der Arbeiterklasse entscheidet sich nicht daran, ob Sie unschuldiges Porzellan an die Wand werfen, mutwillig Kunstwerke zerstören ... Mitnichten!«

Keleti schüttelte sich wie ein nasser Pudel, sagte verwirrt: »Grüß Gott, muß ich leider gehen«, machte kehrt und verschwand in einer Dampfwolke. Und noch einer zog sich auf Zehenspitzen zurück: Dr. Oberth. Clemens ging mit ihnen mit. Keleti hielt ihn beim Tor zurück, redete, und der junge Mann hörte zu. Als er zur Teerunde zurückkam, hingen alle an den Lippen des russischen Offiziers.

Der Oberst wandte sich lächelnd der Gesellschaft zu. Bis auf die Dame des Hauses boten ihm alle ihre Plätze an, am heftigsten Vater Rescher, der wie ein Baumläufer von seinem Hochsitz rutschte. Doch der russische Platzkommandant setzte sich bescheiden auf den Melkkübel der Rosa, der an diesem Nachmittag unbenützt dagestanden war. Er schien melancholisch gestimmt. Wortlos genoß er den Tee, in behutsamen Schlucken, verzichtete auf Zucker. Nahezu zärtlich stellte er die zierliche Tasse auf das Tablett, löste sie langsam aus seiner Hand, streichelte noch einmal mit den Fingerspitzen über ihren Schmelz, als nehme er für immer Abschied. Und sagte, indem er auf das Rosenthalische Wappen an der Stirnseite der Krippe wies: »Noch einmal, eh ich weiterziehe und meine Blicke vorwärtssende, halte ich es für meine Pflicht und Schuldigkeit, Ihnen die Adresse von Frau Alma Antonia hierzulassen. Diese mutige Frau hat die Zeichen der Zeit begriffen und ist auf dem besten Wege, eine ehrenwerte Genossin zu werden.

Es ist der einzige Weg eines Bürgers oder Adeligen, sich von der neuen Zeit mitnehmen zu lassen: die Arbeit! Denken Sie an den Grafen Alexej Tolstoi ...«

»Der Romane geschrieben hat und nicht Fische sortiert.«

»Was Ihre Schwiegertochter auch nicht mehr tut, gnädige Frau. Sie arbeitet im Büro einer Fischereigenossenschaft und erfreut sich großer Wertschätzung, macht sie doch die ganze Buchhaltung, so daß auch einiges für die Fischer abfällt.«

»Zuviel des Neuen und des Guten, Herr Oberst«, sagte Frau Ottilie. »Mehr ist nicht zu ertragen. Und wegen der Adresse bemühen Sie sich vergeblich. Niemand ist daran interessiert.«

»Ich dachte an Frau Alma Antonias Sohn. Nicht nur im Matriarchat oder im Märchen oder in der Heiligen Familie des Bürgertums wird die Mutter verehrt, auch wir Kommunisten halten die Mutter hoch. Meine zum Beispiel, die Gute und Edle, sie betet jeden Abend für mich. Und um so mehr jetzt, wo es nach Wladiwostok geht. Wiewohl wir beide wissen, daß es nichts fruchtet.«

»Wladiwostok, Kamtschatka?« fragte Herr Rescher gedehnt. »Ich dachte, es geht an die serbische Grenze. Wieder einmal heißt es ja wohl wie 1914: ›Serbien muß sterbien.‹«

»Und warum das«, fragte der Oberst, und alle spürten: Er war ganz Augenmerk, Wißbegierde.

»Na, ist es nicht an der Zeit, daß der russische Bär dem Tito-Kläffer in den Hintern tritt? Muß es sich die glorreiche Sowjetunion gefallen lassen, daß sie irgend jemand in dieser Welt beschimpft?« Da der Oberst schwieg und wartete, fuhr Herr Kuno fort: »Der großen Sowjetunion auf die Hühneraugen tritt, ihr aufs Dach steigt.« Pause. Der Oberst ermunterte den eifrigen Mann mit Blicken. »Ihr den Kopf wäscht, sie ins Gebet nimmt«, Herr Kuno überbot sich, aufgestachelt wie ein Gockel, »ihr die Leviten liest, ihr eine Zigarre verpaßt, ihr die Flötentöne beibringt ...«

Der Oberst fiel ihm ins Wort, sagte todernst: »Wie reich die deutsche Sprache an metaphorischen Redewendungen ist. Und wie gut Sie Bescheid wissen in unserer Politik. Ich werde Sie unserem Geheimdienst empfehlen.« Allen jagte es einen Schauer über den Rücken.

»Es soll mir eine Ehre sein.« Kuno Rescher verbeugte sich zeremoniös, machte einen Kratzfuß, beschrieb mit dem rechten Arm einen Halbkreis zum Boden hin. Er sah auch ohne Mäntelchen wie ein Hexenmeister aus.

»Wladiwostok«, sagten die Mädchen benommen, und es klang wie Mallorca oder Acapulco. »Ist das weit! Vielleicht schicken Sie meiner Großmutter eine Ansichtskarte.«

»Ansichtskarten, immer ein Stück Sehnsucht ist dabei; die Vermutung, anderswo ist es schöner, besser, ein Stück heile Welt.«

Und dann wandte er sich zu Clemens, der aufrecht dastand: »Wer wartet nicht auf Ansichtskarten? Und ganz besonders in diesem Haus? Ansichtskarten vom Meer ...« Der Oberst steckte Clemens ein Blatt Papier zu. Es war die Adresse der Mutter. »Oder brauchen Sie sie nicht mehr?«

»Danke, *blagadariu*«, stotterte Clemens verwirrt. »Sie haben mir einen großen Dienst erwiesen.«

Der Offizier fuhr fort: »Man wartet hier auf Ansichtskarten, zum Beispiel aus Kaltbrunn, wo es nichts Sehenswertes gibt, wartet auf eine, wartet auf eine zweite. Und man wartet auf Ansichtskarten sogar aus Wien oder Berlin.« Er sah Clemens durchdringend an. Dem lag auf der Zunge, zu fragen: Wieso? Das hat sich doch alles erledigt, damals in der Nacht bei der Holzbrücke, als die Kutsche den Fähnrich wegschaffte.

»Wir wissen Bescheid. Wir wissen und schweigen. Und noch etwas«, er blickte in die Runde: »Wer ein Geheimnis hat, ist einsam, bleibt allein.«

Clemens durchfuhr es. Kunigunde schlug die Hände vors Gesicht und begann zu schluchzen.

»Tröstlich, daß es überall in der Welt Geheimdienste gibt, die das Geheimnis wahren.« Oberst Kaschenko erhob sich, grüßte mit einem knappen Nicken. Er stülpte die Tellermütze über seine Sturmfrisur und machte sich auf den Weg von Schäßburg nach Wladiwostok. Frau Ottilie begleitete ihn bis zum Tor.

Und dann wollten alle wissen, was Clemens mit Keleti verhandelt hatte, der sich während der Teestunde so sonderbar, ja unsinnig benommen hatte.

Nun also: Ihm war etwas Grauenhaftes passiert. Ein Parteiauftrag an ihn hatte sich ins gerade Gegenteil verkehrt, und das bedeutete schlimme Konsequenzen, von Amtsenthebung bis Arbeitslager. Neu eingestellten Arbeiterinnen sollte er das richtige Klatschen beibringen. Das war eine Kunst für sich, mußte instrumentiert werden je nach Anlaß und Person. Anders hatte man zu klatschen, wenn ein Genosse aus Bukarest vom Zentralkomitee das Wort ergriff, und anders, wenn im politischen Unterricht über die Gleichberechtigung von Mann und Frau in der Ehe gesprochen wurde, und wiederum anders, wenn Genosse Tannenzapf im Arbeiterliteraturkreis einen Vortrag hielt über Ostrowskis Roman ›Wie der Stahl gehärtet wurde‹. Und ganz anders hatte man zu klatschen, wenn bei einer Großveranstaltung auf dem Platz der Revolution der Name des Generalissimus Stalin fiel.

Zu den Klatschübungen hatte man junge Mädchen und junge Frauen zusammengetrommelt, die eben vom Dorf in die Fabrik gekommen waren, fromme Bauerntöchter, zum Teil noch in der schwerfälligen Tracht des Landvolks. Sie klatschten so, sie klatschten anders. Und einmal klatschten sie so, während sie »Stalin! Stalin!« riefen, daß sich unter dem Ansturm der rasenden Hände das Bild des Genossen Stalin aus dem Rahmen löste, herunterrutschte und hinter der Tapete verschwand. Doch kein leerer Rahmen grinste. Nein: Statt dessen lächelte der junge, blonde König Michael auf die gelehrige Schar herab, nunmehr Bauer in England, doch noch immer Liebling aller rumänischen Jungfrauen in Stadt und Land. Einige Augenblicke war Totenstille. Dann stimmte die Altmagd Eufrosina aus Biertan die Königshymne an: »*Trăiască Regele, în pace și onor*«. Vergeblich, daß Keleti mit dem Tischfuß die Glasscheibe zerschlug. Der König lächelte weiter, durch einen Strahlenkranz von Scherben. Und die Frauen sangen das feierliche Lied zu Ende, vier Strophen.

Keleti hoffte, so Clemens, daß er nicht in den Steinbrüchen der Dobrudscha landen würde, sondern als Kutscher die Parteikader dahinfahren werde, auf dem Bock der Dienstkalesche, immer noch über alles Volk erhoben und über »das Proletengesindel«. Und erhaben über die Großkopfeten im Fond sowieso. Und er versprach Clemens beim Tor, sich zu rächen, diskret und subtil: Er würde seinen Winden freien Lauf lassen, was er beim Herrn Otto unterdrückt hatte bis zu Bauchkrämpfen. Er würde seine gepfefferten Fürze den Parteioberen ins Gesicht blasen. »Prosit!«

VI

Die letzten Dinge

28

Gequälter Halbschlaf mit Traumgesichten von Gebirgsbächen und Daunenbetten. Endlich erscholl die triumphale Stimme des Herrn Rescher: »Temeschburg. Die stolze Stadt der Dome und Parks. Alles aussteigen! Zwei Stunden Aufenthalt. In unserm herrlichen Temeschburg.«

»Hundsdreck«, brummten die Mädchen und rafften ihre Rucksäcke. Laut sagte Konradine: »Temesvar heißt das seit eh und je, Babaliki, merk dir das endlich. Temeschburg ist eine Erfindung der Reichsdeutschen.« Und leiser: »Vor den Kommunisten wagt er nicht einmal Temesvar zu sagen, spricht nur von Timişoara.«

Die Schwester ergänzte: »Bis zuletzt wird es ihm nichts nützen, das Mäntelchen immer nach dem Wind zu hängen. Einmal erwischt es auch ihn.«

Kunolf greinte: »Dann geht es aber auch uns an den Kragen.«

Im Gänsemarsch schoben sie sich den Seitengang entlang zur Tür des Waggons, mit den Knien schoben sie die Gepäckstücke vor sich her. Clemens sprang als erster ab. Die Hitze benahm ihm den Atem, schon klebte das Hemd an seiner Haut. Nein, das war die Hitze nicht, auf die er im Hochofen hintrainiert hatte. Doch höflich streckte er den Cousinen die Hand hin, die sie lässig berührten. Der Onkel dagegen winkte ab. Behende glitt er die Treppen hinab. Als sein Blick den Bahnsteig entlangeilte, knickte er ein, die Reisetasche klatschte auf den Bahnsteig.

Die Kinder spähten in die Richtung, von wo aus den Vater etwas erschreckt haben mußte. Am Ende des Perrons baute sich ein riesiges Schaubild auf, im Blickfang aller, die den Bahnhof verließen oder betraten. Eine greuliche Karikatur: ein Dickwanst in Uniform, auf dem Kopf eine Generalsmütze, aber schiefsitzend wie bei Betrunkenen, umklammerte mit den Schenkeln einen spindeldürren Mann in Räuberzivil, dem er mit einem Schlächtermesser die Gurgel durchschnitt. Mit der andern Hand ließ er einen Schmiedehammer auf dessen Schädel niedersausen. Blut und Hirn spritzten. Rumänisch war zu lesen: »Der Verräter Tito kragelt den Henker Rankovici.«

»Gott im Himmel, auch das noch. Mit der Sichel, den Busenfreund!« rief der Onkel. »Kommt, wir gehen zum Bega-Ufer in den Rosenpark. Dort ist es friedlich.« Mit der flachen Hand wischte er das Wasser von der Stirn. Die Hand trocknete er am Hosenboden.

Den drei Kindern aber schien die klebrige Hitze nichts auszumachen. Konradine, die Große, Blonde mit den wasserhellen Augen und den trägen Bewegungen, rekelte sich wohlig: »Heiliger Bimbam, endlich spürt man den Hochsommer. Schäßburg, huh! Erinnert ihr euch, zu Mittag, wenn es endlich wärmer wurde, ergoß sich prompt der Zenitalregen, und uns überkam die Gänsehaut. Gut, daß wir das hinter uns haben.« Sie hob die Arme über den Kopf, die kurzen Ärmel fielen zurück. Während sie ihre Achselhöhlen zur Schau stellte, lud sie ein: »Kommt! Seht, riecht, fühlt! Kein Tropfen Schweiß!«

Als die Durchreisenden auf den gleißenden Platz vor dem Bahnhof hinaustraten, kniff jeder die Augen zusammen. Die Sonne war am Himmel geschmolzen. Die paar Einspänner schienen vom Hitzschlag gerührt, selbst die Fliegen auf den Pferdeleibern hatten alle viere von sich gestreckt. Ein DKW tuckerte mit verbeulten Konturen durch die flirrende Luft; die Glut sog jeden Laut auf, das Auto schlingerte dahin wie eine Fata Morgana.

Kunigunde zog den rechten Arm des Cousins über ihren

Nacken: »Stütz dich auf mich. Damit dich der Schlag nicht trifft. Du bist diese Affenhitze nicht gewöhnt.« Ihr Kopf überragte kaum seine Schultern, die schwarzen Zöpfe baumelten bis in den Schritt. Ihre Hüften schwangen bei jedem Schritt aus. Wie ein übermütiges Liebespaar wiegten sich die beiden. Wippte ihr Steiß nach links, stieß sie mit der Hüfte den Jungen an. Der knurrte, ohne sich ihrem Zugriff zu entziehen. Verwundert, fast gekränkt sagte sie: »So ist meine Gangart. Daß du das nicht bemerkt hast? Ich watschle wie eine Ente.«

Kunolf meckerte, als er bemerkte, daß er sein Gepäck selber tragen mußte: »Niemand nimmt mir etwas ab! Schließlich bin ich der Kleinste.«

Wenngleich im Park am Bega-Kanal ein Windhauch wehte, der die erhitzte Luft mit lahmen Fingern anrührte, war der Aufenthalt keine reine Freude. Zwar saßen sie unter einer Rosenarkade auf einer bequemen Bank, die aber war rot angestrichen und dazu dekoriert mit Hammer und Sichel und Ährenkranz, alles in Gold. Der Anblick des Dampfers, auf den sich die jungen Leute gefreut hatten, veranlaßte den Vater, seltsame Sätze von sich zu geben: »›Im Unglück altern die Sterblichen früh.‹« Dazu saß auf der Nebenbank ein Mann zwischen Hämmern und Sicheln und Ähren, der nicht geheuer war. Mit den ausgebreiteten Armen belegte er die Bank. Sein simples Gesicht stand sehr im Widerspruch zu dem Anzug aus feinem Garn und den teuren Schuhen. Er starrte auf den Flußdampfer, als wolle er dessen Wandungen durchbohren. Vorsorglich legte der Vater den Zeigefinger an die Lippen.

Die jungen Leute muffelten die Fettbrote aus Schäßburg, die in Butterpapier eingeschlagen waren und vor Hitze trieften, nagten an den qualligen Paprika, Vater Kuno schlubberte Apfelschalentee. Alle verfolgten stumm, wie Arbeiter, an Seilen hängend, den Namen des Flußdampfers mit einem Schweißbrenner austilgten. Doch was war das? »Seht ihr auch, was ich seh?« flüsterte der Vater entgeistert. Während die Arbeiter das martialische MAREŞAL TITO wegbrutzel-

ten, kamen darunter die Umrisse von majestätischen Lettern zum Vorschein, die hinter blauen Stichflammen das Wort REGINA MARIA ergaben. »Kaum ist der letzte am Bettelstab davongehinkt«, murmelte der Vater, »schon humpelt ihm der nächste hinterher.«
Der Mann von daneben aber schnellte in die Höhe und schrie mit schriller Stimme, die sich überschlug: »Ihr Banditen, was treibt ihr dort? Wollt ihr den König wiederhaben, die Monarchie restaurieren? *Trădători de Republică!* Ich sperr euch ein, auf der Stelle.« Die drei Arbeiter ließen alles stehen und fallen, ins Wasser fallen, auch sich selbst. Und schwammen davon, mit Schweißbrenner, Pinsel und Ölfarben, flußabwärts zur serbischen Grenze hin. Die fünf unter der Rosenarkade erhoben sich wie ein Mann und schlugen sich eilig in die Büsche. »Jedes Jahr anderen Göttern huldigen, das geht auf keine Kuhhaut!« stöhnte der kleine Mann und trommelte nervös auf seinen gewölbten Brustkorb.

Als sie um die Mittagsstunde in Gnadenflor aus dem Zug stiegen, waren sie alle gleich müde, ob echte oder unechte Banater. Unter einem Himmel in Weißglut taumelten sie die lange Allee bis ins Dorf hinein. Auch der hochgemute Vater Kuno Rescher, der sonst am liebsten auf Zehenspitzen dahinstolzierte, trug den Kopf tief eingesenkt zwischen seinen Höckern. Endlich gelangten die Erschöpften an das Ende der Allee. Die verwandelte sich in einen Fußpfad, der Sonne preisgegeben.

Von hier erblickte man die drei Türme des Dorfes. Im Zentrum erhob sich dominierend der Turm der katholischen Kirche. Mit buntglasierten Ziegeln und einem Dreierkreuz ragte er in den Zenit, lenkte die Blicke in die Höhe, indes rundum das Land sich flach und eben bis an den Horizont verlor. Am südlichen Rand der Gemeinde versteckte sich zwischen Kastanien und Maulbeerbäumen der rumänische Kirchturm mit seinem frischen Blechdach; Rumänen hatte man erst nach der Bodenreform 1922 aus entlegenen Provinzen Altrumäniens hier angesiedelt, sie bildeten um ihre Kirche eine kleine Siedlung. Im serbischen Viertel erhob sich mit verschnörkelten Schallöchern ein eigenwilliger Glockenturm, dessen Zwiebeldach knallrot angestrichen war.

Die Heimkehrer standen unter dem letzten Akazienbaum, drängten sich in den Schatten wie Schafe, die Köpfe zusammengesteckt, das Hinterteil der Hitze zugekehrt. Trotz der Kaskade von Kirchtürmen waren sie ohne fromme Gefühle. Vielmehr erfüllte sie klassenkämpferische Rachsucht, immerhin gedämpft durch lautes Gähnen. Allein Konradine raffte sich auf und raunzte: »Noch fünfzig Akazien hätte er spendieren können, der Geizdrachen.«

Bis auf Clemens wußten alle, wen sie meinte. Sie waren voll Aufbegehren gegen den alten Baron Arpád Attila Agathon Aladár kisfaludi Tazenbusch, der beim Legen der Eisenbahngeleise darauf geachtet hatte, daß die Trasse seine immensen Latifundien nicht zerstückle. Das Spalier der Akazien und Robinien vom fernen Bahnhof zum Dorf hin, auf seine Kosten gepflanzt, hatte er einen halben Kilometer vor der Gemeinde abgebrochen, nicht aus Geiz, sondern aus moralischen Erwägungen: ›Nur wenn man das Schlimme am eigenen Leib zu spüren bekommt, weiß man das Gute in seiner Seele zu schätzen‹«, hatte er unter die Leute gebracht.

»Halt deine Zunge im Zaum«, fuhr der Vater ihr über den Mund. »Ihn hat der Teufel bereits am Kragen. Oder wißt ihr nicht, daß sie ihn ausgehoben haben? Den Herrn Baron«, er ließ Titel und Name auf der Zunge zergehen wie ein Praliné mit Weichsellikör. »Verschleppt ins Donaudelta haben sie ihn samt Sohn und Schwiegertochter. Die Enkelkinder durften nicht mit, kamen in ein rumänisches Waisenhaus.« Der Vater reckte sich: »Doch heute steh ich meine Wache vor des Paradieses Tor. Goethe.«

»Uns aber wird der Teufel demnächst auch am Wickel kriegen, darauf könnt ihr Gift nehmen«, unkte Konradine. »Die werden auch uns auf den Leib rücken.«

»Ist das schlimm?« murmelte Kunigunde, die sich an Clemens festhielt. »Mein Gott, da fällt mir ein: Ob die alte Großmutter sich in der Nacht auf die Leibschüssel besinnt? Hoffentlich.«

Die Korona umstand die Akazie, einige lehnten die Stirne an den Stamm. Kunigunde beugte sich zu ihrem Vater und küßte ihm die Schweißtropfen von der Stirne. »Nichts für ungut, Babaliki. Es ist ein Elend mit uns Menschen. Hoffentlich stellt die Mama uns nicht gleich an, im Garten zu jäten oder, noch schlimmer, das Häusel zu scheuern. Gedroschen werden sie ja haben.«

»Du Gans du, was redest du, gewiß hat sie schon die Betten gerichtet, die Liebe, die Gute«, fauchte Konradine. »Und alle Fenster verhängt.«

»Ah, Betten, sehr gut!« Kunigunde räkelte sich, gähnte herzhaft und stellte fest: »Ich bin todmüde. Doch jetzt will ich einschlafen, unter diesem Baum. Von hier bis zu unserm Haus und zu meinem Bett finde ich den Weg wie eine Mondsüchtige.« Doch erst schubste sie ihre Schwester beiseite, packte Clemens am Oberarm und sagte: »Was weißt du vom Banat, du Siebenbürger Bub?«

Siebenbürgen, dachte Clemens, schon der Name wie eine Sage. In den Flüssen spiegeln sich unsere Kirchenburgen. Schafe im Schatten, der Hirte in den Brennesseln. Sonnenblumen als Schicksal ... Und Petra, die barfuß ins Feuer springt. Und Isabella, das letzte Wort war gefallen: Verräter. Und das Mädchen zwischen Mühle und Meer, zwischen Nacht und Trauer. Nicht nur jene Postkarte war gekommen, mit Worten in Druckschrift: »Ich war ein Kind. Du hast mir vom schweren Leben zu kosten gegeben«; vielmehr unlängst, nach Jahr und Tag, auch eine Ansichtskarte, ohne Absender, schwarzweiß: im Vordergrund eine Dünenlandschaft, leuchtende Sandgebilde, dahinter bleiern das Meer. Ein Satz auf rumänisch war mit rotem Stift auf die Rückseite gekritzelt: *Imi este dor de noi doi.* In mir ist Heimweh nach uns beiden ...

Kunigunde schwärmte: »Bei uns erwacht man zum Leben, wenn die übrige Welt schlafen geht. Die Abende, die Nächte. Der Tanz unter der Kastanie. Die Burschen, die Mädchen: der Zeno wie ein Karfunkelstein und der Edi, der Held von der traurigen Gestalt, mit der Ziehharmonika und die tolle Dunja mit ihrer Schere um den Hals und die blonde Martha mit der Fibel unterm Arm und die Doina Rodica, die fesche Popentochter, mit der Trikolore als Gürtel und die sieben Töchter vom geschniegelten Ferdinand mit ihren sieben roten Röcken jede ...« Sie schloß die Augen, streckte die Hände aus und tappte dahin wie beim Blindekuhspiel. Und sprang zurück in den Schatten: »Huh, ist das heiß.«

Rodica ... Nach der Nacht im Kloster hatte sie gesagt: Uns trennt nie mehr ein Blatt der Brennessel.

Endlich mündete der Weg in die Dorfstraße, die breit war wie die Milchstraße. Und saubergefegt. Und menschenleer wie diese.

Eine strenge Frau, die angeheiratete Tante Klothilde. Stahlblau funkelten die Augen, die Nase sprang herrisch vor. Das Haar lief in einem Zopf aus. Der war von hinten über den Scheitel gelegt, reichte vom Nacken bis zur Stirn. Eine gewebte Leinenbluse hatte zwei Ausbuchtungen, in die die eigenmächtigen Brüste hineinpaßten. Der braune Rock reichte bis zu den Knöcheln.

Keine Miene verzog die Mutter, als die Schar ins Haus wankte, wo hinter dichtverhangenen Fenstern und zugezogenen Läden gemäßigte Temperaturen herrschten. »Viel Staub und Lärm und Arbeit kommt durch euch ins Haus.« Zu ihrem Mann beugte sie sich hinab und drückte ihm einen Kuß auf die Stirne, während sie mit den harten Händen seinen Buckel prüfte. Clemens reichte sie die Hand, ohne ihn anzublicken. Ihre drei Kinder aber küßte sie auf den Mund, wiewohl die Mädchen versuchten, ihr die Lippen zu entziehen. Nur der Bub umarmte seine Mutter herzhaft, lehnte seinen Wuschelkopf an ihre Brust und schlief auf der Stelle ein. Doch die Hausfrau stürzte weg mit dem Ausruf: »Jessas Maria und Josef – die Wurst, die Bratwurst fürs Mittagessen, wo ist die hin? Die Katze? Unmöglich, eine armlange Wurst. Gewiß hat eure Großmutter sie im Busen versteckt und verkimmelt sie.«

Die Kinder verzichteten auf die Bratwurst im Brustlatz der Urahne und fielen in Schlaf, wo sie standen und lagen. Clemens spürte wohlig den kühlen Lehmboden. Daß am nächsten Morgen jeder in einem Bett aufwachte, war ein Wunder.

In dieser ersten Nacht in Gnadenflor verheerte ein Wirbelsturm einen Teil des Dorfes. Die Kinder bekamen nichts mit. Sie hatten siebzehn Stunden geschlafen. Der Sturm war mit rasender Geschwindigkeit und messerscharfer Präzision über einen Teil des Dorfes hinweggefegt, hatte als prominenteste Beute das Turmdach der orthodoxen Kirche weggesäbelt und es bis zum Schweinsmoor mitgerissen. Dort hausten die Zigeuner. Die Flugstrecke war genau abgezeichnet, sie bildete eine Schneise durch das breit angelegte Dorf. Es hatte nicht nur das rumänische Viertel erwischt, sondern auch viele stattliche Häuser.

Der Frühstückstisch war unter dem Maulbeerbaum gedeckt, mit zwei Gedecken mehr, als Leute im Haus waren. Nirgends eine Menschenseele. Doch: Der Knecht Eduard Niederkorn stand hinter dem Hofzaun und blickte herüber. Er hieß Großknecht, obschon es kleinere Knechte nicht gab. Neben ihm streckte ein Gaul seinen Schädel über die Einfriedung, die blinde Bertha. Erkannte sie die Ankömmlinge? So schien es: Sie spitzte die Ohren, ja sie ließ sie kreisen, um sich über die Stimmen im Hof ein Bild zu machen, sie blähte die Nüstern, wieherte und bleckte schließlich die Zähne in einem freudigen Lachen.

Der Knecht hob die Mütze vom Kopf. Schütteres Haar fiel über die Ohren. Eben hatte er mit der Handpumpe ein hochgehängtes Zinkfaß mit Regenwasser angefüllt. Das diente als

Dusche. Im Nu war das Wasser unter der maßlosen Sonne warm.

Eduard Niederkorn war im Herbst aus russischer Gefangenschaft heimgekehrt, einer der wenigen im Dorf, die zur Waffen-SS gegangen waren. Als Kradmeldefahrer hatte er die Welt gesehen, vom Wolgastrand bis zum Atlantikwall, und dabei Haare und Haut gelassen: Sein Körper war voller Narben, und an den Gliedern fehlten ganze Muskelpakete. Im Dorf genoß er zwiespältige Bewunderung, vielleicht auch, weil man munkelte, er selbst habe nur auf sich schießen lassen, nie einen Feind getötet. Er gab nicht preis, was ihm ins Auge gesprungen war auf den zerklüfteten Straßen des Krieges. Und noch weniger, was ihm ins Auge gestochen war nach dem Krieg, hinter Stacheldraht irgendwo in Rußland. Nicht einmal das Wort Workuta kam ihm über die Lippen. Wenn er nicht zupackte, stand er an der Seite, starrte in die Gegend und schwieg. War Konradine in der Nähe, blickte er unverwandt zu ihr hin, die Augen voll Düsternis, die Arme gekreuzt. Am Abend jedoch spielte er mit der Ziehharmonika zum Tanz auf. Unter der Kastanie vor der katholischen Kirche drehten sich die Paare zu seiner Musik. Sie hopsten im Walzertakt dahin, verschmolzen im spanischen Tango, verloren sich an die rumänische Periniţa, den Tüchleintanz, oder ließen sich vom serbischen Kolo mitreißen, bis ihnen der Atem verging, während der musizierende Niederkorn in einer Staubwolke verschwand. Verlangte Ferdinand Buta, der Kulturheimdirektor, daß Edi revolutionäre oder patriotische Weisen anstimme, lehnte er ab: So hehre Lieder mit dem elenden, zerropschten Schifferklavier, das sei eine Kränkung der großen Sowjetunion. Seine hohe Kunst aber war: Mit dem Waldhorn brachte er durch dissonante Töne die Rescherischen Bienen zum Tanzen. Es hieß, daß diese Bienen herausfanden, wer wen liebte, und daß sie imstande waren, Liebende zusammenzubringen. Die Farbe schwarz reizte sie, und es reizten sie parfümierte Männer. Ein Greuel war ihnen der Geruch von Knoblauch.

Eduard Niederkorn war beim Ententeich aufgewachsen, in einem Häuschen außerhalb des Dorfes. Eine Tante hatte ihn in ihre Obhut genommen, nachdem ein Blitz die Eltern erschlagen hatte, fleißige Häusler. Auch die Tante war tot. Nun gehörte er zum Rescherischen Hauswesen.

Die jungen Leute um den Frühstückstisch fragten sich ungeduldig: Wo war die Mutter? Allein die Großmutter war zur Stelle. In Schwarz gehüllt, knabberte sie an dem Wurstzipfel, der aus dem Busenlatz lugte. Die Begrüßung beschränkte sich auf eine Kußhand als Antwort auf Vorwürfe: mannbare Mädchen auf Lustreisen mitten im Sommer, dazu »bei die hochnäsigen Sachsen«! Während sich die hochgeborenen Töchter vergnügt hätten, seien die Dienstboten zu den Bolschewiken gerannt, und die Mutter habe »alleinig« in der Wirtschaft schuften müssen. Die zwei neuen Dienstboten, das seien »unfertige Leit«.

Die jungen Menschen hörten oder hörten nicht, gähnten und haderten. »Ich will neben dem Clemens sitzen«, maulte Kuny.

»Nein, du sitzt wie bisher neben der Großmutter und paßt auf, daß sie sich nicht bekleckert.«

»Ich denk nicht dran!« antwortete Kunigunde bockig. Und setzte sich neben die Alte.

»Natürlich bist gallig, liebe Kuny«, konnte es sich die ältere Schwester nicht verbeißen, »weil der Zeno dich nicht bei der Bahn erwartet hat, der hat doch eine andere, die Dunja, ätsch; das ist die eine und die seine; gleich und gleich gesellt sich gern.«

Kunolf ergänzte: »Eine Krähe pickt der anderen kein Auge aus.«

Doch Kunigunde fuhr ihm über das Maul: »Schweig, du Blödian! Das ist nichts für uns, der Arztsohn und die Lehrerstochter: beide aus der serbischen Haute volée.«

»Überhebliche Mischpoche, nicht besser als unsereins«, meinte die Großmutter versöhnlich.

Kunigunde aber schlug zurück: »Du siebengescheiter Rotzlöffel, du hast nicht bemerkt: Deine Schwester, die ist eifersüchtig, die spitzt auf den Zeno. Die rächt sich, weil sie noch nie einer angeschaut hat.«

»Angeschaut schon«, murmelte Konradine.

Doch der Streit verstummte jäh, als aus der Sommerküche zwei Gestalten traten, die man hinter dem Spalier der Trauben kaum erkennen konnte. Wie auf Kommando reckten die Geschwister die Köpfe und blickten gespannt den beiden entgegen.

Vorne ging eine Frau, ihr folgte ein junges Mädchen. Beide trugen je ein Tablett. Die Frau hatte ein hellblaues Kleid an, das eine Schürze schützte. Die Aufmachung erinnerte an eine Uniform. Den Kopf bedeckte ein blauer Schleier, der bis in den Nacken reichte und die Bewegungen des Hauptes mit einem abgezirkelten Wehen begleitete. Erschreckend war die Blässe des Gesichts, die Haut war farbloser als die einer Toten. Sie sagte: »Wir gehören zum Haus. Gelobt sei Jesus Christus.« Dabei neigte sie den Kopf, so daß der blaue Schleier Ohren und Wangen verhüllte, ja die Zipfel sich über der Kehle berührten.

Seltsam, dachte Clemens, indem sie sich zu uns beugt, scheint es, als ziehe sie sich zurück; sie versteckt sich wie ein Mensch auf der Flucht. Etwas Ähnliches muß ich mir anschaffen, vielleicht einen Schal, einen langen Schal, weich, großmaschig, auch im Sommer zu tragen ... Er hatte viel zu verbergen, mehr als er ertragen konnte, und vielerlei gutzumachen.

Das Mädchen trug einen grauen Kittel. Ihre Fingernägel waren lila lackiert. Am Zeigefinger glänzte ein Silberring. Diesen Finger knickte sie ein.

Die Großmutter wiederholte mit vollem Mund, ein Hauch von Knoblauch schwebte über den Tisch hin: »Gelobt sei Jesus Christus!« Worauf die katholischen Cousinen automatisch antworteten: »In Ewigkeit, Amen.« Und sich bekreuzigten. Clemens sprach den fremdartigen Gruß nicht mit, doch er stand auf und sagte: »Grüß Gott«.

Das Mädchen stellte die Kanne mit der dampfenden Milch auf den Tisch. Sie reichte ihm die Hand, knickste leicht und nannte zwei oder drei Vornamen, von denen er allein Camilla behielt. Sie schlug die Augen nicht auf, wiewohl sie ihm ihr Gesicht zuwandte. Die Geschwister blieben in den bequemen Korbstühlen sitzen und sagten der Reihe nach ihre Namen her. Sie waren lose bekleidet und barfuß. Die Mädchen waren ungekämmt und in Nachthemden mit rosa Rüschen, Kuno in Unterhosen, aber mit frischem Seidenhemd.

Die Frau mit dem Schleier schenkte die Milch ein, bot Kaffee an, Kneippkaffee, und fragte, ob jemand besondere Wünsche habe über das hinaus, was auf dem Tisch stand: Butter, Honig, Zwetschkenmus, Schweinefett, dazu Paradeis und grüne Paprikaschoten. Kuno verlangte ein Stück geräucherten Schinken, die Mädchen je ein weichgekochtes Ei und die Großmutter ein Krüglein Wein: »Immer vergeßt's ihr. Als ob ihr's bezahlen müßt!«

Beide eilten davon, die Frau und ihre Gehilfin, um das Gewünschte herbeizuholen. Indessen erläuterte die Großmutter: »Die was ausschaut wie eine Wasserleiche, die ist unsere neue Dienstmagd.« Sie heiße Veronika, sei eine katholische Nonne und eben aus dem Gefängnis gekommen. »Ich weiß nicht, wie eure Mutter diese kriminelle Person hat nehmen können ins Haus.« Die Alte sagte: »Toi, toi, toi«, hob das Tischtuch und klopfte auf die Holzplatte. »Und die kleine graue Maus, die aussieht wie eine ersoffene Katz, das ist ihre Nichte.« Vielleicht eine Ungarische, Gott allein wisse es, die deutsch besser spreche als alle Schwaben zusammen. Jeden Tag nenne sie einen anderen Vornamen, so daß sie nun allgemein Mizzi gerufen werde. Es heiße, ihr Vater sei im Gefängnis. »Wo du tust hinsehen, nur noch Rauber und Diebsgesellen.« Und zu Clemens: »Dein Vatter haben's ja auch erwischt und ins Kittchen gesteckt.« Sie suchte den Tisch ab, vorgeneigt, bis ihre wäßrigen Augen Clemens erhascht hatten. »Und deine Mutter ist davongerannt wie eine Dienstmagd nach einer Watschen.« Er wurde rot, schwieg, wendete sich aber nicht ab.

Über dem Brustbein war die Haut der alten Frau schneeweiß. Heute morgen hatte er einen Blick in die Schlafstube geworfen. Tante Klothilde und der Onkel hatten die alte Frau auf das Zimmerklo gehoben, und Clemens hatte ihre entblößten Schenkel gesehen, leuchtend weiß im Frühlicht, ehe sie sich im Dunkel des Schoßes vereinigten. Und nun schimmerte dicht vor seinen Augen die Brust der alten Frau. Ein seltsames Gelüste flog ihn an: Er stellte sich vor, wie er mit den Fingern über ihren nackten Leib strich. Und erschrak: Daß dies Wesen überhaupt einen Leib hat? Im nächsten Augenblick schauderte es ihn: bald Staub und Erde und Asche. Und einmal wir alle.

Die beiden dienstbaren Geister hatten das Gewünschte herbeigeholt. »Giebelwein!« pries die Großmutter das Getränk im Krüglein, doch wollte niemand davon kosten, die Rescherischen Geschwister verzogen säuerlich das Gesicht. Sie biß ein großes Stück Bratwurst ab, das sie aus dem Busen hervorzerrte, spülte es mit Wein hinunter.

Mutter Veronika sagte mit sanfter Stimme: »So, aber bevor wir mit Essen beginnen, das Tischgebet.« Clemens faltete folgsam die Hände, die sich an die Kindheit erinnerten. Kuno blieb der Mund offen, voll mit geräuchertem Schinken. Doch mußte ihm etwas gedämmert haben. Sein Mund fiel zu. Er kaute weiter.

»Wir wollen Gott für jeden friedlichen Augenblick danken. Man weiß nie, wie ein Tag zu Ende geht.«

Kunigunde sagte: »Es heißt, man soll den Tag nicht vor dem Abend loben.«

»Doch«, sagte Mutter Veronika freundlich. »Vom Aufgang der Sonne bis zu ihrem Niedergang sei gelobet der Name des Herrn. Tag und Nacht sind sein.« Alle falteten die Hände, selbst die Großmutter. »Komm, Herr Jesus, und sei unser Gast.«

»Unser Gast? Gott bewahre«, sagte die Großmutter. Es seien sowieso schon zu viele hungrige Mäuler an diesem Tisch.

»Es ist das älteste Gebet der Christenheit, neben dem Vaterunser«, erklärte die Frau mit dem blauen Schleier. Und zu Clemens: »Ihr Onkel hat mich gebeten, Ihnen behilflich zu sein in Klavier und Mathematik; Mathematik machen wir zu dritt, auch meine Nichte ist dabei. Klavier spielen können Sie bei uns drüben, vielleicht stört es die Großmutter, wenn Sie hier üben.« Und fügte versonnen hinzu: »Mathematik hilft über schwere Stunden hinweg, manchmal besser als Beten.« Die beiden wohnten im Nebenhaus beim Organisten Samuel Feldtänzer, der für drei Jahre bei den Arbeitssoldaten am Donaukanal seinen Militärdienst ableistete.

Einmal hatte das fremde Mädchen die Augen auf Clemens gerichtet, graue Augen, mit einem Ausdruck, als wolle auch sie sich verstecken. Er suchte nach Worten: Verschleierte Augen hieß das wohl. Ich werde sie fragen, welcher Vorname ihr der liebste sei. Mizzi rufe ich sie nicht. Und auch nicht Illy, wie ihre Tante. Jeder hat ein Recht auf seinen angetauften Vornamen. Clemens blickte verstohlen zu ihr, die mechanisch Messer und Gabel bewegte. Wie geziert! Sie beißt nicht vom belegten Brot, sondern zerteilt es mit Messer und Gabel, die Bissen räumt sie auf den Rücken der Gabel und führt sie so zum Mund, mit der Serviette, die sie am Schoß hält, wischt sie nicht über die Lippen, sondern tupft bloß die Mundwinkel ab. Die Töchter des Hauses nannten sie Zuckerpuppe. Sie ließen sie links liegen, wenn sie sich von ihr nicht bedienen ließen. Kunolf rief sie Seejungfer. Er schwankte zwischen höflich und herrisch.

Man hörte im Hof die Dusche rieseln, doch zu sehen war hinter dem Spalier niemand. Erst als eine männliche Gestalt eilig den Hof kreuzte, den Kopf verhüllt von einem flammenden Handtuch, erkannten sie, daß es ein junger Mann war in einer lila Badehose. Noch ehe Mutter Veronika erklärte, es sei ein entfernter Verwandter aus Fogarasch, der seit kurzem bei der neugegründeten Staatsfarm auf dem Mauritiushof arbeite und dort in einem aufgelassenen Turm hause, wußte Clemens, mit wem er es zu tun hatte.

In diesem Moment ertönte eine Sequenz mißtönender Trompetenstöße vom Garten her. Ein Rauschen erhob sich in der Luft; plötzlich war der Hof zwischen dem Traubenspalier umschwärmt von Bienen und erfüllt mit einem Gesumme in vielen Tonlagen. Clemens wollte sich zur Wehr setzen, begann um sich zu schlagen. Während Konradine rief, er möge sich still verhalten, dann täten die Bienen ihm nichts, nützte Kunigunde die Gunst des Augenblicks und setzte sich auf seinen Schoß, »damit ich dich schützen kann«. Die Hautflügler hingen in der Luft als ein schwirrendes Gespinst über den Häuptern der kleinen Gesellschaft. Und ließen niemanden ungeschoren. Ein Schwarm folgte selbst der vermummten Gestalt mit dem Frottierhandtuch um den Kopf. Doch das Bienengeschwader bildete um kein Paar eine tanzende Schleife, selbst nicht um Clemens und Kunigunde. Und die Großmutter flohen sie, obzwar die Farbe Schwarz Bienen zum Angriff reizt: Der Geruch der Knoblauchwurst verscheuchte sie.

»Ein hergeloffener Sachs, immer im Narrenkleid, dieser, dieser, wie zum Deixel heißt er ihm?« rundete die Großmutter den Bericht ab, während es Clemens einen Stich ins Herz gab. Dieser Bursche unter seiner närrischen Tarnkappe ... selbst hier im Ägrisch ist er vor mir zur Stelle!

Der halbnackte Badegast hatte den Schritt verhalten. Aus dem Handtuch tönte es dumpf: »Die Biene sticht und stirbt. Stirbt für ihr Volk. Naziallüren: für Führer, Volk und Vaterland. Die deutsche Biene.« Und verschwand, wurde unsichtbar.

Mutter Veronika mußte die Stimme erheben, so laut war das Surren der Bienen über ihnen: »Er heißt Norbert Felix und kommt manchmal her, um sich zu erfrischen, aber er tritt nie ins Haus.«

»Das ist dein verdrehter Vetter aus Fogarasch. Dem werden

wir demnächst auf den Leib rücken. Wir werden ihm eine Fußangel legen, ihm die Maske vom Gesicht reißen«, riefen die Schwestern. Clemens dachte gereizt: Und wegen der lächerlichen lila Unterhose beizt diese graue Maus ihre Fingernägel lila.

Eduard Niederkorn hatte sich zum Frühstückstisch gestellt. Es schien, als wolle er sichergehen, daß seine Bienen mit den Tischgästen nicht Allotria trieben. Nach einer Weile lockte er die kopfscheuen Insekten zurück zu ihren Stülpkörben. Die Bienen hörten die Botschaft und folgten ihr. Eines der Völker zögerte. Es waren Bienen, die zwar ein schwarzes Schild trugen, aber deren Unterleib gesprenkelt war mit lichtgelb und orange. Die sammelten sich über dem Kopf von Clemens, flochten über ihm einen Kranz von fluoreszierenden Lichttupfen, ein Gefunkel zwischen schwarz und leuchtend hell.

»Wie ein Heiligenschein«, bemerkte Kunolf verwundert.

Plötzlich hörte man hinter dem Traubenspalier die Stimme eines Bauchredners. Alle wandten die Köpfe, aber keiner lachte. Vater Kuno war lautlos von der Gasse herbeigetreten: »Ah, die Natur schuf mich im Grimme, sie gab mir nichts als eine schöne Stimme!« Er wünschte mitzuteilen, daß noch Ruhetag sei, mit einigen wenigen Verpflichtungen. Schnitt und Drusch stünden morgen, spätestens übermorgen ins Haus. Der Drusch hier auf der Tenne, in der Scheune: »Mit Dreschflegeln.« Das habe die Mutter so beschlossen. »Und was sie sagt, ist Bibel, ihr wißt das.« Eduard, der Großknecht, solle sich daranmachen, die alten Dreschflegel zusammenzuflicken. Die Mädchen sollten die Tenne fegen. Er würde sich vom Pfarrer den Blasebalg ausleihen. »Um die Spreu vom Weizen zu sondern, so heißt es ja.«

Schon bei der Begrüßung hatte die Mutter gewarnt: »Ihr werdet Hand anlegen müssen. Es gibt zu tun.« Der Weizen, überständig, war noch nicht geschnitten und gedroschen. Und das hatte seinen Grund: Noch hatte die Partei das Startzeichen zur Kornernte nicht gegeben. Und Frau Klothilde weigerte sich in diesem Jahr, ihr Korn unter den Augen der Partei zu dreschen. An den Dorfrand hatte die Partei eine enteignete Dreschmaschine hinbeordert. Der ehemalige Besitzer Matz Lefort selbst hatte das Kommando. Aus dem Vorjahr wußte man Bescheid. Dort überwachten die staatlichen Aufpasser auf Barhockern den motorisierten Drusch und ließen die prallen Säcke für die Arbeiterklasse beiseiteschaffen. Meistens war das mehr, als die Quotenregelung jedem Hauswirt vorschrieb. Nach diesen Erfahrungen sann Frau Klothilde auf Abhilfe. Gewiß, sie würde die anbefohlene Quote abliefern, doch wie und woher, das war ihre Sache. Und keinen Sack mehr.

Daß 1951 in der Rumänischen Volksrepublik Wagen von schwäbischen Bauern hochbeladen zu sehen waren, erklärte sich durch eine historische Anomalie: Im 43er Jahr, als in Rumänien die volksdeutschen Burschen und Männer zum deutschen Heer aufgeboten worden waren, hatten die Hauswirte ihre Söhne herausgehalten. Die Überlegung war einfach und überzeugte im Dorf: Die Führer kommen und gehen, aber der König in Bukarest sitzt fest auf seinem Thron. Und Deutschland wird nie bis Gnadenflor reichen, ja nicht einmal bis Temesvar. Der findige Großbauer Matz Lefort hatte in Erfahrung gebracht, daß es im Staatsvertrag zwischen dem Königreich Rumänien und dem Großdeutschen Reich einen Passus gab, der ausdrücklich festschrieb: Die Volksdeutschen sollten freiwillig zur deutschen Wehrmacht einrücken, aus freiem Willen für die Waffen-SS ausgemustert werden. Wollte das jemand ernstlich aus freien Stücken? Und überhaupt: Der freie Wille, das war so eine Sache, am Land, unter Bauern, wo der Erbe des Hofes für seine Arbeit ein mageres Taschengeld bekam, kleiner als der Lohn des Knechts.

Wo sich dennoch der freie Wille unter den jungen Männern regte, sorgten die Väter mit einer Tracht Prügel für Besinnung. Weder Gauleiter noch Bannführer, weder deutsche Feldpolizei noch Totenkopfhusaren konnten den widerborstigen Bauern beikommen. Die wenigen, die sich dem Bannstrahl der Führer und Leiter beugten oder im Überschwang der Gefühle stracks bis an die Front vor Leningrad rannten, hatten nach dem Umsturz das Nachsehen, mußten ihre Häuser räumen, ihren Grund und Boden hergeben, trösteten sich mit scheelem Blick: Nichtshaben ist ein leichtes Leben.

Der Großteil der diensttauglichen Männer von Gnadenflor war zur rumänischen Armee eingezogen worden, wo noch geprügelt wurde: auch kein Honigschlecken. Was sie nicht davor bewahrte, nach Rußland verschleppt zu werden. Doch blieben sie im März 1945 als Nichtkollaborateure Hitlers ausgenommen vom königlichen Enteignungsdekret der Bodenreform. Ihre Familien behielten Haus und Hof, Pferd und Kuh, Grund und Boden, Pflug und Egge. Und wurden, wie alle Bauern im Land, mit den höchsten Abgabequoten zur Kasse gebeten, zur Schadenfreude der Enteigneten, die als arme Tagelöhner nichts mehr zu befürchten hatten. Sie gehörten zum Landproletariat, das war eine anstößige soziale Kategorie, mit der die Arbeiterpartei nichts Rechtes anzufangen wußte, weil sie im ›Kapital‹ von Marx nicht vorkam und auch Lenin sie vergessen hatte.

Frau Klothilde hatte sich nach Mähern umgesehen. Nur noch »schwaches Volk« vom Rande des Dorfes bot sich an, nicht Bauer, nicht Arbeiter. »Lumpenproletariat. Nicht Fleisch, nicht Fisch«, bemerkte Vater Kuno geringschätzig. Den schwäbischen Hauswirten von einst jedoch, bis zur Bodenreform vollwertige Nachbarn, die nun als Tagelöhner Arbeit suchten, ging man verschämt aus dem Weg.

Somit hatte Frau Klothilde den Bulibascha Angelo Topor in seiner Hütte am Schweinsmoor herausgeklopft, das Oberhaupt aller Zigeuner von Gnadenflor. Der werde mit »tausend Handküssen« zu Diensten sein, bei »Tag und bei Nacht« mit jedermann, der auch nur einen Finger rühren könne. »Wo doch der *domnul* Kuno die Zigeunerkinder gratis zu seinen Kinovorstellungen hereinläßt.«

Jemand mußte nun den Bulibascha Angelo Topor verständigen, daß es morgen, spätestens übermorgen losgehe. Und ihn bitten, er möge anordnen, daß sich der ehemalige Haushörige Arsenie Buta mit der Sippe bereithalten solle, seine Leute stünden einem am nächsten; man brauche handfeste Burschen zum Mähen und gestandene Frauen zum Binden der Garben und zum Aufladen der »Puppen«.

»Wer geht also hin, zum Genossen Bulibascha Angelo Topor?« fragte Vater Kuno hinter dem Spalier der Trauben, deren Säfte die anschwellende Hitze zum Kochen brachte. Als sich niemand meldete, hob das fremde Mädchen zögernd den Finger. Und Clemens sagte: »Ich begleite dich.«

»Geht nun«, sagte Mutter Veronika zu Clemens und dem Mädchen. »Zu Mittag ist es so heiß, daß man keinen Schritt hinaus tun kann. Du, Illy, mußt dich umziehen, mit diesem grauen Fetzen kannst du dich im Dorf nicht zeigen. Und dann auf zum Bulibascha. Ihr könnt euch ein Bild machen, was das Unwetter angerichtet hat, und euch umhören, was noch in der Luft liegt.«

Als Clemens und Eva-Maria beim Knofelberg oberhalb des Moores ankamen, waren alle versammelt, die im Dorf das Sagen hatten. Dazu eine Menge Volks. Das Turmdach der rumänischen Kirche versank im Sumpf, verschwand unmerklich in den dunklen Tiefen des Wassers. Unten in der Zigeunersiedlung bot sich den Augen ein abenteuerliches Bild. Es war, als habe sich die Windsbraut hier ausgeruht, ehe sie das Weite gesucht hatte. Ziegelsplitter und Balkenspäne übersäten den Platz mit den Lehmhütten, das gesamte Wohnensemble war garniert mit Laubwerk. Es lag wie ein Flickenteppich über den Hütten und hatte etwas von Mummenschanz an sich. Dazwischen quirlte Leben. Sonderbare Sachen waren bei der gewaltsamen Entrümpelung der Dachböden zum Vorschein gekommen, nach denen die Kinder suchten, mit denen sie sich schmückten. Rasch begriffen sie, daß dies die einzige Gelegenheit ihres Lebens war, König und Königin zu spielen.

Eben hatte der Kulturfunktionär Ferdinand Buta das Wort,

ein Bruder vom Arsenie Buta unten beim Teich, der sich seit Generationen mit seiner Familie zum Haus der Reschers hielt. Genosse Ferdinand machte mit Eleganz eine halbe Pirouette und wandte sich ab vom Schauplatz zu seinen Füßen. Mit einer theatralischen Handbewegung zeigte er dem Mann neben sich eine Staubwolke am Horizont, aufgewirbelt von einer Limousine, die auf holprigen Wegen näherkam, unaufhaltsam näherkam.

Dieser gedrungene Mann, der eine Ledermütze à la Lenin trug und einen ähnlich gestutzten Vollbart, war der Parteisekretär. Bereits vor Jahr und Tag hergeschickt, blieb er fremd im Ort. Kaum daß jemand seinen Namen kannte, wenngleich täglich von ihm die Rede war. Es war, als wollten sich die Leute schützen, indem sie sich weigerten, seinen Namen zur Kenntnis zu nehmen. Man sprach von ihm verblümt und leise als vom *tovarăș Alalenin*. Nichts Gutes war von ihm zu gewärtigen, wiewohl das Schlimme, das man befürchtete, auf sich warten ließ.

Sonderbarerweise gehörte selbst er zu den Betroffenen; auch er war heute nacht ohne Dach über dem Kopf geblieben. Denn in der Villa vom Tierarzt Pavlović hatte er Quartier bezogen. Dort wohnte er allein für sich im stöckigen Haus mit glasierten Ziegeln. Die einzige Veränderung am Haus war eine hohe Antenne, die der Schornsteinfeger angebracht hatte. Der allmächtige Parteimann besaß ein Radio, das von Batterien gespeist wurde. Es mußten Kurzwellensender sein, die er bevorzugte; manchmal hörte man das Quietschen beim Suchlauf durch die Frequenzen und vernahm unartikuliertes Quaken, wenn der Zeiger innehielt. Die »Stimme Amerikas« konnte es nicht sein: Darauf stand Gefängnisstrafe. Im Haus selbst hatte er auf Gemeindekosten Badewanne und Klomuschel austauschen lassen, »*din motive de igienă*«. Die Völkerschaften des Dorfes zerbrachen sich die Zunge an dem neuen Wort.

Der Mann mit Mütze und Bart à la Lenin ragte auf der Höhe über dem Schweinsmoor wie ein Denkmal. Er bewegte sich nicht, ließ allein die Augen wandern und sagte kein Wort, schien entrückt. Unberechenbares war geschehen, und doch hätte die Partei es voraussehen müssen nach den objektiven Gesetzen des historischen und philosophischen Materialismus. Möglich, daß er das dachte, möglich, daß er an anderes dachte. Unter dem Mützenschild richtete er seinen Blick auf die Staubwolke, die der schwarze Wagen auf der Landstraße hinter sich herschleppte. Inzwischen sammelten sich die Menschen aus dem Dorf, ohne daß der Trommler durch die Straßen gezogen wäre, um sie im Namen der Partei zu einem Meeting zu verpflichten. Sie kamen so.

Es standen dem obersten Mann zur Seite und gestikulierten und äußerten ihre Meinung und blickten alle hinunter in den versumpften Teich: als erstes rechts der Ferdinand von der Kultur und Propaganda, links der Bürgermeister Ion – Ion, mehr wußte man nicht von seinem Namen, vielleicht weil er seit undenklichen Zeiten unter diesem Namen als Viehhirte dem Dorf gedient hatte, ehe er zu Ehren gekommen war. Jüngst war der Zweizentner-Mann auf einem Esel durchs Dorf geritten, der unter ihm zusammengebrochen war. Ebenfalls auf der Höhe, wenn auch mit Abstand zu den Parteikadern, waren die drei Pfarrer des Dorfes versammelt und walteten ihres Amtes: der orthodoxe und der serbische Pope mit Rauschebart, pechschwarz und graumeliert, der katholische Priester mit glattrasiertem Kinn und rosiger Haut, alle drei umweht von Sommerlichkeit in ihren hellen Soutanen. Sie schwenkten Weihrauchfässer, mit denen sie abwechselnd oder gemeinsam zum Ort der Heimsuchung hinunterwedelten, über das Treiben der Zigeuner hinweg. Am heftigsten gebärdete sich der rumänische Pope, fast verzweifelt schlenkerte er das Silbergefäß. Eile tat not. Es versank das blecherne Kirchendach im Moor, unendlich langsam, aber es versank. Allein das Kreuz schwebte strahlend über dem schwarzen Wasserspiegel. Würde es untergehen? Das war die brennende Frage, die alles Volk bewegte, die Gemüter der Gottesleugner ebenso wie die Masse der Hoffenden. Es war, als würde sich der Sieg des Sozialismus daran entscheiden. Das spürten alle, selbst die wenigen, die gegen die vielen standen. Der Kulturmacher Ferdinand sprach es aus. »Sehen Sie«, und mit einem abgezirkelten Schwung auf den Spitzen seiner Lackschuhe wandte er sich zu dem wichtigen Mann neben sich: »Gott selbst gibt uns recht. Das Kreuz versinkt.« Und da er keine Antwort erhielt, drehte er sich volkwärts, diesmal auf den Absätzen, daß es knirschte, und rief: »Gott hat gesprochen. Die Kirche ist machtlos. Die Zukunft gehört dem Sozialismus. Gott stellt sich tot. Es lebe Stalin und die glorreiche Sowjetunion!« Worauf alle das Kreuz schlugen.

Und zwischendrin tänzelte Onkel Kuno, der zu den Parteigrößen aufsah, ohne den Priestern den Rücken zu kehren. Er hatte eine rote Nelke im Knopfloch, über seinem Bauch baumelte der Fotoapparat. Der Onkel winkte Clemens heran, um ihn dem Mann mit Mütze und Bart vorzustellen: »Mein Neffe, *din Transsilvania*.« Der Mann ließ nicht ab von dem Blick in die staubige Ferne mit dem schwarzen Auto. Der Onkel ergänzte: »Mein Neffe ist einfacher Arbeiter.« Da sich der Mann nicht rührte, vielmehr auf die Staubwolke starrte, die sich vergrößerte, trompetete der Onkel, Clemens zuckte zusammen, wurde rot: »Ein tüchtiger Bursch, Spezialist für Schamottöfen, der im Abendkurs das Lyzeum macht.« Clemens verbeugte sich und trat zurück, verbeugte sich noch einmal kurz, ehe er sich umwandte. Er wollte sich zum Mädchen Eva-Maria gesellen, das abseits stand, fast schon drinnen in einem Distelfeld von mannshohen Stauden. Doch der Onkel hielt ihn mit einer fahrigen Bewegung zurück und zischte: »Bleib!«

Endlich sagte der Mann, ohne den Mund zu verziehen oder den Kopf zu wenden: »Für einen einfachen Arbeiter hat er zu gute Manieren.«

Der Onkel konnte sich nicht verbeißen zu widersprechen: »Wie, kann ein Mensch von guten Manieren kein echter Proletarier sein?«

Der Milizionär Moise Berescu, mit *tovarăşe comandant* hatte man ihn anzureden, keuchte die Lehne herauf, die vom Moor zur hohen Warte mit den Dorfgewaltigen führte. In der Hand trug er einen Geigenkasten. Den legte er vorsichtig vor die Füße des Mannes mit der Ledermütze. Ohne daß dieser es befohlen hätte, öffnete der Milizionär den Kasten und entnahm ihm ein kurzes Repetiergewehr. Daneben streute er eine Handvoll grünglasierten Ziegelsplitt vom Dach des Dr. Pavlović. Er sagte: »*Toate jos dela groapa porcilor.*« Alles zusammen von neben dem Schweinsmoor unten. Der Dorfpolizist präsentierte das Gewehr vor dem Mann à la Lenin und bemerkte mit belegter Stimme. »*Marca rusească.*« Russisches Erzeugnis. Und alle verstanden: Das war die Jagdflinte des Tierarztes Pavlović nicht.

Der Mann, vor dessen Füßen das ominöse Gewehr lag, wandte langsam den Kopf, als das Auto endlich die Schleife zur Aussichtswarte herauffuhr, denn keinen Augenblick hatte er die schwarze Limousine aus den Augen gelassen. Drei Männer mit strengen Gesichtern entstiegen dem Fahrzeug, der Chauffeur blieb sitzen. Einer davon war im dunklen Anzug; gegen die Hitze verwahrte er sich mit einer Sonnenbrille. Zwei waren in Uniform, khakifarben; sie trugen – wiewohl sie Gefreite waren – Offiziersmützen mit blauem Teller.

»Das ist ein Skarabäus«, flüsterte das Mädchen im grauen Kittel.

»Was heißt Skarabäus?«

»So nennen wir die von der Securitate.« Und sie machte eine hilflose Bewegung, als wolle sie bei ihm Schutz suchen. Aber sie besann sich. Ihr Gesicht, hinter dem sie sich verbarg, mußte als Zuflucht genügen.

»Wir in Siebenbürgen sagen einfach Sec, die von der Sec. Warum Skarabäus, das ist doch ein heiliger Käfer?«

»Eben: heilig, also hat er Macht über Menschen und Dinge, aber …«, sie zögerte, »der Skarabäus wühlt im Dreck.«

Die Szene, die nun folgte, spielte sich so ab, als sei alles lange vorher unter den Beteiligten einstudiert worden. Der Genosse aus der Stadt im Abendanzug und mit der Sonnenbrille befahl dem Milizionär Berescu, Geigenkasten und Gewehr in den Gepäckraum zu verfrachten. Kurz hatte er mit der Schuhspitze in den Ziegelsplittern gescharrt: eindeutig, vom Boden des Hauses mit dem grünglasierten Dach stammten die Sachen. Dort hatte allein der Mann mit der Leninmütze gewohnt. Der strenge Genosse mit der Sonnenbrille hob die Mütze vom Kopf des ehemaligen Genossen, packte sie am Schild, wog sie, schätzte die Entfernung ab und schleuderte sie gegen das Schweinsmoor hin. Als Wurfgeschoß eierte sie durch die Luft. Und fiel an den Saum der Zigeunersiedlung. Mehrere Kinder stürzten sich auf den Fund, doch eine Zigeunermutter entriß ihnen die kostbare Kopfbedeckung. Sie prüfte ihre Qualität, indem sie die Mütze in den Teich tauchte und Wasser damit schöpfte. Kein Tropfen rann heraus. Erfreut winkte sie Dankesgrüße herauf.

Ein Wink des Genossen in Zivil, und die beiden Uniformierten schritten zur Tat. Der eine Unteroffizier legte dem Mann Handschellen an. Darauf lief er um das Auto herum, hockte sich in den Wagen auf den Rücksitz ganz rechts an den Rand und schloß den Schlag neben sich, bildete ein unübersteigbares Hindernis, einen lebenden Stopfen. Der andere bugsierte den Mann mit so schnellen Griffen in das Innere des Wagens, daß kaum jemand die Technik verfolgen konnte. Der Häscher griff dem Wehrlosen von hinten in den Nacken, von vorne in den Bart, er beugte dessen Kopf mit einem Ruck und drückte ihm das Knie ins Gesäß. Im Nu saß der Festgenommene zwischen den beiden Gefreiten wie in einem Schraubstock. Kaum hatte sich der regieführende Genosse neben den stoisch wartenden Chauffeur plaziert, schon rumpelte die Limousine davon, löste sich in Nichts auf, verschluckt von der selbstgemachten Staubwolke.

Das Volk blickte dem Auto nach, starr vor Schreck. In hundert Köpfen krallte sich ein einziger Gedanke fest: Die Partei weiß alles, weiß alles über jeden von uns, weiß alles, was geschieht. Sie weiß es sogar, bevor es geschieht.

»So also verhaftet man einen«, flüsterte Clemens. Beiden waren die Knie weich geworden, sie ließen sich zwischen den Disteln nieder. Eva-Maria sagte mutlos: »Niemand kann so leben, daß er nichts zu verbergen hat.«

»Und niemand kann so leben, daß er immerfort Angst hat.«

Eva-Maria entgegnete: »Trotzdem werde ich dir einige Plätze zeigen, wo man sich verbergen kann.« Und fügte hinzu: »Solange noch Zeit ist.«

Er sagte, scheinbar zusammenhanglos: »Das erste Jahr, nachdem man einen Menschen verloren hat, ist das schlimmste.«

»Wieso?«

»Weil du dich genau erinnerst: Heute vor einem Jahr ist das und das geschehen. Du spürst es, als geschehe es wieder. Nach dem zweiten Jahr verschwimmt die Vergangenheit, wird zur Erinnerung.«

Indessen war das Kirchendach zur Ruhe gekommen. Ein Stück der Spitze mit dem Kreuz überragte die düstere Brühe. Umgeben von Strahlen aus gestanztem Blech, wie es der orthodoxe Kanon bestimmt, löste sich das Kreuz in einem Kranz von Licht auf. Die zwei orthodoxen Pfarrer sanken in die Knie, erdrückt von liturgischer Dankbarkeit. Der katholische Priester Petrus Tafelbub verspritzte Weihwasser an das Volk, das sich verkrümelte. War ein Wunder geschehen? Daß die Pfarrer den Untergang des Kreuzes verhindert hatten, es täuschte niemanden darüber hinweg: Allein die Partei ist allmächtig, ist allwissend, allgegenwärtig.

»Der hat es hinter sich«, bemerkte Eva-Maria.

»Und Schlimmes vor sich«, ergänzte Clemens.

»Dieser Norbert Felix meint, daß es das beste sei, was einem in diesem Land passieren kann ...«

»Was?«

»Daß man dich festnimmt, verschleppt, ins Lager sperrt,

hinter Schloß und Riegel setzt«, erklärte sie, als habe sie es mit einem Sechsjährigen zu tun. Nachdenklich stimmte Clemens diesmal zu: »Eben, dann brauchst du dich nicht mehr zu fürchten, daß sie dich holen. Die Angst ist schrecklicher als das Geschehnis selbst.«

Einer der letzten, die den Ort abwegiger Begebnisse verließen, war der Onkel. Er scharwenzelte hinter dem Ferdinand her, hielt aber auf Distanz. Die rote Nelke, die verwelkt war, knipste er aus dem Knopfloch. An die beiden jungen Menschen im bizarren Schatten des Disteldickichts verschwendete er keinen Blick, fragte bloß im Vorbeigehen: »Bleibt ihr noch?« Wandte sich um, zeigte hinunter auf einen dicken Zigeuner, dem zwei Kinder Luft zuwedelten: »Das ist der Bulibascha, zu dem ihr müßt.«

Die Pfarrer rafften die Soutanen und machten sich davon, sichtlich irritiert durch die Angelegenheit mit dem Mann Alalenin, die soviel Staub aufgewirbelt hatte und das Wunder mit dem Kirchendach in den Hintergrund treten ließ. Denn durchaus war es das größere Wunder, ja ein wahres Mirakel, schlicht unerklärlich, daß die Partei von der verbotenen Waffe gewußt hatte, noch ehe sie entdeckt worden war. Allein der Priester Petrus Tafelbub verhielt den Schritt, fragte Clemens, ob er ein Lutheraner sei, und bemerkte: »Ihr habt es gut, ihr müßt keinen Finger rühren, und Gott rettet euch trotzdem.«

»Nicht ganz so«, sagte Clemens. »Glauben müssen wir dennoch.«

»Ja, ja, eine verflixte Sache, die Rechtfertigung allein aus dem Glauben.« Und unvermittelt: »Gott läßt die Bäume nicht in den Himmel wachsen. Das ist unser aller Hoffnung.«

Eva-Maria sagte: »Er ist eine fromme Seele. Wenn er eine Frau ansieht, wird er rot.«

»Ich bin keine fromme Seele und werde auch rot, wenn ...«

»Doch wenn du mich ansiehst, wirst du nicht rot.«

»Nein«, sagte er.

Von unten, wo die Zigeunerhütten sich drängten, rief ein

bulliger Mann mit Vollbart den beiden zu: »Kommt herunter, ihr schönen Kinder, der Rummel ist vorbei, wir können in Ruhe plaudern.« Clemens erhob sich gehorsam, das Mädchen rührte sich nicht vom Fleck. Er mahnte: »Du hast doch einen Auftrag zu erledigen.«

»Gewiß, aber ich habe es mir überlegt. Tu du es für mich.«

Clemens rutschte den Hang hinunter und sagte: »*Bună ziua.*« Und fragte: »Wo find ich den Buta Arsenie?«

Der Mann, der gerufen hatte, saß auf einem Hocker am Ufer des Teiches, überhörte die Frage. »Setz dich.« Und schwärmte. »Welch herrlichen Anblick uns die Engel Gottes beschert haben.« Er wies auf das Strahlenkreuz über dem Teich, das in der Sonne funkelte. »Fällt das Dach ein paar Schritte früher zur Erde, Mord und Totschlag unter meinen Leuten, *moarte de om.*« Ein Kind hielt einen Sonnenschirm über ihn, ein anderes fächelte ihm mit einer Pestwurz Kühle zu.

Clemens sagte: »Den Sonnenschirm können wir an einen Stock binden; das arme Kind.«

Der Mann, dessen Bauch von einem breiten Gürtel zusammengehalten wurde, entgegnete erstaunt: »Du würdest den Buben kränken. Das ist eine Auszeichnung für ihn, in der Nähe des Bulibascha zu weilen.« Clemens hob verstohlen den Blick zu Eva-Maria hinauf. Die hockte mit angezogenen Beinen und geschlossenen Augen in der Sonne.

»Warum kommt sie nicht herunter? Unter diesem Schirm ist Platz für viele.«

»Ich weiß es nicht«, sagte Clemens kleinlaut.

»Ich aber weiß es«, sagte der Mann. Er nahm die Blechkanne von der Kohlenglut, klappte den Deckel auf, schlürfte mit Genuß mehrere Schlucke, stellte die Kanne zurück.

»Was ist das«, fragte Clemens.

»Heißes Wasser mit grüner Pfefferminze; gut gegen alles, wunderbar gegen die Hitze. Willst du?« Clemens wollte.

Der Bulibascha deutete das Geschehen von vorhin: ein Akt

der Gerechtigkeit Gottes. Aber nicht gegen die Rumänen allein gerichtet, sondern gegen alles, was sich selbst erhöht habe. Der Alalenin habe sich ins schönste Haus gesetzt, alles habe vor ihm gezittert; nun habe man ihn abgeführt, in Handschellen. Sogar dem Kulturheimdirektor Ferdinand habe der Sturm die Fenster eingedrückt, eine leise Warnung: »Er hält sich für einen Herrn, der Ferdinand, er raucht grüne Virginia und läuft im Hemd herum mit Krawatte. Das Hemd schwarz. Weißt du, warum schwarz?« Clemens schüttelte den Kopf: »Mit weißem Hemd springt es in die Augen, wie schwarz er ist. Gut, daß das seine Mutter selig nicht mehr erleben mußte. Und die rote Krawatte rettet ihn auch nicht. Wenn seine Zeit um ist, wird er her zurückkommen, zum Schweinsmoor. Er wird das Haus vom reichen Schwaben, *dela domnul* Mengay freigeben müssen, und er wird mir die Hand küssen, wenn ich ihn hier unten aufnehme.«

Daß die beiden anderen Kirchtürme unbehelligt geblieben waren, erkläre sich von selbst: Die Schwaben hätten bereits eine Portion abbekommen, doch noch sei nicht aller Tage Abend; neuerdings gehe es den Serben an den Kragen. Und für die Rumänen sei es eine sichtbare Warnung, sich nicht zu überheben. Die kämen auch noch an die Reihe. »Wer zuviel rafft, den mögen die Bolschewiken nicht. Die haben ein Herz für uns Arme. Noch im 44er haben sie uns in die Häuser der Schwaben gesteckt, die dem Hitler die Hand geküßt haben. Wir Zigeuner sind ja zusammen mit der Roten Armee von den Lagern am Bug zurückgekommen, nach Hause. Doch gefallen hat es uns in den riesigen Häusern der Schwaben nicht. Zum Fürchten, du verlierst dich in ihnen, keiner weiß, wo der andere steckt. Wir haben uns bald darauf hier unsere Hütten gebaut.«

Aber auch die Bolschewiken waren nicht nach seinem Geschmack. »Die können nur saufen und schuften. Es fehlt ihnen die hohe Kunst, das Leben zu genießen, sich an den Gütern dieser Erde zu ergötzen, sich zu freuen an Gottes bunter

Welt.« Mit dem Fuß stieß er ein Ferkel weg, das sich dem dampfenden Kessel mit Borretsch genähert hatte: »Du blödes Schwein, wegen einem Schluck Suppe verbrennst du dir die Schnauze.«

»Uns kann man nichts nehmen«, meinte der Bulibascha Angelo Topor, indem er das Rudel halbnackter Bübchen und Mädchen mit einem Wink seiner Augen verscheuchte, »denn wir haben nichts außer unseren Kindern. Die nimmt uns niemand weg ...« Und nach einer Pause fuhr er tonlos fort: »Doch viele, viele Kinder haben wir verloren. Als uns der Marschall Antonescu, der *Conducător* aller Rumänen, an den Bug verschleppt hat, 1943, du weißt davon nichts, und auch keiner im Dorf, im Land hat etwas gesehen, gehört, bemerkt, sind unsere Kinder gestorben wie die Fliegen.«

Er ließ sich von seiner Frau einen riesigen Holzlöffel reichen, langte in den Topf über dem Dreifuß, schöpfte einen Schluck Suppe, schlürfte ihn mit Bedacht und schrie seine Frau an: »Mehr Paprika, du geizige Hexe!«

Sorge bereite ihm, daß die Kommunisten die Kinder zwingen wollten, in die Schule zu gehen. Er seufzte: »Woher Schuhe und Hefte nehmen? Der Lehrerin, die alle Kinder aufgeschrieben hat, habe ich gesagt: von acht bis zehn die Großen, von zehn bis zwölf die Mittleren, von zwölf bis zwei die Kleinen.«

»Warum?« fragte Clemens.

»Mit demselben Paar Schuhe können drei Geschwister zur Schule hinaufgehen.« Und sagte: »Der Buta Arsenie wird morgen vor Sonnenaufgang bei der *doamna* Clotilda sein.« War die Audienz zu Ende? Clemens wollte sich erheben, doch der Herr und Gebieter schob ihn auf seinen Schemel zurück. »Dem Fräulein dort oben sind wir nicht fein genug. Doch mit ihren lila Fingernägeln könnte sie eine Unsrige sein.«

Clemens meinte, das Mädchen im Distelfeld verteidigen zu müssen. »Manche Damen sind in letzter Zeit von Rot abgerückt.«

»Dame? Die dort eine Dame? Dazu lila Fingernägel wie

eine von unseren Mädchen hier«, wiederholte der Bulibascha verächtlich. »Als die graue Maus aus ihrer Mutter Leib gekrochen ist, hat sie nicht anders ausgesehen als diese hier.« Er griff sich ein kleines Mädchen, hob die Zappelnde mit einer Hand hoch und drückte seine saftigen Lippen auf ihren Nabel, blähte die Backen und pustete Luft und Speichel über den Kinderleib. Das Mädchen jauchzte. Wieder auf der Wiese, hoppelte es auf O-Beinen davon, übersät von glitzernden Bläschen. Der Bulibascha lachte ihr hinterher, herrlich funkelten seine Goldzähne.

»Doch es kommt die Zeit, wo das Fräulein unter den Eselsdisteln froh sein wird, wenn sie mitten in der Steppe ein Feuer anfachen kann und in einem Kessel Kartoffelschalen umrühren wird.« Und erinnerte sich, diesmal voll Grimm: »Als der Marschall uns Zigeuner nach Transnistrien geschafft hat, bis an den Bug, da hat kein Schwabe oder Sachse, kein walachischer Bojare oder magyarischer Graf ein gutes Wort für uns eingelegt und noch weniger eine Träne geweint; sechzig bis achtzig Leute im Viehwaggon, haben sie uns tagelang ohne Fressen und Wasser durch die Hitze der Donausteppe geschleift, im Schneckentempo, bis uns die Zungen im Hals verdorrt sind. *Trenul de moarte.*«

Manchmal hatte der Zug auf freier Strecke bei einem Wald gehalten. Dann durften die Väter die toten Kinder aus den Wagen werfen. Die Offiziere trösteten: »Es bleiben euch immer noch genug, die ihr durchfüttern müßt. Ihr werdet es uns noch danken.« Den Müttern wurde verboten zu wehklagen, aber den Gendarmen erlaubt, die kleinen Leichen zu sammeln und zu begraben. Denn alle, ob sie teure Zigaretten rauchten wie die Offiziere oder schluchzten wie die Mütter oder mit dem Feldspaten die niedrigen Gräber aushoben, alle hatten unter diesem Himmel eines gemeinsam: Sie wußten, wenn Kinder sterben, verwandeln sie sich in Engel. Und glaubten es.

»Doch der liebliche Gott hat uns nicht nur zurückgebracht, sondern uns auch mit Kindern gesegnet noch und noch.« Der

Bulibascha haschte nach einem Knaben, legte ihn übers Knie und knallte ihm einen Kuß auf den nackten Arsch, daß das Kind vor Lust aufschrie. Und noch einen Kuß und noch einen, auf jede Arschbacke zwei. Und schloß: »Knapp zwei Jahre später wart ihr, die Schwaben und Sachsen, an der Reihe. Mitten im bitterkalten Winter. Wir, ja wir waren wieder zu Hause und hatten eben unsere Hütten mit Lehm verschmiert. Nur statt Türen mußten wir uns mit Pferdedecken zufriedengeben und in die Fensterhöhlen Heusäcke stecken. Doch heute!« Mit stolzem Lächeln dirigierte er den Blick von Clemens auf die blaugetünchten Häuschen, Holztüren prangten an der Vorderseite, und Fenster mit echten Glasscheiben blitzten auf.

Der Mann orakelte, während er mit seiner fleischigen Nase die Windrose abtastete: »Schlimmes liegt in der Luft. Noch hat Gott, der Gestrenge und Gerechte, euch nicht genug in die Knie gezwungen. Denn Hochmut kommt vor dem Fall. Sieh, das Fräulein dort oben, lieber schmort es in der Sonne, als sich in meinem gastlichen Schatten einzunisten.«

Clemens und Eva-Maria gingen nach Hause. Hintereinander. Der Schatten vor den Häusern war zu schmal für zwei. Sie ging vor ihm her, hielt den Kopf demütig geneigt. Über ihrem obersten Halswirbel spannte sich die Haut, bildete einen weißen Hof. Zog sie den einen Fuß nach? Wie ein gestürzter Engel. Doch war es nur eine Distel, die sich in der Sandale zwischen ihren nackten Zehen verfangen hatte.

Es war der Augenblick, wo Clemens erwog, im Banat zu bleiben, nicht nur, weil ihn die Hitze bereits heimatlich anrührte, wenn auch anders als in einem Hochofen.

29

Beim Abendessen las Tante Klothilde einen Brief vor. Die Tischrunde betrachtete das Kuvert mit dem verwaschenen Stempel und dem exotischen Absender mit gemischten Gefühlen, voll Bangnis und Mitleid: Dudeşti. *Dud,* der Maulbeerbaum. Und *Raion* Urziceni, Kreis Brennesselstadt, klang nicht einladend, wenn auch der Absender gut schwäbisch klang: Anny Tonatsch, eine Verwandte dazu. Schon hatte man Dörfer nahe der serbischen Grenze in die Bărăgan-Steppe evakuiert, von einem Tag zum anderen. Bis zu einer Dreißig-Kilometer-Linie waren die Dörfer in Gefahr.

Im Brief aus der Steppe der Walachei war zu lesen, daß die Zuggarnitur mit den Menschen in Viehwaggons auf freier Strecke gehalten hatte. Aussteigen! Abladen! Doch durften sich die Deportierten erst außer Sichtweite der Geleise niederlassen. Weit und breit kein Dorf, kein Dach, kein Baum, kein Brunnen, die platte Ebene ärger als im Banat. Jede Familie erhielt acht Stück Bretter. »Grad' für einen Sarg gut!« Mit denen, hieß es, sollten sie ein Haus bauen. Der Familie der Anny Tonatsch wie auch der anderen aus Lerchenfeld waren Parzellen in einem Weizenfeld zugewiesen worden. Das reichte bis an den Horizont, doch war es mit Stacheldraht umzäunt. Die tüchtigen Bauern aus dem Banat begriffen sofort die Gunst der Stunde. Sie zertrampelten das Korn nicht, sondern schnitten es. Die meisten benützten die Sichel, Sensen hatten sie keine mit, denn sie hatten in ihren Heimatdörfern den Worten der Parteiaktivisten vertraut: Nehmt wenig mit, dort, wohin ihr kommt, ist für alles gesorgt! Sie klopften die Körner aus den Ähren, zerrieben sie zwischen flachen Feldsteinen und hatten ein grobkörniges Mehl. Und Stroh. Und Spreu für Lehmziegel. Frau Anny schrieb: »Unsere Leute aus Stephanstal haben es schlimmer getroffen, die hat man in ein Distelfeld gesteckt.«

Einige hatten ihre Klaviere mitgebracht. Die aufgeklappten Deckel bildeten eine Dachschräge. Darunter legte man die kleinen Kinder bei Nacht. Und unter dem Klavier verkrochen sich die Erwachsenen.

Die bei Tisch zuhörten, was Frau Klothilde eben las, nickten voll Verständnis: wie nützlich, ein Klavier in der Steppe. Die Menschen dort gruben sich in die Erde ein und verstauten den Hausrat. Die acht Bretter ergaben das Gerüst für einen Dachstuhl. Das Dach deckten sie mit Stroh. Der Sturm riß das Strohdach weg. Ein Wolkenbruch füllte die Erdgrube mit Wasser. Die Schlaftruhen schwammen in der Lehmbrühe: »Es war wie beim Tschinakelfahren im Stadtpark in Temesvar.«

Alle wurden gleich behandelt, gleich schlecht, gleich wohl, ob Schwab, Serbe, Ungar oder Bulgare, und die Rumänen ebenso. Schulen mit sieben Klassen hatte man notdürftig eingerichtet, Unterricht in der Muttersprache, wie es die Verfassung vorschrieb. Doch fragt nicht wo? schrieb Frau Anny. Und gab selbst die Antwort: Auf dem Boden hockten die Schüler mitten in der Steppe und schrieben auf Schiefertafeln, manchmal im Schatten einer ruppigen Akazie, oder sie hatten einen Papierschako auf dem Kopf; jede Familie mußte die deutschsprachige Parteizeitung *Neuer Weg* abonnieren. Gottlob hatte man auch die Lehrer verschleppt. Aber für den Winter winke eine Schulbaracke, war zu hören. Schon darum, weil man das Bild vom Pepionkel, dem »Licht aller Völker«, nicht in ein dunkles Erdloch hängen könne.

Onkel Kuno unterbrach seine Frau: Daß mit dem Onkel Pepi der Generalissimus Josef Wissarionowitsch Stalin gemeint war, mußte man der Großmutter erklären, die es trotzdem nicht verstand.

Schon wurden Kinder geboren, wurden schwäbisch, serbisch, rumänisch getauft, doch ohne Priester und Popen, vielmehr als Nottaufe. Annys Großvater war in der Erdhütte gestorben, anders gestorben, als er es sich vorgestellt hatte. Wohin mit ihm? In die Erde, wohin sonst. Ein alter Lehrer sprach ein Vaterunser, ein Kreuzdorn zierte das Grab, die Tränen flossen reichlicher als daheim. Doch hatte die findige Anny eine

Schaufel Erde in einer Marmeladekiste nach Hause geschickt, damit der Ortspfarrer sie segne. Inhaltsangabe: Knochenmehl. Gottlob war die geweihte Erde bereits zurückgekehrt, und die Kinder und Kindeskinder hatten sie auf den Grabhügel geschüttet: Erde zu Erde, Staub zum Staube. Der letzte Satz des Briefes lautete: »Seid Gott befohlen, herzliche Grüße und Küsse, auch von den übrigen Unglückseligen hier hinter Gottes Angesicht, Eure Anny Tonatsch.«

Die Großmutter beschnupperte den Brief, meckerte: »Anny mit Y, »die waren sich immer hochmütige Leit, is ihnen gutt geschehen, ätsch.«

»Arbeiten und beten; oder umgekehrt: *ora et labora*«, gab Mutter Veronika zu bedenken. »Doch euch wird nichts passieren.« In ihrer klösterlichen Tracht putzte sie mit einer Hingabe die Glaszylinder der Petroleumlampen, als seien es die Lampen der biblischen Jungfrauen, die auf den Bräutigam harrten.

»Das weiß keiner nicht«, sagte die Großmutter. »Gottes Wege sind unerforschlich und die Wege der Bolschewiken ebensolchig.«

»Euch kann nichts passieren«, beharrte Mutter Veronika. »Ihr Vater, Klothilde, war in der rumänischen Armee.«

»Das halbe Dorf war bei den rumänischen Soldaten. Und nach Rußland mußten alle.«

»Gut, gut. Aber Ihr Vater hat nicht gegen die Sowjets gekämpft, nur an der Westfront gegen die Deutschen und Ungarn. Wo ist er gefallen?«

»Vor Budapest, April 45.«

Vater Rescher sagte: »Wir fallen nicht darunter. Unser Dorf ist genau zweiunddreißig Kilometer weg von der Tito-Grenze. Und kommt es her, dann trifft es uns nicht; ich laß das nicht zu. Hab so meine Beziehungen hier auf Erden. Und wenn nicht, im Himmel.« Die Kinder spähten durch den Maulbeerbaum zum Himmel, an dem groß die Sterne brannten.

»Wir müssen gehen«, mahnte Kunigunde.

»Damit der Zeno dir nicht mit einer andern davontanzt«, sagte Kony.

»Wohin gehen?« fragte Clemens.

»Zur Kirche, dort tanzen sie«, sagte Kony. »Dalli, dalli: Denn der Edi mit der Ziehharmonika ist immer müde am Abend und macht eins, zwei, drei Schluß.«

Die Mädchen traten in das Halbdunkel unter dem Traubenspalier. Noch im Gehen warfen sie die paar Fetzen ab, stellten sich unter die Blechtonne. Man hörte das Wasser rieseln. »Pischwarm«, sagten sie, »aber es spült den Staub weg.« Der Vater mahnte: »Mit dem Wasser sparen! Wer weiß, wann es regnet. Auch die Zisterne ist fast leer.« Die Mutter sagte: »Hoffentlich noch eine gute Woche nicht. Dann haben wir alles unter Dach und Fach.«

Ein leinenes Handtuch um Bauch und Brust gewunden, huschten die Mädchen ins Haus. Mutter Veronika kam mit den Petroleumlampen. Als die Schwestern wieder erschienen, hatten sie sommerliche Kleider an, den Hals umschloß ein schwarzes Band mit einem Medaillon. Hinter die Ohrläppchen träufelte die Mutter einige Tropfen Kölnisch Wasser. Es roch nach Festlichkeit.

»Nehmt die Illy mit«, sagte Mutter Veronika. »Sie, Clemens, gehen ja auch hin.« Und zum Mädchen: »Mein Kind, du mußt dich umziehen.«

»Nein«, sagte sie, »ich bin gut so, wie ich bin.« Doch ließ sie sich von ihrer Tante ein Seidentuch um den Hals binden, das dem grauen Kittel Glanz verlieh.

»Bleibt nicht zu lange. Morgen beginnt der Ernst des Lebens. Die Körner fallen aus den Ähren.«

Die Nonne sagte: »Ruhig Blut. Eins weiß ich: Ist die Not am höchsten, ist uns Gott am nächsten.«

Onkel Kuno hatte das letzte Wort: »Wenn man ihn braucht, ist Gott nie zur Stelle.«

Vor der Kirche wurde getanzt. Edi Niederkorn stand an den Laternenpfahl gelehnt. Seine Finger hüpften über die Tasten, klopften auf die Baßknöpfe und entlockten dem Akkordeon Melodien und Rhythmen, die den jungen Menschen nicht nur in die Füße fuhren, sondern ihnen auch die Seele salbten. Zog er den Balg ganz auf, konnte man an seinen Armen die Blessuren ausmachen, die der Krieg hinterlassen hatte: Muskelbündel fehlten. Huh, stöhnten die Mädchen, schlossen die Augen und ließen sich von den Buben küssen. Edis Augen, halb verdeckt, um mit den quälenden Bildern des Krieges niemandem zu nahe zu treten, blickten immerfort in ein und dieselbe Richtung, die schnurgerade Straße entlang, nach Osten. Von dort mußten die Rescherischen Mädchen kommen. Als sie anrückten, brach er brüsk ab, ohne die Blickrichtung zu ändern. Und setzte neu ein mit dem Begrüßungstango: ›Wenn bei Capri die rote Sonne im Meer versinkt‹. Doch niemand begann zu tanzen. Alle warteten, daß die Schwestern und ihr Gefolge in den Kreis traten. Die schwarzhaarige Dunja Rugoz, die Tochter des serbischen Schulleiters, stürzte auf die beiden Mädchen zu, umarmte sie abwechselnd und zusammen und busselte sie ab. Sie fiel auch Clemens und Eva-Maria um den Hals. Nur Kunolf entfloh.

Dunja trug immerfort eine Zuschneideschere um den Hals, die vorne bis zum Nabel baumelte. Im Nu vermochte sie das Scharnier auseinanderzuschrauben. Notfalls konnte sie die scharfgeschliffenen Schenkel als Waffe einsetzen. »Wer weiß, ob ich nicht einmal ein Menschenleben retten werde? Doch auf alle Fälle halte ich mir so die Mannsbilder vom Leib.« Beim Tanz mußten die Partner in Kauf nehmen, daß sich das Muster der Schere in ihren Leib einpreßte. Allein wenn Zeno die dunkle Dunja aufforderte, jedesmal bei ›La Paloma‹ und nur dann, legte sie die Schere ab und gab sich ungewappnet dem Tango hin.

Zeno Mladenić, der spätgeborene Sohn des Dorfarztes, seine Mutter war im Kindbett gestorben, stimmte ein Klatschkonzert an. Der Rescherische Trupp wurde mit großem Hallo begrüßt, auf schwäbisch, dem Esperanto in Gnadenflor. Die wenigen Rumänen im Dorf beherrschten beide Idiome, und die Serben hatten noch das k. u. k. Deutsch im Ohr. »Daß ihr komme seid's ...«, hieß es allenthalben. Das Mädchen Doina Rodica, Tochter des orthodoxen Popen und Krankenschwester im Dorf, nahm sich der beiden Neuankömmlinge an und sagte höflich auf rumänisch: »*Fiți binevenit.*« Ihr Kleid war mit einem Leinengürtel geschürzt in den Farben des Landes, blau-gelb-rot. »Die Trikolore gegen das viele Rot.« Griffbereit war die Erste-Hilfe-Tasche.

Die jungen Leute zeigten Lust auf eine *Perinița*. Bei dem Reigentanz durfte man sich vor aller Augen küssen. Abwechselnd schlang ein Mädchen einem Jungen, ein Junge einem Mädchen das Tüchlein um den Hals. Der Partner, die Auserwählte lösten sich aus der zuckelnden Runde, knieten nieder und küßten sich. Weil das Tüchlein vom einen zum anderen weiterwanderte, blieb in Schwebe, wer ein Paar war. Konradine wählte Clemens, Clemens aber trat nicht zu Eva-Maria, wie einige es erwartet hatten, sondern entschied sich für Dunja, die schwarzäugige Serbin. Sie küßte ihn nicht nur flüchtig, sondern voll Temperament, nahm sich Zeit dazu. Die riesige Schere trennte, es tat weh. Der Kreis derer, die sich tanzend an den Händen hielten, zerfiel für einige Minuten, alle klatschten Beifall. Dunja aber wählte Zeno, doch fertigte sie ihn rasch ab. Und dieser holte nicht Kunigunde, der die Tränen in die Augen traten und die jeden Augenblick anders unglücklich aussah, und auch nicht Konradine zum Tanz, sondern zog Martha Kolleth, die Lehrerin, vor. So ging das weiter, bis Edi, der Musikant, abbrach.

Er wischte sich Sandkörner aus den Augen und setzte mit der *Hora staccato* ein. Alles Ungemach wegen der falschgelaufenen Verbindungen schien vergessen. Sie tanzten wie besessen, der Staub wirbelte bis zum Kirchturm. Doch noch rasender gebärdete sich der nächste Tanz, der serbische Kolo, dessen verzückten Rhythmen zuletzt nur noch die Serben folgen konnten: Ihre Füße schwirrten, daß es den Zuschauern schwindlig vor den Augen wurde. Bis ins abtrünnige Mutterland waren die grellen Klänge des Tanzes zu hören, war das Trappeln der Füße zu vernehmen, knapp zweiunddreißig Kilometer weit.

Kunolf hatte sich etwas Apartes einfallen lassen. Er hatte kleine Spiegel in die Sandalen geklemmt und suchte die verborgenen Gefilde unter den Kitteln der Mädchen auszukundschaften. Doch als die List auf dem Tanzplatz entdeckt wurde, da gab es einen Riesenkrach. Dunja zerstampfte mit ihren Holzpantinen die Spiegel, zückte mit einer wilden Bewegung die Zuschneideschere. Kunolf ließ sich auf den Rücken fallen und wehrte sich mit erhobenen Füßen, von denen Blut troff. Als erstes zerschnitt sie seine Hosenträger, darauf zog sie ihm die Lederhose vom Leib und schlitzte seine winzige Badehose auf. »Au«, rief er, während sie mit spitzer Stimme kreischte: »Und jetzt schneid ich dir dein schäbiges schwäbisches Schnippi ab, du elendiger Mistkäfer du! Alle deine Kinder und Kindeskinder werden als Mistgeburten auf die Welt kommen.«

Martha, die Tochter des deutschen Schuldirektors, des Genossen Johann Kolleth, sammelte die Scherben ein. Und Doina, die Popentochter, weissagte sieben Jahre Unglück, und zwar für das ganze Dorf.

Mitten im Tango ›Eine Nacht in Monte Carlo möcht ich wandeln unter Palmen mit dir‹ legte Edi Niederkorn die Harmonika beiseite. Die Paare erwachten, lösten sich voneinander, blickten traumverloren um sich. Er trat auf Konradine zu, verbeugte sich förmlich. Und ehe sie wußte, wie ihr geschah, hatte er sie in die Arme genommen und wiegte sich in einem lautlosen Tanz, im Takt eines Tangos ohne Worte und Melodie. Die Mädchen und Burschen bildeten einen Kreis um das stumme Paar, standen erstarrt, waren gebannt. »Wie der Chor in einer griechischen Tragödie«, flüsterte Eva-Maria. Niemand getraute sich, einen Ton von sich zu geben. Nur im Turm der katholischen Kirche war das Gerumpel des Pendels zu hören, das die gewaltigen Zeiger der Uhr vorwärtstrieb. Und plötzlich lehnte Konradine ihr Haupt an Edis verhunzte Schulter mit den Kratern und Schrunden, die der Krieg gerissen hatte. In der nächtlichen Stille drehten sich die beiden zeremoniös nach rechts, nach links, folgten einer Musik, die nur sie beide hörten.

Die Zuschauer zuckten zusammen, als die Uhr über ihnen mit Hammerschlägen die elfte Stunde verkündete, gefolgt von der blechernen Stimme der orthodoxen Kirchenuhr, die der Sturm verschont hatte, und überlagert von den rebellischen Schlägen der serbischen Turmuhr.

Eva-Maria flüsterte: »Die Uhren rufen sich schlagend an, und man sieht der Zeit auf den Grund. Komm! Komm, ehe es zu spät ist. Komm, ich habe versprochen, dir Plätze zu zeigen, wo man sich verstecken kann, keineswegs für immer, aber für Stunden.« Außer Clemens hatte sie niemand zum Tanz aufgefordert.

Das Mädchen zog ihn tief in den Kirchenpark hinein, bis hin, wo Chor und Seitenschiff einen Winkel bildeten. Dort, überwuchert, überwachsen, stand eine Bank, die Schutz bot. In den Kirchenfenstern spiegelte sich das Licht von den Straßenlaternen. Noch steckten die beiden im Dickicht, da hörten sie eine Frauenstimme, die schluchzte. Als sie in die winzige Lichtung traten, floh eine Gestalt. »Kunigunde!«

Doch kaum hatten sie sich zurechtgefunden, teilten sich die Büsche, eine Taschenlampe blendete, und sie hörten die Stimme des katholischen Pfarrers, der warnte: Die Partei habe gedroht, die Bank zu kassieren, sollten die Genossen noch einmal hier ein Liebespaar überraschen. Und der Priester riet: »Wollt ihr euch küssen, geht auf den Friedhof. Niemand stört euch. Die neuen Genossen fürchten sich vor dem Ort der ewigen Ruhe, fliehen ihn wie der Teufel das Weihwasser. Und die Toten freuen sich.« Während er das Kreuz machte und nieste – »Heuschnupfen!« –, schlugen die Äste vor ihm zusammen. Und gab zu bedenken, der Priester, durch Laub und Astwerk hindurch wie durch einen Theatervorhang: »Merkt auf! Der Leidende ist immer ein Sünder. Sein Leiden aber ist heilig. Halten wir das nicht auseinander, dann schnappen wir über.«

Die beiden verpaßten es an diesem Abend, diesen sonderbaren Satz zu betrachten.

Pfarrer Petrus Tafelbub sei ein belesener Mann, meinte Eva-Maria, als sie sich davonmachten. Den Edi, der als Meldegänger Ost- und Westeuropa durchfahren hatte, nannte er »Wanderer zwischen beiden Welten«, die fremden Kolonisten aus der Walachei, die man in die schwäbischen Dörfer gesetzt hatte, nannte er nicht »hergelaufenes Gesindel«, sondern »Volk ohne Raum« und die siebenfache Führung der Arbeiterpartei in Bukarest nicht »siebengeschwänzter Teufel«, sondern »Die sieben Säulen der Weisheit«. Das Wort »Zigeuner« oder »elender Zigeuner« kam nicht über seine Lippen, er sprach von »unseren lieben Edelariern aus Indien«. Nichtsdestotrotz mochten ihn die Leute leiden.

Clemens und Eva-Maria huschten am leeren Tanzplatz vorbei, als eine Mädchenstimme sie anrief. Gelehnt an den Laternenpfahl, kauerte Dunja auf dem Boden, die Knie hielt sie angewinkelt bis zum Kinn hinauf, den Rock hatte sie über die Knöchel gezogen, das Gesicht war in den Händen verborgen. Ihre Schere steckte aufrecht im Schoß. »Bleibt«, sagte sie. »Setzt euch zu mir. Ich bin unglücklich.«

»Wir gehen auf den Friedhof«, antwortete Eva-Maria.

»Dann seht euch wenigstens dies serbische Gedicht an.« Sie hob den Kopf und reichte ihnen ein Blatt Papier, aus einem alten Buch gerissen, in gotischer Schrift, mit Schnörkeln und Verzierungen.

»Es ist deutsch übersetzt. Ich wollte es heute hier vorlesen. Der verfluchte Zeno hat mir den Abend verdorben. Aber wir serbischen Mädchen können einen Mann wiederbekommen, auch wenn er noch so störrisch ist. Wißt ihr wie? Wir verfluchen ihn. Der Fluch verwandelt sein Herz. Es wird erfüllt von Liebe. Glaubt ihr mir?«

Die beiden schwiegen und lasen:

»Ruft die Mutter, ruft der Tochter
Über drei Gebirge:
Ist, o Mara, liebe Tochter,
Ist gebleicht das Linnen?

Ihr zurück die junge Tochter
Über neun Gebirge:
Nicht ins Wasser, liebe Mutter,
Taucht' ich noch das Linnen;
Denn o sieh, es hat das Wasser
Iowo mir getrübet –
Wie denn erst, o liebe Mutter,
Hätt' ich es gebleicht schon!
Fluch ihm, Mutter, liebe Mutter!

Ich auch will ihm fluchen!
Gebe Gott im hellen Himmel,
Daß er sich erhänge –
An ein böses Bäumchen hänge,
An den weißen Hals mir!
Gebe Gott im hellen Himmel,
Daß er lieg' gefangen –
Lieg' gefangen tief im Kerker,
an der weißen Brust mir!

Gebe Gott der Herr im Himmel,
Daß er Ketten trage –
Ketten trage festgeschlungen
Meine weißen Arme!
Gebe Gott im hellen Himmel,
Daß ihn nähm' das Wasser,
Daß ihn nähm' das wilde Wasser,
mir ins Haus ihn bringe!«

Eva-Maria sagte: »Nicht der Fluch bringt ihn in ihr Haus, sondern ihre phantastische Liebe.«

Doch Dunja hörte nicht. Ohne aufzusehen, sagte sie: »Und wenn nicht, dann bleibt noch diese Schere.« Mit einem Ruck stach sie mit der spitzen Zuschneideschere ihren Rock durch und begann das Tuch zwischen den Schenkeln aufzuschneiden.

»Komm«, sagte Eva-Maria, »wir gehen.«

Clemens sagte ratlos: »Schlaf gut, Dunja.«

Auf dem Friedhof erfuhr Clemens Näheres über seinen Vetter aus Fogarasch. Als Bautechniker der neugegründeten Staatsfarm Waldau hatte er Ställe zu errichten, Heuschuppen aufzuziehen und Brunnen zu bohren. Damit er die weitverstreuten Arbeitsplätze aufsuchen konnte, hatte die Farmleitung ihm ein Reitpferd zugeteilt, dazu gehörte ein Militärsattel. Der Sattel war dreimal so teuer wie das Pferd. Seine Residenz war ein aufgelassener Gutshof bei Waldau, der Mauritiushof. Er hauste in einem Turm. Den teuren Sattel schleppte er hinter sich her, band ihn an den Tischfuß, legte ihn unter den Kopf, wenn er schlief. Einmal in der Woche kam er heruntergeritten, kaufte ein, zum Beispiel eine Seite Speck von neunundvierzig Zentimeter Länge. Die kerbte er in sieben Stücke, für jeden Tag sieben Zentimeter. Dazu Petroleum für die Lampe, Schlüsselseife, Sodabikarbonat zum Zähneputzen und Mappen mit gelbem Briefpapier und länglichen Couverts. Manchmal duschte er im Rescherischen Hof. Zum Essen ließ er sich nicht einladen. Das Hausbrot beschaffte er von den Bauern, die Milch molk er von den Staatskühen, die vorläufig unter freiem Himmel kampierten.

In jedem der umliegenden Dörfer verhielt er merkwürdigerweise sein Pferd bei einem der Mammutbrunnen, die an den Straßenkreuzungen auftragten. Er füllte seine Feldflasche mit Wasser, indem er aus vierzig Meter Tiefe die riesige Holzbütte hochzog.

»Mein Gott, zwei Kübel Wasser für eine Dreiviertelliter-

Flasche.« Man munkelte, er habe eine geheime Geliebte in einem der Dörfer, ein neunzehnjähriges Waisenmädchen, eine Jungfrau mit schwarzen Augen, die noch an den Osterhasen glaubte, aber ihr Brot selbst verdiente. Nach Reschitz pendelte sie, wo sie in einer Färberei arbeitete; manchmal hob er sie aus dem fahrenden Nachtzug auf sein Pferd und galoppierte mit ihr davon. Die Briefe, die sie sich schrieben, beförderten sie nicht mit der Post, sondern versteckten sie in einem der Brunnen, man wußte nicht, in welchem Dorf.

»Briefe im Brunnen«, sagte Eva-Maria verträumt, »es klingt wie ein Märchen.«

Weiter war zu hören, daß die große Liebe an sich nicht genüge. Sie müsse auf den anderen zugeschnitten, zugeschnitzt sein, »nein, das klingt zu scharf, lieber so: sich seiner Seele anschmiegen, das kann man ja so sagen?« Oder anders: Daraus müsse eine gemeinsame Sprache erwachsen. »Und wenn ich gemeinsame Sprache sage, dann denke ich nicht nur ans Reden, nein, auch in den Fingerspitzen muß sie wohnen, die Liebe der beiden.«

Aus der Dunkelheit erklang ihre Stimme seltsam körperlos. Schutz und Schirm aber biete sich an, wenn für beide die Begegnung des Anfangs zu einer Geschichte werde, die allein den beiden gehöre. »Ein Cousin von mir sprach von einem Mythos des Ursprungs, in dem die große Liebe für beide aufgehoben sei und in dem sich beide erkennen könnten. Es geht um die erste gemeinsame Geschichte, zu der sich jeder hinflüchten kann, wenn der Liebe Gefahr droht. Das Wort Legende ist mir lieber.«

Er sagte abweisend: »Das ist die Romantik der ersten Stunde. Die verfliegt.«

»Vielleicht.« Dann nämlich, wenn die Romantik des Anfangs nicht zu einer Geschichte werde, die die beiden begleite. »Daran gehen viele Ehen kaputt.«

Über der tragisch beendeten Ehe ihres Cousins seien ihr diese Gedanken gekommen. In der Familie wurden die Vorkommnisse, wie er seiner Frau auf abenteuerlich-romantische Weise begegnet war, als die schönste Liebesgeschichte beschworen, *sans pareil*. Eines Morgens beim Frühstück aber fuhr seine Gattin ihm über den Mund: Larifari, Mythos des Anfangs. Wenn der Wagen vorbeifährt, überlegt man nicht lange und springt auf, wer immer der Kutscher ist. Alles andere kommt nachher oder kommt nie.

»Und weißt du, was das Ende war? Mein Cousin erhob sich, faltete die Serviette zusammen, küßte seine Frau auf die Stirne, sagte: Bis bald. Und ging in den Park und erschoß sich. Er war halt ein Ungar.«

Zweierlei hatte die Partei bewogen, es mit dem Vetter aus Fogarasch zu versuchen: daß man ihn von der Theologie weggejagt hatte und daß er das Lyzeum abgeschlossen hatte, mit Diplom. Dazu war der Vater Nachtwächter bei einem Staatsbetrieb, vorher Grubenarbeiter in der Sowjetunion. Weiter zurück forschte man nicht.

»Heute bist du hierzulande mit Lyzeum ein gemachter Mann. Darum arbeite ich darauf hin«, sagte Clemens widerwillig.

»Und eine gemachte Frau«, pflichtete sie ihm bei. »Vorläufig, bis die Proletarierkinder am Zug sind. Ich versuche es auch.«

»Sind wir gleich alt?«

»Vielleicht. Übrigens, dieser Norbert Felix hat mich von der Schönheit der Mathematik überzeugt.«

»Und zwar wie?« Es sollte gleichgültig klingen.

»Durch nahezu mystische Zusammenhänge zwischen Formen und Größen.« Weiter hieß es, daß zum Beispiel sich alle linearen und gekrümmten Kurven als Kegelschnitte begreifen ließen, algebraisch erfaßt werden könnten in Gleichungen ersten bis dritten Grades. »Hörst du es heraus: begreifen, erfassen?«

»Lineare Kurven?« Er schüttelte den Kopf.

»Wir könnten in diesem Sommer zusammen Mathematik

treiben.« Das Wort Mathematik ging ihm nicht so nahe wie das Wort »zusammen«. Doch beeilte auch er sich nun, ihr die Mathematik schmackhaft zu machen. Er gab zu, daß sie einem über vieles hinweghelfe, sogar über Herzeleid. Dann verstieg er sich zu der kühnen Behauptung, daß er eine Fläche entwerfe, die nur eine Seite habe. Sie sagte nicht einmal: Aha! Nun fragte er gallig, was herauskomme, wenn man einen Hosenriemen der Länge nach in der Mitte durchschneide.

»Zwei Hosenriemen«, anwortete sie mechanisch.

»Falsch!« rief er. Es entstehe ein doppelt so langer Riemen

Ungerührt fuhr sie fort: Allein über die Eins gebe es eine Abhandlung von zweihundert Seiten.

»Kein Wunder«, sagte Clemens katzenfreundlich, »das hat mit sexuellen Phantasien zu tun.«

Sie brach das Gespräch ab, sagte abweisend: »Doch läßt er sich nicht mit jedem ein.« Und wiederholte, ihre Stimme bebte: »Er redet nicht mit jedermann.«

»Aber mit jeder Frau. Wann hast du Gelegenheit gehabt, so viel von ihm zu erfahren?« Ohne eine Antwort abzuwarten, sprang Clemens auf und rannte schnurstracks zum Tor. Er hüpfte über die Gräber, fiel um ein Haar in ein frischgeschaufeltes Grab, rettete sich durch einen Satz vor dem schwarzen Loch. Eva-Maria stolperte hinter ihm drein, doch es gelang ihr nicht, ihn einzuholen. Nur weil er sich verirrte – der schwäbische Teil des Dorfes war angelegt wie ein Gitterkuchen: sieben parallele Straßen so, drei parallele Straßen anders –, trafen sie gleichzeitig ein. Das Mädchen konnte ihm Gute Nacht wünschen.

In dieser Nacht schlich sich Kunigunde zu seinem Bett. Clemens lag ausgezogen auf dem Bettlaken und war eben draufgekommen, daß die Gerade ein Grenzfall der Kurve sein könnte. Auch hatte er in der schwülen Nacht gegrübelt, welche der Begegnungen mit den Mädchen, die ihm bisher nahegekommen waren, so gewesen waren, daß sie zum Mythos werden konnten, zur Legende.

Als er die Cousine erkannte, ließ er sich auf den Estrich fallen, schlug das Leintuch um sich und streckte sich wortlos auf dem kühlen Lehmboden aus. Sie ging.

Die Genehmigung für den Drusch ließ auf sich warten. Die Partei verspielte den gottgegebenen Termin zu Schnitt und Drusch. Warten wie auf Kohlen ...

Am nächsten Tag gegen Abend machte sich Clemens zum Gutshaus in Waldau auf, um mit seinem Cousin ein ernstes Wort zu reden, endlich von Mann zu Mann, von Gesicht zu Gesicht. Vielleicht konnte er ihm zu einem Posten verhelfen, zum Beispiel als Bäcker, wegen der sauberen Hitze. Wie sagten die Tanten allenthalben? Blut, das ist mehr als Krautsuppe.

Die Sonne am fernen Horizont hatte den Turmstumpf des rumänischen Kirchleins erreicht und zerfloß zu einer Feuerwand, als Clemens sein Ziel erreichte. Anders als beim Schloß der Kinizsis in Malmkrog, wo die Pflanzen sich vorerst im Dekorativen versuchten, wucherte hier in den Gebäuden eine üppige Vegetation: Büsche schlugen aus den Fensterhöhlen, auf den Ziegeldächern hatten sich Moose und Flechten breitgemacht, Akazien balancierten über dem First des Wohnhauses. Nur ein Turm, vielleicht aus der Türkenzeit, hielt sich abseits, nicht ohne Würde und Stolz. Er schien bewohnt. Ein Pferd war vor der Eingangspforte angepflockt; das hieß: Des Meisters Tag ist noch nicht zu Ende. Das Pferd schlief.

Clemens frohlockte: Diesmal läuft er mir nicht davon. Auf Zehenspitzen erklomm er die Holztreppe, als könne der Gesuchte doch noch entspringen. Die Tür war angelehnt. Als die Wendeltreppe sich ihrem Ende näherte, bot sich ihm ein Bild, das das Gemüt anrührte: In einer Waschschüssel aus Email ruhten ein Paar Füße. Daneben ein Sattel, der an den Tischfuß geschnallt war. Braungebrannt waren die Beine, und sie verweilten still, als hätte man sie abgestellt, für immer. Nichts bewegte sich, nicht einmal der Schatten der untergehenden Sonne. Kein Ton war zu hören. Allein das Wasser in der Schüssel dampfte. Clemens stand und wartete. Der Dampf verflüchtigte sich, das Wasser kühlte aus. Unversehens erschien eine Frauenhand im Bild. Irgendwo auf dem Boden mußte das unbekannte Wesen kauern.

Die Frauenhand prüfte die Wärme des Wassers, zögerte. Und zog sich zurück. Kurz darauf erschien sie von neuem, umklammerte einen Krug, goß lautlos Wasser nach. Mit zärtlichen Fingern strich die Hand der Frau über die Beine des Mannes. Diese regten sich nicht. Hand und Krug verschwanden. Nach einer Pause erschien das Gesicht eines Mädchens, die Augen waren geschlossen. Es schmiegte seine Wange an die Knie des Sitzenden, die vom Türsturz abgeschnitten wurden. Es war Kunigunde. Als sie die Augen öffnete und Clemens wahrnahm, erschrak sie nicht, legte bloß leicht den Finger an die Lippen.

Rückwärts stieg er die Treppe hinunter. Er getraute sich nicht einmal, kehrtum zu machen. Bei jedem Schritt schwebte er in Gefahr, hintenüberzukippen. Als er sich im Hof umsah und die überwucherten Gebäude musterte, fiel ihm ein: Das Ende der Geschichte ist nicht die Revolution, sondern die Vegetation. Über das Wortspiel freute er sich.

Spät am Abend fand sich Kunigunde zu Hause ein. Auf die paar zerstreuten Fragen – wie? wo? warum? – antwortete sie monoton: Es ist nichts, es ist nichts.

Kunigunde würdigte Clemens keines Wortes, ja nicht einmal eines Blickes. Er begriff: Gut so! Und war seinem unsichtbaren Vetter zum ersten Mal dankbar.

30

Im Sommer ist die Mittagspause auf dem Feld im Banat länger als in Siebenbürgen. Die Hitze treibt die Bauern früher in den Schatten von Baum und Busch und hält sie länger fest. Somit müssen die Schwaben hurtiger sein als die Sachsen, emsiger die Hände regen.

Endlich war es soweit: Es wurde geschnitten, und daraufhin sollte gedroschen werden. Die Reschers hatten sich entschieden, das Korn zu schneiden, auf Teufel komm raus. Nun ruhte alles Volk aus nach einem langen Vormittag der Arbeit. Während die Mäher und Garbenbinderinnen die Sonnenhüte abnahmen und sich in den Schatten verkrochen, vom Kartoffelgulasch aus der Kochkiste bloß kosteten und in einen bleiernen Schlaf fielen, entfachten die Zigeuner ein Feuer mitten unter der höllischen Glut des Himmels. Sie futterten ihre Portion vom Gulasch, legten sich in der prallen Sonne auf den Rücken, streckten die Füße zum Feuer hin, zogen die runden Filzhüte übers Gesicht und begannen zu schnarchen. Beim Abendschmaus dann, die ersten Sterne begannen zu blinken, und die Nacht winkte einen Hauch herbei, erzählte Vater Arsenie Buta seine letzten Erlebnisse unter der Monarchie.

Kurz bevor die Bolschewiken König Michael I. den Thron vor die Tür gestellt hatten, hatte der Sippenälteste in Temesvar eine Begegnung mit Seiner Majestät. Das war am heiligen Stephanstag 1947. Im Rosengarten an der Bega waren sie beide auf einer Bank gesessen und hatten die Flußschiffe gezählt. Der König war in einer goldenen Kalesche vorgefahren, gezogen von acht Schimmeln. Vater Arsenie, der die Majestät mit dem Anblick seines Eselskarrens nicht kränken wollte, hatte sich etwas Einmaliges einfallen lassen, für immer würde es dem König im Gedächtnis haften bleiben: Er hatte fünfzig Paar Ratten vor seinen Karren gespannt, jede Ratte mit einem Glöckchen versehen. So war er über die Boulevards von Timişoara gebraust, beklatscht und bejubelt wie ein echter Fürst, und war mit Anstand und Würde bei dem erlauchten Rendezvous erschienen. Der König hatte ihn mit Handschlag begrüßt, »von gleich zu gleich«, er hatte nicht zugelassen, daß Vater Arsenie ihm die Hand küßte.

Was immer er erzählte, seine Leute hörten mit offenem Mund zu, und auch die Hausleute verzogen den Mund zu einem Lächeln.

In der Mittagspause, die sich gut zwei Stunden hinzog, schlug Eva-Maria Clemens vor, zur Bersau hinabzugehen, etwa einen halben Kilometer weit. Gewiß, vor der Hitze könne sie ihn nicht bewahren, aber nachher, ja, da könne sie Labsal versprechen, »für Leib und, und ...«

»Seele«, kam er ihr zu Hilfe.

»Nicht ganz«, sagte sie und wiegte den Kopf mit dem Strohhut, »eher für das Gemüt; ihr macht ja einen Unterschied zwischen Seele und Gemüt. Ich zeige dir manches, was einen nachdenklich und traurig stimmt.«

»Traurig stimmt?« wiederholte er. »Dann Gemüt.«

In der Ferne erzitterten im Glast des Mittags die Ruinen eines Schlosses. »Die Russen haben es in die Luft gesprengt, einfach so, *en passant*. Davor fließt die Bersau.« Mehr sagte sie nicht, aber er spürte: Dies war der Teil des Ausflugs, der für das Gemüt gedacht war.

Die Bersau, die auf der Karte des Landes das Banat mit einem kräftigen Strich zerteilte, war in Wirklichkeit ein seichtes Gewässer, gelb und träge. Setzte man sich mitten in den Fluß, reichte einem das Wasser knapp bis zu den Lenden. Und baute man aus Sand einen Damm querdurch, so wurde der kaum je weggeschoben.

Das Mädchen führte Clemens zu einem Seitenarm, der von Weiden überwölbt war. Sie schien sich auszukennen. Hier hatten die Wasser eine Rinne ausgehöhlt. Eva-Maria reffte den Kittel und patschte in die Flut. Das Wasser reichte ihr bis zum Knie. Clemens kehrte ihr den Rücken zu. Er blickte zum verstümmelten Schloß hinauf, das seltsam entrückt und sinnlos das Ufer säumte. Ein Flügel hatte die Sprengung überstanden. In den Zimmern des Stockwerks waren die Fußböden geborsten, die Bretter hingen als Fransen herab. Durch die Fensterhöhlen konnte man einen Blick ins Innere werfen. Die Botanik hatte sich des Gemäuers angenommen, als wolle sie Intimitäten verhüllen.

Als sich Clemens wieder zum Fluß wendete, bot sich ein Anblick, der ihm den Atem verschlug: Eva-Maria lag angezogen im Bachbett. Ihr Kopf war untergetaucht. Sie ließ das Wasser über ihr Gesicht gleiten. Die Haare strichen an ihren Wangen entlang, bildeten einen schwarzen Rahmen. Unter der gläsernen Flut erhielten ihre Züge eine Weichheit, die sonst ihrem Gesicht fehlte. Nun setzte sie sich auf, pustete die Tropfen weg, wrang die Haarsträhnen aus und strich sie hinter die Ohren. Ihr Gesicht wirkte streng wie eine Totenmaske.

Er sagte beklommen: »Wie das Schneewittchen ...«

Sie rückte wortlos ihren Silberring zurecht. Der Ring mußte immer eine bestimmte Position haben: die Punze nach oben gekehrt. Das war ihm am ersten Abend aufgefallen. »Es ist eher ein Bild dafür, daß ich ..., daß ich um dich gebangt habe.«

Nahezu entschuldigend erklärte er, daß sich für ihn gewisse Situationen am ehesten in Bildern erschließen würden. Und wartete.

Nach einer Weile fragte sie: »Bilder? Was für Bilder?«

Sonderbar, sie fragte nicht: was für Situationen. Er stand aufrecht im Wasser, das lauwarm seine nackten Waden umspielte. Eine blaue Schürze bedeckte seine Lederhose, baumelte bis zu den Knien.

»Zum Beispiel: Schwarze Löcher. Oder Jona im Walfisch. Oder ...«, er hielt inne, die Stimme versagte, er brachte es nicht über die Lippen, das Kloster am Meeresrand zu benennen, das Kloster im Bilde der Muttergottes in der Muschel.

»Bilder? Das erste ist eher eine Metapher, mit der die Physik sich behilft, das zweite eine Beispielgeschichte.«

Sie versteht, was ich meine, und will es nicht zugeben. Dauernd weicht sie aus. Und hat mich dennoch hergeführt, weggelockt, und das vor allen Leuten. »Gewiß, gewiß.« Sie sah fragend zu ihm auf; dabei lehnte sie sich leicht nach hinten, stützte sich auf die Hände, die am Grund Halt suchten. Wie sie so klatschnaß im Wasser saß, den Kittel hochgeschlossen, schwer von Nässe, die Haare glatt an den Kopf geklebt, da versprühte sein Ärger.

Er suchte sich zu erklären. Die Bilder stünden gut für dies und das in seinem Leben, doch sie verblichen, verflüchtigten sich, wenn die genannte Situation sich erledigt habe. »Das, was ich eben gesagt habe, stimmt bis auf eines, auf ein Bild, das ich nicht loswerde, das mir folgt und folgt, immer von neuem meinen Weg kreuzt, ohne daß ich herausbekommen kann, was es von mir will.« Nachdenklich fügte er hinzu: »Das Bild wird zur fixen Idee. Es erschreckt und entzückt mich, es flößt mir Angst ein und schlägt mich in den Bann. Vielleicht ist es eher die Chiffre für eine verborgene Geschichte.«

»Und beschreibt bloß eine Grundsituation deines Lebens, einen dauernden Zwiespalt. Was ist es für ein Bild?«

Noch schwieg er. Schläfrig strich das Wasser um seine Beine. »Es ist eigentlich ein schauriges Bild, dem ich mich nicht entwinden kann. Zwei Schwäne sind es, getroffen von ein und demselben Pfeil, der ihre Hälse durchbohrt.« Er beugte sich zu ihr, legte die Hand auf ihren Scheitel, berührte sie zum ersten Mal. »So durchbohrt, daß sie sich anblicken müssen, nein, sie haben ja die Augen seitlich; trotzdem blicken sie sich unverwandt an, *face en face* für immer und ewig.«

Sie zuckte zusammen, prüfte, ob ihr Ring richtig saß, und kippte mit einem tiefen Atemholen hintenüber ins Wasser. Die Strömung schwemmte die Haare über ihr Gesicht. Lange war es still, der Fluß schwieg.

Schneewittchen, verletzlich und schön ... Ihr zur Seite bleibe ich, so tapfer sie sich stellt, soviel sie sich verstecken mag. Er sah sie vor sich, wie sie beim Schweinsmoor hochmütig zwischen den Disteln hockte, bedroht von deren metallenem Glanz, ausgesetzt der stechenden Sonne; und sah sie dann auf dem Nachhauseweg vor sich hergehen, mit gebeugtem Kopf und leicht lahmend, ein verletzter Engel.

Hier bleibe ich!

Sie tauchte auf, als Clemens längst der Atem ausgegangen war. Und fragte: »Welches sind deine Lieblingsblumen?«

Er antwortete, ohne sich zu besinnen: »Die Sonnenblume und die Brennessel.«

»Die Brennessel ist keine Blume.« Und sagte: »Schneewittchen im Sarg ... Dein Verwandter, dieser Norbert Felix, meint: so sterben. Sich in den Fluß legen, das Wasser über sich fließen lassen und einschlafen.«

»Schwebezustand«, sagte er. »Der Mensch hat die gleiche Dichte wie das Wasser.«

»Schwebezustand, wie du es nennst, das ist etwas, was man wohl tatsächlich nur in Bildern einfangen kann. Alles um uns ist in Schwebe: Unter Wasser fühle ich mich wie in einem gläsernen Sarg dahingleiten, und von diesem Stück Erde, das einem unter den Füßen brennt, möchte man sich in die Luft erheben, selbst mit gebrochenen Flügeln.« Sie schreckte auf, das Wasser staute sich in ihrem Rücken. »Doch das Sterben ist ein schweres Geschäft, niemand kann es sich auswählen, es sei denn, man legt Hand an sich.« Und beendete den Satz: »Wie sich auch niemand die Eltern auswählen kann.«

Er setzte sich neben sie, angezogen auch er. So saßen sie nebeneinander, das Wasser rieselte durch ihre Kleider, kitzelte die nackte Haut.

Sie sagte: »In diesen Zeiten kann man nur am Leben bleiben, wenn man sie als Märchen erlebt, Geschichten daraus macht.«

»Liebesgeschichten, die als Märchen beginnen«, warf er ein. Und fragte unvermittelt: »Was ist Schuld?«

»Schuld? Unsere Französischlehrerin Mutter Bénédicte ...«

Mutter Bénédicte? Das hieß katholische Mädchenschule, wahrscheinlich Notre-Dame, Temesvar.

»Meint: ›*Vivre c'est être coupable*‹. Vielleicht hat sie recht, *peut-être*. Was mich stört, ist: Jeder schiebt dem anderen die Schuld zu.«

Eifrig pflichtete er bei. Das habe auch er bemerkt: Jeder

wisse genau Bescheid über die Schuld des anderen, könne virtuos mit ihr umgehen.

»Und jeder will bloß Opfer sein. Das finde ich lächerlich, selbst wenn einer es ist.« Eva-Maria zögerte: »Ich finde es, finde es ... wenig vornehm, die Opferpose. Anders zum Beispiel der Edi Niederkorn ...« In seinen Augen spiegle sich die Landkarte eines ganzen Krieges, und sein Körper sei verwüstet wie ein Schlachtfeld. »Doch macht er kein Aufhebens davon. Dazu ist er ein verlorener Mensch, dieser Edi, einsam und allein, wie die Ungarn in Europa.« Als habe sie zuviel verraten, schwächte sie ab: »So der ungarische Nationaldichter Petöfi.«

Der Edi Niederkorn? Dieser feldgraue Meldegänger zwischen Stalingrad und Atlantikwall, der immerzu schwieg, wer weiß was verschwieg? Vornehm? Der Dr. Tannenzapf, der ja – ein echtes Opfer. Und vielleicht gerade darum: nie ein Wort. Und ebenso Onkel Felix: in Rußland schon in der Totenbaracke, doch nie ein Wort davon. Vielleicht meinte sie das mit vornehm: Über seine Leiden spricht man nicht. Seiner Leiden schämt man sich.

Sie lief mit dem Zeigefinger den glitzernden Wasserwirbeln zwischen ihren Knien hinterher. Und erläuterte: »Die Spirale entfaltete sich aus einem Ursprung und weitete sich als kreisende Linie ins Unermeßliche.«

»Das ist die Archimedische Spirale ...«, stellte er fest und zitierte: »Sie entsteht, wenn ein Punkt sich auf einem Leitstrahl mit konstanter Geschwindigkeit vom Ursprung aus wegbewegt, während der Leitstrahl gleichförmig um den Pol des Ursprungs kreist.«

»Für mich ist die geheimnisvolle Spirale Inbild der Liebe, die wächst und über die Mitmenschen weiterläuft, bis sie den Nahen, den Fernen, den Fremden erreicht, zuletzt den, dem man weh getan hat, selbst wenn er einem zum Feind geworden ist. Solcherart vergeht Schuld.«

Sie blickte versonnen zur Schloßruine hinüber. Er sah den

Mücken nach, die sich über ihnen tummelten. Dann wandte sie sich ihm zu. Mit ihren dunkelgrauen Augen forschte sie in seinem Gesicht, ehe sie sagte: »Eine Liebe kann so sein, daß es kein Darüber gibt, kein Mehr als das Gewesene ...«

»Ein Darüber an was?«

Zögernd antwortete sie: »An Glückseligkeit.«

Die Strömung spülte Sand unter seinen Füßen weg, spülte Sand an seine Füße. Kein Darüber ...

Lange saßen sie im Bachbett, über sich das Schattendach der Weiden, und spürten bloß am Beben der Blätter die ungeheure Last der Hitze über dem Land.

Als die Sonne sich in der Bersau spiegelte, mahnte das Mädchen zum Aufbruch. Sie stand auf, langsam, als schiebe sie die Zeit vor sich her, ließ das Wasser von ihren Kleidern abrinnen. Schon auf dem Stoppelfeld, unter der Glut der Sonne, sagte sie: »Für mich ist Schuld nicht, wenn du dich von einem Menschen trennst, sondern wenn du deine Liebe zu ihm verleugnest, dein Herz belügst.«

Auf dem Weg über die Felder sog die Sonne die Nässe mit einer Vehemenz aus ihren Kleidern, daß sie fröstelten. Kuny und Kony konnten sich einiger spöttischer Bemerkungen nicht enthalten, zum Beispiel: Was ist passiert, eure Klamotten sind zerknittert, als hättet ihr euch über ein frischgepflügtes Ackerfeld gewälzt? Bis zum Abend banden Clemens und Eva-Maria mit den anderen Garben um Garben. Und schwiegen.

Zwei Tage dauerte der Kornschnitt. Die Garben blieben auf dem Feld, weil nicht geklärt war, wohin mit ihnen: zur Dreschflur oder in die eigene Scheune.

Tags darauf stürzte das Kollektivunternehmen »Alle Wirte zur Dreschflur« in sich zusammen. Die Bauern wurden von der Partei aufgefordert, zum Dreschflegel zu greifen, nach dem Vorschlag der Familie Rescher.

Die Dreschmaschine des Matz Lefort hatte die Partei kleinmütig dem Besitzer zurückgeben müssen, ihn aber zur Sicherheit auf der Stelle festnehmen lassen. Niemand wußte, wo er hingekommen war. Dieses Monsterwesen von Maschine hatte sich den Weisungen der Partei nicht gefügt. Die Dampfkombine hatte einen menschlichen Arm bis zur Schulter und ein männliches Bein bis in den Schritt verschluckt, entsetzlich! Jedoch bei zwei verschiedenen Genossen. Als irrig hatte sich die Maxime von Marx erwiesen, daß die Menschheit sich nur Aufgaben vornimmt, die sie zu lösen vermag. Nachdem fein säuberlich zerhäckselte Fleischfetzen und Knochenmehl in die Säcke geronnen waren und das Blut gespritzt war, als habe ein Russe in ein Weinfaß geschossen, und die erschrockenen Arbeitsgenossen die zuckenden Körper der Opfer am Kopf aus dem gefräßigen Loch herausgezerrt hatten, hatte die Partei klein beigegeben. Sogar der neue oberste Mann der Partei, Petre Popa – am Tag nach dem Sturm hatte er das Regiment übernommen – hatte sich angeekelt weggedreht.

Doch der Drusch am nächsten Morgen auf der eigenen Tenne wurde zum Fiasko. Wie immer sie es anstellten, es wollte nicht und nicht gelingen. Pünktlich war der Zigeuner Arsenie zur Stelle. Er hatte die drei großen Söhne mitgebracht. Das waren Kerle mit so weißen Zähnen im Gesicht, daß man meinte, sie machten Werbung für die Zahnpasta Chlorodont.

Die großen Tore der Scheune standen offen. Der Lehmboden der Tenne war blankgefegt, glänzte, als habe man ihn gewichst. Das ganze Haus war angetreten. Sogar die Großmutter saß im Lehnstuhl vor der offenen Scheune, knabberte an einem Hühnerstrümpel und sparte nicht mit Ratschlägen: »Macht's die Tore von der Scheuer zu, ihr holt's euch den Tod!« Denn der Erzfeind des Menschen sei der Zug, der kalte Luftzug, der mehr Opfer fordere als der Tod selbst.

Die Mädchen trugen Kittel auf der nackten Haut. Eva-Maria war gekleidet wie immer. Alle aber hatten die Haare unter Tüchern versteckt, die tief in die Stirne gezogen waren.

Das Kommando hatte Frau Klothilde. Mit Onkel Kuno wußte man nichts Rechtes anzufangen, der Flegel war größer als er. So wies ihn die Tante an, den Blasebalg zu betätigen, wenn nicht genug Wind in der Tenne sei. Und ansonsten die »Körner zu zählen«. Wie das? Na, die Säcke bereitzustellen, abzubinden und dem Mann von der Partei zu übergeben, ja diesen bei Laune zu halten. Der war da, im schwarzen Anzug mit der Arbeitermütze auf dem Kopf, und postierte sich im Hof jeweils in den Kernschatten, ohne das Geschehen in der Scheune aus den Augen zu verlieren. Das war ein geometrischer Balanceakt, den er bestens meisterte.

Tante Klothilde erklärte die Arbeitsgänge. Das hörte sich einfach an. Am Drusch sollten sich vorläufig nur die Leute des Hauses versuchen. Doch als alles hektisch auf die Garben am Boden einschlug, da stellte sich der Teufel quer: Die Flegel parierten nicht. Wie von Geisterhand getrieben, wirbelten die Klöppel durch die Luft, drehten sich eigenwillig in den Gelenken, verfehlten ihr Ziel. Sie schlugen nach hinten aus, trafen den, der sie antrieb, sausten auf den eigenen Schädel nieder, klatschten ins Gesicht. Oder schlimmer: Sie trafen die anderen. Verletzte schrieen auf, es gab blaue Flecken, die Drescher beschuldigten einander böser Absichten. »Blöde Gans, elender Hund!« Zuletzt bekam Edi das Seine ab, der die Klopfgeräte zusammengestellt hatte. Er ließ es geschehen.

Die Zigeuner, die Garben im Arm, warteten höflich auf ihre Stunde. Der Genosse von der Partei schlürfte Kaffee, mischte sich vorerst nicht ein, machte aber aus seiner Genugtuung kein Hehl: eine Kinovorstellung, die nichts kostete, Bourgeois, die sich in die Haare fuhren. Tante Klothilde sprach ein Machtwort. Clemens verbannte sie in einen Bretterverschlag in der äußersten Ecke der Scheune. Er sollte die Spreu einmieten. Die würde man ihm in Körben hinbringen. Neben dem Verschlag standen der Sarg für die Großmutter und noch zwei, für alle Fälle. Mit dem Tod war nicht zu spaßen. Dann ordnete Tante Klothilde an, daß man reihum auf die Garben draufschlagen möge.

Es nützte nichts. Zwei droschen ein, andere warfen die

Halme in die Luft. Doch es trennte sich nicht die Spreu vom Weizen, wiewohl ein Luftzug durch die Scheune strich und Onkel Kuno mit Grazie den Blasebalg trat. Zudem ließ sich das Stroh nicht wegrechen. Tante Klothilde befahl, die blinde Bertha zu bringen. Die trat zwar auf die Garben, aber statt sie zu zerstampfen, fraß sie alles auf, mit Halm und Ähre, mit Haut und Haar.

Der Genosse im Schatten studierte die Armbanduhr und mahnte väterlich: Es sei schon halb neun, oder auch mehr, oder weniger ... Er konnte nur die ganzen und die halben Stunden entziffern. Die Zigeuner machten sich ihren Reim auf die Sache, flüsterten hinter vorgehaltener Hand Frau Klothilde ins Ohr: »*Deochiat!*« Der böse Blick. Und wiesen mit dem Ellbogen auf den Genossen in Schwarz.

Die Großmutter erhob sich mühsam aus dem Korbstuhl. Die Hausbewohner, die ihr aus den Augenwinkeln folgten, glaubten, sie mache sich auf, um in der Speisekammer nach dem Rechten zu sehen. Doch es kam anders. Als die alte Frau wieder erschien, trug sie ein schweres schwarzes Buch vor sich her. Ohne auf die Zugluft in der Tenne zu achten, stellte sie sich in das offene Scheunentor, hob das Buch mit beiden Händen hoch und rief mit ihrer Fistelstimme: »Hoh!« Alle hielten inne. Sie winkte Frau Klothilde heran und flüsterte ihr einiges zu. Währenddessen ruhte die vergebliche Arbeit. Die Mädchen hoben die Kittel und wischten sich den Schweiß aus dem Gesicht. Sie schneuzten sich, indem sie abwechselnd ein Nasenloch zuhielten. Frau Klothilde schüttelte zuerst abweisend den Kopf, nahm aber das Buch, blätterte zu den letzten Seiten hin und nickte unvermutet zustimmend. Dann befahl sie: »Alles kniet nieder.« Sie knieten nieder, selbst die Großmutter. Und auch die Zigeuner. Nur der Genosse in Schwarz schonte sich.

Frau Klothilde las eine Liste von Namen vor, die auf den letzten Seiten der Bibel vermerkt waren, bis hin zu den ersten, die um 1750 das Schiff in Ulm betreten hatten, die Donau heruntergeschwommen und beim Eisernen Tor an Land gegangen waren, mit Kind und Kegel, mit Wagen und Pferd, Sichel und Dreschflegel und mit der Familienbibel. Es waren alles Menschen von echtem Schrot und Korn, die den Weizen mit der Hand gedroschen hatten und deren Hände eingeschworen waren auf Dreschflegel. Und deren Arbeit gesegnet war: darum bis heute in den Schwabendörfern, die stattlichen Häuser und die Stallungen, höher und heller als das Wohnhaus, und an den breiten Straßen Obstbäume und auf dem Anger Scharen gravitätischer Gänse.

Alle vom Haus waren mit Inbrunst beim Gedenken an die Vorfahren dabei, die Zigeuner mit einer Andacht, als seien sie die ersten gewesen, die sich in Ulm eingeschifft hatten.

Gott hörte auf sie und segnete das Werk ihrer Hände.

Am Abend, nachdem der Parteitraktor schwer beladen davongetuckert war, waren dem Haus einige Säcke geblieben. Und zur Sicherheit hatten Frau Klothilde und Onkel Rescher mit Hilfe des Arsenie Buta die drei Särge mit Korn gefüllt, als Saatgut. Das geschah hinter dem Rücken des Genossen von der Partei, der nicht etwa ermüdet vom Zuschauen eingeschlafen war, sondern dem ein eigentümliches Unglück widerfahren war.

Nachdem die letzte Garbe ihre Körner hatte hergeben müssen, hatte der Großknecht Eduard Niederkorn seinen Dreschflegel im Triumph hin- und herschwingen lassen. In Achtern und Ellipsen, in spitzen Winkeln und Zickzacklinien zeichnete er mißtönige Muster in die Luft. Den gelenkigen Stäben entlockte er knarrende Dissonanzen, wie man sie noch nicht gehört hatte. Und plötzlich war da ein Brausen in der Luft, das nichts Gutes verhieß. Es kamen die Bienenvölker herbeigeschwirrt. Doch diesmal wirbelten sie ratlos durcheinander, außer sich, denn eins hatten sie beim ersten Summen und Suchen herausgefunden: Für den Augenblick lag jegliche Liebe am Boden, da gab es nicht Mann noch Weib, nicht Bursch noch Mädel, es gab nur noch ausgelaugte Leiber. Die einzigen aber, die sich an den Händen hielten, um die man eine Schleife der Liebe hätte fliegen können, die Hausleute, Frau Klothilde und Kuno Rescher, die saßen in der abgedunkelten Stube und kühlten die nackten Füße auf dem Lehmboden.

Der namenlose Genosse war aus dem Halbschlaf aufgeschreckt. Und tat das Verkehrteste, was er tun konnte: Er riß die Mütze vom Kopf, schlug um sich, obwohl die Bienengeschwader ihn gar nicht beachtet hatten. Pomadige Gerüche entfuhren seinem fettigen Haar. Und die Bienen näherten sich, sie näherten sich mit bösem Brummen. Was tat der Unglückselige? Er zog den schwarzen Rock aus, um sich besser wehren zu können. Wolken von Patschuli entströmten dem Gewand, die Dreschersleute hielten sich die Nasen zu. Das taten die Bienen nicht. Aufgestachelt durch die garstigen Gerüche und die Farbe Schwarz, stürzten sie sich auf sein Gesicht. Im Nu war das von zahllosen Stacheln bedeckt. Und schwoll an, verwandelte sich in einen Riesenkaktus. Vergeblich versuchte der gepeinigte Mann, einzelne Stacheln herauszuziehen, es schien, als wüchsen sie nach. Er brüllte vor Schmerz, schrie um Hilfe, solange er den Mund öffnen konnte, solange er noch etwas sah. Zuletzt lallte er bloß und tappte blind herum. Es quoll seine Visage, das Maul wurde zum Rüssel, die Augen waren Sehschlitze.

Niemand wußte Rat, tatenlos sahen die Menschen zu, beobachteten mit offenem Mund, wie das Gesicht des Mannes sich in eine Fratze verwandelte. Allein der Älteste, Arsenie, sagte es klar und deutlich heraus: »Gott der Liebreiche und Gerechte dreht diesem unreinen Genossen das Gesicht von innen nach außen.« Das sei nun seine wahre Visage.

Die Bienen ließen erst ab von ihrem Opfer, als es keinen Hautflecken mehr gab, wo ein Stich, ein Stachel hineingepaßt hätte. Doch nun trat Onkel Kuno auf den Plan. Es hieß die Stacheln wegbarbieren. Mit den passenden Utensilien eilte er herbei und bat den Mann, Platz zu nehmen. Doch mußte er ihn wie einen Blinden zum Stuhl geleiten. Meister Kuno band ihm ein weißes Tuch um, seifte ihn ein, schliff das Rasiermesser an einem Ledergurt, setzte die Klinge an, schabte die Stacheln weg. Und schnitt den armen Krüppel kein einziges Mal ins Fleisch, obschon dieser bei jedem Zug der Klinge zusammenzuckte und röhrende Töne von sich gab. Zurück blieb die Gesichtshaut wie eine Schweinsschwarte, gesprenkelt mit schwarzen Punkten. Darüber erhob sich ein mißförmiger Schädel.

Frau Klothilde warnte: »Der muß ins Spital, sonst stirbt er, haucht seine Seele aus in unseren Armen.« Das wünschte niemand.

Der Großknecht machte sich auf den Weg und setzte in aller Form die Partei in Kenntnis von dem Unfall. Empfahl: »*Spitalul Timişoara.*«

Spital? Timişoara? Jetzt in der Hochsaison, während der Erntekampagne, der ersten großen Schlacht zur Kollektivierung der Landwirtschaft? Was falle dem Genossen ein, diesem dämlichen Dummkopf? Bienenstiche? Was seien das für bourgeoise Extravaganzen. Tausend Stiche, *una mie,* noch schöner!

Und wo bringt man so etwas unter, fragten sich die vielen Teilverantwortlichen beim Aktionszentrum des Dorfkomitees. Wer war für diesen Fall zuständig? An alles hatte die Partei gedacht, nur nicht an Bienenstiche.

»Arbeitsunfall«, entschied der oberste Genosse Petre Popa höchst ungnädig. Auch darum so ungehalten, weil man niemandem die Schuld zuschieben konnte. Doch nichts vom Bienenstich im Protokoll. Was dann? Als der kühne Genosse hochgemut die rote Fahne auf einem Telegrafenmast hissen wollte, sei das Querholz gebrochen, und der Genosse sei in einen Akazienbaum gefallen und habe sich das Gesicht zerkratzt.

»*Urgent la spital*«, mahnte der Hiobsbote Edi, der den unbequemen Gast weghaben wollte vom Rescherischen Hof. Das Leben des hochverehrten Genossen sei in Gefahr, in Todesgefahr, *pericol de moarte!* Womit also ins Spital, wo doch alles, was rollen konnte, unterwegs war, sogar die Schiebkarren und Handwagerl?

Die Partei hatte einen Gedankenblitz: Eine altgediente Rangierlokomotive, die herumstand, habe den bei der Arbeit Verunglückten nach Temesvar zu fahren, und zwar ins CFR-Spital, ins Krankenhaus der Eisenbahner. Die beiden Dorftrottel Stan und Bran mußten den Verunglückten zum Bahnhof schleppen, Huckepack oder im Kaiserstuhl.

Die Dampfmaschine wurde angeheizt. Der Gast wurde im Tender auf ein Kohlenlager gebettet. Der Fahrtwind würde ihm guttun, ermutigte ihn der Lokführer. In eine Dampfwolke gehüllt verschwand der Zug mit der leidigen Last. »Gott mit ihm«, murmelte Edi Niederkorn, und die Narren nickten begeistert dazu.

Auch Clemens in seinem Verschlag bekam Arbeit. Eva-Maria und ein Zigeunerjunge karrten in Körben die Fracht herbei und leerten das Gesprühsel durch eine Luke in das Bretterverlies. Clemens verschwand in einer Wolke von Grannen und Hülsen, das Gewirbel erfüllte den Verschlag, verschluckte Licht und Luft. Er verlor das Gefühl für die Zeit. War es schon Abend oder erst Nachmittag oder noch nicht Mittag? Dazu schwitzte er aus allen Poren. Es juckte und kitzelte und zwickte. Das war anders als im Hochofen, wo eine trockene, saubere Hitze den Schweiß aufsog wie Löschpapier. Schweiß und Staub und Spreu bildeten eine klebrige Schmiere. Kaum daß er noch aus den Augen sehen konnte, mit Mühe vermochte er die verkleisterten Lider zu heben. Die Brauen schafften es nicht mehr, den Schweiß seitlich abzuleiten, salzige, schmutzige Tropfen kullerten in die Augenhöhlen. Steckte er hie und da den Kopf durch die Luke ins Freie, wollte durchatmen, schon wippte der nächste Korb herbei voll der eklen Spreu, die die Drescher immer flotter vom Weizen sonderten. Dazu das Schweigen um ihn. Die Zubringer verloren kein Wort. Auch Eva-Maria sagte nichts. Aber zu später Stunde, als er entschlossen war, in seinen Hochofen in Schäßburg zurückzukehren, stellte sie den Korb nieder, zog seinen Kopf durch die Luke zu sich herunter, die Spreu reichte ihm bereits bis zu den Hüften, und küßte ihn auf beide Wangen. Zwei Herzen, von ihren Lippen in den Staub gebrannt, zierten seine Backen. Und als er das wegwischen wollte, sagte sie: »Nein! Das bleibt, damit es alle sehen.« Darauf küßte sie ihn auf den Mund, davon blieb keine Spur übrig. Küßte ihn siebenmal und sagte: »Weil heute der achte Tag ist, seit ich dir begegnet bin.« Und schüttete dann brav die Spreu über ihn.

Als es auf der Tenne still geworden war, kletterte er aus seinem dämmrigen Verlies. Draußen glühte der Himmel im Abendrot. Unter der Dusche standen die Mädchen, alle drei bloß und nackt, wie Gott sie geschaffen hatte. Kunolf im Seidenhemd zog die Leine vom Wasserhahn und betrachtete genüßlich das Spektakel. Edi Niederkorn pumpte Wasser aus der Zisterne in das Reservoir auf dem Podest. Als es voll war, zerrten die Schwestern ihn unter die Brause, rissen ihm die Kleider vom Leib und schrieen: »Zerropscht von Arbeit hören wir auf, Mann und Frau zu sein.« Und Konradine zog ihn an ihre Brust, betastete seine Narben und jauchzte wie eine Braut, indes er alles mit sich geschehen ließ, mit halbverdecktem Blick.

Kunigunde stürzte auf Clemens zu, streifte ihm Hemd und Hose ab: »Mein Gott, was ist mit dir? Du bist ja völlig verdreckt. Siehst aus wie ein Mohr.« Sie zog mit dem Zeigefinger einen Strich vom Hals über das Brustbein bis zum Nabel, und tiefer hinab. Eine helle Spur blieb in der Schmutzschicht zurück.

Auf seinen Wangen entdeckte sie die Abdrücke der beiden Küsse und rief: »Seht her: Dort in seinem Schummerloch hat ihn des Teufels Großmutter geküßt!« Sie stellte ihn mitten unter die Brause. Die anderen machten Platz, aber keiner suchte das Weite, auch Eva-Maria nicht. Ihre Körper berührten sich. So standen sie dichtgedrängt unter der Glocke dieses Tages.

Das lauwarme Wasser rann langsam über ihre todmüden Glieder. Es schwemmte die Erinnerung an die Anstrengung hinweg. Als der letzte Tropfen versiegt war, erkannten sie sich als Mann und Frau und liefen auseinander.

31

Der letzte Tag begann wie jeder andere.

Die Sonne schob sich träge über den östlichen Himmelsrand, machte einen Satz, flammte über der Ebene auf, packte wie gewöhnlich Hitze in den Vormittag. Und explodierte im Zenit: Fluten von Hitze ergossen sich über das Dorf Gnadenflor, das serbisch Dragoslava heißt und rumänisch Milostiveşti.

Die Bauern hatten den Drusch hinter sich. Sie zählten die Körner, die ihnen verblieben waren, und fragten sich voll Bangnis, was die Partei sich für diesen Tag ausgedacht haben mochte in ihrem hitzigen Unternehmungsgeist. Einiges war schon am Vormittag anders. Die Dorfmilizionäre erschienen in voller Kampfausrüstung. Mit umgeschnalltem Dienstrevolver über der Patronentasche, an der linken Seite den Gummiknüppel griffbereit und die Tellermütze nach dem Reglement auf dem Kopf, so patrouillierten sie durch das Dorf, todernst die Miene, und erwiderten keinen Gruß. Informierte wußten zu berichten, daß eine Kompanie Securitate-Truppen den berüchtigten Frauenmörder Frunteverde in der Schloßruine an der Bersau gestellt habe. In guten Zeiten hatte er Dorf für Dorf abgegrast und mit Vorliebe Pfarrfrauen im besten Alter entführt, die verschwunden blieben, der Himmel weiß, wo.

Zu Mittag machte eine konkrete Nachricht die Runde. Wer mit dem Zug nach Reschitz oder Temesvar fahren wollte, in jede Richtung, mußte mit hängender Nase und schweißgebadet umkehren, zweimal hintereinander die endlose Allee zwischen Bahnhof und Dorf entlangtrotten. Ein handgeschriebener Zettel am Schalter verkündete lapidar: Wegen Inventur vierundzwanzig Stunden geschlossen. Kein Zugverkehr. Das Gebäude war ausgestorben.

Gegen Abend dampfte die geplagte Rangierlok von gestern heran und stellte zwei Garnituren Viehwagen auf das Hauptgeleise. Und eine zweite Lokomotive gesellte sich dazu.

»Das gilt den Serben«, tönte Vater Rescher. Daß es nicht so viele Serbenhäuser im Dorf gab, überspielte er. Die Familie Rescher ruhte vom gestrigen Tag aus, man saß im Schatten des Rebenspaliers und schlürfte Lindenblütentee. Die Kinder des Hauses hatten feuchte Handtücher als Turbane aufgesetzt und badeten die Füße in kaltem Wasser. Eva-Maria goß manchmal nach. Clemens hielt sich abseits. Es erinnerte an den Jour fixe bei Frau Ottilie und war doch nicht so.

Am Abend zuvor hatte Tito in einer Rede nicht nur die siegreiche Sowjetunion in den Dreck gezogen, sondern auch Stalin als Massenmörder gebrandmarkt. Onkel Kuno führte das große Wort: »Dieser Bandenführer von Tito! Was bildet der sich ein? Schon einem Napoleon hätte ich den Rat gegeben: Laß die Finger weg von Rußland, doch hab ich damals leider nicht gelebt. Und dem Hitler hab ich einen Brief geschrieben, als er Rußland überfallen hat. Nun, wir wissen, wie er sich die Finger verbrannt hat. Über allen Gipfeln ist Ruh ... Goethe.«

Zu Mittag gab es Suppe aus grünen Bohnen und Topfenknödel.

Für den Abend ordnete die Partei eine Kinovorstellung an. Und lud danach huldvoll ein zu einer *întrunire tovărășească*. Das war eine Zusammenkunft unter Kameraden und Genossen, mit genau dosierter Fröhlichkeit und einem ideologischen Tusch. Und zwar erging der Ruf nur an die Schwaben, die vielen im Dorf. »Na seht ihr«, so Onkel Kuno, »ich habe recht. Mit uns haben die nichts vor.« Der Dorftrommler hatte extra verlauten lassen, die Partei wünsche die zu sehen, die sich mit echt deutscher Arbeitsamkeit, *lucru de neamț*, beim Drusch hervorgetan hätten. Das waren so ziemlich alle schwäbischen Hauswirte. Zur Belohnung war eine Militärkapelle vom Grenzregiment in Deutschstamora verpflichtet worden. Die sollte nach dem Kino zum Tanz aufspielen.

Bei der Vorstellung eines Stummfilms mit Pat und Patachon, den dänischen Komikern von Weltruhm, wurde schallend gelacht. Auf der Leinwand entspannen sich Zweikämpfe mit Sahnetorten und Körben von Eiern, die sich die Helden an die Köpfe warfen, falls sie nicht Front machten gegen einen gemeinsamen Feind. Gangster rutschten durch den Schornstein ins Haus, traten auf Feuerhaken, die sie ans Schienbein trafen, Ölgemälde mit kiloschweren Stuckrahmen kippten über die Einbrecher, bildeten riesige Halskrausen, mit denen sie durch keine Türe entkommen konnten.

Konradine kurbelte wie närrisch. Ein Schwungrad trieb die Filmrollen an. Aus einer Karbidlampe zischte weißes Licht. Ihre Schwester achtete darauf, daß der Apparat und der Saal nicht Feuer fingen. Sie hielt einen Feuerlöscher in der Hand und hatte zur Sicherheit zwei Eimer mit Wasser neben sich stehen. Der Artist Rescher erklärte, was auf der Leinwand passierte. Ein schwarzes Zauberergewand verklärte neckisch seinen Buckel. Gleichzeitig gab er das Tempo an. »Jetzt schießen sie! Rascher, du Gans, dreh schneller die Kurbel!« Clemens am Klavier wartete mit Musikeinlagen auf. Das Klavier stand auf der Bühne, fast schon in den Kulissen, doch so, daß er der Handlung folgen konnte und sein Spiel auf das Hin und Her abstimmte.

Die Liebe fehlte nicht. Die Damen in dunklen Mänteln und weißen Capes zierten sich über alle Maßen, gaben ihren Zwiespalt kund in kunstvollen Verrenkungen. Bereits schmatzte es im Saal, da zuckte die Holde noch einmal und noch einmal zurück. So, dann endlich der Kuß.

»Mählich, Kony, langsamer, meine Liebe. Es wird geküßt. Nicht so langsam, du Esel. Kapierst du nicht, die beiden Gesichter schauen aus wie das Gefries von einem Orang-Utan.

Hallo, Clemens, ein schmalziger Tango! Ich bitte dich: *Tango amore.*« Nach dem einen Kuß war die mondäne Schöne ohnmächtig hingesunken und mußte auf ein Sofa gebettet werden. Das erregte Publikum aber wurde belohnt: Es bekam die Knöchel, ja die Knie der Gefallenen zu Gesicht. Dann *Fine.*
»Und nun etwas Reizendes, Aufreizendes als Nachspiel.«

Clemens zog das Klavier tiefer in die Kulissen hinein, als wolle er sich verstecken. Zum Ausklang wählte er Passagen aus der ›Nußknackersuite‹, ließ sich hinreißen von den ersten Takten. Im Saal war es nahezu dunkel. Clemens erhielt Licht von den zwei Kerzen, die den Klavierdeckel flankierten. Der Dorftrommler begann umständlich, die Petroleumlampen an den Wänden anzuzünden. Die Bildwand wurde hochgerollt.

Jemand beugte sich von hinten über Clemens, legte das Gesicht in seinen Nacken, zwei Hände umfaßten ihn von links, von rechts, umzingelten seinen Oberleib, lagen schwer auf seinen Schenkeln, Hände in roten Handschuhen.

Clemens erbebte, seine Finger glitten von den Tasten, er ließ die Arme hängen. »*Mai departe, tovarăşe!*« befahl eine Stimme im Flüsterton. Weiter, Genosse! Clemens ermannte sich, spielte weiter. Das Kinn des Fremden drückte auf seine rechte Schulter, rauchiger Atem strich an seiner Backe vorbei. Die Stimme zischte ihm ins Ohr: »*Totul este frumos şi bine!*« Alles ist schön und gut. »*Totul va fi şi mai bine.*« Und wird noch besser sein.

Jetzt griff der verkappte Mann in die Tasten. Zu zweit musizierten sie. Die ledernen Finger riefen schrille Obertöne hervor, störten in der Tiefe böse Töne auf. Sie spielten vierhändig.

Die Lampen mit ihren geschliffenen Zylindern verbanden sich zu einer Girlande von Licht. Die fremden Hände verschwanden.

Die Bänke im Saal wurden an die Wand geschoben. Auf der Bühne nahm das Tanzorchester Platz. Die Männer waren in Militäruniformen, auf den Achselklappen blinkten Lyren in Gold. Die Gesichter der Orchesterleute waren versteckt hinter närrischen Masken, bei den Bläsern mit extra riesig aufgerissenen Mäulern. Man lachte sich bucklig. Die Faschingskostümierung nahm niemanden wunder. Damit hatte man sich abgefunden, daß für die Partei das ganze Jahr Mummenschanz und Maskenball war. Der Kulturheimdirektor Ferdinand Buta, der Bruder vom Zigeuner Arsenie, hielt eine launige Rede auf schwäbisch. Das Orchester spielte Ländler und Walzer, Schnaderhüpfel und Tangos. Die Jungen tanzten selig dahin. Die Alten auf den Bänken an der Wand entlang erinnerten sich vergangener Zeiten. Und so schlimm waren die neuen Zeiten letzten Endes auch nicht. Schuften hatte man immer müssen. Und tanzen und feiern, das gab es nun wieder.

Mitten im Tango ›Granada‹ ließen die Musikanten die Masken fallen. Nun waren sie nur noch Männer in Uniform. Sie liefen zu den Türen, besetzten die Ausgänge. Auf der Bühne erschien wie aus dem Boden gestampft der Parteisekretär Petre Popa, flankiert von einem Securitate-Offizier in Uniform. Im Hintergrund stand der Kulturmensch Ferdinand und grinste. Der *tovarăşe Colonel* habe etwas Wichtiges zu verlautbaren. Es waren drei Sätze, die er jeweils mit der linken Hand unterstrich. Am kleinen Finger blitzte ein Ring mit einem schwarzen Onyx. »Jeder von euch geht auf dem kürzesten Weg nach Hause. Dort wartet eine Überraschung auf euch alle. Wer den Weg verfehlt, wird erschossen.« Clemens dachte: Wie gut, daß Eva-Maria und ich den gleichen Weg nach Hause haben.

Der Oberst fügte einen vierten Satz hinzu: »Das Dorf ist von einem Securitate-Regiment umstellt.« Alle wußten, was es geschlagen hatte: Die Waggons am Bahnhof, die waren nicht nur für die anderen da!

Kuno Rescher erklomm das Podest, reckte sich zu voller Höhe, sagte mit Würde: »Bevor wir verstreut werden in alle Welt, erheben wir uns und singen die Hymne unserer geliebten Rumänischen Volksrepublik, wie es sich geziemt.« Doch niemand verspürte Lust dazu, nicht einmal die Genossen. Im Gegenteil: Der schöne Ferdinand im schwarzen Hemd mahnte zur Eile. Mit rudernden Armen heschte er die Leute aus dem Saal: »Geht's heim, ihr liebe Leit. Seid's nicht traurig. Im Fasching tut sich halt passieren viel Lustiges. Schaut's, daß ihr heimkommt's, mir müssen den Saal zusperren. Und glaubt's nit, es geht alleinig gegen die Genossen Schwaben. Heut hat es alle erwischt.« Mit einem Mal war der Saal leer. Der fesche Ferdinand mußte selber die Lampen ausblasen.

Bei der Tür paßte Kunigunde ihn ab. Als er ins Freie trat und mit einem Zündholz das Schlüsselloch suchte, um abzusperren, huschte sie herbei, hielt ihm den Feuerlöscher unter die Schnauze und sprühte ihm die weiße Paste ins Gesicht: »Und daß du weißt, wer das war: dem Rescher seine zweite Tochter und der Frau Klothilde ihr Mädel, du elendiger Zigeuner, der du deine Mischpoche hast verraten.« Und knallte ihm den Metallbehälter vor die Füße, während er sich wimmernd an der Wand entlangtappte.

Auf dem Weg heimwärts mußten Clemens und Eva-Maria Posten passieren, die vor den meisten Häusern Wache hielten und die beiden mit harschen Worten zur Eile antrieben. Die Soldaten waren von weitem zu erkennen an den aufglühenden Zigarettenenden und den metallisch glänzenden Maschinenpistolen über dem Bauch.

Clemens hatte im Taumel dieser Tage und der paar Abende die Sterne vergessen. Zu Eva-Maria sagte er, als die beiden auf dem stillen Kirchplatz den Schritt verhielten: »Nur einen Augenblick, hier stört uns niemand. Heb den Blick zum Himmel. Schau, die Kassiopeia, wie ein M oder ein W, je nachdem.« Vergeblich folgte sie seinem Finger, der als Schattenriß irgendwohin wies. Er legte seine Wange an ihre Wange und sagte: »So, jetzt sehen wir dasselbe. Erkennst du die Kassiopeia?«

»Ja«, sagte sie.

Im Hause Rescher wartete auf die Kinobesucher eine spezielle Überraschung: Die Großmutter war tot. Als Frau Klothilde sie aus dem Lehnstuhl ins Bett geleiten hatte wollen, hatte sie diesmal nicht widersprochen, nicht einmal krakeelt. Hatte wortlos zugelassen, daß die Tochter ihr der Wurst verlorenen Zipfel aus dem Brustlatz zog. Dann fiel sie ihr in die Arme.

Das war das eine. Daß zwei Securitate-Soldaten vor dem Tor Posten standen, darauf war man gefaßt.

Bis zum Morgen mußte das Haus geräumt werden, mußten die Bewohner das Haus verlassen, sich mit oder ohne Hab und Gut am Bahnhof einfinden. Je zwei Familien erhielten einen Güterwaggon. Alles durfte man mitnehmen: den gesamten Hausrat, Vieh und Pferde, Ackergerät und Werkzeug, nur gerade Klaviere nicht und Bücherschränke auch nicht. Doch rieten die Abgesandten der Macht, sich mit nicht zu vielen Dingen zu belasten: Dort, wo sie hinkämen, sei für alles bestens gesorgt. Auf die mißtrauische Frage: Selbst Klaviere stünden bereit? hieß es: selbst Klaviere. Denn an jenem ungenannten Ort regierten bereits die objektiven Gesetze des Kommunismus: Während man vorläufig im Sozialismus jeden nach Leistung entlohne, werde man im Kommunismus, der vollendeten Stufe der Menschheitsentwicklung, dem einzelnen die Güter zuteilen nicht nur nach Bedürfnis, sondern nach Wunsch. Zum Beispiel Klaviere ... Ja, und bitte keine Särge. Weil es dort keine Friedhöfe gebe. Die Kommission schritt zum nächsten Haus.

Die Großmutter war bereits aufgebahrt, doch lag sie nicht im Sarg, sondern auf dem Tisch in der guten Stube. Es war ein beschauliches Bild, die tote Urahne auf dem gastlich ausgezogenen Eichentisch. Kerzen brannten. Das ewige Licht unter dem Kruzifix glühte. Der Spiegel war verhängt, die Fenster standen offen. Die Seele konnte ungehindert ihres Weges ziehen, an den Wachposten vorbei. Das eine Knie der verstorbenen Frau war ein wenig angehoben, unter dem schwarzen Atlaskleid zeichnete sich matt der Oberschenkel ab. Es war, als wolle sie sagen: Ich bin nicht nur eine papierene Alte gewesen, deren Lust und Sinnlichkeit sich am Knabbern von Bratwürsten erschöpft hat, sondern ich bin eine Frau gewesen von Fleisch und Blut.

Margarethe Noel geborene Linzmaier. Erst heute abend gab Clemens sich Rechenschaft, daß sie einen Namen hatte und eine verschwiegene Geschichte wie jeder Mensch. Während die Mädchen losheulten, Mutter Veronika schwarz verschleiert die Kerzen austauschte, Vater Rescher zur Eile mahnte und Tante Klothilde für den Augenblick den Dingen ihren Lauf ließ, strich Clemens über die Schenkel der Toten, deren Nacktheit er in der ersten Nacht zu Gesicht bekommen hatte. Und fragte sich: Und wo bleibe ich, wenn alle das Haus verlassen, die Toten und die Lebenden? Er sah sich umherirren in einem ausgestorbenen Dorf zwischen Gemäuer, das von der Vegetation aufgefressen wurde.

Jetzt erst gewahrte er Eva-Maria, die in der dunkelsten Ecke kniete. Sie hatte einen lila Schal um den Hals geschlungen und betete den Rosenkranz. Sie geht, und ich bleibe! Panische Angst packte ihn. Er trat zu ihr hin, umklammerte ihren Arm. Sie machte sich frei und nahm seine Hand in ihre Hand. Er stand aufrecht, sie kniete.

In der Tür erschien der Parteisekretär Petre Popa. Mutter Veronika erblickte ihn als erste und sagte: »Gelobt sei Jesus Christus.« Eva-Maria setzte sich auf einen Stuhl und begann ihre Nägel zu lackieren. Der Parteifunktionär antwortete: »*Bună ziua!*« Guten Tag. Das war eine dicke Lüge, denn es war Nacht. Er verbeugte sich vor der Toten. Dann erst nahm er die Ledermütze ab, ähnelte nun doch ein wenig Lenin, wie sein Vorgänger mit der kahlen, gewölbten Stirn.

Er kam nicht allein, um zu kondolieren, sein Beileid auszudrücken, nein ... Der Tod dieser Frau hatte der Partei einen Strich durch die Rechnung gemacht. Der ungebetene Gast entschuldigte sich, aber er müsse etwas klären: »*Statistica*«, sagte er mit bleischwerer Stimme, als stünde allein hinter diesem Wort das Verhängnis. In den Listen fehle eine Nummer. Diese Listen waren mit Hilfe von zwei ehemaligen Häuslern und anhand der beschlagnahmten Verzeichnisse der Deutschen Volksgruppe zusammengestellt worden, mit größter Sorgfalt: »*Cu precizie germană.*« Er selbst habe alles studiert und überprüft, wegen der Gerechtigkeit. Keineswegs wolle er die Totenwache stören, doch immerhin: eine verzwickte Situation. Der Mann der statistischen Gerechtigkeit entdeckte Clemens, dessen Hiersein er nicht recht einzuordnen wußte. Er zückte eine Tabelle, studierte, prüfte. Da war eine zuwenig, die Tote, aber auch einer zuviel. Als er dann im Personalausweis entdeckte, daß Clemens sogar Rescher heiße, kam das einer Fügung gleich. Der Herr über Hiersein oder Wegfahren trug Clemens Rescher in die Liste ein. Die Statistik stimmte.

Genosse Petre Popa wandte sich zum Gehen. Frau Klothilde aber vertrat ihm den Weg und sagte, ohne den Schleier vor dem Gesicht zu lüften: »Wir fahren erst übermorgen, wenn wir unsere Mutter begraben haben. *După înmormântare dela mama.*«

»*Înmormântare? Ce idee!*«

Und überhaupt: Eine solche Wirtschaft könne man nicht in einer Nacht auflösen.

»Sie unterschätzen die Partei, liebe Frau«, gab er kühl zur Antwort. Aus den Nachbardörfern habe man die Genossen des Landproletariats aufgeboten, damit sie den Reiselustigen zur Hand seien. Die Hilfswilligen drängten sich bereits vor den Häusern. Man müsse nur in die Hände klatschen, und schon würden sie zupacken. Auch habe die Armee Gespanne bereitgestellt.

Frau Klothilde sagte: »Nein, danke. Wir kommen zurecht.« In der Tür hatte sie den Arsenie Buta entdeckt, der hinter dem Rücken des Genossen dreimal die rechte Hand hob, mit gespreizten Fingern, und zuletzt den Daumen extra in die Luft stieß. Sie hatte verstanden: Fünfzehn seiner Sippe hielten sich im Hof bereit und der Esel dazu.

Der Genosse mahnte: Außerdem müsse man nicht alles mitnehmen, was man besitze. Hab und Gut seien oft ein Mühlstein am Hals. »Seht euch die Proletarier an«, sagte er und lächelte, zum ersten und letzten Mal in dieser Nacht. »Nichts haben ist ein leichtes Leben.« Alle wußten, daß der Genosse nicht einmal ein Lavoir sein eigen nannte. »*Courage! Totul este perfect.*« Die Partei habe für alle Fälle Vorsorge getroffen.

Und dann doch nicht für alle Fälle. Der Funktionär wiederholte gramvoll: »*Mort este mort! Inmormântare? Trei zile. Ce idee.*« Noch drei Tage hierbleiben? Er schüttelte den Kopf. Entschied: »Das machen die Popen. Die Popen haben sowieso in diesem Dorf nichts mehr zu tun, sind tote Leute.« Er zitierte zum Trost einen Bibelvers: »Laßt die Toten ihre Toten begraben.« Und dabei blieb es.

Frau Klothilde meinte: »Und was geschieht mit den Haushunden?«

»Mit die Hünde?« Vor Überraschung über diese Frage fiel der Mann der Weltrevolution in den Dialekt, verriet, daß er den Dorfjargon verstand. »Laßt ihnen frei, erschießt's ihnen, nehmt's ihnen mit, zum Teifi, die Hünde! Muß die Partei an alles denken tun?«

Er gestattete, daß Mutter Veronika und ihre Nichte das Klavier mitführten, um so mehr sie sonst nichts Nennenswertes besäßen. Sie würden im selben Waggon mit der Familie Rescher-Noel reisen.

Als im Hof das Wehegeschrei der Klageweiber anhob, das Vater Arsenie angestoßen hatte, verließ der Genosse Petre Popa das Haus, nachdem er eine Gute Nacht gewünscht hatte. Nun nahm der Sippenälteste Arsenie das Heft in die Hand. Er ließ als erstes die beiden Soldaten wissen, er wünsche nicht gestört zu werden. Es gehe um die Tote im Haus, und jetzt sei die Rede von Särgen in der Scheune. Und schärfte ihnen ein, sie möchten ein waches Auge haben, damit sich keine unsauberen Geister ins Haus schlichen. Weder mit Toten noch mit Geistern wollten die Soldaten zu tun haben. Sie lehnten sich an den Zaun und gönnten sich im Stehen eine Prise Schlaf.

Die drei Särge in der Scheune waren frisch mit Weizen gefüllt, ein geschüttelt, gerüttelt Maß voll. Einem der Särge entnahm Vater Arsenie zwei Säcke Weizen und versteckte sie im Verschlag mit der Spreu. Daraufhin schulterten die Söhne die Totenlade, deren Boden mit einem Teppich von Körnern bedeckt war, und trugen sie in die gute Stube. Mutter Veronika schlug den Sarg mit einem damastenen Tischtuch aus. Ja, die Familie hatte die Lektion des Genossen verstanden: Das Beste vom Besten sollte man zurücklassen.

Die Zigeunerfrauen in der Tür hielten inne in den Klageliedern. Sie hoben unter Gemurmel von Sprüchen die Tote behutsam vom Tisch und betteten sie in den Sarg auf die Körner, die noch warm waren vom Drusch. Wegen dieser Körner würde die Tote, gottlob, nicht als *strigoi*, als Gespenst, den Ihren nachreisen oder die Zurückgebliebenen behelligen. Daß die Verstorbene sich auf die Strümpfe machen würde, war allen klar. Doch bevor ein Untoter um Mitternacht sein Grab verlasse, packe ihn eine Manie, etwas zu zählen. Über dem Zählen der maßlos vielen Weizenkörner würde die Morgenröte die gute Alte überraschen und sie an Ort und Stelle bannen. Ja, Vater Arsenie hatte in diesem besonders delikaten Fall angemahnt, man möge erlauben, daß er der Verblichenen einen glühenden Eisenstift durchs Herz treibe, damit sie festgenagelt bleibe an den Ort der ewigen Ruhe.

In der guten Stube blieb die Tote zurück, allein im leeren Haus.

Als die Reschers nach geschlagenen sieben Jahren aus der Donausteppe wegdurften und nach Gnadenflor heimkehrten, besuchten sie in der ersten Stunde die verstorbene Großmutter. Sie stießen auf einen Totenacker, der bis über die Mauern hinweg zugewachsen war. Gräber und Grabsteine hatte die Vegetation verschluckt. Doch mitten darin zog eine blühende Stätte die Blicke auf sich: Es war ein winziges Weizenfeld im Geviert, mit blauen Kornblumen und mit Klatschmohn, der ins Land leuchtete.

Eines der letzten Fuhrwerke, die sich zum Bahnhof aufmachten, transportierte das Klavier. Es lagerte quergestellt auf dem khakifarbenen Leiterwagen. Vorne neben dem Militärkutscher saß Mutter Veronika. Sie hatte in dieser Nacht immer nur das eine gesagt: »Nur keine Angst. Auch dort, wohin Gott uns führt, wartet der gleiche Himmel auf uns.«

Für Clemens war diese Nacht zur Erleuchtung geworden. Er erkannte sein Leben im Bild der Spirale, die sich als Liebe weitet, über die Kapriolen der Zeit hinweg, so wie Eva-Maria es ihm erklärt hatte, vormals am Fluß. Um Ursprung und Ziel wußte er nun endlich Bescheid.

Am Anfang der Allee, unter dem Wegkreuz mit dem Schmerzensmann, hatten sich die drei Priester des Dorfes aufgestellt: Der katholische Pfarrer war der geistliche Hirte der Schwaben, die zwei orthodoxen Popen hatten Rumänen und Serben in ihrer Obhut. Die Gottesmänner waren im Begräbnisornat, doch golden glänzten die Stolen; in der Hand hatten sie Weihwedel und Räucherfaß. Jeden Wagen, der zum Bahnhof trottete, besprühten sie mit dem geheiligten Naß, fächelten den Fahrenden Weihrauch zu. Und spendeten in drei Sprachen die Benediktion über Tiere und Menschen. Viele von denen, die man abtransportierte, sprangen vom Wagen, knieten vor den Priestern auf dem Boden, küßten ihnen die Hand oder ließen sich die Hände auflegen. Einige verhüllten das Gesicht mit den geweihten Gewändern, weinten, schluchzten. Manche verkrochen sich unter der Stola, als könnten sie so der Heimsuchung entgehen.

Weder mit Drohungen noch durch gute Worte waren die Geistlichen zu bewegen, ihren Standort zu verlassen. Sie stünden nicht irgendwo herum, stünden niemandem im Weg, vielmehr hätten sie Posten bezogen unter dem Kreuz ihres Herrn. Punktum.

Um sechs Uhr am Morgen begannen von den drei Kirchen her die Totenglocken zu läuten.

Dem letzten Leiterwagen mit dem Klavier schlossen sich die

drei Pfarrer an. Nach einer Nacht des weihevollen Wedelns und des Segnens durch Handauflegen waren sie rechtschaffen müde. Die zwei orthodoxen Pfarrer ergriffen die Lissen hinten am Wagenkasten und ließen sich gemessenen Schrittes mitziehen. Der katholische Priester hielt sich ans Klavier und klimperte manchmal darauf herum, einfache Melodien, was ihm so einfiel: ›Großer Gott, wir loben dich‹, ›Der Mond ist aufgegangen‹ oder ›In einem kühlen Grunde‹. Beim Bahnhof setzten sie sich in den Warteraum. Auch das konnte ihnen niemand verwehren. Bis hierher war das Gebimmel der Glocken zu hören, doch so sachte und ferne, als läuteten sie in überirdischen Gefilden.

Clemens und Eva-Maria hockten auf dem Klavier, ließen die Füße in den Wagenkasten baumeln. Das junge Mädchen hatte beide Hände in die Hosentasche des Burschen gesteckt. Der Morgen war kühler als gedacht.

Am Bahnhof hatte man mehrere Sperren zu passieren. Kordons von Securitate-Soldaten mit blauen Achselklappen und aufgepflanztem Seitengewehr umzingelten das Stationsgebäude. Bei den Waggons mußte man vor einem letzten Kontrollposten haltmachen. Dort wurde einem der Personalausweis abgenommen.

Hinter einem Fenster im ersten Stock des Stationsgebäudes bellte eine Stimme Befehle. Zwischen den Fensterflügeln erblickte man das Sprachrohr und manchmal das Gefuchtel von roten Handschuhen. Die unsichtbare Stimme wies die Leute an: Allen Befehlen sei obligat Folge zu leisten. Im Falle der Unbotmäßigkeit werde geschossen. Versagte die Stimme, dann traten die Handschuhe in Aktion, wiesen die Richtung an. Maskierte Schützen bewachten den Bahnhof.

Auf dem Hauptgeleise hielten die gedeckten Güterwagen. Die waren für die schwäbischen Familien reserviert, die das Gros der Deportierten bildeten. In den offenen Türen drängten sich die Menschen, Kinder guckten heraus, manche schwenkten schwäbische Wimpel in Schwarz-Rot. Man sah alte Frauen in ihrer schwarzen Tracht knien und beten wie in der Kirche. Doch in den meisten Viehwagen wurde emsig gearbeitet, bis alles seinen Ort und seine Ordnung hatte.

Dunja Rogoz kam vom Ende der Zuggarnitur herbeigeschlendert, wo die serbischen und rumänischen Dörfler verfrachtet wurden. Die Stimme von oben ordnete an: Jeder, der seinen Personalausweis abgegeben habe, möge seine Sachen verstauen. »*Repede, repede!*« Das Herumgezappel von Nachbar zu Nachbar habe unverzüglich aufzuhören. Doch Dunja kümmerte das nicht. Sie hatte rote Rosen ins Haar gesteckt. Auf der Brust baumelte die Zuschneideschere als schauriges Schmuckstück, übergoldet von der Morgensonne. In ihrem Spaziergang den Bahnsteig entlang hielt sie erst inne, als sie Edi und Konradine entdeckte.

Dort, wo Pferde einwaggoniert werden sollten, hatte man Rampen vor die Ladeluke gerückt. Vor dem Rescherischen Waggon harrte die blinde Berta mit geblähten Nüstern und gespitzten Ohren der Dinge, die kommen würden. Edi Niederkorn schleppte die elf Bienenkörbe über den Perron zur Rampe. Einer der Körbe, die er in den Waggon hob, war mit leuchtenden Farbringen markiert: die orange-gelben Bienen. Darauf hockte er sich in die Türöffnung, hielt die Zügel des Pferdes in der Hand und wartete auf den Befehl zum Verladen. Neben ihm blitzte das Waldhorn.

Konradine trat aus dem Waggon heraus und rief von oben, rief es in drei Sprachen hinaus in die Morgenröte: »Wir haben uns verlobt! Eduard Niederkorn und ich, Konradine Charlotte Klothilde Rescher.« Dunja lehnte sich an das Pferd vor der Schiebetür. Das junge Mädchen überragte knapp den Boden des Waggons. Sie küßte Konradines Knöchel. Diese beugte sich hinab und drückte ihr einen Kuß auf den Scheitel. Dunja löste Rosen aus ihrem Haar und bekränzte das Haupt der Freundin. Eduard Niederkorn blieb sitzen; mit den Fingern kämmte er die Mähne der Stute. Konradine ergriff seine freie Hand und hielt sie hoch. Seine sonst verdeckten

Augen hatte er groß aufgeschlagen. Nun bekam man es mit: Sie waren blau, nicht anders. Niemand klatschte, niemand wünschte Glück. Nur ein Rumäne, er hockte auf seiner geschnitzten Truhe, die Fellmütze auf dem Kopf, rief: »*Casă de piatră!*« Und stärkte sich mit einem tiefen Schluck Schnaps. Ein Haus von Stein, festgemauert aus Ziegelsteinen: So lautet der überlieferte Wunsch unter Rumänen für ein junges Brautpaar.

Die Brauteltern waren in Schwarz am Bahnhof erschienen. Tante Klothilde hatte sich ganz in Trauerschleier gehüllt. Vielleicht malte sie sich die aberwitzige Beerdigung ihrer Mutter aus, die allein ihr Grab finden mußte. Und Onkel Kuno hatte die Kapuze seines schwarzen Mäntelchens über das Gesicht gezogen. Er fühlte sich nicht anders als der Kulturheimdirektor Ferdinand Buta: hintergangen! Doch hatte er noch einen letzten, extravaganten philosophischen Gedanken ausgesprochen, ehe er dann in den kommenden Jahren genauso dachte und sprach wie seine Leidensgenossen. Von der hohen Warte der Pferderampe wiederholte er laut und heftig auf rumänisch, nahezu in Augenhöhe mit des Schicksals Mächten über dem Bahnhof: »Ja, Handschuhe müßte man haben, mitten im Sommer rote Handschuhe. Recht hat er, der bellende Genosse dort oben, versteckt hinter seinem Schalltrichter. Denn wer will schon seine Hände besudeln an den schmutzigen Details der Zeitläufte?« Kuno Rescher drehte sich um und stieg würdevoll in den Viehwagen, stieg für immer ab vom hohen Roß der Weltgeschichte.

Und Ferdinand Buta? Noch hatte er sich vom ätzenden Schaum des Feuerlöschers nicht erholt, den ihm das Reschersche Mädchen in die Fresse gepustet hatte. Mit einer grellgelben Binde vor den Augen wurde er von seinen sieben Töchtern und seiner kreischenden Frau zu einem Waggon geleitet, der weitab am Ende stand. Den hatte seine Familie sich mit dem Dr. Mladenić, einem Witwer, zu teilen und mit dessen Sohn Zeno. Dieser Zeno fuhr zwar ab, aber kam nie an: Er klemmte sich unter dem Waggon zwischen den Radsatz und ließ sich bei der nächsten Krümmung fallen, kaum daß sich der Zug über die letzten Weichen getastet hatte. Der Hund Radovan, der sich zu Hause losgerissen hatte, rannte neben dem Waggon her, rannte wie um sein Leben. Und gab keinen Laut von sich; manchmal schlug die Kette, die er hinter sich herschleifte, lautlos an die Schienen.

Die Töchter des geblendeten Kulturheimdirektors schimpften unflätig auf die Ungerechtigkeit der Welt, wo ihr Vater sich doch für die Kultur im Dorf zum Krüppel gearbeitet habe; nach jedem Satz spuckten sie aus. Und beklagten die Undankbarkeit der Obermacher, die bei ihnen gesoffen und gefressen hätten, hinten und vorn bedient von ihrer Mutter.

Bei der Sperre trat Vater Arsenie auf den blessierten Bruder zu und schrie ihm ins Ohr: »Hätt'st bleiben sollen bei uns in der Lehmhütten beim Schweinsmoor! Hast gebraucht ein schwäbisches Ziegelhaus!« Und knallte ihm eine: »Im Namen unserer Mutter selig!«

Kaum hatten die Töchter den tappenden Vater in die Arme der Ehefrau gelagert, als sie sich auf die Viehrampe hinstellten, eine neben die andere, jedoch mit dem Rücken zum Publikum. Wie auf Kommando hoben sie die sieben Röcke. Im Licht der Morgenröte erstrahlten die nackten Hintern gleich rosigen Höhensonnen. Niemand lachte, selbst der Kommandant nicht.

Martha Kolleth, die junge Lehrerin, stemmte einen Wäschekorb mit Fibeln auf die Plattform des Wagens. »Das Leben geht weiter, Schule muß sein«, rief sie entschuldigend.

Der Leiterwagen mit dem Klavier stand vor dem Stationsgebäude. Vater Arsenie und seine Söhne luden das schwere Instrument ab, stellten es auf die klobigen Beine. Vier Männer schoben das Musikvehikel keuchend auf dem Perron zur Sperre hin. Dort waren Clemens und Eva-Maria an der Reihe. Die beiden gaben ihre Ausweise ab. Eva-Maria ließ man durch, Clemens nicht.

»Warum?«

Der wachhabende Offizier sah ihn nicht einmal an: »*Nu eşti din Milostiveşti.*« Er sei in Gnadenflor nicht gemeldet. Fassungslos dachte Clemens: Die Spirale ist zerbrochen ... Warum, warum? Kein Bild bot Halt. Wenn nur schon viel Zeit vergangen wäre.

Hier herrschte eine andere Ordnung. Hier spielte die genaue Zahl keine Rolle. Auch hatte der Tod für Durcheinander gesorgt: Zwei schwäbische Bauern hatten sich kurzerhand erhängt. Bei den Orthodoxen dagegen waren keine Opfer zu beklagen. Sie glauben an die Auferstehung.

Auch das Klavier passierte nicht. Die Stimme oben hatte befohlen: »*Pianul rămâne aici!*« Das Klavier bleibt hier.

Die Schwestern Konradine und Kunigunde winkten Eva-Maria herbei. Noch ehe das junge Mädchen sich umwenden konnte, zu Clemens hin, zogen die Schwestern sie zu sich auf die Plattform, an der Pferderampe vorbei, und schubsten sie in das Wageninnere. Mutter Veronika war schon drinnen.

Die Stimme aus dem Fenster befahl: Nur zehn Hühner dürften mitgenommen werden. Wer mehr habe, solle sie herausgeben. Es werde kontrolliert. Einige befolgten den Befehl. Aber sie ließen die Hühner nicht laufen oder heschten sie weg, sondern warfen sie wie Bälle hoch in die Luft. Die Hühner und Hähne flatterten gackernd über den Perron und kackten blind vor Angst auf Soldat und Offizier herum. Andere Bauern kragelten das überzählige Geflügel. Ein geköpfter Hahn riß sich los, tanzte die Rampe hinunter, verspritzte wollüstig sein Blut. Hinter ihm rannte die Bäuerin, die Vesnéni, die Frau des Dreschmaschinenbesitzers Matz Lefort, den sie schon verschleppt hatten. Die behäbige Frau rutschte auf der blutigen Spur aus, verhedderte sich in ihrem Kittel, überschlug sich, rollte die schiefe Ebene hinunter, der akkurat geflochtene graue Zopf löste sich vom Scheitel. Mit der Stirne stieß die Frau an einen Laternenmast. Dort blieb sie liegen. Ihre Kinder wollten zu Hilfe eilen, doch die Stimme aus dem

Fenster warnte: »Keine Bewegung. Für alles ist bestens gesorgt. *Totul este frumos și bine.* Bleiben Sie ruhig. Sonst wird geschossen.«

Der unsichtbare Kommandant wies Dr. Mladenić aus dem letzten Waggon an, seine Pflicht als Arzt zu tun. Ein weißhaariger Herr wurde herbeigeleitet. Ohne sein Köfferchen zu öffnen, stellte er die Diagnose, nachdem er die Lider der Liegenden zurückgeschoben und ihre Halsschlagader befühlt hatte: tot! Und berichtete zum Himmel hin: *Exitus letalis.* Doch die Familie durfte sich der toten Frau nicht annehmen. Die Stimme hinter dem Sprachrohr befahl: »Keiner verläßt seinen Waggon. Es wird für alle gesorgt, für die Lebenden und für die Toten erst recht.« Trotzdem kam aus dem Stationsgebäude die rumänische Popentochter Doina Rodica herbeigeeilt, mit der Rot-Kreuz-Tasche in der Hand. Sie fuhr nicht mit. Für sie und ihre Familie war kein Platz in der neuen Heimat. Das Mädchen schloß der toten Frau die Augen und küßte sie auf die Stirne. Die gelernte Krankenschwester wusch ihr die Wunden, als lebte sie noch, und klebte ein Pflaster darüber. Dann nestelte sie an ihrem Gürtel in den Landesfarben und band der Toten die Kinnlade fest. Den grauen Scheitel der Frau zierte nunmehr eine Masche in den würdigen Farben Blau, Gelb, Rot. Das war schön und tröstlich anzusehen.

Der Oberst gebot den Priestern, ihres Amtes zu walten. Sie wurden von zwei maskierten Schützen aus dem Stationsgebäude geholt. Die Diener dreier Kirchen banden die Tote mit ihrem Umschlagtuch auf einem Bügelbrett fest.

Die Frau lag friedlich auf dem Brett, die Augen halb geschlossen. Der katholische Leutepfarrer packte am Kopfende an, die orthodoxen Geistlichen stützten das Fußende ab. So trugen sie die Entschlafene in den Warteraum. Selbst die Hunde in den Türen der Waggons, die voller Abenteuerlust zwischen den Beinen ihrer Herren dem Treiben am Bahnhof gefolgt waren, wackelten kaum noch mit dem Schwanz, als sich das Trauergeleite in Bewegung gesetzt hatte.

In diesem Augenblick schrie jemand aus dem Zug: »Gelobt sei Jesus Christus!« Den Ruf nahmen Menschen aus anderen Wagen auf, hundertfältig erscholl es: »Gelobt sei Jesus Christus!« Mit der Antwort: »In Ewigkeit, Amen.« Selbst als die schwarzen Eliteschützen Schüsse abgaben, kam der Aufschrei nicht zum Erliegen: »Gelobt sei Jesus Christus! In Ewigkeit Amen.«

Das nächste Kommando lautete: »Alle Pferde bleiben hier.« Ein Wehgeschrei lief die Wagenreihe entlang. Trotz der Warnschüsse sprangen die Leute auf den Perron. Die Männer umhalsten ihre Pferde, schluchzten laut, die Frauen lehnten ihre Gesichter tränenüberströmt an die Flanken der Tiere, an den Schweifen hielten sich die Kinder fest und plärrten. Die Einsatztruppe preschte heran; eine Horde maskierter Fratzen prügelte die gedemütigten Leute in die Wagen. Hinter den Widerspenstigen wurden die Schiebetüren geschlossen und versperrt. Edi Niederkorn schleiften die Soldaten die Rampe empor, rollten ihn mit Fußtritten vor seine Braut. Dann banden sie die Pferde los. Die rührten sich nicht vom Fleck. Allein die blinde Berta bewegte lauschend den Kopf.

Clemens erblickte am Lüftungsfenster die Hände Eva-Marias. Ihre lila Fingernägel flackerten. Es war die linke Hand, am Zeigefinger saß der seltsame Silberring, der Ring der Freundschaft. Plötzlich rollte der Ring die Rampe herab, kollerte über den Perron, hüpfte zum Klavier hin, wollte sich unter der Lyrastütze des Klaviers aus dem Staub machen. Clemens drückte das Fortepedal, der Ring kam zum Stehen. Er hob ihn auf. Im nächsten Moment stellte er sich vor das Klavier und begann wie ein Irrsinniger auf die Tasten einzuschlagen. Durch die Wucht des Pedals hatte er den Ring zerdrückt, aber die beiden Schwäne nicht getrennt. Ein verbogener Pfeil hielt die Köpfe zusammen.

Durch das Schaudern geisterte ein halber Gedanke, vom Himmel gefallen, denn er dachte im Augenblick an niemanden auf Erden. Vierzig – heilige Zahl von Buße und Sühne. Vierzig

Wochen vielleicht. Vierzig Monate, nein, das ist zuviel. Vierzig Jahre ...

Mit niedergetretenem Pedal hackte Clemens zerrissene Rhythmen und klassische Stücke aus dem Instrument: ›Schnitzelpolka‹. ›À la Turca. Tarantella‹. Und voller Wut: ›Die Petersburger Schlittenfahrt‹ ... Die Pferde spitzten die Ohren, die Soldaten wandten die Köpfe. Als der Klavierspieler in die *Hora staccato* überging, war kein Halten mehr. Die Soldaten begannen zu tanzen, der Kordon zerfiel. Die Offiziere waren machtlos. Allein die Scharfschützen rührten sich nicht, lauerten auf den Befehl.

Der lautete: »Schlagt den Klavierspieler auf den Kopf! Hackt ihm die Hände ab!« Clemens fielen die Finger von den Tasten. Doch noch ehe sich die Scharfschützen in Marsch setzten, ertönte aus dem Rescherischen Waggon das Waldhorn mit der Melodie in ketzerischen Dissonanzen: ›Üb immer Treu und Redlichkeit bis an das kühle Grab‹.

Die Bienen schossen herbei, glühende Punkte in Gelb und Orange und Schwarz. Sie umschwirrten den jungen Mann am Klavier, bildeten eine Glocke von Schutz und Schirm. Kein Mensch wagte, ihm ein Haar zu krümmen.

Clemens stürmte weiter in der furiosen *Hora staccato*. Die jungen Männer in Securitate-Uniform faßten sich abermals unter und wirbelten im Reigen dahin. Einige der Soldaten schleuderten die Stiefel weg. Die roten Fußlappen, um Zehen und Knöchel gewickelt, strampelten sich los, flatterten davon, blieben auf dem Vorplatz liegen, blutige Lachen.

Dunja mit der roten Rose im Haar sprang in den Kreis, die Zuschneideschere wippte. Eine Runde tanzte sie mit, dann verabschiedete sie sich von rechts, von links: Sie küßte den einen Soldaten auf den Mund, dem anderen heftete sie die Rose an die Uniformbluse. Sie legte die Hände der beiden Soldaten ineinander, der zuckende Kreis schloß sich. Dunja trat leise beiseite.

Plötzlich stürzte ein Soldat in die Knie, riß die Reihe der

Tanzenden mit sich, der Kreis wurde zur Schlinge. In seinem Leib stak der eine Teil der Schere.

Clemens hielt im Spiel inne, blickte zu dem jungen Mädchen, das auf dem Bahnsteig verharrte, den Kopf gesenkt, als müsse es sich etwas in Erinnerung rufen. In der Hand wog sie die andere Hälfte der Schere. Und dann ... Vor aller Augen verschluckte sie das verwaiste Eisen, würgte es hinunter.

Das serbische Mädchen Dunja Rugoz stand noch einen Augenblick still. Und ging davon, schritt mit erhobenem Haupt den Zug entlang, überquerte in aufrechter Haltung die Geleise, wandte sich zum Fluß.

Von den kalten Wiesen der Bersau nahte der Nebel. Die Pferde steckten die Köpfe zusammen. Sie entschieden sich für die Himmelsrichtung Norden, trabten davon.

Die goldenen Bienen schwangen sich in die Lüfte, schwärmten aus, machten sich auf den Weg, den Ort der Geliebten zu erkunden.

Die Lokomotive pfiff. Der Zug ruckte an. Die Räder rollten. Kein Kind zählte die Wagen.

Und dann war der Bahnsteig leer.

Nebel stieg auf von der Erde. Allein stand das Klavier.

Worte des Dankes und Gefühle der Dankbarkeit an Frau Brigitte Hilzensauer, die mir Mut zugesprochen hat zum Herzstück dieser Geschichte.

Eginald Schlattner, Rothberg, auf dem Pfarrhof,
Siebenbürgen, Mai 2005

Inhalt

I
Die Austreibung 7

II
Die Laubhütte 107

III
Im Feuerofen 170

IV
Das Hohelied 261

V
Der Abfall 379

VI
Die letzten Dinge 476